SYLVIA LOTT
Der Dünensommer

Besuchen Sie uns auch auf www.facebook.com/blanvalet und
www.twitter.com/BlanvaletVerlag

Sylvia Lott

Der Dünen sommer

Roman

blanvalet

Sollte diese Publikation Links auf Webseiten Dritter enthalten, so übernehmen wir für deren Inhalte keine Haftung, da wir uns diese nicht zu eigen machen, sondern lediglich auf deren Stand zum Zeitpunkt der Erstveröffentlichung verweisen.

Verlagsgruppe Random House FSC® N001967

2. Auflage
Copyright © 2020 by Blanvalet in der
Verlagsgruppe Random House GmbH,
Neumarkter Str. 28, 81673 München
Redaktion: Margit von Cossart
Umschlaggestaltung: www.buerosued.de
Umschlagmotiv: akg-images; www.buerosued.de
JB Herstellung: sam
Satz: Buch-Werkstatt GmbH, Bad Aibling
Druck und Bindung: GGP Media GmbH, Pößneck
Printed in Germany
ISBN 978-3-7341-0739-9

www.blanvalet.de

Himmlisch war's, wenn ich bezwang
Meine sündige Begier,
Aber wenn's mir nicht gelang,
Hatt ich doch ein groß' Pläsier.

Heinrich Heine

1

Kim saß im Café Marienhöhe oben auf einer der höchsten Dünen der Insel und blinzelte übers gleißende Meer, als sie die Stimme zum ersten Mal hörte. Sie bereitete ihr ein Wohlbehagen, das sie beinahe lähmte. In Resonanz auf den Klang – kultiviert, humorvoll – durchrieselte es sie wieder und wieder. Der Mann plauderte auf Englisch. Gelegentlich lag ein Zögern im Redefluss, als wöge der Sprechende ab oder überlegte noch, weil er auf keinen Fall etwas Falsches von sich geben wollte.

Kim schaute sich nicht sofort um. Sie genoss die Schauer, die ihr an den Oberarmen entlang und über den Rücken liefen – eine Welle prickelte noch unter den Haarwurzeln, da rollte schon die nächste bis in die Zehenspitzen. Sogar ihren Durst vergaß sie für eine Weile. Als sie schließlich doch nach dem Glas griff, um ein Schlückchen von ihrer Rhabarberschorle zu trinken, bewegte sie sich nur minimal. Bloß nicht das schöne Gefühl verscheuchen! Den Blick hielt sie weiter auf die Nordsee gerichtet. Kurz nahm ihr ein Pärchen, das über die umlaufende Terrasse des Pavillons schlenderte, die Sicht. Durch dessen Schatten spiegelte sich ihr ovales Gesicht in der Fensterscheibe, und sie sah, dass der Wind sie schon arg zerzaust hatte. Sie hatte das schulterlange dunkelblonde Haar zu einem lockeren Knoten hochgesteckt, doch jetzt hingen so viele Strähnen heraus, dass es nicht mehr lässig, sondern nur verwildert wirkte. Ach, egal! Sie blieb zurückgelehnt in den bequemen Kissen sitzen und genoss die unerwarteten Empfindungen.

Draußen auf den Wellen tanzten kleine Schaumkronen. Das Licht über dem Meer war einfach unglaublich. Was für ein Strahlen, überhaupt: Was für ein Tag! Warm, geradezu heiß. Sie hatte wirklich Glück gehabt. Normalerweise sorgte die Schafskälte um diese Zeit des Jahres für ungemütliches Wetter.

Dezente Barmusik lief im Hintergrund, Geschirr klapperte. Eine Fliege krabbelte kitzelnd über Kims nackte Wade. Unter halb gesenkten Lidern folgte ihr Blick den Schiffen am Horizont – Segelbooten, Containerriesen, Krabbenkuttern, Yachten. Jetzt lachten der Mann und seine Gesprächspartner, unter ihnen eine Frau.

Aus Kims Brustkorb löste sich ein Seufzer der Erleichterung. Darauf war sie nicht gefasst gewesen, als sie spontan beschlossen hatte, nach Norderney zu fahren, um das Internationale Filmfest zu besuchen. Seit Wochen schon fühlte sie sich nur gehetzt, ständig unter Druck. Gut, dass sie sich doch noch von Toska hatte überreden lassen.

Das Festival fand alljährlich um Pfingsten herum auf Norderney und in der nahen Hafenstadt Emden statt. Kim war gespannt auf die Uraufführungen neuer Filme und auf die Preisverleihungen, vor allem aber wollte, ja musste sie endlich Kontakte pflegen. Deshalb war sie hier. Sie wollte ein bisschen Konkurrenzbeobachtung betreiben, Kollegen treffen, mit Leuten von Produktionsfirmen und der Filmförderung reden …

Noch blieb etwas freie Zeit, es ging erst am Abend richtig los. Eigentlich hatte sie vorgehabt, im Café endlich das Festivalprogramm gründlicher zu studieren, doch stattdessen gab sie sich weiter dem Timbre der fremden Stimme hin, ließ ihren Blick wandern und die Gedanken fließen.

Das Café Marienhöhe, das bei genauer Betrachtung achteckig und nicht rund war, schien erst vor Kurzem renoviert worden zu sein. Edel, reduziert, in Grautönen gehalten. Ein gepflegtes Publikum verkehrte hier. Frauen mit auffallend gutem Haarschnitt, Männer mit Lederschuhen statt Sneakers, viele Best Ager. Dieses Lokal, das hatte Kim auf der Speisekarte gelesen, war nach der hannoverschen Königin Marie benannt worden. Die glühende Verehrerin Heinrich Heines hatte Mitte des 19. Jahrhunderts an dieser Stelle zu seinen Ehren einen hölzernen Pavillon für ihre Picknicks errichten lassen. Angeblich war der Dichter vor knapp zweihundert Jahren auf genau dieser Düne zu seinen Oden an die Nordsee – einschließlich ein paar Boshaftigkeiten über die Insulaner – inspiriert worden. Kim kannte die Texte nicht, aber sie mochte Heine und nahm sich vor, ihre Bildungslücke bald zu schließen.

Wieder vernahm sie die Stimme, und die Härchen an ihren Unterarmen richteten sich auf. Sie verstand nur Wortfetzen, keine Sätze. Merkwürdig – normalerweise konnte sie gleich erkennen, ob jemand aus England oder den USA kam, oft sogar, aus welcher Region. In diesem Fall jedoch schienen sich gebildetes Englisch und ein Amerikanisch, das mal auf New York, mal auf den Südwesten der Staaten deutete, zu vermischen.

Bestimmt war der Mann auch wegen des Filmfestes hier. Ein Schwerpunkt lag auf der Vorstellung neuer Produktionen aus Großbritannien und Irland. Kim freute sich schon auf Kostproben britischen Humors. Sie widerstand der Versuchung, sich umzudrehen. Vielleicht war die Person, zu der die schöne Stimme gehörte, abstoßend oder, schlimmer noch: langweilig, und das würde ihren Genuss sicher …

Ein Ausruf unterbrach ihre Gedanken.

»Hallo, Frau Schrööööder!« Eine dynamische Mittvierzigerin mit breitem gerötetem Gesicht und Sonnenbrille im blond gesträhnten Kurzhaar stürzte auf sie zu. »Sie auch hier?« Tina Baumann, ihre derzeit wichtigste Auftraggeberin. Schlagartig war Kim hellwach. Rasch fuhr sie sich mit beiden Händen übers Haar und setzte ein freudiges Lächeln auf. Doch ihr Magen zog sich zusammen. Gleich wird sie fragen, wie weit das Drehbuch ist, dachte Kim unbehaglich. Dieser Frau verdankte sie ihren ersten großen Auftrag ohne Jens-Ole. Fünf Jahre lang hatten sie beide gemeinsam Drehbücher, meist für Vorabendkrimiserien, geschrieben und als Dreamteam gegolten. Auch privat. Aber jetzt schien alle Welt zu glauben, dass er der Bessere oder Kreativere von ihnen war, was natürlich überhaupt nicht stimmte. Er hatte nur immer vor allem die Akquise gemacht, Aufträge reingeholt, die Kontakte gehalten. Manchen Kontakt leider zu intensiv, wie Kim irgendwann nicht mehr hatte ignorieren können. Mal ein Flirt hier, »nur aus geschäftlichen Gründen«, mal eine kleine Affäre dort, »doch bloß, um die Arbeitsatmosphäre zu verbessern«. Das Gemeine war: Jens-Ole hatte nach ihrer Trennung vor fast einem Jahr ihre Stammkunden behalten, sie selbst musste seitdem Klinken putzen. Dass sie sich in den Kopf gesetzt hatte, den Bruch auch beruflich in etwas Positives umzumünzen und nun Vorschläge in einem ganz anderen Genre als früher machte, erleichterte die Sache auch nicht gerade. Sie wollte nämlich endlich Komödien und Liebesgeschichten schreiben. Aber das schien ihr niemand so richtig zuzutrauen. Niemand, mit Ausnahme von Tina Baumann, der

Ressortleiterin eines wichtigen Fernsehsenders, die ihr zumindest eine Chance gegeben hatte. Während sie sich mit Jens-Ole schon seit Jahren duzte, war sie mit ihr, Kim, noch per Sie. »I hätt ja g'wettet, dass Sie daheim eifrig am Drehbuch feiled.« Tina Baumann schwäbelte manchmal noch, obwohl sie schon lange in Hamburg lebte und auch anders konnte.

»Hallo, Frau Baumann«, erwiderte Kim mit möglichst viel Begeisterung. »Na, das kann ich doch überall! Leisten Sie mir Gesellschaft?« Sie klopfte auf den freien Sitzplatz neben sich.

»Danke, ich hab vorhin die ganze Zeit g'sessen, bin auf dem Weg ins Hotel.« Die Redakteurin schaltete in den Hochdeutschmodus. »Ich will mich noch kurz frischmachen vor der Retrospektive und Franzy abholen.« Sie nahm trotzdem Platz, setzte sich allerdings vorne auf die Stuhlkante, um zu zeigen, dass sie wirklich nur auf dem Sprung war. »Seit wann sind Sie denn hier, Frau Schröder?«

»Erst seit heute Mittag. Ist mein erstes Mal auf Norderney. Ich hab mich erst vorgestern spontan entschlossen, das Festival zu besuchen.«

»Sehr gute Idee«, pflichtete die Baumann ihr bei. »Irgendwas nimmt man ja immer mit. Erstaunlich, dass Sie so kurzfristig noch eine Unterkunft gefunden haben.«

»Ja, ich hatte Glück. In der Richthofenstraße war zufällig gerade ein kleines Einzimmerapartment frei geworden.« Kim lächelte. »Bei einer netten jungen Wirtin. Ihr Mann vermietet Fahrräder. Ich bin schon hierher geradelt.«

Tina Baumann schien eine Sekunde zu zögern. »Jens-Ole ist wohl nicht hier.« Es klang eher wie eine Feststellung, nicht wie eine Frage.

»Nö.« Kim lächelte ironisch. »Wäre ihm auch viel zu provinziell. Für ihn müsste es eher die Biennale sein oder etwas in der Größenordnung.«

»Jaja, es kann auch Cannes gewesen sein«, kalauerte Tina Baumann. Sie überlegte einen Augenblick, bevor sie fortfuhr. »Gut, dass Sie ihn ziehen lassen haben. Jetzt darf ich's Ihnen ja sagen: Bei mir hat er's auch mal versucht. Vor Jahren.«

Kim konnte sich gerade noch ein empörtes »Echt?« verkneifen. Doch eigentlich überraschte es sie nicht wirklich.

Sie tauschten einen ironischen Blick, der das ewige Mann-Frau-Dilemma ausreichend kommentierte. Vermutlich, damit es zwischen ihr und Kim nicht zu vertraulich wurde, gab die Redakteurin sich nun wieder geschäftlich.

»Ich hab mich mit dem Auftrag an Sie ganz schön aus dem Fenster gehängt, Frau Schröder. Das ist Ihnen doch klar, gell?«

»Tatsächlich?«, murmelte Kim leicht verlegen. »Ich will in dieser Richtung ja schon ewig was machen. Und wenn man richtig glüht für etwas, dann …«

Tina Baumann fiel ihr lächelnd, doch mit nachdrücklichem Blick ins Wort. »Liefern Sie uns was Gut's. Leicht, aber nicht seicht. Ergreifend, unterhaltsam und amüsant.«

»Klar«, erwiderte Kim rasch, als wäre das eine ihrer leichtesten Übungen. Sie musste schleunigst von diesem heiklen Thema ablenken. Denn in Wirklichkeit wollte ihr für das Drehbuch partout nichts Originelles einfallen. Seit Wochen schon bastelte und verwarf sie, nichts zündete richtig. Alle Ideen drifteten früher oder später in Richtung Krimi oder Thriller ab – wobei das gemeuchelte Opfer stets eine auffallende Ähnlichkeit mit Jens-Ole aufwies. Natürlich hatte sie ein Treatment eingereicht, worauf sie den Auftrag erhalten hatte, doch ihr fehlte die Inspiration, die richtige Tonlage.

Dabei wollte sie unbedingt über Liebe schreiben. Etwas sommerlich Heiteres, nicht immer nur Geschichten über Mord und Totschlag. Leicht, aber nicht seicht – solche Filme liebte sie doch privat auch am meisten. Kim war überzeugt, dass eigentlich genau das ihr Genre war. Sie brauchte nur … Ja, was eigentlich? Vielleicht würde Norderney sie in die richtige Stimmung bringen.

Tina Baumann betastete sich die geröteten Wangen und verzog das Gesicht. »Sonnenbrand?«, fragte Kim mitfühlend. »Sind Sie denn schon länger auf der Insel?«

»Ja, meine Frau und ich, wir kombinieren den Pflichttermin mit dem Vergnügen. Wir hängen vorher und nachher ein paar Tage zur Erholung dran.«

»Das klingt gut«, sagte Kim. »Sie haben geheiratet?« Gerüchteweise war sie längst informiert, aber ohne offizielle Bestätigung hatte sie nicht gratulieren mögen. Als die Redakteurin stolz nickte, holte sie es nach. »Dann wünsche ich Ihnen und Ihrer Frau von Herzen ganz viel Glück!«

»Danke Ihnen! Wir haben übrigens auf Norderney gefeiert, im vergangenen Spätsommer. Es war traumhaft …« Die Redakteurin zückte ihr Smartphone und zeigte Kim das Displayfoto, auf dem zwei Frauen mit bräutlichen Blumenkränzen im Haar übermütig strahlten.

»Ach, wie schön!« Kim seufzte. »Sie sehen sehr glücklich aus …«

»Ja. Das war bei der Weißen Düne. Unvergesslich.« Tina Baumann steckte ihr Handy wieder weg. »Es ist nie zu spät, das weiß ich jetzt.« In erster Ehe war sie mit einem Mann verheiratet gewesen.

Das sollte wohl aufmunternd klingen, dachte Kim, doch es bewirkte bei ihr genau das Gegenteil. Sie selbst war Mitte dreißig, seit zehn Monaten Single, und alles in ihrem

Leben schien derzeit am seidenen Faden zu hängen. Warum hatte sie allein Jens-Ole nicht gereicht? Hatte sie als Frau zu wenig zu bieten? Und auch wenn sie nie besonders intensiv von Heirat, Haus und Kindern geträumt hatte, irgendwie war sie doch stets davon überzeugt gewesen, all das würde sich eines Tages auch für sie ergeben. Kam das noch? Wann denn, bitte schön, und mit wem? Ihr lief die Zeit davon.

Wenn sie jetzt wenigstens beruflich erfolgreich wäre! Aber wie viele Exposés hatte sie im letzten Jahr rausgeschickt? Das schwache Echo darauf nagte zusätzlich an ihrem Selbstbewusstsein. Und dann war im Frühjahr auch noch ihre Katze überfahren worden.

»Apropos«, riss Tina Baumann sie aus ihren Gedanken. »Was macht denn *Der Sommer meines Lebens?*« So lautete der Arbeitstitel für das Drehbuch, das Kim bald abliefern musste. »Darf ich schon mal was lesen?«

»Oh.« Kim gab sich Mühe, munter zu klingen. Sie hatte erst dreißig Seiten fertig, bestimmt dreihundert lagen im virtuellen Papierkorb. »Es läuft … Wirklich. Ich bin nur ziemlich abergläubisch. So zarte Pflänzchen muss man schützen, finde ich, sie dürfen nicht zu früh raus …« O Gott, wenn die Baumann wüsste, dass ich noch nicht mal mit einer einzigen Szene richtig zufrieden bin, dachte sie. Aber ich werde es schon schaffen. Jetzt bloß keine Panik aufkommen lassen.

»Na dann …« Die Redakteurin erhob sich. »Ich muss los. Also denken Sie dran, ich lese immer gern schon zwischendurch. Schicken Sie was, wenn's einigermaßen ausgereift ist.«

»Mach ich«, versprach Kim. »Und … wir sehen uns sicher noch heute Abend und in den nächsten Tagen.«

»Bestimmt. Man läuft sich ja auf der Insel ständig über

den Weg.« Lächelnd winkte Tina Baumann ihr zum Abschied zu.

»Kann ich das mitnehmen?«, fragte eine cool gestylte Serviererin in schwarzen Leggings, weißer Bluse und Fliege freundlich. Sie wies auf die nicht ganz geleerte Schüssel, aus der Kim einen Salat gegessen hatte.

»Was? Ach, ja, das kann weg.«

Ihr Wohlgefühl war verflogen. Sie fühlte sich wieder gehetzt. Die angenehme Stimme ließ sich auch nicht mehr vernehmen. Kim wandte den Kopf und hielt Ausschau. Aber hinter ihr befand sich niemand, zu dem sie gepasst hätte. Zwei Servicekräfte räumten gerade einen großen Tisch ab, an dem der Unbekannte vermutlich gesessen hatte.

Das Kino war kein Kino, sondern ein Theater – und was für eines! Nachdem sich das Publikum durch ein modernes lichtdurchflutetes Foyer mit lässigem Beach-Club-Ambiente an den Kartenabreißern vorbeigeschoben hatte, öffneten sich die Türen in ein herrlich plüschiges Kurtheater, das einer Residenzstadt würdig war. Kim entdeckte hier und da im Getümmel bekannte Gesichter – eine Schauspielerin, Regisseure, Kollegen –, sie nickte und winkte. Dann traf sie auf Toska, die wie sie selbst in Hamburg lebte und dieses Jahr zur Jury für den Emder Drehbuchpreis gehörte. Sie kannte die Dozentin mit den kinnlangen kupferroten Haaren und den braunen Augen aus gemeinsamen Studienzeiten, sie begrüßten sich freudig.

»Und? Wie ist dein erster Eindruck von Norderney?«

»Na, bei dem Wetter … genial!« Kim lächelte breit. »Allein die Luft! Allerdings finde ich den Ort städtischer als erwartet.«

»Ist doch sogar eine Stadt, ganz offiziell.« Die spottlustige

Toska brachte Dinge gern auf den Punkt. »Seien wir ehrlich: Vieles ist hier ziemlich verbaut.«

Kim zuckte mit den Schultern, musste ihr aber recht geben. »Ich hab vorhin Apartmentblocks an der Seefront gesehen, die mich ein bisschen an Mümmelmannsberg erinnern.«

»Ja«, Toska verzog angewidert ihre Miene, »diese klobigen Bausünden aus den Sechziger- und Siebzigerjahren sind ein Jammer! Aber die fallen in eine ganz andere Preiskategorie als Wohnungen in Mümmelmannsberg, das ist nix für Hartz-IV-Empfänger.«

»Wenn man darin wohnt und den freien Blick auf die Nordsee genießt, ist es wahrscheinlich sogar wunderbar …«, gab Kim zurück. Toska rollte nur mit den Augen. »Vorhin beim Radfahren hab ich aber auch ein paar süße Häuser gesehen. Diese weißen klassizistischen Gebäude, die sind doch echt schön!«

Toska nickte. »Warst du schon in der legendären Milchbar?«, fragte sie.

»Nö, ich kenn nur die Loungemusik von Blank & Jones«, antwortete Kim. Sie war so etwas wie das deutsche Gegenstück zum Café-del-Mar-Sound von Ibiza. Jedes Jahr gab's ein neues Seaside-Seasons-Album, zu dem sich die beiden Discjockeys beim Auflegen in der Milchbar inspirieren ließen. »Die hör ich gern mal, wenn ich runterkomme und mich entspannen will.«

»Ja, Chillout-Musik vom Feinsten! Wir müssen da in den nächsten Tagen unbedingt noch einen Sundowner trinken.« Die Frauen ließen sich gemeinsam weitertreiben. Kim spitzte die Ohren, weil sie hoffte, wieder die Streichelstimme zu hören, sie musterte die anderen Besucher aufmerksam.

Das Filmfest Emden-Norderney war kein reines Insiderfestival, auch normales Publikum strömte dorthin. Cineasten, Urlauber, Stammgäste der Insel und, wie man den Gesprächen entnehmen konnte, etliche Einwohner. Die meisten Kinogänger waren sommerlich gekleidet und wirkten, als kämen sie direkt vom Strandspaziergang, einige gingen barfuß. Besonders gestylt hatte sich niemand. Kim war froh, dass sie sich nicht mehr aufgebrezelt hatte, sie trug nur eine sandfarbene Caprihose und eine luftige hellblaue Tunika. Sie benötigte nicht mal den Leinenblazer, den sie mitgenommen hatte, für den Fall, dass eine Klimaanlage den Saal zu sehr herunterkühlen würde, denn das Kurtheater war angenehm temperiert. Es herrschte freie Platzwahl, sie und Toska machten es sich vorne in einer der goldverschnörkelten Logen mit liebevoll restauriertem Zierrat an Balustraden und Säulen bequem. Jetzt wurde das Licht gedimmt, und das allgemeine Gemurmel wich einer erwartungsvollen Stille.

Kim hatte noch immer keinen Blick ins Programm geworfen. Ein Mitglied des Festivalkomitees begrüßte das Publikum. »Ihnen allen dürfte der Kameramann Hans J. Ehrlich ein Begriff sein. Eine Würdigung, eine Retrospektive seiner Werke war überfällig«, leitete der Mann zum Thema des Abends über. »Ehrlichs Bildsprache hat den Hollywoodfilm seit den späten Sechzigerjahren maßgeblich verändert.« Ach, um den ging es! Kim war der verstorbene Kameramann zwar ein Begriff, sie kannte ein paar Filme von ihm, die sie auch ganz gut gefunden hatte, aber viel wusste sie nicht über ihn. »Wir zeigen in den nächsten Tagen seine wichtigsten Filme und im Conversationshaus eine Ausstellung mit ausgewählten Originalfotos. Mehr und mehr wird Hans J. Ehrlich inzwischen ja auch für das geschätzt, was er vor seiner großen Karriere gemacht hat – nämlich für seine Fotografien. Damit hat er schon früh seinen Blick geschult. Hans J. Ehrlichs Schwarz-Weiß-Aufnahmen aus den späten Fünfziger- und frühen Sechzigerjahren sind unter Sammlern heiß begehrt, bei Fotokunstversteigerungen erzielen sie Höchstpreise.«

»Hast du das gewusst?«, flüsterte Kim.

Toska nickte. »Neulich hat 'ne Aufnahme von ihm bei Sotheby's in Paris sechzehntausend Euro gebracht.«

»Ehrlich?«, fragte Kim erstaunt.

»Ja, ein Originalabzug, Silver Print, signiert und mit Datum versehen«, flüsterte Toska zurück. Ihr Mann schrieb für den Kulturteil einer großen Wochenzeitung, wahrscheinlich kannte sie sich deshalb so gut aus.

Beeindruckt lehnte sich Kim zurück, um weiter zuzuhören. »Was vielen von Ihnen aber nicht bekannt sein dürfte«, fuhr der Redner fort, »ist, dass dieser legendäre Kameramann in den Fünfzigerjahren als Fotograf auf Norderney gearbeitet hat.«

Das war auch Kim neu. »Naja, vielleicht hat er nur mal während eines Urlaubs hier fotografiert«, raunte sie Toska zu.

Die zwinkerte zurück. »Und sie blasen das jetzt aus PR-Gründen groß auf.« Eine Frau, die hinter ihnen saß, zischte ärgerlich, und sie sprachen nicht weiter.

»Wir beginnen unsere Würdigung mit einem Dokumentarfilm über ›Das Auge‹, wie Ehrlich genannt wird. Gedreht hat ihn sein jüngster Sohn Julian, den Sie anschließend ab zirka dreiundzwanzig Uhr beim Mitternachtstalk im Foyer des Kurtheaters näher kennenlernen können.« Er wies auf einen Mann, der in der ersten Reihe saß. »*Julian, we are so glad to have you here!*«

Ein Mann erhob sich, drehte sich zum Publikum um, lächelte, offenbar verlegen, doch – soweit es im gedämpften Licht zu erkennen war – liebenswürdig und machte eine ungeschickte Verbeugung. Er war groß, schlaksig und trug eine Brille. Das könnte er sein, schoss es Kim durch den Kopf. Es war ein bisschen irrational. Trotzdem dachte sie: Wenn der es wäre, das würde mir gefallen. Sag doch mal was! Aber er nahm wortlos umständlich wieder Platz.

»Der ist ja süß!«, flüsterte Toska.

»Ein bisschen tapsig«, gab Kim zurück. Wenn sie da an Jens-Ole dachte – der verhielt sich als Obercharmeur vom Dienst in jeder Lebenslage sicher und weltgewandt. Ach, warum denkst du schon wieder an ihn?, schimpfte sie gleich darauf mit sich selbst. Vergiss den Idioten endlich!

»Na eben«, erwiderte Toska. »Das Tapsige find ich ja gerade so süß. Er hat Ähnlichkeit mit Hugh Grant, findest du nicht?«

»Vielleicht, aber dann mit dem Hugh Grant von vor zwanzig Jahren.«

»Man versteht nichts, wenn Sie die ganze Zeit quatschen!«, fauchte die Frau hinter ihnen.

»Oh, sorry«, murmelte Kim und sank tiefer in ihren roten Plüschklappstuhl.

Nun begann der Dokumentarfilm. Die Texte aus dem Off sprach ein deutscher Schauspieler, den sie gleich erkannte, weil er in einem ihrer Krimis mitgespielt hatte. Zunehmend fasziniert, folgte sie Ehrlichs Werdegang vom blutjungen Soldaten in russischer Kriegsgefangenschaft bis zum Kameramann, der in Hollywood von Weltklasseregisseuren umworben wurde.

Charakterlich schien er schwer zu fassen zu sein. Mal wirkte er offen, sympathisch, ansteckend unbeschwert –

mal sehr in sich zurückgezogen und unnahbar. Ist das nur mein persönlicher Eindruck, fragte sich Kim, oder zeigt der Dokumentarfilm absichtlich Widersprüche auf, die typisch für den Mann waren? Vielleicht verriet sich darin ja auch eine schwierige Vater-Sohn-Beziehung …

Bevor sie weiter überlegen konnte, fesselte eine Schwarz-Weiß-Fotoserie des Meisters ihre Aufmerksamkeit. Private Filmaufnahmen aus den Sechzigerjahren zeigten eine Vernissage in einer Galerie in Kalifornien. Langsam wanderte die Kamera von einem schwarz gerahmten Foto zum nächsten. Wie elektrisiert beugte Kim sich vor, damit ihr nur ja kein Detail entging. Dann kam ein Schnitt, und man sah den erwachsenen Sohn Julian in der Jetztzeit beim Sichten von Negativen und Abzügen für die aktuelle Ausstellung. Das kannte sie doch! Nicht direkt ein bestimmtes dieser Fotos, aber die Stimmung und die Linien von Meer, Wellen, Sand, die grafisch, fast abstrakt wirkten. Die Art, mit Licht und Schatten zu spielen, und jetzt, von hinten aufgenommen, diese Frau im weißen Badeanzug.

»Das Bild kenn ich«, stieß Kim hervor. »Echt, Toska, so ein Foto hing bei meinen Großeltern! Es war ziemlich groß, auch schwarz gerahmt, mit weißem Passepartout. Die Linien, das Flair, das Model … Na gut, ein bisschen anders. Aber das MUSS vom selben Fotografen sein.«

»Echt?« Toska schaute sie überrascht an. Die Frau hinter ihnen stand demonstrativ auf und ging, wohl, um sich ein ruhigeres Plätzchen zu suchen.

Dass sie sich so gestört fühlte, tat Kim leid, aber was sie gerade beobachtete, war einfach zu spannend. »Hundertpro«, flüsterte sie.

Das Foto, an das sie sich erinnert fühlte, hatte einen weiblichen Rückenakt in den Dünen mit Durchblick aufs

Meer gezeigt. Mit sehr schönen Konturen, ästhetisch und erotisch – für die damalige Zeit wahrscheinlich ziemlich gewagt.

»Existiert das Foto noch?«, flüsterte Toska zurück.

Kims Augen hafteten an der Leinwand, es dauerte einen Moment, bis sie auf Toskas Frage antwortete. »Ehrlich gesagt, ich hab keine Ahnung.«

Ihre Großeltern lebten nicht mehr, die Villa war längst verkauft. Vielleicht hortete ihre Mutter das Bild noch irgendwo. In deren Wohnung hing es allerdings nicht. Bis zum Ende des Films googelte Kim nebenbei per Smartphone nach Ehrlich-Fotografien im Internet. Doch ausgerechnet das Motiv, das sie aus ihrer Kindheit zu kennen glaubte, tauchte nirgendwo auf. Sie schickte Links zu anderen, der Öffentlichkeit zugänglichen Ehrlich-Fotografien und zu einem Bericht über die Auktion an ihre Mutter. *Guck mal!*, tippte sie nach einem staunenden Smiley ein. *Kommt dir das nicht auch bekannt vor? Ich ruf dich später noch an.*

Als der Dokumentarfilm zu Ende war und das Publikum den Saal verließ, bat Kim Toska, für sie einen Sitzplatz im Foyer frei zu halten. Den Mitternachtstalk wollten sich beide auf keinen Fall entgehen lassen.

»Ich muss mal kurz mit meiner Ma telefonieren und komme dann nach.«

»Okay.« Toska lächelte. »Was möchtest du trinken? Ich bestell uns schon was.«

»Ach, egal«, erwiderte Kim. »Einen trockenen Weißwein, wenn sie haben. Sonst ein Pils.«

Sie ging vor die Tür und musste ein ganzes Stück über die Terrasse der Lounge hinausgehen, um ungestört telefonieren zu können. In einer weitläufigen Outdoor-Möbellandschaft aus Paletten mit schwarzen Polsterauflagen fläzten sich bereits angeregt plaudernde Raucher.

Ihre Mutter hatte den Link erhalten und sich die Fotos schon angesehen. »Hallo, Kimmy! Was für eine Überraschung«, sagte sie aufgekratzt. »Ja, das kommt mir sehr bekannt vor. Unser Dünenfoto wird wohl vom selben Fotografen stammen, das nehm ich stark an.«

»Wo ist es eigentlich geblieben?«

Kim dachte an Sotheby's. Ihre Großeltern hatten zwar recht wohlhabend gelebt, doch im Laufe der Jahrzehnte war das Verlagsimperium ihres Großvaters durch verschiedene Umstände immer weiter geschrumpft, bis es schließlich, zum Glück erst nach seinem Tod, von einem Großverlag geschluckt worden war. Kim erinnerte sich, wie schwer es ihrer Mutter gefallen war, den Hausstand ihrer Eltern aufzulösen, nachdem auch die Großmutter gestorben war. Von vielen Möbeln und Bildern hatte sie sich nicht trennen können, obwohl sie nicht zu ihrer eigenen Einrichtung gepasst hätten. So waren einige Erinnerungsstücke auf dem Dachboden gelandet. Nur ab und zu, wenn eine größere Anschaffung fällig wurde, ging Kims Mutter nach oben ins »Depot«, wählte ein Kunstwerk aus und verkaufte es. Manchmal lebe ich von der Wand in den Mund, pflegte sie zu scherzen.

»Ich hatte keine Ahnung, dass eine Fotografie aus der Nachkriegszeit so viel Geld bringen kann«, gab ihre Mutter zu. »Das Dünenfoto müsste eigentlich noch auf dem Dachboden sein. Zusammen mit den Gemälden, für die keiner von uns Platz hat.«

Kim atmete auf. »Weißt du mehr über die Aufnahme?« Sie hörte, wie ihre Mutter sich eine Zigarette anzündete.

»Das Dünenfoto war immer schon da, solange ich mich erinnern kann.«

Ihre Mutter war im Juni 1960 geboren. Kim überlegte. »Haben Oma und Opa mal Urlaub auf Norderney gemacht?«

»Weiß ich nicht, mag sein. Eigentlich ist unsere Familie schon vor dem Krieg immer nach Sylt gereist, in das Keitumer Kapitänshäuschen«, entgegnete ihre Mutter. Auch das hatte leider nach dem Tod der Großeltern verkauft werden müssen. Ihre Mutter hatte noch zwei Halbschwestern, die in Süddeutschland lebten und damals lieber ausbezahlt werden wollten. Immerhin hatte es für Claudia Schröder, gelernte Juristin und von Kims Vater geschieden, für eine komfortable Eigentumswohnung in Alsternähe gereicht. Sie arbeitete nur noch mit halber Stundenzahl in einer Kanzlei, weil sie mehr Zeit für die angenehmen Dinge des Lebens haben wollte. »In meiner Kindheit jedenfalls ging es immer nach Sylt. Die Insel, vor allem Keitum, kam ja in den Sechzigern so richtig in Mode. Das war für Opa als Verleger gesellschaftlich und geschäftlich wichtig.«

»Aber bist du sicher, dass die beiden nicht auf Norderney gewesen sind?«

»Nein, natürlich nicht. Keine Ahnung, wo überall sie mal gewesen sind.« Sie inhalierte hörbar. »Opa konnte ja nie richtig Urlaub machen. Nach drei Tagen Nichtstun wurde er unruhig und musste zurück in den Verlag. Aber irgendwas klingelt da bei mir, wenn ich Norderney höre. Ruf mich morgen noch mal an. Ich hab gerade Besuch von meiner Nachbarin.«

»In Ordnung«, erwiderte Kim. »Ich glaub, die Talkrunde geht auch gerade los. Dann bis morgen. Grüß die Nachbarin von mir. Schlaf gut, Mama!«

»Danke. Viel Spaß auf der Insel!«

Toska hob den Arm, es war ihr gelungen, einen Platz auf

einem bequemen Vintage-Sofa für sie frei zu halten. Dahinter standen einige Leute, die ganz offensichtlich scharf auf den Sitzplatz waren, die Talkrunde lief auch bereits. Möglichst unauffällig drängte sich Kim zum Sofa durch, ließ sich erleichtert neben Toska plumpsen. Ihr Wein stand schon auf einem Tischchen aus gestapelten Büchern bereit. Kaum hatten die Frauen lächelnd miteinander angestoßen, fragte eine Moderatorin den Sohn von Hans J. Ehrlich nach seiner Kindheit.

»Sie sind in Kalifornien zur Welt gekommen, als jüngster Sohn. Ihr Vater hatte vier Kinder von drei Frauen, er ist viel durch die Welt gereist und starb schon im Alter von dreiundsiebzig Jahren. Da waren Sie erst dreiundzwanzig. Wie gut kannten Sie eigentlich Ihren Vater?«

Fehler, dachte Kim. Eine derart intime Frage würde ich erst zum Schluss des Gesprächs stellen, wenn der Interviewpartner mehr aufgetaut ist. Sie wunderte sich, dass die Moderatorin Julian Ehrlich auf Deutsch ansprach. Bei dieser Beleuchtung konnte sie sein schmales Gesicht besser studieren als vorher im Kino. Sie schätzte ihn auf Anfang vierzig. Ein attraktiver Mann mit hellen Augen hinter einer Brille, die cool und geschmackvoll wirkte. Mittelgroße Nase, volles braunes Haar, helles Hemd mit aufgekrempelten Ärmeln. Er zögerte einen Moment, dann lächelte er charmant, eine Spur ironisch. Die Brauen hoben sich über der Nasenwurzel.

Als er den Mund öffnete, um zu antworten, stellte Kim ihr Weinglas ab und schloss die Augen. Sie hoffte, dass er der Mann mit der schönen Stimme war. Ob sich das kribbelige Wohlgefühl gleich wieder einstellen würde?

2

1959

Ulla Michels zog sich hinter dem Paravent wieder an. Während sie die hautfarbenen Nylons geschickt an den Strumpfbändern ihres Hüftgürtels befestigte, fragte sie sich mit einem mulmigen Gefühl, was der Professor ihr wohl gleich verkünden würde. Der renommierte Frauenarzt Professor Meyer hatte bei der Untersuchung nicht mehr als ein »Hm-hm« von sich gegeben. Eigentlich war es ja auch klar. Es musste an ihr liegen, dass sie nach gut drei Jahren Ehe noch immer keinen Nachwuchs erwarteten. Denn ihr Mann Wilfried, den sie wie seine Freunde meist Will nannte – so hatte ihn ein britischer Presseoffizier in der Besatzungszeit erstmals gerufen –, konnte auf die Zeugung von zwei inzwischen fast erwachsenen Töchtern aus erster Ehe verweisen. Die achtzehnjährige Christine und die zwei Jahre jüngere Elisabeth lebten seit dem frühen Tod ihrer Mutter in einem Internat am Bodensee. Die Frage für Ulla lautete also: Konnte ihre Unfruchtbarkeit geheilt werden oder nicht? In der vergangenen Woche hatte sie bereits eine Blut- und eine Urinprobe abgeben müssen, aber die Laborergebnisse kannte sie noch nicht.

Ulla schlüpfte in ihre Pumps, griff nach der Handtasche und nahm mit Herzklopfen auf dem Besucherstuhl vor einem ausladenden Schreibtisch Platz.

»Meine liebe Frau Michels«, begann der weißhaarige Mediziner in jovialem Tonfall, »es ist alles da, alles dran und drin, wenn ich's mal so salopp ausdrücken darf – alles, was eine Frau braucht, um ein Kind auszutragen.« Während er lächelte, zog sich sein gepflegter Schnauzbart in die Breite. »Sie sind immer noch jung, gerade erst achtundzwanzig, da besteht Grund zur Hoffnung.«

Erleichtert atmete Ulla aus. »Aber … warum klappt es dann nicht? Was kann ich tun?«

»Nun, ich rate Ihnen dringend, eine Kur zu machen.«

»Eine Kur?«

»Ja, zur allgemeinen Stärkung des Nervensystems und zur Regulierung der Hormone. Sie brauchen eine Umstimmungstherapie.«

»Umstimmungstherapie?«, wiederholte Ulla überrascht. »Davon hab ich noch nie gehört. Wie funktioniert so was? Glauben Sie im Ernst, ich müsste erst noch zu einer Schwangerschaft überredet werden?« Sie versuchte, witzig zu sein.

Der Arzt lächelte. »Am besten hilft ein Klimawechsel. Durch Reize wie Wetter, Luft und Wasser wird das vegetative Nervensystem auf Trab gebracht.«

»Oje«, entfuhr es der Patientin.

Vor ihrem geistigen Auge sah sie sich inmitten vornehm tuender siecher Menschen im Kurgarten von Bad Kissingen Heilwasser aus Schnabeltassen trinken – … *in Zimmertemperatur schluckweise, möglichst sich in frischer Luft ergehend* … –, so wie es auf den Fachinger-Flaschen stand. Unwillkürlich schüttelte Ulla den Kopf. Das wäre nichts für sie.

»Sie sollten mindestens sechs Wochen, besser zwei Monate dafür einplanen«, fuhr der Arzt fort und hielt ihr dann einen kleinen Vortrag über den günstigen Einfluss von

Meerwasser- und Schlickbädern auf Frauenleiden, die, wie er sich ausdrückte, »mit der hormonalen Unterfunktion der Eierstöcke« zusammenhingen. »Fahren Sie in ein schönes Seeheilbad. Da nutzen Sie die Anwendungen im Kurmittelhaus, und nebenbei machen Sie Urlaub. Gehen Sie barfuß am Strand, setzen Sie sich den Elementen aus. Wind, Wetter, heiß, kalt … Sie können es sich doch leisten, gnädige Frau.«

»Nein«, widersprach Ulla spontan. »Ich kann und will meinen Mann nicht so lange allein lassen.« Dann jedoch huschte eine Idee durch ihren Kopf. »Ja, wenn er mitkäme …«

Aber sofort winkte sie ab. Das würde Will niemals tun. Sein Zeitschriftenimperium expandierte. Er war einer der erfolgreichsten Verleger des Landes, mit seinen dreiundvierzig Jahren im allerbesten Alter, im Aufbaufieber wie alle Erfolgreichen und nicht zu bremsen. Einer, der gern den Spruch »Schlafen kann ich, wenn ich tot bin« zitierte. Gerade beschäftigten ihn die Pläne für eine neue Frauenzeitschrift. Sie sollte sämtliche Bereiche des Konsums von Mode über Kochen bis zu Wohnen und Schönheitspflege behandeln, praktisch und handfest sein – ein Blatt für die junge freche Frauengeneration. Will versprach sich viel davon. »Kein Feuilleton mehr, keine Erbauungsliteratur. Das ideale Umfeld für Anzeigenkunden«, lautete seine Kurzformel.

Zu gerne hätte Ulla selbst am redaktionellen Konzept mitgewirkt. Sie konnte ihrer Generation aus der Seele sprechen. Die Anzeigen interessierten sie nicht. Schließlich war sie gelernte Journalistin. So hatte sie Will ja überhaupt kennengelernt, als hoffnungsvolle Jungredakteurin, die für eine seiner allgemein unterhaltenden Frauenillustrierten arbeitete. *Anette schlendert um den Globus* hatte ihre feste Rubrik geheißen. Durch ihre witzigen Texte zu Fotos, die auf der vorletzten Seite jeder Ausgabe amüsante Geschichten aus aller Welt illustrierten, war er auf sie aufmerksam geworden.

Sie hatte sich sofort in ihren fünfzehn Jahre älteren, verwitweten Chef verliebt. Sie mochte alles an ihm – sein Auftreten und sein Aussehen, sogar das feste kleine Wohlstandsbäuchlein. Sie mochte seine große Nase, sein Lachen, die gütigen blaugrünen Augen unter leichten Schlupflidern, das kräftige braune Haar mit den grauen Schläfen. Wilfried Michels, Spross einer angesehenen Senatorenfamilie aus Blankenese, war nur mittelgroß und trotzdem eine Erscheinung. Wenn er einen Raum betrat, veränderte sich das Klima. Es wurde wärmer, energiegeladener, ein bisschen aufregender – als wäre nun mehr möglich als zuvor. Will Schröder galt als einfallsreicher Verleger, der Mitarbeiter begeistern konnte. Seinen Chefredakteuren gewährte er weitgehend freie Hand. Hauptsache, es stimmt, was ihr schreibt, pflegte er zu sagen. Ich kümmere mich um Anzeigen und Vertrieb. Dass seine Zeitschriften unpolitisch im Sinne von Parteiinteressen sein sollten, verstand sich von selbst, sie alle hatten die Nase voll von Politik. Die Macher wollten sich ebenso wie die Leserschaft den schönen Seiten des Lebens zuwenden. Ulla bewunderte Will Michels' Sicherheit, seine Männlichkeit und Erfahrung. Der Altersunterschied störte sie kein bisschen, im Gegenteil.

Die Sprechstundenhilfe kam ins Besprechungszimmer und flüsterte dem Arzt etwas ins Ohr. »Entschuldigen Sie mich bitte eine Minute.« Ulla nickte, er verließ den Raum.

Auf einem Betriebsfest hatte es auch bei Will gefunkt. Sie hatte sich kurz zuvor das brünette, leicht gewellte Haar zu einer flotten Kurzhaarfrisur schneiden lassen. Einige Kollegen meinten, sie hätte jetzt noch mehr Ähnlichkeit mit Ruth Leuwerik, was Ulla gar nicht gefiel, weil sie deren Sprechweise nicht mochte, andere verglichen sie mit Lilli Palmer, was ihr etwas sympathischer war. Vielleicht glichen sich die Gesichtsformen, die vollen Lippen und die großen Augen, obwohl Ullas braun und nicht blau waren. Aber sie wollte überhaupt niemandem ähneln, niemanden nachmachen, sondern nur sie selbst sein. Allein sie selbst – nur gern noch mit etwas mehr Mut als bislang.

In Gedanken an ihr erstes Rendezvous musste sie lächeln. Will hatte ihr angeboten, sie mit seiner Borgward Isabella TS Deluxe nach Hause zu fahren. Nicht dass er groß mit dem Auto angegeben hätte. Aber alle Kollegen sprachen über die hochmotorisierte Limousine, sogar die Frauen, denen die Kombination der dunkelroten Lackierung mit den zweifarbigen Skai-Sitzen, oben beige, der Rest in Rot, dazu elfenbeinfarbenes Cockpit und Lenkrad, als Gipfel des exquisiten Geschmacks erschien. Doch zweimal hatte Ulla abgelehnt. Sie würde ebenso gern Straßenbahn fahren, hatte sie geantwortet. »Wenn das so viel Spaß macht, komme ich mit«, hatte er geantwortet und war tatsächlich mitgefahren. Sie hatten nur gelacht während der Tour, anschließend in Barmbek noch ein Bier getrunken.

Eine herrliche Zeit voll aufregender geheimer Treffen war gefolgt. Niemand hatte etwas erfahren sollen, sie hatten ihr Glück unbelastet von Gerede und Verpflichtungen genießen wollen. Er fand sie »süß und frech«, nannte sie aufgeweckt und natürlich, bescheinigte ihr Esprit: »Mit dir ist das Leben wieder unkompliziert und unbeschwert!« Natürlich spielte auch die körperliche Anziehungskraft eine große Rolle. Aber darüber sprach man nicht. Das passierte einfach.

Lange hatte ihre Verbindung nicht verborgen bleiben können. Es fiel auf, dass der Witwer endlich wieder strahlte, dass Ulla immer hübscher wurde und vor Energie zu platzen schien. Ihrer besten Freundin Inge hatte sie sowieso nicht lange etwas vormachen können. »Sei bloß vorsichtig«, hatte die sie allerdings gewarnt, »vielleicht ist er einer dieser Chefs, der seine hübschen weiblichen Angestellten der Reihe nach vernascht. Am Ende stehst du dumm da. Oder schwanger und dumm.« Inge kannte sich aus mit solchen Chefs. »Nein«, hatte Ulla entschieden geantwortet, »bei uns ist das etwas anderes, unsere Seelen verstehen sich.«

Nachdem sie trotz aller Diskretion gemeinsam gesehen worden waren, einmal bei einem Elbspaziergang am Falkensteiner Ufer und einmal bei einem Autoausflug nach Lüneburg, hatte Will nicht länger gezögert. »Lass uns Nägel mit Köpfen machen«, hatte er gesagt. Das war oben auf dem Wilseder Berg gewesen, nach einer Wanderung durch die wildromantische Heidelandschaft des Totengrunds. »Wir heiraten, kleiner Bär!« Typisch Will, es war keine Frage gewesen, sondern eine Feststellung. Und Ulla war ihm glücklich um den Hals gefallen.

»Entschuldigung, jetzt bin ich wieder ganz für Sie da.« Professor Meyer kehrte zurück und nahm hinter dem Schreibtisch Platz. »Soll ich mit Ihrem Gatten reden?« Seine Frage holte Ulla zurück in die Gegenwart. »Ihm täte es auch gut, mal etwas kürzer zu treten.«

»Nein, bitte nicht«, antwortete Ulla schnell. Eine direkte Aufforderung würde bei ihrem Mann eher das Gegenteil bewirken.

»Wir sehen uns doch morgen beim Konzert der Callas«, fuhr Professor Meyer fort. »Sie wissen sicher, dass ich das

Vergnügen habe, Ihre Frau Schwiegermutter zu begleiten. Bei der Gelegenheit könnte ich ganz …«

»Nein, nein! Bitte erwähnen Sie auch meinen Besuch in Ihrer Praxis weder meinem Mann noch meiner Schwiegermutter gegenüber.«

Ulla wollte den richtigen Augenblick abpassen, um selbst mit Will zu sprechen – falls sie es denn überhaupt tun würde. Sie musste noch einmal ganz in Ruhe darüber nachdenken.

Einen Tag nach dem Arztbesuch bei Professor Meyer gab es in der Blankeneser Michels-Villa wie üblich Nachmittagstee im Wintergarten mit Elbblick. Nur mit der Schwiegermutter, sie und Ulla hatten keine Gesellschaft wie sonst zumeist. Ein großer Frachter glitt unten auf dem Fluss in Richtung Nordsee, er tutete, um ein Segelschiff zu warnen. Die Sonne warf durch das Tiffanyglas-Bild, das eines der Verandafenster schmückte, farbige Kringel auf Ullas sandfarbenes Sommerkleid. Gedankenverloren lockerte sie den Stoffgürtel. Sie grübelte. Eine Kur. Sie zwei Monate ohne ihren Mann, Will so lange ohne sie … Wie sollte das gehen? Sie würde es nicht ertragen. Und vielleicht wäre es sogar gefährlich. Mit leise aufkeimender Eifersucht dachte sie an die neue Redaktionsassistentin Susanne Stamps, eine rheinische Frohnatur, klug und hübsch. Blonde Hochsteckfrisur, tolle Figur, meist mit Bleistiftrock und schicken Pumps zur Geltung gebracht. Sie war die rechte Hand von Macki Moser, dem künftigen Chefredakteur der neuen Frauenzeitschrift, kümmerte sich um Redaktionelles und Organisatorisches. Ulla war nicht entgangen, dass Will und die Redaktionsassistentin gut miteinander konnten. Meist beendete ein kleiner Scherz ihre Telefongespräche.

»Antje!« Agathe Michels rief nach dem Hausmädchen.

»Antje ist oben, Schwiegermutter, sie hört dich nicht«, sagte Ulla. »Kann ich etwas für dich tun?«

»Ich hätte gern einen Apfel.«

Ulla stand auf und holte aus der Küche ein schönes Stück Obst. Sie legte es auf einen Kuchenteller, daneben ein Messer, denn, das hatte sie inzwischen gelernt, man biss in diesem Hause nicht einfach so in einen Apfel.

»Das ist kein Obstmesser«, monierte Agathe. Wortlos nahm Ulla das Schälmesser, um es gegen ein zierliches Obstmesser mit lackiertem Bambusgriff zu tauschen. »Und die Serviette? Soll ich mir die Finger etwa ablecken?« Ulla lächelte wie über einen Scherz, innerlich ärgerte sie sich, doch sie besorgte ihr auch noch eine Stoffserviette, bevor sie wieder Platz nahm. Während ihre Schwiegermutter den Apfel viertelte und schälte, tunkte sie schnell einen Keks in den Tee, was natürlich genauso verboten war. Die Köchin hatte Ulla zuliebe einige Kekse etwas brauner werden lassen. Mit dem Geschmack köstlicher Röstaromen auf der Zunge, rührte sie ihren Tee um und beobachtete die Schiffe auf dem Strom. Dieser Anblick war tatsächlich jeden Tag, zu jeder Stunde, neu und faszinierend. »Du ziehst das grüne Cocktailkleid an?«, fragte Agathe.

Ulla fuhr zusammen, hüstelte. Ihr fiel auf, dass sie beim Umrühren ihres Tees mit dem Löffelchen zu laut gegen die dünne Porzellanwand der Tasse schlug. Sie nickte. »Ja, das mit dem Bolerojäckchen.«

Wenigstens hatten sie an diesem Tag ein unverfängliches Gesprächsthema. Schon seit Wochen nämlich war das Konzert in der Hamburger Musikhalle, das erste der weltberühmten Sopranistin Maria Callas in Deutschland überhaupt, komplett ausverkauft. Sogar Agathe, die stets

32

hanseatische Gelassenheit bewahrte, wirkte etwas aufgeregt.

»Sämtliche Vertreter des konsularischen Korps werden anwesend sein«, sagte sie jetzt. Ihre Fingerspitzen prüften, ob die frisch ondulierte Frisur auch wirklich akkurat saß. Mit einem Wimpernschlag bedeutete sie Ulla, dass sie ihr Tee nachschenken dürfe. »Der Bürgermeister, der Kultursenator – ganz Hamburg wird kommen.«

Vorsichtig schenkte Ulla aus der Silberkanne nach, sie bemühte sich, nur den Ebenholzgriff zu berühren, denn schon öfter hatte sie sich am heißen Metall die Finger verbrannt. »Louis Ferdinand von Hohenzollern wird auch erwartet«, gab sie wieder, was sie vormittags im Reitstall gehört hatte. Ihr war es egal, ob der Prinz von Preußen und Chef des Hauses Hohenzollern kam oder nicht, aber sie hoffte, ihre Schwiegermutter mit dieser Information beeindrucken zu können.

»Pah! Wir Hanseaten halten nicht viel von Blaublütern.« Die Seniorin mit den herben Zügen lüpfte eine Augenbraue. »Weißt du denn nicht, dass es Adligen früher sogar verboten war, in Hamburg Grundbesitz zu erwerben?« Ulla schüttelte den Kopf. In verächtlichem Ton fuhr Agathe fort: »Mein Großvater hat es ja noch abgelehnt, ein Graf zu werden.«

»Aber warum?«, fragte Ulla verständnislos. Es ärgerte sie, dass Agathe schon wieder so tat, als wäre sie keine richtige Hanseatin, nur weil sie im Hamburger Arbeiterviertel Barmbek aufgewachsen war.

Die alte Dame unterdrückte ein Seufzen, das ebenso gut Ullas Unwissenheit wie dem offenbar fast unanständigen Ansinnen irgendeiner Majestät gelten mochte. »›Ich will nicht der Diener zweier Herren sein‹, begründete er seine

33

Ablehnung. Er hätte sich nicht gleichzeitig zum Besten der Krone und des Stadtstaates Hamburg einsetzen können. Irgendwann wäre es zu einem Interessenskonflikt gekommen.«

»Ah …«, Ulla schluckte, wieder einmal kam sie sich dumm vor, »ich verstehe.«

Agathe, die manchmal doch über ein feines Gespür verfügte, versuchte nun, sie aufzumuntern. »Du kannst heute Abend meine Kette mit dem Smaragdanhänger tragen, wenn du möchtest, Kind.«

»Das ist sehr großzügig, Schwiegermutter.« Sicher wollte Agathe sie dem Anlass entsprechend repräsentativ aufpolieren. Vor dem Konzert, in der Pause und anschließend würde es jede Menge Begegnungen mit wichtigen Persönlichkeiten geben. »Ich habe mich schon für die Perlenkette entschieden, die Will mir zum Hochzeitstag geschenkt hat. Dazu passen auch die Ohrringe, die ich am liebsten trage.«

»Nun gut«, erwiderte ihre Schwiegermutter. »Ich wollte es dir nur angeboten haben. Die Farbe hätte sicher hervorragend zu deinem Kleid gepasst.« Dann lächelte sie versöhnlich. »Aber die Perlenkette ist auch sehr kleidsam.«

Erleichtert lächelte Ulla zurück. »Ja, das stimmt. Und Will wird sich freuen, wenn ich sie trage.«

»Perlen schmeicheln immer dem Teint.« Ein prüfender Blick begleitete Agathes Nicken. »Du siehst heute recht farblos aus.«

Ulla holte nur etwas tiefer Luft, statt zu antworten.

Antje, das Hausmädchen, erschien und sagte, dass die junge Frau Michels am Telefon verlangt werde. »Fräulein Schmidt möchte Sie sprechen.«

»Danke, Antje, ich komme.«

Während Ulla sich erhob, spürte sie Agathes missbilligenden Blick. Ihre Schwiegermutter hieß es nicht gut, dass sie immer noch Umgang mit ihrer Barmbeker Freundin Inge pflegte, die doch eindeutig nicht »in unsere Kreise« passte. Sie war anderthalb Jahre jünger als Ulla und nach einer aufgelösten Verlobung wieder ungebunden. Inge, die eigentlich Ingeborg hieß, sah gut aus, machte sich gern schön zurecht, lockte damit allerdings oft die falschen Männer an. Auch ihr Chef, der verheiratete Abteilungsleiter des Kaufhauses, in dem sie Miederwaren und Dessous verkaufte, wollte ihr an die Wäsche. Vielleicht rief Inge deshalb an, vielleicht war es zum Eklat gekommen. Um nichts in der Welt hätte Ulla diese Freundschaft dem Standesdünkel der Michels-Frauen geopfert. Nur ein Wort gegen Inge, und sie würde alle Höflichkeit vergessen! Entschlossen blickte Ulla ihre Schwiegermutter an.

Deren feine Antennen funktionierten gut. »Sicher möchtest du dich in Ruhe zurechtmachen«, sagte sie. »Geh dann gern schon nach oben, Kind, ich trinke meinen Tee allein zu Ende. Ich wollte ohnehin noch etwas lesen. Unser Lesekreis trifft sich nächste Woche.«

Demonstrativ legte sie eine Hand auf ein gebundenes Exemplar von *Doktor Faustus*. Ulla empfand die Anmerkung als Vorwurf, weil sie nicht mitmachte. Sie las lieber Romane von Françoise Sagan oder Utta Danella.

»Danke, Schwiegermutter.«

Gemäßigten Schrittes ging Ulla bis zum Flur, aber kaum hatte sie die Flügeltür hinter sich geschlossen, stieß sie den zurückgehaltenen Atem heftig aus und eilte dann zum Telefon. Erleichtert, der Teestunde entronnen zu sein, griff sie nach dem Hörer, der in der Eingangshalle auf einem antiken Tischchen lag.

»Hallo, Inge, wie geht's dir?«, fragte sie im Stehen.

»Ich hab gekündigt!« Die Freundin fiel gleich mit der Tür ins Haus. »Ich hab diesem Lustmolch alles vor die Füße geschmissen.«

»Gratuliere! Das wurde auch wirklich Zeit.« Ulla war ehrlich froh. Sie hatte Inge angeboten, sie im Notfall auch finanziell zu unterstützen. Von dem Taschengeld, das Will ihr jeden Monatsanfang in einem Briefumschlag zusteckte, hatte sie etwas zur Seite gelegt. Sie brauchte ja nicht viel. In den meisten Geschäften, etwa im Modehaus, beim Schneider oder Weinhändler, kaufte sie auf Rechnung, die direkt an Will ging. »Ich steh zu dem, was ich versprochen hab.«

»Nicht nötig«, antwortete Inge. »Ich hab nämlich noch 'ne tolle Nachricht!«

»Spuck's aus!«

»Nein, nicht jetzt. Nicht am Telefon.«

»Hast du etwa schon eine neue Anstellung? Spann mich nicht auf die Folter!«

»Das verrat ich dir, wenn wir uns sehen«, antwortete Inge vergnügt. »So viel jetzt schon: Mein Sommer ist gerettet. Kannst du Montag um vier Uhr in den Alsterpavillon kommen?« Sie kicherte. »Meinst du, bis dahin hast du dich von deinem gesellschaftlichen Großereignis erholt?«

»Lass es uns hoffen!«, erwiderte Ulla. »Also gut, Montag kaffeesieren wir am Jungfernstieg.« Sie flüsterte nun. »Ich hab übrigens auch Neuigkeiten. Ich bin endlich beim Frauenarzt gewesen.«

»Ach! Aber doch nicht???«

»Nein! Das nicht.«

»Also raus damit! Was sagt er?«

»Das verrat ich dir, wenn wir uns sehen!«

»Du bist gemein. Das ist mein Spruch!«

Ulla lachte. »Bis dahin, Ingelein! Tschühüss!«

»Tschüss!«

Leichtfüßig lief Ulla die Treppe hinauf. Die erste Etage bewohnten Will und sie. Schlafzimmer und Salon ihrer Schwiegermutter befanden sich in einem Anbau im Erdgeschoss. Die Küche, das große Wohnzimmer, die Bibliothek sowie den Wintergarten teilten sie sich allerdings. Und das bedeutete, dass sie selten wirklich ungezwungen sein konnten wie andere Paare, die vielleicht nur eine winzige Wohnung besaßen. Wie sie die beneidete!

Ulla rief sich in Gedanken zur Ordnung. Es ging ihr so viel besser als den meisten Deutschen. Vor zehn Jahren hatte sie selbst noch in einer Nissenhütte gehaust. Sie sollte dankbarer sein.

Antje hatte ihr das Cocktailkleid auf die Couch im Ankleidezimmer gelegt. Durch das geöffnete Fenster strömte Fliederduft herein. Er vermischte sich mit den würzigen Nadelwaldaromen eines Schaumbads, das schon nebenan halb eingelassen war.

Nach dem Bad ließ Ulla sich von Antje beim Reißverschlussschließen des eng taillierten smaragdgrünen Seidenkleides helfen. Es war nach ihren Wünschen geschneidert worden, mit einem trägerlosen gerafften Oberteil, weitem wadenlangen Rock und passendem Bolerojäckchen.

»Im Radio haben sie gesagt, dass die Callas mit ihrem Lieblingspudel vom Flughafen herchauffiert worden ist. Der heißt Toy«, gab Antje in breitem Hamburgisch zum Besten, »das bedeutet übersetzt S-pielzeug. Und das Hotel Atlantic ist seit gestern von Autogrammjägern belagert.« Ihre Stimme bekam einen schwärmerischen Ton. »Das wird bes-timmt wie im Kino, da, wo Sie heute Abend sind!« Eine Windbö wirbelte die Gardinen halb aus dem Fenster.

Ulla lächelte zerstreut. »Ja, bestimmt.« Sie verspürte eher

Bauchgrummeln als Vorfreude. Hoffentlich unterlief ihr kein Fauxpas. Doch nun hörte sie, dass Wills Limousine den Kiesweg herauffuhr, und ihr Herz machte einen Freudenhüpfer, wie immer noch jedes Mal, wenn er kam. Sie wandte sich um. »Ich komme jetzt allein zurecht. Danke, Antje.«

»Ich bereite schnell noch das Badezimmer für Ihren Mann vor«, sagte das Hausmädchen eifrig.

Ulla nickte und ging ans Fenster, um es zu schließen. Agathe war, was Zugluft anging, wie ein Seismograf. Sie würde es unten noch spüren und schimpfen, im schlimmsten Fall sogar hochkommen. Von Ullas Ankleidezimmer aus hatte man einen weiten Blick über das parkähnliche Grundstück. Will war schon ausgestiegen. Sicher berichtete er gerade im Wintergarten seiner Mutter, was tagsüber im Verlag los gewesen war.

Die Druckerei hatte er geerbt, sie war ursprünglich nur ein Nebengeschäft des Handelshauses Michels gewesen, bis Will mit Lizenz der britischen Besatzungsbehörde gleich nach der Währungsreform eine erfolgreiche Zeitschrift gegründet hatte. Weitere waren bald nach Aufhebung der Lizenzpflicht gefolgt. Das alte Handelshaus – beziehungsweise das, was die Kriegs- und Nachkriegsjahre davon übrig gelassen hatten – führte der mit Wills Schwester Christa verheiratete Eilerich Posen. Auch die Posens nannten seit Generationen eine Villa in Blankenese ihr Eigen. Sie war recht ansehnlich, obwohl sie nur auf der Margarineseite der Elbchaussee lag und weniger Platz bot als die Michels-Villa. Christa erwartete derzeit ihr fünftes Kind. Eilerich entstammte einer Kaufmannsfamilie. Vernünftig, berechnend und berechenbar verkörperte er für Agathe den idealen Schwiegersohn.

Ullas Blick schweifte über die Rhododendron- und Fliederbüsche, die gerade in schönster Blüte standen. Die weiße Säulenvilla der Michels erhob sich, zurückgesetzt in einem Park fern vom Straßenverkehr an einer Nebenstraße, die auf der Butterseite der Chaussee zum Elbhang in Blankenese führte. Es könnte traumhaft sein, hier zu leben, dachte sie zum wiederholten Mal. Wenn nicht ihre Schwiegermutter mit im Haus wohnen würde. Agathe Michels wohnte ja nicht einfach, sie residierte.

Ulla mochte sie durchaus, manchmal jedenfalls, immer dann, wenn ihr trockener Humor durchblitzte. Die Patriarchin konnte aber auch verletzend direkt sein. Dann bemühte Ulla sich, ihr zugutezuhalten, dass sie einige Verluste hatte verkraften müssen. Ihr Mann, der Senator, war früh von einer Tropenkrankheit dahingerafft worden, schon vor dem Zweiten Weltkrieg, ihr jüngster Sohn war als Kind an einer Hirnhautentzündung gestorben und der älteste bei einem Schiffsunglück ertrunken. Ihr gebührte Respekt für die Haltung, mit der sie die Schicksalsschläge trug.

Ulla mochte ihre Schwiegermutter nur nicht ständig um sich herum haben. Einmal in der Woche zu einem Teenachmittag, besser alle zwei Wochen, das würde ihr völlig reichen. Oder alle zwei Monate, das wäre auch in Ordnung. Ulla freute sich schon auf den Sommer. Denn einmal im Jahr entschwand Agathe mit Tochter Christa und den Enkelkindern für einige Wochen nach Keitum auf Sylt. Dann fand das gesellschaftliche Leben der besseren hanseatischen Kreise auf der Insel statt.

Ulla wusste, dass sie nicht den richtigen Stallgeruch mitbrachte. Sie war nicht gebildet, sondern in bescheidenen Verhältnissen aufgewachsen. Was sie über Manieren wusste, verdankte sie der Lektüre von Erna Horns Benimmbuch *Die hohe Schule der Lebenskunst*. Ihr fehlte der Schliff – und der

Hochmut – einer strengen, bürgerstolzen Erziehung. Obgleich sie keine Nietenhosen mehr anzog, sich die Fingernägel nicht mehr lackierte und keine hohen Absätze mehr trug, machte sie immer wieder irgendetwas verkehrt. Ulla hatte Namen und Geschäftszweige der führenden Hamburger Familien gepaukt wie einst das kleine Einmaleins. Sie hatte sich bemüht, das Bridgespiel zu erlernen und gepflegte, sprich langweilige Konversation mit anderen Gattinnen des Blankeneser Geldadels zu betreiben. Zu dunkelblauen Faltenröcken allerdings konnte sie sich beim besten Willen nicht durchringen, sie behielt auch ihre freche Frisur bei. Jede Woche las sie den *Spiegel* von vorne bis hinten, sie hörte lieber Rock 'n' Roll, Swing oder Chansons als klassische Musik. Opern- und Hausmusikabende waren ihr ein Graus. Zum Glück hatte sie schon seit Kindertagen auf dem kleinen Bauernhof ihrer Großeltern im Holsteinischen reiten gelernt. Will hatte ihr erst Unterricht bei einem sehr guten Reitlehrer geschenkt, dann eine schöne Oldenburger Stute namens Luna, die im Blankeneser Reitstall auf sie wartete. Ohne das Reiten, bei dem sie ihren unterdrückten Ärger loswerden konnte, wäre Ulla wohl schon manches Mal schreiend aus der Villa gerannt.

Wenn die feinen Teegesellschaften oder Kaffeekränzchen ihrer Schwiegermutter zusammenkamen, oft für einen wohltätigen Zweck, was ja prinzipiell sehr lobenswert war, kübelten die Damen über sie ihre Weisheiten aus. Die Wiederholungen und Plattitüden setzten ihr am meisten zu, beleidigten ihren Geist. Sie saß dann mit durchgedrücktem Rücken da, die Beine auf keinen Fall übereinandergeschlagen, sondern sittsam schräg nebeneinandergestellt in der Biedermeiersitzgruppe, spreizte beim Heben der Teetasse den kleinen Finger leicht ab und verkniff sich witzige Zwischenbemerkungen. Immer angespannt, weil sie fürchtete, wieder gegen irgendein ungeschriebenes Gesetz zu verstoßen, nickte sie zustimmend und sehnte sich nach jenen unbeschwerten Tagen zurück, da sie noch als arme berufstätige Junggesellin inmitten der quirligen Stadt gelebt hatte. Eigentlich verrückt, dachte sie, wenn sie damals Menschen mit Rang und Namen interviewen sollte, hatte ihr das nie Schwierigkeiten bereitet, weil das Wissen um die Bekanntheit der Redaktion ihr den Rücken gestärkt hatte. Aber in der Rolle der jungen Verlegersgattin fühlte sie sich in der feinen Gesellschaft auch nach mehr als drei Jahren noch jedes Mal unwohl wie bei einer Prüfung.

Nachdenklich tupfte Ulla je einen Tropfen des Balmain-Parfüms Vent Vert, ein Geschenk von Will, aufs Handgelenk, hinters Ohr und ans Dekolleté. Sie liebte den kostbaren blumig-grünen Duft, der sich nun entfaltete.

Wie teuer würde wohl eine sechs- oder achtwöchige Kur sein? Noch immer konnte sie Wills finanzielle Situation nicht richtig einschätzen. Er selbst war großzügig. Zum Beispiel unterstützte er ohne viel Aufhebens ihren jüngeren Bruder, der Ingenieur werden wollte, mit einem nicht unbeträchtlichen monatlichen Betrag. Will konnte auch durchaus mal schlemmen, schwelgen und genießen. Ihre Schwiegermutter dagegen predigte stets Disziplin in der ökonomischen Haushaltsführung. *Geld haben kommt von Geld behalten*, lautete einer der beliebtesten Sprüche in Blankenese. Gerade den alten Kaufmannsfamilien, die angeblich nichts mehr fürchteten als nasse Füße, Zugluft und Sozialdemokraten, galt Sparsamkeit neben Pünktlichkeit und Fleiß immer noch als wichtigste Tugend. Das hatte sich Ulla vor ihrer Heirat ganz anders vorgestellt. In Saus und Braus lebte hier kaum jemand.

»Was dem Geschäft schadet, schadet der Familie«, besagte eine andere Erkenntnis, an der Agathe sie immer wieder gern teilhaben ließ, »und was der Familie schadet, schadet dem Geschäft.« Daraus folgte in logischer Konsequenz: Ehen waren Geschäftssache. Dass Will, ihr nunmehr einziger Sohn, ein junges Ding geheiratet hatte, das nicht aus besseren Kreisen stammte und bislang noch nicht einmal einen Stammhalter zur Welt gebracht hatte, musste in Agathes Augen ein schlechtes Geschäft sein. Ein Risiko auf jeden Fall.

Ulla rechnete es ihrer Schwiegermutter hoch an, dass sie versuchte, sich mit der Situation zu arrangieren. Aber manchmal reichten ein Blick oder eine kleine Bemerkung, um den Konflikt zwischen ihnen wieder schmerzhaft bewusst zu machen. So wie neulich, als Agathes Freundin, die Reedersgattin Lieselotte, ihr zum bald fünften Enkelkind gratuliert und ihre Schwiegermutter laut seufzend geantwortet hatte: »Alles schön und gut, aber was nützt es? Im Mannesstamm wird unsere Familie noch aussterben!«

Es klopfte an die Tür des Ankleidezimmers. Will kam eilig herein. Er gab Ulla einen Kuss auf die Wange, seine Augen leuchteten bewundernd auf. »Oh, là, là«, sagte er, ging aber gleich weiter, wobei er seine Krawatte löste. »Ich spring schnell noch unter die Dusche.«

»Schön, dass du heute früher da bist!« Ulla setzte sich zum Schminken an ihr Spiegeltischchen. »Ist die Post denn schon raus?«

»Nein, aber Fräulein Stamps kommt später noch mit der Unterschriftenmappe vorbei«, rief er aus dem Badezimmer. »Unser Kurier fährt sie.«

Ulla unterdrückte ein kleines Grummeln. Sie malte sich

einen schwarzen Lidstrich und zeichnete die schön geschwungenen, gebürsteten Augenbrauen nach. In den Seitenflügeln des Spiegels begutachtete sie ihre Frisur von hinten. Das kräftige Haar, nach unten hin immer kürzer werdend durchgestuft und im Nacken frisch ausrasiert, war zur Feier des Tages in glänzende Wellen gelegt. Sonst ließ Ulla es einfach an der Luft trocknen. Sie beugte den Kopf vornüber, bürstete es ein paarmal durch und brachte es nur mit etwas Frisiercreme in Form.

Während sie einen dunkelrosafarbenen Lippenstift auftrug, hörte sie Will unter der Dusche laut und falsch O *sole mio* schmettern. Sie musste lächeln, das Herz ging ihr auf. Ach, wie sie ihn liebte! Sie war gern seine Frau.

Manchmal konnte Ulla es gar nicht fassen, dass sich in diesem engen geistigen Klima ein so großartiger, weitblickender und offenherziger Mensch wie ihr Mann hatte entwickeln können. Vielleicht kam bei ihm das französische Erbe durch. Die Michels stammten wie viele stolze Hanseaten von eingewanderten Hugenotten ab. Und wahrscheinlich hatte der Krieg Will noch ein paar andere prägende Einblicke ins Leben beschert, die ihn vor Hochmut bewahrten.

»Du siehst umwerfend aus!« Will kam nur mit einem Handtuch um die Hüften aus dem Bad. Er neigte sich zu Ulla herunter und küsste ihren Hals. Dann schaute er sie im Spiegel an. »Dagegen verblasst ja selbst die Callas.«

Ulla lächelte in den Spiegel zurück. Alle Überlegungen, eventuell den Arztbesuch gar nicht zu erwähnen, schmolzen dahin. Sie musste ihm die gute Nachricht mitteilen.

»Ich war heute bei Professor Meyer.«

»Ach ja?« Will zog den ovalen Wäschepuff näher, um sich daraufzusetzen.

»Er ist zuversichtlich.« Sie berichtete, was der Frauenarzt ihr eröffnet hatte.

Aufmerksam hörte Will zu. »Das hab ich doch immer gesagt«, behauptete er schließlich im Brustton der Überzeugung. »Das wird schon!« Eine gewisse Erleichterung konnte Ulla ihm trotzdem anmerken. Liebevoll umfasste er ihre Hände. »Es kommt doch auf einen Monat früher oder später nicht an, Ulla. Wir haben noch so viel Zeit.« Will lächelte das Wo-wir-sind-da-ist-oben-Lächeln, das sie so liebte. Und gleich entwickelte er einen Plan. »Das passt ja sogar ganz ausgezeichnet. Du machst diese Kur, diese … diese Umstimmungstherapie, und währenddessen stürze ich mich ganz in die Vorbereitung der neuen Zeitschrift. Wenn du dann zurückkehrst, läuft das Ding.«

»Aber warum kann ich nicht daran mitarbeiten?«, fragte Ulla. »Das wär für mich, ehrlich gesagt, die allerbeste Umstimmung! Ich würde furchtbar gern wieder etwas schreiben.« Sie hatte sich ihre Argumente sorgfältig zurechtgelegt. »Und ihr braucht doch auch die Expertise einer Frau.«

»Das hab ich dir schon öfter erklärt, Ulla«, erwiderte Will. »Im Verlag würde jeder versuchen, über dich auf mich Einfluss zu nehmen. Du bist jetzt die Frau des Chefs. Das ist eben der Preis. Es kann für dich in der Redaktion nicht mehr so sein wie früher.«

»Aber ich hab mich in der Redaktion immer wohlgefühlt wie ein Fisch im Wasser. Unter Journalisten, da herrscht meine Art von Witz, während hier …« Ulla biss sich auf die Unterlippe. Sie wollte ihrem Mann nichts vorjammern. »Ich brauche keine große Villa. Könnten wir nicht in die Stadt ziehen? In eine Wohnung an die Alster? Dann hättest du es auch nicht mehr so weit in den Verlag.«

Will brauchte jeden Tag eine Dreiviertelstunde über die

Elbchaussee bis in die Innenstadt. Der Verlag lag in der Neustadt, fünf Minuten Fußweg von der Mönckebergstraße entfernt.

»Liebling, wir können meine Mutter nicht allein lassen in diesem großen Haus.«

Ulla kannte seine Haltung, deshalb hatte sie keine andere Antwort erwartet. »Dann lass mich doch wenigstens am Konzept mitarbeiten! Ich bin wie die Leserinnen, die ihr ansprechen wollt. Jung, modern, konsumfreudig.« Sie lächelte gewinnend. »Das wäre von Vorteil für das Blatt. Du und Moser, ihr seid schon älter, und ihr seid Männer.«

»Willst du etwa sagen, dass ich ein alter Mann bin?«, fragte Will scherzhaft.

»Nein, natürlich nicht! Aber euch fehlt die weibliche Intuition, das Bauchgefühl … Und manchmal vielleicht auch unser moderner Geschmack.«

Ihr Mann machte eine wegwischende Geste. »Na, dafür haben wir ja Fräulein Stamps. Und außerdem will Moser noch die eine oder andere freie Mitarbeiterin mobilisieren. Wir machen eine Probenummer. Die zeig ich dir, sobald sie gedruckt ist.«

Ulla sprang auf. Ihre braunen Augen sprühten vor Entrüstung. »Und dann darf ich ein paar Worte dazu sagen? Ach, Will, versteh mich doch, ich brauch ein eigenes Leben! Ich möchte wieder arbeiten.«

»Und wenn wir ein Kind hätten?«

Will war klug. Ulla durchschaute seine Strategie und fühlte sich in die Enge getrieben.

»Na, dann wäre natürlich das mein Leben. Und du, unsere Familie. Aber bis dahin …«

»Ursula, kleiner Bär … Wir wünschen uns doch beide ein Baby. Sei vernünftig. Sei geduldig. Fahr erst mal zur

Kur, lass dich von der Nordsee umstimmen.« Er lächelte verschmitzt. »Ich verdiene das Geld für unsere Bärenhöhle, und alles wird gut.« Er stand auf, um sie in die Arme zu ziehen. »Andere träumen davon, ein paar Wochen an der Nordsee verbringen zu können.«

Schmollend sah sie ihn an. »Aber ich werde einsam sein, so lange ohne dich«, wagte Ulla einen schwachen Protest. Will küsste sie, fest und zärtlich zugleich. Er war frisch rasiert, seine Haut duftete nach Rasierwasser und fühlte sich noch etwas feucht an. Das Gefühl, das Ulla durchströmte, signalisierte ihr: Zuhause, Heimat, angekommen. Nach einer Weile legte sie den Kopf in den Nacken, mit einem resignierten Lächeln gab sie sich geschlagen. »Besuchst du mich denn wenigstens?«

»Natürlich. Du wirst mir entsetzlich fehlen! Ich komme bestimmt jedes Wochenende.« Zufrieden über seine Antwort, wischte sie ihm den verschmierten Lippenstift ab. »Du begleitest einfach Mutter in ihren alljährlichen Keitum-Urlaub«, fuhr ihr Mann fort. »Sie bleibt zwar nie so lange, wie eine Kur dauert. Aber sicher werden viele Blankeneser Familien dort sein. So kennst du schon mal einige Leute und bist nicht allein.«

Entsetzt sah Ulla ihn an. Was für eine grässliche Vorstellung! »Will! Du glaubst doch nicht, dass ich mich erholen kann unter den Argusaugen deiner Mutter. Und dann noch diese …«, sie schnappte nach Luft, »… diese hanseatische Mischpoke um mich herum!«

»Wo bleibt ihr denn?«, tönte Agathes Stimme die Treppe hoch. »Der Professor ist schon da!«

Will seufzte tief. »Ulla, lass uns später weiter darüber reden. Wir müssen los, sonst kommen wir zu spät.«

3

Es war die Stimme! Gleich am Anfang von Julian Ehrlichs Antwort spürte Kim, wie sich die Härchen an ihren Unterarmen sträubten. Diesmal sprach der Amerikaner Deutsch, sie kam nicht umhin, auf den Inhalt zu achten, was sie ablenkte. Vielleicht waren auch die Menschenmenge und die verbrauchte Luft in der Kurtheaterlounge dem Phänomen nicht zuträglich. Jedenfalls konnten die *vibrations* offenbar nicht so frei schwingen wie am Nachmittag auf der Marienhöhe. Der Effekt hielt nur kurz an.

»Schon als Kind, als wir noch zusammen in Los Angeles lebten, habe ich meinen Vater oft vermisst«, antwortete der Interviewgast auf die Frage der Moderatorin. »Er war häufig unterwegs, weil er an irgendwelchen coolen Filmprojekten mitarbeitete. Als ich sechs Jahre alt war, ließen sich meine Eltern scheiden, und meine Mutter zog mit mir erst nach New York, wo wir einige Jahre blieben, und dann, meine Mutter ist Engländerin, nach London.«

»Aber Sie hatten zwischendurch immer mal Kontakt?«

»Das schon. Zwei- oder dreimal im Jahr verbrachte ich auch die Ferien bei ihm, manchmal mit meinen Halbgeschwistern.«

»Warum sprechen Sie eigentlich so gut Deutsch?«

»Ich hab's in der Schule gelernt. Freiwillig.« Julian Ehrlich lächelte selbstironisch. »Wahrscheinlich wollte ich mich so meinem väterlichen Erbe annähern.«

»Sie haben auch einige Semester in Berlin studiert, richtig?«

»Ja, das war eine tolle Zeit zur Jahrtausendwende, als in Berlin noch so viel möglich war für junge kreative Leute aus aller Welt.«

»Und dann erkrankte Ihr Vater an Lungenkrebs.«

Julian nickte. »Er lebte inzwischen in Santa Fe im US-Bundesstaat New Mexico mit einer neuen Lebensgefährtin zusammen und bat mich, ihm bei der Archivierung seines Lebenswerks zu helfen.«

»Also seine Filme, Probeaufnahmen, Fotos, Negative und so weiter zu ordnen.«

»Genau. Wir haben Material, das wild durcheinander in Metallschränken lagerte, gemeinsam gesichtet, und er hat mir die Umstände und Geschichten dazu erzählt.« Julian Ehrlichs Stimme klang bewegt. »Es war eine intensive Zeit, traurig, aber auch schön. Wir sind uns zum Schluss noch nahegekommen …«

Er brach ab und schaute auf die Privataufnahmen, die nun an eine Wand gebeamt wurden. Sie zeigten Vater und Sohn bei der Arbeit. Hans J. Ehrlich war bereits von der Krankheit gezeichnet. Das nach wie vor gebräunte Gesicht des einst gut aussehenden Mannes wirkte hager, ausgemergelt. Einmal saß er vor einem Leuchtkasten, in der Hand hielt er eine Lupe, und aus seinen Augen blitzte noch immer die Aufmerksamkeit des scharfen Beobachters. Auf einem anderen Foto begutachteten beide konzentriert in der Loggia eines im Pueblo-Stil erbauten Hauses Stapel von Schwarz-Weiß-Fotos sowie Kontaktabzüge. Julian, noch ein sehr junger Mann, hatte damals einen Vollbart getragen. Auf einem Foto sah man Vater und Sohn, die Hände mit ähnlicher Geste auf dem Rücken verschränkt, beim Spaziergang durch einen Wüstengarten mit hohen Kakteen und Amphoren in ein Gespräch vertieft.

»Und damit war dann Ihre Berufswahl klar?«

»Es ergab sich eher so. Ich wollte anfangs nur mein Erbe in Santa Fe gut verwalten. Außerdem hatte ich mich in eine junge Mexikanerin verliebt, meine spätere Frau. Deshalb hab ich mein Studium an der dortigen Hochschule fortgesetzt und nebenbei eine kleine Galerie eröffnet, zunächst nur mit Fotos meines Vaters, dann auch mit anderen Schwarz-Weiß-Fotografien der Fünfziger- und Sechzigerjahre …«

»Ihre Galerie hat sich im Laufe der Jahre zu einer international renommierten Adresse für dieses Sammelgebiet entwickelt. Die Stadt Santa Fe, das wissen hier vielleicht nicht alle, liegt zwar im Wilden Westen und ist nicht sehr groß, genießt aber als drittgrößter Standort für den US-amerikanischen Kunstmarkt einen hervorragenden Ruf. Es gibt dort überproportional viele Galerien.«

»Genau, jeder zweite Einwohner ist Künstler oder hat was mit Kunsthandwerk zu tun. Wir unterhalten übrigens auch eine kleine Dependance in Berlin.«

»Was genau bieten Sie an?«

»Wir handeln mit Originalen, also signierten Vintage-Fotografien, außerdem mit neuen limitierten Auflagen in verschiedenen Größen, mit Postern und Postkarten, CDs, Büchern und Katalogen – zum Werk von Hans J. Ehrlich sowie anderen interessanten Fotografen aus seiner Glanzzeit.«

»Aber Sie verkaufen nicht alles von Ihrem Vater, nicht wahr?«

»Nein, ein Raum ist unser Museum, es ist Ausstellungen mit Ehrlich-Fotos vorbehalten, die unverkäuflich sind.«

Nach dem Ende des Interviews setzten sich Julian Ehrlich, die Moderatorin und ein paar Leute, die wohl zum Festkomitee gehörten, an die Theke, um noch etwas zu trinken. Ein Engländer und mehrere Iren gesellten sich zur Runde, sie unterhielten sich nun wieder auf Englisch. Es war schon weit nach ein Uhr als Kim es wagte, den Amerikaner anzusprechen.

»Entschuldigen Sie bitte«, sagte sie höflich, »ich möchte wirklich nicht stören, nur kurz Kontakt aufnehmen wegen eines Fotos. Vielleicht können wir später oder morgen in Ruhe darüber sprechen.« Irritiert hob er den Kopf, doch als sich ihre Blicke trafen, trat ein freundlicher Ausdruck in seine blauen Augen, als wäre er angenehm überrascht. Kim lächelte ihn an.

»Aber bitte!« Er rückte zur Seite, um ihr Platz an der Theke zu machen. Die Leute um ihn herum wandten sich ab, um sie in Ruhe ihr Gespräch führen zu lassen. »Um welches Foto geht es denn? Möchten Sie eines kaufen?« Kim spürte, wie er ihr Gesicht aufmerksam musterte. Aber da sie schon zwei Gläser Wein getrunken hatte, hielt sich ihre Verlegenheit in Grenzen. »Ich möchte keines kaufen. Ich habe schon eines.«

»Ach so.« Er lächelte. Das leicht gewellte Haar fiel ihm in die hohe Stirn, mit einer wohl unbewussten Geste schob er es zurück. »Das ist ja schön für Sie.«

»Nein, Sie verstehen mich nicht richtig. Oder … ich hab es nicht richtig erklärt. Wissen Sie, ich hatte vorhin ein seltsames Déjà-vu-Erlebnis, eine unerwartete Wiederbegegnung mit einem Motiv aus meiner Kindheit. Ich glaube, dass es sich dabei um eine Aufnahme Ihres Vaters handelt.«

»Wie ungewöhnlich. Sie machen mich neugierig.«

Kim erzählte ihm alles, was sie bislang wusste. »Morgen

Vormittag werde ich meine Mutter wieder anrufen. Ich hoffe, dass sie mir dann mehr sagen kann. Ob wir das Foto überhaupt noch haben. Und vielleicht fällt ihr auch noch mehr dazu ein – wo meine Großeltern es gekauft haben zum Beispiel.«

Der Amerikaner wirkte plötzlich hellwach. »Das ist ja eine spannende Story, *my dear*. Ja, so wie Sie das Foto beschreiben, könnte es durchaus sein … Sie sagen, es ist nicht genau so wie die gezeigten Bilder aus der Rücken-zwischen-Dünen-Serie, sondern nur so ähnlich?«

Kim nickte. »Ich habe es ein wenig anders, und wenn ich mich nicht täusche nach all den Jahren, sogar noch etwas schöner in Erinnerung.«

Julian Ehrlich machte ein Pokerface, er nahm einen tiefen Schluck. »Das wäre allerdings sehr unwahrscheinlich …«

»… aber nicht unmöglich, im Sinne von völlig ausgeschlossen, oder?«, hakte Kim mit einem leicht koketten Augenaufschlag nach.

»Nein«, seine Lachfältchen vertieften sich, »mehr im Sinne von sensationell, sollte es sich nicht um eines der bereits bekannten Motive handeln.«

»Echt?« Schöne weiße Zähne hatte er, das fiel Kim auf, obwohl er wirklich nicht dem Typ Mann entsprach, in den sie sich verlieben könnte. Aber er hatte eine angenehme Ausstrahlung. Als er das Glas erneut an die Lippen hob, spannte sein blaues Hemd über der Brust etwas. Also schien er regelmäßig Sport zu treiben.

»Möchten Sie auch etwas trinken?«, fragte Julian Ehrlich sie.

Da seine Begleiter allmählich ungeduldig zu werden schienen, wollte Kim nicht aufdringlich sein. Sie schüttelte den Kopf. »Nein, vielen Dank. Dahinten warten ein paar Leute auf mich.« Das stimmte eigentlich nicht, aber es klang gut.

»Dann geb ich Ihnen meine Handynummer«, erwiderte er. »Wenn Sie mehr wissen, rufen Sie mich einfach an. Vielleicht können wir morgen noch mal bei einem Kaffee über alles sprechen.«

»O ja, vielen Dank. Das wäre prima.« Kim hielt ihm ihr Smartphone hin, damit er gleich selbst seine Nummer eingeben konnte. Sie sah Toska mit ein paar Bekannten zusammenstehen und ihr ein Zeichen machen, dass sie gemeinsam aufbrechen wollten. Mit einem strahlenden Lächeln verabschiedete sie sich. »Noch viel Spaß heute Abend und bis morgen!«

»*See you!* Äh … Wie heißen Sie überhaupt?«

»Kim. Kim Schröder.«

»Schlafen Sie gut, Frau Schröder«, wünschte er mit tiefer Stimme.

Jetzt kribbelte es wieder bei ihr, diesmal im Nacken. »Danke, Sie auch.«

Als Kim am nächsten Morgen aufwachte, hatte ihre Mutter ihr bereits ein Foto vom Dünenbild gemailt. *Ich hab es nach unten geholt, es steht jetzt im Wohnzimmer. Wirklich ein schönes Foto. Hinten ist es signiert:* September 1959, Hans J. Ehrlich. *Halte mich auf dem Laufenden. Viel Spaß auf Norderney!*, schrieb sie. Es folgte, typisch für ihre Mutter, eine kreative Symbolabfolge aus Herzchen, Glücksklee, Sonnenschirm, Welle und Küsschen. Während Kim frühstückte, rief ihre Mutter doch noch an.

»Du, mir ist da was eingefallen. Oma hatte eine Freundin, Inge hieß die. Sie sind zusammen aufgewachsen, in Barmbek, und diese Inge hat einen Mann geheiratet, der von Norderney kam. Sie ist auf die Insel gezogen. Später hat sie Oma ab und zu in Hamburg besucht, aber mit der Zeit immer seltener. Kannst du dich noch an sie erinnern?«

»Bin mir nicht sicher, nur ganz vage. Hatte die so eine heftig mit Haarspray betonierte Frisur?«

»Ja genau! Eine sehr liebe Frau. Sie hat mir immer spezielle Schokoladenmuscheln mitgebracht, von denen man Bauchschmerzen bekam, wenn man mehr als zwei Stück davon aß. Ich weiß gar nicht, was aus ihr … Vielleicht lebt sie ja noch.«

»Dann müsste sie aber schon weit in den Achtzigern sein.«

»Ja und? Möglich wär's. Nordseeluft hält jung.«

»Weißt du ihren Nachnamen?«

»Ich hab schon gegrübelt«, ihre Mutter lachte, »dann ist er mir wieder eingefallen. Weil sie immer so einen komischen Spruch dazu sagte: Fischer oder Fisser ohne Vogel-Eff. Ich hab nie drüber nachgedacht, was das bedeutet. Aber vielleicht hilft es dir bei der Suche.«

»Was hat ihr Mann denn beruflich gemacht? Oder sie? War sie berufstätig?«

»Ich weiß es nicht mehr, mein Schatz«, sagte ihre Mutter. »Guck doch einfach mal, ob du es herausfindest.«

»Am besten frag ich meine Vermieterin. Und sonst? Alles im grünen Bereich?«

»Ja, hier ist alles okay«, erwiderte ihre Mutter gut gelaunt. »Ich hoffe, du nutzt die Gelegenheit und gehst auch mal an den Strand und schwimmen. Verkriech dich nicht die ganze Zeit im dunklen Kino, wo jetzt endlich mal die Sonne scheint.«

»Ja, nein, mach ich, Mama«, antwortete Kim ergeben. »Und rauch du nicht so viel.«

»Nein, Kind.« Kim konnte ihre Mutter geradezu grienen sehen.

»Tschüss, bis bald.«

»Tschüss, Kimmy!«

Im Telefonbuch standen achtunddreißig Vissers, alle mit Vogel-Eff – dreiunddreißig private und fünf gewerbliche. Nach einem Gespräch mit der Vermieterin, die aber »erst« seit vierzehn Jahren auf der Insel lebte und lieber kurz ihre Schwiegermutter, die gerade im Wäschekeller getrocknete Bettlaken zusammenlegte, als Expertin konsultierte, kamen sie auf die Lösung. Inge Fisser lebte noch. Sie erfreute sich bester Gesundheit und wohnte nicht weit vom Zentrum entfernt.

Kim ging wieder hoch in ihre Unterkunft, die durch einen kleinen Balkon und Dachschrägen etwas Heimeliges hatte. Kurz entschlossen rief sie Inge Fisser an, schilderte ihr Anliegen.

»Claudia? Die Tochter von Ulla?«, hörte sie eine erfreut und erstaunlich rüstig klingende Frauenstimme.

»Nein, Claudia ist meine Mutter«, korrigierte Kim. »Ich bin Ullas Enkeltochter.«

»Ach so. Na, das ist aber schön! Freut mich, dass Sie auf der Insel sind.«

Kim setzte ihr noch einmal auseinander, um was es ging. Dass sie gern mehr über das alte Dünenfoto wissen wollte. Als Inge Fisser alles verstanden und richtig eingeordnet hatte, schlug sie von sich aus ein Treffen am Nachmittag vor. »Wie wär's im Gran Cafe Florian, dem italienischen Eiscafé in der Poststraße, früher Café Fröhle?«, fragte die alte Dame, als müsste nun bei Kim etwas klingeln. »Da waren Ulla und ich damals oft! Um drei Uhr, passt das?«

»Ja … ja, selbstverständlich«, stammelte Kim, überwältigt davon, wie unkompliziert sich alles entwickelte. »Eventuell würde ich noch den Sohn des Fotografen mitbringen. Ist Ihnen das recht?«

»Natürlich.«

»Sollen wir Sie mit dem Taxi abholen?«

Inge Fisser lachte auf. »Nein, ich muss mich bewegen, ich geh gern zu Fuß in die Stadt. Bis dann also!«

»Super, ganz toll! Bis später. Danke, Frau Fisser.«

Es war zwölf Uhr. Kim mailte das Foto, das ihre Mutter ihr vom Dünenbild geschickt hatte, an Julian Ehrlich weiter und rief ihn gleich darauf an. Stolz berichtete sie ihm von ihrem Rechercheerfolg.

»Wow!« Er klang aufgekratzt. »Dieses Foto stammt tatsächlich von meinem Vater. Ich kenne ja die Serie, die Motive, die davor und danach entstanden sind. Und mir scheint, Sie haben recht – es ist besser als alle anderen zusammen.«

Er schwieg einen Moment, als wollte er seine Gedanken ordnen. Oder vielleicht auch, um als möglicher Käufer nicht allzu viel Interesse zu verraten. Doch dafür war es bereits zu spät.

»Also … tatsächlich sensationell?«, fragte Kim mit neckischem Unterton.

»Könnte durchaus … äh …« Er räusperte sich mehrfach. »Es muss das Bild sein, von dem das Negativ fehlt«, rutschte es ihm heraus. »Da war aus dem Streifen ein Negativ herausgeschnitten, was völlig ungewöhnlich für die Vorgehensweise meines Vaters ist. Es hat mich immer gewundert. Also, ich würde sehr gern mitkommen!«

»Super, dann treffen wir uns um drei im Gran Cafe Florian!«

»Okay, ich hab zwar keine Ahnung, wo das ist, aber ich werde es herausfinden.«

»Wir können gemeinsam hingehen, ich kann Sie abholen.«

»Das wäre nett«, erwiderte er. »Wollen wir uns vielleicht schon zum Lunch treffen? Bei mir im Hotel? Haus am Meer, Damenpfad.«

»Danke, ich hab spät gefrühstückt, das Mittagessen fällt heute bei mir aus. Und ich wollte gern vor dem Treffen wenigstens einmal ins Meer springen. Es soll ja schon achtzehn Grad warm sein.«

»*No problem* … Eigentlich ist das eine gute Idee. Darf ich mitspringen?«

»Klar, warum nicht?«, antwortete Kim munter.

Allerdings dachte sie mit ein wenig Unbehagen daran, dass sie in diesem Jahr noch kein einziges Mal im Bikini draußen gewesen und immer noch käsig weiß war. Tiefe Bräune galt zwar nicht mehr als zeitgemäß, aber so ein bisschen Farbe machte schon attraktiver. Man fühlte sich einfach wohler in seiner Haut.

Mein Gott, worüber du dir schon wieder Gedanken machst!, schalt sie sich dann selbst. Den Damenpfad kannte sie schon vom Vortag. »Ich schwing mich gleich aufs Rad, in ungefähr einer Viertelstunde bin ich da.«

»*Great!* Ich warte vor dem Eingang auf Sie.«

»Haben Sie auch ein Rad?«

»Bis Sie da sind, ja.«

»Das dürfte knapp werden. Sie müssen das Arbeitstempo der Ostfriesen einkalkulieren.«

»Es soll sich hier um eines der besten Häuser am Platz handeln.«

»Na, dann bis gleich!«

Kim packte einen Hoodie ein, für den Fall dass es kühl werden würde. In die große Badetasche warf sie all das, was man für den Strand benötigte. Ihren weißen Bikini mit den blauen Hibiskusblüten zog sie schon an. Darüber ein ärmelloses, locker fallendes Leinenkleid. Schnell schlüpfte sie in bequeme Sandaletten, band sich noch die Haare zum Pferdeschwanz, trug etwas Lippenstift auf und war fertig. Beschwingt schloss sie ihre Einzimmerwohnung ab und radelte los. Was für eine herrliche Luft! Mal fuhr sie durch eine Duftschwade von Wildrosenblüten, dann roch es nach Kiefern. Hier machte Radfahren mehr Spaß als neben stockendem Verkehr voller Lastwagen durch Hamburg.

Julian Ehrlich stand, als Kim den Damenpfad erreichte, mit einem Leihrad und einem nicht sehr heldenhaft wirkenden Schutzhelm auf dem Kopf vorm Hotelaufgang und erwartete sie schon grinsend.

»Hi!« Aber wenigstens standen ihm seine khakifarbenen Shorts, die kurz über den Knien endeten, und das helle Polohemd gut. »Ich fühle mich, als wäre ich wieder ein Schuljunge.« Mit einem entwaffnenden Lächeln wies er auf das eingerollte Badehandtuch unterm Gepäckträger. »Hab vergessen, eine Badetasche zum Festival mitzunehmen. Aber der fahrbare Untersatz ist organisiert.«

»Hi!« Kim lächelte breit zurück. »Der Witz ist, das hab ich allerdings gerade erst bei Google Maps gesehen, das Gran Cafe Florian liegt mitten in der Fußgängerzone. Sie hätten gar kein Leihrad gebraucht.«

»Machen Sie sich wegen meiner Mehrkosten keine Schuldgefühle«, entgegnete er trocken. »Es wird sich schon rentieren. Ich hab den Concierge ausgefragt – wir radeln jetzt auf der Promenade am Meer entlang, ein Stück immer der Sonne entgegen, und finden dann am Nordstrand die besten Bademöglichkeiten.«

Die Temperatur, am Vormittag noch um die zwanzig

57

Grad, kletterte viertelstündlich spürbar nach oben. Als sie ihre Badetücher am belebten Nordstrand hinter der Georgshöhe ausbreiteten, zeigte die Tafel dort bereits achtundzwanzig Grad an. Viele Urlauber suchten Schutz im Schatten der blau-weiß gestreiften Strandkörbe, einige badeten. Die schaumgekrönten Wellen waren mindestens einen Meter hoch und rollten genau im richtigen Winkel, exakt parallel auf den Strand zu. Bei der lebhaften Brandung kostete es Kim keine große Überwindung, ins Wasser zu laufen. Trotzdem ging es ohne lautes Juchzen nicht ab. Anders war es ihr einfach nicht möglich, in die Nordsee einzutauchen. Sie schmeckte das Salz der Schaumspritzer, die Strömung massierte ihren Körper. Endlich schwamm sie im Meer, das erste Mal in diesem Jahr. Hallo, Nordsee, jubelte es in ihr, als würde sie eine gute Freundin begrüßen, ich bin wieder da! Jetzt beginnt der Sommer, jetzt wird das Leben endlich wieder unkomplizierter!

Julian Ehrlich lachte sie an, auch er genoss sichtlich die Kraft der Natur. Er warf sich in die Brandung, schwamm mit kräftigen Zügen und tauchte immer wieder unter den Wellen hindurch.

»*Wonderful!*« Seine blauen Augen blitzten vor Begeisterung, als sie endlich fast gleichzeitig nebeneinanderher aus dem Meer stapften. Kim joggte über den festen feuchten Sand, weil sie sich so leicht fühlte. Sie schüttelte den Kopf, um ihre nassen Haare zu lockern. Julian überholte sie, hob ihr Handtuch hoch und reichte es ihr. Dann setzte er sich die Brille wieder auf. Sein Blick verfing sich an ihrem Dekolleté. »Wirklich wunderbar!«

Sie schlang das Handtuch um den Oberkörper. Vergnügt schaute er höher, ihr direkt in die Augen. »Ich verstehe, dass das Meer hier als Jugendbrunnen gilt.«

»Jungbrunnen«, verbesserte Kim unwillkürlich. »Ja, es ist genial.«

»Das Meer ist das Einzige, was ich in Santa Fe vermisse«, gestand er, während er sich mit seinem Hotelhandtuch trockenrubbelte. »Ein Pool ist und bleibt doch nur ein schwacher Ersatz.« Aha, dachte Kim, wahrscheinlich schwimmt er jeden Tag. Er wandte ihr den Rücken zu, um die trockenen Shorts anzuziehen. Für einen kurzen Moment erhaschte sie einen Blick auf sein blankes Hinterteil. Schön knackig, sexy. Nicht übel. Demonstrativ schaute sie in eine andere Richtung. »Waren Sie schon mal dort, Frau Schröder?«, hörte sie ihn weiterplaudern, in einem Ton, als wären sie bei einem gesetzten Essen.

Das wird wohl der britische Anteil in seiner Erziehung sein, dachte Kim und unterdrückte ein Kichern. Sie begann, sich unter ihrem am Hals zusammengehaltenen Badehandtuch umzuziehen.

»Ich finde, wir könnten uns ruhig duzen«, schlug sie vor, »wenn wir schon … zusammen schwimmen gehen …« Sie wandten sich wieder einander zu.

»Gern. Ich bin Julian.«

»Und ich bin Kim. Nein, ich war noch nie im Wilden Westen, wohl in Kalifornien und New York. Aber ich würde die Ecke da unten gern mal kennenlernen. Vielleicht schaffe ich es irgendwann zum Sundance Film Festival nach Utah.«

»Es ist großartig! Ich bin jedes Jahr dort.«

Belebt und entspannt zugleich, mit ihren Schuhen in der Hand, machten sie sich auf den Weg zum Treffpunkt mit Inge Fisser. Als sie die Promenade erreicht hatten, blieb Julian stehen. »Sagen Sie …«, er korrigierte sich, »sag mal, Kim … Wenn das Foto bei deiner Mutter auf dem Dachboden war, dann scheint ihr ja nicht so viel dran zu liegen. Meinst du, sie würde es verkaufen?«

Kim setzte ihre Badetasche hinten in den Fahrradkorb. »Das kann schon sein.« Er sollte aber nicht glauben, dass er es für einen Spottpreis bekam, nur weil er mit ihr schwimmen gegangen und ein bisschen nett gewesen war. Er sollte ruhig wissen, was sie von Toska über die Rekordpreise der Pariser Auktion gehört hatte. Sie lächelte ihn an. »Vor allem, wenn es eine fünfstellige Summe wert ist, wird meine Mutter sicher nicht von vornherein ablehnen.«

Julian, der darauf verzichtete, den Helm wieder aufzusetzen, warf einen komisch verzweifelten Blick gen Himmel. »Ich werde gerade das Opfer meiner eigenen Kulturpolitik!«

Kim wendete ihr Rad in Fahrtrichtung. »Ich bin da im Moment noch ziemlich mitleidlos«, gab sie zurück. »Wollen wir nicht erst mal hören, was uns die Freundin meiner Großmutter zu erzählen hat?«

Sie fuhren in den Ort bis zur Fußgängerzone, dort schoben sie die Räder langsam durch Gassen, die von kleinen ein- und zweistöckigen weißen Häuschen, oft mit Frühstücksveranden, gesäumt waren. Am großen Kurplatz blieben sie stehen. In der Konzertmuschel des Parks neben dem lang gestreckten klassizistischen Conversationshaus richtete sich gerade eine Combo ein, der Trompeter blies ein paar Takte von *Eviva España*. Junge Leute hockten entspannt auf Treppenstufen vor Geschäften und Boutiquen. Die älteren hatten es sich auf Sitzbänken im bewegten Schatten von Laubbäumen bequem gemacht. Kim registrierte eine hohe Rollatorendichte, viele angeleinte Hunde, Eis schleckende Flaneure. Die meisten, egal ob jung oder alt, trugen weiße Hosen. Rollkoffer ratterten durch die träge Siesta-

Stimmung. Eine große Möwe auf dem Springbrunnen des Kurplatzes, um den herum rote Rosen blühten, stolzierte routiniert wie ein Fotomodell vor den Handykameras auf und ab.

»Bestimmt wird sie von der Kurverwaltung dafür bezahlt«, witzelte Kim.

Da breitete die Möwe ihre Flügel aus, hob ab und stahl im Flug einem kleinen Jungen die Kugel von der Eistüte. Das Kind war fassungslos, die Mutter regte sich auf, die meisten Leute lachten.

»Das wird man der Möwe vom nächsten Gehalt abziehen«, versprach Julian der Mutter in vertraulichem Ton.

Draußen unter der roten Markise des Gran Cafe Florian waren alle Plätze besetzt. »Ist wahrscheinlich sowieso besser reinzugehen«, bemerkte Kim. »Drinnen wird's sicher kühler sein und für eine alte Dame angenehmer.«

Hier hatten sie im großen, etwas in die Jahre gekommenen Eiscafé und Ristorante die freie Auswahl. Kaum hatten sie sich für einen der großen Tische am Fenster entschieden, öffnete sich die Tür des Ecklokals, und eine ältere Frau, die Kim ein wenig an Heidi Kabel erinnerte, trat ein. Mit wachem, neugierigem Blick sah sie sich um, stutzte und ging erstaunlich agil auf Kim zu.

»Sie haben Ähnlichkeit mit Ulla!«, sagte sie. Ihre blauen Augen leuchteten vor Begeisterung, von ihren silbergrauen Locken stand kein Härchen ab.

»Ja, das sagen viele. Ist Ihnen dieser Tisch recht? Bitte setzen Sie sich.«

Julian stand auf und schob der alten Dame, die mit weißer Caprihose und hüftlangem hellblauen Shirt flott gekleidet war, den Stuhl zurecht. Er stellte sich vor.

»Ach ja, der Sohn von Hans! Meine Güte! Oder der Enkel?«, fragte sie noch einmal nach. »Für andere Menschen vergeht ja immer so viel Zeit. Für mich ist das alles noch gar nicht lange her.« Als sie lachte, konnte man in ihrer Mimik das kecke junge Mädchen erkennen, das sie wohl einmal gewesen war.

»Sie haben meinen Vater gekannt?«, fragte Julian gespannt.

Inge Fisser nickte. Ein Kellner stand abwartend neben dem Tisch. »Jetzt wollen wir erst einmal bestellen«, sagte sie im Bewusstsein ihrer Wichtigkeit. Sie brauchte nicht in die Karte zu sehen. »Ich hätte gern das große gemischte Eis mit Sahne.«

Kim und Julian bestellten das Gleiche. Sie machten ein bisschen Smalltalk, bis ihr Eis gebracht wurde. »Und ihr seid ein Paar?«, fragte Inge Fisser, als sie zu löffeln begann.

»O nein!« Kim, die gerade an der Waffel knabberte, verschluckte sich, musste husten und hielt sich die Hand vor den Mund.

»Wir haben uns erst gestern kennengelernt«, ergänzte Julian.

»Na«, sagte die alte Dame nur. Es klang irgendwie eigenartig. In ihre Augen, die einen auffallend hellen Rand hatten, schlich sich ein listig-vergnügter Ausdruck.

Kim zeigte ihr auf ihrem Handy das Dünenfoto. »Um dieses Foto geht es«, sagte sie. »Wissen Sie mehr darüber? Und über Julians Vater und meine Großmutter?«

»Ist es auf Norderney entstanden?«, fragte Julian.

»Das ist es.« Inge Fisser ließ die frisch geschlagene Sahne auf der Zunge zergehen. »Zum Glück mach ich immer noch regelmäßig Sport«, erklärte sie. »Jeden Morgen nach dem Aufstehen erst mal meine Übungen am Fenster und ein- bis zweimal in der Woche Wassergymnastik im Hallenbad. Da kann ich mir das große Eis leisten.« Nun löffelte sie genüsslich ihre Schokoladenkugel und strapazierte damit Kims Geduld. »Also, das ist eine lange Geschichte. Ulla und ich, wir sind ja zusammen nach Norderney gekommen. Anfang Juni 1959. Wir haben den ganzen Sommer hier verbracht. Es war dieser Jahrhundertsommer, als es so heiß und trocken war in ganz Deutschland.«

»Ach«, entfuhr es Kim, doch sie wagte es nicht, weitere Fragen zu stellen, sie wollte ihre Zeitzeugin nicht aus dem Konzept bringen.

»Ja, Ulla war zur Kur hier. Und sie sollte diese Norderney-Geschichten schreiben. Sie wollte. Unbedingt.« Immer wieder nahm Inge Fisser eine Löffelspitze Eiscreme, inzwischen war sie bei Erdbeere angelangt. Kims Eis schmolz dahin. »Nun essen Sie doch!«, mahnte die Freundin ihrer Großmutter. »Wäre schade drum. Eis machen können sie hier wirklich. Schmeckt's Ihnen denn, Hans?«

»Julian.«

»Ach ja, Julian, Entschuldigen Sie.« Sie lächelte bezaubernd. Der Blick verriet, dass sie gerade in die Vergangenheit abschweifte.

»Warum sollte meine Großmutter denn eine Kur machen?«, fragte Kim. »War sie krank?«

»Na ja, nicht direkt. Ihre Hormone sollten umgestimmt werden. Aber wenn ihr mich fragt, lag es sowieso an Agathe.«

»Was?«

»Dass sie keine Kinder bekommen konnte.«

»Oh«, entfuhr es Kim. Sie überlegte kurz und lächelte. »Die Kur hat dann aber wohl gewirkt.«

Inge zeigte ihr perfektes, hollywoodmäßig strahlendes Gebiss. »Ja, genau neun Monate nach ihrer Rückkehr kam

Claudia zur Welt. Vanille mag ich übrigens am liebsten. Die heb ich mir immer bis zum Schluss auf, mit etwas Sahne.«

»Was war denn mit Agathe?«, hakte Kim nach.

»Ullas Schwiegermutter, die Senatorin, war ein richtiger Drachen, und Ulla hat sie trotzdem oft noch in Schutz genommen.« Verblüfft hob Kim beide Augenbrauen. Etwas ratlos fuhr sie sich durchs Haar, das inzwischen an der Luft getrocknet war. Sie spürte das Prickeln eines leichten Sonnenbrands auf Nase und Wangen. »Oh, Entschuldigung, sie war ja Ihre Urgroßmutter. Tut mir leid, das war jetzt unhöflich von mir.«

»Macht nichts«, antwortete Kim achselzuckend. »Ich hab sie nicht mehr kennengelernt. Und wenn's stimmt … Aber wie kam es denn überhaupt dazu? Meine Mutter, also Claudia«, sie lächelte kurz, »hat mir gestern noch am Telefon versichert, dass unsere Familie eigentlich immer nach Sylt gefahren ist.«

»Tja, wo soll ich da bloß anfangen?« Inge Fisser legte den langen Löffel mit einem zufriedenen Seufzer zur Seite. »Also, ich glaube, es ging mit unserem Telefongespräch los. Soweit ich weiß, bin ich damals mit meinem Anruf direkt in eine der Nachmittagsteestunden mit Agathe reingeplatzt.« Darüber schien sie sich nach all den Jahren immer noch zu amüsieren. »Es war übrigens der Tag, an dem Maria Callas in Hamburg aufgetreten ist.«

»Echt? Die Callas war in Hamburg?«, sagte Kim.

»Ja, Ulla hat mir später alles genau erzählt, sie war ja im Konzert. Es kommt mir heute fast so vor, als wäre ich selbst dabei gewesen.« Die alte Frau schaute Kim treuherzig an. »Ulla und ich, wir haben uns damals alles anvertraut, wir waren wie Schwestern. Ach, mehr als das, denn wir haben uns nur ganz selten gestritten. Ich vermisse sie heute noch.« Tränen stiegen ihr in die Augen. »Jeder, der sie kennengelernt hat, dachte gleich: Die möchte ich zur Freundin haben. Männlein wie Weiblein. So ein Typ ist sie gewesen. Offen, sympathisch, hilfsbereit und … Ihre Augen, die erkenne ich tatsächlich bei Ihnen wieder, das irritiert mich direkt etwas, wenn wir uns so unterhalten.« Inge Fisser blinzelte. »Ihre Augen, die schauten klug und fröhlich und unternehmungslustig. Von klein auf … Als das fröhliche Blitzen darin mehr und mehr verschwand, weil sie traurig wurde in ihrem goldenen Käfig, nee, also, das konnte ich gar nicht gut vertragen.« Rührung drohte die alte Dame zu überkommen. Sie unterbrach kurz ihren Redefluss. Entschieden wischte sie sich über die Augen, um dann mit fester Stimme fortzufahren. »Jedenfalls, in dem Telefongespräch haben wir uns verabredet, denn jede von uns hatte eine wichtige Neuigkeit. Die wollten wir einander aber erst von Angesicht zu Angesicht verraten. Ja, ich glaub, damit fing er an, dieser verrückte Sommer …«

4

1959

Im Foyer der von aufgeregtem Stimmengewirr brummenden Musikhalle sprach Will kurz mit dem Kultursenator. Es roch nach teuren süßen Parfüms, die irgendwas mit Paris im Namen hatten. Ulla versuchte zu lächeln. Alle Leute strotzten vor Wichtigkeit und Selbstvertrauen. Ihr schien, als hätte jeder ihr etwas voraus, das sie nie würde aufholen können. Nur sie bewegte sich ungeschickt, stolperte. Bestimmt, dachte sie, tuscheln auch wieder einige über mich: Das ist doch das junge Ding, das sich den reichen Verleger geangelt hat. Sie hielt sich noch gerader.

Jetzt wurde sie dem Rektor der Universität vorgestellt und wusste nicht, wie man ihn ansprechen musste ... Eure Exzellenz oder Eminenz? Jeder sagte etwas Kluges über das Konzert, jeder außer ihr kannte sich offenbar bestens aus mit den Arien, die Maria Callas singen würde, und mit den Ouvertüren, die im Programmheft standen. Am Rande schnappte sie es dann auf. »Eure Magnifizenz« wäre richtig gewesen.

»Die Callas soll ja heute etwas erkältet sein.«

»Diese Frau ist auch erkältet ein Erlebnis, das kann ich euch versichern.«

Ulla schwieg wie ein dummes Lämmchen.

Studenten in Straßenkleidung drängten nach oben auf

die Ränge, aber im Parkett trugen die meisten Damen wie sie ein kleines Abendkleid und die Herren wie Will einen Smoking.

Schließlich saßen sie, ganz vorne, in der Musikhalle. Verstohlen musterte Ulla ihren Mann von der Seite. Will sah blendend aus. Instrumente wurden gestimmt, ein letztes Räuspern im Publikum war zu vernehmen. Auf der Hinfahrt hatten Will und sie nur wenige knappe Sätze gewechselt. Wollte er sie eigentlich nicht verstehen, oder machte vielleicht sie selbst einen Elefanten aus einer Mücke?

Orchestermusik erfüllte den Saal, das Vorspiel für irgendeine Oper. Furchtbar traurig, schön und beklemmend zugleich. Hoffentlich wird's nicht zu schlimm, dachte Ulla und unterdrückte einen Stoßseufzer. Nur fünf Arien, das wirst du ja wohl überstehen.

Endlich trat die Callas auf die Bühne, endlich erklang die weltberühmte Stimme und begann zu funkeln. Doch in den hohen Tönen empfand Ulla sie als schrill, zu hoch und unangenehm heftig. Sie war eben eine Kunstbanausin. Phasenweise gelang es ihr, Gesang und Musik auszublenden. Sie versuchte, sich eine Zeit mit Agathe auf Sylt schönzureden. Sie würde einfach lange Strandspaziergänge und Ausritte unternehmen, um ihrer Schwiegermutter aus dem Weg zu gehen. Und sie brauchte doch auch nicht allen Einladungen und Festen der Blankeneser Folge zu leisten. Immerhin würde sie die Kuranwendungen vorschieben können.

Auf einmal, völlig unerwartet, fuhr ein Schmerz durch sie hindurch. Ulla erschrak, ihr Herz zog sich zusammen – die Frau auf der Bühne sang nicht nur von Schmerz, sie durchlitt wirklich, was sie vortrug. Enttäuschte Liebe, verzehrende Eifersucht, tiefste Verzweiflung! Und diese Qual drang wie mit feurigen Pfeilen in ihr eigenes Innerstes. Die

Musik, vor allem die unglaublich dramatische Stimme ...
Hilfe, tat das weh! Es ging um Leben und Tod, es erinnerte
Ulla an etwas ... Nein, halt, halt! Ich will nicht, will nicht!
Schweiß brach ihr aus, der Puls raste, in den Ohren klopfte
es, sie atmete schneller. Ich will das nicht!, schrie es in ihr.
Ich muss hier weg! Keine Verzweiflung bitte, kein Feuer,
nicht diese Bedrängnis! Am liebsten wäre sie aufgesprun-
gen und fortgerannt.

Ulla wusste, sie musste sich schleunigst ablenken, bevor die Gefühle sie völlig überwältigen konnten. Bevor der
Albtraum zurückkehrte, wie zuletzt vor anderthalb Jahren.

Sie konzentrierte sich auf ihre Atmung. Schön regelmäßig und tief genug Luft holen. Ein – und – aus, ein – und –
aus. So ist es gut. Gleich wird sie aufhören. Halte durch.
Langsam ein und langsam aus.

Ulla betrachtete die Robe der Sängerin, als müsste sie
darüber einen langen Artikel schreiben. Das weiße Brokat-
kleid war von feinen silbernen und goldenen Fäden durch-
wirkt. Der Saum, vorne kürzer als hinten, schien zum Greifen nahe. Die Griechin hatte Ähnlichkeit mit Soraya von
Persien, der schönen Kaiserin, die von ihrem Mann verstoßen worden war, weil sie ihm keinen Thronfolger gebären
konnte. Gefährliches Thema. Lenk dich ab. Sieh dir die Callas genauer an. Fünfunddreißig ist sie, auf dem Gipfel ihrer
Karriere. Und wie ihre Juwelen glitzern!

Ganz allmählich beruhigte sich Ulla. Sie schaute zur
Seite auf ihren Mann. Er schien von ihrer Erschütterung
nichts mitbekommen zu haben. Offensichtlich gefangen
genommen von der Arie, strich er Ulla geistesabwesend
über den Arm. Das Stück endete, Bravorufe eilten dem auf-
brandenden Applaus voran.

Als sich die Sopranistin schließlich nach der letzten Arie

unter tosendem Beifall immer wieder huldvoll verbeugte und begeisterte Zuhörer Blumen auf die Bühne warfen, drängte es Ulla hinaus. Sie musste an die frische Luft! Professor Meyer und ihre Schwiegermutter gingen vor ihr, aber da beide Gott und die Welt kannten, hielten sie immer wieder, um sich kurz zu unterhalten. Dann blieben alle stehen. Will reichte Ulla einen Sekt, der überschwappte, als sie das Glas ungeschickt entgegennahm. Wie peinlich! Sie entschuldigte sich, murmelte etwas von »Nase pudern«. Die Schlange vor den Toiletten war endlos. Sie floh nach draußen.

Vor der Musikhalle rund um den Karl-Muck-Platz hielten Absperrgitter die Nichtgeladenen fern, die darauf warteten, etwas vom Glanz der Veranstaltung zu erhaschen. Zarah Leander wurde erkannt, Pulks von Zaungästen jubelten der Schauspielerin und anderen prominenten Besuchern zu. Ulla ging weiter bis hinter einen Mauervorsprung. Hier fühlte sie sich unbeobachtet. Erschöpft lehnte sie sich mit dem Rücken gegen eine Seitentür des Gebäudes und schloss die Augen. Ihr Herz schlug immer noch viel zu schnell.

»Reden Sie mit ihm«, hörte sie plötzlich eine vertraute Stimme neben sich. Es war Professor Meyer, zum Glück ohne ihre Schwiegermutter.

»Ach herrje«, antwortete Ulla errötend. »Ich wirke wohl ein wenig kopflos, was?«

»Keineswegs«, erwiderte der Mediziner liebenswürdig. »Das wäre ja auch ein Jammer bei diesem hübschen Kopf.« Er wurde wieder ernst. »Eine Kur hilft auch gegen schwache Nerven. Sie sind erschöpft, überanstrengt.«

»Aber ich tue doch den lieben langen Tag nichts«, erwiderte Ulla mit Tränen in den Augen. »Jedenfalls nichts Nützliches.«

»Was wäre denn in Ihren Augen nützlich?« Sein väterlicher Blick flößte ihr Vertrauen ein. »Was möchten Sie tun?«

»Mich um meine eigene Familie kümmern«, erwiderte Ulla, »und bis es so weit ist, wieder in meinem Beruf arbeiten.«

Professor Meyer nickte verständnisvoll. »Bei Ihnen ist organisch alles in Ordnung. Aber die Unruhe und Ratlosigkeit unserer Zeit wirken sich eben bei empfindsamen Menschen auch körperlich aus, auf das vegetative Nervensystem und die Drüsenfunktion.«

Ulla schluckte. »Ich fühle mich tatsächlich manchmal so …« Sie wusste nicht, wie sie es benennen sollte. Der Professor hatte sie ganz offensichtlich beobachtet und längst durchschaut. »Manchmal hab ich solch eine …«

Insgeheim sah sie dieses schwer zu beschreibende Gefühl als einen Panther an, denn es schlich sich an und belauerte sie wie ein gefährliches Tier, das jede Sekunde zum Sprung ansetzen konnte. Wenn sie mit Inge darüber sprach, bezeichneten sie es als ihre Angstzustände.

»… Panik?«, vollendete Professor Meyer ihren Satz.

Sie nickte. »Gibt's dagegen nichts Einfaches, irgendeinen Trick, mit dem ich sie in den Griff bekomme? Warum denn gleich eine ewig lange Kur?«

Professor Meyer strich mit dem Finger über seinen Schnauzbart. »Also gut. Ich verrate Ihnen zwei Tipps für den Notfall. Aber nicht als Arzt, es ist nur der Ratschlag eines Freundes Ihrer Familie und keineswegs die Lösung aller Probleme. Denn möglicherweise steckt noch mehr dahinter, was ein Experte für die Seele ergründen helfen könnte.«

»O nein, bloß nicht!« Ulla verdrehte die Augen.

Einige Leute fanden es gerade schick, sich einem Psychotherapeuten anzuvertrauen. Sie gehörte nicht dazu.

Erwartungsvoll schaute sie den Professor an.

»Nun gut.« In seine Augenwinkel stahl sich ein kleines Lächeln. »Summen und mit den Ohren wackeln!«

»Och, jetzt machen Sie sich auch noch über mich lustig!« Ulla schob die Unterlippe vor, trotzdem musste sie lächeln. Was für ein origineller und zugleich kindischer Ratschlag!

»Nein, ich meine es ernst. Das Summen aktiviert im vegetativen Nervensystem den Parasympathikus, den Gegenspieler des Sympathikus. Eigentlich lässt er sich nicht durch den Willen beeinflussen. Aber die Vibrationen der Stimmbänder erreichen ihn doch. Und das beruhigt.«

»Ehrlich?« Ulla begann probeweise zu summen. »Das krieg ich ja noch hin«, sagte sie dann. »Allerdings – mit den Ohren wackeln konnte ich noch nie. Ginge vielleicht auch auf zwei Fingern pfeifen?«

»Wer weiß?« Der Professor lächelte wieder. »Alles Übungssache, gnädige Frau! Tun Sie so, als ob Sie die Haut an Ihren Schläfen nach hinten ziehen wollten.« Er machte es ihr vor – und wackelte dadurch tatsächlich mit den Ohren. Es sah sehr komisch aus.

Ulla schmunzelte, sie vergaß ihr Unbehagen und versuchte es nachzumachen. In Ansätzen gelang es ihr. Jetzt strahlte sie, halb stolz, halb erheitert. »Langsam verstehe ich, weshalb man Sie zum Professor ernannt hat.«

»Ach, hier seid ihr!« Agathe, eingehakt bei ihrem Sohn, näherte sich ihnen zielstrebig. »Wir gehen gleich alle noch in Cölln's Austernstube. Will hat für uns reserviert.«

Ulla lächelte tapfer. Sie hasste Austern, diese glibberigen salzigen Dinger. Und das letzte Mal, als sie versucht hatte, Flusskrebse zu knacken, war ihr ein Beinchen weggeflutscht – bis auf den Nachbartisch.

Erstaunlicherweise überstand Ulla den Abend in Cölln's Austernstube ohne Katastrophen. Was wahrscheinlich daran lag, dass Professor Meyer gelegentlich, wenn sich ihre Blicke trafen, mit todernster Miene die Ohren bewegte, als wäre es das Selbstverständlichste von der Welt. Agathe, die neben ihm saß, bekam davon nichts mit. Will unterhielt sich die meiste Zeit angeregt mit einem Papiergroßhändler und dessen Frau.

Als ihr Mann nach der späten Heimkehr zärtlich werden wollte, wies Ulla ihn ab. »Ich bin nicht in der richtigen Stimmung«, murmelte sie.

Die Vorstellung, wochenlang gemeinsam mit ihrer Schwiegermutter, Christa und deren Gören im kleinen Kapitänshaus zu logieren, schlug ihr mehr aufs Gemüt, als sie erwartet hatte.

Am Montagnachmittag traf sie sich wie verabredet mit Inge im Alsterpavillon. Sie erkannte die Freundin schon von hinten am goldblonden Lockenkopf. Bei Frankfurter Kranz und Schwarzwälder Kirschtorte zum Kaffee brachten sich die Frauen, oft gleichzeitig und nur in Halbsätzen redend, auf den neuesten Stand.

»Dass bei dir da unten alles in Ordnung ist … Mensch, Ulla, was für 'n Glück! Komm, darauf trinken wir einen Eierlikör!«, sagte Inge.

Die Liebe zu süßen Genüssen war ihrer Figur anzusehen, was sie manchmal beklagte, sie aber nicht daran hinderte weiterzuschlemmen. Dank schöner Kurven und einer Haut wie Marzipan, fand Ulla, war Inge selbst zum Anknabbern. Ihr hübsches Gesicht erinnerte sie an das einer Porzellanpuppe – harmonisch mit strahlenden blauen Augen, Stupsnase, kleinem Mund, rosigen Wangen.

Ulla orderte zwei Gläser und für sich zum Mischen noch

eine Sinalco. »Na ja, die Hormone spuren nicht ganz so, wie's wünschenswert wäre«, räumte sie ein. »Deshalb rät der Professor zu einer Kur. Und Will meint, ich soll den Sommer im Kapitänshaus auf Sylt verbringen. Aber mir graust es vor der Verwandtschaft.«

»Ach herrje«, Inge sah sie mitleidig an, »etwa mit Agathe und den blasierten, dummerhaftigen Blagen von Christa? Das ist ja die Höchststrafe!«

Ulla kippte den Eierlikör hinunter und bestellte gleich noch einen. »So, nun bist du dran. Du hast also gekündigt, recht so! Und was jetzt?«

»Ich werd die Sommersaison über auf Norderney arbeiten – bei meinen Tanten Hetty und Netty. Du weißt doch, die mit der kleinen Pension und dem Handarbeitsgeschäft.« Es sprudelte nur so aus Inge heraus. »Ich geh den Tanten beim Frühstückmachen für die Pensionsgäste zur Hand und helfe ein paar Stunden im Laden aus. Aber ich hab auch mal Zeit, an den Strand zu gehen. Mensch, Ulla, ich freu mich schon so!«

»Das klingt wirklich fabelhaft!«

Inge stand kurz auf und strich über ihr selbst genähtes kunstseidenes Kleid. »Guck mal, meine Figur ist jetzt zwischen Größe 42 und 44. Findest du mich zu dick?«

»Inge, setz sich wieder.« Ulla schüttelte den Kopf. »Du bist nicht zu dick. Das nennt man sexy. Die Proportionen stimmen bei dir, das ist die Hauptsache. Welcher normale Mann will denn einen Hungerhaken?«

»Ganz ehrlich?«

»Ganz ehrlich. Außerdem hilft es dir, deine Kundinnen zu beraten. Wer will sich schon beim Kauf von Hüftgürteln und Büstenhaltern von einem Klappergerüst assistieren lassen?«

Inge nickte, das Argument gefiel ihr. »Ja, das stimmt, glaube ich. Sie fühlen sich bei mir gut aufgehoben, weil ich weiß, wie das ist, wenn man nicht wie ein Mannequin von Dior aussieht.« Zufrieden schob sie sich noch einen Happen Torte in den Mund. »Obwohl ich schon lieber so eine klassische Schönheit wie du wär.«

»Das Wichtigste ist doch sowieso die Ausstrahlung«, redete Ulla ihr gut zu. »Und in diesem Sommer suchst du dir unter den Badegästen den Mann fürs Leben!« Mit einem verschwörerischen Lächeln stupste sie ihre Freundin an. »Einen gut aussehenden, gut betuchten, charakterstarken, fröhlichen Mann.«

»Mal sehen.«

Inge spitzte kokett den Mund. Ihr ehemaliger Verlobter, ein Schuhvertreter, an den sie drei Jahre ihres Lebens verschwendet hatte, war noch mit einer anderen Frau verlobt gewesen. Bei Inge hatte er sich am liebsten auf dem Sofa ausgeruht und von einem eigenen Laden geschwärmt, mit seiner beruflichen Karriere war es aber nie so recht vorangegangen. Als die Geschichte mit der zweiten Verlobten durch einen dummen Zufall aufgeflogen war, hatte sich Inge nach der ersten Wut und Enttäuschung sogar erleichtert gefühlt.

Ulla lächelte wehmütig. »Wenn du den Sommer auf Norderney verbringst, werden wir uns richtig lange nicht sehen. Bis wann dauert denn die Saison?«

»Bis Mitte September haben wir ausgemacht.«

»Oh, so lange …«

Inge hatte wohl den traurigen Unterton vernommen und versuchte Ulla abzulenken. »Du, wie war denn eigentlich die Callas? Erzähl doch mal.«

Ulla schilderte ihr den Abend en détail. Zum Schluss zö-

74

gerte sie einen Moment. »Es ist mir noch mal wieder hoch-
gekommen«, gestand sie dann. Und Inge wusste sofort, was
gemeint war. »Wahrscheinlich, weil ich nervlich schon etwas angespannt war wegen all dieser Magnifizenzen.«

Inge legte ihr mitfühlend eine Hand auf den Rücken.
»Wir werden's wohl nie ganz los. Mir kommt es auch
manchmal noch nachts im Bett wieder hoch. Aber die Ab-
stände werden größer, nicht?«

Ulla kämpfte gegen den Kloß im Hals an und versuchte
zu lächeln. »Das stimmt. Es ist ja zum Glück auch nicht
zum Äußersten gekommen.«

Inge erhob ihr Glas. »Komm, Ulla. Der Blick geht nach
vorn …«, sagte sie feierlich.

Ulla nahm ihr Glas, stieß mit ihr an und beendete den
Satz. »… nach vorn und nicht zurück!« Die Freundinnen
tranken etwas und schwiegen eine für sie lange Weile. »Norderney«, hob Ulla schließlich wieder an, »da war ich noch
nie.«

»Die vornehmste der Ostfriesischen Inseln, zuweilen sogar mondän, sagen meine Tanten.« Inge hob im Scherz die
Nase und ahmte ein wenig Agathe nach. »Das älteste Nord-
seeheilbad Deutschlands. Seit siebzehnhundertirgendwas.
Müsste eigentlich …«

Ulla unterbrach sie. »Mensch, Inge …«

Die Augen ihrer Freundin wurden runder. »Nee, nich?
Denkst du auch, was ich gerade denke?«

»Das ist DIE Idee!« Ulla nickte strahlend. »Das kann doch
kein Zufall sein …«

»Natürlich nicht, das ist ein Wink des Himmels. Du
kommst mit nach Norderney!« Inge rief nach dem Kellner. »Herr Ober, noch zwei Piccolöchen, bitte! Meinst du,
du kriegst deinen Mann dazu, dass er dich nach Norderney

lässt? Ja, bestimmt! Will ist doch eigentlich ganz in Ordnung. Der ist doch gar nicht so. Die Hauptsache ist schließlich, dass seine Frau sich mal richtig erholt.«

Ulla presste die Lippen zusammen, damit ihr nur nicht aus Versehen in der Öffentlichkeit ein Jubelruf entwich. Aber in ihren Augen funkelte es abenteuerlustig. Mochte sich Sylt auch anbieten, weil die Familie dort das Häuschen besaß – Norderney hatte in besseren Kreisen ebenfalls einen guten Ruf. Dort konnte »man« durchaus Urlaub machen. Sie würde Will anbieten, in einer normalen Pension abzusteigen. Dann würde es nicht so teuer werden. Sie brauchte dieses ganze Tamtam überhaupt nicht.

Zwei Wochen später standen die beiden Freundinnen neben Will am Anleger von Norddeich an der ostfriesischen Nordseeküste. Er hatte sie im Auto mit dem Pferdeanhänger aus Hamburg hergebracht. Es war so einfach gewesen, ihn von Norderney als Kurort zu überzeugen, dass es Ulla fast schon etwas unheimlich vorkam. Eine winzige Spur des Gefühls, abgeschoben zu werden, träufelte in ihren Abschiedsschmerz hinein. Aber sie versuchte, die leichte Trübung zu ignorieren. Will hatte ihr für zwei Monate, bis Ende Juli, ein Zimmer in einem der besten Hotels reservieren lassen und dafür gesorgt, dass sie Luna mitnehmen konnte.

Schönwetterwolken zogen über den hellblauen Himmel. Eine sommerliche Jacke über dem schmal geschnittenen Kleid reichte. Die Leute um sie herum, die ebenfalls auf die Insel wollten oder ihre Liebsten verabschiedeten, redeten von der anhaltenden Trockenheit der vergangenen Wochen. Richtig warm war es allerdings nicht, Pfingsten hatten die

Wirte von Ausflugslokalen sogar über zu kühles, windiges Wetter geklagt. In der Nordsee zu schwimmen erforderte noch Mut.

Mit angehaltenem Atem sah Ulla zu, wie jetzt ihr Pferd in einer Box von einem Kran hoch in die Luft gehoben, auf ein Frachtschiff gehievt und dort von mehreren Arbeitern in Empfang genommen wurde. Die Box setzte, wie die Autos, die mit nach Norderney sollten, quer auf einer schmalen Transportfläche auf. Es konnte immer nur eines neben dem anderen stehen, weshalb das Schiff nach jeder Ladung um ein Stück verholt werden musste. Luna trappelte unruhig, schlug mit den Hufen gegen die Boxwand, während sie da oben baumelte. Hoffentlich verletzt sich das Tier nicht, dachte Ulla. Ob wohl schon mal eine lebende Fracht ins Wasser gefallen war?

»Luna, ruhig, ganz ruhig!«, rief Ulla.

Die Ostfriesen schienen nicht aufgeregt, sie machten so was jeden Tag und leisteten Zentimeterarbeit. Endlich, die Pferdebox stand. Neben einem Lastwagen, der vorne und hinten etwas über die Schiffsbreite hinausragte. Wieder rückte der Frachter ein Stück weiter.

Nun wurde ein Mercedes verladen. Er fuhr über zwei Bretter an Bord. Nicht nur der Wagenhalter hielt den Mund geöffnet, auch die anderen Reisenden verfolgten die Aktion ängstlich staunend, als würde Kletterkünstler Armin Dahl direkt vor ihren Augen ungesichert einen Wolkenkratzer erklimmen.

»Passen Sie gut auf«, warnte ein Mann hinter ihnen den Besitzer, »Chrom rostet in der Salzluft so schnell, da können Sie gar nicht gegen gucken.«

Mit einem traurigen Lächeln wandte sich Ulla ihrem Mann zu. »Dann müssen wir jetzt wohl Tschüss sagen.«

»Ich hab noch eine Überraschung für dich«, sagte Will, als auch das Auto gesichert war. In seinen blaugrünen Augen schimmerte es freudig. »Ich kenne Piet Saathoff, den Verleger und Chefredakteur des Norderneyer *Inselblatts*, von unserer Arbeit im deutschen Verlegerverband. Er und der Kurdirektor suchen gerade jemanden, der für sie eine Broschüre schreibt. Sie soll zum Deutschen Bädertag im September erscheinen.« Ulla sah ihren Mann ungläubig an. Wollte er etwa andeuten, dass sie diese Aufgabe übernehmen könnte? »Sie haben wohl ein paar Vorstellungen, wie diese Broschüre aussehen soll, aber ich denke, da kannst du dich endlich mal wieder kreativ austoben.«

»Oh, Will, das ist ja wunderbar!« Ulla fiel ihm um den Hals. »Danke, Liebling!« Ihre Betrübnis war wie weggepustet. »Wie umfangreich soll denn diese Broschüre werden? Gibt's auch Fotos oder Illustrationen?«

»Halt, halt!«, wehrte Will lachend ab. »Das besprichst du am besten mit den Herren, wenn du angekommen bist. Hier sind ihre Visitenkarten, sie erwarten deinen Anruf.«

»Inge, hast du das gehört?«

Ihre Freundin, die sich vor dem Abschiedskuss diskret abgewandt hatte, kehrte von Ullas Jubel angelockt zurück. Sie nickte freudig. »Na, dann musst du ja wirklich keine Angst mehr haben, dass du dich auf der Insel langweilen wirst.« Inge zupfte an ihrem Pony, der unter einem im Nacken verknoteten Kopftuch hervorlugte. »Hoffentlich reicht die Zeit überhaupt aus für all das, was wir uns vorgenommen haben!«

»Ihr habt euch was vorgenommen?«, fragte Will in scherzhaftem Ton. »Soso … Darf man erfahren, was die Damen planen?«

Eine lärmende Schulklasse marschierte in Zweierreihen

an ihnen vorbei auf die Fähre. Die Freundinnen wechselten einen verschwörerischen Blick.

»Wir wollen Thomas Mann lesen. Und Goethe. Und eine Biomaris-Trinkkur machen«, antwortete Ulla würdevoll.

»Und immer früh ins Bett, wegen dem Schönheitsschlaf«, ergänzte Inge mit ernster Miene. »Und jeden Morgen zur Strandgymnastik.«

Will lachte lauthals. »Herrlich!« Doch dann runzelte er die Stirn. »Muss ich mir etwa Sorgen machen?«

Ulla küsste ihn auf die Wange. »Nicht, wenn du mich wie versprochen besuchen kommst.« Das Schiff tutete, ein Steward machte Zeichen, dass sie sich beeilen sollten. Das Ehepaar umarmte sich ein letztes Mal. Dann gingen die Freundinnen über einen wackligen Steg an Bord der fähnchengeschmückten *Frisia*. Von der Reling aus winkte Ulla Will zu. »Wir telefonieren!«

»Erholt euch gut! Grüße an Piet Saathoff! Ahoi, Mädels!«

»Ahoi!«

Als sie ablegten, schmetterte der Schülerchor oben auf dem Sonnendeck *Wenn die bunten Fähnlein wehen, geht die Fahrt wohl übers Meer.* Viele Urlauber stimmten ein, Inge sang sofort mit, schließlich auch Ulla. Sie wurde von einer Leichtigkeit und Aufbruchstimmung ergriffen, die sie schon lange nicht mehr gespürt hatte.

Livrierte Hoteldiener standen im Fährhafen von Norderney vor der Gepäckausgabe Spalier. Der Page vom Kurhotel Kaiserhof nahm Ullas Koffer mit, sie wollte zunächst den Mann vom Reitstall begleiten, um sicher zu sein, dass Luna gut untergebracht war. Inge wurde von ihren beiden reizenden Tanten in Empfang genommen. Sie forderten Ulla auf, sie bald zu besuchen.

Ihr Zimmer im Hotel gefiel Ulla ausnehmend gut. Der Kredit für die neuen Rotationsmaschinen schien Will nicht so schlimm zu drücken, jedenfalls hatte er sich wirklich großzügig gezeigt, indem er ihr ein Doppelzimmer mit Meerblick gebucht hatte. Das größte Hotel am Platze, direkt an der gärtnerisch neu gestalteten Kaiserstraße/Ecke Bismarckstraße, also in bester Lage, stammte noch aus der Belle Époque. Es war außen wie innen modernisiert, zeitlos elegant und behaglich. Alles wirkte hell und freundlich. Nur die eine Seite der erhöht liegenden Kaiserstraße war bebaut, mit Grand Hotels und Logierbetrieben, allesamt zur Seeseite ausgerichtet. Davor erstreckte sich eine weitläufige Grünfläche, auf der, wie Blumen verstreut, mit farbenfrohen Streifenstoffen ausgestattete geflochtene Strandkörbe standen.

Am Abend war Ulla mit Inge in der Hotellobby verabredet. Hier herrschte eine ebenso großzügige wie gediegene Atmosphäre. Unter hohen Rundbogen, die vom Jugendstil geprägt waren, standen Polstersessel auf Orientteppichen, von der Decke hingen prächtige Kronleuchter.

Inge pfiff leise, als sie hereinkam. »Übersichtlich«, murmelte sie beeindruckt.

Die Freundinnen unternahmen einen ersten Erkundungsgang durch den Ort, ließen sich auf der Terrasse vor Schuchardt's Hotel zwei Eisbomben servieren und erfreuten sich am Anblick der zum Abendbummel herausgeputzten Urlauber.

Auch nach dem Kurkonzert herrschte im Zentrum noch fröhlicher Trubel, doch zur Schlafenszeit später im Hotel war es so ruhig, dass Ulla durchs geöffnete Fenster das Meer rauschen hören konnte. Was für eine Gutenachtmusik! Sie schlief tief und fest, erwachte früher als üblich. Vor dem

Frühstück lief sie über die Kaiserwiese genannte Grünfläche zur Promenade und weiter geradeaus über einen
schmalen Sandstrand bis zum Flutsaum. Hier hatte sich,
wie sie aus ihrem Reiseführer wusste, die Nordsee im Laufe
der Zeit einen einst breiten Badestrand zurückgeholt. Deshalb standen in diesem Abschnitt keine Strandkörbe mehr,
war das Schwimmen hier untersagt. Doch sie konnte mit
den Füßen durchs Wasser waten und die noch kühle frische Luft atmen.

Ulla blieb stehen und inhalierte den Duft von Salzwasser, Ozon und Seetang. Möwen, die über ihr im Aufwind
kreisten, kreischten sich Botschaften zu, in der Ferne glitten Segelboote durchs tiefe Meeresblau. Je länger sie stand,
desto mehr versanken ihre Füße im Sand. Fasziniert schaute
sie auf die Lichtreflexe im Wasser um ihre Zehen herum.
Ein kleiner Seestern trieb vorüber. Wunderbar, wenn ein
Morgen so begann! Aber wie schade, dass Will jetzt nicht
bei ihr war.

Während des Frühstücks fühlte Ulla sich zwar beäugt
von den gut situierten Gästen ringsum, zumeist Familien
mit noch nicht schulpflichtigen Kindern samt Kindermäd-
chen und ältere Herrschaften, von denen viele wohl auch
kurten. Doch anders als in Hamburg konnte sie sich hier
einfach darüber hinwegsetzen. Diese Menschen kannten sie
nicht, und umgekehrt wusste sie nichts von ihnen. Einige
sahen recht interessant aus, über sie hätte sie gern mehr erfahren.

Sie saß auf der lichtdurchfluteten geschlossenen Veranda an einem Tisch mit einer verwitweten älteren Dame
aus Münster, die sich nur kurz vorgestellt hatte und gleich
weiter in einem Roman las. Ulla ging im Geiste ihre Programmpunkte für den Tag durch. Gut, dass Professor

Meyer ihr einen Kurarzt empfohlen und bei ihm bereits einen Termin für sie gemacht hatte. Dr. Simonis hieß er. Später würde sie ausreiten, sie war schon gespannt auf die Dünenlandschaft.

Am meisten aber freute sie sich auf ihren Termin bei Piet Saathoff am Nachmittag. Sie brauchte noch einen Arbeitsblock. Überhaupt war es wichtig, einen professionellen Eindruck zu machen. Die Herren sollten nicht denken, dass sie nur eine verwöhnte Verlegersgattin war, die irgendwie beschäftigt werden musste. Ihre heißgeliebte Collegemappe, die sie früher immer mit in die Redaktion genommen hatte, lag natürlich zu Hause, und mit ihrer Seepferdchenbadetasche konnte sie wohl kaum aufkreuzen. Aber ihre schlichte weiße Ledertasche würde passen.

Eine Stunde später besprach Dr. Simonis in seiner Privatpraxis mit ihr die geeigneten Anwendungen. Er empfahl hauptsächlich warme Schlickbäder, Massagen und warme Solebäder.

»Ebenso wichtig ist es für Ihren Stoffwechsel, dass Sie sich in der Natur dem Reizklima aussetzen«, betonte er, als er ihr den Heilplan überreichte. »Also auch bei schlechtem Wetter raus, öfter barfuß gehen, tief die heilsame Luft in der Brandungszone einatmen und eine Trinkkur mit gereinigtem Meereswasser machen. So füllt Ihr Körper seine Reservoirs auf und erhält alle Mineralstoffe und Spurenelemente, die er benötigt.«

»Und im Meer schwimmen sicherlich«, ergänzte Ulla.

»Zunächst lieber noch nicht«, antwortete der Arzt. »Das ist ein starker Reiz. Nutzen Sie lieber unser Meerwasserhallenbad, das ist ganzjährig auf zweiundzwanzig Grad temperiert.« Die Schlickbäder sollten nach zwei Anwendungen von Voll- auf Sitzbäder umgestellt werden. Alle warmen Bäder konnte sie sowohl im Kurhotel Kaiserhof als auch im Kurmittelhaus nehmen. »Professor Meyer deutete an, dass Ihnen möglicherweise eine psychologische Unterstützung guttun würde. Möchte Sie mit einem unserer …«

»Um Gottes willen!«, rief Ulla aus. Sie fand es überhaupt nicht gut, dass der Professor, der doch nur zufällig privat Zeuge einer ihrer Beinaheangstzustände geworden war, aus dieser Beobachtung gleich eine Diagnose machen wollte. »Wenn ich körperlich gestärkt bin, werde ich sicher auch sonst wieder stabiler sein.«

Der Arzt sah sie nachdenklich bis verständnisvoll an. »Nun denn … Es nützt nichts, wenn die Patientin nicht bereit ist. Dann wollen wir erst einmal Ihren Körper kräftigen und zusehen, dass die Hormone wieder in eine gesunde Balance kommen. Ich bin auch kein übergroßer Freund Freuds.« Er legte seine Hände übereinander und beugte sich vor. »Es stimmt schon, oft folgt das eine auf das andere. Alles hängt miteinander zusammen.«

Aufatmend versprach Ulla, sich an seine ärztlichen Ratschläge zu halten. Der Bequemlichkeit halber entschied sie sich dafür, ihre Heilbäder so weit wie möglich im Hotel zu nehmen.

Nach dem Arztbesuch war sie müde, es musste an der Klimaumstellung liegen. Sie schlief ein Stündchen, zog dann ihre Reitkleidung an und fuhr mit dem Bus an den Ortsrand, um Luna einen Besuch abzustatten. Der Reitstallbesitzer, bei dem das Tier in einer hellen, luftigen Mietbox untergebracht war, riet ihr, sie solle ihm etwas Zeit lassen, sich einzugewöhnen und an das Inselklima anzupassen.

»Pferde sind auch nur Menschen«, sagte er augenzwinkernd.

Sie ritt also noch nicht aus, sondern sorgte nur dafür, dass Luna auf dem Reitplatz ausreichend Bewegung bekam.

Vor ihrer Verabredung in der Redaktion duschte Ulla schnell noch einmal. Zu ihrem Doppelzimmer gehörte ein eigenes Bad mit Wanne. Sie genoss den Luxus, auch das dicke weiße Frotteebadetuch, das sie sich hinterher umwickelte. Schließlich war sie nicht unempfänglich für das schöne Leben. Eine Weile stand sie vor dem geöffneten Kleiderschrank und überlegte. Sie entschied sich für ihr sportliches weißes Kostüm. Dazu die italienischen Sommersandaletten mit Keilabsätzen aus Kork, statt Bluse nur eine rote Weste mit überschnittenen Ärmeln aus einem leichten Stoff mit Perlmuttknöpfen. Noch die Lippen angemalt, die Brauen mit frisch angefeuchteter Mascara in Form gebürstet – fertig. Für Notizen zog sie einen Bogen Briefpapier aus der Hotelmappe, die auf einem kleinen Chippendale-Schreibtisch lag, und steckte ihn samt Umschlag in ihre Handtasche. Die Kostümjacke legte sie über den Arm, das machte Herta Feiler, die Frau von Heinz Rühmann auch immer so, und bei der sah das ungemein weltläufig und lässig-elegant aus.

Der Verlag befand sich mitten im Ort. Vom Eingangsraum mit Tresen für die Anzeigenaufnahme ging nach rechts das Chefzimmer ab, die gepolsterte Tür stand halb offen. Zur linken Seite hin schien die Redaktion zu liegen, jedenfalls hörte man von dort Schreibmaschinen klappern, jemanden laut telefonieren und einen Fernschreiber rattern. Ein dunkler Flur führte wohl nach hinten in die Druckerei. Eine Empfangsdame geleitete Ulla zum Chefzimmer.

»Willkommen auf Norderney, gnädige Frau!« Piet Saathoff und der Kurdirektor erhoben sich. Der Hausherr bat Ulla, auf dem kleinen Sofa hinter einem nierenförmigen

Tisch Platz zu nehmen. Die Sitzgruppe aus Nussbaumholz mit Polstern in verschiedenen Buntstiftfarben wirkte noch recht neu. »Mögen Sie Tee oder Kaffee?«

Sie sah, dass die Männer bereits Tee tranken, auf der schwarzen Glasplatte des mit Büchern und Zeitungen beladenen Tisches standen eine Teekanne auf einem Stövchen, Tassen und Schnapsgläschen.

»Tee bitte.«

»Vielleicht auch einen Kruiden?«, fragte Piet Saathoff. »Ostfriesischer Kräuterschnaps, der hält jung und geschmeidig! Das ist praktisch Medizin.«

»Nein danke, Tee reicht.« Ulla lächelte.

Saathoff und der Kurdirektor setzten sich wieder in die modernen Clubsessel rechts und links von ihr, und nach dem Austausch allgemeiner Höflichkeiten begannen die Herren, ihr auseinanderzusetzen, worauf es ihnen bei der Broschüre anlässlich des Bädertages ankam.

»Das Sonderheft soll zweiundzwanzig Seiten Umfang haben«, erklärte der Verleger und Chefredakteur, der mit seinen rot geäderten Wangen aussah, wie man sich einen tüchtigen Ostfriesen von Mitte vierzig vorstellte. »Abgesehen von der Titelei und den Grußworten, um die ich mich kümmere, könnten Sie zehn Geschichten unterbringen. Jede wird, wenn irgend möglich, mit Fotos illustriert, also wäre Platz für je eine Seite Text und eine Seite Bilder. Sie können aber natürlich auch mehrere kleinere Geschichten verfassen, je nachdem.«

Ulla nickte, sie notierte sich ein paar Stichworte. Die Mitarbeiterin schenkte allen ein, bevor sie wieder entschwand, die Tür jedoch nicht ganz schloss.

Der Kurdirektor, ein vornehmer älterer Herr, beugte sich vor. »Zwei Punkte. Ad eins. Heben Sie unbedingt den niveaumäßig so besonderen Charakter Norderneys hervor«, bat er. »Es gibt nur wenige Orte, an denen die fünfzigjährige Zugehörigkeit Ostfrieslands zum Königreich Hannover so viele sichtbare Spuren hinterlassen hat. Wir waren die königliche Sommerresidenz.« Er sah sie scharf an. »Dreißig Jahre lang hat König Georg V. hier jeden Sommer drei Monate verbracht, von hier aus hat er regiert, hier versammelte sich sein Hofstaat.«

»Drei Monate!«, staunte Ulla.

Dagegen nahm sich eine Kur geradezu läppisch aus. Und Will behauptete immer, er dürfe seinen Laden nicht länger als zwei Tage allein lassen, sonst würde alles drunter und drüber gehen. Kein Wunder, dass das Königreich Hannover nicht mehr existierte.

»Ja, hier konnte sich der kunstsinnige, aber leider erblindete Herrscher frei bewegen«, erklärte der Kurdirektor. »Er kannte die Pfade, hier fühlte er sich sicher und von seinen Norderneyern geliebt. Das Kurhaus, das Kurhotel, all die klassizistischen Bauwerke aus seiner Zeit sind weiß, schlicht und vornehm. Sie geben unserer Insel heute noch ihr Gepräge.«

»Der König hat Musik geliebt, sogar selbst ganz passabel komponiert«, ergänzte Piet Saathoff. »Deshalb spielte hier während seiner Anwesenheit stets ein erstklassiges großes Orchester, das er im Sommer aus Hannover herbringen ließ. Die Kurgäste haben sich daran gewöhnt.« Er lächelte breit. »Die Tradition lebt heute noch, so was finden Sie auf keiner anderen ostfriesischen Insel: Ab Mitte Juni wird das Göttinger Symphonieorchester unter dem ungarischen Dirigenten Béla Hollai wieder in voller Besetzung, fünfundvierzig Mann stark, täglich drei Kurkonzerte geben und darüber hinaus noch Sonderkonzerte mit internationalen Solisten.« Ulla sank der Mut. Ach herrje, gerade war sie der Callas entronnen, und schon ging es wieder los mit den Sphären ernster Musik. Das war wirklich nicht ihr Spezialgebiet. Aber sie versuchte, sich nichts anmerken zu lassen. »Viele Stammgäste«, sagte der Kurdirektor, »fühlen sich eben nicht nur von unserer Natur angezogen, sondern kommen wegen unseres Kulturprogramms.«

»Zum Teil sind die Gäste selbst Teil der Anziehungskraft«, schob Saathoff in leicht ironischem Ton ein, »die heutigen und vielleicht noch ein bisschen mehr die früheren.«

»Und die Insulaner nicht?«, scherzte Ulla.

»Natürlich! Ich sehe schon, wir verstehen uns.« Lachend klopfte Saathoff sich auf den Schenkel.

»Wenn Sie wüssten, wer hier schon alles Erholung gefunden hat«, warf der Kurdirektor ein. »Die Stützen der Gesellschaft, Regierende, die Geistesgrößen unserer Kulturnation – Heine, Robert und Clara Schumann, der olle Blücher, Bismarck, Fontane, der König von Sachsen mit Luise von Österreich-Toskana, Reichskanzler von Bülow et cetera et cetera. Allerhöchstes Niveau! Auf einer Ebene mit Nizza oder Bath oder Biarritz.«

»Das ist aber schon eine Weile her, oder?« Ullas Bemerkung wurde nicht weiter beachtet.

»Was keineswegs bedeutet, dass Freunde der leichten Muse bei uns zu kurz kämen«, ergriff Piet Saathoff wieder das Wort. »Nächste Woche zum Beispiel erwarten wir Vico Torriani, der im Rahmen der ersten Kur-Réunion dieses Jahres auftritt.«

»Réunion?« Der Begriff sagte Ulla nichts.

Bedeutete das Wort übersetzt nicht Wiedervereinigung?

»Eine Einrichtung aus der Vorkriegszeit, die sich immer noch großer Beliebtheit erfreut. Die Damen erscheinen im

87

langen Abendkleid, die Herren … beinahe hätte ich gesagt in Uniform«, Saathoff schmunzelte, »na, eben entsprechend festlich. Und das komplette Kurorchester gibt den Auftakt.«

»Das gesellschaftliche Ereignis wird bei uns noch mit Stil gepflegt«, betonte der Kurdirektor. Ulla musste an Agathe denken. Vielleicht, ging es ihr durch den Kopf, bin ich mit Norderney vom Regen in die Traufe gekommen. »Stört es Sie?«

Irritiert schaute Ulla hoch. Konnte der Mann etwa Gedanken lesen? Aber er hatte nur eine Zigarre mit bunter Banderole aus seiner Jackentasche genommen und rollte sie dicht am Ohr, dem Knistern lauschend. Ulla schüttelte den Kopf.

»Nein, bitte, rauchen Sie nur.«

Umständlich zündete er die Havanna an. »Mindestens genauso wichtig ist uns allerdings, ad zwei, das Thema Saisonerweiterung.« Er schmauchte an der Zigarre, deren würziger Geruch sich im Besprechungszimmer ausbreitete.

Saathoff führte den Gedanken weiter aus. »Sehen Sie, gnädige Frau …«

»Ach bitte, lassen Sie doch die ›gnädige Frau‹«, fiel Ulla ihm ins Wort. Die Anrede fand sie in diesem Rahmen unpassend, sie war schließlich als Journalistin hier.

»Sehen Sie, liebe Frau Michels, Mitte September werden Badeärzte aus allen deutschen Regionen zum Kongress bei uns zusammenkommen. Denen müssen wir klarmachen, dass eine Kur auf Norderney rund ums Jahr von Erfolg gekrönt ist.«

»Genau«, pflichtete ihm der Kurdirektor bei. »Wir haben circa siebentausend Einwohner, und aktuell, am 1. Juni gezählt, weilen dreitausend Kurgäste auf der Insel. Wenn wir

Glück haben, können wir dieses Jahr erstmals die Marke von einhunderttausend Übernachtungen überschreiten. Aber alles wird sich in den großen Sommerferien klumpen, verzeihen Sie den saloppen Ausdruck.« Gekonnt blies er ein paar Rauchringe in die Luft. »Für die Auslastung unserer Hotels, Pensionen und Kureinrichtungen wäre es jedoch wünschenswert, dass die Besucher nicht nur in der Hochsaison respektive in den Sommerferien kämen, sondern ebenso im Frühjahr und im Herbst. Glücklicherweise liegen etliche Studien vor, die belegen, dass sogar ein Aufenthalt im Winter Erholung und Heilung bringt.« Ulla notierte sich wieder ein paar Stichworte. »Selbstverständlich sind die Ärzte mit ihren Familien uns auch als Gäste sehr willkommen. Selbst wenn sie einfach nur Urlaub machen wollen.«

»Das Element um Norderney herum«, schlug der Verleger vor, »also das Nordseewasser als Schönheitsmittel – das wäre noch ein gutes Thema. Macht eine glatte Haut und so weiter. Das gefällt den Frauen.«

Ziemlich viele Anforderungen, dachte Ulla. Roter Faden?, schrieb sie als Frage an sich selbst auf ihren Briefbogen.

»Und vergessen Sie nicht den Spaß.« Piet Saathoff zwinkerte ihr zu. »Viele Hotels, Bars und Strandetablissements haben für die Saison Conférenciers und Musiker engagiert, vom kleinen Orchester bis zum Klaviervirtuosen.«

»Ich seh schon, an Stoff wird es mir nicht mangeln«, sagte Ulla liebenswürdig. »Sollte man nicht auch Geschichten erzählen, in denen es um das Urwüchsige der Insel und seiner Einwohner geht?« So etwas würde sie persönlich sehr gern lesen.

»Durchaus, durchaus«, ermunterte der Verleger sie.

»Hauptsache, die Mischung stimmt. Sie können bei uns allerhand interessante Charaktere entdecken.« Er grinste.

»Die Insulaner haben ja alle eine internationale Erziehung genossen«, sagte der Kurdirektor, und Ulla war sich nicht sicher, ob darin nicht vielleicht ein klitzekleines bisschen gutmütiger Spott mitklang, »durch die Gäste aus aller Welt, die jeden Sommer anreisen, um hier ihre schönsten Wochen des Jahres zu verbringen.«

»Kommt allerdings darauf an, wann man hier groß geworden ist«, konterte Piet Saathoff. »Norderney war in beiden Weltkriegen eine Seefestung und für Auswärtige gesperrt.«

»Oh«, entfuhr es Ulla.

»Aber darüber wollen wir natürlich schweigen.« Der Kurdirektor blätterte mit verschlossener Miene in einem der Bücher, die auf dem Tisch lagen. »Das hat in unserer Broschüre nichts zu suchen. Es geht um Gesundheit, Erholung, Erfüllung am Meer, um Kultur und Freude …«

»Ja, ich versteh, was Sie meinen.« Ulla faltete ihren Zettel zusammen. »Ich werde mir Gedanken machen.«

»Ein paar Anekdoten kommen immer gut«, regte Saathoff noch an. Er zeigte ihr den geplanten Satzspiegel. »Wir nehmen eine kleine Schrift, so können Sie jede Menge Text unterbringen.« Damit bin ich tatsächlich eine Weile gut beschäftigt, dämmerte es Ulla. Sie überschlug im Kopf den Umfang. Das waren etwa vier eng betippte Schreibmaschinenblätter pro Druckseite. »Am besten, Sie beschäftigen sich erst einmal mit der Materie, entwickeln ein paar Ideen, und die besprechen wir dann miteinander. Meine Tür steht immer offen.«

Der Kurdirektor nickte. »Wenden Sie sich deshalb an meinen Freund Piet«, forderte er Ulla auf. »Er ist ja, was das Redaktionelle angeht, der Fachmann. Ich hab Ihnen ein paar Bücher über die Insel mitgebracht, die leihe ich Ihnen gern.«

Er schob ihr über den Tisch einen hohen Stapel zu. »Oh, vielen Dank!« Lächelnd zog Ulla die Bücher heran. »Ich habe aber schon auch den Ehrgeiz, Geschichten auszugraben, die man noch nicht gelesen hat.«

»Das finde ich fabelhaft! Unser Inselarchiv steht Ihnen offen.«

»Und die Fotos?«, fragte Ulla. »Sie erwähnten, dass sie eigens, also passend zu meinen Geschichten gemacht werden sollen?«

»Ja, das wird Herr Ehrlich übernehmen«, erklärte Piet Saathoff. »Hans J. Ehrlich. Er ist ein Meister auf seinem Gebiet, ein Künstler geradezu, würde ich sagen. Er fotografiert manchmal für den *Inselboten* oder unsere Kur-Zeitschrift.« Er wies auf einen Stapel des *Bade-Courier*. »Ehrlich übernimmt aber immer nur größere Aufträge wie Prominentenporträts oder Naturreportagen.«

»Hast du ihn eigentlich nicht herbestellt, Piet?«, fragte der Kurdirektor nun verwundert.

»Doch, doch«, erwiderte Saathoff, »nur eine Stunde später, er müsste jeden Moment eintreffen. Ich dachte, das Vorgeplänkel ist für ihn nicht interessant, er weiß ja schon alles über die Insel.« Ein breites Lächeln ging über sein Gesicht. »Außerdem wollte ich Frau Michels noch warnen. Unser Hansdampf in allen Gassen ist ein rechter Filou, schon manche Urlauberin hat ihr Herz an ihn verloren.«

»Ach!« Ulla lachte auf. »Da können Sie ganz unbesorgt sein. Ich bin glücklich verheiratet!«

Während sie das im Brustton der Überzeugung kundtat, öffnete sich die Tür des Besprechungszimmers ein Stück weiter. Ein gut aussehender Mann von vielleicht Anfang dreißig stand im Türrahmen und musterte Ulla aufmerksam. Er war groß und trug einen leichten, etwas zerknitterten Sommeranzug. Blaugraue Augen, dunkler Wimpernkranz, hellwach. Sie erinnerten sie an die Augen von Richard Burton, so intensiv leuchteten sie aus dem gebräunten Gesicht. Ulla hielt seinem Blick stand, nicht weil sie es wollte, sondern weil sie gar nicht anders konnte. Er schaute ernst, in den Augenwinkeln jedoch glitzerte etwas Schalkhaftes, das die Bereitschaft verriet, sich über alles hinwegzusetzen. Unverschämt, gewitzt und zugleich auch seltsam vertraut. Ihr war, als würde sie diesen Mann schon ewig kennen, als hätten sie längst zusammengearbeitet. Kameradschaftlich, modern und mit viel Spaß. Und selbstverständlich, das spürte sie, erkannte er sie auch. Er würde verstehen, was ihr wichtig war, wonach sie suchte und worüber sie lachen konnte.

»Glauben Sie ihm kein Wort, gnädige Frau«, sagte er, als er sich lässig mit der Schulter vom Türrahmen abstieß und auf sie zukam, um ihr die Hand zu küssen. »Aus dem alten Saathoff spricht der blanke Neid. Außerdem bin ich im Grunde meines Herzens ein ganz schüchterner Mensch.«

Ulla wusste, dass es stimmte. Sie lächelte sanft. »Lassen Sie doch die ›gnädige Frau‹, Herr Ehrlich.« Ein wenig wunderte sie sich selbst darüber, wie klar und hell ihre Stimme in diesem Moment klang. »Ich freue mich auf unsere Zusammenarbeit.«

Er nahm ihr gegenüber Platz. Im weiteren Verlauf des Gesprächs zeigte sich, dass der Fotograf schon über alles Bescheid wusste. Er war darüber informiert, dass sie die Ehefrau des bekannten Verlegers Michels war. Und ebenso über das, was in der Broschüre stehen sollte.

Mit großer Geste deklamierte er nun einen Werbespruch der Insel: »Norderney hat immer Badewetter – im Hallenbad.«

»Ungetrübtes Vergnügen«, ergänzte der Kurdirektor, Ehrlichs ironischen Unterton ignorierend, salbungsvoll, »unbeschwertes Dasein, kombiniert mit der Tradition eines distinguierten Nordseebades.«

Ehrlichs Lachfältchen vertieften sich. Mühelos schoss er mit einer Salve von Werbeslogans zurück. »Wo Könige mit ihrem Hofstaat ungezwungen lustwandelten. Sonne und Salzbrise. Seewasser und Brandungsbad. Kulturgenuss als Teil des Kurerfolgs. Sport in reiner Meeresluft – Kleingolf in der Brandungszone, Golf in den Dünen. Die Insel der hundert Ferienfreuden. Glanzvolle Gesellschaftsabende.«

Begeistert schrieb Piet Saathoff einige der Formulierungen auf. »Hatten wir das schon?«, fragte er. »Nee, nicht? Ein paar davon sind neu, oder?«

Alle lachten. Da Ehrlich das Angebot, einen Kruiden zu trinken, nicht ablehnte, schloss Ulla sich nun an. Als sie einander zuprosteten, brachte sie es auf den Punkt. »Wir wecken Vorfreude!«

Die Besprechung war dann auch bald beendet. Ehrlich bot Ulla an, ihr den Bücherstapel ins Hotel zu bringen. »Ich hab ein altes Postrad dabei.« Dankend nahm sie an. Eigentlich galt es ja als peinlich, wenn man noch Rad fahren musste. Wer auf sich hielt, hatte inzwischen einen Wagen, wenigstens ein motorisiertes Zweirad. Doch Ehrlich schien sich um solche Dinge wenig zu scheren, und auf einer Insel galten wohl auch andere Regeln. Oder wollte er sie auf den Arm nehmen? »Früher bin ich immer mit dem Pferd ins

Dorf geritten«, sagte er. »Aber es wird langsam zu voll, man kann vor den Geschäften in der Friedrichstraße und in der Poststraße kaum noch einen Gaul anbinden.«

»Wir sind eine Stadt«, korrigierte ihn der Kurdirektor, »seit elf Jahren schon.«

»Tja, in der City ist es turbulent geworden«, erwiderte Ehrlich trocken.

Sie verabschiedeten sich von den Auftraggebern. Mit einem jungenhaften Grinsen begleitete der Fotograf Ulla nach draußen. Er legte die Bücher, die ihm die Empfangsdame schnell noch in alte Zeitungen eingeschlagen hatte, in den Transportkorb des Rades und schob es neben ihr her. Hans J. Ehrlich überragte sie fast um Haupteslänge. Sie fühlte sich ein wenig an ihre Schulzeit erinnert. Zudem wirkte der Kräuterschnaps irgendwie belebend. Als sie am Central-Café vorbeikamen, das kurz vor einem belebten Arkadengang am Kurpark mitten im Ort lag, stieg ihnen der Duft frisch gebackener Waffeln in die Nase.

»Was halten Sie davon, wenn wir noch einen Kaffee trinken?«, fragte Ulla kühn.

»Die Idee hätte von mir sein können«, antwortete er. »Kaffee, oder was immer Sie möchten!«

Sie fanden einen Platz auf der Sonnenterrasse des Cafés. Ulla sah über die großzügige Rasenfläche direkt auf das schräg gegenüber am Ende des Parks liegende, lang gestreckte weiße Gebäude, das alles dominierte. Das Kurhaus. Zu dessen Säulengang führte eine breite Treppe empor, und mittig über dem Dach thronte ein schmales Uhrentürmchen.

»Dieses schöne Gebäude muss wohl auf jeden Fall erwähnt werden«, sagte sie.

»Das Kurhaus? Natürlich!«, gab Ehrlich ihr recht. »Früher nannte man es Conversationshaus, mit C geschrieben. Der Treffpunkt der feinen Herrschaften. Wenn drinnen diniert und getanzt wurde, hat sich schon vor hundertfünfzig Jahren mancher Insulaner an den Fenstern die Nase plattgedrückt.«

»Wird da heute noch Konversation gemacht?«

»Und wie! Waren Sie noch nicht drin? Da finden Sie alles – Vorträge, Bälle, Informationsveranstaltungen, ein Café«, zählte er auf. »Es ist das Herzstück des Kurbetriebs.«

»Dann werde ich mir das schon mal merken.« Ulla holte wieder ihren Notizzettel hervor und schrieb: *1. Einen Aufhänger für das Kurhaus finden*. Sie bestellten, und plötzlich bemerkte sie, dass ihr Rock von einem bräunlichen Schleier überzogen war. Der Wind wehte von den rund um die Rasenfläche neu angelegten Blumenbeeten feinsten Torfmull zu ihnen herüber. »Oje«, entfuhr es ihr.

»Die Trockenheit macht es den Neuanpflanzungen schwer. Sie wurzeln nicht richtig an«, bemerkte der Fotograf. »Sollen wir uns lieber woanders hinsetzen?«

Ulla versuchte, den braunen Staub abzuklopfen, doch dadurch drang er nur tiefer in den Stoff ein. Halb resigniert, halb nonchalant zuckte sie mit den Achseln. »Ach, ich glaub, es ist eh schon zu spät.«

»Einen schönen Menschen kann nichts entstellen.«

»Hallo, Hans!«, begrüßte ihn eine attraktive Kellnerin im Vorbeigehen.

»Hallo, Erika, alles im Lot?«

»Klar doch. Lass dich mal wieder bei Tante Gustel sehen!«

»Mach ich, meine Liebe.«

Wenig später winkte ihm ein älterer, wichtig aussehender Mann mit blinkendem Goldzahn jovial zu. Er kam Ulla bekannt vor. Wenn sie sich nicht täuschte, logierte er auch im Kaiserhof.

»Falls Sie doch noch etwas finden, sagen Sie mir Bescheid!«, rief er dem Fotografen zu und machte ein Gesicht, als würden sie ein pikantes Geheimnis teilen.

Ulla fragte sich, was das wohl sein mochte. Vielleicht erotische Fotos? Oder schmuggelte Ehrlich irgendetwas? Schiffe aus Holland konnten Illegales mitbringen. Ach, das konnte ihr doch egal sein. Wahrscheinlich ging ihre Fantasie mit ihr durch.

Sie unterhielten sich über die Broschüre und über Norderney, dabei wurden sie jedoch mehrfach unterbrochen.

»Hänschen, du warst lange nicht mehr in der Frasquita-Bar«, schmollte ihn eine Schönheit mit Strohhut an. »Und ich reise doch nächste Woche wieder ab.«

»Wir sehen uns bestimmt vorher noch, Hilde!«, versprach er.

»Sie sind ja eine Berühmtheit«, scherzte Ulla. »Und das, obwohl Sie so schüchtern sind.«

Ehrlich beugte sich vor. »Das darf doch nicht jeder wissen«, flüsterte er.

»Na gut, ich werde Ihr Geheimnis hüten«, versprach Ulla.

»Wenn das so ist«, antwortete er verschmitzt, »verrate ich Ihnen glatt noch eines.«

»Ich fühle mich geehrt. Womit hab ich das verdient?«

»Das wissen Sie«, antwortete er in einem anderen Ton, ganz ernst. »Wir haben uns durchschaut, oder etwa nicht?«

Ulla erschrak ein wenig über seinen Blick, der geradewegs bis auf den Grund ihrer Seele vorzudringen schien, so glatt und widerstandslos wie ein heißes Messer durch Butter ging. Irritiert setzte sie ihre Sonnenbrille auf. Durch die olivgrünen Gläser fühlte sie sich geschützter.

»Solche Lektüre mag ja ganz hilfreich sein«, etwas herablassend schaute er auf den Bücherstapel, der nun auf dem dritten Stuhl am Tischchen lag, »aber richtig verstehen können Sie die Insel nur mit Ihren Sinnen. Wenn Sie allein am Meer entlanggehen, weit draußen hinter den Badestränden, wenn Sie durch die Dünen wandern oder einmal eine Nacht unterm Sternenzelt verbringen. Sie müssen den Puls der Natur spüren.«

Ulla musterte den Fotografen über den Rand ihrer schmetterlingsförmigen Brille hinweg. Sollte sie auf den Ton eingehen? So verheißungsvoll Sehnsucht weckend, so unverblümt plauderte man nicht mit jemandem, den man kaum kannte. Andererseits – war die Ehrlichkeit dieses Herrn Ehrlich nicht genau das, wonach sie sich in Blankenese immer sehnte? Sie tat, als hätte sie das Indiskrete in seinem Rat überhört.

»Ich hab mein Pferd mitgebracht«, erwiderte sie unverbindlich. »Luna ist in einem Reitstall am Ortsrand untergebracht, in der Nähe der Lippestraße. Ich freue mich schon auf die Ausritte ins Gelände, ich hoffe, dass ich dadurch auch ein Gespür für die Insel bekommen werde.«

Er nickte, als wollte er ihren Plan gutheißen. »Dann besuchen Sie mich doch mal. Ich wohne nicht weit vom Reitstall entfernt, ein Stück raus in Richtung Weiße Düne.« Er reichte ihr seine Visitenkarte.

»Sie wohnen in den Dünen? Darf man dort denn überhaupt bauen?«

»Heute würde man sicher keine Genehmigung mehr erhalten. Aber als ich 1950 auf die Insel kam, war es schon gebaut, und ich durfte das kleine Häuschen noch mieten. Es liegt schön einsam.«

»Ist das nicht unheimlich?«

»Überhaupt nicht. Ich fühle mich dort im Einklang mit der Natur. Zu Fuß ist man schnell am Strand zwischen Nordstrand und Ostbad.«

»Aber so allein …?«

»Wenn ich Gesellschaft suche, kann ich in den Ort gehen. Dörfliche Idylle mit Kulturangeboten. Diese Kombination gibt's nirgendwo sonst auf der Welt.«

»Strom und Wasser haben Sie schon, oder?«

Er nickte belustigt. »Allerdings kein Telefon.«

»Und so kann man heute noch leben?«

»Die Fotos für den *Inselboten* sind nur ein Teil meiner Arbeit. Sie dienen nur dem Broterwerb. Ich mache auch Sachen, die man als freie Arbeiten bezeichnen könnte.«

»Ach, Kunst? Fotokunst?«

»Das liegt immer im Auge des Betrachters, nicht wahr?« Er kniff ein Auge zu. Aber sie merkte, dass ihm das Stichwort gefiel.

»Und die wäre für den Abdruck in einer schnöden Tageszeitung zu schade?« Ulla nahm die Schwingung auf, die von ihrem Gesprächspartner ausging.

Jetzt schaute er sie an, als fühlte er sich ertappt. Einen Moment zögerte er, bevor er antwortete. »Ich … Ich könnte Ihnen ein paar Aufnahmen zeigen, die vielleicht gut in die Broschüre passen würden. Sie sollten aber auf keinen Fall im Briefmarkenformat gedruckt werden. Sie brauchen Platz, um zu wirken.«

Das würde weniger Text für mich bedeuten, dachte Ulla abwehrend. Es war der alte Streit zwischen Schreiberin und Bildredaktion, der in ihr aufflammte. Doch sie wusste auch, dass ein richtig gutes Foto mehr sagen konnte als vier Blatt Text. Wenn es denn ein richtig gutes Foto war.

»Es würde mich interessieren«, erwiderte sie. Aber er

erwartete nicht wirklich, dass sie ihm in seiner einsamen Hütte einen Besuch abstattete, oder? Das kam nicht infrage, das wäre reichlich unschicklich. »Sie können zu unserer nächsten Arbeitsbesprechung, zum Beispiel bei mir im Hotel, ja mal ein paar Fotos mitbringen.«

»In Ordnung«, erwiderte er knapp.

Um eine längere Redepause zu vermeiden, wechselte sie das Thema. »Meinen Sie, ich sollte was über den König von Hannover schreiben?«

»Unbedingt. Ohne ihn gäb's das alles hier nicht.«

»Aber den kennt doch heute kein Mensch mehr, außer ein paar Geschichtslehrern vielleicht.«

»Sie irren. Die Norderneyer hatten lange ein besonderes Verhältnis zu ihm.«

»Wann war das alles eigentlich?«

»Dass die Welfen hier im Sommer residierten? Von 1836 bis 1866.«

»Toll, was Sie alles wissen. Aber … Ach, nee.« Ulla schüttelte den Kopf. »Das ist doch wirklich Schnee von gestern.«

»Das kann man so nicht sagen«, widersprach Hans J. Ehrlich. »Auch ich hab ihm viel zu verdanken. Immer noch, Woche für Woche.«

»Dem König von Hannover?«

»Genau, Georg V.«

Ulla sah ihn skeptisch an. Gerade als sie ihn fragen wollte, wie er das meinte, wurden sie erneut unterbrochen.

»He, Hans«, sprach ihn ein Mann an. »Gut, dass ich dich seh. Ich weiß, du hast viel um die Ohren. Aber würdest du Fotos für unseren neuen Hausprospekt machen? Wir haben doch modernisiert.«

»Ich komm die Tage mal bei euch vorbei, Ihno«, versprach Ehrlich. »Geht's Vadder wieder besser?«

99

Der Mann, den er Ihno genannt hatte, nickte erfreut. »Jo, er raucht schon wieder. Bis dann also.«

»Nette Familie«, sagte der Fotograf. »Nur … sein Vater ist früher zur See gefahren, und das vermisst er. Alle drei Monate besäuft er sich, bis er glaubt, sterben zu müssen. Das dauert ein paar Tage. Dann ist wieder alles gut.«

Ulla konnte sich ein undamenhaftes Grienen nicht verkneifen. Sie unterhielten sich noch ein wenig über Gott und die Welt. Hans J. Ehrlich stammte aus Ostpreußen, war an der Ostseeküste mehrsprachig – er beherrschte auch Polnisch und Russisch – aufgewachsen und mit achtzehn als Soldat an die Ostfront geschickt worden, wo er bald in russische Kriegsgefangenschaft geraten war. Nach dem Krieg hatte er in Berlin unter anderem einem Pressefotografen assistiert. 1950 war er auf Norderney gestrandet. »Richtig gelernt hab ich nichts«, gestand er freimütig, »aber ich kann vieles ganz leidlich.«

Ulla revanchierte sich für seine Offenheit mit einer Zusammenfassung ihres Lebenswegs. Sie vergaß auch nicht, ihre beste Freundin Inge zu erwähnen, die diesen Sommer bei ihren Tanten Henriette und Schwanette de Buhr auf Norderney verbringen und ihnen unter die Arme greifen würde.

»Ach nein!«, rief Ehrlich aus, »Hetty und Netty! Na, das ist ja wunderbar! Wenn Netty dreißig Jahre jünger wäre, hätte ich mich längst mit ihr verlobt.« Er lachte laut. »Die beiden Schwestern sind ganz zauberhaft, vor allem Netty. Sie interessiert sich besonders für Heimatkunde. Wie oft hab ich schon Fotos für sie gemacht! Und Hetty hat zwar Haare auf den Zähnen, aber sie backt die weltbesten Apfelpfannkuchen mit Speck!«

»Mir scheint, Norderney ist doch ein Dorf.« Ulla sah auf

ihre Uhr. »Aber jetzt möchte ich in mein Hotel zurück. Das Abendessen wird bald serviert. Und morgen habe ich schon ganz früh, praktisch vorm Aufstehen, mein erstes Schlickbad.«

»Was für eine Einstimmung auf den Tag.« Er winkte der Kellnerin und bezahlte. Ulla hoffte, dass sie ihn damit nicht in finanzielle Schwierigkeiten brachte. Er schob das Rad mit den Büchern neben ihr her durch die von Urlaubern bevölkerten Gassen bis zum Hoteleingang, wo ihn der Portier freundlich mit Namen begrüßte. »Ich bin erleichtert«, sagte er, als Ulla ihm den Lektürestapel abnahm.

»So schwer?«

»Nein. Dass Sie so gar nicht dem Klischee einer verwöhnten Verlegersgattin entsprechen.«

Ulla spürte, dass sie errötete. Wie dumm. »Wenn Sie kein Telefon haben«, versuchte sie von ihrer Verlegenheit abzulenken, »muss ich Ihnen dann eigentlich eine Postkarte schreiben, um einen Termin abzustimmen?«

»Sie können es auch mit einer Brieftaube versuchen oder Rauchzeichen geben. Obwohl die Brandgefahr in den Dünen momentan ziemlich groß ist, der Strandhafer brennt wie Zunder.« Er grinste. »Piet Saathoff schickt mir immer seinen Botenjungen, der braucht zwanzig Minuten mit dem Rad. Den dürfen Sie sicher auch einspannen. Und wenn ich Sie vielleicht anrufen dürfte?«

»Ja sicher. Danke für Ihre Begleitung und die Transporthilfe. Ich werd von mir hören lassen. Oder Sie rufen mich an. Passt es in einer Woche?«

»Natürlich, gern.« Er nickte. »Tschüss, bis dahin!«

»Tschüss, schönen Abend noch!«

Ullas brachte die Bücher auf ihr Zimmer. Eins steckte sie in ihre Handtasche, bevor sie mit dem Fahrstuhl wieder nach unten fuhr, um eine Kleinigkeit zu essen. Ihr Aufenthalt war mit Halbpension gebucht, und die warme Mahlzeit konnte sie wahlweise mittags oder abends zu sich nehmen. Während sie im Grillroom auf ihre Bestellung wartete, blätterte sie in dem Büchlein. Dabei entdeckte sie einen Zeitungsausschnitt aus dem Sommer 1950. Der noch auf billigem Nachkriegspapier gedruckte Artikel erinnerte an die Besuche der »Schwedischen Nachtigall« Jenny Lind auf Norderney rund hundert Jahre zuvor. Sie hatte zwei umjubelte Wohltätigkeitskonzerte auf der Insel gegeben. Anders als Maria Callas war die zu ihrer Zeit mindestens ebenso berühmte Jenny Lind nicht als Diva gefeiert worden, sondern als Engel.

Fasziniert las Ulla den Artikel, der eine längst verwehte Stimmung aus der Biedermeierzeit erahnen ließ. Schwärmerischer Höhepunkt war ein Brief, den Königin Marie im Sommer 1854 »ganz unter dem wohltuenden Zauber dieser frommen edlen Seele«, gemeint war Jenny Lind, geschrieben hatte.

»Ein Sommer in Norderney mit ihr war der eigentliche Höhepunkt unserer freundschaftlichen Beziehungen zu dieser gottbegnadeten Persönlichkeit.

Wie ergreifend sie auf uns wirkte, dafür einen lebendigen Beweis: meine jüngste, dreijährige Tochter Mary hielt ich, am Klavier stehend, auf dem Arm. Die Kleine lauschte aufmerksam dem himmlischen Gesang. Plötzlich schlang sie ihre Ärmchen um meinen Hals und brach in Tränen aus. ›Das ist mein schönster Triumph‹, rief die Lind. – Den König begleitete sie oft zu Pferde. Bei der Rückkehr mit uns auf dem Dampfschiff war sie so begeistert von der Nordsee, daß sie anstimmte: ›Vöglein, was singst du im Walde so laut?‹ Als sie an die Stelle kam ›Ich muß nun einmal singen‹, übertönte die glocken- reine Stimme das Rauschen der Meereswellen. Wir alle waren wie gebannt. Dem König liefen die Tränen über die Wangen. Nie werde ich den ergreifenden Eindruck vergessen. Das kommt nie wieder!«

Seltsam berührt, steckte Ulla den Zeitungsausschnitt wieder ins Büchlein. Nein, das kam bestimmt nie wieder. Heutzutage würde so viel Empfindsamkeit naiv wirken, dachte sie bedauernd, direkt verdächtig. Was wohl Hans J. Ehrlich dazu sagen würde? Etwas Ironisches, Flapsiges vermutlich. Als sie an ihn dachte, musste sie unwillkürlich schmunzeln.

5

»Klingt ganz so, als wäre es Sympathie auf den ersten Blick gewesen«, sagte Kim, als Inge Fisser aufhörte zu erzählen.

»Ja, sie waren sofort wie die besten Kollegen.«

Die alte Dame machte plötzlich einen verschlossenen Eindruck. Warum sprach sie denn nicht weiter? Hoffentlich war das jetzt nicht schon alles gewesen.

»Möchten Sie noch einen Kaffee oder Cappuccino?« Kim wollte ihre Zeitzeugin unbedingt bei Laune halten, die Geschichte fing doch gerade an, spannend zu werden.

»Na, dazu sag ich nicht Nein«, antwortete Inge Fisser.

Julian bestellte für alle Cappuccino. Er sah Kim nachdenklich an, und sie wusste, was er überlegte. Das Gleiche wie sie: Wie nah waren sich damals eigentlich die beiden, ihre Großmutter und sein Vater, gekommen? Aber keiner traute sich, die Frage auszusprechen. Stattdessen zeigte Kim der Freundin ihrer Großmutter noch einmal auf ihrem Smartphone das Foto, um das es ging.

»Kennen Sie diese Frau?«

»Natürlich. Das ist Ulla.« Kim und Julian wechselten einen bedeutungsvollen Blick. »Übrigens in meinem Badeanzug«, fügte Inge Fisser hinzu.

Kim öffnete den Mund. Es war ein Rückenakt, mit Betonung auf Akt. »Entschuldigen Sie, aber die Frau trägt keinen Badeanzug!« Da war sie ganz sicher, sie kannte schließlich die Aufnahme in Originalgröße.

»Doch, natürlich. Das können Sie nur auf dem kleinen Handy nicht richtig erkennen«, entgegnete Inge Fisser im Brustton der Überzeugung. »Der Rückenausschnitt war sehr tief, vielleicht sind die Träger auf dem Foto vom Strandhafer verdeckt.«

Julian schüttelte kaum merklich den Kopf, als sich seine und Kims Augen wieder trafen. Aber er signalisierte ihr wortlos, dass sie dieses Detail jetzt besser nicht ausdiskutieren sollte.

»Ich kenne die Serie«, sagte er nur in beruhigendem Ton, dessen Vibrationen plötzlich wieder einen Schauer über Kims Haut jagten, »es gab darin Aufnahmen, auf denen das Fotomodell einen Badeanzug trägt.« Kim lehnte sich einfach zurück und wartete ab.

»Also, es war natürlich nicht mein privater Badeanzug«, erklärte Inge Fisser. »Aber ich hab ja damals zehn Badeanzüge und zehn Bikinis mit auf die Insel gebracht, das war mein Startkapital.«

»Ihr Startkapital?«, fragte Julian.

»Ja! Ich bin Verkäuferin in der Miederwarenabteilung eines Hamburger Kaufhauses gewesen.« Inge Fisser holte weit aus. Der Kellner war inzwischen von einer Kollegin abgelöst worden, die ihnen nun ihre Cappuccinos servierte. »Der Abteilungsleiter konnte seine Finger nicht bei sich behalten. Deshalb hab ich gekündigt. Aber ich verstand mich immer gut mit dem Vertreter für Damenbademoden. Der war bereit, mir die Sachen zu einem günstigen Preis zu überlassen. Das Geld dafür hat mir übrigens Ulla geliehen, ich konnte ihr schon im August alles auf Heller und Pfennig zurückzahlen.« Triumphierend sah Inge Fisser in die Runde. »Mit meiner Tante Netty hatte ich ausgemacht, dass ich in einer Ecke ihres Handarbeitsladens auf eigene Rechnung Bademoden verkaufen durfte.«

Kim beschloss, auf die Geschichte einzugehen. »Oh, ich liebe die Bademode von damals«, sagte sie.

»Ja, es waren sehr schicke und ein paar ziemlich gewagte Teile. Von Catalina und Porolastic, aber das sagt euch jungen Leuten heute sicher nichts mehr. Im Bademuseum hier auf der Insel sind übrigens ein paar solcher alten Schätze an Schaufensterpuppen ausgestellt, zwei hab ich gestiftet.« Julian stützte die Ellbogen auf und legte die Hände zusammen. Kim bewunderte ihn für seine Geduld. Mit hochinteressiert wirkendem Augenaufschlag folgte er den Ausführungen. »Na, jedenfalls, die ersten Teile waren bald verkauft, und der Vertreter konnte gar nicht so schnell nachliefern, wie ich wollte.« Sie strahlte. »Ich habe Ulla gebeten, mein elegantestes Stück, den weißen Badeanzug mit dem tiefen Rückenausschnitt, zu tragen. Manchmal gingen wir gemeinsam an den Strand, ich im roten Bikini mit weißen Punkten, sie in ihrem weißen Badeanzug, und sobald wir die bewundernden Blicke einer möglichen Kundin sahen, fragte ich Ulla oder sie mich: Wo haben Sie das hübsche Teil nur entdeckt? Gibt's das hier auf der Insel zu kaufen?«

»Da haben Sie die Modewelt von Norderney ganz schön aufgemischt, was?«, sagte Julian mit einem Augenzwinkern.

»Och, was meint ihr wohl, was da los war!«

»Und das Foto …«, versuchte Kim vorsichtig, sie wieder auf das Thema ihres Interesses zurückzuführen, »… hat Hans J. Ehrlich es für die Broschüre gemacht? Hier auf Norderney? Wissen Sie mehr über die Umstände?«

Die alte Frau schaute in eine imaginäre Ferne. Kim überlegte, ob sie ihren Fragen schon die ganze Zeit über ab-

106

sichtlich auswich. Jedenfalls glaubte sie einen Widerstand zu spüren, aber wagte es nicht, eindringlicher nachzuhaken.

»Haben Sie vielleicht noch ein Exemplar dieser Broschüre?«, fragte Julian. »Die wäre für unser Hans-J.-Ehrlich-Museum in Amerika von großem Wert. Ich könnte sie abfotografieren.«

»Ja.« Ingeborg Fisser rührte in ihrem Cappuccino, als wollte sie aus dem Sahnehäubchen Butter schlagen. »Bestimmt hab ich sie aufgehoben. Irgendwo bei den alten Fotoalben wird sie sein. Da müsste ich mal nachgucken.«

»Ach, das wäre toll, wenn Sie sich die Mühe machen würden!« Kim sah sie bittend an. Doch richtig begeistert wirkte Inge Fisser nicht.

»Hat mein Vater Sie eigentlich auch fotografiert?«, fragte Julian lächelnd. »Sie müssen schon in jungen Jahren eine attraktive Frau gewesen sein. Ich wüsste zu gern, wie Sie damals ausgesehen haben.«

Sieh an, sieh an, dachte Kim, durchtrieben ist er also auch. Wieder trafen sich ihre Blicke. Je länger ihre Unterhaltung dauerte, desto öfter hatte sie das Gefühl, dass sie sich ziemlich gut die Bälle zuspielten.

»Och«, Inge Fisser lächelte geschmeichelt und wand sich ein bisschen, »na ja, ich hatte schon so einige Verehrer.«

»Das glaub ich gern.« Julian wurde noch nicht einmal rot.

»Es muss ein Wahnsinnssommer gewesen sein«, sagte Kim, »nach allem, was man hört.«

»Ja, der war wirklich einmalig.« Inge Fisser kam ins Schwärmen. »Wir hatten so viel Spaß! Die Atmosphäre auf Norderney war anders damals. Die Gäste benahmen sich feiner, man zog sich schicker an. Und die Leute konnten noch richtig feiern. Ich meine, nicht wie diese grölenden Kegelclubs, die heute nur rüberkommen, um sich zu betrinken. Gepflegter eben.« Julians Mundwinkel zuckten leicht, als er Kim einen Verschwörerblick zuwarf. »Also gut …« Die alte Dame gab sich geschlagen. »Ich werde mal kramen. Ein paar private Fotos von damals sind auf jeden Fall in unserem Familienalbum. Ihr könnt mich morgen Nachmittag zum Tee besuchen kommen. Passt euch das?« Sie nickten beide. Inge Fisser beschrieb ihnen den Weg zu ihrem Haus, das in einer Seitenstraße nicht allzu weit von der Fußgängerzone lag. »Es war mal ein altes Kapitänshäuschen, aber die Tanten hatten ihr Elternhaus gerade komplett modernisiert, als Ulla und ich eintrafen.«

Und sie kam zu Kims Freude doch noch einmal ins Erzählen.

6

1959

Ulla strampelte gegen den Seewind über die Promenade
gen Norden, um dann nach rechts in Richtung der de Buhrs
abzubiegen. Sie hatte sich für die Zeit ihres Aufenthalts
ein Fahrrad gemietet und merkte gerade, wie viel Spaß es
doch machte, kräftig in die Pedale zu treten. Welch dummer Hochmut hatte sie bloß befallen, diese Fortbewegungs-
art in Hamburg zu meiden! Allerdings würde sie sich gegen
die kalten Ohren in Nettys Lädchen unbedingt eine Pudel-
mütze kaufen müssen.

Nach gut einer Woche auf der Insel hatte Ulla ihren
Rhythmus gefunden. Morgens ließ sie die Anwendungen
über sich ergehen, anschließend nahm sie auf Luna an ge-
führten Geländeritten zwischen Meer und Dünen teil, ansonsten las und schlief sie viel. Das Wetter zeigte sich noch
wechselhaft. Einmal war es einen Tag lang sehr heiß gewesen, darauf waren ein kurzes Donnerwetter gefolgt und
kühle Temperaturen mit ordentlich Wind. Die Landwirte
in Norddeutschland sehnten jedoch weiter Regen herbei.
Im Strandkorb oder geschützt von den Sandwällen der mu-
schelverzierten Burg, die sie am Nordbadestrand vom Vor-
mieter übernommen hatte, ließ es sich gut aushalten. Sie
hatte schon Farbe bekommen, die leichte Bräune stand ihr.
Nachmittags oder abends, je nachdem, wie Inges Arbeits-

zeiten lagen, traf sie sich meist mit der Freundin. Sie erkundeten die Insel, machten Schaufensterbummel, wobei sie besonders auf die Bademoden achteten, gingen ins Kino oder lauschten dem Kurkonzert – alles recht sittsam, genau so, wie sie es Will gegenüber angekündigt hatten.

Ulla besuchte auch täglich den Lesesaal mit Zeitungen aus allen Regionen Deutschlands. Dort roch es so schön nach Papier und Druckerschwärze. Manchmal saß sie in der ruhigen kultivierten Atmosphäre einfach nur da und beobachtete die Leute. Oder sie schrieb Postkarten. Oder hing mit einem abwesenden Lächeln ihren Gedanken nach. Wie es wohl wäre, wenn sie erst mit ihren eigenen Kindern auf Norderney Urlaub machen würden? Ulla freute sich schon darauf, ihr kleines Mädchen oder ihren kleinen Jungen mit Eimer und Schaufel an einem lauwarmen Priel spielen zu sehen. Sie stellte sich vor, wie Will mit dem Nachwuchs Wasserburgen bauen und entschlossen gegen die Flut verteidigen würde. Sommertage im riesigen Sandkasten am Meer prägten sich lebenslang ein. Einmal infiziert, wurde man das Verlangen danach nie wieder los. Sie würden die nächste Generation von Nordseeurlaubern heranzüchten.

Ulla erwartete nicht, dass ihr Mann sie jedes Wochenende besuchen würde. Aber sie rechnete damit, dass ihn die Sehnsucht zum Beginn der Hauptsaison, also Mitte des Monats, zu ihr treiben würde. Sie überlegte, wohin sie dann ausgehen könnten und was sie Will auf der Insel zeigen wollte. Eine Kutschfahrt zum Leuchtturm wäre sicher romantisch. Eigentlich müsste er auch die beiden Tanten von Inge kennenlernen. Sie waren typische Insulanerinnen, und Will schätzte Menschen mit Charakter.

»He, min Wicht!«

Tante Netty stand in einer weiten, von weißer und grüner Farbe verschmierten Männerarbeitshose mit einem Pinsel in der Hand am Zaun ihres Vorgärtchens. Nur ein kleines Stück Rasen und ein paar Hortensienbüsche fanden Platz vor der unten gemauerten, von Holzpfeilern gestützten verglasten Frühstücksveranda des Häuschens. Die jüngere der Schwestern begrüßte Ulla vertraut. »He« sagten eigentlich nur die Insulaner untereinander.

Ulla hatte die Tanten – beide schon über sechzig, aber noch jugendlich – auf Anhieb gemocht. Die etwas größere Hetty mit dem silbergrauen umgeschlagenen Dutt und Haarnetz kümmerte sich um die Pension. Sie war nie verheiratet gewesen. Ihre große Liebe, das hatte Inge Ulla erzählt, war im Ersten Weltkrieg bei der Schlacht von Verdun gefallen. Die fülligere Netty mit graublonder Dauerwelle und Goldrandbrille hatte ihren Mann erst vier Jahre zuvor verloren. Er war in leitender Position bei der Inselpost beschäftigt gewesen. Seit seinem Tod wohnten die Schwestern zusammmen. Da Nettys Kinder auf dem Festland lebten, hatte sie die Wohnräume oben in ihrem Haus, in dem sich auch das Handarbeitsgeschäft befand, vermietet. Die Miete und die Witwenpension sicherten ihr ein auskömmliches Leben. Und natürlich ihr Lädchen im Ortskern. Um sich nicht zu langweilen, betrieb sie es weiter, aber sie freute sich über die Entlastung durch Inge.

»Du kommst gerade recht!«

»Guten Tag, Tante Netty! Soll ich beim Streichen helfen?«, fragte Ulla, während sie das Fahrrad in der Einfahrt abstellte.

»Nee, ich meinte: Du kommst gerade recht, damit ich mal 'ne Pause einlegen kann.« Netty zwinkerte ihr zu. »Ist ja gerade Vesperzeit – 'n Tass Tee schmeckt dir wohl auch, oder?« Sie zog ihre Handschuhe aus, legte den Pinsel zur

111

Seite und verschloss den Farbtopf. »Sämtliche Maler auf der Insel sind im Streik, irgendwas mit Gewerkschaft, seit fünf Wochen schon.« Sie seufzte. »Dabei fehlt uns nur noch der letzte Anstrich. Na, wenigstens haben sie ja noch die Fassade geweißt.« Die Modernisierung bedeutete für die Schwestern eine große Investition. Bis vor Kurzem hatten in ihren Gästezimmern noch Wasserkrüge und -schüsseln gestanden. Die Zapfstellen für Wasser sowie die Bäder und Toiletten waren etagenweise nur auf den Treppenabsätzen des Hinterhauses eingebaut gewesen. Jetzt prangte im oberen Stockwerk ein Schild im Fenster: ALLE ZIMMER MIT FLIESSEND WARM + KALT WASSER. Auch sonst war eine Menge verändert worden. »Alles Verschnörkelte, den ganzen Zierrat haben wir abklopfen lassen«, erklärte Netty stolz. »Ist nun schön schlicht verputzt, die altmodischen Bogenfenster und -türen haben waagerechte Stürze gekriegt, und wir können endlich durch große Scheiben gucken. Sieht doch fast aus wie ein Neubau, nicht?«

»Überall Fortschritt, auch bei de Buhrs!«, ließ sich ihre Schwester Hetty vernehmen. Sie kam nach Inge aus dem Haus und brachte ein Tablett mit Tee und Schnittchen mit. »Hier oder hinten?«, fragte sie ihre Schwester.

Die Veranda blieb in der Saison meist den Gästen vorbehalten. Dort, mit Blick aufs Straßengeschehen war, wie Ulla registrierte, schon fürs Frühstück eingedeckt – feines Geschirr, die Tassen auf dem Kopf, damit über Nacht kein Sandkorn hineinwehen konnte, alle gemusterten Porzellanteile akkurat so platziert, dass ihr Dekor auf keinen Fall über Kopf oder schräg anzusehen war. Das versilberte Besteck millimetergenau platziert, und für jeden Gast gab's eine persönliche Stoffserviette mit Ring.

»Nach hinten!«, entschied Netty.

Gerade wollten die Frauen über den Flur quer durchs Haus zum Hof hinausgehen, wo ein kleines Nebengebäude stand – das Sommerquartier der beiden Vermieterinnen mit einem schuppenartigen Anbau, in dem Inge sich eingerichtet hatte –, da hielt ein Ruf sie auf.

»Das hätte ich nicht von dir erwartet, Netty!« Ein noch recht junger, hochgeschossener Mann stand auf dem Bürgersteig. Sie drehten sich um, Hetty stellte das Tablett ab, Netty ging auf ihn zu.

»'n Abend erst mal, Helmut«, erwiderte die Frau, die für ihre Liebeswürdigkeit bekannt war. »Pass auf, der Zaun ist frisch gestrichen. Was willst du mir sagen?«

»Dass du in deinem Laden jetzt auch Bademoden anbietest!« Der junge Mann schien ziemlich aufgebracht zu sein. »Du machst mir Konkurrenz. Das ist nicht anständig, in einem Handarbeitsladen Bikinis zu verkaufen. Bleib gefälligst bei deinen Wollknäueln!«

»Wie kommen Sie dazu, in diesem Ton mit meiner Tante zu reden?« Inge trat vor. »Außerdem verkauft nicht sie die Bademoden, sondern ich.«

»Noch schlimmer! Da kommt so 'ne Glücksritterin vom Festland«, verächtlich musterte der Jungspund Inge von Kopf bis Fuß, »glaubt, man kann sich mal eben 'ne Saison lang hier einnisten, 'n Haufen Kohle verdienen und im Herbst wieder verschwinden, was? Leute wie Sie ruinieren die Geschäftswelt Norderneys!«

»Helmut!« Ein Wort von Hetty reichte aus, um ihn zur Besinnung zu bringen. Streng sah sie ihn an. Ulla fiel auf, dass er einen goldenen Ohrring trug. Wie seltsam.

Nettys Kopf hatte sich bedrohlich rot verfärbt, sie war kaum wiederzuerkennen. »Dies ist ein freies Land, Helmut! Du kannst von mir aus gern Fingerhüte und Stickbilder in dein Sortiment aufnehmen. Das wäre mir schnurzpiep-egal!« Sie schnaubte. »Jetzt troll dich, geh nach Haus, und denk mal über gute Manieren nach. Deinen Eltern hätte dieser Auftritt nicht gefallen.«

»Tschüss!«, rief Hetty, bevor sie ihr Tablett packte und im Hausflur verschwand.

Die de Buhr-Frauen ließen ihn dumm stehen und gingen zum Vespern nach hinten. Ulla folgte ihnen.

»So'n Döspaddel«, schimpfte Netty im Flur vor sich hin. »Dabei waren seine Eltern liebe, ordentliche Leute.«

»Der ist doch noch jünger als ich, oder?«, fragte Inge, die im Januar sechsundzwanzig geworden war, »und leitet schon ein Modegeschäft?«

»Ja«, antwortete Hetty. »Seine Eltern sind früh gestor-ben. Er übt noch ein bisschen, scheint mir. Nun kommt, du auch, Schwanette! Wir trinken jetzt erst mal 'n lecker Koppke Tee.«

Sie machten es sich in der Wohnküche am Tisch vor einem großen Fenster mit Ausblick in den Blumen- und Gemüsegarten bequem. Netty zog sich nebenan um, damit die Farbreste ihrer Arbeitshose keine unliebsamen Spuren auf den Stuhlpolstern hinterließen.

»Der trug einen Ohrring!«, sagte Ulla staunend.

»So 'ne Kreole mit Initialen tragen viele gebürtige Nor-derneyer Männer«, erklärte Hetty. »Ist noch von früher. Wenn ein Seemann unterwegs starb, sollte davon sein Be-gräbnis bezahlt werden. Und an den Anfangsbuchstaben seines Namens konnte man ihn leichter identifizieren.«

»Wie interessant.«

Hetty nickte. »Übrigens, Inge«, bat sie, nachdem sie eine Runde eingeschenkt und die Teekanne auf ein Stövchen gestellt hatte, »bring doch nachher noch eben eine Wolldecke und 'n Püll ins Zimmer der Oswalds. Frau Oswald hat heute Nacht gefroren.« Sie griff nach einem Schwarzbrotschnittchen mit Mettwurst. »Und bei den neuen Gästen von Zimmer 5 ist mir aufgefallen, dass er starker Raucher ist und viel schwitzt. Da werden wir öfter die Bettwäsche wechseln müssen.«

»Geht klar, Tante Hetty.«

»Vergiss es nicht!«

»Bestimmt nicht, Eure Majestät«, versprach Inge, die mit gutem Appetit zulangte. Ulla verstand nicht ganz, weshalb sie die Tante jetzt so anredete.

Netty nahm Platz, ihre Gesichtsfarbe hatte sich inzwischen normalisiert. »Weißt du, was 'n Püll ist?«, fragte sie Ulla mit schelmischem Augenaufschlag.

»Keine Ahnung.«

»Das ist 'ne Wärmflasche.« Auch Hetty grinste. »Es geht das Gerücht, dass der König von Hannover sich, wenn ihm die Nächte auf Norderney zu kalt wurden, een Püll mit Ohren ins Bett geholt hat.«

»Wie das so ist«, schränkte Netty ein, »die Leute lästern ja gern. Angeblich haben einige Insulaner Ähnlichkeit mit dem König. In manchen Familien reden sich die Nachfahren-oder-auch-nicht heute noch im Scherz mit Eure Majestät oder Hoheit an.«

»Is' ja doll!« Ulla schmunzelte. »Wirklich reizend. Welch erlauchter Kreis! Danke, dass ich unter Euch weilen darf.« Sie zog ihre Freundin auf. »Davon hast du mir nie erzählt, Inge. Ich dachte, wir hätten keine Geheimnisse voreinander. Und was höre ich hier? Erst Glücksritterin und dann so was.« Sie schnalzte kopfschüttelnd mit der Zunge. »Bist du etwa auch blutsverwandt mit den Welfen?«

»Nun ja, ein paar Tropfen blauen Blutes dürften schon

115

durch meine Adern fließen.« Inge verdrehte ihre Hand so vornehm manieriert, dass Ulla um das Gelenk fürchtete. »Und mütterlicherseits kommt noch der Lord von Barmbek ins Spiel. Letztlich zählt jedoch nur der Adel des Geistes. Du darfst weiter Du zu mir sagen.«

»Mensch, jetzt bin ich aber beeindruckt.«

»Sicher ist es natürlich nicht«, wandte auch Hetty ein.

»Nein, wahrscheinlich alles nur Gerüchte«, wiegelte Netty ab. »Außerdem hat der König eine ganz süße Frau gehabt, seine Marie. Es war eine echte Liebesheirat.« Sie wandte sich Ulla zu. »Und rate mal, wo sich die zwei kennengelernt haben?«

»Etwa hier auf Norderney?«

»Richtig, sie sind sich auf einem Ball im Conversationshaus vorgestellt worden und haben sich gleich ineinander verliebt.«

»Sagt man jedenfalls«, fügte Hetty nüchtern hinzu. »Die Leute neigen dazu, Geschichten um ihren Georg zu romantisieren.«

»Na dann. Prost!«

Ulla genoss ihren Tee, inzwischen hatte er die richtige Temperatur. Nach dem sahnigen Auftakt schmeckte sie das Bittere in der Mitte und zuletzt die Süße vom Kandis, der sich unten in der Tasse auflöste. Die Wanduhr neben dem alten Buddelschapp, einem ostfriesischen Hängeschränkchen, tickte beruhigend. Die Tanten plauderten weiter über dies und das. Gerade hatte eine Norderneyerin Drillinge geboren, was für eine Sensation! In August Solaros Elektrogeschäft gab's Sondervorführungen eines Constructa-Waschautomaten. Ob man sich vielleicht so ein Ding anschaffen sollte, um den alten Waschkessel in Rente zu schicken? Und die Polizei hatte für die Saison Verstärkung erhalten, um

116

nachts öfter Streife fahren zu können. Halbstarke hatten in den letzten Tagen gehäuft herumgegrölt und junge Mädchen belästigt, irgendwo waren Rosen aus einem Beet gerissen worden, aus dem geöffneten Fenster eines Jugendheims war frühmorgens laute Handharmonikamusik gedrungen. Ulla fand es herrlich zuzuhören – wie klein und überschaubar und gemütlich! Wenn sie da an die Polizeimeldungen in Hamburg dachte …

Nach dem Vespern hatte Inge noch einiges in der Pension zu richten. Ulla schlug vor, dass sie so lange den Zaun streichen könnte. »Und ihr setzt euch im Gartenstuhl auf den Rasen und seht zu.« Die Tanten sahen sich an und prusteten los, Netty wischte sich am Ende Tränen aus den Augen. Ulla fragte sich irritiert, was sie denn da Falsches von sich gegeben hatte.

Inge grinste breit. »Die beiden würden eher tot umfallen, als während der Saison auch nur fünf Minuten lang die Hände in den Schoß zu legen«, erklärte sie. »Im Sommer wird durchgearbeitet.«

»Du darfst trotzdem gern den Pinsel schwingen«, erwiderte Hetty großmütig, »dann können wir im Garten pütschern. Da ist immer was zu tun.« Inge brachte ihr noch einen Kittel zum Überziehen, bevor sie in den ersten Stock ging. Hetty knipste Verblühtes im Vorgarten aus, Netty fegte die Zuwegung, Ulla widmete sich dem Gartenzaun, und währenddessen ging das Erzählen munter weiter. Irgendwann landeten sie wieder bei König Georg V.

»Was für'n schmucker Kerl er gewesen ist.« Netty seufzte schwärmerisch. »So groß, stattlich, elegant.«

»Und was für'n Jammer«, sagte Hetty, »erst auf einem Auge blind geboren, und dann hat er mit dreizehn einen Unfall, der ihm auch das andere Augenlicht raubt.«

Aber er hatte immer gut für seine Insel gesorgt, erfuhr
Ulla, hatte Straßen und Häuser – nicht ganz uneigennüt-
zig – ausgebaut und echte Freunde gehabt unter den Insulanern, die er als »meine lieben Norderneyer« bezeichnete. Er segelte gern mit den Fischern hinaus und wurde
im Gegensatz zu seinem Hofstaat nie seekrank. Jedes Jahr
besuchte er den alten Berend und dessen Frau Iddelt, die
in der Ortsmitte mit ihren Kühen unter einem Dach lebten – und amüsierte sich, wenn der Alte aus der Küche
seine Frau herbeirief, die gerade im Stall die Kühe molk.
»Iddelt, kumm ehm, Königsohm un sein Wief sünd doar!«

Ulla konnte sich lebhaft vorstellen, wie die Majestäten
abends bei Kerzenschein an der feinen Tafel derartige Erlebnisse zum Besten gegeben hatten.

Abwechselnd erzählten die Tanten nun, wie einmal der
alte Fischer Rass die inzwischen molliger gewordene Königin Marie bei ihrer Ankunft das letzte Stück vom Schiff bis
zum Strand auf seine Schultern genommen und leicht ins
Wanken geraten war. Und wie er der ängstlichen Dame versichert hatte, sie brauche kein unfreiwilliges Bad zu fürchten.

»Ich halte Königlicher Hoheit ihren königlichen Mors
ganz fest. Da kann ihm nix passieren.«

»Wie erfrischend!« Ulla lachte.

»Ja, der König mochte die unverblümte Art der Insulaner, er bezeichnete sie als geradeaus, aufrecht und ehrlich«,
sagte Hetty nicht ohne Stolz. »So war das hier früher. Bevor all die Geschäftsleute vom Festland rüberkamen, um
ihr Geld mit Kurgästen zu verdienen.«

»Wie kannst du so was sagen?« Netty unterbrach das Fe-
gen und schaute ihre Schwester vorwurfsvoll an. »Klingst ja
fast wie Helmut! Die Leute sind immer noch so. Wer hier

bleibt, passt sich an. Sonst kämen wir gar nicht gemeinsam über den Winter.«

Hetty grummelte Unverständliches vor sich hin. Ulla pinselte eine Weile im Knien, dann legte sie sich rücklings auf den Rasen, um die Innenseiten der Latten besser streichen zu können. Sie erfreute sich an der friedlichen Feierabendstimmung um sie herum. Aus einem Straßenbaum ganz in der Nähe klang das Flöten einer Amsel. Auf der Klinkerstraße spielten Kinder Federball. Während Ulla Latte für Latte bearbeitete, fiel ihr auf, dass sie sich zum ersten Mal, seit sie auf der Insel war, wirklich entspannt fühlte. Nicht einfach körperlich erschlafft wie nach einem ihrer warmen Schlickbäder, sondern seelisch, innerlich, vom Gemüt her. Ihr Brustkorb weitete sich, sie lächelte. Vielleicht war das ja ein Anzeichen für den Beginn dieser ominösen Umstimmung.

Geschichten für ihre Broschüre lagen auf Norderney herum wie Muscheln am Strand. Man brauchte einfach nur die Ohren aufzusperren.

Die Hausgäste kehrten einer nach dem anderen vom Strand zurück. Sie grüßten, plauderten kurz, einige steuerten kleine Tageserlebnisse bei. Bollerwagen wurden neben dem Haus geparkt.

Hetty verscheuchte die Kinder. »Passt bloß auf, sonst klebt noch euer Federball am Zaun fest. Übermorgen dürft ihr wieder hier spielen.«

Netty begann damit, den ungepflasterten Streifen neben dem Gehweg zu harken. Nach und nach kamen die Hausgäste nun wieder frisch geduscht und umgekleidet, nach Seife oder Parfüm duftend, aus ihren Zimmern zurück, um essen zu gehen und sich unterhalten zu lassen.

Im Vorgarten ging es noch ein Weilchen weiter mit den

Anekdoten. Die Tanten freuten sich sichtlich, in Ulla ein so aufmerksames Publikum gefunden zu haben. Einige Norderneyer hätten Georg V. sogar mal in Hannover besucht, erzählten sie. Und in etlichen Familien gebe es hoch in Ehren gehaltene Erinnerungsstücke, die der König einem der Vorfahren für treue Dienste geschenkt hatte.

»Den de Buhrs auch, Majestät?«, fragte Ulla neckisch. Sie war fertig mit dem Zaun.

Netty kicherte. »Wir haben eine goldene Taschenuhr, und unser Onkel besitzt noch silberne Teelöffel. Manchmal hat der König sogar Orden verliehen.«

»Das haben sie alle gemacht damals, war ja viel billiger«, spottete Hetty ungerührt. »Der König von Sachsen zum Beispiel, der war öfter hier.« Sie schaute zu Ulla, und ein anerkennendes Lächeln huschte über ihr Gesicht. »Wir sollten dir auch einen verleihen! Der Zaun ist picobello geworden.«

Inge ließ sich wieder blicken, sie trug ein schönes Kleid, Strickjacke und weiße Pumps. »So, alles gerichtet und vorbereitet. Wollen wir los, Ulla?«

»Och, ehrlich gesagt, reicht es mir für heute«, erwiderte sie, etwas steif richtete sie sich auf. »Ich hab gerade so viele Anregungen bekommen. Am liebsten möchte ich ins Hotel, noch ein paar Aufzeichnungen machen. Wir können ja ein andermal ausgehen, einverstanden?«

»Na gut«, willigte Inge enttäuscht ein. »Aber ich finde, bislang waren wir reichlich tugendhaft, ich will auch mal was erleben.«

»Du kannst uns noch ein Eis holen«, beschied Hetty sie. »Das geb ich aus.«

Endlich erwischte Ulla ihren Mann zu Hause am Telefon. »Sind meine Postkarten angekommen?«, fragte sie.

»Ja, vielen Dank!« Es war so schön, Wills Stimme zu hören.

»Du fehlst mir.«

»Du mir auch.«

Ulla schloss einen Moment lang die Augen, so konnte sie sich einbilden, ihr Mann wäre wirklich da, direkt neben ihr. »Will, du kommst doch am Wochenende? Es soll tolles Badewetter geben.«

»Wer sagt das? Der Strandkorbvermieter?« Will lachte gutmütig. »Glaub ihm kein Wort. Das gehört bei dem zum Beruf, gutes Wetter vorherzusagen.«

Ulla lachte. »Nein, so heißt es ganz offiziell. Die haben hier eine richtige Wetterwarte vom Deutschen Wetterdienst. Und es wäre auch sonst perfekt, du weißt schon …« Dann nämlich, in der Mitte ihres Zyklus, würde ihre fruchtbarste Zeit sein. Aber nicht nur deshalb sehnte sie ihren Mann herbei.

Er verstand. »Ja, ich hoffe sehr, dass es klappt«, antwortete er mit weicher Stimme. Sie wollte ihn fragen, ob er Lust hätte, mit ihr auf einen Ball zu gehen. Und sie wollte ihm von ihren Recherchen für die Broschüre berichten. Doch er kam ihr zuvor. »Es tut mir leid, ich muss schleunigst los, noch mal in die Stadt. Unsere Anzeigenabteilung hat ein paar große Kunden zum Essen in den Old Commercial Room eingeladen. Da will ich mich natürlich sehen lassen, besonders, um sie auf die neue Zeitschrift einzustimmen.«

Ulla schluckte ihre Enttäuschung hinunter. »Überzeug sie alle, Liebling!«, sagte sie verständnisvoll. »Mögen sie viele fette Vierfarbanzeigen buchen. Ich wünsche dir einen erfolgreichen Abend.«

»Erhol dich gut. Tschüss, kleiner Bär.«

»Tschüss, Will.«

Als Ulla die Anregungen, die sie den de Buhrs verdankte, notiert hatte, fühlte sie sich noch nicht bettreif. Der helle Juniabend lockte ins Freie. Sie zog ihren Sommermantel über, um noch ein wenig auf der Promenade zu flanieren. Überall schlenderten, saßen oder tanzten Paare, junge, mittelalte, alte. Sie sah Familien mit Kindern, lustige Gruppen von Freunden und fühlte sich ein wenig einsam, ausgeschlossen. Zu dumm, dass sie Inge abgesagt hatte. Sie spazierte in Richtung Weststrand, vorbei an den alten Sommervillen, die sich der ostfriesische Landadel einst in bester Lage hatte bauen lassen. Auf Höhe der voll besetzten Giftbude, einem beliebten Strandlokal, blieb sie stehen. Von hier aus konnte man die Nachbarinsel Juist erkennen. Es roch appetitlich nach frisch gebratenem Fisch.

Am Abend hatte Ulla nur das von Hetty spendierte Fürst-Pückler-Eis gegessen, nun verspürte sie Hunger. Doch sie fand es immer unangenehm, als Frau allein ein Lokal zu betreten. Vor allem abends glich das einer Mutprobe. Man musste mit verschlossenem Gesichtsausdruck seine Seriosität demonstrieren. Ein freundliches Nicken dem Kellner gegenüber war gerade noch erlaubt. Aber man konnte dann nicht einfach Menschen und Umgebung so interessiert studieren, wie Ulla es gern getan hätte. Ihr Magen knurrte. Sie kämpfte mit sich.

Natürlich, wenn man etwas zu essen bestellte, ging es noch. Nur ohne Begleitung würde sie sicher hinten an den Katzentisch neben der Tür zur Toilette platziert werden und sich gegen aufdringliche Blicke wehren müssen. Oder das Personal würde sie an einen Tisch zu einer Gruppe oder Familie setzen, in deren Gegenwart sie sich gleich irgendwie bedürftig fühlen würde. Allein nur etwas trinken gehen, Alkoholisches gar, das ging natürlich überhaupt nicht.

Sollte jemals Kunde von einem derartigen Verhalten Ullas an Agathes Ohr gelangen, wäre sie in die Nähe leichter Mädchen gerückt. Nicht nur für ihre Schwiegermutter. Die argwöhnischen Blicke mancher Leute, die anscheinend glaubten, sie wäre nur auf Norderney, um sich einen Mann zu angeln, kannte sie inzwischen. Sie vergällten es ihr, jetzt noch ein Lokal zu betreten. Ulla unterdrückte also den Impuls und kehrte um.

Vor der Milchbar zog sie die Schuhe aus und lief barfuß durch den Sand ans Meer, bis das Wasser ihre Knöchel umspülte. Hach, wie wohltuend! Sie atmete tief durch. Die frische Luft, das ewige Spiel von Wellen und Licht hatten etwas Befreiendes. Fasziniert schaute Ulla im Weitergehen dem Wechsel der Himmelsfarben zu. Unter den Wolken sank wie in Zeitlupe der orange-gülden glühende Ball tiefer. Sie blieb stehen, denn er schien sich nun am Ende der Welt in einen geheimnisvollen Spalt zwischen Nordsee und Horizont zu schieben.

Der Sonnenuntergang fesselte auch die Menschen ringsum. Auf der Promenade standen viele, andere saßen mit einem Glas in der Hand auf einer Seeterrasse. Unbekannte lächelten einander milde zu. Auch sie empfanden wohl, mehr oder weniger, dass in diesem Augenblick etwas Ewiges berührt wurde. Ullas Augen wurden feucht. Bald würde sie diesen Anblick mit Will gemeinsam erleben, und es würde sie noch mehr verbinden.

»Entschuldigen Sie bitte, ich möchte Sie nicht stören, aber ich hätte da mal eine Frage.« Eine kräftige Dame mittleren Alters sprach Ulla am nächsten Morgen beim Frühstück vom Nachbartisch aus an. Goldreifen und Bettelarmbänder klirrten an ihren sommersprossigen Handgelenken. »Sind

Sie die Gattin des Verlegers Michels?« Ulla ließ ihren Eier-
löffel sinken. Sie nickte mit einem knappen Lächeln und
hoffte, in Ruhe weiterzufrühstücken zu können. Doch die
Dame legte jetzt erst richtig los. »Das hab ich mir gedacht.
Wissen Sie, wir sind vorgestern erst angekommen. Ich hab
natürlich gleich die Gästeliste studiert.« Ulla streute Salz
aufs weiche Eigelb. Jeder Urlauber, Kurgast und vermutlich
auch viele Insulaner lasen aufmerksam diese von der Kurverwaltung veröffentlichten Listen, auf denen stand, wer
von wo in wessen Begleitung bis wann in welcher Unterkunft auf der Insel übernachtete. Inge und Ulla hatten
ebenfalls schon, natürlich nur spaßeshalber, geschaut, ob
sie einen interessanten Mann für Inge ausmachen konnten – am besten allein reisend, mit akademischem Titel, in
einem teuren Hotel logierend. »Ich bin über Ihren Namen
gestolpert. Man schaut natürlich, wer noch im selben Hotel abgestiegen ist, nicht wahr? Und Kaiserhof, Michels und
aus Hamburg – na, da hat es doch gleich bei mir geklingelt,
und als der Kellner Sie auch noch mit Guten Morgen, Frau
Michels begrüßt hat, war es mir schon klar. Eduard, hab ich
zu meinem Mann gesagt, wenn das mal nicht die Frau vom
Verleger Michels ist!«

»Soso«, sagte Ulla mit einem müden Lächeln.

»Mein Mann ist Fabrikant, wissen Sie. Er schläft noch,
aber ich will gleich zum Frühsport. Ja, ich habe mir vorgenommen, mehr für meine Gesundheit zu tun. Ich lebe
auch streng Diät. Wenn man sich erst einmal mit dieser
Materie beschäftigt, ist es ungeheuer interessant. Sie, meine
Liebe, nehmen zum Beispiel zu viel Butter auf Ihr Brötchen! Und dann noch Sahnequark! Ich verzichte konse-
quent auf Butter und Sahne. Wissen Sie, dass ein enger Zusammenhang zwischen dem Genuss von tierischen Fetten

und Herzerkrankungen besteht?« Ulla fragte sich, ob die Diät als Nebenwirkung zu Sprachdurchfall führte. Konnte nicht mal jemand diese Frau stoppen?

Jetzt stand sie auch noch auf und setzte sich zu ihr an den Tisch. »Frau Michels«, sie legte Ulla die Hand mit den klirrenden Goldreifen auf den Arm, »seit ich Diät halte, habe ich bereits vierzehn Pfund abgenommen. Ich fühle mich auch sonst viel vitaler! Und warum erzähle ich Ihnen das alles?« Ulla entzog ihr sanft den Arm, sog tief Luft durch die Nase ein. Das fragte sie sich allerdings ebenso. Die Frau hatte etwas derart Bestimmendes, dass sie sich überrollt und wehrlos fühlte. »Weil Ihr Mann unbedingt in seinen Zeitschriften darauf hinweisen muss! Die Menschen müssen mehr über dieses lebenswichtige Thema erfahren, sie verdienen Aufklärung! Unsere Nation frisst sich noch zu Tode.« Sie unterbrach sich, schaute sinnend zur Decke und lachte. »Klingt nicht schlecht, oder? Wäre das vielleicht eine Überschrift? Für eine Serie?«

»Ich danke Ihnen, Frau …«

»Ach, entschuldigen Sie, jetzt hab ich mich vor lauter Begeisterung für die Sache noch gar nicht vorgestellt: Luise Ellerbrock aus Siegen, Ellerbrock-Edelstahl, das sagt Ihnen sicher was.« Es sagte Ulla nichts. »Mein Mann annonciert regelmäßig in allen wichtigen Frauenzeitschriften und Illustrierten. Ellerbrock – formschöne Töpfe und Bestecke, die niemals rosten!«

»Ach, Sie sind das«, erwiderte Ulla beherrscht.

Sie ärgerte sich über sich selbst. Weshalb brachte sie es nicht über sich, einfach zu sagen: Ich werde es meinem Mann ausrichten, Frau Ellerbrock. Vielen Dank. Aber wenn Sie mich jetzt bitte entschuldigen würden. Ich habe gleich einen Termin im Kurmittelhaus und möchte mich vorher noch in Ruhe stärken. Stattdessen blieb ihr das Brötchen im Halse stecken, das Ei schmeckte ihr nicht mehr. Sie war heilfroh, als Frau Ellerbrock ihren Mann erblickte.

»Eduard – huhu! Mein Gatte kommt auch endlich. Ja, essen Sie ruhig weiter. Aber immer schön fettarm, und wenn, dann nehmen Sie lieber Margarine.« Sie zog blinzelnd an ihrem Unterlid. »Ich hab Sie im Auge! Es ist nur zu Ihrem Besten.«

Die lästige Person setzte sich wieder an ihren Tisch zurück. Ulla bat, nachdem sie fertig gefrühstückt hatte, am Saalausgang den Oberkellner diskret, für sie in Zukunft einen Platz einige Tische entfernt von den Ellerbrocks zu reservieren.

Als Ulla Inge am Nachmittag im Lädchen besuchte und ihr von dieser Begegnung erzählte, konnte die Freundin sich gar nicht wieder einkriegen.

»Du findest das witzig«, sagte Ulla. »Aber ich hab mich bedrängt gefühlt.«

»Nimm die Schnepfe doch nicht so wichtig«, erwiderte Inge. »Die kann dich mal!«

»Hm … Na, du hast ja recht.« Ulla sah sich um. »Was hast du eigentlich an Mützen da? Ich krieg beim Radfahren immer ganz kalte Ohren.«

»Unsere Mützen sind hier.« Inge ging zu einem Regal. »Natürlich kannst du dir jedes Modell, das du dir wünschst, selbst stricken. Wir haben Wolle in großer Auswahl.«

»Nee, zum Stricken hab ich jetzt keine Lust. Etwas Fertiges bitte.«

»Also, diese frechen knappen Matrosenpudelmützen sind gerade sehr beliebt.« Inge reichte ihr ein hochgerolltes Modell mit kleinem Bommel in Weiß. Ulla probierte sich durch das Mützensortiment und entschied sich am Ende für das erste Modell. »Die sieht an dir wirklich kess aus!«, bestärkte Inge sie in ihrem Entschluss. »Und wenn du den Rand runterrollst, reicht die Mütze auch bis über die Ohren und hält sie schön warm.«

Ulla schlenderte weiter durchs Lädchen und begutachtete das übrige Angebot. Besonders die Ecke mit den Bademoden fand ihr Interesse.

»Wie läuft's denn so?«

»Könnte besser sein«, gab Inge zu.

»Wieso hast du denn keine Bikinis und Badeanzüge in der Auslage?« Nur ein kleines handgemaltes Pappschild verkündete JETZT AUCH BADEMODEN.

»Dann schlägt uns Helmut am Ende noch das Schaufenster ein.« Inge zog einen Flunsch, irgendwie unentschlossen. »Nein, ich hab mich nicht getraut, weil Tante Nettys Sachen dann ja weniger zur Geltung kommen. Ich würde ihr gewissermaßen Konkurrenz machen, finde ich. Das wäre doch nicht nett von mir. Oder siehst du das anders?«

»Na, jetzt bist du aber ein bisschen eigenartig«, sagte Ulla kopfschüttelnd. »Wenn man etwas will, muss man sich dafür einsetzen. Mit ganzer Kraft, nicht halbherzig.«

Inges Augen leuchteten auf. »Stimmt eigentlich!«

Augenblicklich begann sie, die im rechten Fenster zu Pyramiden gestapelten Häkelgarne und die Musterpullover herauszunehmen und auszutauschen gegen Badeanzüge und einen gewagten Bikini, dessen Oberteil sie einer Halbbüstenschaufensterpuppe umband. Ulla stellte sich vor den Laden, um zu sehen, wie die Drapierung auf Passanten wirkte. Damit beide Fenster farblich stimmig wirkten, musste sie auch einige der im linken Fenster ausgestellten Handarbeitsmaterialien austauschen. Die Fassade hatte im

Modernisierungsrausch erst kürzlich eine Verkleidung aus kleinen dunkelblauen Mosaikfliesen erhalten. Kombiniert mit dem neuen schwungvollen Schriftzug und den Türelementen aus Messing, sah das todschick aus. In den Auslagen war nun alles in Rot, Weiß und Blau gehalten. Inge kam auch nach draußen.

»Sehr maritim«, lobte Ulla, »und richtig exklusiv!«

Inge freute sich. »Du, Ulla, ich hab da noch eine Idee, wie ich das Geschäft weiter ankurbeln könnte.«

»Ja?«

»Ach, erst mal hol ich uns Kuchen von gegenüber. Der Tammo von der Konditorei Müller backt sündhaft gute und ausgefallene Teilchen.«

»Ist das der Mann, an den Tante Netty ihre Wohnräume über dem Laden vermietet hat?«, wollte Ulla wissen.

»Ja.« Ulla lächelte vielsagend. »Ein freundlicher Junggeselle, der die raffiniertesten Petits Fours zaubert.«

»Klingt nach besten Voraussetzungen für eine gute Nachbarschaft.«

»Leider!« Mit einem So-bin-ich-eben-ich-kann-nicht-anders-Augenaufschlag strich Inge sich über ihr Hüftpolster. »Also, worauf hättest du denn Appetit?«

Wenig später, nachdem sie beide einen köstlichen Nougatring verspeist und Inge zwei Kundinnen bedient hatte, die Häkelgarn wollten, rückte die Freundin mit ihrer Idee heraus.

»Ich finde, wir sollten selbst Reklame für die Bademoden laufen.« Sie holte zwei Modelle hervor. »Für dich wäre dieser weiße Badeanzug ideal. Er sieht von vorn schlicht aus, aber hinten hat er einen ziemlich rasanten Ausschnitt.« Sie warf Ulla das Teil rüber. Sich selbst hielt sie einen roten

Bikini mit weißen Punkten vor. »Ich könnte vielleicht das Modell St. Tropez tragen. Ich zieh es schnell mal an. Und du sagst mir ganz ehrlich, ob ich es tragen kann oder nicht, ja?« Schon war sie in der Umkleidekabine verschwunden. Mit einem fröhlichen »Tadada!« öffnete sie kurz darauf den blauen Samtvorhang wieder, trat aber nicht in den Laden, weil man sie sonst von draußen hätte sehen können. »Na, geht's? Oder hab ich doch schon zu viele Nougatringe verputzt?«

Ulla staunte nicht schlecht. Diese Verpackung machte aus ihrer Freundin eine zweite Jane Mansfield. »Oh, là, là, meine Liebe! Ganz schön sexy! Da würde so mancher Filmstar vor Neid erblassen.«

Inge drehte sich im Kreis. »Wenn ich meine hohen Sandaletten dazu anziehe, wirken die Beine natürlich länger und schlanker. Und falls der Hintern zu dick ist, könnte ich eine leichte offene Frotteejacke …«

»Ich find's toll!«, unterbrach Ulla sie ehrlich begeistert. »Du hast Kurven, und wenn sie wie deine aussehen, dürfen sie auch betont werden. Jede Wette – dieser Bikini ist nächste Woche ausverkauft. Wie viele Exemplare hast du denn davon?«

Inge hüstelte. »Drei Stück.« Dann lächelte sie. »Und jetzt du. Probier den Badeanzug an.«

Ulla bestand den kritischen Blick der Freundin mit Bravour. Sie musste selbst zugeben, dass der Anzug, der einen hohen Stretchanteil hatte, ihre Figur vorteilhaft betonte. Der tiefe Rückenausschnitt gefiel ihr auch deshalb, weil sie damit weniger helle Streifen haben und ganz unterschiedlich geschnittene, luftige Kleider würde tragen können. »Den nehm ich.«

»Ich lass ihn dir zum Einkaufspreis.«

»Quatsch. Ich will wie eine normale Kundin behandelt werden. Den regulären Ladenpreis bitte. Du sollst so schnell wie möglich reich werden.«

»Na gut, das Argument kann ich gelten lassen«, antwortete Inge. »Stimmt schon, Armut ist Schiete. Schon allein aus finanziellen Gründen.«

»Und vergiss die Mütze nicht.«

»Na gut.« Inge schrieb auch die Mütze auf ihren Rechnungsblock mit blauem Kopierpapier und riss für ihre Buchhaltung den Durchschlag ab. »Dafür spendier ich dir nachher am Strand einen Milchshake.«

Tante Netty, die nach ihrem Nachmittagsschläfchen ins Geschäft kam, um Inge abzulösen, zeigte sich erfreut über die neue Fensterdekoration. »Das sieht gut aus, sehr jung und modern.«

»Du bist nicht sauer?«, fragte Inge erleichtert.

»Nein, im Gegenteil! Wer nicht mit der Zeit geht, der geht mit der Zeit, oder?« Eine Spur von Schadenfreude blitzte in ihren Äuglein auf. »Und es wird dem vorlauten Helmut eine Lektion sein, dass wir nicht klein beigeben.«

Die Freundinnen machten sich gleich auf zum Nordstrand. Sie fuhren mit dem Strandexpress, einem kleinen Elektrozug, der tagsüber ständig zwischen Kaiserstraße und Nordstrand pendelte. Großväter mit Luftmatratzen, Familien mit Eimer, Schaufeln und Picknickkörben, elegante Damen mit tuchverzierten Strohhüten und farblich abgestimmten Badetaschen drängten sich gut gelaunt auf den Sitzbänken der niedlichen, »Delphin« und »Nixe« getauften Anhänger.

An diesem Nachmittag zeigte sich die Sonne länger als an den vergangenen Tagen. Die Freundinnen rieben sich gegenseitig mit Sonnenmilch ein, ihr typischer Duft stieg Ulla in die Nase – endlich richtig Urlaub. Sie las im Klappliegestuhl, während Inge sich eine körpergerechte Kuhle an der Innenseite ihres Burgwalls zurechttruckelte. Spielende Kinder lärmten, das Meer rauschte, Möwen schrien. »Diese Geräuschkulisse macht mich immer ganz dösig«, sagte Inge mit geschlossenen Augen. »Ich werde uns übrigens zur Miss-Norderney-Wahl anmelden.«

Ulla unterbrach ihre Lektüre. »Als Zuschauerinnen«, sagte sie.

»Nein«, widersprach Inge und blinzelte gegen die Sonne zu ihr hoch. »Als Teilnehmerinnen natürlich! Wenn wir dabei interviewt werden, können wir ganz beiläufig erwähnen, wo wir unsere Badesachen gekauft haben.«

»Du spinnst wohl! Das kann ich nicht machen. Wenn Will und meine Schwiegermutter davon erfahren!« Zuerst wollte Ulla sich aufregen, dann fiel ihr ein, dass es ja »Miss«- und nicht »Misses«-Wahl hieß. »Inge, das geht sowieso nicht. Ich bin doch verheiratet.« Sie lächelte breit. »Aber du solltest auf jeden Fall mitmachen. Meine Stimme hast du schon mal.« Beruhigt vertiefte sich Ulla wieder in ihre Lektüre. Das interessanteste der geliehenen Bücher hatte sie beim Inselbuchhändler nachbestellt, damit sie es ohne schlechtes Gewissen mit an den Strand nehmen und wichtige Stellen unterstreichen konnte. »Das ist ja wirklich enorm, wer hier schon alles Urlaub gemacht hat oder zur Kur war«, bemerkte sie nach einer Weile. »Wilhelm von Humboldt, Helmuth von Moltke, Thurn und Taxis, Franz Kafka, Ernst Barlach, Heinz Rühmann …«

»Kenn ich alle nicht«, murmelte Inge, »außer Heinz Rühmann. Waren die anderen auch Schauspieler?«

»Nee. Sogar Kaiser Wilhelm II. war da und Reichskanzler

von Bülow. Jahrelang ist der gekommen, jeden Sommer. Im Schlepptau jede Menge Von-und-Zus.«

»Und Auf-und-Davons, wetten?« Inge drehte sich auf den Bauch. Mit einer Wange schon auf dem Handtuch ruhend, löste sie geschickt den Verschluss ihres Oberteils und schob es zu den Seiten, damit ihr Rücken nahtlos bräunen konnte. »Du darfst mir was vorlesen«, murmelte sie.

»Also gut.« Ulla war gerade bei einem Brief angelangt, den Otto von Bismarck, später der erste Reichskanzler Deutschlands, am 9. September 1844 an seine Schwester Malwine geschrieben hatte. »Ich les dir vor, wie Bismarck sich hier auf Norderney mit Kronprinzessin Marie, der späteren Königin von Hannover, vergnügt hat.«

»Den kenn ich«, sagte Inge mit geschlossenen Augen. »Sein Porträt hängt ja noch in jeder zweiten Gaststube. Und die hatten was miteinander? Ich liebe Klatschgeschichten!«

»Nein, das glaub ich kaum. Also, hör zu!« Ulla schmunzelte, sie räusperte sich und trug vor.

»*Die Kronprinzessin ist eine sehr heitre und liebenswürdige Dame, tanzt gern und ist munter wie ein Kind. Gestern machten wir im dicksten Nebel eine Landpartie in die Dünen, kochten draußen Caffee und späterhin Pellkartoffeln, sprangen wie die Schuljugend von den Sandbergen und obgleich incl. Prinzessin nur 4 Paar, tanzten wir, bis es finster wurde auf dem Rasen und machten wie die Tollen bockspringende Ronden um unser Feuer, kindlich und champêtre, on ne peut pas plus.*«

Als Ulla verstummte, ließ Inge keinen Kommentar mehr vernehmen. Sie schien aufs Angenehmste weggedämmert zu sein.

Lächelnd las Ulla nun still für sich weiter. Manchmal, wenn sie eine süße Kinderstimme hörte, suchte ihr Blick das Kleine, und sie träumte ein bisschen. Welche Farbe die

Augen ihres Kindes wohl haben würde? Braun wie ihre eigenen oder blaugrün wie Wills? Seine schimmerten je nach Umgebung und Stimmung mal mehr blau, mal mehr grün.

Irgendwann spürte sie Hitze auf ihrer Haut auf Schultern und Dekolleté. Sie brauchte dringend eine Abkühlung. Schnell zog sie unter einem Frotteeumhang und im Sichtschutz der blau-weiß gestreiften Strandkorbmarkise ihr blaues Schwimmtrikot an. Sie wollte sich das Weiß des neuen Badeanzugs nicht mit Algen oder Sand verderben.

Wohlig seufzend öffnete Inge die Augen halb.

»So«, Ulla befestigte den Kinnriemen ihrer an den Haaren ziependen weißen Badekappe, »jetzt werde ich endlich im Meer schwimmen, nicht immer nur im temperierten Hallenbad.«

»Sehr mutig. Geh schon mal vor«, murmelte Inge träge. »Ich bewach unsere Burg.«

»Ich bring dir 'ne Mütze voll Nordsee mit«, drohte Ulla. »Wenn du bei meiner Rückkehr immer noch faul herumliegst, gibt's 'ne Abkühlung.«

Entschlossen trabte sie los, durch feinsten warmen Sand über Muscheln und hart gewordene Sandrillen bis ins Wasser, das sich eiskalt anfühlte, aber sie lief tapfer weiter, und dann jubelte sie vor Vergnügen.

Nach den ersten Schwimmzügen sah sie, dass Inge in ihrem neuen Bikini mit Nivea-Ball unterm Arm zum Wasser kam. Sie sah toll aus, und auch sie trug eine Badekappe, damit das Wasser ihre Frisur nicht ruinierte. Schon bei erhöhter Luftfeuchtigkeit kam die krisselige Dauerwelle durch, man musste sich die Haare dann wieder mit dicken Wicklern zur erwünschten Wasserwelle legen.

Inge ging nur bis zu den Knien in die Nordsee. Und

es gab beinahe einen Menschenauflauf. Auffällig unauffällig schlenderten Männer aller Altersstufen vorbei, erst
recht, nachdem Ulla genug vom Schwimmen hatte und die
Freundinnen auch noch hüpfend und springend am Strand
mit dem Ball spielten.

Nach einer Weile kehrten sie lachend zu ihrem Strandkorb zurück. Ulla befreite sich von der lästigen Kappe, zog
wieder den weißen Badeanzug an. Inge malte sich sorgfältig
die Lippen rot. Viele Frauen sonnten sich geschminkt und
mit Schmuck behängt.

»Gib mal den Stift«, bat Ulla, »ich hab meinen vergessen.« Ohne Spiegel schminkte sie sich den Mund, Inges Blick reichte ihr zur Kontrolle. Als die Freundinnen,
beide mit Sonnenbrille, Sandaletten und breitem Strohhut,
über die Promenade zum Biomaris-Pilz schlenderten, folgten ihnen viele Blicke. Und sie genossen es. Ulla vernahm
auch manches empörte Zischen. »Das war für deinen Hüftschwung, Inge.«

Am Pavillon mussten sie in der Schlange stehen, bis sie
bestellen konnten.

»Einen Erdbeermilchshake und einmal Buttermilch,
bitte.«

»Buttermilch ist aus«, sagte die Bedienung, »bei der Hitze
haben wir schon sechsmal so viel Buttermilch wie sonst
verkauft.«

»Na gut, dann nehm ich auch einen Milchshake, aber
mit Banane.«

Während die Shakes gemixt wurden, unterhielten sich
die Leute in der Schlange hinter ihr über die Trockenheit,
seit Tagen das Gesprächsthema Nummer eins. »Auf dem
Festland muss es jetzt schlimm sein«, meinte ein Mann mit
Wohlstandsbauch. »Das Gras wächst nicht nach, die Bauern

wissen nicht, wie sie Heu machen sollen. Und im Radio hab ich gehört, dass die Moorbrände wieder aufgeflammt sind.«

»Im Emsland gibt's schon ganz schlimme Dürreschäden«, steuerte eine Frau bei. »Das Getreide vertrocknet auf dem Halm. In einigen Orten wird das Trinkwasser knapp.«

»Mama, müssen wir verdursten?«, fragte ein kleiner Junge beunruhigt. »Das Meerwasser ist doch so salzig, das kann man ja nicht trinken.«

»Nein«, beruhigte ihn ein Mann. »Norderney hat das beste Trinkwasser der Welt. Hinten unter den Dünen liegt 'ne Süßwasserlinse.«

»Ja«, ergänzte die Bedienung, »unser Trinkwasser sieht zwar aus, als hätt schon mal jemand drin gebadet, etwas gelblich, aber es schmeckt hervorragend.«

Alle lachten erleichtert. Und ein bisschen einte sie dabei das Gefühl – halb schlechtes Gewissen, halb Triumph –, dass sie hier die schönen Seiten des Wetters genießen durften.

»Und es soll ja noch wärmer werden!«, sagte die Mutter des Jungen.

»Was für ein Glück«, bemerkte Inge absichtlich laut, »dass wir die Bademoden in Nettys Lädchen entdeckt haben.«

»Ja«, bestätigte Ulla in gleicher Lautstärke, »ich hatte noch nie einen Badeanzug, der so gut saß, so bequem war und so schnell trocknete.«

»Ach, wo ist denn dieses Lädchen?«, fragte gleich eine Urlauberin interessiert. Und natürlich beschrieb Ulla ihr den Weg gern.

Kurz vor sechs leerte sich der Strand schlagartig. Eine schwer bepackte Urlauberkarawane zog vor das Café Cornelius, wo der Strandexpress um 18:00 Uhr Gäste zu seiner letzten Fahrt des Tages einsammelte.

»Wie gut erzogen unsere Landsleute doch sind«, spottete Ulla. »Der Arbeitstag am Meer ist beendet, jetzt müssen sie sich frischmachen und dann pünktlich zum Essen los.«

Vor allem alte Leute und Familien mit Kleinkindern drängten sich. Die Freundinnen verstauten ihre Strandsachen unten im Strandkorb und liefen unbeschwert zu Fuß zurück in die Stadt.

Hans J. Ehrlich war Ulla zuvorgekommen, er hatte im Hotel angerufen. Der Portier überreichte ihr bei ihrer Rückkehr vom Strand seine Nachricht. Der Fotograf ließ ausrichten, dass er am Abend ab acht Uhr in der Alten Tee- und Weinstube anzutreffen sei und sich freuen würde, wenn sie es einrichten könnte zu kommen. Ganz schön selbstbewusst, dachte Ulla. Andererseits … Warum nicht?

Sie duschte schnell, machte sich absichtlich nicht zu schick zurecht, schließlich war dies kein Rendezvous, sondern eine Arbeitsbesprechung. Als sie ihn in dem altehrwürdigen Gebäude erblickte, schüttelte er gerade einem Mann die Hand wie nach einem erfolgreichen Geschäftsabschluss. Der Mann, wohl ein Kurgast, zog mit einer kleinen Schachtel, die er wie einen Schatz trug, von dannen. Ein Kellner führte Ulla zu Ehrlich an den Fenstertisch mit Meerblick. Er war der einzige Mann unter den Gästen, der kein Jackett trug, sondern einen legeren, leichten Wildlederblouson. Beinahe hätte sie gesagt: Hallo, Hans! Weil er ihr so vertraut erschien.

Er stand auf, lächelte erfreut. »Guten Abend! Wie schön, dass es klappt! Bitte nehmen Sie doch Platz.«

»Ich wollte gerade einen Brief für den Botenjungen an Sie schreiben. 'N Abend, Herr Ehrlich«, erwiderte Ulla. »Ein paar Ideen würde ich nämlich gern schon mit Ihnen besprechen.« Sie lächelte charmant. »Wir sind uns ja in den vergangenen Tagen gar nicht zufällig über den Weg gelaufen. Ich dachte, auf einer Insel ließe sich das kaum vermeiden.«

»Entschuldigen Sie bitte. Ich war ein paar Tage auf dem Festland.«

»Genehmigt. Inselkoller?«

»Nein, geschäftlich.« Aus einer Aktentasche, die neben ihm auf dem Stuhl lag, zog er eine Ledermappe. »Ich hab Ihnen auch was mitgebracht.« Ulla setzte sich über Eck zu ihm an den Tisch, als er wieder Platz nahm. Erstaunt schaute sie sich um. Der hohe, mit einem beeindruckenden Kamin, viel Holz und Spitzbogen ausgestattete Raum besaß eine außergewöhnliche Aura. »Das Haus war früher die Sommervilla der Adelsfamilie von Knyphausen aus Lütetsburg«, erklärte Ehrlich. »Der Fürst hat es auf der Weltausstellung in Paris 1870 gesehen, kurzerhand gekauft und Stück für Stück nach Norderney bringen lassen. Heute dürfen auch wir gewöhnlichen Sterblichen hier das Leben genießen.« Er sah Ulla aufmerksam an. »Sie haben sich schon gut erholt.«

»Danke«, sagte Ulla. »So kommt es mir auch vor. Haben Sie Fotos mitgebracht?«

Er nickte. »Wollen wir erst was bestellen?«

»Ja, ich hätte gern ein Viertel Moselwein.« Der Kellner nahm ihre Bestellung entgegen. Die nächsten Stunden verflogen schneller, als ablandiger Wind Seenebel vertrieb. Ihr Gespräch brillierte im Pingpong-Stil, sie inspirierten sich gegenseitig. Jeder verstand sofort, was der andere meinte. Und Hans J. Ehrlich flirtete nicht mit ihr. Er gab ihr nicht das Gefühl, sie als Verlegersgattin zu sehen. Sie fabulierten auf Augenhöhe, das beflügelte Ulla. Sie berichtete ihm von ihrer Lektüre, von ihren Ausritten und Eindrücken. Von

wunderbaren Zitaten aus Tagebüchern prominenter Insel-
besucher, die sie entdeckt hatte und die man ihrer Meinung nach einfach unkommentiert für sich sprechen lassen
konnte. »Aber wenn wir zum Beispiel abdrucken, was Königin Marie empfunden hat, als die damals weltberühmte
Sängerin Jenny Lind auf Norderney gesungen hat, oder Bismarck, als er mit der Königin durch die Dünen gesprungen
ist, wie illustrieren wir das?«

»Sicher nicht, indem wir versuchen, eine solche Szene
mit Kostümen nachzustellen«, antwortete Ehrlich. »Wir
brauchen ein Foto, das einfach nur das dazugehörige Gefühl oder die entsprechende Stimmung wiedergibt.«

»Ja, das wäre ideal«, pflichtete Ulla ihm bei. »Ist aber bestimmt sehr schwierig. Eine Herausforderung.« Hoffentlich
bist du als Fotograf gut genug, dachte sie skeptisch.

»Ich liebe Herausforderungen«, erwiderte er trocken und
hob sein Glas.

»Prosit!« Sie stießen miteinander an.

»Es möge nützen!«

Der Wein schmeckte Ulla gut, sie trank ihn mit Genuss.
»Weißt du, manchmal hab ich das Gefühl, es erschlägt
mich!«, sagte sie nach dem zweiten Schoppen leidenschaftlich. »Je mehr ich weiß über diese Insel, desto … desto ver-
wirrter bin ich.«

»Du hast gerade du gesagt«, bemerkte Hans in neckischem Ton.

»Ach, wirklich?« Ullas Augen blitzten vergnügt. »Na, ist
auch egal. Dann duzen wir uns eben. Ich heiße Ulla.«

Sie streckte ihm die Hand entgegen. Wenn er mir jetzt
mit Brüderschafttrinken und Kuss kommt, dachte sie, dann
verspielt er etliche Sympathiepunkte. Doch er nahm ohne
zu zögern ihre Hand, drückte sie fest und lächelte herzlich.

»Sehr angenehm, Ulla, ich bin Hans.«

»Und wofür steht das J. dahinter?«

»Jendris. Alter ostpreußischer Vorname.«

»Aha, interessant.« Ulla kehrte zurück zu dem Thema, das sie zu Beginn angeschnitten hatte. »Inzwischen dämmert mir übrigens, weshalb Norderney die Stadtrechte erhalten hat, obwohl der Ort so klein ist.«

»Na, jetzt bin ich gespannt.«

»Weil ihr hier wenigstens drei oder vier Namen für jedes Hotel, Bauwerk oder Vergnügungsetablissement habt. Und weil die Insulaner von Sehenswürdigkeiten, die schon längst abgerissen oder von Sturmfluten zerstört worden sind, immer noch reden, als gäbe es sie. Das macht einen ganz meschugge!«

»Du meinst, weil das Kurhaus früher Conversationshaus hieß.«

»Zum Beispiel. Und weil die Seebrücke schon lange nicht mehr existiert, und weil das Große Logierhaus beziehungsweise Palais heute als Kurhotel bezeichnet wird, natürlich nicht zu verwechseln mit dem Kurhaus. Oder weil die Staatlichen Strandhallen früher die Königlichen Strandhallen waren, aber vor dem Krieg auch Roter Teppich oder schlicht Hotel Astoria genannt wurden. Ich könnte noch zig Beispiele aufzählen. Oder so was wie die Giftbude, die erst beim alten Herrenbad stand, das es seit schlappen fünfzig Jahren auch nicht mehr gibt, aber von Einheimischen immer noch als Orientierungspunkt genannt wird, wenn man nach dem Weg fragt. Und jetzt steht eine kleinere Giftbude am Weststrand. Das verwirrt doch einen normalen Menschen!« Ulla warf beide Unterarme auf den Tisch und senkte den Kopf. Als Hans lachte, richtete sie sich wieder auf und lüpfte eine Augenbraue. »Damit haben sie das Komitee, das über die Vergabe von Stadtrechten zu entscheiden hat, absichtlich konfus gemacht. Die mussten doch annehmen, hier wär alles dreimal so groß wie in Wirklichkeit.«

»Jaja, alte Seeräubertaktik. Falsche Leuchtsignale geben …« Hans wirkte nicht überrascht, er bestellte Wein nach. »Ist aber doch nicht so schlimm«, fügte er in betont tröstendem Ton hinzu. »Irgendwann begreift man's. Ich leb seit neun Jahren auf der Insel, und ich denke, noch mal so lange, dann hab ich es.«

»Das lässt mich hoffen. Die Broschüre soll ja auch erst im September erscheinen.« Kurz flackerte ein Grinsen über Ullas Gesicht, dann sinnierte sie. »Was mir für die Storys noch fehlt, ist der rote Faden. Irgendeine Klammer, die alles zusammenhält.«

»Das könnte doch der fotografische Stil sein«, schlug Hans vor. Behutsam schob er Aschenbecher, Weinkaraffen und Gläser zur Seite. Dann klappte er endlich seine Ledermappe auf. »Diese Fotos hab ich in den vergangenen Tagen noch mal in meiner Dunkelkammer abgezogen, hab lange mit den Belichtungen experimentiert.« Wortlos präsentierte er nun langsam eine Schwarz-Weiß-Aufnahme nach der anderen. Nur das Pergamentpapier zwischen den Abzügen, das ihr Zusammenkleben verhindern sollte, knisterte leise. Ulla schaute fasziniert, ebenfalls schweigend.

Es waren Meisterwerke. Fotos von Licht und Schatten, die die organischen, oft abstrakt wirkenden Formen der Inselnatur künstlerisch festhielten. Wellen in Nahaufnahme, so lebendig! Weite Himmel, sprechende Wolken, und immer wieder sensationelle Lichtstimmungen. Einmal legte Ulla die Hand kurz auf die des Fotografen und sagte: »Halt, nicht so schnell.« Ihr Blick wanderte über ein Bild, das unter einem Sturmwolkenhimmel aus den Dünen hinaus mit Blick auf die Nordsee aufgenommen worden war. Durch eine Wolkenlücke beleuchtete ein Sonnenlichtkegel punktgenau ein einsames Segelboot.

Ulla scheute große Worte. Sie dachte aber, welch ein Gewinn es doch für die Broschüre war, dass Ehrlich die Fotos lieferte. Sie schimmerten silbrig, was gerade bei den Wassermotiven einen ganz eigenen Reiz entfaltete. »Das sind Silbergelatineabzüge, oder?« Ihr Mund fühlte sich trocken an. »Und das Papier ist Baryt-Papier, schätze ich.« Hans nickte. »Fabelhaft«, brachte sie hervor. »Einfach fabelhaft.«

Nun sah sie ihm direkt in die erwartungsvoll blickenden Augen, die jetzt mehr perlgrau als blaugrau schimmerten, damit er begriff, wie wunderbar sie seine Arbeiten fand.

Er holte tief Luft, erleichtert, erfreut, und gleich darauf tat er so, als hätte er nichts anderes erwartet. »Freut mich.« Sorgfältig legte er die Abzüge wieder zurück. »Vielleicht zeig ich dir demnächst mal die anderen Fotos.«

»Sind sie anders?«

»Ja. Mit Menschen. Aber auch magische Momente.« Zum ersten Mal, seit sie ihn kannte, wirkte er vollkommen ernst, ohne Schutzschild. »Das ist mein eigentliches Thema.« Der Augenblick verflog schnell. Schon lächelte er wieder, schaute durchs Fenster in die Ferne. »Heute könnte es auch etwas Besonderes geben – leuchtende Nachtwolken.«

»Hast du deine Kamera dabei?«

»Jupp.« Er holte eine Vorkriegs-Leica aus seiner Aktentasche.

»Worauf warten wir noch?«, fragte Ulla.

Sie bezahlten, Ulla bestand darauf, die Zeche zu teilen. Dass sie leicht beschwipst war, merkte sie erst, als sie an die frische Luft traten. Es war fast elf Uhr und am Horizont immer noch hell, das Licht von einer leuchtenden Intensität, die es nur im Juni und Juli gab. Ulla knöpfte ihre Sommerjacke zu.

»Komm, wir gehen zur Georgshöhe«, forderte Hans sie auf, »zur Beobachtungsstation der amtlichen Wetterfrösche.«

»Wo ist dein Pferd?«, fragte sie scherzhaft.

»Ich denke, du hast dein eigenes mitgebracht!«

Sie lachte. »Touché!«

Das sagte Agathe häufig, wenn es gar nicht angebracht war, doch hier passte es. Viele Menschen flanierten um diese Zeit noch über die Promenade und direkt am Meer entlang, auch sie wohl fasziniert von den besonders hohen und feinen, silbrig blau schimmernden Wolken.

Ulla und Hans spazierten mit gebührendem Abstand nebeneinanderher zur Aussichtsdüne, auf der ein Flachdachgebäude mit einem Turm stand – die Wetterwarte des Deutschen Wetterdienstes.

»Hast du eigentlich noch einen Nebenberuf?«

Die Frage rutschte ihr so heraus, es lag wohl am Wein, eigentlich hatte sie ihre etwas befremdlichen Beobachtungen für sich behalten wollen.

»Wieso?« Überrascht schaute er sie von der Seite an. Dann lachte er. »Ach! Du meinst vorhin, den Herrn …«

»Ja. Und neulich im Central-Café, da war doch auch jemand. Der …«

»Na ja, gewissermaßen sozusagen.« Hans grinste. »Jetzt verrate ich dir schon wieder ein Geheimnis. Verpfeif mich bloß nicht.«

Ulla blieb stehen und sah ihn prüfend an. Es schien nichts Schlimmes zu sein. »Großes Indianerehrenwort«, versprach sie.

Er zog eine goldene Taschenuhr aus der Hosentasche, sie war an einer Kette befestigt. »Ich verkaufe ab und an so etwas. Eine goldene Taschenuhr, die König Georg V. einst einem treuen Norderneyer Untertan geschenkt hat.«

»Ab und zu?« Ulla schaltete sofort. »Wie viele Uhren hat der König denn verschenkt? Und wie kommst du an solche Raritäten?«

»Tja …«, Hans räusperte sich belustigt, »also, die erste, die ich mal verkauft habe, ist wirklich echt gewesen.«

»Was?« Empört funkelte Ulla ihn an. »Du verkaufst unechte Uhren? Am Ende vielleicht sogar gestohlene?«

»Nein!« Hans fand ihre Reaktion offenbar niedlich, jedenfalls grinste er jetzt noch breiter. »Es sind schon alles echte goldene Uhren aus der Biedermeierzeit oder etwas später. Ich besorge mir regelmäßig Nachschub bei Juwelieren in Norden, Aurich und Leer. Und … wer kann schon so genau wissen, ob sie nicht doch wirklich einmal ein Geschenk des Königs gewesen und durch Seine erlauchten Hände gegangen sind?«

»Also wirklich!« Ulla schüttelte den Kopf.

»Eine majestätische Geschichte zur Uhr steigert natürlich ihren ideellen und materiellen Wert«, erklärte Hans. »Das ist erfreulich für den Käufer. Und für mich.«

»Du bist ja wirklich …«

»Sei sparsam mit Tiernamen«, mahnte er verschmitzt. »Ich pass schon auf. Meist verscherble ich nicht mehr als eine Uhr pro Monat. Und ich such mir meine Käufer gut aus – nur Kurgäste mit viel Geld und Geltungssucht.« Ulla musste lachen. Na ja, wenn's den Richtigen traf, zum Beispiel Familie Edelstahl-Ellerbrock, wieso sollte sie Mitleid haben? »Jahrelang hab ich während der Saison abends rausgeputzte Urlauber auf der Promenade abgelichtet. Du weißt schon …«

»Immer weiter, immer heiter!«, imitierte Ulla den Lock-ruf der Inselfotografen.

»Scheiter heiter«, blödelte Hans. »Genau. Dabei verab-scheue ich diese Knipserei. Man steht die ganze Nacht in der Dunkelkammer, atmet die Dämpfe ein, muss sich bei den Leuten anbiedern – nee, der Nebenverdienst mit könig-lichen Devotionalien kommt mir deutlich mehr entgegen.« Er schmunzelte. »Ich schärfe den Käufern auch immer ein, sie mögen bitte auf der Insel nicht darüber sprechen, weil es manche Norderneyer in Rage bringen könnte, wenn sie hören, dass ihre Schätze an Auswärtige gehen.«

Ulla schnaubte leise, doch dann lächelte sie vor sich hin. Piet Saathoff hatte recht gehabt – Hans war ein Filou.

Sie erreichten ihr Ziel, stiegen die über zwanzig Meter hohe Treppe hoch.

Tatsächlich, je mehr Zeit verstrich, umso wundersamer wirkte das Naturphänomen. Oben auf der Georgshöhe, die als eine der höchsten Dünen der Insel – natürlich – nach König Georg V. benannt war, standen hinter einer Holzbalustrade etliche Liebespaare Arm in Arm. Ließen diese Atmosphäre und den weiten Ausblick aufs Meer in ihre Seele, tankten auf mit etwas, das sich schwer in Worte fassen ließ.

»Es sind Eiskristalle an der Grenze zum Weltall«, raunte Hans, er zeigte nach oben, »am Rande der Erdatmosphäre. Die fangen nur in klaren Sommernächten spätabends noch dieses Licht auf, wenn die Sonne längst untergegangen und der Himmel sonst schon dunkel ist.«

»Ist das so?« Ulla legte den Kopf in den Nacken, spürte den Wind an Wangen und Stirn. »Was du alles weißt!«

»Ich hab einen Freund, der besitzt ein Fernrohr und ist völlig vernarrt in die Astronomie.« Hans lachte leise. »Ich wette, eines Tages baut der noch mal sein privates Planetarium auf der Insel.«

Ulla drehte sich langsam um ihre eigene Achse. Sie ließ sich übergießen von dieser Stimmung. Ein Licht wie ein Gefühl. Wie Liebe und Sehnsucht und Zuversicht und Alles-ist-möglich. Nicht richtig weiß, nicht richtig silbern. Eher perlmuttfarben und wie Wolken geformt, als wäre ein Wellenkamm hindurchgefahren. An ihrem Herzen ziepte etwas. Wie schade, dachte sie wieder, dass Will nicht bei mir ist. Aber nur noch ein paar Tage. Hoffentlich wiederholt sich das Schauspiel dann noch einmal.

Hans tauschte das Objektiv gegen einen Weitwinkel aus und stellte die Kamera auf einen Geländerpfosten. »Sonst verwackeln die Fotos«, erklärte er leise. »Wusstest du, dass Wolken eigentlich allerhöchstens dreizehn Kilometer hoch sind? Hat mir mein Freund erklärt. Aber diese leuchtenden Nachtwolken befinden sich in einer Höhe von dreiundachtzig Kilometern.«

Himmelszelt, dachte Ulla als Nächstes. Jetzt erst verstand sie das Wort. Es spannte sich über ihnen aus. So weit! So groß! Als Kind hatte sie es zuletzt auf diese Weise gesehen und sich draußen in der Natur so weltumspannend beschützt gefühlt. Als gäbe es einen Gott.

Wie winzig war sie selbst, und doch – was war alles möglich! Du stellst meine Füße auf einen weiten Raum. Lautete so nicht ein Bibelvers? Ihr Herz wurde leicht. Sie breitete die Arme aus und drehte sich schneller und schneller um ihre eigene Achse.

Dann blieb sie stehen, atmete tief ein und aus.

Hans legte einen neuen Film ein. »Siehst du die Sterne?«

Sie nickte glücklich. Schaute. Atmete. Roch Salzwasser und Seetang, spürte die Abendkühle. Das Bild war verdop-

pelt. Der Himmel mit den leuchtenden Nachtwolken spiegelte sich im Meer. Ein schmaler orangefarbener Streifen
glühte noch am Horizont, und darüber funkelten Sterne.

»*Sternstunden* auf Norderney«, sagte sie. Und plötzlich
hatte sie es. »Das wird mein roter Faden! Wir werfen zehn-
mal ein Scheinwerferlicht in die Geschichte der Insel. Auf
zehn besondere Augenblicke, Tage oder Erlebnisse – eben
Sternstunden.«

Hans antwortete mit Verzögerung. »Neulich bei der Besprechung mit Saathoff hast du gesagt: Wir wecken Vorfreude.« Er kniff ein Auge zu, mit dem anderen sah er sie
durch die Linse seiner Kamera an. »Ich glaube, es wird: Wir
wecken Sehnsucht.«

7

»Alles ganz harmlos«, betonte Inge Fisser. »Sie waren einfach beste Kollegen, von Anfang an. Ein gutes Team, würde man heute sagen.«

Julians Handy klingelte. »Hi, Darling!« Er stand auf, telefonierte weiter, während er an der Garderobe stand, kehrte dann zurück. Sie konnten noch hören, wie er zum Abschied »*I love you*« sagte. Kaum saß er wieder, da klingelte es erneut. »Guten Tag, Herr Dr. Wiener.« Er lächelte entschuldigend, erhob sich und ging nach draußen, um ungestört zu telefonieren.

Die alte Dame ließ sich davon in ihrem Redefluss nicht bremsen. Sie schwärmte weiter von dem Spaß, den sie gehabt hatten. »Genau hier, wo wir jetzt sitzen, befand sich damals das Café Fröhle, jeden Abend spielte das Globus-Trio. Es war ungezwungener als in den vornehmen Hotelbars, aber nicht so kneipenmäßig wie manche Kellerlokale. Ich seh uns noch, wie wir hier am Tisch saßen und uns mit Brombeerlikör in Stimmung brachten.«

Sie lachte, plauderte und nannte Namen von Etablissements, die Kim nicht kannte, und die es, wie sie auf Nachfrage erfuhr, auch längst schon nicht mehr gab.

Julian kam kurz zurück, nur um zu sagen, dass ein Kaufinteressent für eines der Ehrlich-Fotos im Conversationshaus auf ihn warte. »Ich flitze schnell mal rüber, bin bald zurück.«

»Ich kann dir ja später sagen, was Frau Fisser noch erzählt hat«, bot Kim an.

Sie merkte kaum, wie die Zeit verging. So plastisch und unterhaltsam berichtete die alte Dame von damals. Als Julian endlich zurückkehrte, verstummte sie. Sie suchte nach ihrer kleinen Handtasche und legte sich den Trageriemen quer über die Brust.

»So, es ist spät geworden. Nun muss ich aber wirklich nach Hause. Wir sehen uns ja wieder!«

Kim und Julian verabschiedeten sich von Inge Fisser. Nachdem sie bezahlt hatten, schoben sie, beide zunächst in Gedanken versunken, die Räder durch die Fußgängerzone in Richtung seines Hotels. »Irgendwie merkwürdig, wie sehr sie betont hat, dass alles ganz harmlos war, oder?«, fragte Kim.

Julian nickte. »Ich hab auch das Gefühl, dass sie uns etwas verheimlichen will.« Er grinste. »Wir sollten ihr etwas Süßes mitbringen bei unserem Besuch. Sie scheint immer noch einen süßen Zahn zu haben.« Kim fand es putzig, wie in sein sehr gutes Deutsch manchmal Redewendungen rutschten, die wörtlich aus dem Englischen übersetzt waren.

»Früher war sie wohl außerdem ein steiler Zahn«, bemerkte sie, mehr aus Freude am Wortspiel. Er sah sie mit Fragezeichen in den Augen an. »Eine flotte Biene«, erklärte Kim. »Das sind so Ausdrücke, die man damals für attraktive Frauen benutzte.«

»Ach so. Und vielleicht könnte etwas Alkohol nicht schaden.«

»Was für ein perfider Plan!« Kim lachte. »Gut, dann besorgen wir vorher eine Flasche Echte Kroatzbeere, den trank meine Großmutter immer gern, und Inge hat vorhin Brombeerlikör erwähnt.«

»Könnte ich dich denn jetzt noch zu einem Aperol Spritz überreden?«, fragte Julian. »Allerdings hab ich heute auch noch eine Verabredung mit Leuten vom Filmfest.«

»Klar!«

»Dann lass uns in die Milchbar gehen.«

Dort holten sie sich am Selbstbedienungstresen im Rundpavillon einen griechischen Salat mit Bauernbrot, ergatterten im neuen, elegant geschwungenen Vorbau, dessen breite Front komplett verglast war, noch zwei Sitzplätze mit Panoramablick. Auch bei den Leuten, die eingemummelt draußen auf dem Holzdeck saßen oder standen, herrschte eine Vorliebe für den Aperitifcocktail mit Prosecco. Kim hielt ihr Glas hoch vor die grüngraue Nordsee, und das Licht brachte die orangefarbene Flüssigkeit zum Leuchten.

»Ein toller Kontrast!« Ringsum zückten Besucher ihre Handys, um Fotos von ihrem Getränk vorm Meer zu machen. »Was glaubst du? Hatten die beiden was miteinander?«, fragte Kim. »Ich kann mir das von meiner Großmutter echt nicht vorstellen.«

»*Cheers!*« Julian nahm einen Schluck, resigniert verzog er das Gesicht. »Ich kann mir von meinem Vater nichts anderes vorstellen.« Es klang bitter.

»Oje!« Erschrocken musterte Kim sein Gesicht.

»Ich habe meinen Vater geliebt. Aber als Pubertierender hab ich ihn auch gehasst«, gestand Julian. »Dafür, dass er meiner Mutter nicht treu sein konnte. Dass er es nicht bei seiner Familie ausgehalten hat. Dass er viele Familien hatte und trotzdem immer weiterziehen musste. Zum nächsten tollen Dreh, zur nächsten aufregenden Frau.« Er nahm noch einen großen Schluck. »So wie er wollte ich auf keinen Fall werden. Deshalb habe ich schon früh geheiratet und ewige Treue geschworen.«

Kim schaute verstohlen auf seine Hände. Er trug einen Ehering. Sie spürte ein leises Bedauern.

»Interessant«, sagte sie, um auf ein anderes Thema umzulenken, »dass Ulla schon vor sechzig Jahren verwirrt war von den vielen wechselnden Gebäudebezeichnungen der Insel. Mir geht's genauso. Die Alte Teestube existiert leider auch nicht mehr, hat Inge gesagt, da steht heute ein Apartmentblock.«

»Schade. Vieles scheint damals mehr Charakter und Stil gehabt zu haben«, meinte Julian. »Allein die Vorstellung, dass dreimal am Tag ein fünfundvierzigköpfiges Symphonieorchester spielte!«

Kim nickte, sie lehnte sich zurück und lauschte der Loungemusik, die sie so gern mochte. »Immerhin«, sie wies auf einen der Lautsprecher, »dieser Sound ist ja auch was Eigenes und ganz zeitgemäß.« Das neueste Seaside-Seasons-Album kannte sie noch nicht. »Dass es heute entspannter zugeht, dürfte ab und an sicher auch ein Vorteil sein. Allerdings – vorhin, als du zum Telefonieren raus warst, hat Inge noch davon geschwärmt, wie sie früher gefeiert haben. Muss ein komplett anderes Lebensgefühl gewesen sein. Die haben sich damals noch so richtig reingeschmissen – voll in die Sonne, voll ins Vergnügen. Nicht so bewusst und nachhaltig wie wir heute …«

8

1959

Ulla hatte sich ein in Buttermilch getränktes Tuch aufs sonnenverbrannte Dekolleté gelegt und sich auf dem Hotelbett ausgestreckt, als das Telefon auf ihrem Nachttisch klingelte. Will war dran. Vorsichtig setzte sie sich auf, lehnte sich gegen das Betthaupt und hielt mit der Linken das feuchte Tuch fest.

»Hallo, mein Schatz!«

»Ulla! Wie schön, deine Stimme zu hören!« Sie erzählten einander, wie ihr Tag gewesen war. Agathe befand sich inzwischen mit Tochter Christa, deren Schwangerschaft weiter gut verlief, und ihren Enkelkindern auf Sylt. Will berichtete, dass der Abend mit den Anzeigenkunden sehr zufriedenstellend verlaufen sei.

»Ach«, fiel es Ulla da ein, »sagt dir eigentlich Edelstahl-Ellerbrock etwas?«

»Ja, natürlich. Formschöne Töpfe und Bestecke, die niemals rosten! Viertelseite mit Zweifarbdruck.«

»Das Ehepaar Ellerbrock wohnt auch im Hotel. Sie ist eine fürchterliche Nervensäge, möchte, dass du in all deinen Blättern eine Serie über Diät und richtige Ernährung bringst. Sie hat sogar schon eine Überschrift.«

Will lachte. Natürlich kannte er solch anmaßende Anliegen und war es gewohnt zu parieren. Meist sagte er, dass er sich in redaktionelle Belange nicht einmischte. Seine Chefredakteure hatten freie Hand.

»Ich kenne den alten Ellerbrock persönlich. Eduard heißt er. Präsentiert sich gern als der große Macher. Einer von diesen Selfmademen. Kann alles, weiß alles. Aber sie annoncieren fleißig. Also, sei ein bisschen nett zu ihnen.«

Ulla seufzte. »Bin ich doch immer.«

»Noch was, Ulla.« Wenn Will so anfing, stand etwas Unangenehmes bevor. »Wir haben erfahren, dass uns am Montag ein Steuerprüfer vom Finanzamt einen Besuch abstatten will.«

»Oh. Schlimm?«

»Nein«, erwiderte Will gedehnt, »eigentlich nicht. Wir sind ja seriös und wollen keinen Ärger. Nur Hofschulte, unser Oberbuchhalter, sagt zu Recht, es gibt immer einige Punkte, die sind eben Auslegungssache.«

»Hm …«

»Und es wäre wohl besser, wenn wir, Hofschulte und ich, uns unter diesem Aspekt noch mal einige Vorgänge ansehen und uns argumentativ vorbereiten würden. Ich hab auch einen Steueranwalt gebeten, am Wochenende für ein paar Stunden reinzugucken, damit wir gewappnet sind.«

»Am Wochenende?« Ullas Stimme hob sich. »Ich denke, da bist du hier auf Norderney?«

»Ulla, Bärchen. Du musst doch verstehen, dass meine Anwesenheit im Verlag nun gerade wichtiger ist …« Er stieß hörbar Luft aus. »Du kannst mir glauben, dass ich lieber bei meiner lieben Frau am Meer wäre als in der Buchhaltung. Noch dazu bei diesen Temperaturen!«

Ulla war so enttäuscht, dass sie alle Vorsichtsmaßnahmen wegen des Buttermilchumschlags vergaß. Die säuerliche Flüssigkeit rann aufs Kopfkissen. »Ach, Sch…!« Sie sprang auf, getrocknete Molkekrümel fielen zu Boden. »Mist!«

»Schimpf nicht! Komm, sag, dass du es verstehst«, bat Will. »Mach du nicht auch noch Ärger. Es reicht doch, dass uns dieser Kontrolletti bevorsteht.«

Ulla atmete tief durch. »Ja«, lenkte sie ein. »Du hast sicher recht.« Sie wischte sich mit dem Handtuch über die Brust. »Und ich leide ja keine Not. Dann besuchst du mich eben nächstes Wochenende.« Der günstige Zeitpunkt war dann natürlich verstrichen.

»Das klingt schon besser.« Sie konnte an seiner Stimme hören, dass er lächelte. »Geh einmal mehr in die Nordsee. Schwimm für mich mit.«

»Versprochen«, sagte sie. »Aber dann träum wenigstens von mir.«

»Bestimmt. Und du amüsier dich. Tschüss, mein Schatz!«

Ulla arbeitete lieber. Sie schrieb für Hans jene Zitate von prominenten Norderney-Gästen aus den Büchern ab, die sie vielleicht in der Broschüre veröffentlichen wollte. Er sollte sich schon mal auf die jeweilige Stimmung einschwingen können. Vielleicht lagen passende Aufnahmen in seinem Archiv. Oder er stieß demnächst auf eine Situation, die sich zur Illustration anbot, und dann konnte er sie gleich festhalten. Auf jeden Fall würden die Texte ihn inspirieren.

Da es auf einen Tag mehr oder weniger nicht ankam, wollte Ulla nicht die Dienste des Botenjungen von Piet Saathoff in Anspruch nehmen. Sie konnte Hans die Exzerpte auch ebenso gut mit der regulären Post schicken.

Am folgenden Tag betrat sie die Schalterhalle der Inselpost, eines beeindruckenden wilhelminischen Rotklinker-

153

gebäudes im Stadtzentrum, und fragte, ob der Brief wohl noch am selben Tag rausgehen würde. Der Postangestellte, ein hochgeschossener adretter junger Mann, betrachtete sie ernst.

»Nein«, antwortete er mit Amtsmiene. »Wir lagern Briefe immer erst zwei Wochen, bis sie reif sind. Und dann setzen wir uns zusammen, um abzustimmen, welche wir weiterbefördern.«

»Na, dann bin ich ja beruhigt«, antwortete sie erheitert, »dass hier noch alles mit rechten Dingen zugeht.«

Am Abend hörte sie mit Inge dem Göttinger Symphonieorchester zu, als es erstmals in dieser Saison in großer Besetzung unter dem Dach des modernen geradlinigen Freiluftkonzertpavillons vor dem Kurhaus spielte. Die Musiker trugen ihre vielkommentierte neue Uniform – blaue Jacke mit Goldknöpfen und graue Hosen. Sie intonierten zu Ullas Erleichterung keine anstrengende, sondern beschwingende Musik. Bislang hatte sie die Göttinger nur in kleiner Vorsaisonbesetzung erlebt, die geballte musikalische Kraft riss sie nun wie die meisten Zuhörer richtig mit.

Die folgende Woche allerdings kam Ulla furchtbar lang vor. Sie zählte die Tage und die Stunden bis zu Wills Ankunft. Morgens passte sie auf, dass sie ihr Frühstück möglichst außerhalb des Blickfelds von Frau Ellerbrock einnahm. Dabei machte sie auch nette Bekanntschaften. Lernte ein junges Arztehepaar aus Bochum kennen, einen älteren Opernsänger aus Oldenburg und eine reizende Bremer Juweliersfamilie mit drei kleinen, gut erzogenen Mädchen. Man wechselte ein paar Worte, nickte sich freundlich zu, machte einen Scherz, wünschte einen angenehmen Urlaubstag, und damit war es gut.

Inge beschwerte sich, dass Ulla zu viel studierte. Aber

es machte ihr Freude, sich in die Historie des Kurbads zu vertiefen. Trotzdem ließ sie sich gern überreden, mit der Freundin einen ostfriesischen Heimatabend zu besuchen. Etwas vor der verabredeten Zeit wartete sie unten in der Lobby auf Inge, die sie zu dieser Veranstaltung mit *Sang, Klang und Tanz von der Waterkant* abholen wollte. Tante Netty hatte an den Vorbereitungen mitgewirkt, und schon allein deshalb war der Besuch für die Freundinnen auch gewissermaßen Pflicht.

In einem kurzen Moment der Unaufmerksamkeit geriet Ulla nun aber doch in die Fänge von Frau Ellerbrock. Die Industriellengattin nötigte sie, sich »wenigstens ganz kurz« mit ihnen in die Hotelbar zu setzen.

»Wir sind gerade eine reizende Runde, Frau Michels, Sie müssen die anderen Herrschaften unbedingt kennenlernen.«

Aller Protest und der Hinweis auf die erwartete Freundin nützten Ulla nichts. Frau Ellerbrock informierte den Portier, er möge das Fräulein Ingeborg weiterschicken in die Bar.

»Wir trinken gerade Kalte Ente. Herr Ober, bitte bringen Sie uns noch ein Glas!« In der Mitte des Tisches in einer gediegenen Sitzecke stand ein Bowlegefäß, in dem Eiswürfel, grüne Blättchen und sich ringelnde Zitronenschalen schwammen. Agathe hätte ihre helle Freude, dachte Ulla, bei der förmlichen Vorstellung. Ergeben rutschte sie auf einen freien Platz der Eckbank. Neben ihr ein Regierungspräsident nebst Gattin und Backfischtochter, dann der Syndikus irgendeiner Industrie- und Handelskammer, dessen Frau ihr Henkelglas mit abgespreiztem kleinen Finger hielt, und ein strenger Bankier aus Köln mit Gemahlin. Sie alle sahen sie mitleidig an, als Frau Ellerbrock verkündete, dass »diese arme junge Frau ohne ihren Gatten, den vielbeschäf-

tigten Verleger Michels aus Hamburg« zur Kur auf der Insel
sei. »Sie sollen doch auch mal etwas Spaß haben, nicht wahr?
Es ist schließlich Urlaub, da sind wir alle etwas lockerer!«

Ulla gefror innerlich. Sie hoffte inständig, dass Inge bald
kam. Und dass weder die Freundin noch sie selbst aus Versehen etwas Peinliches von sich geben würde. Deshalb hörte
sie einfach nur zu und lächelte freundlich, während sich die
Herrschaften über ihren letzten Urlaub unterhielten.

»Hach, wir waren ja im vergangenen Jahr auf der *Ariadne*,
dem ersten deutschen Kreuzfahrtschiff, das nach dem Krieg
wieder in See gestochen ist«, erzählte die Frau des Syndikus
wichtig. »Es war eine Katastrophe!«

»Schon zum Start – nur Komplikationen!«, fuhr ihr Mann
fort. »Erst lagen wir fest, fünfzig Stunden dicker Nebel. Und
dann das Essen! Ka-ta-stro-phal! Viele Passagiere haben das
Schiff deshalb im Hafen von Venedig verlassen.«

»Oh, schlechtes Essen …« Frau Ellerbrock witterte offenbar eine Überleitung zu ihrem Lieblingsthema.

Die Frau des Syndikus aber redete schon weiter. »Also,
ich hab zu meinem Mann gesagt, keine Experimente mehr.
Dann doch lieber wieder nächstes Jahr nach Norderney.
Und hier sind wir!«

»Da weiß man, was man hat. Wir sind ja auch Ehrengäste.«

»Das hab ich im *Bade-Courier* gelesen, meine Liebe.
Glückwunsch!«

Sie stießen miteinander an. »Hier gibt es schließlich auch
den einzigen Dünengolfplatz Deutschlands«, steuerte der
Regierungspräsident bei. »Das hat für uns den Ausschlag
gegeben.«

»Wir kommen so gern, weil mein Mann ein großer Vo-
gelliebhaber ist«, warf die Bankiersfrau ein. »Er kennt sich

mit Seevögeln aus wie kein Zweiter. Er liebt die Natur, ich die Kultur.« Sie lachte geziert.

»Wir sind ja ebenfalls sehr für Kultur.«

Nun fasste die Frau des Regierungspräsidenten die Italienreise ihrer Familie mit dem eigenen Mercedes zusammen. Sie beschrieb die Stationen vom Feldberg über den Lago Maggiore, Mailand bis nach San Remo und Nizza zur Côte d'Azur.

»Waren Sie dort auch im Casino?«, fragte Herr Ellerbrock neugierig, wie Ulla schien, sogar mit einem kleinen boshaften Glitzern in den Augen.

»Nur mal zum Gucken«, antwortete der Regierungspräsident ausweichend. »Studienhalber, aus kulturhistorischen Gründen. Man weiß doch – die Einzige, die auf Dauer gewinnt, ist die Spielbank.«

Der Bankier neben ihm lächelte betreten. Die Frau des Regierungspräsidenten begann, über ihre letzte Station auf der Rückfahrt, die Drosselgasse in Rüdesheim am Rhein, zu berichten.

Ulla atmete auf, als im Eingangsbereich der Bar eine hübsche junge Frau im geblümten Kleid mit Petticoat auftauchte – endlich, Inge war da. Ulla winkte ihr zu, wollte aufstehen. Doch Frau Ellerbrock gelang es im Handumdrehen, auch die Freundin in die Runde zu holen. Das förmliche Prozedere wiederholte sich.

»Meine Freundin, Fräulein Inge Schmidt aus Hamburg«, sagte Ulla. Inge schüttelte Hände, nahm Platz, blickte erwartungsvoll in die Runde. Der Kellner brachte auch ihr ein Glas, füllte es mit dem Bowlelöffel, ohne einen Tropfen zu vergeuden.

»Und Sie sind berufstätig, Fräulein Schmidt?«, fragte Frau Ellerbrock mit der Freundlichkeit einer lauernden Schlange.

157

»Ja«, antwortete Inge vergnügt. Sie kostete die Bowle. »Lecker. Aber man muss ja immer aufpassen bei Bowle, nicht? Manchmal sind mehr Umdrehungen drin, als einem lieb ist.« Ihr Augenzwinkern ließ die Haltung des Bankiers noch aufrechter werden.

»In welcher Branche sind Sie tätig, Fräulein Schmidt?«

»Bademoden.«

»Oh … äh … wie interessant.«

»Ja, ich hoffe, dass ich bald weiter expandieren kann.«

»Sind Ihre Moden denn auch auf Norderney erhältlich?«

»Selbstverständlich«, sagte Inge. »Ich bin zwar zum Vergnügen, aber nicht zum Urlaubmachen hier. In Nettys Lädchen können Sie eine große Auswahl finden.« Ulla überlegte fieberhaft, wie sie das Gespräch in eine andere Richtung lenken könnte. Dem Bankier schien das Thema nicht zuzusagen. Doch Inge genoss es sichtlich, über ihre Modelle zu sprechen. »Sie sind aus ganz modernen Stoffen, sehr bequem. Nicht mit diesem altmodischen Gummielastik, das so schnell ausleiert. Und keine pikenden Stäbe mehr zur Verstärkung in den Brust- und Seitenteilen.«

»Ich möchte nicht unhöflich sein«, sagte der Bankier ernst wie ein Prediger. »Aber die zunehmende Verrohung unserer Gesellschaft hat meiner Meinung nach auch mit einer zum Teil schamlosen Zurschaustellung des weiblichen Körpers zu tun.«

»Anstand und Sitte sind ein wichtiges Gut.« Der Syndikus fühlte sich offenbar bemüßigt, ihm beizupflichten. »Wenn der Zusammenhalt unserer Gesellschaft nicht gefährdet werden soll, müssen wir alle stärker für die traditionellen Werte eintreten. Für Ehe und Familie, Disziplin und Treue.«

Ulla schluckte schwer. Bei solchen Reden spürte sie immer einen unangenehmen Druck auf der Brust. Das erste

Anzeichen für eine Beklemmung, die schlimmstenfalls in Angstzuständen gipfelte, die Professor Meyer wahrscheinlich als Panikattacke bezeichnen würde. Sie dachte an seine Ratschläge, doch sie konnte jetzt kaum anfangen, zu summen oder mit den Ohren zu wackeln.

»Ich hoffe doch sehr«, richtete nun der Bankier das Wort an Inge, »dass Sie nicht solche unanständigen Bikinis anbieten.«

Ulla schloss die Augen und hielt den Atem an. Sie ahnte, wie ihre Freundin reagieren würde.

»Selbstverständlich verkaufe ich Bikinis!«, hörte sie Inge ausrufen. »Die schönsten und raffiniertesten auf der ganzen Insel. Ich trage auch selbst gern einen. Wenn die Proportionen stimmen, ist das überhaupt kein Problem.«

Ulla öffnete die Augen, sah in die konsternierten Mienen, mit denen die Stützen der Gesellschaft stocksteif um die Kalte Ente herumsaßen, und sie erhob sich mit einem Ruck. Dabei kippte sie ihr halb volles Glas um, die Flüssigkeit ergoss sich über den Schoß der Bankiersgattin.

»O nein, das tut mir leid. Entschuldigen Sie bitte!« Ulla versuchte, die Bowle mit einer Serviette vom Kleid der Dame zu tupfen, was natürlich nicht gelang, sondern alles nur noch schlimmer machte. »Ach, das ist … wirklich, also …« Sie stammelte, brachte den Satz nicht zu Ende.

Ein aufmerksamer Kellner brachte ein weißes Geschirrtuch. Inge stand schon und biss sich auf die Lippen. Sie wandte sich dem Backfisch zu.

»Wir haben auch ganz süße Bikinis für junge Mädchen, mit Rüschen am Höschen.«

Die Bankiersfrau betupfte ihr Kleid und fing sich allmählich. »Es ist schließlich kein Rotwein«, brachte sie gut erzogen hervor.

»Ja … äh … wir müssen dann auch dringend los. Ich wünsche Ihnen trotzdem noch einen schönen Abend.« Mit heißem Kopf verabschiedete sich Ulla hastig und verließ neben Inge die Bar und das Hotel. »Mein Gott, ist das peinlich!«, stieß sie draußen hervor und stöhnte laut auf. »O Inge, ich bin wirklich ein Trampeltier manchmal. Warum passiert mir so was immer bei solchen Leuten, kannst du mir das mal verraten?«

Inge hielt sich den Bauch. »Herrlich! Ich hab mich schon lange nicht mehr so gut amüsiert, ohne zu lachen.« Nun aber gackerte sie los, beugte sich vornüber, ging in die Knie und schien sich gar nicht wieder beruhigen zu wollen.

Ulla schwankte zwischen Schuldbewusstsein, Scham und dem Drang, ebenfalls loszuprusten. »Du, ich kann jetzt nicht zu diesem Heimatabend … Der findet doch noch öfter statt, oder? Komm, wir gehen irgendwohin und trinken was Hochprozentiges.«

Sie kehrten ins Café Fröhle ein, wo eine Combo dezente Musik spielte. Inge bestellte Brombeerlikör und Wasser. Bald wurden sie zum Tanzen aufgefordert. Irgendwann tauchte jener Tammo auf, der über Nettys Lädchen wohnte. Ein sympathischer rotblonder junger Mann, etwas moppelig, mit dem Inge sich schon angefreundet hatte. Ihre gemeinsame Leidenschaft für Süßes bot den beiden ein unerschöpfliches Gesprächsthema, ab und an hatte er ihr bereits nicht verkaufte Leckereien des Tages oder besondere Kreationen zum Testen rübergebracht. An diesem Abend feierte er seinen Geburtstag mit ein paar Freunden beiderlei Geschlechts, die wie er nur während der Saison auf der Insel arbeiteten. Die Clique umgab eine unwiderstehliche Ausstrahlung, die der ganzen Welt verkündete: Wir sind jung, stark, unbeschwert und haben nichts zu verlieren.

»Gratuliere! Ihr Brief hat bei der Abstimmung gewonnen und ist unterwegs«, sagte ein hochgeschossener junger Kerl. Es war der Postangestellte.

Ulla lächelte. »Entschuldigung, ohne Uniform hab ich Sie gar nicht erkannt.«

»Macht nichts. Mein Name ist Felix, wie der Glückliche.«

»Oh, ich hab ja heut 'ne richtige Glückssträhne.« Ulla war nicht mehr nüchtern, sie kicherte etwas albern.

Tammo lud sie beide ein mitzufeiern. So saßen sie schon wieder um einen großen Tisch herum und erlebten erneut eine Vorstellungsrunde.

Eine hübsche, lustige junge Frau mit karottenroten Locken machte den Anfang. »Roswitha, Hotel Germania, Zimmermädchen.«

»Gerd, Seevilla Miramar, Küche.«

»Karin, Friseuse, Inselfriseur.«

»Willy, Rettungsschwimmer, Nordstrand.«

»Erich, Kellner, Central-Café.«

Einige der Namen rauschten einfach so an Ulla vorbei.

Schließlich kam Inge zu Wort. »Ich bin Inge von Nettys Lädchen. Und das ist meine Freundin Ulla«, sie zögerte, sah Ulla an, die ihren Kopf kaum merklich schüttelte, »vom Kaiserhof«, sagte Inge daraufhin knapp, und alle nahmen wohl an, dass Ulla dort als Zimmermädchen Dienst tat.

Sie tanzten, gingen zwischendurch an die Bar, zogen irgendwann weiter in ein Lokal mit Musikbox, wo Ulla ihr gesamtes Münzgeld in Schallplattenhits von Elvis investierte, und landeten bei Tante Gustel, wo jeder mit jedem per Du war. Sie blödelten, flirteten und sprangen ausgelassen herum, bis Tante Gustel persönlich sie in den Sonnenaufgang hinauskomplimentierte.

»Ich hab schon ewig nicht mehr so einen lustigen Abend

erlebt!« Ulla hickste, als sie Arm in Arm mit Inge durch die Morgendämmerung wankte.

Ihr Kater am folgenden Morgen verflog dank der frischen Seeluft rasch. Sie ließ aber ihren Ausritt ausfallen. Stattdessen bummelte sie nach dem Schlickbad durch den Basar am Kurpark, sah sich die Auslagen in den Schmuckvitrinen an, die Pelzausstellung eines Hamburger Händlers, der nur drei Tage auf der Insel war, liebäugelte mit einem aufblasbaren Riesenkrokodil und einem in rotes Leder eingebundenen Tagebuch. Sie kaufte aber dann nur zwei Eintrittskarten für den großen Galaabend mit Peter Kreuder am Samstag. Die Plakate versprachen, dass der Komponist von Evergreens wie *Ich brauche keine Millionen* auch über seine Interpretinnen Marlene Dietrich, Zarah Leander und Marika Röck plaudern würde. Ulla wusste, das würde Will gefallen.

Gegen Ende der Woche hatte sich ihr Sonnenbrand in eine attraktive Bräune umgewandelt. Ulla freute sich unbändig auf Wills Besuch, sie war richtig aufgeregt. Die Sonne, das Meer und die viele Bewegung hatten sie gestärkt. Sie spürte ihren Körper, sehnte sich nach der Liebe, Leidenschaft und Zärtlichkeit ihres Mannes.

Am Freitag telefonierten sie. »Ich schaffe es einfach nicht«, sagte Will. »Wir haben ein, zwei unklare Punkte, über die wir noch mit dem Steuerprüfer verhandeln müssen.«

»Ja, aber doch nicht schon wieder am Wochenende!«, entgegnete Ulla empört.

»Der Mann ist Hobbykünstler«, erklärte Will. »Ich habe in Erfahrung gebracht, dass er am liebsten Kunstmaler geworden wäre. Morgen wird eine Ausstellung eröffnet, zu der er einige Gemälde beisteuert.« Ulla bekam eine Ahnung, worauf die Sache hinauslaufen sollte. Trotz ihrer Enttäuschung musste sie schmunzeln. Nicht zu Unrecht gab es zwischen ihnen das geflügelte Wort: Wo ein Will ist, ist auch ein Weg! Sie bewunderte ihren Mann dafür, dass er immer für alles eine Lösung fand. Und ungewöhnliche Wege nicht scheute.

»Ich denke, ich werde mich für ein oder zwei Werke begeistern, sie erwerben und im Verlag aufhängen.«

»Du bist … wirklich unglaublich!« Ulla lachte leise. »Wie oder was malt er denn so?«

»Keine Ahnung, hoffentlich nicht zu scheußlich.«

»Ach, Will, kannst du denn nicht nach der Ausstellung kommen?«

»Das wird zu knapp.«

»Es gibt jetzt ab Emden die Möglichkeit, mit einem Lufttaxi innerhalb von fünfzehn Minuten auf die Insel zu kommen … Oder flieg doch gleich ab Hamburg!«

»Ulla, Bärchen, du weißt doch, wie ungern ich in diesen kleinen Flugzeugen sitze.« Ja, das wusste sie. »Nächstes Wochenende, ja? Versprochen!«

Am Sonnabendnachmittag überlegte Ulla, ob sie mit Inge zur Peter-Kreuder-Gala gehen sollte. Doch ihr war die Lust vergangen. Sie machte ein paar Notizen. Dann radelte sie zu den de Buhrs. Bei den Tanten würde sie auf andere Gedanken kommen. Die beiden sprengten Bettlaken ein, die vom Trocknen an der Leine draußen herrlich frisch nach Nordseeluft rochen, die Tischwäsche auch nach Hoffmann's Stärke.

»Unsere Waschfrau ist krank«, erklärte Netty. Ulla half beim Besprühen und Zusammenrollen. Netty schien doch etwas vergrätzt darüber zu sein, dass sie und Inge

»ihren« Heimatabend nicht besucht hatten. Überhaupt herrschte bei den de Buhrs nicht die heitere Stimmung wie sonst.

Als sie die Wäsche fürs Mangeln vorbereitet hatten, lud Hetty Ulla ein, mit ihnen Apfelpfannkuchen zu essen. Während sie den Teig aus Buchweizenmehl und Eiern anrührte, zuletzt Apfelscheiben hinzufügte und ihn dann kellenweise in eine Pfanne mit kross ausgelassenem Speck gab, wurde Ulla ausführlich über die Hintergründe der Verstimmung aufgeklärt. Tagelang hatten die Schwestern darüber debattiert, ob sie nun einen Waschautomaten kaufen sollten oder nicht. Als Zünglein an der Waage hatte Inge sich dafür ausgesprochen. »Ihr spart viel Geld für die Waschfrau«, hatte sie argumentiert.

Die Aussicht auf weniger klamme Zeiten, vermutete Ulla, durfte bei Inges Empfehlung wohl auch eine Rolle gespielt haben. Der Kochkessel in der Waschküche neben ihrem Zimmerchen wurde nämlich jeden Montag angefeuert, und der Dampf waberte dann durch sämtliche Ritzen zu ihr rüber und legte sich als feiner Feuchtigkeitsfilm auf Möbel und Bettzeug. Die Tanten hatten also den Kauf beschlossen. Und sich gleich weitergestritten. Derzeit ging es darum, ob sie auf Raten kaufen sollten oder nicht und in welchem Elektrogeschäft auf der Insel, bei August Solaro oder bei Johnny Rass.

»Einer von beiden wird auf jeden Fall gekränkt sein«, fürchtete Netty.

Hetty war das egal.

Ulla wollte nicht Partei ergreifen müssen. »Dieser Pfannkuchen ist der leckerste meines Lebens!« Sie seufzte zufrieden und kramte dann in ihrer Tasche. »Hier sind zwei Eintrittskarten für die Peter-Kreuder-Gala. Mein Mann kann leider doch dieses Wochenende nicht kommen. Geht ihr hin! Vielleicht bringt euch das auf andere Gedanken.«

»Dat is' wat für Kurgäste, aber nich' für uns«, erwiderte Hetty grummelnd. »Wir sind auch gar nicht darauf vorbereitet.«

»Es beginnt erst um 21 Uhr«, warf Ulla ein.

»Henriette!«, pfiff Netty ihre Schwester fast gleichzeitig zurück. »Jetzt is' aber mal Schluss mit Herumgnattern! Dat is' doch wunnerboar! Was für 'ne schöne Überraschung, mein Kind. Vielleicht können wir was für unseren Heimatabend lernen, wenn wir sehen, wie ein großer Künstler solch einen Auftritt gestaltet.«

Ulla blieb abends in ihrem Hotelzimmer und las. Am Sonntagmorgen hörte sie beim Frühstück die Nachricht des Tages: Ein Rehbock vom Festland hatte es nachts bei Ebbe durchs Watt nach Norderney geschafft.

»Wahrscheinlich hat ihn ein sanftes Rehlein mit großen braunen Augen angelockt«, spaßten die Leute am Nachbartisch.

Ulla spürte, wie ihre Augen feucht wurden. Selbst so ein dummer Rehbock schaffte es gegen alle Hindernisse auf die Insel! Von wegen – wo ein Will ist, ist auch ein Weg! Sie schob den Teller mit der Brötchenhälfte, von der sie erst einmal abgebissen hatte, zur Seite. Ärgerlich ging sie zurück in ihr Zimmer, hockte sich an den kleinen Schreibtisch und versuchte ohne großen Erfolg zu arbeiten, bis Inge sie besuchen kam.

»Die Tanten sind begeistert«, berichtete ihre Freundin. »Sie hatten einen richtig schönen Abend und sagen noch mal danke.«

Ulla lächelte. »Ach, das ist prima. Dass die wenigstens ihren Spaß hatten.«

»Sie haben sich drauf geeinigt, auch eine neue Mangel anzuschaffen. Den Waschautomaten kaufen sie bei dem einen, die Mangel beim anderen Händler. So werden alle zufrieden sein.« Inge ließ sich aufs Bett plumpsen und holte etwas aus ihrer Jackentasche. »Hier, hab ich dir mitgebracht!« Sie hielt ein Fläschchen mit dunkelrotem Nagellack hoch. »Wir lackieren uns die Fingernägel und gehen heut Abend zum Rock-'n'-Roll-Strandfest!«

»Och, ich weiß nicht …«

»Komm, sei nicht so! Du hast dir doch gerade erst wieder eine Nietenhose gekauft. Die will auch mal getragen werden. Und jünger werden wir nicht!« Inge fing an, sich die Fingernägel zu lackieren. »Ich frag mal Tammo und Felix, ob sie Lust haben mitzukommen.«

»Na gut, aber ich guck nur zu.« Sie plauderten noch ein wenig, Inge pustete zwischendurch immer auf ihre Nägel. Als der Lack getrocknet war, sprang sie auf. »Tschüss, ich will noch 'n bisschen in der Pension helfen. Wir sehen uns um neun am Eingang der Strandhallen!«

Dem Pferd machte der Ausritt genauso viel Freude wie ihr, so gut kannte sie ihre Oldenburger Stute. Ulla galoppierte durch den Flutsaum, zum ersten Mal ganz allein, ohne Reitgruppe und Anführer. Das Wasser spritzte hoch, ihre Bluse wurde feucht, Gesicht und Haare bekamen salzige Gischt ab. Sie blinzelte gegen die Sonne, füllte ihre Lungen tief mit der frischen Luft. Wie die Wellen glitzerten, wie es roch – nach Meer, Ozon und Freiheit! Herrlich, die Wärme des Pferdes zu spüren!

Nach einer Weile fiel sie zurück ins Schritttempo. Es war eine gute Idee gewesen, einfach mal allein zum Leuchtturm zu reiten und auf dem Rückweg quer durch die Dünen diesen einsamen Strandabschnitt aufzusuchen. Ihr Ärger war verflogen. Sie bedauerte sogar ihren Mann, der selbst am Wochenende bei schönstem Wetter noch gezwungen war, einen Finanzbeamten gnädig zu stimmen.

»Los, Luna«, flüsterte sie der Stute ins Ohr, »ein letzter Sprint.« Und noch einmal stoben sie durch die lang ausrollenden Wellen.

Danach zuckelten sie gemächlich wieder in Richtung Dünen. Wo der Sand durch Verwehungen weich nachgab, ging Ulla neben dem Pferd her. Erst als die Landschaft schon stärker begrünt war und der Wind eine kräftige Grasmähne zausen konnte, saß sie erneut auf. Weiter im Inselinneren wurden die Dünen brauner und fester, Heidekraut und niedrige Zauberwäldchen mit hellen Birkenstämmen erfreuten das Auge. Landeinwärts roch es auch gleich anders, würziger, krautiger. Vom Boden stieg aus den Dünentälern Wärme hoch, vermischt mit dem Duft von Dünenrosen. Einmal schreckte sie ein Liebespaar auf, das die Abgeschiedenheit gesucht hatte. Die Glücklichen! Sie beneidete sie um ihre Zweisamkeit.

Ulla genoss das Schaukeln im Schritttempo, ihr Körper ging einfach mit. Zur Orientierung hatte sie den Leuchtturm, den Wasserturm und die Sonne. Manchmal konnte sie die Dächer der Stadt erkennen oder das Kap, ein altes Seezeichen.

Ein wenig war sie nun anscheinend doch vom Kurs abgekommen. Sie tröstete sich damit, dass die grobe Richtung schon stimmen würde. Zur Not konnte sie immer noch an den Strand und dann so lange um die Insel reiten, bis die Stadt erreicht war.

Doch plötzlich stolperte Luna, scheute wiehernd, der rechte Vorderlauf war eingesackt. Ulla konnte im letzten

Moment verhindern, dass sie koppheister ging, sie glitt vom Pferd.

»Ruhig, Luna, ruhig! Was ist denn?« Während sie dem Tier den Hals klopfte, erkannte sie die Ursache – ein Kaninchenloch.

Mehrfach war sie davor gewarnt worden. Diese Eingänge zu unterirdischen Labyrinthen konnten zu einer tückischen Falle für Pferd und Reiter werden. Vorsichtig zog sie Luna am Zügel. Die Stute lahmte. Ulla mochte nicht aufsitzen, sie wollte ihr nicht noch mehr Schmerzen bereiten. Also ging sie voran auf dem, wie sie hoffte, kürzesten Weg durch die Dünen, die kein Ende nehmen wollten, bis sie sich schließlich doch dem Ortsrand näherten.

Dort, wo sie eigentlich schon bald den Reitstall vermutet hatte, stieß sie auf eine versteckte Zuwegung. Ein überwucherter Hohlweg führte zu einem Backsteinhäuschen. Neugierig lugte sie über den Gartenzaun.

»Hallo, Ulla! Schön, dass du mich mal besuchst!«, hörte sie Hans Ehrlich rufen.

Er kam, nur mit Shorts bekleidet, aus einer Gartenecke, wo er offenbar gerade Treibholz zum Trocknen ausgelegt hatte. Unter dem mit roten Ziegeln gedeckten, weit heruntergezogenen Vordach gab es eine windgeschützte Sitzecke aus selbst gezimmerten Möbeln und einer sichtlich betagten Gartenbank.

Hans sah gut aus, so halb nackt. Muskulös, aber nicht zu kräftig, nur wenige Brusthaare, schlank und gebräunt. Lässig nahm er ein Frotteepolohemd, das auf einem Baumstumpf lag, und zog es über den Kopf. Ulla erklärte ihm, was geschehen war. Er lud sie auf einen Tee ein, und sie band Luna am Zaun fest. Wie selbstverständlich prüfte er das Bein des Pferdes.

»Nur verstaucht, glaub ich. Ich mach ihr einen Umschlag mit Arnikasalbe.«

Ulla ignorierte, dass es sich nicht schickte, ihm allein ins Haus zu folgen. Sie war einfach zu neugierig. Und wer sollte sie hier schon sehen? Außerdem hatte sie mit dem lahmenden Pferd einen einleuchtenden Grund, Hilfe zu suchen.

Zwei der vier Türen, die von einem Vorraum abgingen, standen offen. Rechts befand sich die Küche. Sie war ziemlich altmodisch, aber gemütlich und für einen Junggesellen ausreichend eingerichtet. Geradeaus ging es in ein mittelgroßes, sparsam möbliertes Wohnzimmer mit offener Feuerstelle und einem rot gemusterten, abgenutzten Orientteppich auf dem Steinfußboden. Auf einer braunen Ledercouch, die bequem aussah, lagen ein besticktes Kissen und eine Wolldecke. Ulla überlegte, ob Hans wohl auch nachts auf der Couch schlief. Aber wahrscheinlich gab es noch ein Schlafzimmer hinter einer der anderen beiden Türen. Ihr Blick schweifte weiter. Ein hohes Bücherregal, gut gefüllt. Ein Schaukelstuhl. Zwei umgedrehte Teekisten nebeneinander als Tisch. Ein modernes Radio. Alles wirkte sehr sauber. Drei Fenster mit blau-weiß karierten Übergardinen, Ausblick auf eine bewachsene Düne. Durch eine geöffnete Terrassentür war ein kleiner Garten zu sehen.

Ulla trat hinaus. Auf der gepflasterten Terrasse standen ein mit Segeltuch überspanntes Tagesbett, zwei ausgemusterte Kaffeehausstühle und ein Tischchen. Sie streifte durch den Garten – Rasen, Gemüse- und Blumenbeete, eine Regentonne –, kletterte die Düne hoch und sah auf ein Kiefernwäldchen. Gleich dahinter musste das Meer sein.

Zurück im Wohnzimmer, studierte sie die Bilder an den Wänden: ein in Öl gemaltes Seestück, sonst nur Schwarz-Weiß-Fotografien von der Insel.

»Alle Fotos sind von dir«, sagte sie. Es war keine Frage. Hans stand mit der Teekanne in der Hand neben ihr. Als sie von Motiv zu Motiv schlenderte, stellte er die Kanne ab und erklärte, wann und wo er was aufgenommen hatte. Wieder war sie beeindruckt. Doch diese Aufnahmen unterschieden sich im Grunde nicht sehr von denen, die er ihr bereits gezeigt hatte. »Du sagtest, da wären noch andere …«

»Gut beobachtet«, lobte er. »Die sind so stark, dass ich sie nicht immer um mich haben kann. Deshalb seh ich sie mir nur ab und zu an, ganz bewusst. Oder ich hänge mal für ein paar Tage eines auf, und dann pack ich es wieder weg. Ich möchte nicht, dass sie sich in ihrer Wirkung abnutzen.«

»Du machst mich neugierig.«

»Lass uns erst mal Tee trinken«, erwiderte er. »Ich hol nur eben noch die Salbe und wickle deinem Pferd den Verband um den Vorderlauf.«

Nachdem er Luna verarztet und Tee aufgebrüht hatte, machten sie es sich unter dem Vordach gemütlich. »Dass du so gut mit Pferden umgehen kannst …«

Er zuckte nur mit den Schultern, als wäre das nicht der Rede wert. »Ich hab die Zitate gelesen, die du mir mit der Post geschickt hast, und was du dazu geschrieben hast. Gefällt mir alles sehr gut. Auch die Idee, auf Professor Beneke und seinen Pionierwinter 1881/82 hinzuweisen.«

»Ja, ich finde, den Begründer der deutschen Hospizbewegung für Kinderheilstätten am Meer sollte man erwähnen«, sagte Ulla. »Ohne ihn wären Tausende von lungen- und hautkranken Kindern nicht gesund geworden.«

»Ich finde es witzig, dass man seine Pioniertat so schildert, als hätte er todesmutig Monate am Nordpol verbracht«, sagte Hans.

»Na, er hat sich ja immerhin als Erster getraut, mit rund

fünfzig Kranken, darunter auch Kinder, auf Norderney zu überwintern, weil er etwas beweisen wollte«, entgegnete Ulla. »Das finde ich schon ziemlich mutig. Sie hatten hier damals nur eine Baracke zum Wohnen. Und das jüngste Kind war erst drei und litt fürchterlich unter Asthmaanfällen.« Ulla hatte die Angaben noch im Kopf. »Im Frühjahr ging es keinem Patienten schlechter, vielen jedoch deutlich besser. Damit hat Professor Beneke im März 1882 zum ersten Mal wissenschaftlich nachgewiesen, dass nicht nur das Meerwasser heilsam ist, wie man bis dahin glaubte. Sondern auch, wahrscheinlich sogar mehr, die reine Seeluft.« Sie fragte sich, wie sie diese *Sternstunde* bebildern sollte. Aber sicher würde Hans dazu etwas Gutes einfallen. Für die Broschüre hatte sie insgesamt bereits sieben Geschichten in die engere Wahl gezogen. Die meisten beleuchteten besondere Augenblicke in Norderneys Zeit als Königliches Seebad. »Leider muss ich auf so vieles verzichten.«

»Nur Mut zur Lücke!«, redete Hans ihr gut zu. »Das gilt ja auch bei Fotos. Besser, man zeigt nur einen einzigen guten Ausschnitt als fünf mittelmäßige Fotos.«

»Du hast recht. Ich fange an mit einer Skizze vom August 1839, hab ich mir überlegt. Soll ich dir davon erzählen?«, fragte sie etwas unsicher.

»Nur zu.«

»Nicht lachen, es wird romantisch.«

»Ich reiß mich zusammen.«

»Also, Georg V., damals noch Kronprinz, begegnet zum ersten Mal Prinzessin Marie. Sie ist schon zwei Wochen vor ihm mit ihren Eltern und drei Schwestern samt Gefolge angereist. Die Hofdiplomatie hat ausgetüftelt, dass eine dieser vier Prinzessinnen zu Altenburg eine geeignete Braut für den künftigen König von Hannover sein könnte. Und dann nähern sie sich an, bei einem festlichen Ball und in den Tagen danach. Der feinsinnige blinde junge Mann stellt fest, dass Marie nicht nur eine angenehme Stimme hat und musikalisch ist, sondern auch empfindsam und bescheiden, ganz wie es dem Ideal der Biedermeierzeit entspricht.«

Hans hörte mit geschlossenen Augen zu. »Sicher roch sie gut und fühlte sich gut an. Das muss er gleich beim ersten Tanz gespürt haben.«

»Vor allem bezaubert ihn ihr fröhliches Gemüt. Und sie verliebt sich auch in ihn, und sie sehen sich vielleicht – im August gibt es doch so viele Sternschnuppen – eines Abends den Sternenhimmel über Norderney an und wünschen sich etwas.«

»Er ist blind, er kann die Sterne nicht sehen.«

»Aber er spürt sie, kann sie sich vorstellen. Er ist verliebt. Und die Frau neben ihm sprüht, sie wird ihm den Eindruck weitergeben.«

»Ganz schön süßlich, die Story. Aber gut, weiter.«

»Sie küssen sich zum ersten Mal. Und sie wünschen sich, dass sie noch viele Sommer gemeinsam als Mann und Frau auf Norderney verbringen werden. Genauso ist es dann ja auch gekommen.«

Hans schlug die Augen wieder auf. »Das muss man aber sehr fein schreiben, damit es nicht kitschig wirkt«, meinte er nüchtern.

»Vielleicht mit einer Prise Ironie, das krieg ich schon hin«, antwortete Ulla. »Aber das wäre doch eine schöne erste *Sternstunde* auf Norderney. Aus ihr hat sich ja letztlich auch der besondere Geist dieser Insel entwickelt.«

»Hm … Immerhin.« Ulla merkte, wie es in Hans arbeitete. »Ich hab das Conversationshaus mal zur Blauen Stunde fotografiert, als schon das Licht der Kristallleuchter durch die Fenster schimmerte. Am Himmel herrschte noch spätes Tageslicht, aber zum Zenit hin funkelten bereits die ersten Sterne.«

»Das klingt ideal.« Ulla fiel dazu noch etwas ein. »Als Georg V. seiner Marie begegnete, waren das Conversationshaus und das Große Logierhaus gerade fertiggestellt und ein bisschen eingewohnt. Endlich war alles perfekt für ihn, trotz der Blindheit!«

»Wahrscheinlich haben sich seine Fingerspitzen in ihre wunderbare Nackenschulterlinie verliebt«, fabulierte Hans mit einem Hauch Spott in der Stimme.

»Wie gut, dass du nicht romantisch bist!«, gab sie zurück. »Na, jedenfalls verbindet das Liebespaar seitdem mit der Insel das schönste aller Gefühle – was bis heute ja Tausende von Paaren tun –, und dadurch ist Norderneys Schicksal für die nächsten Jahrzehnte als königliche Sommerresidenz besiegelt, der Ruhm begründet.«

»Das Foto, das ich meine, liegt in der Redaktion des *Inselboten*«, sagte Hans. »Bei nächster Gelegenheit bring ich es dir mit.«

»Ja, mach das!« Ulla trank ihren Tee und – »Darf ich?« – schenkte gleich ihm und sich nach. »Mir fehlt in meiner Geschichtenauswahl nur noch etwas Lustiges, Übermütiges.« Sie überlegte. »Und außerdem etwas, das den Seemannscharakter des Insulaners an sich zeigt. Und dann … dann hätt ich gern noch 'ne Story mit Kunst, aber nicht schon wieder was mit Musik.«

»Das wird sich finden.« Hans wischte mit dem Unterarm über die Wachstuchdecke und stand auf. »Ich hol jetzt mal ein paar von den anderen Fotos.« Kurz darauf kehrte er mit einer großen stabilen Pappmappe zurück. Schon das erste Foto rührte Ulla zutiefst. Es zeigte ein Neugeborenes, das in

173

seiner Miene noch einen seligen Zustand fern von Zeit und irdischen Bedürfnissen spiegelte. »Hausgeburt bei Freunden«, sagte Hans.

Das Nächste war das Porträt eines wettergegerbten Fischers, der auf einer Düne stand und in dessen Augen man die Nordsee und seine Verbundenheit mit ihr erkannte. Dann ein Foto von zwei Mädchen und einem kleinen Jungen mit windzerzausten weißblonden Haaren, die selbstvergessen am Strand spielten. Es folgten weitere Charakterstudien. Darunter eine abgearbeitete Insulanerin, deren Lebensenttäuschung dem Betrachter wehtat. Und ein eitles Urlauberpaar, sie aufgetakelt mit Schmuck und Accessoires, das einer Karikatur glich.

Zum Schluss präsentierte Hans Ulla extreme Nahaufnahmen. Sandrillen im Watt, Muscheln und Dünenlinien, in denen sich jeweils eine Besonderheit versteckte. Eine Spiegelung im Wasser, ein halb verdeckter Ring zwischen den Muscheln oder ein gebogener Strandgrashalm, der mit seinem eigenen Schatten ein Herz formte.

»Ich bin entzückt!«, sagte Ulla. »Die Fotos sind alle wunderbar, außergewöhnlich! Die musst du unbedingt ausstellen!«

Hans schüttelte betrübt den Kopf. »Nein, das wird nichts bringen. Ich hab's schon ein paarmal versucht. Die einigermaßen freundlichen Porträts würden sie vielleicht noch nehmen, aber die anderen nicht.« Er hatte es nicht nur auf der Insel, sondern auch auf dem Festland, sogar in einer Galerie in Hamburg versucht. »Immer hieß es, Fotografie ist keine Kunst, weil sie ja nur abbildet. Vieles fanden sie zu abstrakt, anderes verstörend, gegen die Sehgewohnheiten.«

»So ein Quatsch«, widersprach Ulla. »Da hast du eben die Falschen gefragt. Versuch es weiter, gib nicht auf. Und hör bloß nicht auf zu experimentieren. Deine Fotos haben Seele, sie offenbaren etwas, das man schwer greifen kann, das aber doch da ist …« Ulla suchte nach den richtigen Worten, sie war keine Expertin. »Das *ist* Kunst. Deine Zeit kommt, glaub mir. Vielleicht machst du Kunst für Menschen, die heute noch nicht geboren sind.«

Hans antwortete nicht direkt, er räusperte sich. Ein dankbares Blinzeln aus feuchten Augen, sekundenkurz nur, traf Ulla mitten ins Herz. Hatte er sich so sehr nach Anerkennung gesehnt? Sie konnte ihn gut verstehen. Auch sie schwieg. Erst jetzt fiel ihr auf, dass man das Meer rauschen hörte.

»Ich hab noch viele Ideen«, sagte Hans nach einer Weile.

»Was zum Beispiel?«

»Na ja … Schon lange möchte ich eine schöne Frau in den Dünen fotografieren, aber anders, als es für die üblichen Postkarten gemacht wird.« Etwas in Ulla zog sich zusammen. Mist, dachte sie, geht's jetzt etwa in eine unerwünschte Richtung? Soll das ein unmoralisches Angebot werden? Wie enttäuschend! »Ganz ästhetisch«, erklärte Hans ernsthaft, »ich suche die Harmonie von Linien, von Körperformen und Natur, von flüchtigen Elementen wie Wellen und Wolken mit dem, was ewig ist. Nahaufnahme und Unendlichkeit in einem.« Er sah sie offen an. »Sei mein Fotomodell, Ulla.«

»Nein.« Es war ihr reflexartig herausgerutscht. Nur kein Risiko eingehen, immer schön auf den guten Ruf achten. »Ich hab im Übrigen nicht den Eindruck, dass es dir an bereitwilligen Damen mangelt.« Sie ärgerte sich selbst über diese dumme Spitze, das klang ja direkt eifersüchtig. So hatte sie es gar nicht sagen wollen.

Seine Mundwinkel verzogen sich zu einem beschwichtigenden Lächeln. »Du verstehst genau, was ich mir vorstelle«, sagte er ruhig. »Ich will keine billigen Motive. So was käme mir nie in den Sinn, erst recht nicht im Zusammenhang mit dir.« Sie erwiderte seinen Blick, er wich nicht aus. »Du hast einen frischen modernen Geist. Ulla, lass uns ehrlich miteinander sein. Du bist weder kleingeistig beschränkt noch großbürgerlich borniert.«

Sie stützte ihr Kinn auf, tippte nachdenklich mit drei Fingern gegen ihren Mund. Ehrlich. Was dachte sie denn, wenn sie wirklich einfach ehrlich war? »Also, ich denke ... Ich ahne tatsächlich, was du meinst, Hans«, gab sie zu. »Und im Prinzip hätte ich auch nichts dagegen. Aber ... ich werde zu einem Trampel, wenn ich mich beobachtet fühle. Das ist die Wahrheit.«

»Wie bitte?«

»Ja. Du müsstest mich mal im Kreise eingeborener Blankeneser erleben. Oder im Kaiserhof, wenn Frau Edelstahl-Ellerbrock mich mit Herrn Regierungsrat Soundso und dem Syndikus von Irgendwo nebst Gattin zusammenbringt!« Noch nie hatte sie, außer mit Inge, der gegenüber sie das Ganze allerdings immer ins Lächerliche zog, darüber geredet, wie sehr sie ihre Minderwertigkeitskomplexe in der besseren Gesellschaft behinderten und belasteten. »Sobald deine Linse mich verfolgen würde wie ein Beobachter, würde ich über meine eigenen Füße stolpern«, schloss sie. »Sei also froh, dass ich dir gleich reinen Wein einschenke, das erspart dir die Kosten für teure Filme.«

»Ulla, das glaubst du doch wohl selbst nicht!« Empört schüttelte er den Kopf. »Du bist eine klassische Schönheit ... Und du bewegst dich mit einer Anmut, die selten geworden ist. Was redest du für einen Unsinn!«

»Versuch nicht, mich zu überreden.« Mit einem festen Blick brachte sie ihn zum Schweigen. »Ich weiß, was ich weiß. Schließlich lebe ich seit mehr als achtundzwanzig Jahren Tag und Nacht mit mir.«

Hans lehnte sich zurück, fuhr mit dem Daumennagel ein paarmal über seine Unterlippe. Er überlegte. »Warum schüchtern dich diese Leute dermaßen ein?«, fragte er dann.

Ulla atmete tief durch. Wo sollte sie anfangen? Bei ihrer Kindheit inmitten Hamburger Arbeiterfamilien? Ihre Mutter war vor ihrer Heirat immerhin Volksschullehrerin gewesen, ihr Vater Vorarbeiter auf der Werft bei Blohm + Voss, aber schon einige Monate nach Kriegsbeginn als vermisst gemeldet worden. Da war sie gerade neun gewesen, ihr kleiner Bruder fünf. Später hatte ihre Mutter in einer Rüstungsfabrik arbeiten müssen, und die Schule war immer häufiger wegen Bombenalarm ausgefallen.

»Weil diese Leute von klein auf Geld und Einfluss hatten, Manieren gelernt haben und etwas, das noch viel entscheidender ist als reiner Benimm. Weißt du, was ich meine? Diese gewisse Art, sich zu geben, Beziehungen und Umgang zu pflegen. Und wie die sich auskennen mit Dingen, von denen ich keine Ahnung hab. Mit Arien und so was. Und moralisch sind sie auch so hochstehend und streng in ihrem Urteil.« Sie dachte an die Runde um Frau Ellerbrock in der Hotelbar. »Oder sie sind ganz großartige Macher, die zupacken, alles können und immer siegen … Sie sind so selbstsicher, während ich immer alles infrage stelle … Ach, ich weiß es doch auch nicht!« Ulla hätte losweinen können. Warum entblößte sie sich eigentlich gerade derart?

Sie riss sich zusammen. »Es gibt bestimmt schlimmere Schicksale als meines.« Sie lächelte selbstironisch. »Aber … du solltest dir ein anderes Fotomodell suchen.«

»Diese Leute kochen doch auch alle nur mit Wasser.«

Hans lehnte sich lässig zurück. »Wenn ich dich davon überzeuge, wirst du dann wenigstens einmal einen Nachmittag lang in den Dünen für mich Modell sitzen?«

Ulla lachte. Sie nahm seinen Vorschlag nicht weiter ernst. »Mal sehen.«

»Du sollst dich nicht anders präsentieren als am Strand, ich verlange nichts Anstößiges, Ulla.«

»Das beruhigt mich ungemein.«

»Wenn du darauf bestehst, kann ich dich so fotografieren, dass man dein Gesicht nicht erkennt. Versprochen?«

Sie ging einfach nicht weiter auf seinen Vorschlag ein.

»Wo ist eigentlich dein Mann?«, fragte Hans. »Wollte er nicht am Wochenende kommen?«

»Er musste es leider verschieben.«

»Und was machst du so allein?«

»Ich treff mich mit Inge und ein paar Bekannten in den Strandhallen.«

»Ach, da ist doch heute Boogie-Woogie-Turnier, oder?« Hans grinste breit. »Hättest du was dagegen, wenn ich auch käme?«

Sie lächelte. »Wie könnte ich? Es ist eine öffentliche Veranstaltung.«

Als sie sich einige Stunden später, beide in Nietenhosen und Turnschuhen, Hans mit zurückgegeltem Haar, vor den Strandhallen wiedersahen, bebte schon der Tanzboden. Sie gesellten sich zu Inge, Tammo und Felix an den Tisch.

»Guck mal«, Inge stieß Ulla mit dem Ellbogen an, »Helmut ist auch da. Hätt ich dem Jungspund gar nicht zugetraut.« Er rockte ziemlich ungestüm und gar nicht so übel. Immerhin war er groß und kräftig und konnte seine Partnerin ohne Probleme heben, wirbeln und auffangen.

»Eigentlich sieht er nicht übel aus«, fand Ulla.

Inge machte nur »Tzzz!« und wandte sich ab.

Hans flirtete mit vielen Frauen, nur nicht mit Ulla. Sie warfen sich allerdings belustigte Blicke zu, weil sie beide beobachteten, wie sich Felix und Tammo im Wettstreit um Inge ins Zeug legten. Der Postangestellte erwies sich als der geborene Alleinunterhalter. Er stammte aus dem Rheinland und konnte Adenauer täuschend echt nachmachen.

»Liebe freie Bürjer, ich jlaube, recht und richtig hängen irjentwie zusammen.« Alles lachte. »Und die SPD is wie ein Schamälijon, mal rot, mal dunkelrot.« Dann schmachtete er Inge an. »Willst du nicht die Boogie-Woogie-Könijin des Abends werden und mit mir dat Turnier jewinnen?«

Inge zögerte, sie hatte ein Kleid mit weitem Rock an und Schuhe mit hohen Absätzen. Fragend sah sie Tammo an, der wohl ihr Favorit gewesen wäre.

»Ich kann nicht tanzen, und ich bin nicht witzig«, sagte der Konditor, der vom ostfriesischen Festland stammte.

»Doch«, erwiderte sein Nebenbuhler Felix betont tröstend, »jeder mit so 'nem ostfriesischen Akzent ist witzig.«

»Du Döspaddel!«

»Du Teetrinker!«

»Ich finde Tammo sehr unterhaltsam«, verteidigte Inge ihn.

»Ja, in meiner Gewichtsklasse bin ich der Beste«, bestätigte der Ostfriese, aber er machte trotzdem keine Anstalten, Inge zum Tanzen aufzufordern. »Was nützt das Gehopse, wenn man nix in der Birne hat.«

»Ach, hast du überhaupt schon mal freiwillig ein Buch in die Hand genommen?«, frotzelte Felix.

»Joo«, antwortete der Konditor, »und ich hab's auch fast

ganz ausgemalt.« Wieder hatte er die Lacher auf seiner Seite.

Inge wippte auf ihrem Stuhl, die Musik fuhr ihr in die Glieder. Da Tammo noch immer wie ein Mehlsack dasaß, hielt sie Felix ihre Hand hin.

»Na dann!«

Traurig schaute Tammo ihnen hinterher. Die beiden ließen sich schnell noch für das Turnier registrieren.

»Warum schwingst du denn nicht selbst das Tanzbein, wenn du Inge erobern willst?«, flüsterte Ulla ihm ins Ohr.

»Das deckt meine Versicherung nicht ab«, brummte er. »Und eigentlich dürfte ich hier jetzt gar nicht sitzen bei meinen Arbeitszeiten. Am besten mach ich durch.« Seine Miene hellte sich auf. »Aber ich hab so meine eigenen Methoden. Morgen back ich ihr was Besonderes, was mit Marzipan und Sanddornsaft. Vielleicht auch mit etwas Nougat.«

Schon bald hielt es die Gäste nicht mehr auf ihren Plätzen. Sie standen um die Tanzfläche herum, klatschten und feuerten die Paare an. Die Luft war zum Schneiden, jemand öffnete die großen Türen, und eine frische Brise wehte neuen Sauerstoff herein. Während des Wettbewerbs gab es zwischendurch auch immer wieder Tanzrunden für alle. Zweimal hatte Ulla schon mit Fremden getanzt, am Wettbewerb nahm sie natürlich nicht teil.

Als *Rock Around the Clock* für alle gespielt wurde, swingte Hans, mit den Fingern schnipsend, auf sie zu. »Darf ich bitten?«

Es passte sofort. Schon nach wenigen Takten bewegten sie sich synchron. Vielleicht lag's an einem kleinen Fingerdruck, den er jeweils kurz vorher gab, vielleicht war's Intuition oder gleiches Rhythmusgefühl – Ulla wusste immer Sekundenbruchteile vorher, wenn er eine Drehung machen

wollte, die Richtung ändern, sie gleich durch die Beine ziehen oder um seine Taille wirbeln würde. Sie dachte nicht
mehr, sie machte einfach mit, schloss, wenn's brenzlig
wurde, die Augen und vertraute darauf, dass er sie schon
sicher wieder auffangen würde.

»Meine Güte«, sagte sie noch atemlos, als sie sich einen
Jailhouse Rock und einen *Don't be Cruel/Hound Dog* später
am Tisch verschnauften. »Wo hast du das gelernt?«

»Auf Norderney.« Hans hielt ihr eine Zigarettenschachtel
hin, sie schüttelte den Kopf. Er zündete sich eine an und inhalierte den ersten Zug. »Die Engländer hatten die Insel bis
1952 besetzt. Die britische Rheinarmee unterhielt hier ein
Erholungszentrum für ihre Soldaten.«

»Davon hab ich gelesen«, sagte Ulla. »Aber man findet
kaum noch Spuren, dabei ist das erst sieben Jahre her.«

»Die Kureinrichtungen und die Sahnestücke unter den
Hotels, auch dein Kaiserhof, waren für die Tommys reserviert.« Hans lächelte leicht spöttisch. »Zur *recreation* gehörten auch Tanzveranstaltungen. Da hab ich mir was ab-
geguckt, Boogie-Woogie-technisch.« Hansdampf in allen
Gassen … Der Begriff ging Ulla unwillkürlich wieder durch
den Kopf. »Ich glaub, die zwei haben Chancen«, meinte er
mit Blick auf Inge und Felix. Inge warf gerade schwungvoll
die Schuhe von ihren Füßen, das Publikum johlte, Felix gab
alles. Gelegentlich rockte Helmut mit seiner Braut an ihnen vorüber. Er und Inge wechselten jedes Mal giftige Blicke, die sie offenbar nur noch mehr anspornten. Am Ende
war Felix aber wohl doch zu groß und dünn, um ein Voll-
weib wie Inge nach allen Regeln der Kunst zu dirigieren.
Beim letzten Tanz schwächelte er, Inge flogen trotzdem die
Herzen zu, weil man ihr den Spaß an der Freude so sehr
ansehen konnte.

Es kam zur Abstimmung. Sieger wurde ein junges Urlauberehepaar aus Nordrhein-Westfalen. Helmut landete mit
seiner Partnerin auf Platz zwei, und Felix und Inge kamen
auf den dritten Platz.

Völlig durchgeschwitzt, aber strahlend, kehrten sie an
den Tisch zurück, Felix mit hochrotem Gesicht.

»Tja«, sagte Tammo, der sich die ganze Zeit nicht vom
Platz bewegt hatte und auch keine Miene verzog, an Felix
gerichtet, »dat Schamälijon is mal rot, mal dunkelrot«.

Sie gehörten zu den letzten Gästen. Hans begleitete Ulla
durch die milde Nacht zum Hotel. Unterwegs fragte er sie
nach den Personen aus, die sie in der Runde mit Frau Ellerbrock kennengelernt hatte. Vor dem Hoteleingang reichte
er ihr die Hand. Dabei hätte Ulla ihm ein Küsschen auf die
Wange zum Abschied nicht übel genommen.

Mit der neuen Woche erreichte die Hitzewelle auch Norderney. Und die Feierlaune der Urlauber, Inge und Ulla
eingeschlossen, stieg mit den Temperaturen in ungeahnte
Höhen. Will war nach wie vor schlecht ans Telefon zu bekommen. Ulla scheute sich, ihn im Verlag anzurufen. Fräulein Stamps vertrat Wills Chefsekretärin, die Urlaub hatte.
Sie wollte nicht ausgerechnet sie danach fragen müssen, wo
ihr Mann war und wie es ihm ging.

Ulla und Inge hatten die Sommersonnenwende bis zum
Morgen gefeiert und sich einen Tag später schon wieder in
den Strandhallen amüsiert, wo alles unter dem Motto »Mond
und Weltraum« gestanden hatte und entsprechend dekoriert
gewesen war. Am darauffolgenden Tag hatten sie, nachdem
sie zur Erholung am Strand gewesen waren, anschließend
die Mangelwäsche gereckt, viel herumgealbert und lange bei
Hetty und Netty im Garten gesessen.

Abends im Bett lag Ulla noch lange wach. Sie hatte das Flüstern der Wellen im Ohr und die Hitze der Sonne auf der Haut – sogar das knappe Babydoll war ihr zu viel Stoff. Doch es lag nicht nur an der Wärme. Ulla spürte ein heftiges Verlangen. Sie spannte die Oberschenkel an, dann alle Muskeln bis in die Zehenspitzen hinein, ihr Becken begann langsam zu rotieren. Ihre Brüste sehnten sich danach, umfasst zu werden. Sie warf sich auf die andere Seite, schob die dünne Bettdecke zwischen ihre Schenkel, kniff die Augen fest zusammen, versuchte endlich einzuschlafen. Die Unruhe steigerte sich nur. Sie rang mit sich. Als glücklich verheiratete Frau sollte sie so etwas nicht tun, überhaupt sollte eine anständige Frau nicht triebhaft sein. Aber es erfuhr ja niemand. Und war es nicht nur natürlich? Schließlich legte sie selbst Hand an, um sich Entspannung zu verschaffen.

Am folgenden Morgen schließlich rief Will sie an. »Du bist ja ständig unterwegs«, sagte er und klagte über die Bullenhitze. »Wir dürfen in Hamburg nur noch nachts den Rasen sprengen. Dreimal am Tag muss ich das Oberhemd wechseln. Im Auto sind Temperaturen, da fühlt man sich wie ein Hummer im Kochtopf. Aber am Wochenende sehen wir uns endlich.«

»Ich kann es kaum erwarten!«, hauchte Ulla. Und sie überlegte. »Liebling, wenn es so unerträglich ist zu reisen … Du weißt, eine Woche später wäre es auch sonst günstiger …« Sie spürte schon das Ziepen im Unterleib, das immer ein paar Tage vorher ihre Menstruation ankündigte. Wahrscheinlich würde es ihr genau am Wochenende nicht gut gehen. »Vielleicht sollten wir tapfer sein und unser Wiedersehen noch mal verschieben«, schlug sie vor.

»Na ja«, sagte Will gedehnt. »Du weißt, wie gern ich

183

käme. Allerdings … diese Hitze im Auto … Also, verschieben wir es noch mal … Ach, herrje!« Er stöhnte auf. »Am darauffolgenden Wochenende hab ich schon meine Teilnahme an der Segelregatta zugesagt. Aber sei's drum, dann müssen die eben dieses Jahr mal ohne mich auskommen.«

»Uff!« Ulla überlegte einen Moment. Will liebte den Segelsport, die Regatta gehörte zu seinen raren Freizeitvergnügen. Sie rechnete. In gut zwei Wochen würde die Mitte ihres Zyklus erreicht sein, der Zeitpunkt läge dann also empfängnistechnisch günstiger. Möglicherweise hatte die Kur ihre Hormone bis dahin schon in die richtige Balance gebracht, da wäre es doch schade, einen ganzen Monat ungenutzt verstreichen zu lassen. »Nein, du kannst doch deine Mannschaft nicht im Stich lassen«, sagte sie. »Die eine Woche mehr halten wir auch noch durch. Dann eben bis dahin, mein Schatz.«

»Wenn du meinst …« Aus seiner Stimme klang bei allem Bedauern auch eine Spur Erleichterung. »Fühl dich umarmt, Bärchen.«

Sie seufzte. »Tschüss, großer Bär. Fühl dich gekrault und geküsst. Ich liebe dich.«

»Ich dich auch. Tschüss.«

Ach, jetzt hatte sie ganz vergessen, ihn nach dem neuen Frauenblatt zu fragen. Und er hatte sich wieder nicht nach ihrer Arbeit für die Broschüre erkundigt. Es war aber auch so heiß, da wurde man ganz dumm im Kopf.

Am Nachmittag suchte Ulla Piet Saathoff im Inselverlag auf. Wie angekündigt stand seine Tür tatsächlich offen, und er nahm sich gleich Zeit für sie. Sie besprach mit ihm den Stand der Arbeit. Ihm gefielen ihre Vorschläge.

»Aber planen Sie nichts über die preußische Epoche, als Norderney ein mondänes Weltbad wurde?«, fragte er. »Während der Kaiserzeit kamen der Hochadel, internationale Künstler, einflussreiche Leute aus Russland, aus Frankreich …«

Ulla war auf den Einwand vorbereitet. »Mut zur Lücke«, zitierte sie Hans. »Der Platz ist schließlich begrenzt. So kann ich immerhin eine Geschichte halbwegs rund erzählen, nämlich die vom Beginn und Ende als Hannover'sches Königsbad.« Er sah sie nachdenklich an. »Und Sie hatten ja so recht«, fuhr sie voller Begeisterung fort, »der Hans J. Ehrlich ist ein Künstler. Ich bin unbedingt dafür, dass wir einige seiner Fotos groß über eine oder sogar mal zwei Seiten ziehen, sie sollten richtig zur Geltung kommen.«

»Das ist doch Papierverschwendung!«

»Nicht, wenn die Fotos so gut sind wie seine.«

»Ich dachte, Sie wollen unbedingt schreiben. Das würde Ihre Möglichkeiten einschränken.«

»Das sehe ich anders. Vor allem möchte ich ein gutes journalistisches Ergebnis«, betonte Ulla. »Die Gesamtwirkung ist wichtiger als die Länge meiner Texte. Wir sollten ruhig mal etwas Neues wagen.«

»Tja, gewagt ist es auf jeden Fall.« Piet Saathoff überlegte noch einen Moment. Dann nickte er zustimmend. »Also gut. Übrigens, heute findet die Eröffnung des Künstlerhauses statt. Möchten Sie mich nicht begleiten? Vielleicht finden Sie dort noch Inspiration.«

Ulla sagte gern zu.

Das Künstlerhaus war ein umgebautes Gründerzeithotel im Stadtkern, in dem nun alle Musiker des Göttinger Symphonieorchesters und deren Familienangehörige untergebracht werden konnten. Unten gab es Gemeinschaftsräume, die auch für öffentliche Veranstaltungen wie Ausstellungen zur Verfügung stehen sollten.

Etliche salbungsvolle Reden wurden gehalten. Es handelte sich beim Künstlerhaus um »eine einmalige Erscheinung innerhalb Europas« – ein Verein von Kunstfreunden hatte das Projekt erst ermöglicht, alle Überschüsse sollten den Musikern zugutekommen. Nicht die Reden elektrisierten Ulla, sondern die Aussicht auf Ausstellungen tat es.

»In Hamburg sind ja Fotoausstellungen gerade der letzte Schrei«, behauptete sie wie beiläufig, als sich der Leiter des Künstlerhauses zu ihr und Saathoff gesellte. »Für den Michels-Verlag arbeiten viele renommierte Fotografen, die zum Teil sogar in London, Paris und New York ausstellen. Das würde sich doch hier auch anbieten. Die Fotos sollten allerdings einen Bezug zu Norderney und ein gewisses Niveau haben.«

Als sie Hans einen Tag später am Vormittag vor dem Seehospiz Kaiserin Friedrich traf, berichtete sie ihm davon. »Du musst deine Fotos präsentieren«, sagte sie überzeugt. »Und zwar zum Deutschen Bädertag im September. Dafür machen wir die Broschüre, und dafür machst du eine Ausstellung! Ich glaub, Piet Saathoff ist schon dafür. Wenn du jetzt bei den Verantwortlichen einen Vorstoß wagst, klappt es bestimmt.«

»Ulla!« Hans packte sie um die Taille und hob sie in die Luft.

Sie sah in seine blitzenden Augen. Er wirbelte mit ihr im Kreis herum, und sie wusste dank ihres bewährten Vorausgespürs, dass er sie gleich umarmen und küssen wollte. Doch bevor sie zu irgendeiner Reaktion fähig gewesen wäre, blieb er abrupt stehen und setzte sie unsanft wieder ab.

»Hey, Vorsicht! Ich bin zwar nicht aus Zucker, aber …«

»Sorry.« Er wandte ihr den Rücken zu. Ulla zog ihren sonnengelben Tellerrock zurecht, zupfte den runden Ausschnitt ihres ärmellosen weißen Oberteils wieder in Form. Etwas irritiert hob sie ihre Badetasche auf und hängte sie sich über die Schulter. »Danke für den Tipp und für deine Vorarbeit«, sagte Hans. Mit einem jungenhaften Grinsen drehte er sich zurück. »Ich werde der Norderneyer Kunstwelt noch eine Chance geben«, verkündete er großmütig.

Sie hatten das Seehospiz als Treffpunkt gewählt, weil sie gemeinsam nach einem geeigneten Fotomotiv für die Geschichte um den ebenso visionären wie sozial gesinnten Professor Beneke suchen wollten. Denn auf dessen Initiative hin war dieser aus mehreren Gebäuden bestehende Komplex einst erbaut worden. Auch Kinder aus armen Familien konnten sich seit mehr als sieben Jahrzehnten hier auskurieren. Die Gebäude waren allerdings nicht besonders schön anzusehen. Während Hans und Ulla zunehmend desillusioniert um das Seehospiz herumschlichen, erblickten sie zwei Diakonissen, die mit einer kleinen Kinderschar in Richtung Strand marschierten.

»Komm«, rief Ulla Hans zu, »die gehen vielleicht turnen.« Sie hoffte, dass es gute Motive geben würde.

Ein kleiner Junge weinte herzerweichend, doch die Aufseherinnen kümmerten sich nicht darum. Als sie den Strand erreicht hatten und die Kinder für ein Spiel Aufstellung in Zweierreihen nehmen sollten, ertrug Ulla es nicht länger. Sie ging zur Gruppe, grüßte freundlich und nahm den schluchzenden Jungen auf den Arm.

»Was ist denn, mein Kleiner?« Sie schaukelte ihn, strich ihm übers Haar, nahm das verklebte Händchen. »Warum bist du traurig? Es wird doch alles wieder gut.« Das Kind beruhigte sich, offensichtlich verblüfft über die unerwartete Beachtung und getröstet vom Zuspruch. »Wie heißt du?« Sie lächelte liebevoll.

»Peter.« Seine tränenfeuchten Augen brachten ihr Herz zum Schmelzen. »Die … lassen … mich nicht … mitspielen.«

Sie zog ein Taschentuch aus ihrer Badetasche und putzte Peter die Nase. Die streng dreinschauenden Diakonissen wussten offenbar nicht, wie sie reagieren sollten. Recht schien es ihnen nicht zu sein, dass sich eine Fremde ungebeten einmischte.

Doch Hans lenkte sie ab, indem er höflich mit einem gewinnenden Lächeln fragte, ob er wohl Fotos machen dürfe. Und ob sie nicht vielleicht etwas machen könnten, das gleich auf einen Blick zeigen würde, wie glücklich die Kinder in ihrer Obhut seien.

»Wie wär's mit Bockspringen?«, forderte Hans die Kinder auf. »Und wer von euch kann Rad schlagen?« Sofort meldeten sich einige ältere Kinder. »Na, dann zeigt mir mal, wie's geht!«

»Sieh nur, die anderen spielen so schön«, sagte Ulla. Eine Woge von Zärtlichkeit überkam sie. Sie drückte den zerbrechlichen Jungen noch einmal an sich, dann stellte sie ihn behutsam wieder in den Sand. »Geh einfach hin und mach mit!« Etwas verunsichert stapfte er los, drehte sich noch einmal um, sie nickte ermutigend, und dann hopste er tapfer zwischen die Großen. Wenig später sprang er lachend mit ihnen um die Wette.

Wenn es mit dem eigenen Kind partout nicht klappt, dachte Ulla in diesem Augenblick zum ersten Mal, dann könnten wir doch ein Kind adoptieren. Egal, was Agathe in ihrer Besessenheit vom »Mannesstamm der Familie« dazu meint. Es sind schon so viele arme Würmer auf der Welt, die geliebt werden möchten. Dieser Gedanke machte sie froh und traurig zugleich.

Hans fotografierte sehr konzentriert. Anschließend bedankte er sich bei den Diakonissen – und bei den Kindern, was Ulla angenehm verwunderte.

»Hast du eigentlich Kinder?«, fragte er Ulla.

Sie konnte nicht verhindern, dass ihr Tränen in die Augen stiegen. »Noch nicht«, antwortete sie und schaute auf den Horizont.

Hans schwieg eine Weile.

»Ich glaub, das Bild vom Radschlagen vor dem Meer ist gut geworden. Da, wo sich zwei Kinder von zwei Seiten aufeinander zubewegen, wo beide gerade kopfüber stehen und sich im feuchten Strand vor der Brandung spiegeln. Hoffentlich ist es nicht verwackelt.«

Ulla hatte sich inzwischen wieder gefangen. »So was Fröhliches als Symbolfoto wäre sicherlich auch ganz im Sinne von Professor Beneke!«, freute sie sich. »Dann willst du vielleicht gleich die Filme entwickeln und gucken, wie es geworden ist, oder?«

»Ach, das kann schon noch ein paar Stunden warten.« Hans spannte einen neuen Film ein und verstaute den alten gut. »Ich habe noch was anderes vor. Heute möchte ich dir ein paar besondere Attraktionen der Insel zeigen. Passt es dir?«

»Ja, meine Schlammschlacht für heute ist schon geschlagen.« Sie dachte an das Schlickbad vom Morgen.

»Sehr gut. Zuerst reiten wir nach Abessinien!«

»Klar, warum auch nicht. Wo bitte liegt das?«

»Noch hinterm Ostbad, hinter der Weißen Düne.«

»Und du hast auch ein Pferd?«

»Ich leih mir eines. Meist nehm ich Falko, einen schönen Hannoveraner.«

Sie radelten zum Reitstall. Wenig später ging es zu Pferd durch die Dünen. Auch Luna und Falko schienen sich zu mögen. Hans kannte idyllische Wege, und er bewegte sich mit der Sicherheit eines erfahrenen Reiters.

Erst kurz vor dem Ziel begriff Ulla, was sie erwartete. Selbst fabrizierte Schilder kündigten NACKEDONIEN und FKK an. Freunde der Nacktkörperkultur hatten sich hier hinten auf der Insel, wo sie sich ungestört fühlten, einen eigenen Strandabschnitt nach ihren Bedürfnissen gestaltet. Es gab ein paar aus Strandgut gezimmerte Hütten und Unterstände.

»Offiziell ist das nicht, wird aber geduldet«, erklärte Hans, als sie absaßen, um die Pferde an einem Schlagbaum festzubinden.

»Du glaubst ja wohl nicht, dass ich jetzt Mitglied in dem Klub werde, oder?«

»Es würde mich nicht stören«, entgegnete er. »Aber ich will dir etwas zeigen. Kannst du dich anschleichen?« Ein bisschen albern, dachte Ulla. Meint er, dass er mich damit beeindrucken kann? Sie war doch kein junges Mädchen mehr, das Indianer und Cowboy spielte. Trotzdem folgte sie ihm durch die Dünen ein Stück abseits des FKK-Geländes. Von hinten näherten sie sich einem Aussichtspunkt, von hohem Standhafer bewachsen, an dem hier und dort Wanderer verschnauften. In der Ferne konnte man einen Strandsegler mit Ausflüglern erkennen, der seine Fahrt verlangsamte, als es an den Nackten vorüberging. Ulla schmunzelte. Hans nahm ihre Hand, duckte sich und schlich weiter. Sie näherten sich einem angezogenen Mann mit Fernglas. »Sieh mal, da vorne«, forderte Hans sie auf, »erkennst du den feinen Herrn?«

Ulla schaute einmal, zweimal – sie wollte es erst nicht glauben.

»Das ist doch der Bankier!«, entfuhr es ihr. Sie schlug eine Hand vor den Mund und zog den Kopf ein. Nicht um sich, sondern um den Voyeur zu schützen. Wie unendlich peinlich müsste es ihm sein, hier erwischt zu werden. Der gebildete Vogelkundler war in Wirklichkeit ein ordinärer Spanner! Sie musste lachen, Hans fiel in ihr Gelächter ein, und am Ende ließ Ulla sich vor Vergnügen die Düne hinunterrollen. »Dieser Heuchler!«, rief sie Hans von unten hoch. »Wenn du gehört hättest, wie der neulich über ›die Verrohung unserer Gesellschaft‹ und ›die schamlose Präsentation des weiblichen Körpers‹ hergezogen ist!«

»Sehr gut, lach ihn aus.« Hans machte ein äußerst zufriedenes Gesicht. »Und jetzt die nächste Attraktion.«

Sie ritten zurück, brachten die Pferde wieder in den Stall, striegelten und fütterten die Tiere. Dann radelten sie an den Weststrand.

»Wir hätten doch vorhin schon baden können.« Ulla wunderte sich darüber, dass Hans mit ihr ausgerechnet an den Badestrand fuhr, der am stärksten bevölkert war, weil er direkt an die Stadt grenzte.

»Setz am besten deine Sonnenbrille auf«, sagte er nur, als sie zwischen den Strandburgen hindurchstapften. Achselzuckend tat sie, was er verlangte. Vor einer besonders großen Burg mit zwei Strandkörben und Fähnchenschmuck blieb er stehen. »Weißt du, wofür hier geflaggt wird?«, fragte er leise.

»Nein.«

Ulla schüttelte den Kopf, die Wimpel in Gelborange und Blau sagten ihr nichts. Und überhaupt, was sollte das Ganze? Ein dicker schwitzender Kerl mit einem komischen

Hütchen auf dem rot glühenden Kopf war derzeit der einzige Bewohner der Burg.

»Die Fähnchen flattern für die Stadt Siegen. Und erkennst du den Mann im Klappliegestuhl?« Ulla schaute genauer hin. Siegen, dazu fiel ihr Edelstahl ein und – tatsächlich, Herr Ellerbrock persönlich schmolz dort so unschön vor sich hin. Hans ließ sich in der Nähe oben auf den Wall einer unbelegten Strandburg sinken. »Komm«, flüsterte er, »wir beobachten ihn eine Weile.« Ulla hockte sich neben ihn. »Das ist also der große Zampano«, kommentierte Hans, während sie die bunte Szenerie ringsum auf sich wirken ließen. Nach einer Weile erhob sich der Edelstahlfabrikant. Er nahm einen aufblasbaren Schwimmring und ging damit ans Wasser. Dabei versuchte er, seinen Bauch einzuziehen, vor allem, sobald attraktive Damen in sein Radarfeld gerieten. Er kneippte hin und her, man sah ihm an, er wollte kühn und entschlossen wirken. Endlich zog er sich den Schwimmring über den Kopf, der schon oberhalb der Taille vom körpereigenen Rettungsring gebremst wurde, und stürzte sich ins beinahe spiegelglatte Meer, als müsste er gegen meterhohe Wellen ankämpfen. »Der tolle Macher kann nicht mal schwimmen«, sagte Hans. »Und in Badehosen hat schon Reichskanzler Ebert lächerlich ausgesehen, oder? Schau ihn an. Es hilft, sich die Leute, die einen einschüchtern, in Badesachen vorzustellen.«

Ulla drückte Hans spontan einen Kuss auf die Wange. »Danke dir!« Sie strahlte.

Lächelnd stand er auf, klopfte sich den Sand von der Hose. »Übrigens, der Herr Regierungspräsident, der mit seiner Familie im Mercedes nach Italien gefahren ist, der hat im Spielcasino die Urlaubskasse verzockt. Deshalb mussten sie alle früher als geplant zurückreisen.«

»Woher weißt du das?« Ulla staunte nicht schlecht.

»Ich hab so meine Quellen. Der würdige Herr ist ein notorischer Spieler. Er zockt auch auf der Insel in Hinterzimmern. Wenn das an die Öffentlichkeit gelangt, dann war's das mit der Karriere.«

»Das wäre sicher ein Skandal in seiner Position.« Ulla fragte sich, ob seine Frau und die Tochter wohl davon wussten. »Das hätte ich dem überhaupt nicht zugetraut. Dazu braucht man doch Leidenschaft, oder?«

»Vielleicht ist das sein Ventil, gerade weil er sonst immer so distinguiert auftritt«, erwiderte Hans. »Los, und jetzt lade ich dich noch auf ein Eis ein. In der Friedrichstraße gibt's eine erstklassige Eisdiele.« Erneut schwangen sie sich auf ihre Fahrräder und kurvten durchs Argonnerwäldchen, das Ulla wie immer etwas unheimlich fand, dann an Kurverwaltung und Wellenschwimmbad vorbei durch die Luisenstraße direkt in die Friedrichstraße. »Mal gucken, ob wir Glück haben.«

Hans tat geheimnisvoll, als sie die Eisdiele betraten. Vorsichtig lugte er in die hinteren Ecken.

»Ich würde aber lieber am Fenster sitzen«, bemerkte Ulla. Sie schaute gern den Passanten zu.

»Vielleicht überlegst du dir das noch mal«, raunte Hans ihr mit einem verschmitzten Lächeln zu, »wenn du weißt, welcher Anblick dich neben der Garderobe erwartet.«

Ulla trat einen Schritt vor, ihre Augen mussten sich erst an das Dämmerlicht im hinteren Bereich gewöhnen. »Ha!«, rief sie. Aus ihrem Bauch stiegen schwer kontrollierbare Lachbläschen hoch, sie umklammerte Hans' Arm und versuchte, nicht in hysterisches Gelächter auszubrechen. Frau Ellerbrock, die Wellenfrisur frisch gelegt und toupiert, saß dort vor einer riesigen Eisportion mit Schlagsahne. Das

Dekoschirmchen lag bereits achtlos zusammengeklappt auf dem Tellerrand, die Cocktailkirsche hatte sie verschmäht oder sich für den Schluss zur Seite gelegt. Gierig schaufelte sie die sahnige Sünde in sich hinein, ohne einen Blick für das, was um sie herum vor sich ging.

»Deine Diätspezialistin«, sagte Hans trocken. »Sie erholt sich jeden Freitag nach dem Besuch im Schönheitssalon von ihrem tugendhaften Leben.«

»Ist ja wirklich unglaublich.« Ulla atmete heftig aus. Vergnügt boxte sie Hans gegen den Bizeps. »So viele Illusionen an einem Nachmittag zerstört! Herrlich! Das wird mein Leben für immer verändern.«

»Willst du sie begrüßen?«, fragte Hans. »Oder soll sie ihr kleines Geheimnis behalten?«

Ulla überlegte einen Moment. »Ach, ich denke, es ist besser, wenn wir uns ein Eis in der Waffel holen und damit durch die Stadt schlendern.« Sie versuchte, diabolisch zu gucken. »Aber jetzt hab ich was gegen sie in der Hand. Wenn sie mir wieder mal zu aufdringlich wird, kann ich immer noch die Bombe platzen lassen.«

»Du bist ein guter Mensch«, erwiderte Hans. »Das hab ich gleich erkannt.«

Einen Tag später, ausgerechnet am Siebenschläfertag, als in den Strandhallen die Cubanischen Nächte mit Roberto Blanco stattfanden, regnete es nach Wochen das erste Mal. Das Wetter zeigte sich jetzt ein paar Tage wechselhaft und kühler, was Ullas Arbeit ganz zuträglich war, und dann wurde es wieder wärmer.

Die Zeit verging mit Sonnen, Baden, Kuren, Reiten, Schreiben und Tanzen. Piet Saathoff ließ ihr eine Schreibmaschine und Durchschlagpapier ins Hotel bringen, damit sie ihre Geschichten gleich ordentlich getippt abliefern konnte. Es war ein altmodisches Ding, das die Redaktion wohl ausrangiert hatte – man musste tüchtig in die Tasten hauen. Den lackierten Nägeln tat das nicht gut. Doch bald entwickelte Ulla eine Technik, wie sie von schräg unten den Anschlag nur mit den Fingerkuppen auslösen und die perfekt oval gefeilten Nägel schonen konnte.

Will schickte ihr ein geklebtes Exemplar vom ersten Entwurf der neuen Frauenzeitschrift. Arbeitstitel *Mia*. Eine junge Frau mit Pony und Pferdeschwanz in enger Hose war auf dem Titel abgebildet. Sehr frisch, sympathisch, frech. Agathe würde nicht amüsiert sein. Die *Mia* brachte einen großen Modeteil schon am Heftanfang, was ungewöhnlich war, sonst nur Sachthemen. Es gab zwei Seiten mit Frisuren. Ob man das durchhalten kann, fragte sich Ulla, alle zwei Wochen zwei Seiten mit neuen Frisuren füllen? Aber insgesamt gefiel ihr der Entwurf recht gut. Sie musste zugeben, dass er einen modernen weiblichen Stempel trug, wahrscheinlich dank Fräulein Stamps.

Ein ungutes Gefühl beschlich sie, es verursachte ihr eine leichte Übelkeit. Rasch begann sie zu summen. Nein, sie wollte weder eifersüchtig noch unfair sein. Außerdem hatte Will im Begleitbrief sehr liebe Zeilen an sie gerichtet, für seine Verhältnisse direkt gefühlvoll.

Sie seufzte sehnsüchtig. Und antwortete ihm gleich schriftlich – lobte den Entwurf, fügte ein paar Ideen und kleine Verbesserungsvorschläge hinzu.

Hans hatte sie noch nicht wieder angesprochen auf das Modellstehen für seine Fotos. Verdient hatte er es sich ja nun. Ulla sah tatsächlich die Herrschaften im Kaiserhof mit anderen Augen. Und sie selbst bewegte sich ungezwungener, wenn sie durch die Lobby oder das Restaurant ging.

Inge machte beim Miss-Hawaii-Wettbewerb in den Strandhallen mit. Sie trug zum Blumenkranz einen Bikini mit angedeutetem Schoßröckchen aus ihrem Sortiment, erwähnte bei der Befragung des Conférenciers, wie sie es immer tat, wenn sich die Möglichkeit dazu bot, Nettys Lädchen als Mekka für Liebhaberinnen schöner Bademoden. Sie verwand es, dass eine andere Urlauberin den ersten Preis gewann, denn inzwischen lief der Verkauf – nicht zuletzt ihrer unkonventionellen Reklame wegen – äußerst zufriedenstellend.

Einmal trafen Ulla und Inge im Stadtgewühl zufällig auf Helmut, der seine Konkurrentin gleich ärgerlich anfuhr. »Das ist unlauterer Wettbewerb!«, schimpfte er. Ihr Auftritt war ihm offenbar zu Ohren gekommen.

Ulla zuckte nur mit den Achseln. »Dann mach du doch beim Mister-Norderney-Wettbewerb mit.« Die Freundinnen kicherten wie Schulmädchen, als sie weitergingen. So einen Wettbewerb gab es natürlich nicht. »Eigentlich schade«, meinte Ulla, »ich würde ihn gern mal in Badehosen sehen.«

Inge schaute sich noch einmal nach dem gut gewachsenen jungen Mann um. »Ach, der ist doch noch gar nicht trocken hinter den Ohren«, wehrte sie ab. »Ich brauch was anderes.«

Ulla wusste, dass Inge von einem zuverlässigen, starken Mann träumte. Geld spielte für ihre Freundin zwar eine, aber nicht die wichtigste Rolle.

9

Als Kim am Abend nach dem langen Gespräch mit Inge Fisser und dem Absacker mit Julian im Bett unter der Dachschräge ihres Ferienapartments lag, spürte sie eine freudige Erregung, die sie schon lange nicht mehr empfunden hatte.

Warum?, überlegte sie. Weil es heute Abend nach dem zweiten Aperol wieder dagewesen ist, dieses Kribbeln, die Gänsehaut? Ich hab zwischendurch die Augen geschlossen und es einfach geschehen lassen. Wir saßen im Dämmerlicht – ob Julian etwas gemerkt hat? Er hat meinetwegen seinen Abendtermin abgesagt. Das hätte er doch nicht gemacht, wenn er nicht an mir interessiert wäre.

Ja natürlich, flüsterte ihr ein Teufelchen ins Ohr, er will das Foto von Hans F. Ehrlich. Daran ist er interessiert, nicht an dir als Frau. Außerdem hat er klar und deutlich gemacht, dass er verheiratet ist.

Sie seufzte. Schade, die besten Typen waren immer in festen Händen. Aber trotzdem, Kim drehte sich auf die andere Seite und kuschelte sich gemütlich ein, sie freute sich darauf, Julian am nächsten Tag wiederzusehen.

Um die Zeit bis zu ihrer Verabredung zu verkürzen, fuhr sie nach dem Frühstück mit dem Rad hinaus in Richtung Ostland. Es war kühler als am Vortag. Der Himmel glich einem riesigen grau gewaschenen Leinentuch, wenigstens regnete es nicht. Noch im Ort kam sie an einer Kreidetafel vorbei, die verkündete: GÄBE ES DIE LETZTE MINUTE NICHT, SO WÜRDE NIE ETWAS FERTIG. Siedend heiß fiel ihr das Drehbuch wieder ein. Aber schnell schob sie den Gedanken zur Seite. Etwas Erholung musste auch sein. Vielleicht belebte der Sauerstoff ihre grauen Zellen.

Auf dem Zuckerpfad, einem alten Schmugglerweg, radelte sie, bis sie zu einer Aussichtsdüne kam. Die Luft war so köstlich klar und rein, wie manchmal das Wasser schmeckte, nachdem man sich beim Sport verausgabt hatte. Eine Spur Süße, eine Nuance Lieblichkeit lag in der Frische. Kim stellte das Rad ab und ging auf einem breiten, kurvig verlaufenden Holzsteg zur Kuppe der Aussichtsdüne hoch, mitten in eine hölzerne Spirale hinein. Eine schöne Wirkung hatte dieses noch recht neue Gebilde, das als Thalasso-Plattform bezeichnet wurde. Nicht nur, weil es vor Wind schützte. Es markierte einen Kraftort. Kim setzte sich in dieses offene Schneckenhaus und spürte förmlich, wie es heilte.

Sie schaute in die Ferne, das entspannte die Augen. Auf der einen Seite sah sie über die Dünen bis aufs weite Meer, auf der anderen Seite den Leuchtturm und über Salzwiesen und Watt hinter einer gleißenden Wasserfläche bis zum Festland, das mit Windrädern verspargelt war. Sie hörte nur den Wind. Und Vogelrufe. Mal in der Ferne ein Auto oder Sportflugzeug. Ansonsten herrschte Ruhe. Und der Boden unter ihr war komplett vibrationslos. Welche Wohltat!

Beim Abstieg freute sie sich über den Text einer Infotafel. DER WIND IST DER DOMPTEUR DER WELLEN … DER FRISÖR DER BÄUME. Lass doch alles fahren, dachte sie. Nichts ist so wichtig, wie du im Alltagskampf immer glaubst.

198

Sie schminkte sich etwas und zog sich um. Der azurblaue Kaschmirpulli mit dem tiefen V-Ausschnitt zu ihrer besten Jeans betonte ihre Figur vorteilhaft, dazu trug sie Sandaletten mit höheren Absätzen. Wieder holte sie Julian vor dem Hotel ab, diesmal klopfte ihr Herz schneller als am Vortag. Er erwartete sie lächelnd. *What a difference a day makes ...*, der alte Bluesklassiker fiel ihr ein, die Melodie summte in ihr, ... *twenty-four little hours*. Welchen Unterschied ein Tag machen konnte, nur vierundzwanzig kleine Stunden! Sie begrüßten sich mit Küsschen rechts und links. Er duftete, ganz dezent nur. Wonach? Kim schnupperte insgeheim. Es weckte in ihr Assoziationen von Wüste, würzigen Kräutern und edlem Leder.

»Hi, Kim!« Seine blauen Augen strahlten. »Dann besorgen wir jetzt erst noch unser Gastgeschenk. Aber bitte keinen Brombeerlikör! Wenn ich den trinken muss, verkleben mir die Eingeweide, und meine Organe verabschieden sich nacheinander.«

Sie lächelte mitfühlend. »Okay. Ich bin vorhin an einem feinen kleinen Spirituosenladen vorbeigekommen, da werden wir sicher fündig.« Bis dahin radelten sie ein Stück.

»Ursprünglich wollte ich ja heut Nachmittag in den Festival-Film *Die Sternenjäger*«, sagte Julian, als sie kurz darauf an der Kasse jeder die Hälfte für eine Flasche Marillenbrand bezahlten. Für Inges süßen Zahn kauften sie noch eine Tüte Champagnertrüffel.

»Ach, witzig, genau den Film hätte ich eigentlich auch gucken wollen!« Die Dokumentation reizte Kim, weil sie Menschen zeigte, die an den Pol oder in die Atacama-Wüste reisten, nur um den Sternenhimmel ohne Lichtverschmutzung zu fotografieren. »Schade, dass der Himmel heute be-

deckt ist, sonst hätte man die Sterne über Norderney beobachten können.«

»Zurzeit wird's ja kaum noch richtig dunkel«, meinte Julian, »das ist wahrscheinlich sowieso nicht günstig. Aber zur
Filmaufführung ist als Gast der Fotograf von der Norderneyer Sternwarte angekündigt. Den wollte ich etwas fragen.«

»Zu dem kannst du auch später noch Kontakt aufnehmen.«

Sie schoben ihre Räder durch die Fußgängerzone, hielten
kurz bei den Seehundplastiken, wo ein gut gelaunter älterer
Mann mit stickerbesetzter Mütze und großer Handklingel
für Erinnerungsfotos posierte und Auskünfte aller Art er-
teilte. Sie machten einen Schlenker durch eine Gasse und
standen auf einmal vor einer neugotischen Kirche, aus der
wunderbare Orgelmusik klang. Es musste eine evangelische
Kirche sein, denn das Standbild davor zeigte Martin Luther.

»Lass uns reingehen«, bat Julian. »Wir haben doch noch
etwas Zeit.« Kim wusste nicht, was der Organist spielte,
vielleicht Bach mit Variationen oder freier Improvisation.
Er übte offenbar. Aber so leidenschaftlich und mit einer
derart wilden Freude, so gegen alle Widerstände frohlo-
ckend, dass es ihr Tränen in die Augen trieb.

Sie trat ins kühle Dunkel unter die Orgelempore und
nahm dort auf einer Kirchenbank Platz, während Julian
weiterschlenderte. Nur vereinzelt verirrten sich um diese
Zeit Touristen in den schlichten Backsteinbau. Über dem
Mittelgang hingen zwei Modellsegelschiffe, eines davon voll
aufgetakelt. Auf dem Taufbecken brannten Seelenlichter.
Der Altar wurde von einer dicken festgeschweißten Ankerkette gehalten. Hier waren gewiss schon viele Gebete für
geliebte Männer auf See gesprochen worden.

Julian kehrte zurück. »Du musst nach vorne kommen«,

flüsterte er ihr ins Ohr, »da klingt es besser.« Gemeinsam gingen sie zum Altar. Die Orgel strömte über von jubilierenden Klängen voller Kraft und Entschlossenheit. Für Sekunden war es Kim, als würde sie mit diesem Mann, den sie doch gar nicht kannte, zum Traualter schreiten. Um vor Gott etwas für die Ewigkeit zu schwören. Sie gingen genau im Takt. Ganz intuitiv, selbstverständlich. Schön fühlte sich das an, wunderschön.

Ist das jetzt kitschig?, schoss es ihr kurz durch den Kopf. Nein. Ach, und wenn schon! Es weiß ja niemand. Sie erlaubte sich, dieses Gefühl intensiv zu empfinden.

Es dauerte auch nicht lange. Aber es ging tief in ihr Innerstes. Sie atmete durch.

Vorne drehte sie sich um und erkannte, dass die Kirche doch nicht so schlicht war, wie sie beim ersten Eindruck gedacht hatte. Das korallenrot gestrichene, elfenbeinfarben abgesetzte Holzdekor des Kirchenschiffes und die silbernen Orgelpfeifen auf der Empore machten Eindruck. Sie sah jetzt auch den Organisten, einen eher jungen Mann mit raspelkurzem Haar und T-Shirt. Er beugte sich vor, schwankte nach rechts und links wie ein Rockstar oder wie Mozart im Milos-Forman-Film *Amadeus*. Er machte Pausen, setzte neu an, wiederholte schwierige Passagen, wähnte sich wohl allein oder scherte sich nicht darum, ob jemand zuhörte. In eine der Pausen, als gerade große Stille herrschte, drang Glockengeläut.

Kim fühlte sich völlig geflasht. Stumm verließ sie mit Julian die Kirche. Beide vermieden es, einander anzuschauen. Wenig später entdeckte Kim den Schriftzug KÜNSTLER-HAUS an einem Hotel.

»Guck mal«, sie fand ihre Sprache wieder, »das existiert also immer noch.«

»Ja, aber als Hotel«, bemerkte Julian. »Die Idee mit dem Überschuss für die Künstler hat sich wohl nicht bewährt.«

Inge Fisser bat sie in ein sonniges Zimmer, wo schon auf einem runden Tisch mit geklöppelter Decke eine Metallkanne auf dem Stövchen leise summte und neben Tassen mit dem Dekor Friesenrose Likörgläser und Kekse standen.

»Nehmt doch Platz!« Erfreut betrachtete sie das Etikett des feinen Marillenbrands und ging Richtung Küche. »Das ist ja ganz was Edles, vielen Dank. Den muss man aber kalt trinken, ich stell ihn erst mal in den Kühlschrank.« Zurück kehrte sie mit einer Flasche Echte Kroatzbeere. »Davon mögt ihr sicher ein Schlückchen, nicht?« Kim und Julian setzten sich auf das grüne Sofa und nickten ergeben. Kurz kreuzten sich ihre Blicke, aber es gelang ihnen, ein Giggeln zu unterdrücken. Inge Fisser hatte schon ein Familienalbum herausgelegt. »Die Broschüre hab ich noch nicht gefunden. Ich bin mir allerdings sicher, dass ich sie beim letzten Umzug nicht weggeworfen hab. Ich werde sie schon noch finden.« Sie schenkte Tee und Likör ein und ließ sich in ihren Relaxsessel sinken. »Tolles Ding. Mit allem Schnick und Schnack«, bemerkte sie, während sie die Sitzposition per Automatik veränderte, »ein Geschenk meiner Kinder.«

Kim war enttäuscht, dass sie die Broschüre nicht zu Gesicht bekommen würde. Ihre Gastgeberin nahm das Album, legte es auf den Tisch, blätterte. »Hier, das war im Sommer 59. Sie wollten doch wissen, wie ich damals ausgesehen hab, Julian.« Stolz lächelnd zeigte sie auf ein Foto. Sie posierte neben ihren beiden Tanten und einer Familie in Reisekleidung mit vielen Koffern und Gepäckstücken auf der Holztreppe zur Veranda. Auf dem Foto daneben war Ulla mit derselben Familie zu sehen. »Das ist eines von diesen Gästefotos, die immer zum Abschied gemacht werden mussten.«

»Meine Güte, wie braun gebrannt Sie waren«, sagte Kim. »Und wie jung und so hübsch, alle beide!« Ihre Großmutter trug eine Caprihose mit Bügelfalte, eine kurzärmelige Bluse mit eckigem Ausschnitt und Ballerinas. »So was trägt man ja heute auch wieder!«

Trotzdem wirkte Ulla damals erwachsener, als Kim sich heute fühlte, weiblicher und damenhafter. Inge trug eines dieser Fünfzigerjahrekleider mit weitem Rock und engem Oberteil, die Kim so toll fand. Ob es nur am Styling lag, überlegte sie, oder ob die Frauen damals insgesamt schon früher reifer gewesen waren?

»Die flotte Biene da links sind Sie?«, fragte Julian höflich. Inge schaute etwas verwundert, doch belustigt. »Ein wirklich steiler Zahn«, lobte Julian.

Die alte Dame lachte lauthals. »Vielen Dank!«

Kim lachte mit, und Julian errötete.

»Hab ich was Falsches gesagt, Frau Fisser?« Verlegen rückte er seine Brille zurecht.

»Nee, min Jung, das war goldrichtig.« Gut gelaunt sah sie ihre Gäste auf dem Sofa an und hob ihr Glas. »Lassen wir das lästige Gesieze. Sagt man Inge zu mir. Prost!« Ihnen blieb nichts anderes übrig, als mit der alten Dame anzustoßen und den süßen Likör zu trinken. »Also, an diesem Tag, das weiß ich noch, da bin ich mit Tammo das erste Mal im Kino gewesen.« Sie lächelte versonnen. »In dem Sommer hab ich ja die beiden ein bisschen getestet. Tammo, den Konditor, und Felix, den Postangestellten. An dem Tag fand auch ein Übungsabend des Heimatvereins statt. Ich war froh, dass Ulla mit Tante Netty mitgegangen ist.«

Kim empfand Stolz darüber, dass die wunderschöne

junge Frau auf dem Foto ihre Großmutter war. »Euer Outfit ist einfach cool. Auch das Reisekostüm der Urlauberin. Wer war denn das?«

»Och, irgendwelche Stammgäste aus Oberhausen. Der Name fällt mir nicht mehr ein. Aber das ist ein typisches Foto, so mussten sich sämtliche Norderneyer Vermieter jeden Sommer zigmal aufstellen.«

10

1959

»Kommen Sie mit aufs Treppchen, junge Frau, Sie gehören doch dazu!« Der Familienvater aus dem Ruhrgebiet, der nach drei Wochen Urlaub darauf bestand, ein Abschiedsfoto von »seinen« Norderneyern zu machen, winkte Ulla näher. Schon seit einer ganzen Weile dirigierte er Frau, Schwiegermutter und seine vier Kinder samt den de-Buhr-Schwestern und Inge auf den Verandastufen hin und her. »Nein, Schätzken«, rief er der Jüngsten zu, »du musst ganz vorne stehen, sonst sieht man dich nicht.«

»Sollte ich nicht lieber das Foto machen?«, schlug Ulla vor.

»Dann kommen Sie auch mit drauf, die ganze Familie …«

Doch sie war so oft bei Hetty und Netty gewesen, dass die Oberhausener sich von ihr ebenfalls verabschieden und sie mit auf dem Erinnerungsbild sehen wollten. Auch an diesem Vormittag war Ulla Inge wieder ein wenig zur Hand gegangen. Sie hatte ihr geholfen, die Betten zu beziehen – natürlich exakt, wie Hetty es wünschte, mit straff gezogenen Laken und immer einer handbreiten Spalte zwischen den Matratzen der Doppelbetten.

»Wir machen einfach eine Aufnahme mehr, mal so und mal so«, entschied die Schwiegermutter auf der obersten Stufe und zog Ulla vor ihren üppigen, nach Kölnisch Wasser duftenden Busen.

»Hier kommt das Vögelchen!«, rief der Vater, bevor er knipste, und Ulla sagte brav *cheese.*

Als die Oberhausener endlich auf dem Heimweg waren, nicht ohne bereits fürs nächste Jahr reserviert zu haben, zählte Hetty routiniert die Geldscheine und bündelte sie, um sie baldmöglichst zur Bank zu bringen.

»Auf die Oberhausener freue ich mich tatsächlich jedes Jahr wieder«, sagte Hetty. »Die sind fast wie liebe Verwandte.«

Netty drängte es zum Übungsabend des Heimatvereins. Sie schlug Ulla vor, sie zu begleiten. Normalerweise hatten die Insulaner während der Saison keine Zeit für Vereinstreffen. Doch für einen Jubilar sollte etwas Besonderes vorbereitet werden. Ulla hatte nichts Besseres vor. Modenschau, Kino oder Tanztee machten ihr allein nicht viel Spaß, und da Inge mit ihrem Verehrer Tammo ins Kino wollte, sagte sie gern zu.

»Muss ich mich umziehen?«, fragte sie. Zu türkis-weiß karierter Caprihose und luftiger Bluse hatte sie nur eine Baumwollstrickjacke mit Dreiviertelarm dabei.

»Ach was, ist doch hübsch. Komm einfach so mit.«

Um bei den Gesangsproben im Saal nicht zu stören, setzte sie sich, nachdem Netty sie dem Wirt vorgestellt hatte, der sehr schön über den s-pitzen S-tein s-tolperte, an die Theke neben einen älteren Mann mit Vollbart. Er sah aus, wie man sich einen richtigen Seebären vorstellte. In dieser Gastwirtschaft verkehrten offenbar hauptsächlich Insulaner. Zwei Hocker links neben dem Seebären saß noch jemand. Ein kleiner, etwas verwachsener Mann mit Hosenträgern. Er wirkte furchtbar erschöpft, lächelte aber die ganze Zeit, irgendwie dankbar.

Es fehlte jeder Komfort und Schnickschnack – abgesehen

von einem Fischernetz in der Ecke überm Stammtisch, einigen ausrangierten Utensilien von Fischerbooten, die nun als Dekoration dienten, und dem Spendenschiff für die deutschen Seenotretter neben der Thekenvitrine mit hausgemachten Frikadellen, mit Schokolade, Erdnüssen und Salzstangen. Die schlichten Holzmöbel waren abgenutzt, die Wände vom Rauch vergilbt. Einziges Zugeständnis an die Moderne: eine Musikbox, die in dieser Umgebung wie ein beleuchtetes Ufo aussah.

Ulla bestellte ein Alsterwasser, halb Bier, halb Zitronenlimonade, während der Seebär auf ein Nicken hin Lütt un Lütt, Bier und Korn, vorgesetzt bekam. Eine ganze Weile saß er schweigend auf seinem Hocker, rauchte und guckte vor sich hin. Der Wirt war auch nicht gerade redselig. Zwischen ihm und dem Seebären, der die Stimme eines lebenslangen Rauchers hatte, entspann sich ein kurzsilbiger Dialog.

»Jaujau.«

»Jau.«

»So ist dat.«

»Kannst woll seggen.«

»Jau.«

Der kleine Mann begleitete ihre Äußerungen mit Kopfnicken. Ulla fragte sich, ob es eine so gute Idee gewesen war mitzukommen. Aber vielleicht kam sie ja nach der Chorprobe noch mit Einheimischen ins Gespräch. Durch die Doppeltür zum Saal hörte man die Gesangsübungen und Lieder. Sobald die Bedienung mit ihrem Tablett hineinoder hinausging, konnte Ulla die plattdeutschen Texte einigermaßen verstehen. *Wenn hier een Pott mit Bohnen steiht* oder *Jan, kumm kiddel mi.*

»Na? Soll ich dich auch kitzeln?«, fragte jemand hinter ihr neckisch.

207

Überrascht drehte sie sich um. »Hallo, Hans, was machst du denn hier?«

Sie hatte nicht bemerkt, dass jemand eingetreten war. Was für ein Glück, die Langeweile hatte ein Ende! Auch ohne Körperkontakt verspürte sie auf dem Rücken ein leichtes Prickeln.

»Ich soll ein Erinnerungsfoto machen«, sagte er. »Darf ich?« Ohne eine Antwort abzuwarten, setzte er sich auf den Hocker zu ihrer Rechten. »Der Verein will ein Mitglied zum Goldenen Jubiläum ehren.«

»Ach so.«

»He, Hinni!«, grüßte Hans den Seebären. »Wor geiht? He, Tönjes!«

Das war wohl der Name des kleinen Mannes, der weiterlächelte und mit »He« antwortete.

»Jau, mutt ja.«

»Jau. Machs' woll noch een?« Der Alte nickte. »Und du, Tönjes?«

Der schüttelte den Kopf. »Hebb all twee hat.«

Der Wirt bestätigte es. »Und mehr als zwei Schnaps darf er nicht. Vielleicht 'ne Sinalco?«

»Jau.«

»Gut, drei Doornkaat und eine Sinalco«, bestellte Hans.

»Du strahlst ja so«, sagte Ulla.

»Es klappt mit der Ausstellung! Sie soll zum Deutschen Bädertag im Künstlerhaus eröffnet werden.«

»Oh, wie toll! Ich freu mich für dich.«

»Du bist ja nicht ganz unschuldig daran. Danke noch mal!« Er neigte sich zu Ulla, um ihr etwas ins Ohr zu flüstern. »Übrigens, den alten Hinni solltest du mal interviewen. Der hat was erlebt!« Der Wirt stellte die Gläser hin, die Flasche gluckste beim Einschenken. »Nich'

208

lang schnacken, Kopp in 'n Nacken!«, befahl Hans. Alle drei kippten den Schnaps. Ulla schüttelte sich. »Mensch, Hinni, sag mal, wie lange ist das nun eigentlich her mit der *Lavinia?*«

Hinni leckte sich die Lippen. »Das war 1925, am 25. März«, wusste er genau. »Vierunddreißig Jahre ist das jetzt her. Ich war noch 'n junger Kerl.«

»Du musst nämlich wissen, Ulla, Hinni gehörte zur Crew des Rettungsbootes *Fürst Bismarck*«, erklärte Hans. »Die haben damals die Besatzung und den Schatz vom Frachtdampfer *Lavinia* gerettet.«

»Was, tatsächlich?«

Ulla hatte zwar mal am Rande etwas von einem legendären Goldschiff namens *Lavinia* gehört, aber die Geschichte für Seemannsgarn gehalten. Und hier saß einer, der sie erlebt hatte?

»Jau.«

»Wie viele Leute seid ihr noch mal gewesen?«, fragte Hans. Ulla hatte den Eindruck, dass er es längst wusste, aber den Ostfriesen zum Reden bewegen wollte.

»Zwölf. Und der Vormann. Und zwei Ersatzmänner.« Hinni stierte wieder geradeaus.

»Sieben davon aus der Familie Rass«, steuerte der Wirt bei, während er ein Pils zapfte. »Und alle Rettungsmänner haben am Ende einen Haufen Geld gekriegt.«

»Jau.«

O je, dachte Ulla, wenn das in diesem Tempo weitergeht, brauchen wir bis morgen früh. Sie wusste von Will, dass Alkohol zähe Gespräche beschleunigen konnte. Sie wusste auch, dass eine fette Unterlage im Magen half, bei Gelagen länger durchzuhalten.

»Die nächste Runde geb ich aus«, sagte sie dem Wirt. Sie

stand auf und fragte ihn leise, ob er wohl Speiseöl dahabe und ihr einen Block und Bleistift leihen könne. Er sah sie an, als wäre sie nicht recht bei Trost. »Olivenöl gibt's hier ja sicher nicht, oder?«, fügte sie hinzu. Plötzlich leuchteten seine Augen auf. Er schob ihr das Schreibzeug rüber, der Block war an der Ecke vom Spülwasser feucht, dann holte er aus der Küche eine angebrochene Flasche mit der Aufschrift »Salatöl« und stellte sie diskret ans andere Ende des Tresens. Einen Esslöffel legte er daneben. »Kleinen Moment noch«, bat Ulla Hans und Hinni, »bin gleich wieder da.« Sie ging ans Tresenende, wandte den Männern den Rücken zu, füllte den Löffel mit dem zähflüssigen Zeug und schluckte es entschlossen hinunter. »Bringen Sie's gleich wieder zurück«, bat sie den Wirt augenzwinkernd, »und schenken Sie Hinni immer ungefragt nach, das geht alles auf mich.«

Den Trick mit dem Öl kannte sie aus Wills Repertoire für die erfolgreiche Verhandlungsführung. Schnell ging sie weiter zur Toilette. Als sie zurückkehrte, hatte sich Hinni eine von Hans' Zigaretten angesteckt und machte schon einen geselligeren Eindruck.

»Der Frachtdampfer ist auf dem Weg von London nach Hamburg gewesen und auf dem Norderney-Riff leckgeschlagen. Onno, unser Nachtwächter, hat das Notsignal als Erster gesehen und alle alarmiert. Ich bin vom Signal Skipp-up-Strand wachgeworden.« Hinni bedachte sie mit einem nachsichtigen Blick. »›Schiff auf'm Strand‹ für Festländer. Dreimal lang, mit'm Handhorn. Tuut – tuut – tuut.«

Die abstehenden Ohren des Wirtes leuchteten rot. »Ich kann mich gut erinnern«, sagte er. »Frühmorgens zwischen vier und fünf ging's los. Ich war noch 'n S-tummel, aber trotzdem. Das ganze Inselvolk is' ja auf den Beinen, wenn das Signal ertönt.« Er polierte an einem Glas herum. »Wir sind alle raus aus'm mollig warmen Bett an den S-trand und haben mit klappernden Zähnen bei S-turm und Kälte zugeguckt!«

»Jau. Wir sind sofort rausgepullt.«

»Gerudert?«, fragte Ulla nach, weil sie sich mit den Seemannsbegriffen nicht gut auskannte, und schrieb Stichworte auf den Block.

»Alles nur mit Muskelkraft und Hilfssegeln. Bei Windstärke 10! Eine Stunde haben wir gebraucht bis zur *Lavinia*. Die hatte 'nen Maschinenschaden, war manövrierunfähig.« Hinni paffte genüsslich. Langsam kam er in Fahrt. Hans blinzelte Ulla zu. Sie frohlockte innerlich – das war genau die Art von Geschichte, die ihr noch fehlte! »Wir haben nur ein paar von der Besatzung mitgenommen, die meisten wollten an Bord bleiben und Signal geben, falls es schlimmer wird. Als wir zurückkamen, standen am Strand wohl tausend Schaulustige.«

»Und dann musstet ihr doch schon bald wieder raus, nich'?«, gab der Wirt das nächste Stichwort.

»Jau, gegen Mittag zeigte die *Lavinia* die Notflagge, und wieder hieß es: *Rettungsboot klar!* Inzwischen war Windstärke 11.« Hinni spülte den Doornkaat mit einem Schluck Bier nach. Seine Erzählung bekam etwas Schwärmerisches. »Die *Bismarck* schoss wie ein Pfeil durch die brüllende See.« Hinnis Nasenflügel blähten sich. »Diesmal wollte die gesamte Besatzung von der *Lavinia* mit, weil Wasser in ihr Schiff eingedrungen war. Nur der Käpt'n nicht. Wir haben ihn aber überredet. Und auf der Rückfahrt isser damit rausgerückt!« Hinni machte eine effektvolle Kunstpause, schließlich erzählte er die Geschichte nicht zum ersten

211

Mal. »An Bord befanden sich einhundertachtzig Goldbarren und fünfhundertachtzig Silberbarren!«

»Wirklich und wahrhaftig?« Ulla wechselte einen Blick mit Hans, der sich über ihr Staunen zu freuen schien.

»So wahr ich hier sitze. Das Gold lag in sechsunddreißig Kisten in der Kapitänskajüte. Die Silberbarren hatten sie einfach unverpackt neben Kaffee, Mehl und Reis im Laderaum verstaut.« Als sich der orkanartige Sturm endlich gelegt hatte, so berichtete Hinni weiter, war eine aufwendige Bergungsaktion gestartet worden. Inzwischen hatte sich herumgesprochen, was den Norderneyern da vor die Insel gespült worden war. Aus allen Himmelsrichtungen waren hilfsbereite Schiffe, kleine Segler, große Dampfer herbeigeeilt. »Aber die haben wir nicht gebraucht, die kamen gar nicht zum Zug. Wir wollten uns doch die Bergungsprämie von denen nicht nehmen lassen. Außerdem durften die Boote nicht viel Tiefgang haben wegen der Sandbank.« Mit den Kuttern von Norderneyer Fischern, die flach genug waren, wurde die Ladung an Land gebracht, ungefähr bei Cornelius am Nordstrand. Polizei und Militär schalteten sich zur Überwachung ein. »Die Goldbarren waren so schwer, dass wir die Pferdefuhrwerke nur am Rand ihrer Ladeflächen beladen durften.«

»Aber ihr habt's geschafft.«

»Na ja, noch nich' ganz. Da kam ja noch der Schreck in der Abendstunde.«

»Ach, die fehlenden Silberbarren …«, erinnerte sich der Wirt.

»Das war 'n Ding«, brummte Hinni. »Am Schluss fehlten fünf. Die waren ja alle durchgezählt. Fünf Stück, wie vom Erdboden verschwunden. Wir dachten schon, jetzt sperren sie uns ein.«

212

»War aber doch klar, dass kein Insulaner bei so was betrügt«, schob der Wirt ein. »Da hätt er sich auch gleich ertränken können.«

»Der Steuermann der *Lavinia* kam schließlich auf die Idee und sagte, wir sollten noch mal unter den Kaffeesäcken an Bord nachgucken – ob da was verrutscht war.« Hinni fixierte den Wandkalender, er hatte keine Eile.

»Und?«, drängte Ulla.

»Am nächsten Morgen sind wieder welche von uns zum Schiff raus. Haben wohl zwanzig Kaffeesäcke zur Seite gehievt – und da lagen sie dann, die fehlenden fünf Silberbarren!«

»Damit war endlich alles klar«, meinte der Wirt. Er schenkte noch eine Runde ein.

Hans verlangte Salzstangen und reichte die aufgerissene Tüte herum. »Wie hoch war noch mal die Bergungsprämie?«, fragte er knabbernd.

»Dreitausendsechshundert Reichsmark für jeden von uns Rettungsmännern«, verkündete Hinni stolz. »Auch die übrigen Helfer sind belohnt worden.«

»Die meisten haben das Geld in ihre Häuser investiert«, erinnerte sich der Wirt. »Gibt heut noch ein Haus Lavinia in der Frisiastraße.«

»Die Inflationszeit war damals schon vorbei, oder?« Ulla überlegte.

»Zum Glück«, antwortete Hinni. »Ich weiß noch, ein Matrose hat damals zweitausendeinhundertsiebzig Reichsmark verdient – im ganzen Jahr!«

»Meine Güte, was für eine Geschichte!« Ulla war ebenso beschwipst wie beeindruckt. »Die muss in meine Broschüre!«

Hinni drehte sich langsam zur Seite, seine buschigen Augenbrauen zogen sich zusammen. »Dor maok man nix van, min Wicht.« Sie begriff, dass er sie aufforderte, keine große Sache daraus zu machen. Aber sie beschloss, dass sie in diesem Fall überhaupt kein Plattdeutsch verstand.

»Sach eben, Hinni«, fragte der Wirt nachdenklich, »was ich immer noch mal wissen wollte – s-timmt das mit den S-traußen?«

»Jau. Alles die reine Wahrheit.«

»Nun mal raus damit!«, lockte Hans.

»Nicht, solange ich auf'm Trockenen sitz.« Der Wirt hatte vor Spannung vergessen, erneut nachzuschenken, was er nun schleunigst nachholte. »Also. Als wir zurück waren an Bord der *Lavina*, ohne die Besatzung, um das Gold und das Silber zu holen, da waren plötzlich drei Straußenvögel an Deck. Die liefen immer hinter uns her. So konnten wir nicht an die Ladung rankommen.« Ulla stellte sich die Szene bildlich vor, sie musste lachen. Etwas derart Absurdes konnte sich doch kein Mensch ausdenken, das musste wahr sein! »Die Riesenvögel waren aus ihrem Käfig ausgebrochen und hungrig. Mein Freund Albert hat versucht, die Ankerkette in ein Lasso umzutüddeln und die Viecher damit einzufangen. Funktionierte aber nicht.«

»Und wie habt ihr das Problem gelöst?«, wollte Hans wissen.

»Wir haben in der Kombüse noch Gemüse gefunden, das haben wir in den Käfig gelegt. Da sind sie freiwillig rein, und wir konnten sie ganz leicht wieder einsperren.«

»Schlau!«, lobte Hans. »Kannst du mir jetzt noch erklären, was die Strauße an Bord gemacht haben?«

Tönjes, der bislang kaum etwas gesagt hatte, wusste die Antwort. »Die sollten nach Hamburg, zu Hagenbeck in den Tierpark.«

Während Ulla mit fliegendem Stift weiter Notizen

machte, kam ein Mann vom Heimatverein aus dem Saal. »Ach, hier steckst du, Hans. Bist wohl aufgehalten worden.« Er grinste verständnisvoll. »Wir warten auf dich. Du könntest jetzt das Gruppenfoto machen.«

»In Ordnung, ich komme. Das Stativ und die Scheinwerfer hab ich heute Nachmittag schon im Clubraum aufgebaut.« Hans legte Ulla eine Hand auf die Schulter, als er an ihr vorbeiging. Sie fand es angenehm. »Du bleibst doch noch etwas, oder?«

»Klar!«

Das Fotografieren dauerte nicht lange. Die anderen Vereinsmitglieder strömten bald in den Gastraum, setzten sich an Tische und Theke, um zum gemütlichen Teil des Abends überzugehen. Sturmfeuerzeuge klackten, Tabakgeruch stieg Ulla in die Nase. Tante Netty schwang sich erstaunlich behände auf den Hocker neben sie, Hans kehrte zurück und stellte sich zu ihnen. Tönjes, der kleine Mann, wurde von allen freundlich und irgendwie, so schien es Ulla, ehrfürchtig schonungsvoll behandelt.

Jemand warf Geld in die Musikbox. Freddy schluchzte *Die Gitarre und das Meer*. Danach sang Lale Andersen *Die Dame von der Elbchaussee*. Ulla hörte das Lied zum ersten Mal und staunte nicht schlecht. *Ich bin aus Hamburg Blankenese (...) Ja, und einmal im Jahr fahr ich nach Norderney, da steig ich dann von meinem Postament ...*, hieß es darin. Sie musste schmunzeln, eine köstliche Persiflage auf Agathe und ihresgleichen. Doch ein bisschen tat es auch weh. Denn die besungene Dame von der Elbchaussee war wohl ebenso eine Karikatur ihrer selbst.

»Na, steigst du auch von deinem Postament?«, zog Hans sie auf, die kleinen Lachfältchen um seine Augen vertieften sich.

»Phh! Ich muss mich nicht erst von allen Vorurteilen freimachen«, antwortete sie gespielt herablassend, »ich hab nämlich keine.«

»Mein Glück!«

»Irgendwann verrate ich dir vielleicht mal die wahre Geschichte dieser Dame«, erwiderte Ulla. Als Nächstes tönte aus der Musikbox der größte Erfolg von Lale Anderson – *Lili Marleen*. Und es wurde stiller im Gastraum.

»Die war letztes Jahr erst auf Norderney«, erzählte der Wirt mit gesenkter Stimme. »Wohnt ja nur zwei Inseln weiter, auf Langeoog. Die kanadischen Besatzungsoffiziere haben ihr das Haus geschenkt, in dem sie während des Krieges Zuflucht gefunden hat. Sagt man jedenfalls. Aus Dankbarkeit für *Lili Marleen*.«

»Wie viele Menschenleben sind wohl gerettet worden, weil die Waffen schwiegen, wenn dieses Lied im Radio gespielt wurde«, sagte Tante Netty sentimental.

Andächtig lauschten sie dem Trompetensolo. Der kleine Mann schlurfte hinaus, verschwand durch die Tür, die zu den Privaträumen führte.

»Tönjes ist erst letztes Jahr aus russischer Gefangenschaft zurückgekommen«, klärte Netty Ulla auf.

»Der ist immer noch angeschlagen«, sagte der Wirt leise, »legt sich zwischendurch immer mal nebenan auf die Couch. Wird nie wieder ganz. Aber wenigstens lebt er und ist zu Hause.«

»Dank Adenauer.« Darauf kippte Tante Netty ihren Doornkaat. »Der hat in Moskau ausgehandelt, dass unsere letzten Kriegsgefangenen endlich nach Hause können.«

»Gut, dass der Alte so trinkfest ist.« Der Wirt schenkte Ulla einen verschwörerischen Blick. »Adenauer und die Männer seiner Delegation haben vor den Wodkabesäufnissen mit den Russen immer einen Esslöffel Olivenöl geschluckt.«

Ulla errötete. Wollte er sie verpfeifen? Doch die anderen überhörten wohl die Anspielung.

Plötzlich lag eine seltsame Stimmung in der Luft. Hinni hatte ganz wache Augen, er sah jünger aus als vorher. Mit dem Zeigefinger machte er eine kreisende Bewegung über den Gläsern. »Die Runde geht auf meinen Deckel.« Diesmal stießen sie alle miteinander an. Das Lied verklang.

»Hans, du bist doch auch in Russland gewesen«, sagte Netty sanft in die Stille des rauchgeschwängerten Lokals.

Überrascht sah Ulla ihn an. Hans war wie sie nicht mehr ganz nüchtern. Alle schienen von ihm etwas zu erwarten. Dass er erzählen würde aus der Zeit seiner Gefangenschaft vermutlich. Er atmete hörbar ein. »Das kann man nicht vergleichen«, sagte er ungewohnt harsch. »Ich war ja nur kurz …« Er stieß die Luft heftig aus und ließ den Satz unvollendet.

So viel Unausgesprochenes schwang auf einmal zwischen ihnen. Gemeinsames, über das man lieber schwieg und das sie doch verband. Man war davongekommen, wollte endlich die Vergangenheit hinter sich lassen, an nichts mehr glauben, jedenfalls nicht an irgendeine verdammte Ideologie, nur an die D-Mark, das Wirtschaftswunder und eine gute Zukunft. Besser nicht drüber reden. Zu empfindlich war immer noch, vierzehn Jahre nach dem Krieg, die vernarbte Haut.

Ulla hätte Hans am liebsten in den Arm genommen.

Erneut warf jemand Geld in die Musikbox. *Morgen, morgen, lacht uns wieder das Glück* versprach der Sänger Ivo Robic. Als Rocco Granata *Marina* schmetterte, fingen zwei Paare an, im Schankraum zu tanzen. Viele Chormitglieder, deren Stimmen von der Probe noch geschmeidig waren, fielen ein. Dann legte der Schwenkarm der Musikbox wieder die Freddy-Quinn-Platte vom Anfang des Abends auf. *Jimmy Brown, das war ein Seemann, und das Herz war ihm so schwer …*

Je öfter *Die Gitarre und das Meer* gewählt wurde, desto begeisterter sangen alle mit. Ein älterer Mann forderte Netty zum Tanzen auf, Hans hielt Ulla die Hand hin. *Juanita hieß das Mädchen aus der großen fernen Welt!* Hach, wie viel Fernweh und Lustschmerz lagen in diesem Schluchzen! Auch Ulla wiederholte den stoßartig geflüsterten Refrain des Hintergrundchores – *Juanita Anita.* Schnell waren ein paar Stühle und Tische zur Seite geschoben, und schon schwoften vor der Theke sieben oder acht Paare. Sie tanzten eine Mischung aus langsamem Walzer und Schieber. *»Jimmy wollt ein Mädchen liiieben, doch ein anderer kam daher. Und so nennt er die Gitarrrrre«,* Hans rollte das R theatralisch, *»die er in den Armen hält – Juanita Anita!«*

Er drückte Ulla eng an sich. Sie vergrößerte den Abstand. Am Ende setzten sie sich lachend.

Ulla riss die beschriebenen Blätter vom Rechnungsblock und steckte sie in ihre kleine Handtasche. »Hast du schon eine Idee, wie wir die *Lavinia*-Geschichte illustrieren?«, fragte sie Hans aufgekratzt.

»Poppe Folkerts hat ein imposantes Gemälde von der Rettung gemalt«, überlegte Hans, »mit dem Seenotrettungsboot vor der *Lavinia.*« Ulla wusste, Poppe Folkerts war nicht der einzige, aber der bekannteste Maler Norderneys. Sonst hatte sie nicht viel über ihn gehört, außer dass er nicht mehr lebte. »Das Geniale an vielen seiner Bilder ist, dass sie den Blick vom Wasser auf die Insel zeigen.«

»Das ist ungewöhnlich. Warum?«

»Wohl deshalb, weil er ein begeisterter Segler war. Auch an Bord machte er gerne Skizzen.«

»Könntest du nicht so ein Foto machen?«

»Im Prinzip ja, aber natürlich nicht mit der *Lavinia*.«

»Klar. Vielleicht mit dem Rettungsboot? Die Silhouette von Norderney im Hintergrund, mit Wasser davor?«

»Die *Fürst Bismarck* ist schon lange außer Dienst. Und am Riff ist es nicht ungefährlich.« Hans musterte sie amüsiert. »Sag mal, musst du eigentlich immer an die Arbeit denken?«

»Du doch genauso.« Sie lächelte. »Außerdem ist diese Arbeit keine Arbeit.«

»Stimmt auch wieder. Ich werd mal nachdenken wegen des Fotos.«

Als sie später mit Tante Netty in ihrer Mitte den Weg nach Hause einschlugen, sangen sie wieder *Die Gitarre und das Meer*. Hans konnte seiner Stimme bei *Juanita hieß das Mädchen* so wunderbare Schluchzer entlocken.

»Ruhe!«, brüllte jemand aus einem Fenster, und sie flüsterten nur noch, von kleinen Kicheranfällen durchsetzt, eine Straße lang *Juanita Anita, Juanita Anita*.

Die Nachtluft war ungewöhnlich mild. Viele Gedanken wirbelten Ulla durch den Kopf. Sie fühlte sich nicht als die Verlegersgattin, Hamburg war weit weg. Auch nicht als die Journalistin. Sie war einfach nur da. Sie selbst. Hier, in der Gegenwart. Und dann dachte sie an den Spruch, der für sie und ihre beste Freundin Inge zum Lebensmotto geworden war: Der Blick geht nach vorn und nicht zurück! Wenn sie Hans dabei helfen konnte, seine Zukunft zu finden – warum denn nicht? Sollte er sie noch einmal bitten, sich von ihm fotografieren zu lassen, würde sie jedenfalls nicht wieder ablehnen.

Die Hitze hielt an. Tagsüber schloss Ulla die Fenster ihres Hotelzimmers und zog die Übergardinen zu, damit es sich nicht noch mehr aufheizte. Abends dagegen sperrte sie wie die meisten Gäste die Fensterläden weit auf. Und versuchte zu schreiben, halb immer die Nordsee, Möwen und das Stimmengewirr von Sommergästen im Ohr. Manchmal sprudelte es nur so aus ihr heraus, dann hämmerte sie in die Tasten wie zu ihren besten Redakteurszeiten. Doch es dauerte nicht lange, bis sich Zimmernachbarn beim Portier beschwerten, der Ulla überaus höflich bat, mehr Rücksicht zu nehmen. Erschrocken entschuldigte sie sich.

Allerdings musste sie langsam fertig werden. So viel Zeit blieb nicht mehr. Getrieben von leichter Panik, dass sie nicht alle zehn Beiträge pünktlich liefern würde, schnappte sie am folgenden Vormittag die Schreibmaschine und klemmte sie auf den Gepäckhalter ihres Leihrads. Wackelig radelte sie damit hinaus zu Hans' Häuschen.

Er werkelte, wieder in Shorts mit freiem Oberkörper, unter dem Vordach und sah erstaunt auf. »He, Ulla!«

»Guten Morgen, Hans! Entschuldige den Überfall. Kann ich bei dir Zuflucht finden und tippen, ohne dass sich Nachbarn gestört fühlen?«

Er grinste übers ganze Gesicht und wies auf den großen beschatteten Tisch. »Na klar, herzlich willkommen in der Dünenredaktion! Die einzigen Nachbarn hier sind Kaninchen, die darfst du gern verschrecken.«

In den folgenden Tagen arbeitete Ulla, meist nachmittags, bei Hans. Und sie tat es immer draußen. Hans drängte sich nicht auf, war aber in der Nähe und ansprechbar. Einmal hörte sie ihn im Haus laut reden.

»Mit wem sprichst du?«, rief sie.

Er kam nach draußen. »Oh, dumme Angewohnheit. Ich führe gelegentlich Selbstgespräche.«

»Das Selbstgespräch wird ja allgemein sehr unterschätzt«, antwortete sie ernst. »Aber wann sonst hat man schon so einen kompetenten Gesprächspartner?«

Er grinste jungenhaft. »Genau. Ich kann über die Witze lachen und komm endlich mal zu Wort.«

»Na, das kämest du bei mir ja wohl auch.«

»Zu Wort kommen ist leider was anderes als Gehör finden.«

Sie streckte ihm die Zunge raus und arbeitete weiter. Die gesamte Woche über kam nicht ein einziges Mal ein anderer Mensch vorbei. Ulla verlor allmählich die Bedenken, mit den Besuchen ohne Anstandsperson ihren guten Ruf zu gefährden.

»Hier, die *Sternstunde* vom 10. August 1861. Ich nehme an, es war vormittags. Sagen wir elf Uhr.« Sie reichte Hans die Geschichte, die sie zuletzt geschrieben hatte. »An diesem historischen Sonnabend hat ein Norderneyer Badewärter den halbwüchsigen Sohn von König Georg V. aus den Fluten vorm Ertrinken gerettet.«

»Gerrelt Janssen hieß der Insulaner, ich weiß.« Interessiert nahm Hans das mit handschriftlichen Korrekturen versehene Manuskript entgegen. »Der Retter erhielt eine silberne Medaille und einen Silberpokal vom König.« Er lachte leise auf. »Hab ich beides schon dreimal verkauft, eine Medaille müsste ich sogar noch in der Schublade haben.«

Ulla biss sich auf die Unterlippe. »Ach du meine Güte, ich pflege Umgang mit einem Kriminellen!« Wenn das Agathe wüsste!

»Kriminell? Also nein!«, erwiderte Hans entrüstet, doch

aus seinen Augen blitzte der Schalk. »Schlitzohr würde ich vielleicht gerade noch gelten lassen. Außerdem stehe ich da in einer würdigen Tradition.«

»Die würde … ich woran erkennen?«

»Daran, dass schon die Retter des Königssohnes Schlitzohren waren.«

»Kannst du das bitte genauer erklären?«

Hans setzte sich auf die Holzbank an den Tisch zu ihr. »In Wirklichkeit war's wohl so, dass der blaublütige Knabe nur aus Spaß ein paar Purzelbäume im Wasser gemacht hat. Drei oder vier Badediener standen um ihn herum, auf dass ›dem einzigen Erben des von Gott auserlesenen Hauses der Welfen‹ nur ja kein Unheil geschehen möge. Und obwohl der Kronprinz mehrfach gerufen hatte, dass keine Gefahr bestünde, zwinkerten sich die Bademänner irgendwann zu und ›entrissen ihn gar wunderbar dem sicheren Tode‹.« Hans tat, als würde er die Enden seines imaginären Barts hochschnipsen. »Und während der König und sein Hofstaat überschwänglich Gott für die himmlische Gnade dankten, ging es wie ein Lauffeuer durchs ganze Land. Als die tapferen Insulaner ihre Belohnung erhielten, verkniffen sie sich natürlich jedes Augenzwinkern.«

Ulla schüttelte schmunzelnd den Kopf. »Die Familie Janssen hat ja wohl außerdem noch einen beträchtlichen Geldbetrag erhalten«, wusste sie. »Überall im Königreich läuteten die Glocken zu Dankgottesdiensten, Delegationen dankbarer Untertanen kamen zu Huldigungen, Hoflieferanten illuminierten ihre Schaufenster. Und das Band zwischen dem Königshaus und Norderney wurde noch enger.«

Hans lehnte sich zurück. »Das war ein toller Propagandacoup. Damals schwankte der Welfenthron. Und diese Rettungsgeschichte, die vermutlich der König selbst nicht

glaubte, kam ihm gerade recht, um die Vorsehung zu be-
mühen – wir kennen das aus anderen Zusammenhängen.
Das Volk wurde von den Problemen abgelenkt und wieder daran erinnert, dass die Welfen von Gott auserwählt
waren.«

»Wie du das erzählst, klingt es nur noch halb so romantisch«, fand Ulla. »Von den Zinsen des Geldgeschenks konnten jedenfalls die Nachkommen Gerrelt Janssens noch jahr-
zehntelang leben. Bis zur Inflation in den Zwanzigerjahren.«

»Weißt du, dass der Hauslehrer des Kronprinzen bei dem
Vorfall zugegen war? Er behauptete öffentlich, es sei nicht
weiter bedrohlich gewesen. Er hatte den jungen Mann sogar im Anschluss an die Badeszene wie üblich unterrichten
wollen. Was den König derart empörte, dass er den Lehrer
hinauswarf.«

Ulla verzog den Mund. Sie betrachtete ihn aufmerksam.
»Du demaskierst gern Menschen, nicht wahr?«

Er sah ihr tief in die Augen. »Ich kann wie du falsches Ge-
tue nicht ausstehen.« Ulla nickte nachdenklich, sie fühlte
sich seltsam irritiert.

»Darf ich mal sehen?«

»Was?«

»Die Rettungsmedaille.«

»Na klar.« Er ging voran ins Haus, durch die dritte Tür, die
in sein Schlafzimmer führte. Aha, er schlief also nicht in der
Stube mit den Dachbalken. Das Zimmer war klein, sparsam möbliert, aber gemütlich. Eine Wand schwarz gestrichen. Fragend sah sie ihn an. »Als Hintergrund für Fotos«,
antwortete Hans. Er zog die mittlere Schublade einer schönen alten Kommode auf. »Bitte sehr.« Dort lagen nicht nur
drei ähnliche Medaillen, sondern auch mindestens ein halbes Dutzend goldene Uhren und etliche historische Orden.

»Uiih! Ich bin beeindruckt.«

»Jetzt teilen wir noch ein Geheimnis«, raunte er in scherzhaftem Ton.

Statt zu antworten, schenkte Ulla ihm ein sphinxhaftes Lächeln.

Sie überarbeitete ihren Artikel. Schließlich wusste sie inzwischen, dass Hans' Kommentare zwar gelegentlich wehtaten, doch immer halfen, die Texte zu verbessern. Zum Glück lobte er in der Regel, was sie verfasst hatte. So auch jetzt. Nachdem er das Manuskript gelesen hatte, reichte er es ihr mit den Worten »Eine erstklassige *Sternstunde!*« zurück.

»Heute ist es besonders klar«, stellte Hans gegen Ende der Woche mit einem Blick gen Himmel fest. Sie saßen noch auf der Gartenterrasse, wo sie gemeinsam zu Abend gegessen hatten. Ulla wischte die Krümel vom Tisch, gleich flogen mehrere Spatzen herbei und pickten tschilpend an den Resten von Schwarzbrot, Käse und selbst gezogenen Tomaten. Um Hans' Mundwinkel zuckte ein Lächeln. »Hättest du noch etwas Zeit, damit ich endlich die wohlverdienten Fotos von dir machen kann?«

»Ich dachte schon, du fragst gar nicht mehr!«

»Prima! Sag, kannst du eigentlich Hula-Hoop?«

Er stand auf und holte aus seinem Geräteschuppen einen roten Reifen. Ulla verdrehte die Augen. Typisch Mann, gleich auf den Hüftschwung zuzuarbeiten! Und ob sie Hula-Hoop konnte! Da hatte er die Richtige gefragt. Um ihre Taille schlank zu halten, baute sie oft Übungen mit dem Reifen in ihr Turnprogramm ein.

»Geht so«, antwortete sie dennoch bescheiden.

Sie nahm ihre Badetasche, die sie immer dabeihatte, um

spontan schwimmen gehen zu können, Hans schnappte sich seinen Fotorucksack und den Hula-Hoop-Reifen. Sie wanderten durch das schmale Kiefernwäldchen bis zu den Randdünen. Es waren höchstens dreihundert Meter Luftlinie von seinem Haus. In den Dünen zogen sie ihre Schuhe aus.

Um diese Zeit lag der breite Sandstrand schon fast menschenleer da. »Kletter mal auf die höchste Stelle und komm schwungvoll wieder runter!« Hans blieb unten stehen. Er lächelte, während er, das andere Auge zusammengekniffen, durch den Sucher schaute. Ulla trug an diesem Tag ein leichtes weißes Batistkleid mit hellblauen Lochstickereien am Saum und am runden Ausschnitt. Mühelos erklomm sie die Düne. Oben reckte sie die Arme empor wie nach einer geglückten Gipfelbesteigung, dann ging, rutschte und sprang sie lachend hinunter. »Großartig!«, lobte Hans. »Noch mal und diesmal bitte langsamer!« Sie wiederholte es, lief dann weiter über den Strand. »Toll, wie du dich bewegst! Ja, fühl dich frei!«

Je länger sie posierte und dabei mit ihm scherzte, desto weniger wich sie innerlich vor der Kamera zurück. Nun schlenderte sie sogar kokettierend auf ihn zu. »Halt den Kopf weiter so. Der Wind in deinem Haar ist gerade fantastisch.« Ulla blieb stehen, ihre Augen leuchteten. »Jetzt setz dich mal zwischen den Strandhafer in die Düne da vorn. Das Licht wird langsam milder. Das ist gut, da haben wir keine harten Kontraste mehr.« Lässig ließ Ulla sich im warmen Sand nieder, stützte die Hände hinten ab, ein Bein durchgestreckt, eines angezogen. Sie legte den Kopf in den Nacken und hielt ihr Gesicht mit geschlossenen Augen der Abendsonne entgegen. »Sehr schön! Du bist ein Naturtalent! Und im Hintergrund hab ich die glitzernde Nordsee.« Aus Hans' Stimme klang freudige Erregung. Dennoch agierte er ruhig und konzentriert, verstellte immer wieder die Blende, umkreiste sie, als wäre er ihr persönlicher Mond. »Jetzt schau mich an. So, und nun ein Blick über die Schulter.«

Ulla verlor den Rest ihrer Scheu, sie begann mit der Kamera zu flirten wie mit einer dritten Person. Wie viel Spaß es machte, im Mittelpunkt zu stehen und bewundert zu werden!

Trotzdem war ihr klar, dass es sich jetzt noch nicht um die Art von Fotografie handelte, die Hans eigentlich anstrebte. Er wollte nur, dass sie erst einmal lockerer wurde. Ulla kannte das aus ihrer Redaktionsarbeit. Ein Fotograf, ein alter Hase, mit dem sie ab und zu auf Reportage gewesen war, hatte bei Porträts immer erst eine halbe Stunde lang ohne Film fotografiert. Am Anfang sind die Leute viel zu verkrampft, pflegte er zu sagen, die Bilder werden nix. Was soll ich das teure Filmmaterial verschwenden?

Hans spulte den Film zurück und legte einen neuen ein. Er schien zu überlegen, in welcher Situation oder Pose er sie weiter ablichten könnte.

»Soll ich?« Ulla wies auf den Hula-Hoop-Reifen.

»Ja gern. Und meinst du«, antwortete Hans vorsichtig, »dass du vielleicht den Badeanzug anziehen könntest?« Sie zögerte nur einen Moment. Damit hatte sie doch gerechnet, außerdem wäre sie sonst auch am Strand im Badeanzug herumgelaufen. Hatte also nichts Unsittliches. Sie nickte und entschwand hinter einer Düne, um sich rasch umzuziehen. Als sie zurückkehrte, aufrecht, das Haar noch einmal im Wind schüttelnd, und spürte, dass Hans beeindruckt war, begann es zu prickeln. Nicht nur, weil der Wind ihr feine Sandkörnchen auf die Haut blies. Sie spielte jetzt

Mannequin. Lasziv setzte sie ihre Sonnenbrille auf. Aufreizender, als es sonst ihre Art war, ging sie auf den Fotografen zu. Er versteckte sein Gesicht hinter der Kamera. »Mach mal«, seine Stimme klang rau, er zeigte auf den Reifen. »Versuch, ihn oben zu halten, bis ich zwei oder drei Aufnahmen gemacht hab.«

Ulla griff das Ding, hob es über den Kopf und auf Taillenhöhe wieder runter, gab mit beiden Händen Schwung und bewegte die Hüften vor und zurück. Der Hula-Hoop kreiste. Und kreiste. Mit Leichtigkeit hielt sie ihn am Laufen. Verblüfft ließ Hans die Kamera sinken. Ulla musste über seinen Gesichtsausdruck lachen. Schnell riss er den Apparat wieder hoch und drückte auf den Auslöser. Problemlos ließ sie den Reifen hinunter bis zu den Kniekehlen und wieder hoch bis zum Hals schwingen. Nach einigen Minuten fragte sie scheinheilig, ob es genug sei.

»Hast du ein gutes Foto machen können?«

»Geht so!« Er zitierte ihren Ausspruch. »Willkommen im Club der Schlitzohren! Erklär mir jetzt sofort den Trick!«

Sie hielt den Reifen an und warf ihn Hans zu. Er bemühte sich redlich mehrfach, doch wie die meisten Männer machte er beim Bauchtanz keine gute Figur. Der Reifen landete stets nach wenigen Umdrehungen im Sand.

»Es ist ganz einfach.« Ulla grinste. »Du musst nicht mit dem Becken rotieren wie eine Hula-Tänzerin, sondern die Hüften vor und zurück stoßen wie …« Erst während sie sprach, wurde ihr die erotische Anzüglichkeit bewusst. »Na ja, vor und zurück eben.«

Sie errötete und wandte sich ab. Nach ein paar Schritten setzte sie sich zwischen zwei Dünen und schaute hinaus aufs Meer. Sie schwitzte noch etwas von der Bewegung, der Wind brachte angenehme Kühlung. Ihre Körperhärchen richteten sich auf. Hinter sich hörte sie das Klacken des Auslösers. Sie beachtete es nicht weiter, das Geräusch war mittlerweile ein vertrauter Begleiter. Man konnte nicht ständig aufgeregt sein, nur weil man fotografiert wurde. Versunken in den Anblick der weiten flirrenden See unter dem sich langsam verfärbenden Himmel, atmete sie tief und bewusst. Hans wechselte das Objektiv. Er veränderte die Perspektive, kroch durch den Sand wie ein Soldat, robbte sich an sie heran. Sie variierte die Sitzposition, blieb aber entspannt.

»Jaaa«, hörte sie ihn nur ab und zu murmeln, mehr zu sich selbst. Er machte wohl auch Detailaufnahmen. Von ihrer Schulter oder dem Schwung ihrer Taille neben einer Dünenlinie. Und sie genoss es. Es fühlte sich ein bisschen an, wie gestreichelt und verehrt werden. Wie Komplimente bekommen. Welcher Frau würde das nicht gefallen?

»Darf ich?«, raunte Hans und strich mit einem Strandhaferhalm langsam über ihren Nacken. Sie bekam erneut eine Gänsehaut, es kribbelte überall. Eigentlich wollte sie protestieren. Das ging nun doch zu weit. »Wunderbar!«

Er fotografierte ihre Haut in Großaufnahme. Gesträubte Härchen, Sand und Muscheln. Der Halm berührte ihr Bein. Hans fotografierte. Rückenansicht, Seitenprofil, Nacken, Dekolleté. Ulla atmete schwerer. Das reicht jetzt aber, wollte sie sagen. Doch stattdessen öffnete sie die Lippen leicht, senkte die Augenlider gegen die blendende Sonne. Sie spürte seine Nähe, sein wachsendes Verlangen. Und sie spürte ihr eigenes Begehren, ein lustvolles Ziehen zwischen den Schenkeln. Sie hielt diese Spannung aus. Es kam ihr mutig und gewagt vor, sie nicht zu verscheuchen, zu unterdrücken.

Auf einmal hörte Hans auf zu fotografieren. Er de-

228

ponierte die Kamera auf ihrer Badetasche, stützte die Ellbogen im Sand auf und legte das Kinn auf seine Hände. Ohne schützendes Visier schaute er sie an. Dieser Blick verschlug ihr den Atem. Er sah sie an, wirklich sie, als wäre sie die wunderbarste Frau der Welt. Die Luft zwischen ihnen flirrte. In seinen Augen gingen silbrige Schauer nieder wie bei einem Feuerwerk. Sie betrachtete seinen Mund. Was für ein schöner männlicher Mund, entschlossen und doch weich, wie mochte es sein, von diesen Lippen geküsst zu werden?

Sie wusste, was er gleich tun wollte. Natürlich. Natürlich nicht! Notbremse! Ein Ruck ging durch ihren Körper. Sie setzte sich steif auf.

»Ich bin glücklich verheiratet«, sagte sie leise, und beinahe wären ihr die Tränen gekommen.

Hans ließ sein Gesicht mit der Wange voran in den Sand fallen, dass es stob. »Ich weiß!«, stöhnte er, als er den Kopf wieder hob. »Das war das Erste, was ich von dir erfahren hab.« Er setzte sich auf, im Schneidersitz ihr gegenüber.

Ihre Blicke verfingen sich. So eindeutig, ohne Scham, ehrlich. Ulla empfand Zärtlichkeit, ein Kitzeln im Bauch und eine irre große Freude – aber auch Bedauern, weil es nicht ging. Nein, sie liebte Will.

»Das macht man nicht.«

»Ich mach doch nichts.« Ruhig saß er da. Tatsächlich bewegte sich nur sein Adamsapfel. »Die ganze Zeit über schon tu ich nichts … nichts anderes, als dich nicht zu küssen.«

Sie wollte etwas erwidern, aber ihre Stimme versagte. Ulla besann sich. In einer solchen Situation musste man gegensteuern. Genau das würde sie auch von ihrem Ehemann erwarten. »Dabei sollten wir es belassen, Hans. Sonst müsste ich den Kontakt ganz abbrechen.«

Er atmete tief durch und sprang auf. Umständlich griff er nach seiner Kamera, untersuchte sie, als könnte sie Schaden genommen haben, pustete Sand vom Gehäuse, testete den Auslöser.

»Nichts passiert«, sagte er heiser.

Ulla zog ihr Kleid über. »Meinst du, es sind gute Fotos dabei?«

»Bestimmt«, antwortete er, doch sie hörte ein Zögern heraus.

»Aber?«

»Das Licht kam von der falschen Seite. Deine Nacken- und Rückenlinie und die der Dünen, der Anschnitt und der Ausblick – das war alles perfekt. Nur fürchte ich, dass die Aufnahmen im Vordergrund unterbelichtet sein werden.«

»Du kannst doch beim Belichten durch Wedeln ein bisschen was herauskitzeln.« Ulla war froh, dass sie ein unverfängliches Gesprächsthema hatten, als sie zurück zum Häuschen gingen. Als Volontärin bei einer Tageszeitung hatte sie selbst in der Dunkelkammer Pressefotos entwickeln müssen und kannte sich etwas aus.

»Sicher. Aber ich stelle mir gerade vor, wie toll der Effekt sein müsste, wenn in der Morgendämmerung das erste rosige Licht genau von der anderen Seite kommt.«

»Och nö, ich bin keine begeisterte Frühaufsteherin.«

Er blieb kurz stehen. »Na, dann gibt's nur zwei Lösungen. Entweder wir feiern durch, oder du übernachtest bei mir.«

Streng sah sie ihn an. »Ich dachte, das hätten wir gerade geklärt.«

»Mach dir keine Sorgen. Es würde nie irgendetwas geschehen, das du nicht willst.« Er lächelte leicht ironisch. »Aber falls du einmal eine Nacht unterm Sternenhimmel verbringen möchtest – mein Tagesbett im Garten steht dir jederzeit zur Verfügung.«

»Danke.« Vielleicht war das gar keine so schlechte Idee. Wo doch *Sternstunden* das Motto ihrer Broschüre war. Sie gingen weiter. »Du, Hans?«

»Ja?«

»Versprichst du mir was?«

»Noch etwas?«

»Ja.« Bittend sah sie ihn von der Seite an.

»Also?«

»Könntest du damit aufhören, goldene Uhren von König Georg V. zu verkaufen?«

Seine Miene verfinsterte sich. »Wieso kümmert dich das? Das kann dir doch egal sein.«

Sie wusste selbst nicht genau, warum. Es störte sie eben. »Versprich es mir einfach.«

Hans atmete hörbar ein, sah sie an, zögerte. »Davon bestreite ich einen Gutteil meines Lebensunterhalts. Das ist eine wichtige Säule meines Geschäftsmodells …«

»… die jetzt durch seriöse Fotoausstellungen und Verkäufe deiner Fotografien an Sammler ersetzt wird.«

»Du meinst, ich könnte damit Geld verdienen?«

»Na klar!« Ulla dachte an die letzten Ausstellungen, die sie in Hamburg besucht hatte. »Du musst gleich exklusiv einsteigen. Wie hoch würdest du die limitierten Auflagen jeweils machen?«

»Keine Ahnung«, erwiderte Hans, »darüber hab ich noch nicht nachgedacht.«

»Ich würde sagen, maximal zehn Abzüge pro Motiv. Jedes auf der Rückseite durchnummeriert und handsigniert.« Ulla lächelte spitzbübisch. »Verlang gepfefferte Preise, das reizt reiche Sammler.«

Er überlegte. »Dein Wort in Gottes Ohr. Na dann – versprochen. Alles gut?«

Sie strahlte. »Ja, alles gut.«

Als Ulla an diesem Abend zu Bett ging, war sie traurig und auch ein bisschen stolz auf sich.

11

»Wie ich gesagt hab, alles jugendfrei«, wiederholte Inge, die ihren Relaxsessel mittlerweile in eine halb liegende Position manövriert hatte. »Schenk uns eben eine Runde nach, min Wicht«, forderte sie Kim auf.

Kim hatte zwar schon Sodbrennen, stieß aber tapfer noch mal mit dem Likör an und konnte es nicht unterlassen, Julian aufmunternd zuzuprosten.

»Sorry«, wandte Julian ein. »Wir haben vorhin durch die Demaskierung der feinen Leute wieder einmal gelernt, dass immer dann, wenn ein Mensch eine Tugend zu sehr betont, genau das Gegenteil kaschiert werden soll.«

»Das ist mir zu kompliziert.« Inge stellte sich dumm.

»Er meint, dass sein Vater und meine Oma Ulla vielleicht doch was miteinander gehabt haben.« Kim war nicht mehr ganz nüchtern, sie sprach es endlich klar aus.

»Papperlapapp!« Inge kippte ihren Likör wie einen klaren Schnaps. »Und selbst wenn«, entfuhr es ihr erstaunlich temperamentvoll, »was wäre ich denn wohl für eine beste Freundin, wenn ich nach all den Jahren …« Sie unterbrach sich, biss sich auf die Zunge. »Nein, nein. Er hätte bestimmt gern gehabt, sie sicher auch, wenn sie nicht ihren Will gehabt hätte. Ja, wenn und wäre und vielleicht. Nee, nee, nee … Wir haben uns doch immer alles erzählt. Ihr seid auf der falschen Fährte.« Abrupt ließ sie den Sessel in die Aufstehposition fahren.

Julian und Kim sahen sich besorgt an. War jetzt Schluss mit der Erzählstunde? Julian legte seinen Zeigefinger rasch unter eine Aufnahme, die in Fotoecken neben den Bildern von den Stammgästen steckte. Sie zeigte die junge Inge lächelnd in einem Perlonkleid mit weißen Pumps und weißen Ohrclips, während sie von einem Mann mit Mikrofon befragt wurde. Die Miene der alten Frau heiterte sich sofort auf.

»Ach ja, das war im selben Sommer! Beinahe wäre ich Miss Norderney geworden! Hättet ihr das wohl gedacht?«

12

1959

»Warte, Inge, noch ein bisschen Haarspray!« Ulla brachte die toupierte Frisur ihrer Freundin mit dem spitzen Ende eines Stielkamms wieder in Form und sprühte Festiger drüber. Sie hustete, wedelte mit der Hand. »Du siehst toll aus!«

Inge hatte bereits die erste Runde auf dem Laufsteg zur Wahl der Miss Norderney im Cocktailkleid mit großem Beifall hinter sich gebracht und beim Um- oder besser Entkleiden das Haar durcheinandergebracht. Ihre beiden Verehrer saßen vorne in den Strandhallen an einem Tisch, sie hielten einen Platz für Ulla frei. Hans war an diesem Abend verhindert. Ulla half ihrer Freundin hinter den Kulissen beim Umziehen und Schminken.

Jetzt stand Inge, im gepunkteten Bikini mit ihrem Nummernschild in der Hand, an der Hintertür zum Saal und wartete auf das Signal aufzutreten. Nervös tippelte sie auf ihren hohen Absätzen hin und her. Die Stimmung im Saal war gut. Sie hörten, wie der Conférencier sie ankündigte.

»Toi, toi, toi! Sei einfach du selbst.« Ulla spuckte ihr über die Schulter und lächelte ermutigend. »Wirf sie alle um mit deinem Barmbeker Charme!«

Doch plötzlich stürmte ein junger Mann in den Hinterraum. »Halt!«, rief er. »Die darf gar nicht mitmachen!«

Es war Helmut, er wedelte mit einem bedruckten Blatt

Papier herum. »Die Misswahl wird ausdrücklich nur unter Urlauberinnen entschieden. Das sagen die Teilnahmebedingungen eindeutig.« Seine und Inges Blicke kreuzten sich wie die Säbel von Seeräubern, wütend, heftig. Die weibliche Aufsichtsperson, die sich vor und zwischen den Auftritten um die Teilnehmerinnen kümmerte, war offensichtlich überfordert.

»Die Nummer 7, bitte!« Der Aufruf wurde wiederholt. Der Moderator begann zu improvisieren. Er plauderte das Blaue vom Himmel herunter, der Saaldiener steckte seinen Kopf durch die Tür. »Nummer 7, wo bleibt Nummer 7?«

Inge wollte trotz der Störung gehen, doch Helmut versperrte ihr den Weg. Sie krallte ihre Nägel in seine Oberarme. Er war kräftiger und schob sie zurück. Sie boxte ihn, er lachte nur. Der Conférencier auf der Bühne blieb heiter, drehte aber mittlerweile verbal Locken auf der Glatze, weil Inge nicht wie angekündigt auftrat. Die Mitarbeiterin huschte durch den Saal zu ihm, er neigte sich zu ihr hinunter, sie flüsterten etwas. Die Musiker erhielten das Signal zu spielen. Das Publikum schunkelte gleich mit, gut gelaunt, doch gesittet. Der Conférencier und ein weiterer Mann, vielleicht der Chef des Lokals oder der Veranstalter, erschienen hinter den Kulissen, hörten sich die Einwände des Beschwerdeführers an.

Ulla hatte Mühe, Inge zu bändigen, die Helmut die Augen auskratzen wollte. Der wiederum konnte sich nicht richtig auf die Herren konzentrieren, die ihm die Teilnahmebedingungen aus der Hand rissen und sich gegenseitig laut Passagen vorlasen, weil er die ganze Zeit über auf Inges üppigen Busen starren musste.

»Tja, tut mir leid, schönes Fräulein«, sagte der mutmaßliche Veranstalter, »aber der junge Mann hat recht. Sie zahlen keine Kurtaxe, sondern sind nur als Saisonkraft gemeldet. Deshalb dürfen Sie nicht an der Misswahl teilnehmen. Ich muss Sie bitten, sich wieder anzuziehen.« Er drehte sich um und rief: »Wir fahren fort mit der Nummer 8. Nummer 8 auf die Bühne, bitte!« Eine aufgeregte junge Brünette stöckelte herbei.

»Er ist doch nur neidisch, weil ich die schickere Bademode verkaufe!«, empörte sich Inge.

Aber es nützte alles nichts. Für sie war die Misswahl beendet.

Helmut stand mit verschränkten Armen und einem schadenfrohen Grinsen da, als Inge wenig später wieder angezogen mit Ulla an ihm vorbei hinausging.

»Das zahl ich dir heim«, knurrte Inge, laut genug, damit er es hören konnte. »Ich weiß zwar noch nicht, wie. Aber du wirst an mich denken, Freundchen!«

Noch vor dem Frühstück erreichte Will Ulla im Hotel telefonisch. »Mit welcher Fähre kommst du?«, fragte sie atemlos, sie war tropfnass aus der Dusche gesprintet. »Diesmal hab ich gar nichts vorbereitet, Will. Bei der Hitze! Ich dachte, wir machen einfach spontan, wonach uns zumute ist.« Sie zog an der Telefonschnur, um näher ans Bad zu kommen, und angelte sich ein Handtuch.

Will räusperte sich umständlich. Und da ahnte sie es bereits. »Nee, sag nicht, dass es wieder nicht klappt? Och!« Ulla seufzte abgrundtief. »Was ist es diesmal?«

»Meine Töchter. Sie kommen aus ihrem Internat vom Bodensee hoch nach Hamburg.«

»Aber beginnen die Sommerferien nicht erst später?«

»Ihr Internat hat gesonderte Ferienzeiten.« Will atmete tief durch. »Das musst du verstehen. Es tut mir unendlich leid unseretwegen. Aber ich seh die Mädchen doch nur noch viermal im Jahr, wenn's hochkommt. Ich fürchte, ich bin ein schlechter Vater.«

»Oje.«

Ulla saß in der Zwickmühle. Sie selbst kam nicht richtig gut mit den Töchtern ihres Mannes aus erster Ehe zurecht, obwohl sie sich aufrichtig bemüht hatte. Mit der Ältesten lief es inzwischen einigermaßen. Sie gingen zumindest freundlich und respektvoll miteinander um. Aber die Jüngere machte gerade eine schwierige Phase durch, war aufmüpfig und launenhaft. Wenn Ulla ehrlich war, dann erleichterte es sie, dass sie sich in diesem Sommer nicht um die beiden kümmern musste. In den vergangenen drei Jahren war es sehr anstrengend gewesen, mit ihnen und Will unter einem Dach zu leben und sich mehr schlecht als recht in Familienleben zu üben.

»Ja, das verstehe ich«, erwiderte Ulla. Wieso hatte sie nur selbst nicht daran gedacht? In den Sommerferien verbrachten die Mädchen allerdings auch Zeit auf Sylt. »Wie lange werden sie denn bleiben?«

»Sie planen eine Woche in Blankenese, sie wollen ihre alten Freundinnen wiedertreffen«, erklärte Will. »Und dann möchte Mutter sie ein paar Wochen bei sich in Keitum haben. Ende Juli sollen sie beim großen Michels-Sommerfest dabei sein.« Er räusperte sich erneut. »Und da muss ich neben meiner Mutter als Gastgeber auftreten. Du weißt, die ganze Gesellschaft ist da. Schon aus geschäftlichen Gründen kann ich nicht fehlen, aber es ist für mich auch eine lieb gewonnene Tradition.«

Ulla grauste es vor diesem Sommerfest, das schon zur Zeit des Senators Tradition gewesen war. Es begann mit einem späten Frühstück und zog sich über den ganzen

Sonntag mit einem unvermeidlichen Krebsessen als Höhepunkt bis zum späten Abend hin, an dem ein harter Kern zigarrenpaffend unter den Lampions im Kapitänsgarten über Gott und die Hafenwirtschaft schwadronierte. Schon allein der Gedanke an die Begrüßungen und Abschiede mit geheuchelten Komplimenten, die verkrampft zum Besten gegebenen Scherze, an die neidischen oder hämischen Blicke auf Bräune, Kleider und Figur der anderen weiblichen Gäste ließ Ulla erschaudern. Sie konnte das nicht. Für ihre Schwiegermutter und Christa war dieser Tag einer der Höhepunkte des Jahres.

»Ich weiß, es hat dir bislang nicht viel Vergnügen bereitet«, räumte Will ein. »Wenn du etwas entspannter auf die Gäste zugehen würdest, ich meine, es sind durchaus einige liebenswerte Weggefährten darunter … Mit etwas mehr Übung wird es dir sicher Spaß machen.«

»Ja, sicher.«

Er zählte einige der Gäste namentlich auf, im Grunde waren es immer die Gleichen. »Ich werde die Mädchen anschließend wieder nach Hamburg mitnehmen, wo sie noch ein paar Tage verbringen können, bevor sie zurück nach Süddeutschland reisen.«

Ulla überlegte. Sicher würde ihr Mann sie gern an seiner Seite sehen, wenn all die Pfeffersäcke und Konsuln erschienen. Auch die wichtigsten Chefredakteure des Michels-Verlages waren eingeladen. Dieses Jahr erwarteten sie zudem einen Minister aus Bonn, der gerade auf Sylt Urlaub machte. Als Ehefrau hatte sie auch Pflichten. »Also …«, sagte sie zögernd, es kostete sie Überwindung, »dann werde ich natürlich auch kommen. Vielleicht kann ich für das Wochenende mit dem Lufttaxi direkt nach Sylt rüberfliegen.«

»Lieb von dir.« Mehr sagte er nicht dazu. »Wie sieht's denn aus bei euch? Lässt es sich wenigstens auf der Insel einigermaßen aushalten? Hier in Hamburg ist es unerträglich! Sei froh, dass du schon am Meer bist.«

Seine Reaktion kam ihr merkwürdig vor. »Ich hab in den Zeitungen gelesen, dass man jetzt schon von einem Jahrhundertsommer spricht«, erwiderte sie.

»Du, Ulla, ich hab mir da was überlegt. Du hättest momentan nicht viel Freude an mir, mein Terminkalender ist prallvoll, und die Hitze macht mir doch ziemlich zu schaffen. Die neuen Ventilatoren im Verlag bringen nicht viel. Wirbeln nur das Papier durcheinander.« Er stöhnte übertrieben. Als sollte sie förmlich sehen, wie er sich mit dem Taschentuch übers Gesicht wischte. »Dir tut der Aufenthalt auf Norderney gut. Ich hab mit Professor Meyer gesprochen, der in Kontakt mit deinem Badearzt steht. Die Kur scheint anzuschlagen.«

»Ja«, sagte sie, verwundert darüber, dass die Ärzte so einfach hinter ihrem Rücken mit ihrem Mann über ihre Gesundheit sprachen.

»Nun wollen wir den Erfolg doch nicht dadurch gefährden«, fuhr er fort, »dass du bei diesem Wetter eine anstrengende Tour unternimmst, noch dazu mit einem gefährlichen einmotorigen Flugzeug.«

»Na, ich dachte, schon aus repräsentativen Gründen wäre es dir sicher lieb, wenn ich ...«

»Wichtig ist erst mal deine Gesundheit. Punkt. Und zum Repräsentieren hab ich schon vier Michels-Frauen beim Sommerfest: Mutter, meine Schwester und meine beiden Töchter. Das wird wohl reichen.« Er führte doch irgendwas im Schilde. Gespannt erwartete Ulla die Aufklärung. »Was hältst du davon, deinen Aufenthalt bis zum Ende des

Sommers zu verlängern? Bleib einfach bis zum Deutschen Bädertag Mitte September. Professor Meyer wird übrigens auch anreisen. Für den Erfolg deiner Kur wäre das nur von Vorteil. Und du könntest direkt miterleben, wie die Broschüre angenommen wird.«

»Aber …« Ulla wusste nicht, was sie sagen sollte. Sie fühlte sich überrollt.

»Schau, Ulla«, seine Stimme klang schmeichelnd, »wir würden uns sowieso kaum zu Gesicht bekommen. Ich bin den halben August auf Geschäftsreisen. Erst muss ich zu den Vertriebsleuten nach Berlin, dann haben wir das Internationale Verlegertreffen in der Schweiz, in Süddeutschland will ich noch ein paar Anzeigenkunden persönlich aufsuchen. Und so kannst du mit Luna eine schöne Zeit verbringen. Es wird dich weiter kräftigen. Vielleicht arbeitest du noch etwas an deiner Rückhand.« Will hatte ihr schon bei anderer Gelegenheit empfohlen, Tennisunterricht zu nehmen, falls es ihr auf der Insel langweilig werden sollte. Es gab einen Lehrer, der bereits Gottfried von Cramm auf Norderney trainiert hatte.

Sehr widersprüchliche Gedanken schossen Ulla durch den Kopf.

Er will mich los sein, dachte sie, er liebt mich nicht mehr. Nein, er denkt vernünftig, er ist eben ein Mann, der logisch handelt. Quatsch. Er will ungestört mit Fräulein Stamps zusammen sein. Das ist des Pudels Kern … Nein, das ist albern … natürlich liebt er mich noch. Das weiß ich ganz tief in meinem Herzen. Er mutet sich nur wieder mal zu viel Arbeit zu, und es würde ihn entlasten, wenn er sich gerade nicht auch noch um mich kümmern müsste. Warum sollte ich eigentlich nicht bleiben? Ist bestimmt angenehmer, als bei dreißig Grad Celsius mit Agathe in Blankenese Tee zu trinken und darauf zu warten, dass Will von seinen Dienstreisen heimkehrt.

»Einverstanden«, sagte sie.

»Ulla, ich verspreche dir auch, dass …«

»Versprich mir lieber nichts mehr, Will.« Es klang eine Spur niedergeschlagen, sie hörte es selbst.

Er versuchte, sie aufzumuntern. »Danke übrigens für deine Anmerkungen zur *Mia*. Moser wird bestimmt die eine oder andere deiner Ideen für die neue Frauenzeitschrift aufgreifen.«

»Wie schön, das freut mich.«

»Tschüss, mein Liebling.«

»Tschüss, Will. Ich wünsch dir einen erfolgreichen Tag.«

Am Sonnabendnachmittag besuchte sie die Pension de Buhr. Inge saß in der Sommerküche und entkernte Kirschen. Sie munterte Ulla wieder auf. »Ach, steiger dich da nicht in irgendwas rein!« Es duftete nach Blechkuchen. Im Backofen zischelte leise der ostfriesische Butterkuchen, der als Nettys Spezialität galt, seiner Vollendung entgegen.

»Ich könnte geschickt Nachforschungen anstellen, um Gewissheit zu bekommen. Zum Beispiel kenne ich in meiner alten Redaktion noch …« Ulla naschte eine der Kirschen und verzog das Gesicht. »Iiih, die sind ja sauer!«

»Lass es«, riet Inge ihr. »Du bist seine Frau. Dass er dich liebt, ist klar wie dicke Kloßbrühe. Falls er ein bisschen fremdflirtet, meine Güte, das macht doch jeder mal. Sieh das nicht so eng. Es ist Sommer. Lieber wollen wir unser Leben genießen!« Sie blickte von ihrer Hausarbeit hoch, wischte sich die Finger an einem Tuch ab und streute Zucker über die Kirschen. »Mensch, Ulla, denk doch nur an damals zurück. Wir haben's heute paradiesisch.«

Ulla nickte nachdenklich. Die Freundin hatte recht. Sie hörte wieder den Ausspruch des alten Seebären: Dor maok man nix van. Sie wollte es versuchen.

Nun erzählte Inge von ihren Verabredungen, mal mit Felix und mal mit Tammo. »Der eine ist witzig, der andere verwöhnt mich mit Süßigkeiten.« Sie seufzte theatralisch. »Ich kann mich einfach nicht entscheiden.«

»Du darfst dich glücklich schätzen«, fand Ulla, »dass du gleich zwei Verehrer hast.« Immer noch sah man Frauen miteinander tanzen. Bei jeder Veranstaltung wurde es deutlich, wie viele Männer im Krieg gefallen waren und gerade aus jener Generation fehlten, die ihnen eigentlich jetzt den Hof hätte machen sollen. »Sind beides feine Kerle. Der eine wird's sicher bei der Post weit bringen. Beamter auf Lebenszeit, Staatsdiener mit geregeltem Einkommen. Da wärest du ohne finanzielle Sorgen.«

»Falls er nicht doch noch ins Unterhaltungsgewerbe wechselt«, spottete Inge.

»Der andere macht sich wahrscheinlich mal mit einer eigenen Konditorei selbstständig.«

»Bei ihm würde ich mit vierzig aussehen wie eine Tonne«, ergänzte Inge.

»Wer küsst denn besser?«

»Schwer zu sagen, vielleicht Felix.« Inge kniff ein Auge zu. »Aber mit Tammo ist es gemütlicher. Am liebsten würde ich ja beide noch mal etwas eingehender kennenlernen.« Sie wechselten einen verschwörerischen Blick. Natürlich war Inge keine Jungfrau mehr. Und im Gegensatz zu den meisten anderen Frauen legte sie großen Wert darauf, dass ihr Verehrer ein guter Liebhaber war und dafür sorgte, dass auch sie im Bett auf ihre Kosten kam. »Mit Tammo könnte ich ja noch unauffällig in seiner Oberwohnung verschwin-

243

den«, überlegte sie laut. »Aber mit Felix? Sex in den Dünen mag ich nicht, das pikst, und ständig hat man Angst, erwischt zu werden.«

Ulla lächelte verständnisvoll. »Es wird sich schon herauskristallisieren, für wen dein Herz wirklich schlägt. Lass dir Zeit.«

»Was ist mit dir und Hans?« Inge betrachtete ihre Freundin mit einem Röntgenblick.

Ulla wusste, dass Leugnen zwecklos war. »Es ist nichts passiert. Soll auch nicht.«

»Wenn ich irgendwie helfen kann, sag Bescheid.«

»Ja«, erwiderte Ulla langsam. »Könntest du eigentlich. Komm bitte mit zu unserem Segeltörn, von mir aus nimm Tammo und Felix mit. Wir wollen raus zum Riff, damit Hans Fotos im Stil von Poppe Folkerts machen kann, mit dem Blick vom Meer aus auf die Insel.«

»Poppe Folkerts?«, rief Inge aus. »Wenn du den Namen in Gegenwart von Tante Hetty nennst, hört sie gar nicht wieder auf zu reden.«

»Ach, hat sie ihn gekannt?«

»Na, gekannt haben ihn ja alle. Aber ich glaube, sie war in ihn verliebt. Auf jeden Fall schwärmt sie von ihm wie ein junges Mädchen.«

Unruhe und Kindergelächter auf dem Hof lenkten sie ab. Sie gingen nach draußen, um nachzusehen, was los war. Kinder von Gästen hatten die Katze der Nachbarn und den Dackel eines anderen Pensionsgastes mit Stoffresten verkleidet – als Braut und Bräutigam. Die Katze trug einen Vorhangschleier, der Dackel einen kleinen aus Papier gebastelten Zylinder mit Gummiband und als Frackhemd eine Stoffserviette. Die Kinder lachten übermütig, ein Mädchen versuchte, das »Brautpaar« wie für ein Hochzeitsfoto nebeneinanderzusetzen. Hetty kam aus dem Haupthaus, sie erfasste die Situation mit einem Blick.

»Ich geb den beiden keine drei Minuten«, kommentierte sie trocken. »Diese Ehe hält nicht.« Und schon stob die Katze samt Schleier davon, mit einem Satz aufs Nachbargrundstück. Alle lachten.

»Tante Hetty, besitzt ihr nicht ein Gemälde von Poppe Folkerts?«, fragte Inge. »Wir sprachen gerade über ihn.«

»Jo. Hängt im großen Wohnzimmer«, antwortete sie. Das war natürlich während der Saison vermietet. »Na, kommt mal mit. Die Gäste sind gerade unterwegs. Ich wollte sowieso noch frische Handtücher reinbringen.« Sie führte Inge und Ulla in das größte Zimmer des Hauses vor ein mittelgroßes Gemälde mit einem Segelschiff an einer Buhne und einem ungewöhnlich hohen Backsteinhäuschen gleich hinter der Promenade. »Dat is' een Popp«, sagte sie stolz und wies auf das Bild. »Das ist sein Segelboot, die *Senta*, und das sein Malerturm am Weststrand. Vom oberen Stockwerk mit dem kleinen Vorbau dran konnte er bis nach Juist gucken.« Das Bild gefiel Ulla. Es war konventionell gemalt, nicht abstrakt, wie es gerade en vogue war. Aber sie mochte es, wenn man erkennen konnte, was ein Kunstwerk darstellte. Auch hier sah man die Welt aus der Sicht eines Seglers – im Vordergrund das Wasser, dahinter das Land. »Das obere Stockwerk seines Malerturms haben sie ihm im Zweiten Weltkrieg abgerissen.« Hetty seufzte bedauernd. »Angeblich lag es genau in der Schusslinie eines Verteidigungsartilleriestands.« Ulla erinnerte sich, dass sie den einstöckigen Überrest des Turmes schon mal gesehen hatte. Hetty legte die Handtücher auf Kante, bugsierte die Freundinnen wieder hinaus und schloss doppelt ab. »Teetied!«, verkündete sie.

Als sie alle um den Küchentisch saßen und jede ein

Stück vom warmen Butterkuchen genoss, erzählte Hetty mehr über den Maler, der auf Norderney geboren war.

»Meine Güte, was schmeckt das lecker!«, rief Ulla dazwischen. Der knusprige Belag aus Zucker, Butter und gerösteten klein gehackten Mandeln war leicht karamellisiert, der Hefeteig schön saftig. »Tante Netty, du musst mir das Rezept verraten!«

»Aber sicher doch, min Wicht.«

Netty zwinkerte ihr zu, während ihre Schwester weitererzählte. Poppe Folkerts hatte schon mit dreizehn oder vierzehn Jahren seine Familie verloren und dann auf der Insel in einem Maler- und Anstreicherbetrieb gelernt. Er war aber früh durch sein künstlerisches Talent aufgefallen und hatte wohlhabende Förderer gefunden.

»Er hat dann sogar in Berlin und Paris studiert«, bemerkte Hetty. Nach erfolgreichen Lehr- und Wanderjahren war er mit Frau zurückgekehrt und hatte in seinem Malerturm, den er nach seinen Vorstellungen hatte erbauen lassen, ein intensives Familienleben geführt. »Gerade weil er schon so früh allein sein musste, hat er immer viel mit seinen vier Kindern unternommen«, erinnerte sich Hetty. »Ich seh sie noch, die ganze Künstlerfamilie am Strand entlangstapfen, er mit Malerkittel vorneweg, der Sohn trägt die Staffelei, eine der Töchter die Leinwand, alle heiter und auf der Suche nach dem nächsten Motiv.« Ulla spürte, was Hetty nicht aussprach, aber fühlte – von einer solchen Familie hatte sie selbst immer geträumt.

Manchmal waren die Folkerts auf Auslandsreisen mit der *Senta* unterwegs gewesen, die ganze Familie lebte dann an Bord. »Über die Flüsse Europas ging es, und immer hat er dabei gemalt. Uns' Popp, der war wirklich ein besonderer Mann. Kannte Gott und die Welt, aber er blieb einer von uns.« Hetty wischte sich über die Augen. »Er hat auch unsere Norderneyer Männer gemalt, richtige Seeleute bei ihrer harten Arbeit. Die Schönheit unserer Heimat, die hat er trotzdem gesehen.«

Sie segelten hart am frischen Wind. Die Wellen trugen weiße Schaumköpfe. Ab und zu flog den sechs Leuten an Bord etwas Gischt ins Gesicht. Aber bei der Wärme empfanden sie das ebenso wie die Salzwasserspritzer als angenehme Abkühlung. »Nein, ist nicht zu gefährlich heut«, beruhigte der Skipper Rudi, ein Freund von Hans aus dem Seglerverein der Insel, den Rheinländer Felix. Die Gesichtsfarbe von Inges Begleiter tendierte ins Gelbgrünliche, seine Frohnatur kämpfte gegen das Auf und Ab des Bootes. »Und so'n bisschen Bewegung braucht ihr ja auch für das Foto, oder nicht?«

Rudi hatte sich bereit erklärt, mit ihnen hinauszusegeln, damit Hans seine Aufnahmen für die *Lavinia*-Geschichte von der See aus machen konnte. Inge war nicht nur mitgekommen, weil sie ihrer Freundin einen Gefallen tun wollte, sondern auch, um ihre beiden Verehrer weiter zu prüfen. Zu Ullas Erleichterung gab Hans sich locker wie immer, und so fiel es ihr nicht schwer, auf den gewohnt frotzelnden Ton einzugehen.

Gestartet waren sie im Seglerhafen auf der Schlickseite der Insel, konnten nun zuerst den Weststrand sehen, dann die Villen an der Viktoriastraße, gleich darauf die Grandhotels an der Kaiserstraße.

»Für 'ne Landratte, die schon bei Windstärke 3 seekrank wird, ist das hier natürlich hochgefährlich«, spottete Tammo, der Felix gegenübersaß.

»Erzähl mir was, was ich noch nicht weiß«, stöhnte der

Postler. »Hab Mitleid, ich bin gerade zu geschafft, um mit einem Ostfriesen mithalten zu können.«

»Als ob du dazu je in der Lage wärst.«

»Ich glaub, dein Ton gefällt mir nicht. Du bist gemein.«

»Du bist nur schlecht gelaunt. Schätze, das kommt vom Briefmarkenlecken.«

»Du bist moralisch niederträchtig!«

»Du gehörst eingeschläfert!«

»Du geistiges Pantoffeltierchen!«

»Wieso bist du überhaupt nach Ostfriesland gekommen?«

»Weil ich wusste, dass mich hier keine intellektuellen Impulse ablenken würden.«

»Warum sachlich, wenn's auch persönlich geht«, sagte Hans amüsiert.

»Ich glaub, die beiden mögen sich«, meinte der Skipper grinsend.

Inge unterdrückte ein Kichern. »Heut finde ich sie besonders knuffig«, flüsterte sie Ulla ins Ohr.

Trotzdem brachte sie Tammo mit einem Blick zum Schweigen, denn Felix ging es ganz offensichtlich wirklich schlecht.

»Musst den Horizont fixieren«, riet ihm Rudi, »konzentrier deinen Blick auf eine gerade Linie.«

»Oder denk an Edelstahllöffel«, sagte Ulla.

»Wie bitte?«

Sie zuckte mit den Achseln. »Mir hilft das, wenn mir übel wird. Dann stell ich mir einen sauberen, kühlen Esslöffel aus Edelstahl vor, und es wird erträglicher.«

»Weiß Frau Ellerbrock davon?«, fragte Hans ironisch.

»Alles Irre hier an Bord«, murmelte Tammo kopfschüttelnd.

Er holte selbst gemachte Rumkugeln aus seinem Rucksack und bot sie reihum an. Felix wandte nur angewidert den Kopf ab.

Sie segelten weiter aufs Meer hinaus in Richtung Nordnordwest. Ulla genoss den Törn, sie glitten so schnell dahin, dass der Wind ihr das Haar ins Gesicht peitschte und die frische ozonhaltige Luft in die Nasenlöcher presste. Mit blitzenden Augen folgte sie Rudis Kommandos, zog den Kopf ein, wenn ein Segel umschwang, setzte sich um und lauschte. Auf das Flattern der Segel, den Wellenschlag, die Möwenschreie. Auch Inge hielt ihr Gesicht genießerisch in die Sonne.

Hans beobachtete den Kurs. Plötzlich nannte er für alle vernehmlich die Position. »N 53° 47,3' und E 07° 01,0'.«

Daraufhin stand Rudi stramm, nahm seine Kopfbedeckung ab und salutierte. »Fock dal!«, sagte er. Als das dreieckige Vorsegel runterging, nahm auch Hans Haltung an, die Männer machten beide ein feierliches Gesicht. Tammo rappelte sich auf und tat es ihnen gleich. Felix hockte wie ein Häufchen Elend da, zog aber immerhin seine Mütze vom Kopf. »Mütz off, hier slöppt uns Popp Folkerts! Goode Wind! Ahoi!«

Ulla bekam eine Gänsehaut. Sie und Inge begriffen ohne weitere Erklärung, dass sich hier das Seemannsgrab des Malers befand. Nach der Gedenkminute, die an dieser Stelle, wie Rudi ihnen später erklärte, alle Mitglieder des Segelvereins Norderney einzulegen pflegten, setzten sie sich wieder und segelten zurück. Sie nahmen jetzt Kurs auf das Riff.

»Ohne Poppe Folkerts wäre ich heute nicht hier«, sagte Hans plötzlich ganz ernst, und alle sahen ihn erstaunt an. »Es war mein erster Tag auf Norderney überhaupt.« Er blinzelte in die Ferne, als sähe er alles wieder vor sich. »Der 4. Januar 1950 war ein Mittwoch, ein milder klarer Wintertag. Überall auf Norderney wehten die Flaggen auf Halbmast. Ich kam auf die Insel, und sie war voll von schwarz gekleideten Menschen. Eine unüberschaubare Menge, Norderneyer, Ostfriesen vom Festland, Leute von weither, alle hatten sich eingefunden, um von dem Maler Abschied zu nehmen.« Gebannt hörten sie zu, Felix schien seine Übelkeit vergessen zu haben. »In einer der Reden, ich glaub, es war die vom Vorsitzenden des Heimatvereins, den Poppe Folkerts ebenso mitgegründet hat wie den Seglerverein, da hieß es, Poppe Folkerts müsse nun ›höheren Ortes Verklarung ablegen‹.« Mit blank geputzten Augen saß Hans da. »Eine kleine Flotte von Fischer- und Motorbooten begleitete das Rettungsboot, das mit der Urne hinausfuhr. Flaggen wurden gedippt zwischen dem, was von seinem Malerturm übrig war, und dem Rettungsboot, Signale ertönten. Es war ergreifend.« Hans wischte sich etwas von der Wange. Er lächelte. »Ich hab damals gedacht, eine Gemeinschaft, die ihren Künstler so liebt und ehrt, die könnte vielleicht meine neue Heimat werden. Das war der Grund, weshalb ich auf Norderney geblieben bin. Na ja, und weil ich hier als Fotograf für die Engländer arbeiten konnte.«

Endlich erreichten sie die Position, wo damals das Goldschiff verunglückt war. Das Norderneyer Riff war kein Felsenriff, wie Ulla es sich vorgestellt hatte, sondern nur ein Bogen aus mehreren Sandbänken, die allerdings bei Sturm schon für manchen Seefahrer lebensgefährlich geworden waren. Die ganze Zeit über musste sie an das Begräbnis denken. Auch noch, als Hans sich weit mit der Kamera über die Reling hängte, weil er möglichst dramatisch aussehende Wellen im Vordergrund haben wollte, und Tammo und Fe-

lix ihn je an einem Bein festhielten, damit er nicht über
Bord ging. Nach einiger Zeit war er zufrieden.

»Ich glaub, da ist was dabei.« Vorsichtig trocknete er jeden Spritzer von seiner Kamera, bevor er sie wasserdicht
wegpackte.

»Und ich glaub«, sagte Ulla glücklich, »ich hab jetzt auch
meine Geschichte zum Thema Kunst gefunden. Eine der
Sternstunden wird datiert auf den 4. Januar 1950.«

Die Ellerbrocks reisten ab. Frau Ellerbrock erwischte Ulla
nach dem Frühstück in der Lobby. Wortreich bedauerte sie,
dass sie den Verleger Will Michels nun doch nicht persönlich von ihren Diätideen hatte überzeugen können.

»Beeinflussen Sie ihn in dieser Richtung. Das ist doch
unsere Stärke als Frauen – die Männer geschickt hinten-
rum so ein bisschen lenken, Sie wissen schon. Und achten Sie unbedingt weiter auf Ihren Fettkonsum, meine
Liebe«, mahnte sie. Vertraulich neigte sie sich vor. »Dann
ersparen Sie sich vielleicht sogar ein Doppelkinn. Ich und
meine Expertin vom Schönheitssalon, wir haben in diesem
Urlaub viel Mühe darauf verwendet, die Konturen wieder
zu straffen.« Sie drehte sich, sodass Ulla ihr Profil sehen
konnte, und reckte das Kinn vor. »Ist uns gut gelungen,
nicht wahr?«

»Sehr gut«, bestätigte Ulla höflich. Vielleicht hatte Frau
Ellerbrock ja vorher ein Dreifachkinn gehabt. Inzwischen
fühlte sie sich von ihr kein bisschen mehr eingeschüchtert.
Ein absurder Schönheitstipp fiel ihr ein, den Inge neulich
aus einer Frauenzeitschrift vorgelesen hatte. »Es soll ja auch
sehr gut helfen«, sagte sie mit ernster Miene, »wenn man das
Doppelkinn für die Nacht mit einer essiggetränkten Kom-
presse hochbindet.«

Mein Gott, jetzt hab ich's, dachte sie. Ist doch gar nicht so schwer. Gleiches mit Gleichem vergelten.

Frau Ellerbrock lächelte säuerlich. Doch noch immer schien sie ihre Mission nicht als beendet zu betrachten. »Mein oberster Rat an Sie, Kindchen: Meiden Sie fette Milchprodukte. Ich hab gesehen, dass Sie immer noch dick Butter auf Ihr Brötchen streichen.« Die Frau konnte einem wirklich auf die Nerven gehen.

»Ach, bevor mich der Heißhunger in eine Eisdiele treibt, esse ich lieber ganz normal das, worauf ich Appetit habe«, erwiderte Ulla mit einem unschuldigen Augenaufschlag. »Ich wünsche Ihnen eine gute Heimreise.«

Frau Ellerbrocks Lächeln wirkte wie festgetackert, als sie sich zum Abschied die Hand reichten. »Ich hoffe für Sie, dass Ihr Gatte es noch nach Norderney schafft«, säuselte sie übertrieben mitfühlend. »Es ist doch traurig, wenn Eheleute die Ferien nicht gemeinsam verbringen können. Bekannte von uns haben den Ihren ja neulich in Begleitung auf dem Hamburger Fischmarkt gesehen. Also, in mir würde das Misstrauen wecken. Aber als hübsche junge Ehefrau muss man sich sicher keine Gedanken machen …«

»Sie haben so recht. Warum sollte ein Hamburger nicht auf den Fischmarkt gehen? Was mich hier hält, im Übrigen, das ist halb Kur, halb Arbeit, angenehme Arbeit«, antwortete Ulla. »Auf Wiedersehen, Frau Ellerbrock, und herzliche Grüße an den Gemahl.«

Beinahe hätte sie hinzugefügt: Vielleicht klappt's ja bei ihm im nächsten Jahr auch mit dem Freischwimmen. Doch sie dachte an die Zweifarbanzeigen, verkniff sich die Bemerkung und lächelte. Aber ein kleiner Stachel blieb. Gemeinerweise entwickelte er ein Eigenleben. Er bohrte sich

immer tiefer und schmerzhafter in ihre Brust. Den Fischmarkt besuchte man eigentlich nur frühmorgens nach einer
durchfeierten Nacht.

Mit wem hatte Will gefeiert? Wieso hatte er ihr davon
nichts erzählt?

Unter einem Vorwand rief sie ein paar Tage später im Verlag
an. Wills alte Chefsekretärin, Fräulein Bergeest, war zurück
aus dem Urlaub und bewachte wieder sein Vorzimmer. Sie
war uralt, überkorrekt, hatte schon dem Senator gedient,
bestand darauf, mit »Fräulein« angesprochen zu werden,
trug stets knöchellange, gerade geschnittene dunkle Röcke
und eine unmoderne Brille. Für sie existierte kein Privatle-
ben. Ulla bezweifelte, dass ihr ein Urlaub Freude bereitete.
Ihr Lebensinhalt waren ihre Unentbehrlichkeit im Verlag
und ihre Loyalität.

»Herr Michels befindet sich auf einer Geschäftsreise in
Bonn«, gab sie Auskunft. Ulla kannte das Hotel am Rhein,
in dem er immer abstieg, wenn er in der provisorischen
Hauptstadt zu tun hatte. »Jaja«, sagte sie, als wüsste sie Bescheid. »Es geht um die neue Zeitschrift. Ich würde gern
mit Fräulein Stamps sprechen.«

»Die hat Urlaub.«

»Ach so. Äh … ich nehme an, mein Mann wohnt in Bonn
im gleichen Hotel wie immer.«

»Ich weiß es nicht«, antwortete seine Sekretärin spitz,
»seine persönliche Assistentin sollte diesmal die Reise
buchen.«

Ulla fühlte sich, als hätte man sie aus dem warmen Bett
in die Nordsee geworfen. Will beschäftigte inzwischen eine
persönliche Assistentin? Ein fürchterlicher Verdacht stieg
in ihr hoch. Möglichst gelassen, um sich ja keine Blöße

zu geben, sagte sie aufs Geratewohl: »Sie meinen Fräulein Stamps?« Bislang war sie doch lediglich die Redaktionsassistentin des Chefredakteurs Moser gewesen.

»Richtig.« Es war erstaunlich, wie Fräulein Bergeest so viel Gift in die korrekte Aussprache eines einzigen Wortes legen konnte.

»Ah ja, vielen Dank.«

»Soll ich etwas ausrichten? Soll Fräulein Stamps Sie zurückrufen, wenn sie wieder da ist?«

»Nicht nötig.« Das fehlte gerade noch.

»Oder Ihr Gatte? Er meldet sich ja zweimal am Tag hier.«

»Nein danke.« Ulla versuchte, sich ihre Entrüstung nicht anmerken zu lassen. »Sicher wird er mich auch bald anrufen. Es hat Zeit. Tschüss, Fräulein Bergeest.«

»Auf Wiederhören, Frau Michels.«

Ulla legte auf und brach in Tränen aus. Bestimmt hatte er was mit dieser dummen Ziege, dieser hübschen klugen Stamps! Die Eifersucht nagte an ihren Eingeweiden wie eine gelbe Natter. Sie warf sich aufs Bett und schluchzte. Und konnte nicht mehr aufhören. Irgendwann, als sie sich im Bad die Nase putzte, sah sie im Spiegel, wie verquollen ihr Gesicht war. Ihre Stimmung schlug um. Das fehlt gerade noch, dachte sie wütend, dass ich deshalb auch noch hässlich werde! Ein Blick durchs Fenster zeigte ihr, dass es höhere Wellen gab als an den vorangegangenen Tagen.

Ulla zog ihren blauen Badeanzug an, ein Strandkleid darüber und radelte zum Nordstrand. Kräftig trat sie in die Pedale, überholte aufgeschreckte Badegäste, die tranig vor sich hin trotteten oder nur dumm im Weg herumstanden, klingelte wie eine Halbstarke. Kurz vor der Brandung warf sie ihr Kleid samt Badetasche in den Sand und rannte ohne

Badekappe mit Anlauf in die Nordsee. Laut schreiend, krei-
schend, tauchte sie ein und unter. Sie schlug mit durchge-
drückten Armen wie ein kopflos flatterndes Huhn gegen
die Wellen, sie trat und strampelte mit den Beinen gegen
die Strömung an. Irgendwann beruhigte sie sich. Sie begann
zu schwimmen.

Die Kraft des Meeres zu spüren und die eigene Kraft, das
rückte alles wieder in andere Dimensionen. Zum Schluss
ließ sie sich einfach treiben, von den Wellen hochheben
und ins Tal fallen. Sie schluckte jede Menge Wasser dabei.
Es brannte salzig im Rachen und in den Nasenhöhlen. Aber
sie fühlte sich lebendig. Und stark.

Die Meteorologen verkündeten neue Hitzerekorde. Man
erwartete, dass in Hamburg bald die Dreißig-Grad-Marke
überschritten werden würde. Auch auf der Insel herrschte
Backofenhitze, und es fiel Ulla selbst unter dem schattigen
Vordach von Hans' Häuschen schwer zu schreiben. Immer wieder riss sie Papier aus der Schreibmaschine, zer-
knüllte es und spannte einen neuen Bogen ein. Es war ihr
ein Rätsel, wie Hans es so lange in seiner Dunkelkammer
aushielt. Den ganzen Nachmittag über machte er schon
Abzüge.

Endlich kam etwas Wind auf, endlich war sie mit ihrer
Geschichte über Poppe Folkerts einigermaßen zufrieden.
Und Hans ließ sich draußen blicken.

»Willst du mal die neuen Aufnahmen angucken?«, fragte
er, während er begierig die reine Luft inhalierte.

Ulla nickte und folgte ihm. Im Badezimmer, das zugleich
als Waschküche und Fotolabor diente, roch es scharf nach
Entwickler, die Verdunklungsrollos waren wieder hochge-
rollt. An einer im Zickzack durch den Raum gespannten

Wäscheleine hingen mindestens drei Dutzend Schwarz-Weiß-Aufnahmen zum Trocknen. Vorsichtig trat Ulla näher und begutachtete das Ergebnis ihrer Fotositzung in den Dünen. Wie schön sie auf einigen Aufnahmen aussah! War das wirklich sie?

»Ganz passabel«, sagte sie verlegen, doch hocherfreut. »Nein, im Ernst, eine wunderbare Stimmung, und das da ist eine fabelhafte Komposition. Tiefenschärfe, starke Kontraste.« Auch die Aufnahmen für die *Lavinia*-Geschichte waren gelungen. »Du lässt das Licht sprechen.« Die Wellen vorm Riff sahen viel dramatischer aus, als sie gewesen waren. Das letzte Foto an der Leine, das sie von hinten zwischen den Dünen zeigte, betrachtete sie besonders eingehend. »Ja, du hattest recht. Mit Morgenlicht im Rücken wär dieses Motiv sicher besser geworden.« Ohne lange zu überlegen, traf sie eine Entscheidung. »Wenn du willst, übernachte ich heute hier, draußen auf deinem Tagesbett, und du machst morgen früh noch ein Foto.«

Hans schaute durchs Fenster hinaus in den Garten und zurück zu ihr. Er schien etwas sagen zu wollen, das er dann doch nicht aussprach. Stattdessen lächelte er. »Gut. So machen wir's.«

Sie ging wieder nach draußen an ihren Arbeitsplatz und las noch einmal ihren Text. Als Hans nachkam, brachte er ihr eines seiner Unterhemden als Schlafgewand mit. »Oder willst du einen Pyjama haben?«

»Danke, zu warm.« Sie pustete sich eine Haarsträhne aus der Stirn. »Ich brauch auch nur ein Laken, um mich zuzudecken.« Ihr war bewusst, wie verfänglich die Situation auf manchen Außenstehenden wirken mochte. Deshalb sah sie Hans scharf an. »Wir haben eine Vereinbarung. Daran wirst du dich halten, nicht wahr?«

Mit einem unschuldigen Augenaufschlag hob er beide Hände. »Nichts, was du nicht möchtest. Großes Indianerehrenwort.«

»Und du veröffentlichst nie ein Foto, auf dem ich zu erkennen bin.«

»Niemals.« Er leckte drei Fingerspitzen und hielt sie zum Schwur in den Abendwind.

»Gut.«

Gemeinsam schmierten und belegten sie in der Küche Brote und setzten sich damit auf die Gartenterrasse. Sie unterhielten sich über alles Mögliche. Hans musste auch ihren neuen Artikel lesen.

»Sehr schön«, lobte er. »Weißt du eigentlich, weshalb Poppe Folkerts Segelboot Senta hieß?«

»Nö. Ich nehme an, Senta war seine Frau.«

»Nein, er dachte an die Heldin, die den Fliegenden Holländer mit ihrer Liebe erlöst hat.«

»Ach, Wagner.«

»Ja. Aber die Legende gab's schon lange, bevor Wagner seine Oper komponiert hat. Heinrich Heine hat sie bei Seeleuten aufgeschnappt und niedergeschrieben. Und rate, wo er sie gehört hat?« Triumphierend, leicht ironisch blinzelte Hans sie an.

»Sag nicht, auf Norderney!«

»Doch, genauso war es.«

»Was für ein reizendes kleines Extra«, sagte Ulla entzückt. »Das muss ich unbedingt noch in die Geschichte einbauen.« Ein intensives Abendrot flutete den Himmel über den Dünen. »Wir sollten früh schlafen gehen«, schlug sie vor.

»Kann ich nicht.« Unruhig sprang Hans auf. Er griff sich vier Tennisbälle, die in einem Körbchen unter dem Gartentisch lagen, und begann, damit zu jonglieren. »Wie wär's mit einer kleinen Varietédarbietung vorm Zubettgehen?«

Ulla lachte. »Vielleicht sollten wir lieber noch mal schwimmen gehen. Das entspannt.«

»Gute Idee.«

Sie wanderten durch das Kiefernwäldchen und die Dünen, nach zehn Minuten erreichten sie die Brandungszone. Die Nordsee war längst genauso warm wie das geheizte Hallenbad, und sie konnten geradewegs hineinmarschieren, ohne dass es sie Überwindung kostete. Mit einem erleichterten Aufseufzen ließ Ulla sich mit dem Rücken zuerst in die Wellen fallen und treiben. Wie schön das Nachtblau des Firmaments neben dem verblassenden Abendrot leuchtete! Sie planschte herum, spielte mal mit etwas Seetang, wartete mal im Wasser, auf einem Fleck stehend, so lange, bis ihre Fersen im Sand immer tiefer sackten und schließlich den Halt verloren. Hans kraulte mit kräftigen Zügen hinaus.

Nach einer Weile schwamm auch Ulla noch ein bisschen, dann reichte es ihr, und sie verließ als Erste das Wasser. Schnell zog sie sich etwas Trockenes über. Sie hatte noch die Mahnung des Kurarztes im Ohr, nicht mit nassem Badezeug herumzulaufen. Als Hans in der Abenddämmerung wie ein Adonis dem Meer entstieg, hatte sie schon Unterwäsche und Strandkleid übergestreift. Es prickelte unter der Haut, überall, ihr Körper war in Bestform. Ulla ertappte sich bei dem Gedanken, wie es wohl wäre, wenn man als Frau Sex haben könnte – oder dürfte – wie ein Mann. Einfach nur so, um die Lust zu genießen.

Hans schüttelte kurz das Haar. Tropfnass ging er neben ihr her zurück. Durch das Zwielicht huschte hier und da ein Schatten, wohl von Kaninchen.

»Was gibt's denn hier noch an Getier?«, fragte Ulla leise.

»Rehe. Aber die tun nichts.« Hans grinste, das Weiß seiner Zähne blitzte im Halbdunkel auf. »Und Fasane. Und Marienkäfer. Vor ein paar Tagen soll's auf der anderen Seite der Insel eine wahre Marienkäferplage gegeben haben.«

Schon waren sie wieder beim Häuschen angekommen. Hans entzündete ein Sturmlicht, das auf dem Gartentisch stand. Er brachte Ulla Wolldecke, Kissen und Laken, bevor er zum Duschen ins Haus zurückging. Sie richtete es sich gemütlich auf dem Tagesbett ein und legte sich schon mal zur Probe hin. Wunderbar. Am Segeldach vorbei konnte sie die Sterne sehen, viel deutlicher und klarer als sonst.

»Was möchtest du trinken?« Hans kam in einer Duftwolke von Seife nach draußen. »Bier, Wein, einen Kurzen?«

Ulla lag so schön, sie blieb liegen. Aber sie wollte einen kühlen Kopf bewahren. »Nichts, vielen Dank, höchstens ein Glas Wasser.«

»Ich hab dir ein Handtuch rausgelegt. Und eine neue Zahnbürste. Es müsste auch genug warmes Wasser im Boiler sein, ich hab kalt geduscht.«

»Danke, bin jetzt zu faul aufzustehen.«

»Da unterm Segeldach steckt übrigens ein zusammengedrehtes Moskitonetz. Das kannst du runterlassen, falls es dir für die Nacht lieber ist.«

»Zum Schutz gegen Marienkäfer?«

»Zum Beispiel.«

Nachdem Hans ihr ein Glas und einen Wasserkrug mit Deckel auf den Tisch gestellt hatte, zog er eine ausgediente Apfelkiste als Fußstütze an seinen Gartenstuhl heran und machte es sich weit zurückgelehnt mit ausgestreckten Beinen neben dem Tagesbett bequem. Ulla schnupperte in die Abendluft – sie roch nach vertrocknetem Gras, lauwarmer Meeresbrise, nach Wildrosen, etwas Kiefernharz und manchmal eine Spur lieblich süß nach Jelängerjelieber, das irgendwo versteckt ganz in der Nähe blühen musste. Über ihnen funkelte die Milchstraße.

Sie war Hans unendlich dankbar dafür, dass er ihr jetzt nicht die Sterne erklärte. Einträchtig schweigend, ruhten sie eine Armlänge voneinander entfernt und genossen die Schönheit der Nacht.

Einmal wies Hans auf eine Sternschnuppe. Ulla schloss die Augen und wünschte sich inständig, dass es endlich klappen möge mit dem Baby. Als sie die Augen wieder aufschlug, trafen sich ihre Blicke. Sie wusste, dass er sich fragte, was sie sich wohl gewünscht hatte.

»Man soll es nicht verraten, sonst geht's nicht in Erfüllung.«

»Ich verrate meinen Wunsch auch nicht.« Das Licht der Laterne spiegelte sich in seinen Augen. Er stand auf. »Wir gehen ohne Frühstück los, oder?«

»Ja, einverstanden.«

»Dann weck ich dich um halb vier.«

»O Gott!«

»Sag ruhig weiter Hans zu mir.« Er lachte leise. »Und schlaf gut.«

»Danke, du auch.«

»Mist, das hab ich gestern Abend schon befürchtet«, sagte Hans, als sie vor Sonnenaufgang aufbrachen. Aus Westen rückten dicke Wolken an, auf der anderen Seite des Himmels war allerdings noch alles klar. Er schaute sich aufmerksam um, prüfte die Windrichtung. »Lass uns mal lieber mehr in Richtung Norden gehen. Da könnten wir noch Glück haben mit dem Licht.« Also liefen sie ein Stück weiter als am Vorabend. Dabei passierten sie eine der neuen

Schutzhütten, die Ulla von ihren Ausritten kannte. Sie waren zwar seitlich offen, doch vierfach mit Zwischenwänden unterteilt, sodass man darunter windgeschützt einen kräftigen Schauer überstehen konnte. »Möchtest du lieber, dass wir zurückgehen?«, fragte Hans nach einer Weile.

Ulla schüttelte den Kopf. Zur Not gab's ja die Schutzhütte.

Oje, wenn ich das gewusst hätte, dachte sie später, als sie eine perfekte Stelle mit Meerblick zwischen zwei Randdünen gefunden hatten, dann wäre ich doch schnellstens umgekehrt. Aber da war es schon zu spät. Eine schwarzgraugrüne Front formierte sich in der Ferne. Ausgerechnet jetzt brach über dem Meer ein Gewitter los. Erst zuckten Blitze auf, faszinierend, dramatisch und unheimlich. Dumpfes Grollen rollte überraschend schnell näher, ein stürmischer Wind jagte quellende Wolken auf die Insel zu. Und Hans fotografierte.

Plötzlich krachte es ganz in der Nähe, es begann zu schütten. »Schnell, zurück zur Schutzhütte!«, rief Ulla, als die ersten Wassertropfen eiskalt auf ihre Haut trommelten. Leichtsinnigerweise hatte sie keine Jacke mitgenommen, nur ein Handtuch, das sie sich über den Kopf warf. Innerhalb von Sekunden fiel die Temperatur, waren die Dünen von einem weißen Film bedeckt. »Das sind ja Hagelkörner!«, rief sie verblüfft.

»Ich weiß was Besseres.« Hans packte sie am Arm und rannte mit ihr in die Dünenlandschaft hinein. »Dahinten steht ein Bunker, darin ist es trocken!«

Ulla konnte im Hagelschauer kaum richtig sehen, weil sie immer wieder die Augen zusammenkneifen musste. Unvermittelt tauchten graue Brocken vor ihnen auf – Quader, wahrscheinlich durch Sprengung aus- und übereinandergefallen wie große Bauklötze. Hans ging voran durch Gebüsch zu einem Abgang. Etliche Stufen führten zu einer Stahltür, die sich nur mühsam öffnen ließ, aber doch immerhin weit genug, um hineinzuschlüpfen.

»Da vor der Wand links steht ein Feldbett«, wusste er. »Daneben ein Tisch und ein Stuhl. Hab keine Angst, hier sind wir sicher.« Er suchte etwas in seinem Rucksack. Ulla tastete nach den Möbeln, stieß gegen das Feldbett, ihre Hände glitten über die Liegefläche, sie war versandet, aber trocken. Vorsichtig setzte sie sich. Hans hatte inzwischen ein Sturmfeuerzeug gefunden, Licht flammte auf, es stank kurz nach Benzin. »Ich hab hier schon manches Mal Zuflucht gefunden«, erklärte er.

»Und die Einrichtung?«, fragte sie verwundert. »Stammt die noch aus dem Krieg?« Hans entdeckte einen Kerzenrest auf einer Untertasse, entzündete den Stummel und stellte ihn auf den Tisch. In einer Ecke standen ein paar Flaschen Bier mit Ploppverschluss. »Nein, natürlich nicht, nach dem Krieg haben die Insulaner und die Besatzer alles aus den Bunkern rausgeholt, was man noch irgendwie verwerten konnte.« Ein hektisches Flattern unter der Decke schreckte sie auf.

»O Gott!« Ulla zog ihre Knie hoch.

Hans blieb ruhig. »Das sind nur Fledermäuse.«

Während einige Tiere durch einen Spalt entwichen, der sich schräg oben zwischen zwei Betonblöcken auftat, nahm Hans auf dem Stuhl Platz.

»Gruselig!« Ulla schüttelte sich. »Und das Zeug hier kommt woher?«

»Es gibt einen ehemaligen Offizier, der seine Sommer damit verbringt, im Umfeld des Bunkers auf Schatzsuche zu gehen. Er will eine Kiste finden, die hier in den letzten Kriegstagen vergraben worden sein soll. Silberbesteck mit Hakenkreuz, Orden des Königreichs Sachsen und so'n Zeug.« Er lachte rau. »Da kann er lange suchen, hier ist wirklich nichts mehr zu entdecken. Außer Bier. Möchtest du eins?«

»Zum Frühstück?«

Ulla schüttelte angewidert den Kopf. Ihr feuchtes Kleid klebte auf der Haut, sie wrang das Handtuch aus und versuchte, damit den Stoff trockener zu reiben. Durch den Spalt regnete es herein, schlimmer noch, man sah die Blitze aufzucken. Ihr Widerschein warf gespenstische Lichter an die Wände. Durch die Öffnung konnten sie auch den Donner hören. Ulla kauerte sich weiter zusammen. Es war beklemmend. Und sie spürte, dass sich der graue Panther anschlich.

Sie atmete schneller, flacher. Hilfe, dachte sie, was kann ich tun? Schnell gegensteuern! Ohrenwackeln? Lächerlich! Summen! Sie summte heiser, drei schiefe Töne rauf und wieder runter, wiegte ihren Oberkörper vor und zurück wie ein vereinsamtes Kind. Wieder krachte es. Auf einmal konnte sie nicht mehr klar denken, es rauschte in ihren Ohren, in ihrem Kopf. Die Blitze, der Donner, das Feldbett.

Sie war wieder vierzehn. Saß in einem Luftschutzkeller in Hamburg. Die Bomber der Alliierten griffen an. Auf dem Weg in den Keller hatte sie noch die schaurig-schönen »Tannenbäume« über der Stadt gesehen, mit denen die Angreifer ihre Ziele erhellten.

»Neeeiiin!«

Ulla schrie aus Leibeskräften, presste die Hände auf ihre Ohren. Jemand packte sie an den Schultern und hielt sie. Ihr war übel. Wieder lag der eklige Brandgeruch in der Luft. Ihre Augen tränten, eine milchige Suppe vernebelte alles um sie herum, das Licht fiel aus. Sie konnte nicht mehr unterscheiden zwischen damals und jetzt. Menschen schrien, einige Frauen greinten in den höchsten Tönen, andere beteten. Sie bekam kaum noch Luft. Wieder Donner, Bomben fielen, das Haus erzitterte bis in seine Grundfesten, ein paar Sekunden lang nichts, Stille, ein Pfeifen, dann der Einschlag – rums! Höllenfeuer, Panik, schwarzer Abgrund. Todesangst, nicht messbar in Zeit.

Ulla war schweißnass, als sie wieder zu sich kam. Ihr Herz raste noch immer. Hans saß hinter ihr auf dem Feldbett, hielt sie fest umschlungen, lehnte an der Wand, sie, zwischen seinen Beinen, weinte hemmungslos.

»Es ist vorbei«, sagte er wieder und wieder.

Sie spürte seine starken Unterarme vor ihrem Bauch. Erschöpft sank ihr Hinterkopf an seine Brust. Inzwischen war die Kerze niedergebrannt. Ihre Augen gewöhnten sich an die Dunkelheit.

»Ich war vierzehn beim Feuersturm in Hamburg«, begann Ulla stockend. »Trotzdem kann ich mich an vieles, was ich erlebt hab, gar nicht erinnern. Es ist wie ausgelöscht.« Sie holte tief Luft. »All diese schrecklichen, unbeschreiblichen Dinge … Die Menschen, die sich im Feuer wälzen, nach Hilfe schreien. Die im kochenden Asphalt der Straße stecken bleiben. Die in die Fleete springen und dort verbrühen, weil auf dem Wasser heißes Öl schwimmt. Die ihre Gesichter auf Kopfsteinpflaster pressen, gierig nach der kühlen Luft in den Ritzen zwischen den Steinen, den letzten Resten, die man in dieser Hölle noch einatmen kann.« Das unterdrückte Schluchzen ließ ihre Stimme tiefer klingen. »Menschen, die Feuer fangen, ungläubig zusehen, wie ihre eigenen Beine zu brennen beginnen … Verkohlte Erwachsene, die auf Kindergröße geschrumpft sind und wie Puppen

264

am Straßenrand liegen … Ich … Ich … weiß das nur aus Erzählungen von anderen.« Sie wiegte den Oberkörper wieder vor und zurück, Hans hielt sie eisern umklammert. »Ich selbst … In meiner eigenen Erinnerung … Da sehe ich mich nur mit Inge, getrennt von den anderen in einem Nebenkeller. Der Ausgang verschüttet, Inge bis zum Bauch unter einem Regal und Schutt. Ich weiß nicht, wie lange, eine Ewigkeit. Diese Angst! Aber … Inge kommt wieder raus. Zum Glück hat sie nur Schürfwunden. Es ist dunkel. Wir haben Hunger, Durst. Inge ist fast zwei Jahre jünger als ich, sie hat noch ihre Puppe dabei. Wir sprechen uns gegenseitig Mut zu. Singen, erzählen.« Ulla schwieg lange aufgewühlt, bis sie weitersprechen konnte. »Wir haben nach Essbarem gesucht. Irgendwann fand Inge ihr Notfallköfferchen wieder. Da war eine Tafel Schokolade drin. Und sie hat sie mit mir geteilt, gab mir genau die Hälfte ab, nicht nur ein Stück oder einen Riegel. Halbe-halbe, hat sie gesagt, schwesterlich geteilt.« Ulla wischte sich Tränen von der Wange.

Bei jedem Donnern zuckte sie erneut zusammen, der Sturm heulte jetzt. Aber sie spürte im Rücken, wie Hans' Wärme sie umfing. Was mach ich hier gerade?, fragte sie sich. Man spricht nicht darüber, man klagt nicht.

Sie alle spielten mit beim großen Vergessensspiel oder beim Ich-biege-mir-die-Wahrheit-zurecht-Spiel. Und sie durchbrach gerade die Regeln.

»Wir haben ja Glück gehabt, die vom Luftschutz haben uns irgendwann ausgebuddelt«, fuhr sie schließlich fort, als könnte sie das Vorherige dadurch weniger intim erscheinen lassen. »Wir haben überlebt – meine Mutter, mein kleiner Bruder und ich. Inge hat Verwandte verloren, ihre Eltern waren verletzt, aber auch sie sind letztlich heil durchgekommen.« Sie schluckte. »Andere mussten viel Schrecklicheres erleben. Unser Haus stand noch zum Teil, wir konnten ein Zimmer im Erdgeschoss bewohnen.«

»Ja, alles ist relativ. Ein trockenes warmes Zimmerchen kann schon ein großes Glück bedeuten«, antwortete Hans. »Das weiß ich aus eigener Erfahrung. Wie lange habt ihr so gelebt?«

»Bis nach dem Krieg. 1947 mussten wir raus, weil die gesamte Straße enttrümmert und neu aufgebaut werden sollte. Ein halbes Jahr waren wir noch bei meinen Großeltern in Holstein auf dem kleinen Hof. Es ging nicht gut, sie vertrugen sich nicht. Nur ich war der Liebling meines Opas. Er hatte auch das Schulgeld für mich bezahlt, damit ich zur Mittelschule konnte. Dann wurden wir mit mehreren Familien in eine Nissenhütte einquartiert, das war … Na ja, wir haben's überstanden.« Aber es war immer alles unsicher gewesen. Immer schwankender Boden unter den Füßen. Das Gefühl, sicher und geborgen zu sein, kannte sie erst, seit sie mit Will zusammen war.

»Was ist mit deinem Vater?«

»Der gilt seit 1940 als vermisst. Meine Mutter hat ihn für tot erklären lassen. Insgeheim grolle ich ihr deshalb immer noch. Sie wollte wieder heiraten, einen Metzgermeister. Ich mag ihn nicht, aber meine Mutter hat sich für uns Kinder aufgeopfert, also arrangiert man sich.« Nun wagte sie doch, die Frage zu stellen, die man eigentlich nicht stellen durfte. »Was hast du gemacht damals?«

»Erbarmung!«, rief Hans auf ostpreußische Art. Er löste einen Arm und kratzte sich am Kopf. »Meine Mutter ist früh gestorben. Und«, er holte tief Luft, »die Wahrheit ist, dass ich ein begeisterter Hitlerjunge und junger Soldat war. Ich wollte unbedingt für den Führer kämpfen, bin mit achtzehn an die russische Front geschickt worden.« Jetzt löste er auch den anderen Arm. »Ich glaub, nun brauch ich doch ein Bier.« Er stand auf, öffnete eine Flasche und zündete sich eine Zigarette an. Ulla fröstelte. Der Notfall war vorüber, das Gewitter noch nicht.

»Könntest du mich bitte wieder so in den Arm nehmen wie vorhin?«, fragte sie leise. Kommentarlos tat er, worum sie ihn bat. Sie kuschelte sich rücklings an ihn. »Gib mir auch mal, nur einen Zug.« Sie nahm die Zigarette, rauchte auf Lunge, hüstelte, aber spürte gleich darauf, wie wohltuend das Nikotin ihren Körper entspannte. Über die Schulter reichte sie die Zigarette zurück. »Und dann?«

»Ich bin erst kurz vor der Kapitulation gefangen worden. Die Russen haben uns eingekesselt und gefangen genommen.«

Normalerweise fragte man ab diesem Punkt nicht weiter. Das war einfach so. Wenn es in einem Gespräch hieß, er war sechs Jahre im Krieg, oder er hat drei Jahre in Gefangenschaft verbracht, hörte man auf. Da gab's nichts mehr zu fragen. Sicher war es schrecklich gewesen, und damit Schluss. Man übersprang prägende Lebensjahre, wechselte, noch nicht einmal peinlich berührt, sondern ganz selbstverständlich oder gefühlt taktvoll das Thema. Natürlich, was sollte der Mensch denn auch antworten?

»Wie lange warst du im Lager?«

»Nur sechs Wochen.«

Auf dem Boden des Bunkers sammelte sich das hereinströmende Regenwasser zu großen Lachen.

»Manchmal«, sagte Ulla, »da blitzen ganz kurz Erinnerungsfetzen in mir auf. Aber … ich kann nicht drüber reden. Ich … würde noch mehr Schaden nehmen, allein wenn ich absichtlich daran dächte, mir alles wieder ins Gedächtnis riefe …«

Hans drückte sie an sich, es war ein sanfter, zärtlicher Druck. »Deine Panik«, sagte er langsam, »bewacht etwas, das eine endlose Trauer in dir auslösen würde. Vielleicht ist die Angst dein Freund.«

Ulla legte eine Hand auf ihr Herz. Volltreffer! Es verschlug ihr den Atem. »Du bist sehr klug.«

»Die Winterabende auf einer ostfriesischen Insel sind lang. Man hat Zeit zum Nachdenken.«

»Es stimmt, ich hab nicht getrauert. Keine Zeit, keine Kraft, es musste weitergehen. Und man will endlich das Leben genießen, nicht?« Sie atmeten jetzt im gleichen Rhythmus.

»Ich hab auch viel Glück gehabt«, fuhr Hans fort, seine Geschichte zu erzählen. »Im Lager … Das lässt sich nicht in Worte fassen. Kälte. Hunger. Und eine panische Angst seitdem vor Läusen.« Läuse übertrugen Flecktyphus, das wusste Ulla, viele Gefangene waren daran elendig krepiert. Sie wandte den Kopf, strich ihm über die unrasierte Wange. Seine Körperspannung veränderte sich. »Ich hab wirklich Schwein gehabt. Wir sollten zu einer anderen Arbeitsstelle gebracht werden, und ich saß auf der Ladefläche des letzten Lastwagens im Konvoi. Ausgerechnet der hatte einen Motorschaden, musste anhalten, und mein Kamerad Otto und ich sind entwischt. Auf und davon.«

»Einfach so? Wie seid ihr denn bloß durchgekommen?«

»Wir haben zwei angetrunkene sowjetische Kuriere von ihren Uniformen und Pferden befreit. Ich konnte etwas Russisch sprechen, unser Pferdeknecht zu Hause in Ostpreußen und seine Frau, unsere Köchin, waren Russen. Um meinen Akzent zu erklären, hab ich mich als russischer Lette ausgegeben.« Hans lachte plötzlich. »Otto war ziemlich gewitzt. Er beherrschte eine Menge Zaubertricks, damit haben wir uns unterwegs bei der Landbevölkerung beliebt gemacht. Ich hab behauptet, er sei taubstumm. Unsere Glanznummer war die Nagelsuppe.«

»Davon hab ich noch nie gehört.«

»Wir haben den Bauern erklärt, dass man aus Eisennägeln eine köstliche Suppe zubereiten könnte. Otto hatte eine Jackentasche voller Nägel, die kamen in einen großen Kochtopf, dann musste der Bauer nur noch Rote Beete, Rüben, Kohl oder Kartoffeln beisteuern – und fertig war eine nahrhafte Mahlzeit!« Ulla lächelte traurig. Hans versuchte doch tatsächlich, ihr seine Flucht als ein lustiges Abenteuer zu schildern. »Wir haben uns trickreich durchlaviert.« Aber vielleicht, so überlegte sie, versuchte er ja vor allem, sich selbst einzureden, dass es so gewesen war. Sein Kamerad Otto hatte es nicht nach Hause geschafft. Das verriet Hans noch. Allerdings nicht die näheren Umstände. »Nichts ist sicher, und man darf alles nicht so ernst nehmen. Die Welt ist nun mal kein sicherer Platz«, schloss er. Mit ein paar großen Schlucken leerte er die Flasche. »Vielleicht hänge ich ja deshalb so an dieser Insel. Weil sie mir ab und zu die gegenteilige Illusion schenkt.«

Sie lauschten nach draußen. Das Gewitter schien sich ausgetobt zu haben. Ulla spürte plötzlich etwas Hartes – Hans hatte eine Erektion. Es erregte und verwirrte sie. Aber so völlig unpassend! Sie sprang auf.

»Sorry, die Bierflasche.«

»Klar«, erwiderte sie trocken. »Ob wir zurückkönnen?« Hans ging hinaus, schaute sich um und meinte, sie könnten es wagen. »Es regnet nicht mehr.« Im grauen Morgenlicht vor dem Bunker sahen sie sich an. Ich hoffe, du gehst behutsam mit meinen Geheimnissen um, baten sie einander nur mit den Augen. Sie hatten sich voreinander auf eine

Weise entblößt, die sie verletzlicher machte, als wenn sie sich nackt ausgezogen hätten. In seine Augenwinkel schlich sich ein kleines zärtliches Lächeln, das sie erwiderte.

Die Dünen waren verändert, Sturm und Sturzbäche hatten für Abbrüche gesorgt. »Schade«, sagte Ulla, als sie durch die neuen Verwehungen stapften, »nun ist es nichts geworden mit dem Sonnenaufgangsfoto.«

»Das kommt noch.« Hans wirkte zuversichtlich. »Jetzt verstehe ich auch endlich, weshalb Inge deine beste Freundin ist«, sagte er auf dem Rückweg. »Ich hatte mich schon gefragt, was euch verbindet, weil ihr doch recht unterschiedlich seid.«

Ulla lächelte zurück. »Sie ist die Beste. Wer sonst teilt schon seine letzte Schokolade mit einem, wenn er selbst am Verhungern ist?«

13

»Ulla war die Beste«, schloss Inge Fisser mit bewegter Stimme. »Sie hat mich damals nur mit ihren Händen aus dem Schutt ausgegraben. Ohne deine Oma, Kim, würde ich dir heute nicht gegenübersitzen.«

Kim bekam feuchte Augen. »Sie hat mir wohl immer gesagt, dass Krieg das Schrecklichste ist, was Menschen einander antun können, ich wusste auch grob von dieser Geschichte im Luftschutzkeller«, erwiderte sie. »Aber Details kannte ich nicht. Ich war ja noch ein Kind, da wollte sie sicher verhindern, dass ich ihre schrecklichen Bilder übernehme.«

Inge saß nun wieder ganz aufrecht, sie schenkte ihnen Brombeerlikör nach. Auch Julian hatte inzwischen jede Gegenwehr aufgegeben. Stattdessen begann er leise zu singen. Es war eine Art Sprechgesang, der in Kim erneut wohlige Schauer auslöste.

»*There is a crack in everything, that's how the light gets in*«, gab er in einer Art Sprechgesang mit samtiger tiefer Stimme von sich. Jetzt erkannte Kim den Song, es war *Anthem*, die Hymne von Leonard Cohen. Sie ermutigte die Menschen, nach einem Krieg weiterzumachen, wohl wissend, dass nichts perfekt war und je sein würde. Inge sah Julian fragend an. »Da ist ein Riss in jedem Ding, das ist, wie das Licht hineinkommt«, übersetzte er holprig und lächelte sie dankbar an. »*Thank you so much*, Inge. Ich fange an, meinen Vater besser zu verstehen.«

»Dann ist es ja zu was gut, dass ich alte Frau hier so viel quassel«, erwiderte Inge burschikos, um ihre Rührung zu verbergen.

»Wie bist du mit diesen Kriegserinnerungen fertiggeworden?«, wollte Kim wissen.

»Ich hab fast jede Nacht davon geträumt«, antwortete Inge. »Bis zur Geburt meiner zweiten Tochter. Danach war's vorbei. Es plagt mich nur noch selten und in abgemilderter Form.« Entschlossen trank sie ihr Gläschen leer. »Was für ein Glück, nicht wahr? Man hört doch immer, dass solche Erfahrungen im Alter verstärkt hochkommen.«

»Ja, ein Glück. Und Oma? Wie war es bei ihr?«

»Ihre Angstzustände? Ich glaub, die sind auch weniger geworden. Aber ganz genau weiß ich es nicht. Als die Kinder kamen, hatten wir einfach nicht mehr die Zeit für so einen engen Kontakt. Unsere Leben entwickelten sich in verschiedene Richtungen weiter. Allein dass sie in Hamburg wohnte und ich hier ... Ich war außerdem nie die größte Briefeschreiberin, und am Telefon spricht man ja eher nicht über sein Seelenleben.«

Kim nickte verständnisvoll, dann sah sie Julian an. »Ich glaub, wir sollten jetzt langsam ...«

Sie hatten schon mehr als zwei Stunden bei Inge verbracht. Die Höflichkeit gebot es, sich zu verabschieden.

»Wann verlasst ihr denn die Insel?«, wollte Inge wissen, als sie sich mit steifen Gliedern erhob. »Ich will noch mal nach der Broschüre suchen. Und nach noch etwas ... Das ist mir jetzt erst wieder eingefallen, das würde euch sicher auch interessieren.«

»Was denn?«, fragte Kim neugierig.

»Ach, das sag ich lieber erst, wenn ich es gefunden habe.

Falls … Sonst freut ihr euch noch, und dann ist es am Ende doch nix.« Sie geleitete sie durch den Flur zur Haustür. »Wollt ihr mich am Dienstagnachmittag noch mal besuchen?«

»Sehr gern«, erwiderte Kim.

Julian nickte.

»Gut, dann kommt mal um die gleiche Zeit wie heute. Aber ihr müsst mir nichts mehr mitbringen. Ich hab alles, was ich brauch.« Sie zwinkerte ihnen zu. »Und der Marillenbrand hat bis dahin auch die richtige Temperatur.«

»Bin mal gespannt, was es ist«, sagte Julian, als er sein Fahrrad aufschloss.

»Du hast doch gehört – freu dich nicht zu früh, vielleicht kommt nichts«, bremste ihn Kim. Sie war leicht angeschickert. »Du kannst übrigens schön singen.«

»Danke. Ich wollte mal Popstar werden.«

»Vielleicht gibt's auf der Insel eine Karaoke-Bar, die sollten wir unbedingt besuchen.«

»Warum? Die anderen hätten ja doch keine Chance gegen mich.« Er grinste. »Darfst du überhaupt noch am Straßenverkehr teilnehmen?«

»Willst du jetzt einen Alkoholtest mit mir machen?« Sie antwortete mit Gegenfragen. »Was ist denn mit dir? Kannst du überhaupt noch gerade gehen?«

Zum Beweis balancierte Julian formvollendet auf dem weißen Fahrstreifen, er kam näher … und näher. Und plötzlich riss er Kim in seine Arme und küsste sie leidenschaftlich. Sämtliche Adrenalinvorräte schossen auf einmal in ihre Blutbahn, machten Loopings und andere Kunststücke. Es wurde ein süßer, rauschhafter Kuss, der sie noch mehr beschwiemelte. Kim gab sich hin, ebenso willig wie anschmiegsam.

Und dann ließ er sie wieder los, ziemlich abrupt. »Sorry, das ist eigentlich nicht meine Art.«

»Och, ich fand's ganz okay.« Ihr war schwindelig. Ein Auto fuhr vorüber, sie sprangen zur Seite.

Julian lächelte verlegen, ruckelte seine Brille zurecht. »Heute Abend muss ich zum Filmfest, zur Verleihung des Kurzfilmpreises.«

»Da wollte ich auch hin.«

»Ich bin mit dem Komitee und den Leuten verabredet, die ich gestern Abend versetzt hab.«

»Ach … und ich bin mit einer Exkommilitonin und meiner derzeitigen Auftraggeberin verabredet.« Was nicht ganz stimmte, aber ihr fiel gerade nichts Besseres ein.

»Hast du vielleicht Lust, Sonntagabend mit mir essen zu gehen? Man hat mir ein Lokal am Oststrand empfohlen.«

»Ja gern.«

»Schön, das freut mich.«

»Wir können ja kurz vorher noch mal telefonieren.«

»Ja, okay.«

»Okay.«

»Ich muss eigentlich in die Richtung fahren.«

»Äh … ich in die andere.«

»Okay, dann … dann bis übermorgen Abend.«

»Bis dann!«

Kim legte sich hin, um ihren Rausch auszuschlafen. Zum Glück begann die Verleihung des Kurzfilmpreises erst um halb zehn abends. Sie schlief länger als beabsichtigt, tief und wohlig, immer noch in dem aufregenden und himmlisch leichten Gefühl schwebend, das sie in Julians Armen durchwogt hatte. Als sie aufwachte, hatte sie allerdings mit Sodbrennen und Kopfschmerzen zu kämpfen. Gegen das eine aß sie ein Stück trockenes Weißbrot, gegen das andere half die Radfahrt zum Kurtheater.

Die Filme, die am Abend präsentiert wurden, waren originell und unterhaltsam, einige witzig, andere ergreifend. Kim hatte sich wieder mit Toska verabredet. Gemeinsam verfolgten und diskutierten sie die Beiträge. Diesmal saßen sie im Parkett, weil Toska meinte, dass der Ton unten besser war. Schon beim Hineingehen hatte Kim nach Julian Ausschau gehalten, ihn auch inmitten einer Gruppe erspäht, doch er hatte sie wohl nicht registriert – zu viele Leute interessierten sich für ihn und sprachen auf ihn ein. Er saß einige Reihen vor ihnen, ein Riese und eine Frau mit tuffig aufgestecktem Haarknoten raubten Kim die Sicht auf ihn.

Das Publikum durfte den besten Film wählen. Kim und Toska gaben ihre Stimmzettel ab und gingen zur Siegerverkündung in die Lounge. Die Auszählung dauerte etwas. Toska stellte ihr derweil einige Bekannte vor, genau die Art von Leuten, die Kim hatte kennenlernen wollen. Sie brachte aber nur belanglosen Smalltalk zustande, statt geschickt die Möglichkeiten beruflicher Zusammenarbeit auszuloten. Julian bezog wieder Stellung an der Bar, nach wie vor umlagert von Menschen, die nach seiner Aufmerksamkeit heischten.

Während der Vorführungen war Kim noch einigermaßen abgelenkt gewesen, doch nun, da sie Julian sah, tendierte ihre Konzentrationsfähigkeit gegen null. Sie schmeckte noch den Brombeerlikörkuss auf ihren Lippen, spürte noch das Zittern in den Knien, das Beduseltsein in Kopf und Bauch.

Einmal schaute Julian zufällig in ihre Richtung und nahm sie wahr. Er hob die Hand, lächelte ihr zu – diskret und doch strahlend charmant. Sie erwiderte den Gruß, lächelte zurück, erlebte diesen Augenblick wie in Zeitlupe.

Er ist verheiratet, flüsterte ein leises mahnendes Stimmchen in ihr. Sie wollte es nicht hören. Es war doch nur ein Kuss, meine Güte. Zu gern ließ sie sich nun von Toskas Bekannten, die als Location Scouts arbeiteten, auf andere Gedanken bringen. Sie spürten geeignete Orte, Häuser und andere Schauplätze für Drehs auf und schilderten witzige Begebenheiten von ihrer Suche.

Schnell wurde es spät. Kim verließ die Lounge vor Julian. Sie wollte nicht, dass er den Eindruck gewann, sie lauerte ihm auf.

Am Sonnabend schlief sie aus. Nach dem Frühstück besuchte sie den sogenannten Dünentalk, eine Gesprächsrunde zum Thema Film im Nordwesten. Anschließend sah sie sich endlich die Fotoausstellung im Conversationshaus an. Die Aufnahmen waren wirklich beeindruckend. Darunter hing auch ein Foto, das weltberühmt war: *Der Hummer im Blumenkorb*. Kim hatte gar nicht gewusst, dass es von Hans J. Ehrlich stammte. Schon etliche Psychologen hatten sich an dessen Deutung abgearbeitet, so konnte man einem Erklärtext neben dem Rahmen entnehmen. Es wurde unter anderem als Symbol für das Abgründige der Sexualität gesehen. Kim entdeckte keine weiteren Hinweise auf ihre Großmutter. In der Hans-J.-Ehrlich-Retrospektive schaute sie sich zwei Spielfilme aus den späten Sechzigerjahren an. Gespannt hörte sie, was Julian jeweils zur Einführung und hinterher im Gespräch mit dem Publikum dazu sagte. Jedes Mal winkten sie einander von Weitem zu. Doch weder kam er zu ihr, noch mischte sie sich unter seine Anhängerschar.

Den Rest des Tages vertrieb Kim sich, indem sie planlos mit dem Rad über die Insel kurvte. Das half ihr, gegen die innere Unruhe anzukämpfen. Sie kam am Yachthafen raus, folgte auf dem Rückweg Schildern, die zu Sehenswürdigkeiten führten wie dem Fischerhaus, dem einzigen Bahnhof Deutschlands ohne Gleisanschluss, dem Bademuseum und einem Hochzeitsstübchen, in dem man nicht nur standesamtlich heiraten, sondern auch seine Hochzeitsnacht verbringen konnte. Diese Vorstellung fand Kim eher abschreckend. Jeder, der abends vorbeikäme, wenn im Häuschen Licht brannte, würde doch wissen, was sich gerade darin abspielte oder abspielen sollte. Das erinnerte sie an jene Zeiten, da man nach der Hochzeitsnacht ein blutbeflecktes Bettlaken aus dem Schlafzimmerfenster hängen musste, damit die draußen wartenden Verwandten und Nachbarn endlich zufrieden von dannen zogen.

Kim versuchte, den Plot ihres Drehbuchs weiterzuentwickeln. Aber es klappte einfach nicht. Sie konnte nicht vernünftig denken. Schon lange waren die Stunden in ihrer Wahrnehmung nicht mehr so langsam vergangen wie an diesem Wochenende.

Bei Sonnenuntergang ließ sie sich in der Milchbar sehen. Sie tauschte Kontaktdaten mit dem Chef einer Filmproduktionsfirma aus, die nur einen Kilometer von ihrer Hamburger Wohnung entfernt ansässig war, und traf zufällig Tina Baumann wieder, die ihr das Du anbot.

Am Sonntag beim Brunchen mit Toska und ihren Bekannten draußen in einem Café vor dem Conversationshaus sprachen alle über einen großen Artikel, der an diesem Tag in einer Frankfurter Sonntagszeitung erschienen war. Darin wurde über den Protest von Drehbuchautoren berichtet, die ein gerechteres Honorar und Namensnennung im Abspann verlangten. Kim unterstützte die Forderungen, doch sie beteiligte sich kaum an der Diskussion, weil sie in Gedanken bei Julian war.

Er ist verheiratet, flüsterte wieder das feine Stimmchen. Und auch wenn es so aussieht, als hätten ihre Großmutter und Julians Vater nichts miteinander gehabt – nichts im Sinne von keinen Sex, denn natürlich hatten sie schon eine ganze Menge gemeinsam erlebt –, und obwohl Inge kategorisch klargestellt hatte, dass die beiden wirklich nur sehr gute Kollegen gewesen waren, nur mal so als Gedankenspiel: Was wäre denn, wenn das gar nicht stimmte? Wenn sie doch miteinander geschlafen hätten? Wenn das Kind, das Ulla neun Monate nach ihrem Norderneyaufenthalt zur Welt gebracht hatte, ihre Mutter Claudia, in Wirklichkeit nicht die Tochter des Verlegers Will Michels, sondern die des Fotografen Hans J. Ehrlich wäre? Dann wäre sie, Kim, mit Julian blutsverwandt.

Ja und?, antwortete ein anderes Stimmchen in ihr. *So what?* Hast du halt einen Verwandten mehr.

Du weißt schon ganz genau, warum …

Er ist verheiratet!, rief die Stimme in ihr erneut, jetzt überhaupt nicht mehr fein und leise, sondern laut und zornig.

Du bist eine Dramaqueen, antwortete die Gegenstimme. Zu viel Fantasie. Lenk die lieber mal endlich auf dein Drehbuch.

In dieser Weise rotierten ihre Gedanken immer schneller. Die Rädchen in ihrem Hirn hatten schon erhöhte Temperatur, als Julian sie am Sonntagabend endlich abholte. Er kam mit einem Taxi vor ihrer Ferienwohnung vorgefahren, stieg aus, umarmte sie kurz, begrüßte sie mit Küsschen auf beide Wangen, öffnete ihr die Tür und nahm neben ihr Platz. Kim hatte sich sorgfältig gestylt, aber natürlich so, dass es ganz selbstverständlich wirkte. Die Haare glänzten seidig, die weiße Hose saß perfekt, die Ärmel ihrer türkisfarbenen Seidenbluse hatte sie lässig hochgeschoppt. Während der Fahrt plauderte Julian über seine Erlebnisse auf dem Filmfest, als wäre nichts gewesen.

Das hippe Lokal, in das er sie ausführte, lag einsam am Strandaufgang im namengebenden Strandabschnitt »Weiße Düne«. Auf einer der noch jungen unbewachsenen und deshalb weiß genannten Dünen thronte eine kleine Buddhastatue. Vorbei an Strandkörben auf einem Holzdeck, traten sie in das schlichte lang gestreckte Holzgebäude. Julian hatte reserviert. Moderne Gemälde, Schaffelle auf rustikalen Bänken und ein offener runder Kamin, der von der Decke hing, schufen eine moderne entspannte Atmosphäre. Am Tisch saßen Kim und Julian sich gegenüber, jetzt konnten – und mussten – sie einander anschauen.

»Eine spannende Geschichte, ist es nicht?«, sagte Julian *very british.*

Um seinen Mund zuckte ein amüsiertes Lächeln. In seinen Brillengläsern spiegelte sich das Kerzenlicht. Er nahm das Horngestell ab, nun sah Kim das Glitzern in seinen schönen Augen viel besser. Darin mischten sich Blautöne vom Himmel und vom Meer. Zu gern hätte sie alle Nuancen in Ruhe studiert, die Tiefen ergründet, sich in lichte Höhen mitnehmen lassen. Doch das war gefährlich. Ihr Herz klopfte schneller, ihr Magen zog sich zusammen. Rasch schaute sie woandershin. Wahrscheinlich würde sie gleich kaum etwas essen können.

Meinte er die Geschichte der Vergangenheit oder ihre eigene, falls das schon eine war?

279

»Ja, es ist«, antwortete sie einfach nur in englischer Satz-
stellung.

Es fiel ihr schwer, normal zu atmen und ruhig zu sitzen.
Viel zu hibbelig fühlte sie sich in Julians Nähe. Hinter ihm,
durch bodentiefe Fenster an der Schmalseite des Restau-
rants, konnte sie zwischen hohen Dünen etwas Strand und
Nordsee erkennen. Mit Julian im Vordergrund, war es ein
wunderbares Bild. Und in der Sekunde, als sie das erfasste,
wusste sie, dass sie es nur vergessen würde, sollte sie je de-
ment werden.

In möglichst ruhigem Tonfall gab sie ihre Bestellung auf.
»Die Scampi-Pfanne, aber ohne Knoblauch, bitte.«

»Ich hätte gern ein Wiener Schnitzel.«

»Und was zu trinken?«

»Für mich nur eine Rhabarberschorle«, sagte Kim schnell.
Bislang hatten sie jedes Mal, wenn sie sich trafen, Alkohol
getrunken.

»Ich hätte gern ein alkoholfreies Bier.«

Okay, dachte Kim, also keine Exzesse heute. Wir wollen
einen klaren Kopf bewahren. Ist ja auch vernünftiger so.
Während sie aßen, unterhielten sie sich mal lachend und
vertraut, dann wieder befangen und verlegen. Kim bekam
vor Aufregung tatsächlich kaum etwas herunter, sie pickte
sich nur die Scampi heraus und schob den Rest unter ein
Salatblatt.

Beim Dessert stellte sie die Frage, die sie schon die ganze
Zeit über beschäftigte, auch auf die Gefahr hin, dass sie gerade völlig unpassend war. »Warum hast du deine Frau nicht
mitgebracht?« Sie bemühte sich, unbefangen zu klingen.

Julian schluckte. »Anita kümmert sich um die Galerie
in Santa Fe. Der Laden muss ja weiterlaufen, wenn ich in
Europa unterwegs bin.«

»Ach so. Na ja, klar.« Kim starrte auf ihren Mandel-Crumble mit Frieseneis, ihr verging gerade der letzte Rest Appetit. »Habt ihr eigentlich Kinder?«

»Eine Tochter, Anna, sie ist neunzehn und gerade zum Studium nach Berlin gezogen. Und einen Sohn, Jendris, fast achtzehn, er geht noch zur Schule.«

»Wie schön.« Kim senkte den Kopf.

»Sorry«, murmelte Julian. »Wegen neulich … Es ist einfach so über mich gekommen. Ich …« Fehlt nur noch, dass er sagt, es tut mir leid, dachte Kim. »Ja … nein … äh …« Er wand sich sichtlich unbehaglich. Routine im Fremdküssen hatte er auf jeden Fall nicht. »Natürlich tut es mir nicht leid. Also, einerseits schon. Aber nicht wirklich.« Sie schaute wieder hoch. Er sah ihr in die Augen, verfing sich darin, holte tief Luft. »Es ist nun mal passiert. Ich vertrag anscheinend keinen Brombeerlikör. Gefährliche Droge.« Er lachte selbstironisch auf und fuhr sich mit einer Hand hilflos durchs Haar. »Nein, ich will mich nicht rausreden. Es ist einfach so: Du bringst mich durcheinander.« Er hob die Schultern. »Das ist mir so noch nie passiert. *Not this way.*«

Kim wusste nicht, was sie darauf erwidern sollte. Er griff nach ihrer Hand, es durchfuhr sie wie ein elektrischer Impuls. Sie spürte seine Energie und eine innere Verbundenheit. Aber unter diesen Umständen? Ruppig entzog sie ihm ihre Hand und starrte auf das schmelzende Frieseneis.

»Da ohnehin schon alles irgendwie verfahren ist«, sagte sie seltsam verzweifelt, »kann ich's dir ja verraten. Deine Stimme macht irgendwas mit mir. Ich kann mich nicht dagegen wehren.«

»Ach.«

»Ja.« Sie blinzelte mit einem kleinen Lächeln in den Augenwinkeln zu ihm hoch. »Passiert dir das öfter? Dass Menschen so auf deine Stimme reagieren?«

Neugierig beugte er sich vor. »Was macht sie?«

»Na ja …«, es war ihr nun doch ein wenig peinlich, »wenn du englisch sprichst oder singst, ist es am stärksten.«

»Echt?« Er legte seinen Löffel ab, erneut fuhr er sich durchs Haar. Leise begann er zu singen *»I've got you under my skin«*, einen Cole-Porter-Klassiker, den Frank Sinatra berühmt gemacht hatte. Prompt sträubten sich Kims Körperhärchen. Ungläubig, etwas verlegen, beobachtete Julian die Reaktion. *»Wow!«*

Schnell strich Kim sich über die Arme und lächelte mit zusammengepressten Lippen.

»Unbelievable! Unglaublich …« Ein Leuchten ging über sein Gesicht wie bei jemandem, der gerade entdeckt hatte, dass er zaubern konnte.

»Bilde dir bloß nichts drauf ein«, sagte Kim. »Höchstwahrscheinlich nutzt sich der Effekt ganz schnell ab. Und untersteh dich, mir noch mal etwas vorzusingen.«

Julian schwieg eine Weile. »Zu deiner Frage von vorhin …«, sagte er dann, »… nein, dass meine Stimme diese Wirkung hat, höre ich zum ersten Mal.« Er stützte den Kopf auf und sah sie lange verträumt an, als wollte er ausprobieren, ob es auch nur mit Blicken funktionierte. Es blieb tatsächlich nicht ohne Wirkung. Verwirrt zog Kim ihre Jacke über. Sie hätte es ihm nicht verraten sollen. Er spürte wohl ihre Verlegenheit. »Inzwischen habe ich übrigens eine Antwort auf die Frage erhalten, die ich dem Mann von der Sternwarte stellen wollte«, lenkte Julian das Gespräch in eine andere Richtung. »Mein Vater hat mir mal von einem grünen Blitz oder auch vom grünen Leuchten erzählt. Sagt dir das was?«

Kim schüttelte den Kopf. »Nie gehört. Was soll das sein?«

»Eine Naturerscheinung beim oder ganz kurz nach dem Sonnenuntergang. Für Sekunden blitzt dann am letzten Rand der Sonne ein grünes Licht auf. Es existieren natürlich jede Menge romantischer Legenden darum herum.«

»Zum Beispiel?«

»Es heißt, wer das grüne Leuchten sieht, bekommt Klarheit über seine Gefühle.«

»Das hast du dir gerade ausgedacht!« Skeptisch kniff Kim ein Auge zu. »Das gibt's nicht. Wenn man direkt in die Sonne schaut, wird man doch blind oder zumindest gefährlich geblendet.«

»Nein, mein Vater hat ganz bestimmt davon gesprochen. Leider erinnere ich mich nicht mehr, ob er es je zu Gesicht bekommen oder immer nur danach gesucht hat. Aber wie ich heute erfahren habe, soll es ein bekanntes physikalisches Phänomen sein. Kein Märchen. Es hat mit der Lichtbrechung zu tun. Man braucht viel Horizont, deshalb haben vor allem Seefahrer den grünen Blitz oder das grüne Leuchten schon mal beobachtet.«

»Du meinst, hier auf Norderney sind die Chancen größer als auf dem Festland?«

Kim neigte nachdenklich den Kopf. Sie sah hinaus. Es würde nicht mehr lange dauern, bis die Sonne unterging.

»So hab ich es verstanden.«

»Nee.« Kim schüttelte den Kopf. Die Drehbuchautorin in ihr kam durch. »Ich finde die Geschichte einfach zu kitschig. Tut mir leid.«

»Die Rechnung bitte!«, rief Julian. Er lud Kim ein. Als sie protestierte, bestand er darauf. »Keine Sorge, ich kann's absetzen«, erklärte er schmunzelnd. »Als Verhandlungsgespräch, weil ich das Dünenfoto mit dem Rückenakt erstehen möchte.«

»Das könnte eine Fehlinvestition sein. Auf den Verkauf hab ich keinen Einfluss«, beteuerte sie. »Es gehört meiner Mutter. Und inzwischen würde ich ihr auch eher raten, es zu behalten.«

»Komm!« Julian nahm ihre Hand. Ihr fehlte die Charakterstärke, sich dagegen zu wehren. Er lächelte wie ein übermütiger Junge. »Wir gehen an den Strand und gucken, ob wir den grünen Blitz entdecken.«

Ihre Schuhe ließen sie auf der Terrasse stehen. Sie rannten über den breiten Strand, bis sie außer Atem waren. Lachend kamen sie am Spitzensaum der auslaufenden Wellen zum Stehen. Kim schaute zurück auf die weißen Dünen. »Irre«, keuchte sie, »damals, 1959, sind die Urlauber noch kreuz und quer durch die Dünen gewandert, ist dir das klar? Es war nicht so geregelt wie heute. Ist sicher gut, wie es heute ist, für den Küstenschutz, aber es muss doch damals ein ganz anderes Gefühl von Freiheit gewesen sein.«

Julian lächelte. »Und jedes Liebespaar konnte sich seine eigene Dünenkuhle suchen.«

Kim drehte sich wieder um, sicherheitshalber vergrößerte sie den Abstand zu ihm. Wolken sammelten sich am diesigen Horizont. Es würde keinen Bilderbuchsonnenuntergang geben. Und natürlich kein grünes Leuchten. »Es wäre ja auch zu unwahrscheinlich gewesen«, sagte sie fast erleichtert, zurück in der Realität, wo sie sich sicherer fühlte. »Schon rein statistisch betrachtet.«

Julian sah nachdenklich aus. »Rein statistisch betrachtet … Wie groß war die Chance, dass wir uns begegnen?« Die Art, wie er sie ansah, brachte Kim schon wieder aus der Balance.

»Lass uns zurückfahren«, schlug sie verunsichert vor. »Das wird mir zu …« Sie ließ den Satz unvollendet.

Julian bestellte per Handy ein Taxi. Als sie den Parkplatz vor dem Lokal erreichten, war es bereits da. Sie sprachen nicht viel, er blickte während der Fahrt aus dem Fenster. Es ist besser so, redete Kim innerlich gegen ihre Gefühle an. Es würde nur Verletzungen und Tränen geben. Zieh rechtzeitig die Reißleine.

Als das Taxi vor Kims Domizil hielt, wollte Julian aussteigen, vielleicht, um sich höflicher von ihr zu verabschieden, vielleicht aber auch, weil er hoffte, sie würde ihn mit hochbitten.

»Bleib ruhig sitzen, Julian«, sagte sie schnell. »Wir sehen uns übermorgen bei Inge. Ich fahre direkt dorthin.«

Er atmete tief durch. »Danke für deine Begleitung.« Seine Stimme streichelte sie. »Dann bis Dienstag. Schlaf gut, Kimmy.«

Es klang zutiefst vertraut. So nannte sie sonst nur ihre Familie.

Inge hatte gefunden, wonach sie gesucht hatte. Freudig winkte sie mit der Broschüre und einem verschließbaren Büchlein mit rotem Ledereinband.

»Das ist von Ulla«, sagte sie, als ihre Gäste auf dem Sofa saßen. Tee, in Streifen geschnittener selbst gebackener Teekuchen und Marillenbrand standen schon bereit.

Inge zögerte. »Ulla hat mir Ende 59 ihr Tagebuch geschickt. Es stammt vor allem vom Sommer auf Norderney. Sie wollte nicht, dass es Will oder sonst irgendjemandem in die Hände fiel, aber sie konnte sich auch nicht dazu durchringen, es zu vernichten. Ich sollte es erst mal eine Weile für sie aufbewahren. Und nicht darin lesen. Daran hab ich mich gehalten.«

Kim spürte Julians Nähe, obwohl sie sich nicht berührten. Das führte dazu, dass sie die an sich sensationellen Fundstücke kaum gebührend würdigen konnte. Sie nahm ein besticktes Sofakissen und platzierte es zwischen sich und Julian. Der griff nach dem Tagebuch und schloss es mit dem winzigen, daran baumelnden Schlüsselchen auf. Die Innenklappen zierten gezeichnete französische Kaffeehausszenen im Fünfzigerjahrestil. Behutsam blätterte er durch die eng beschriebenen Seiten.

»Du hast es tatsächlich all die Jahre geschafft, das nicht zu lesen?«, fragte er ungläubig.

»Ich wusste doch sowieso alles über sie«, entgegnete Inge fast herablassend. »Man kann bei ihren Niederschriften nie ganz sicher sein, ob sie sich nicht vielleicht nur etwas zusammenfantasiert hat. Weil sie ja auch immer Stoff für Geschichten gesammelt und Notizen gemacht hat. Wie dem auch sei, sie hatte mich ausdrücklich darum gebeten, und es fiel mir nicht schwer. Es war für mich keine große Versuchung, doch mal in das Büchlein reinzuschauen. Irgendwann hab ich's vergessen, ehrlich gesagt. Ulla vermutlich auch.« Sie hob ihr Glas. »Prost! Well nix hett, de host!«

Julian schaute fragend. Kim grinste. »Alter norddeutscher Trinkspruch. Er bedeutet: Wenn du nichts im Glas hast, sollst du husten. Dann wird dir eingeschenkt.«

Er grinste. »Prost!« Sie stießen miteinander an.

Kim blätterte mit heißen Wangen die Broschüre durch. Das war also die kleine Publikation, die ihrer Großmutter so viel bedeutet hatte! »Guck mal, Julian, diese großartigen Fotos! Kennst du sie? Alle?«

»Kinners!«, rief Inge resolut. »Ihr habt nachher noch genug Zeit, das in Ruhe zu studieren. Aber ich will heute zu meiner Wassergymnastik, die möchte ich nicht verpassen.«

Wieder lieferte Julian ihr Stichworte, auf die sie sofort reagierte. Für welchen ihrer Verehrer sie sich denn schließlich entschieden habe und weshalb, wollte er wissen. Während Inge sich lebhaft erinnerte, rutschte ein gefaltetes Blatt Papier aus dem Tagebuch. Kim entfaltete es. Die Handschrift auf einem Briefbogen des Kurhotels Kaiserhof war unverkennbar die ihrer Großmutter. Sie überflog die Zeilen.

Jetzt muss ich nur noch die Geschichte vom Cumberland-Denkmal überarbeiten, dann ist das meiste geschafft. Mir fehlen noch zwei Sternstunden für die Broschüre. Eine, die fröhliche Urlaubsstimmung spiegelt. Und eine, die vielleicht wieder das Zitat eines berühmten Norderney-Besuchers sein könnte, das aber die kultivierte Seite einiger Insulaner charakterisieren sollte. Schließlich sind längst nicht alle Fischer oder Strandkorbvermieter.

Das Schreiben hat mir wieder so viel Freude bereitet, dass ich darüber nachdenke, einen Roman in Angriff zu nehmen. Das wäre eine Möglichkeit, doch zu schreiben, wenn ich schon nicht mehr in der Redaktion arbeiten darf. Andererseits frage ich mich, ob ich je ein ehrliches Buch veröffentlichen könnte, ohne einen Konflikt mit Agathe zu riskieren. Vermutlich bliebe mir da nur die Wahl zwischen einem Ratgeber für Rosenzüchter oder etwas wie Die Abzählreime Blankeneser Kinder vor dem Ersten Weltkrieg.

Diese Woche hat bei de Buhrs eine süße Familie Logis genommen – Vater, Mutter, zwei kleine Kinder, eines hustet viel. Ich glaube, sie haben wenig Geld, sie können auch nur drei Tage bleiben. Einmal sah ich sie vom Strand zurückkehren, die Kleinen im Bollerwagen, alle noch voller Sand, mit verwehtem Haar und von einem großen Strahlen umgeben. Sie wirkten so glücklich, waren eine so schöne Familie ... Das gibt es ja doch im wahren Leben!

Vielleicht schreibe ich, wenn ich mit der Broschüre fertig bin, ein wenig auf, was ich hier erlebe. Oder mir erträume. Jawohl, ich werde mir heute noch ein Tagebuch besorgen.

»Kim, hörst du gar nicht zu?«, fragte Inge leicht pikiert.

»Doch, natürlich«, erwiderte sie. »Hab nur schnell was überflogen.« Sie faltete das Blatt wieder zusammen und legte es zurück ins Tagebuch.

Der Nachmittag wurde noch sehr lustig, obwohl alle drei nur wenig tranken. Jeder hatte einen guten Grund, weshalb er keinen Alkohol wollte. »Hm ... dein Teekuchen schmeckt wie der Butterkuchen, den Oma immer gebacken hat«, schwärmte Kim.

»Kein Wunder«, antwortete Inge. »Das Rezept haben wir ja beide von Tante Netty.«

»Oh, bitte, kann ich das auch bekommen?«, bat Kim. Sie backte nicht oft, aber dieser Kuchen beförderte sie auf den ersten Biss in glückliche Kindertage.

»Natürlich«, versprach Inge, »ich schreib's nachher für dich ab.« Julian schmeckte es ebenfalls, er nahm schon das dritte Stück.

»Nicht nötig, ich kann's einfach abfotografieren.«

Inge nickte. »Ja, später.« Sie erzählte weiter, und Kim hätte ihr noch viel länger zuhören mögen. Doch die Zeit drängte. Auch Julian hatte noch etwas vor. Die Abschlussvorführung mit einer großen Gesprächsrunde zur Retrospektive stand an. Als Inge auf ihre Uhr blickte, war es das Signal, sich zu verabschieden.

Inge umarmte Kim. »Mein liebes Kind, Ulla würde es bestimmt gutheißen, dass du ihre Aufzeichnungen liest. Mach dir dein eigenes Bild – aus dem, was ich euch heute noch erzählt habe, und dem, was du in ihrem Tagebuch nachlesen kannst.« Sie tätschelte Kim die Wange. »Wenn du Fragen hast, ruf mich gerne an.«

»Danke, Inge. Danke für alles!«

Die alte Dame schloss nun Julian in ihre Arme. »Eure Fragen haben viele schöne Erinnerungen wieder wach werden lassen«, sagte sie mit feuchten Augen. »Danke euch, dass ihr gekommen seid. Ihr könnt mich gerne wieder besuchen.«

»Leider muss ich morgen abreisen«, entgegnete Julian, nachdem er Inge auf beide Wangen geküsst hatte. »Vormittags hängen wir die Fotos der Ausstellung ab, sie gehen aus versicherungstechnischen Gründen mit einem Spezialtransport nach Berlin. Ich danke dir auch, Inge.«

»Und du, Kim«, fragte Inge, »wie lange bleibst du noch?«

»Ich nehme morgen Mittag die Fähre um Viertel nach eins und dann die Bahn, die ab Norddeich nach Hamburg durchfährt.«

Diesmal begleitete Inge sie bis zur Gartenpforte. »Kommt mich bald mal wieder besuchen.« Sie winkte und zwinkerte ihnen zu. »Nächstes Mal gibt's auch wieder Brombeerlikör!«

Beide winkten zurück. Wortlos schlossen sie ihre Räder auf. Kim dachte sehnsüchtig an den Kuss nach ihrem letzten Besuch bei Inge. Bestimmt musste auch Julian daran denken. Aber natürlich ging das jetzt nicht mehr, und das schien ihnen beiden schlechte Laune zu bereiten. Nachdem ihre Gastgeberin im Haus verschwunden war, sah Julian Kim mit einer steilen Falte zwischen den Augenbrauen an.

»Du hast beides eingesteckt. So geht das aber nicht.«

Kim zog einen Flunsch. »Das Tagebuch geb ich dir auf keinen Fall, bevor ich es selbst gelesen hab. Und die Broschüre hat immerhin meine Oma betextet.« Sie stellte ihre Tasche in den Fahrradkorb und schob los. Er ging mit seinem Rad neben ihr. »Und mein Vater hat sie bebildert. Gib her. Ich fotografiere mir in Ruhe die Seiten ab, und danach machen wir einen Tausch.«

»Ich weiß nicht, wie schnell ich das Tagebuch lesen kann.«

»Zur Not fotografiere ich alle Seiten ab. Könntest du ja auch selbst machen. Ist doch kein Problem mit dem Smartphone.«

»Hör ich da einen aggressiven Unterton?«

»Nein. Ich muss nur in zehn Minuten auf dem Podium sitzen.«

»Tatsächlich?«

»Vorschlag«, sagte Julian knapp. »Du liest, so weit du kommst, und holst mich nach der Veranstaltung ab.«

»Was bedeuten würde, dass ich an der Veranstaltung nicht teilnehmen könnte.«

»Jeder muss Opfer bringen«, erwiderte er gespielt von oben herab. »Und ich glaube kaum, dass du lieber einen alten Film gucken würdest, als dich sofort auf das Tagebuch deiner Großmutter zu stürzen.«

»Okay, einverstanden.« Sie lächelte. »Dann sprinte mal los. Noch kannst du's schaffen.«

»*Great!*« Er drückte ihr einen Kuss auf die Wange, schwang sich aufs Rad und preschte davon.

Kim hatte es eilig, in ihr Apartment zu kommen. Sie zog Jacke und Schuhe aus, schenkte sich ein Glas Norderneyer Leitungswasser ein und warf sich aufs Bett, um zu lesen, was ihre Großmutter selbst über den Jahrhundertsommer geschrieben hatte. Sie überblätterte einige Seiten und stieg da in die Lektüre ein, als Ulla und Hans das heftige Sommergewitter überstanden hatten. Oft hatte sie nur Stichworte oder unvollständige Sätze geschrieben, manchmal auch Kürzel eingefügt, die man nicht sofort verstand. Kim wusste von sich selbst aus jenen Teenagertagen, bevor Facebook und Instagram ihre Zeit gefressen und sie noch Tagebuch geführt hatte, dass man keineswegs immer das Wichtigste niederschrieb, sondern manchmal nur Andeutungen machte. Und deshalb las sie ebenso viel zwischen den Zeilen. Absätzelang hielt sie den Atem an. Sie erlebte die Gefühle und Gedanken einer jungen Frau mit, die noch nicht ihre Großmutter war, sondern ihr eher wie eine Busenfreundin vorkam, zu der sie eine ganz lebendige Verbindung von Herz zu Herz verspürte.

Kim kam bis zu den Eintragungen von Ende August 1959. Ihr Magen knurrte vor Hunger, sie sah auf die Uhr und erkannte, dass sie losmusste, wenn sie Julian pünktlich treffen wollte. Widerstrebend steckte sie beide Dokumente in ihre Tasche. Für Julian und sein Museum wäre die Originalbroschüre sicher von größerem Wert als für mich, überlegte sie, ich sollte sie ihm überlassen. Vielleicht konnte sie später im Internet noch ein Exemplar auftreiben. Ansonsten wäre ihr auch mit den Fotos davon gedient, und schließlich hatte sie das Tagebuch, einen echten Schatz. Julian sollte ebenfalls ein Erinnerungsstück mit nach Hause nehmen können.

Draußen sah es grau und windig aus. Wetterfest mit Jeans, Hoodie und Windjacke machte Kim sich auf den Weg. Während sie die Hindenburgstraße entlangradelte, erkannte sie im Vorbeifahren das Cumberland-Denkmal.

Sie hielt an, um die Infotafel zu lesen. Obwohl der Obelisk nur eine Nachbildung des Originals war, das vor vielen Jahren beim Versuch, es umzusetzen, kaputtgegangen war, beschloss sie, hier eine Gedenkminute einzulegen. Sie setzte sich auf eine Bank, und in ihrer Vorstellung entstand, gespeist aus Inges Erzählungen, dem Tagebuch und ihrer eigenen Intuition, die Szene nach dem Sommergewitter.

14

1959

Ulla zitterte vor Kälte, als sie mit Hans aus dem Bunker zum Häuschen zurückkehrte. »Geh erst mal heiß duschen!« Hans holte ihr aus seinem Kleiderschrank trockene Anziehsachen. »Im Schränkchen über dem Waschbecken liegt noch eine feine Seife.« Ulla musste lächeln. Ein Stück »Lux, die Seife der Stars« hatte er offenbar, ebenso wie neulich die neue Zahnbürste, immer für einen überraschenden Damenbesuch parat. Sie reichte ihm ihr Kleid durch die spaltbreit geöffnete Badezimmertür, damit er es zum Trocknen aufhängen konnte. »Ich hau uns inzwischen ein paar Eier in die Pfanne«, versprach er. »Möchtest du Tee oder Kaffee?«

»Tee, bitte.«

Ulla duschte in einer altmodischen Badewanne, eine gefühlte Ewigkeit lang. Ach, tat das gut! Sie dachte an Will. Sie vermisste ihn schrecklich – und sie war wütend auf ihn. Sie stellte sich vor, dass er jetzt mit Fräulein Stamps rummachte. Vielleicht unternahmen die zwei einen Ausflug in die Lüneburger Heide, so wie er das damals mit ihr gemacht hatte, als noch niemand von ihrer Verbindung hatte wissen sollen. Ulla schaltete eiskaltes Wasser ein. Der harte Strahl wirkte wie ein Kälteschock, er überdeckte den Schmerz. Sie weinte einige Tränen in den Duschregen, den sie aber doch schnell wieder auf eine angenehme Temperatur regulierte.

Es hatte sie aufgewühlt, angestrengt, erleichtert und ermüdet, über ihre Kriegserlebnisse zu sprechen. Sie shampoonierte sich mit etwas Badedas, das auf dem Wannenrand stand, kräftig das Haar. Wie schnell das Leben vorbei sein konnte. Was für ein Zufall, dass sie damals überhaupt überlebt hatten. Deutlich spürte sie ein sehnsüchtiges Ziehen, das sie ganz verrückt machte. Wie sie sich wünschte, intensiver zu leben!

Ulla duschte, bis der Boiler mit dem erhitzten Wasser leer war. Als sie aus der Wanne stieg, dampfte ihre Haut, und sie konnte sich im beschlagenen Spiegel nicht erkennen, aber umso klarer in ihr Inneres blicken.

Sie trocknete sich ab, rubbelte das Haar trocken und streifte nur das weiße Baumwollhemd von Hans über, die unförmige Männerhose nicht. Ihre nasse Unterwäsche hängte sie über den Badewannenrand. Die Ärmel krempelte sie hoch. So ging sie in die Küche, aus der es schon appetitlich nach Spiegeleiern duftete. Der Steinfußboden unter ihren Füßen fühlte sich klamm an, offenbar hatte es beim Gewitter durchs offene Fenster hineingeregnet.

»Willst du dein Eigelb ganz oder …« Hans stand in Shorts und Sandalen am Herd. Er blickte auf, sah ihr in die Augen und verstand. Langsam schob er die Pfanne auf eine andere Platte, wie hypnotisiert schaltete er den Herd aus, machte einen Schritt auf sie zu. »Du … Du bist so schön.«

Mehr sagte er nicht und sie auch nicht. Denn jetzt mussten sie sich küssen, endlich. Endlich!

Hans hob sie in der Umarmung hoch und stellte sie mit den Füßen auf seine. Ihr Kopf war augenblicklich ganz dumm, leer, aber umbraust, als befände sie sich im Auge eines Orkans.

»Ich bin glücklich verheiratet«, brachte sie gerade noch hervor, als wäre es ihre Pflicht, erneut darauf hinzuweisen.

»Ich bin verschwiegen«, murmelte Hans geistesabwesend. »Dein Mann ist der größte Dummkopf, der mir je nicht begegnet ist.« Fasziniert starrte er auf ihre Lippen, zärtlich strich er ihr das feuchte Haar aus der Stirn. »Wie kann man eine Frau wie dich so lange allein lassen?«

Seine Fingerspitzen zeichneten die Konturen ihres Gesichts nach. Ulla schloss die Augen und genoss es zutiefst, dieses Gefühl, begehrt und gehalten zu werden. Gott, wie hatte sie das vermisst! Hans zog sie noch enger an sich, seine Brust wärmte sie durch den Stoff des Hemdes hindurch. Sie ertastete seinen muskulösen Rücken. Es waren andere Proportionen als diejenigen, die sie von Will kannte. Bevor Ulla einen Vergleich anstellen konnte, berührte sein Mund ihren – wie eine Kostbarkeit, der man sich nur mit allergrößter Konzentration widmen durfte. Sein Atem roch etwas nach Bier, doch das war nicht unangenehm. Sie schnupperte die Nordseefrische in seinem Haar, seine Haut duftete noch nach Sturm und Strandspaziergang.

Ihre Lippen öffneten sich erwartungsvoll, fühlten sich praller an als sonst – das nun einsetzende Prickeln würde sie nicht lange ertragen können. Immer intensiver flirrten die Fünkchen der Erregung zwischen ihnen hin und her. Hans stöhnte leise auf, bevor er sie wieder küsste, diesmal fest und entschlossen, und Ulla erwiderte seinen Kuss, als würde sie durch ihn errettet. *Da erblühten die Bäume, da erwachten die Träume ...* ihr *Tag, als der Regen kam.* Sie registrierte kaum, dass sie sich beim Küssen im Kreis taumelnd durch Küche und Flur ins Wohnzimmer bewegten. Es wurde ihr erst bewusst, als sie sich auf der Couch wiederfanden. Erhitzt, atemlos. Ebenso staunend wie erregt sah Hans sie an. Sie spürte seine Erektion.

Und dann veränderte sich etwas im Ausdruck seiner Augen, als wäre ihm soeben ein wichtiger Gedanke gekommen. Behutsam drückte er ihren Kopf gegen seine Brust, legte eine Hand schützend an ihre Wange und küsste sie auf den Scheitel.

»Nichts, was du nicht willst«, sagte er mit rauer Stimme. »Du hast heute einiges durchgemacht. Ich werde die Situation nicht ausnutzen.«

Ulla empfand … bodenlose Enttäuschung. Aber sie konnte ja schlecht sagen: Hör nicht auf, bitte, bitte. Also barg sie ihr Gesicht weiter an seiner Brust, wartete, dass sich ihre Pulsfrequenz normalisierte. Und währenddessen spürte sie, dass sie furchtbar müde war. Ziemlich rasch sackte sie in einen traumlosen tiefen Schlaf, ab und zu war ihr, als würde sie liebevoll gestreichelt.

Als sie erwachte, war sie mit der Wolldecke, die auf der Couch gelegen hatte, zugedeckt. Den Klappergeräuschen nach zu urteilen, werkelte Hans in der Küche. Die Sonne stand hoch am Himmel. Es musste längst nach Mittag sein. Ulla setzte sich auf und versuchte, ihre widersprüchlichen Gefühle zu sortieren. Schön war es gewesen, der Kuss, das Schwelgen und Schweben. Ernüchternd das Ende. Doch sie rechnete es Hans hoch an, dass er ihr zuliebe so viel Selbstbeherrschung an den Tag gelegt hatte.

»Ich koch uns einen Eintopf, ist gleich fertig«, sagte er, als sie zu ihm in die Küche kam. »Quer durch den Garten mit Mettwurst. Wie fühlst du dich?«

»Ganz gut«, antwortete sie und deckte den Tisch.

Sie aßen, ohne viel zu reden. Ihr fiel auf, dass er sich inzwischen rasiert hatte. Gemeinsam erledigten sie den Abwasch. Als sie fertig waren, machte Hans sie darauf aufmerksam, dass ihre Sachen an der Leine getrocknet sein müssten.

Dies war der Augenblick, in dem sie sich noch anständig aus der Affäre hätte ziehen können. Das war ihr klar. Doch statt nach draußen ging sie einen Schritt auf ihn zu. Sie sah ihm fest in die Augen.

»Jetzt bin ich ausgeschlafen und satt. Im Vollbesitz meiner geistigen Kräfte. Ich bin sehr gern mit dir zusammen. Wir können alles …«, sie schluckte, weil es ihr peinlich war, es laut auszusprechen, »außer … dem Letzten. Das will ich nicht. Und es darf nie, nie, nie jemand erfahren.«

Als müsste er sich von seiner Überraschung erholen und Zeit gewinnen, fragte Hans: »Nicht mal deine beste Freundin?«

»Nein, nicht mal Inge. Es muss absolut unter uns bleiben.«

»Inge kennt dich besser, als du selbst dich kennst.«

»Wahrscheinlich weiß sie sowieso alles. Aber wenn ich ihr sage, da ist nichts …«

Wie seine Augen glitzerten! Völlig fasziniert vergaß sie, was sie hatte sagen wollen. So ähnlich flimmerte die Nordsee, wenn an einem grauen Sturmtag plötzlich ein Bündel Sonnenstrahlen auf sie fiel.

»Gut, das macht es noch aufregender.« Hans' Augenbrauen hoben sich über der Nasenwurzel und verliehen ihm einen unwiderstehlichen Charme. »Es wird mir ein Vergnügen sein. Solltest du deine Meinung doch noch ändern, zum Letzten, nicht zum Ersten – ich bin flexibel.« Er umfasste ihre Taille und zog sie an sich.

»Red nicht so viel«, flüsterte sie mit einem süßen Lächeln. Sie stellte sich wieder auf seine Füße. »Das geht alles von unserer Zeit ab. Mitte September reise ich zurück nach Hamburg.«

Die Hitzewelle brachte sogar auf Norderney Temperaturen von mehr als dreißig Grad Celsius. Tagsüber dümpelten die meisten Menschen nur noch vor sich hin, kaum jemand schwamm im Meer. Der Weg durch die Wüstenluft über den für nackte Sohlen unerträglich heißen Sandstrand war einfach zu anstrengend. Sogar die Nordsee selbst wirkte lustlos. Sie schien zu schlapp, um noch Wellen zu machen. Man suchte Schatten, Abkühlung. Kinder nörgelten und plärrten. Übergewichtige Männer mit an allen vier Ecken verknoteten nassen Taschentüchern auf dem Kopf saßen schwitzend wie dahingeplatschte Quallen auf Bänken im Kurpark, in der Stadt oder entlang der Promenade. Man roch seinen Nachbarn und Vorübergehende. Überall war Haut zu sehen, die »Sonnenbrand!« schrie. Möwen und Stare ließen sich weniger hören als sonst, selbst freche Spatzen tschilpten schwächer. Es schien, als keckerten und schimpften dafür Raben und Krähen besonders laut über das untypische Wetter. Viele Paare verbrachten den Urlaubstag schweigend, energiesparend, stumpf vor sich hin stierend.

»Man verblödet«, kommentierte ein Hotelgast an Ullas Tisch beim Frühstück das extreme Wetter. Er war der Generaldirektor eines Stahlwerkes. Verwundert sah er von seiner Zeitung auf. »Wussten Sie, dass es einen Jahrhundertsommer aus meteorologischer Sicht etwa alle fünfzehn Jahre gibt?«

»Nein, das ist mir neu«, erwiderte Ulla, während sie ihr

Frühstücksei beklopfte. Sie hatte mittlerweile einen großen Teil ihrer Hemmungen vor wichtigen Leuten verloren, Smalltalk mit ihnen fiel ihr zunehmend leichter. »Bei großartigen Zeitangaben sollte man allerdings immer vorsichtig sein.«

»Wie meinen Sie das?«

»Na ja, das Tausendjährige Reich zum Beispiel hat auch nur zwölf Jahre gedauert.«

»Richtig. Aber das bleibt hoffentlich einmalig.« Der Mann schmunzelte und wandte sich wieder seiner Zeitung zu. Die Titelseite, die Ulla mitlesen konnte, verkündete neue Schreckensnachrichten vom Festland. Bereits die halbe Ernte war verdorrt, das Trinkwasser musste rationiert werden, in vielen Dörfern standen die Leute mit Eimern vor Brunnen oder warteten auf Lastwagen mit Wassertanks.

Auf Norderney aber erhob sich zum Abend hin aus den Gärten der Inselhäuser ein Gerede und Gelächter. Grillgeruch stieg auf. Wer den Tag verdämmert hatte, erwachte nun und tat seltsame Dinge. Unter hohen Schleierwolken bereitete man sich bei Windstille auf eine neue tropische Nacht vor.

Nicht wenige Urlauber, die ein Quartier unterm Dach gemietet hatten, kapitulierten vor den Temperaturen und zogen, obwohl es streng verboten war, mit Kissen, Laken und dünnen Decken zum Schlafen in die Dünen um.

Honoratioren versackten in den Bars. Ulla und Inge erlebten einige der Exzesse und feierten mit Fremden, einfach, weil die Stimmung danach war. Mal verkleidete sich ein Mann im Stil von Charleys Tante als Frau und machte allerlei Faxen, was große Belustigung hervorrief. Ein anderes Mal tickten würdige Herrschaften aus und zogen bei Vollmond singend in einer Polonaise aus der Kellerkneipe bis an den Strand, wo dann etliche Gäste endlich ihr Bad – selten in korrekter Kleidung – nachholten. Unter ihnen befand sich auch der Stahlwerkgeneraldirektor, der offenbar als junger Mann von einer Theaterlaufbahn geträumt hatte. Jedenfalls zitierte er in Unterwäsche auf dem feuchten Watt vom Mondlicht beschienen *Die Kraniche des Ibykus.* Angefeuert von seinen angeheiterten Zuschauern, brachte er dann mit einer Stimme, die ehrfürchtig erzitterte vor den Tiefen der deutschen Kultur, auch noch *Die Glocke* zum Vortrag. Ulla beobachtete, dass mehrere Paare ihre Partner tauschten und sich in Strandkörbe zurückzogen, wo sie wohl eher nicht die Schönheit der klassischen Literatur diskutierten.

Am Wochenende war fast ununterbrochen das Brummen von Lufttaxen zu hören, im Yachthafen herrschte Hochbetrieb. Wer eben konnte, floh ans Meer. Zwischendurch gab es immer wieder erträglichere und sogar perfekte Strandtage. Doch kaum glaubten Anhänger des typischen Nordseewetters, wie gewohnt durchatmen zu können, da rollte auch schon die nächste Hitzewelle an.

Seit ihrem ersten Kuss liefen für Ulla und Hans ohnehin die Uhren anders. Sobald sie zusammen waren, lebten sie in einer eigenen Zeit, in einem eigenen Kosmos, isoliert vom Rest der Welt in seinem Häuschen und draußen in den Dünen. Hans hielt sich an ihre Abmachung, obwohl es ihm schwerfiel. Zärtlichkeiten, Küsse waren erlaubt, auch intimere Berührungen, aber sie schliefen nicht miteinander. Ulla achtete darauf, dass sich ihrer beider Alkoholkonsum in Grenzen hielt.

Ein paarmal begleitete sie ihn auf seinen Fotostreifzügen. Sie bestanden aus Entdeckungen und Küssen, Arbeit und Umarmungen. Sie wanderte mit ihm durch Salzwiesen und ritt neben ihm bis ans Ostende der Insel, wo sie nach alten Schiffswrackteilen Ausschau hielten. In der Marienstraße diskutierte sie mit ihm darüber, wie man am besten das kleine Haus fotografieren könnte, in dem Bismarck übernachtet hatte. In der Meierei aßen sie den leckersten Milchreis der Welt mit Zimtzucker und einem kleinen Stück Butter darin.

Ulla kletterte mit Hans in den Kopf der reetgedeckten Inselwindmühle, weil er ein Foto von den bewegten Flügeln machen wollte. Er erhoffte sich interessante Ausblicke mit Wischeffekten. Die Mühle drehte sich seit einem Brand wenige Jahre zuvor nur noch selten, doch Hans zuliebe setzte der Müller das Flügelwerk in Gang. Zwischendurch machte Hans auch immer wieder Fotos von ihr. Er wählte aber, weil sie sonst sofort protestierte, meist nur Ausschnitte, damit sie nicht zu erkennen war.

Wenn Hans ganz ins Fotografieren vertieft war, fiel ihm eine Haarsträhne in die Stirn, und Ulla fand, dass dies und sein konzentrierter Blick ihn besonders anziehend machten. Jedenfalls bekam sie dann immer Herzklopfen. So begleitete auch stets ein unterschwelliges erotisches Knistern ihre Arbeitsausflüge. Jederzeit konnte sich die Gelegenheit für einen überraschenden heimlichen Kuss ergeben.

Außerdem fielen Ulla ständig neue Geschichten auf oder ein. »Ich könnte mittlerweile ein ganzes Buch über die Insel schreiben«, scherzte sie.

»Wär das nicht fantastisch?«, antwortete Hans mit visionärem Blick. »Und ich mach dazu die Fotos.«

Ein- bis zweimal pro Woche blieb sie über Nacht draußen bei Hans, dann schlief sie – allein – im Tagesbett auf der Terrasse. Damit ihre Abwesenheit im Kaiserhof nicht auffiel, zerwühlte sie vorher ihr Hotelbett oder hängte ein »Bitte

301

nicht stören«-Schild vor die Zimmertür. Oder sie radelte bei Sonnenaufgang zeitig genug fürs Frühstück zurück. Ihr Weg führte auf einem schmalen geklinkerten Pfad durch grüne Dünen und ein Stück auf der Promenade entlang, wo es meist über Nacht neue Sandverwehungen gegeben hatte. Um diese Zeit schien die Welt wie neu. Die niedrig stehende Sonne formte die Dünenlandschaft plastischer als tagsüber, die Meeresbrise mischte sich mit dem Duft von Wildrosen und Jelängerjelieber. Neben Möwenrufen hörte sie Hahnenschreie aus fernen Gärten und oft ganz nah seltsame Laute zwischen Schnalzen und Glucksen, die wilde Fasane von sich gaben.

Ulla liebte es, wenn ihr der frische Wind ins Gesicht blies, die Sanddornbüsche noch riesig lange Schatten warfen, die Holzbänke feucht vom Morgentau waren und überall umherhoppelnde Kaninchen grasten, die offenbar wie im Paradies lebten. Diese Morgenstimmung war ihr i-Tüpfelchen auf dem Glück.

Manchmal lieh sie Inge ihren Zimmerschlüssel bis zum nächsten Tag. Die hatte ihr erzählt, dass Felix in seiner Kammer wegen der Saunatemperaturen kein Auge mehr zutun konnte. Inge war als Freundin von Ulla Michels dem Hotelpersonal längst bekannt. Ob oder wie Inge und Felix es schafften, sich unauffällig nacheinander auf Ullas Hotelzimmer zu schleichen, das wollte sie gar nicht so genau wissen. Ihr Bett war jedenfalls immer frisch bezogen, wenn sie zurückkehrte.

Im Gegenzug bot Inge sich als Alibi für Ulla an, die so im Hotel behaupten konnte, sie übernachte gelegentlich, wenn es abends spät wurde, bei ihrer Freundin in der Pension de Buhr.

»Gehst du mit ihm ins Bett?«, fragte Inge, als Ulla ihr

wieder für eine Nacht den Zimmerschlüssel übergab. »Mir kannst du's doch sagen. Ich bin schließlich auch nicht die Tugend in Person.« Sie konnte sich noch immer nicht für einen ihrer Verehrer entscheiden, ging weiterhin mit beiden aus.

»Nein, wir verstehen uns nur sehr gut.« Ulla sah an ihr vorbei. »Und ich find's himmlisch, da draußen im Dünengarten nachts vom Bett aus die Sterne zu sehen! Manchmal begleite ich Hans auch schon ganz früh, wenn er Aufnahmen im Morgenlicht macht. Da ist es einfach praktischer, draußen zu übernachten.«

»Jaja, sehr praktisch.« Inge spitzte amüsiert den Mund.

»Und der Reitstall liegt auch nicht so weit entfernt«, fügte Ulla hinzu.

»Hmm …«, brummelte Inge. »Versteh schon, alles klar.«

Ulla ruhte auf einer Decke in einer gemütlichen Dünenmulde und schaute in den Himmel. Die Träger ihres blauen Schwimmbadeanzugs hatte sie unter die Achseln geschoben. Hans lag ein Stück entfernt von ihr auf dem Bauch und fotografierte Dünenstiefmütterchen und Stranddisteln.

»Warum verewigst du diese hässlichen Disteln?«, fragte Ulla. »Ich hab mich vorhin an einer geratscht.«

»Weil sie auf eine exzentrische Art schön sind. Sieh doch mal genau hin«, erwiderte er. »Sie sind besonders und noch dazu ein zähes Volk, das verdient Respekt.« Er zeigte auf eine von Schmetterlingen umflatterte Staude. »Das sind Pioniere, die ersten Pflanzen, die auf den weißen Dünen wurzeln und dem scharfen Flugsand Paroli bieten. Guck dir mal an, wie die dornigen Blätter mit einer Wachsschicht bezogen sind. Und wie das Blau ihrer Blüten leuchtet!«

Ulla riskierte einen Seitenblick auf die fast kugelförmigen Blüten, ohne ihre Position groß zu verändern. »Na ja«, lenkte sie ein, »als Trockengesteck kann das Gestrüpp vielleicht zu was gut sein.«

»Wir haben früher zu Hause die Sprossen von Stranddisteln gegessen, wie Spargel zubereitet«, erklärte er ihr. »Und die Wurzeln enthalten irgendwas, das Schmerzen lindert.«

Ulla gab sich geschlagen, sie lächelte. »Also, ich nehme alles zurück und behaupte das Gegenteil. Stranddisteln sind toll!«

»Bei uns in Ostpreußen heißen sie allerdings anders.«

»Und wie?«

»Seemannstreu.«

»Seit wann sind Seemänner treu?«

»Eben.« Er grinste. »Der Wind verstreut ihre Samen in alle Himmelsrichtungen.«

Ulla kommentierte das nicht weiter. Sie schloss die Augen und genoss die Sonne.

Hans experimentierte noch eine Weile mit den Schärfen und Belichtungen. Aber er vertrieb sich nur die Zeit, eigentlich wartete er auf die Rückkehr der Nordsee. Das war nämlich seine neueste Idee für die Fotoausstellung: Er wollte eine Serie machen, die zeigte, wie der bei Ebbe trockene Strand nach und nach über das feine Geäder von Prielen mit Wasser geflutet wurde.

Auch Ulla war fasziniert von diesem Naturschauspiel. Abgesehen von seiner Größe und Schönheit, hatte es etwas Gefährliches, Landratten unterschätzten das immer wieder. Denn das Hochwasser kam nicht einfach geradewegs mit einer Phalanx von Wellen aufs Land zugerollt. Es schickte stets Vorboten, die sich durch weit verzweigte Wasserläufe im Sand vortasteten. Anfängliche Rinnsale umspülten mit starker Strömung Sandbänke und schufen Inselchen, bevor sie endlich, oft unerwartet schnell, alles überschwemmten.

Durch die Lichtspiegelungen im Wasser und den Kontrast zu gewellten Sandformationen ergaben sich unendlich viele reizvolle Motive. Und der Fotograf brauchte kaum seine Position zu verändern, um festzuhalten, wie sich die Welt innerhalb von sechs Stunden komplett verwandelte.

Eigentlich hatte Ulla etwas lesen wollen, doch sie schaute nur zu den Wolken hoch. Und dachte darüber nach, dass es erstaunlich war, wie wenige Gedanken sie sich machte wegen dem, was sie mit Hans erlebte. Es war einfach zu schön. Die Freude, die ihren Körper erfüllte, brachte ihre Seele zum Singen. Irgendwann würde sie sich vielleicht einmal mit Gewissensbissen auseinandersetzen. Aber jetzt war dafür nirgendwo in ihrem Innern Platz. Wenn sie ganz ehrlich war, dann empfand sie auch ein kleines bisschen Genugtuung darüber, dass Hans, dieser attraktive Mann, sie begehrte und mit Zärtlichkeiten verwöhnte, nachdem sie erfahren hatte, dass Will sich doch eindeutig zu intensiv mit Fräulein Stamps beschäftigte. Trotzdem wollte sie auf keinen Fall, dass ihr Mann davon erfuhr. Er würde möglicherweise nicht verstehen, dass ihm überhaupt nichts weggenommen wurde, dass die kleine Liaison nichts mit ihrer Liebe zu ihm zu tun hatte, sie in keiner Weise schmälerte, vielleicht sogar stabilisierte, weil sie sich nun nicht mit kleinkarierten Ab- und Gegenrechnungen aufhalten musste, sondern eine großzügige Haltung an den Tag legen konnte. Das war nun aber eindeutig genug gedacht. Schluss damit!

Sie konzentrierte sich wieder auf die Wolken, die wie Lebewesen über sie hinwegsegelten. Erkannte darin Gesichter und Figuren. Auch das war eine Welt, die sich fortlaufend wandelte, ohne dass man sich als Beobachter bewegen musste. Alles veränderte sich ständig, ob man wollte oder nicht. Ob man mitmachte oder nicht.

Nach einer Weile legte Hans die Kamera zur Seite. Er rollte schwungvoll auf sie zu, packte sie und nahm sie gegen ihren vergnügten Protest für einige Umdrehungen mit. Im Spaß versuchte Ulla, sich zu wehren, verlor bei der Rangelei die Orientierung, und plötzlich kullerten sie wie Kinder eng umschlungen die mehr als zehn Meter hohe Düne hinunter. Unten blieben sie im sonnenwarmen backpulverweichen Sand liegen, sie auf seinem Bauch. Sie lachte, schüttelte ihr versandetes Haar, Hans kniff schützend die Augen zu. Übermütig setzte sie Küsschen in die Winkel seines schön geschwungenen Mundes, worauf er nach ihr schnappte wie ein Raubtier. Sie sprang auf, floh nach oben. Er fing sie schnell ein, hob sie auf seine Arme, legte sie zurück auf die Decke und küsste sie. Es pikte und schmirgelte auf der Haut.

»Iiihh!«, rief Ulla, »alles voller Sand.«

Hans pustete Körnchen von ihrem Hals. Seine Hände streichelten ihre nackten Schultern, glitten tiefer und berührten zart ihre Brüste.

»Ich glaub, du brauchst unbedingt Sonnenschutz«, behauptete er. Hans liebte es, sie einzucremen.

»Klar, jede halbe Stunde ist ja auch auf keinen Fall übertrieben«, sagte sie belustigt. »Lass uns lieber erst schwimmen gehen und den Sand abspülen.«

Obwohl dieser Abschnitt kein offizieller Badestrand und meist menschenleer war, wanderten doch einige Urlauber am Meer entlang. Ulla bat Hans mit einem Blick, sich nicht unangemessen zu verhalten. Es war schließlich nicht auszuschließen, dass irgendwer sie erkannte. Als der Abstand zu den Spaziergängern größer wurde, trieb Hans trotzdem in den Wellen allerlei neckische Spielchen mit ihr.

Nach dem Schwimmen zog sie unter ihrem Frotteeumhang den weißen Badeanzug an. Jetzt setzte der belebende Effekt unter der Haut und in den Blutbahnen ein, der ihr jedes Mal, wenn sie der Nordsee entstieg, das Gefühl gab, unsterblich zu sein. Herrlich! Sie schüttelte die Decke kräftig in Windrichtung aus. Dann ließ sie sich darauf nieder, schubbelte sich mit dem Rücken eine angenehme Liegekuhle zurecht und streckte sich wohlig seufzend aus, um die wärmende Sonne zu genießen.

»Ich glaub, jetzt wäre etwas Sonnenmilch wirklich angebracht«, hörte sie Hans sein Angebot erneuern. Lächelnd warf sie ihm die gelbe Flasche, die neben ihr im Sand steckte, rüber und drehte sich auf den Bauch.

Hans cremte sie sehr langsam und sehr einfühlsam ein. Und sie ließ sich seine Liebkosungen sehr gern gefallen. Nur als seine Hand sich zwischen ihre Schenkel verirrte, schob sie sie wieder höher. Manchmal fiel es ihr auch sehr schwer, standhaft zu bleiben. Aber Millionen Paare rund um den Globus übten sich tagtäglich darin. Ihre Eltern hatten sich, nachdem sie schon sieben Monate lang miteinander ausgegangen waren, zum ersten Mal geküsst. Generationen von Liebespaaren hatten es geschafft, sich bis zur Hochzeitsnacht zu gedulden. Na ja, der Vergleich hinkte etwas, denn sie würde Hans nie heiraten.

Ulla fragte sich, ob es eigentlich wirklich noch einen Unterschied machte, ob sie mit Hans schlief oder nicht. Sie waren sich doch schon so nahegekommen, besonders während des Gewitters im Bunker. Wog diese seelische Intimität nicht viel schwerer als die körperliche? Müsste ihr Mann nicht darauf viel eher eifersüchtig sein? Aber Will wusste doch von allem nichts. Niemand wusste davon. Nur sie und Hans. Es war ihr Geheimnis und würde es immer bleiben.

Hans seufzte ergeben. Er widmete sich nun ihren Beinen, den Füßen, cremte feierlich jeden Zeh einzeln ein. Und Ulla driftete ab in eine eigenartige Stimmung. Die Welt bestand nur noch aus angenehmen Geräuschen und Empfindungen. Sie lauschte den ausrollenden Wellen, dem Zirpen und Brummen von Insekten, den lang gezogenen Möwenrufen und fernen Unterhaltungen von Wiesenvögeln. Und … da war noch ein feines Prasseln und Knistern, das sie nicht einordnen konnte.

»Hörst du das?«, flüsterte sie mit geschlossenen Augen.

Hans verstand sofort, was sie meinte. »Die Dünen wandern«, antwortete er leise. »Ab Windstärke 3 oder 4 gehen sie auf Wanderschaft, immer gen Osten.«

»Wirklich? Ist ja spannend. Hättest du keine Lust?«

»Wozu? Auf Wanderschaft zu gehen?« Er lachte auf. »Na und wenn, dann bestimmt nicht gen Osten. Der Westen, also Amerika, das würde mich schon reizen.« Er erzählte, dass vor wenigen Tagen ein Fotograf der *Münchner Illustrierte* auf Norderney gewesen sei, für eine Werbeaktion mit einem Fotomodell. »Hab ein bisschen mit dem Kollegen geplaudert. Wie der schon rumgekommen ist, allerhand.« Er beendete seine Massage, legte sich neben sie, und sie kuschelte sich mit dem Kopf an seine Schulter. Gemeinsam schauten sie nun hinauf in die Wolken.

»Guck mal, da schwebt ein Riesenschwan. Auf dem könntest du über den großen Teich reiten.«

»Er verwandelt sich gerade in einen Drachen.«

»Nein, das ist ein Albino-Salamander. Lurchi, der Lurch, hat einen weißen Bruder.«

»Stell dir vor, du hättest noch ein zweites Leben«, fantasierte Hans. »Du könntest auch nach Amerika schweben und Reportagen über das Land schreiben.«

»Das wäre ein Traum!«

»Wie hast du es überhaupt geschafft, Journalistin zu werden?«, wollte er wissen. »Das wird einem doch nicht in die Wiege gelegt, wenn man als Mädchen in einem Arbeiterviertel zur Welt kommt.«

»Schwein gehabt.« Sie zuckte mit den Schultern. »Ich war wohl zur rechten Zeit am rechten Ort. Nach dem Krieg hab ich Steno und Schreibmaschine gelernt. Der Presseoffizier der britischen Besatzer brauchte eine Tippse, und ein pensionierter Gymnasialprofessor, der neben uns in der Nissenhütte hausen musste und dem ich manchmal im Haushalt geholfen hab, der wusste davon. Er hat es irgendwie gedeichselt, dass ich die Stelle bekam.« Sie erinnerte sich gern an den alten Lehrer, der ihr als Dank für ihre Hilfe Geschichten aus der griechischen Mythologie und den Inhalt von Klassikern der Weltliteratur erzählt hatte. »Na, bald durfte ich dann Standardbriefe vorformulieren, und der Officer glaubte, ein gewisses Schreibtalent an mir zu entdecken. Als kurz darauf eine kleine Hamburger Lokalzeitung einen Volontär suchte, schlug er mich vor.«

So hatte sich eines aus dem anderen entwickelt. Nach dem Volontariat und einigen Monaten als Lokalredakteurin hatte sie sich auf eine Anzeige des Michels-Verlages beworben.

»Ich bewundere dich dafür«, sagte Hans. »Du hast es geschafft, für eine überregionale Zeitschrift zu arbeiten, und das als Frau.«

»Ach«, wehrte sie ab, »so toll war das auch wieder nicht. Ein paar lustige Bildunterschriften, Meldungen vom Fernschreiber abreißen, ins richtige Ressortfach legen, und ab und zu haben sie mich mal eine Reportage über ein typisches Frauenthema schreiben lassen.«

»Mach dich nicht kleiner, als du bist!«, widersprach Hans.

»Ich habe deine *Sternstunden* gelesen. Du hast Talent und triffst genau diesen munteren Ton, der gerade so beliebt ist.« Er streichelte die Innenseite ihres Arms. »Erzähl mir lieber noch mehr.«

Hans hörte gern, wenn sie von ihrer Arbeit in der Zeitschriftenredaktion sprach. Man merkte, dass die Möglichkeiten und der Arbeitsstil in einem großen Verlagshaus ihn faszinierten. Und sie hatte ja auch ein paar wunderbare Geschichten erlebt, Begegnungen mit Filmstars und Schriftstellern, mit denen sie, wenn sie wollte, brillieren konnte. Irgendwann hatte sie schließlich den Respekt ihrer Kollegen errungen – mit viel Arbeit, Humor und Trinkfestigkeit. Aber einfach war es nicht gewesen.

»Soll ich dir mal verraten, wie das am Anfang in der Redaktionskonferenz ablief?« Ulla hob mit einem ironischen Lächeln den Kopf, legte ihr Kinn auf seine Brust. »Stell dir vor – zehn Männer, alles Redakteure, Ressortleiter und der Chefredakteur, eine Sekretärin und eine Jungredakteurin, das bin ich. Alle quatschen durcheinander. Ich melde mich zu Wort, weil ich eine tolle Idee hab. Auf einen Schlag sind elf Augenpaare auf mich gerichtet. Ich unterbreite meinen Themenvorschlag. Einen Moment herrscht Ruhe. Dann wenden sich zehn Männer ab und setzen ihre Unterhaltung da fort, wo sie vor meinem Wortbeitrag aufgehört haben.«

»Oje!« Hans unterdrückte ein Lachen. »Das muss bitter gewesen sein.«

»Das ist typisch«, empörte sie sich. »Heute noch selbst in den Redaktionen von Frauenzeitschriften. Die Chefs sind immer Männer. Warum eigentlich, bitte schön? Einmal fragte ich einen, ob denn nicht besser eine Frau seinen Posten haben sollte. Weißt du, was der geantwortet hat?«

»Keine Ahnung.«

»Er sagte: Der Chefredakteur von *Wild und Hund* ist ja auch kein Dackel.«

Hans prustete los, wider Willen musste sie mitlachen.

»Aber inzwischen spuren doch sicher alle, wenn du was sagst«, meinte er tröstend.

»Na ja, als Frau des Verlegers …«

»Armes Mädchen!«

Er zog sie an sich und küsste sie so, dass sie nicht mehr daran dachte. Irgendwann dämmerten sie Arm in Arm weg. Als sie aufwachten, spülte das Meer seine Wellen fast bis an den Fuß ihrer Düne, und Hans konnte die letzten Fotos für seine Ebbe-Priel-Flut-Serie machen.

Ulla besuchte die Redaktion des *Inselboten*, um die Druckfahnen für ihre Broschüre abzuholen. Sie hingen aufgespießt an einem Nagel neben dem Türrahmen in Piet Saathoffs Büro. Zehn verschiedene Texte, wobei der neunte und zehnte noch nicht ihre letzte Wahl waren. Eher vorsorgliche Reserven, die im Stehsatz vorbereitet sein sollten, falls ihr die Inspiration für zwei bessere letzte Texte doch nicht mehr kommen würde. Aber sie hoffte noch.

»Wunderbare Geschichten!«, lobte Saathoff. »Ich hab sie alle quergelesen. Die Korrekturen übernehmen Sie ja sicherlich selbst.«

Erfreut über sein Urteil, schenkte Ulla ihm ein strahlendes Lächeln. Die Anerkennung eines Profis, selbst wenn es »nur« der Chef des kleinen *Inselboten* war, tat ihr gut.

»Auf jeden Fall!«

Sie konnte sehr pingelig sein, wenn es um ihre Arbeit ging. Ihr sollte nicht ein Rechtschreibfehler unterlaufen, von stilistischen Unebenheiten mal ganz abgesehen.

»Wollen Sie auch die Seitenlayouts machen, oder soll

sich einer unserer Redakteure darum kümmern?«, erkundigte sich der Verleger.

»Das möchte ich gern selbst machen«, antwortete Ulla entschieden.

»Dann lass ich Ihnen einen Platz in der Redaktion freischaufeln.«

»Das ist nicht nötig, wenn ich mir Millimeterpapier und ein Lineal mitnehmen dürfte.« Ulla wollte lieber in Ruhe bei Hans an ihrem Arbeitsplatz draußen unterm Vordach an der Gestaltung tüfteln. Der Fotograf sollte auch mitentscheiden können, welches seiner Bilder sie wie groß zog.

»Natürlich, wie Sie möchten, Frau Michels.« Piet Saathoff lächelte so breit, dass sein goldener Backenzahn aufblitzte. »Sie sehen übrigens fantastisch erholt aus, wenn Sie mir diese Bemerkung erlauben. Ihr Mann wird sehr erfreut sein.«

»Oh, vielen Dank!«

Ulla fühlte sich geschmeichelt. Aber sofort überlegte sie, ob man ihr wohl ansah, dass sie küsste und geküsst wurde. Ihr Badearzt Dr. Simonis hatte sich am Vormittag bei ihrer Abschlussbesprechung nach dem letzten Schlickbad ganz ähnlich geäußert und der Hoffnung Ausdruck verliehen, dass eine Nachuntersuchung bei Professor Meyer in Hamburg sicher eine deutliche Verbesserung ihrer Blutwerte und des Hormonspiegels ergeben würde.

»Könnten Sie vielleicht noch einen *Duden* entbehren?«, fragte sie Saathoff schnell. »Nur für ein oder zwei Tage.«

»Selbstverständlich. Und ich bin gespannt auf Ihre Fotoauswahl.« Sie verabschiedeten sich. Als Ulla das Zimmer schon halb verlassen hatte, rief Saathoff ihr noch etwas hinterher. »Wenn Sie Ehrlich treffen, erinnern Sie ihn bitte daran, dass er das Internationale Tanzturnier für uns fotografieren soll.«

Sollte das etwa eine Anspielung darauf sein, dass sie zu viel Zeit mit Hans verbrachte? Ahnte Saathoff etwas? Er kannte Will, hoffentlich machte er ihm gegenüber keine Andeutungen. Oder war es ganz normal, dass er ihr die Erinnerung für den Fotografen auftrug, weil sie doch zusammenarbeiteten?

Sie drehte sich um. »Ja, falls ich ihn sehe, werd ich's gern ausrichten«, versprach sie liebenswürdig.

An diesem Wochenende waren die Gäste im großen Saal des Kurhauses sehr elegant gekleidet. Männer im Frack mit weißer Fliege, Damen in waden- und knöchellangen Ballkleidern mit ausladenden Tüllröcken fesselten die Aufmerksamkeit des herausgeputzten Publikums. Das Orchester spielte in großer Besetzung, viele Zuschauer fächelten sich frische Luft zu. Paare aus England, Frankreich, Dänemark, Holland, Deutschland und der Schweiz wetteiferten in der Mannschafts- und in der Einzelwertung um Auszeichnungen als beste Tänzer Europas. Ulla saß neben zwei Frauen, Mutter und Tochter aus einer Bremer Kaffeehausdynastie, die sie im Kaiserhof kennengelernt hatte. Inge war nicht mitgekommen. Zum einen fand sie die Veranstaltung »zu hochtrabend«, zum anderen wollte sie die Abrechnungen fürs Geschäft erledigen und mit Tammo Minigolf spielen.

Die Tanzpaare beeindruckten das Publikum gerade mit einem Feuerwerk an Figuren im Quickstepp, als Ulla Hans erspähte. An der Kamera mit Blitzlicht vor der Brust war er für jedermann als Fotograf erkennbar und deshalb stillschweigend akzeptiert als einer, der sich diskret durch die Darbietungen bewegen durfte. Der dunkle Anzug stand ihm ganz ausgezeichnet. Ullas Herz klopfte schneller, als er quer durch den Saal auf sie zukam.

»Du siehst umwerfend aus!«, begrüßte er sie und küsste ihr die Hand.

Sie trug ihr schulterfreies smaragdgrünes Seidenkleid. Nervös nahm sie eine Zigarette aus ihrem Etui – schon flammten mehrere Streichhölzer und goldene Feuerzeuge vor ihr auf. Sie lächelte. Die Herren hier waren alle so gut erzogen.

Ulla hatte bisher nur selten geraucht, jetzt war sie dabei, es sich anzugewöhnen. Vielleicht weil Hans rauchte. Vielleicht auch, weil sich immer mehr moderne Frauen inzwischen das erlaubten, was früher Männern vorbehalten gewesen war. Oder schlicht, weil es als schickes Accessoire galt. Sie nahm einen tiefen Zug und war froh, dass sie nicht husten musste wie eine Anfängerin. Um den Blick der Zuschauer hinter ihr nicht zu beeinträchtigen, ging Hans ganz leger vor ihr in die Knie. Sie wechselten ein paar Sätze und verabredeten sich noch auf einen Absacker nach der Preisverleihung, nachdem Hans die Siegerpaare abgelichtet haben würde. Als er wieder an die Arbeit ging, war Ulla einerseits erfreut und andererseits beunruhigt. Hoffentlich fiel ihre Vertrautheit nicht auf. In diesem Rahmen stand jede gut aussehende Frau unter verschärfter Beobachtung, erst recht, wenn sie es wagte, ohne Partner zu erscheinen.

Nach dem Tanzturnier spazierten Hans und Ulla quer durch den Kurpark, um im Restaurant von Schuchardt's Hotel eine Kleinigkeit zu essen, bevor sie die exklusive Nachtbar des Hotels aufsuchten. Auch hier wurde Hans freudig vom Personal begrüßt. Das Frasquita war bekannt dafür, dass man dort bis vier Uhr früh tanzen konnte. Ulla schaute sich kurz um, entdeckte aber kein bekanntes Gesicht.

Der Sekt prickelte wunderbar, die kleinen Bläschen stiegen ihr in die Nase. Hans forderte sie auf, und sie bewegten sich wieder auf Anhieb harmonisch. Im Schummerlicht auf der gut besuchten Tanzfläche tanzten sie Bossa Nova und Cha-Cha-Cha.

Will war ein Tanzmuffel. Natürlich beherrschte er die wichtigsten Tänze, und wenn es gesellschaftlich wichtig war, absolvierte er brav die Pflichttänze. Aber Vergnügen schien es ihm selten zu bereiten. Ganz anders Hans. Als *Catch a Falling Star* von Perry Como gespielt wurde und Hans mit ihr eine Art langsame Rumba aufs Parkett legte, war sie hin und weg.

»*Catch a falling star and put it in your pocket, save it for a rainy day*«, sang er mit.

Der lateinamerikanische Rhythmus erotisierte sie. Zum ersten Mal verstand Ulla auch den Text des Songs, der seit zwei Jahren ständig im Radio lief. Es ging darum, dass man eine Sternschnuppe fangen und in die Tasche stecken sollte, um sie sich für einen Regentag aufzuheben. Was für eine hübsche Vorstellung!

Und dann kam Engtanzmusik. Hans zog sie näher an sich, es fühlte sich aufregend an. Ulla schloss die Augen, schnupperte seinen Duft, der sie an Kiefern und Birkengrün, Nordseebrise und Abenteuer erinnerte. Wie die anderen Paare bewegten auch sie sich nur noch langsam. Leicht beschwipst, schwelgerisch und unvorsichtiger als sonst. Ulla spürte seine Wärme, nahm mit der Wange das Pochen seiner Halsschlagader wahr. Wie sein Oberschenkel immer wieder am glatten Seidenstoff ihres Kleides entlangglitt, das verstärkte das Kribbeln in ihrem Bauch. Sie musste sich wahnsinnig zusammenreißen. Am liebsten hätte sie ihre Arme um ihn geschlungen, ihn geküsst, ihm das Haar zerwühlt und sich noch viel fester an ihn gepresst. Doch das ging natürlich nicht in der Öffentlichkeit.

»Ich würde mich gern setzen und was trinken«, raunte sie ihm ins Ohr.

»Das ist gerade schlecht«, flüsterte er zurück und drückte sie enger an sich. Sie spürte etwas Hartes an ihrem Schoß. Er hob die Augen gen Decke. »Mein Schlüsselbund«, sagte er entschuldigend.

»Ach, und ich dachte schon, es wär wieder die Bierflasche.« Sie unterdrückte ein Glucksen.

»Ja, lach nur! Du bist schuld …«

Sie reizte ihn mit kleinen neckischen Hüftbewegungen gleich noch ein wenig mehr.

»Ach was, komm«, schlug sie mit einem unschuldigen Lächeln vor, »ich geh vor, und du folgst mir unauffällig. Wir machen eine Minipolonaise.« Sie tänzelte voran, er hinterher. Doch gleich legte eine angeheiterte Dame ihre Hände auf seine Schultern, es folgte deren Mann. Und dann noch ein Paar, und ehe Ulla sichs versah, schlossen sich nicht nur alle Tänzerinnen und Tänzer an, sondern auch Gäste, die vorher in den Nischen oder an der Theke gesessen hatten. Ulla wusste schon nicht mehr, wohin sie als Lokomotive steuern sollte. Und sie wollte doch ungern länger im Mittelpunkt stehen. Also lavierte sie ihre Gefolgschaft ans Ende der Schlange, wo sie und Hans sich, nachdem sie sich mit einem Augenzwinkern verständigt hatten, elegant zur Seite ausklinkten, während die Dame hinter Hans nahtlos an den letzten Mann andockte. Aus der Polonaise wurde ein beschwingter Ringelreigen. Lachend zahlten sie und gingen nach draußen.

»Komm heute Nacht mit zu mir«, bat Hans.

»Wie soll ich denn in diesem Kleid Rad fahren?«

»Ich fahr dich, setz dich vorn auf die Fahrradstange.«

316

Sie schüttelte den Kopf. Nicht, weil sie sich zu fein gewesen wäre, auf der Stange zu sitzen. Sondern weil sie nicht garantieren konnte, dass sie in dieser Nacht standhaft bleiben würde.

»Lieber nicht. Aber du darfst mich zum Kaiserhof bringen.«

So chauffierte Hans sie, den Perry-Como-Song pfeifend, vor sich auf der Fahrradstange bis zum Kurhotel.

Nur der Nachtportier sah sie. Der hat sicher schon ganz andere Dinge gesehen, sagte sie sich und reichte Hans demonstrativ die Hand. Das war ihm dann doch zu wenig.

»Dieser exklusive Rikschadienst kostet laut Tarif mindestens zwei Wangenküsse«, behauptete er und holte sich seinen Lohn.

»Wir sollten uns in Zukunft unauffälliger verhalten«, erwiderte Ulla, durch die frische Luft nüchterner geworden. »Am besten gehen wir nur noch in der Gruppe aus, mit Inge und den anderen.«

»Am besten kommst du öfter raus zu mir, da stört uns kein Mensch.«

Der Nachtportier wurde durch einen späten Gast, der stark Schlagseite hatte, abgelenkt. Ulla hauchte Hans schnell noch einen Kuss auf die Wange.

»Das Trinkgeld«, flüsterte sie, bevor sie im Hotel verschwand.

Ulla lauschte mit Inge dem Konzert im Kurpark. Sie trugen beide an diesem Abend Sommerkleider mit großen Blumen auf hellem Grund, lila Rosen für Ulla und rote Nelken für Inge – solche Stoffmuster galten gerade als der letzte Schrei. Die Sitzgelegenheiten reichten nicht aus, so groß war bei dem herrlichen Wetter der Andrang. Außerdem spielten die Göttinger Symphoniker wirklich ganz hervorragend. Allmählich entdeckte Ulla dank dieses Orchesters ihre Freude an klassischer Musik. Dabei fiel ihr ein seltsames Phänomen auf – je häufiger sie ein Stück hörte, desto lieber mochte sie es.

Es war immer noch warm, geradezu schwül, seit einer Weile dräute es. Und mitten im Konzert brach ein Platzregen über sie herein. Einige Besucher hielten sich Polsterstühle, die sie aus dem Kurhaus geholt hatten, weil die Sitzgelegenheiten draußen nicht ausreichten, über den Kopf und mussten feststellen, dass sie abfärbten. Lachend liefen Ulla und Inge unter die nahe Kolonnade des Basargebäudes. Sie warteten den heftigsten Schauer ab und wollten, weil sie beide klatschnass geworden waren, nach Hause gehen. Als sie die Bülowallee überquerten, fuhr ein silberfarbener VW Käfer an ihnen vorbei durch eine tiefe Pfütze und spritzte sie nass. Inge bekam eine ordentliche Ladung Schmutzwasser ab. Empört schimpfte sie los.

»Verdammter Mist! Was für ein Idiot!« Der Käfer hielt, das Seitenfenster wurde heruntergedreht, und hinterm Steuer saß – Helmut. »Oh, das hätte ich mir ja denken können!«, fauchte sie. »Du schon wieder!«

Helmut stieg aus. »Tut mir leid«, sagte er. Ulla fand, er machte zumindest keinen schadenfrohen Eindruck.

Inge sah das offenbar anders. »Das hast du absichtlich gemacht!«

»So'n Quatsch!«, entgegnete der junge Mann ruhig. »Glaubst du, ich verbringe meine Abende damit, hier heimlich im Auto rumzustehen, um ausgerechnet dich abzupassen?« Das Blinken seines goldenen Seefahrerohrrings verriet, dass er wohl doch nicht ganz so gelassen war. »Was musst du mir denn dauernd in die Quere kommen?«

318

»Das ist ja wohl die Höhe!«, regte Inge sich auf.

»Ich hab's eilig! Bin auf dem Weg zum Verein, die Seenotretter haben heute Übungsabend.«

»Das kannst du deiner Großmutter erzählen …« Inge wischte vergeblich über die Flecken auf ihrem Kleid.

»Ich bezahl die Reinigung«, lenkte Helmut ein. »Tut mir wirklich leid.«

»Du kannst mich mal, lass mich in Ruhe.«

»Dann eben nicht.«

Helmut zuckte mit den Achseln, er stieg wieder ein, kurbelte das Fenster hoch und gab Gas.

Die Freundinnen hüpften über die Pfützen auf die andere Straßenseite. »Ach, ist doch nicht so schlimm«, sagte Ulla, »schnell in die neue Waschmaschine damit, 'ne ordentliche Ladung Persil 59 rein, und alles ist wie neu.«

Inge grummelte vor sich hin. »Du hast ja recht«, gab sie widerstrebend zu. »Ich kann diesem Kerl nur nicht aufs Fell gucken. Warum braucht der zum Beispiel ein Auto hier auf der Insel? Der spinnt doch irgendwie.«

»Kann uns doch egal sein.« Es regnete noch etwas. Ulla zog ihre Pumps aus und sprang absichtlich in die Pfützen, die Blasen schlugen. Sie lachte. Es roch nach Sommerregen auf warmem Straßenpflaster. Das Leben war schön.

Am Abend rief Ulla zu Hause an. »Hallo, Antje, ich bin's.« Schon seit Tagen hatte sie nichts von Will gehört. Immer wenn sie es im Verlag versuchte, nannte man ihr Gründe, weshalb er nicht dort sei, die in ihren Ohren nach Ausreden klangen. »Ist mein Mann da?«

»Guten Abend, gnädige Frau. Nein, äh … die Herrschaften sind gerade …« Das Hausmädchen unterbrach sich.

»Wieso die Herrschaften?«, fragte Ulla befremdet. »Ist

meine Schwiegermutter denn schon wieder von Sylt zurück?« Normalerweise war sie Anfang August noch in Keitum.

»Nein, natürlich nicht … äh … Ich meine … Also Ihr Mann und … äh … seine …«, stammelte Antje.

»Und Fräulein Stamps, wollten Sie sagen?«, fragte Ulla in scharfem Ton.

»Ja, ach, aber ich wollte nicht …« Unvermittelt brach Antje in Tränen aus. »Es tut mir ja so leid!«

Ulla sog hörbar die Luft ein. Sie riss sich zusammen. »Das ist doch nicht schlimm, Antje«, sagte sie betont gelassen. »Fräulein Stamps arbeitet ja als persönliche Assistentin für meinen Mann. Sicher gab es geschäftlich etwas Wichtiges zu klären.«

»Ja, natürlich.« Antje schniefte. »Sicher, gnädige Frau. Machen Sie sich bloß keine falschen Gedanken.«

»Es ist alles in Ordnung. Machen Sie sich keine Sorgen, Antje. Und heben Sie sich die gnädige Frau als Anrede für meine Schwiegermutter auf.«

»Sehr wohl.«

»Und, Antje – richten Sie meinem Mann aus, es geht mir gut. Keine besonderen Vorfälle auf der Insel.«

»Ja, das richte ich ihm aus.«

»Danke schön. Tschüss!«

»Tschüss, gnä… Frau Michels.«

Ulla nahm ein Wannenschaumbad und cremte sich anschließend mit einer duftenden Körperpflege ein. Eine Stunde nach ihrem Anruf in Blankenese klingelte das Telefon. Will war dran. Er behauptete, den ganzen Abend in der Villa verbracht zu haben. Ulla kochte innerlich. Aber sie verriet ihm nicht, dass sie mit Antje gesprochen hatte.

»Du bist so gut erholt, höre ich, dass du schon Polonaisen anführst«, sagte er.

Schwang da etwa Eifersucht mit? Oder gar Sarkasmus?

Ulla erschrak, augenblicklich spürte sie einen dicken Klumpen im Magen. Unglaublich, die Inseltrommeln waren bis aufs Festland zu vernehmen! »Nachts um vier in der Frasquita-Bar ...« Sie konnte an Wills Tonfall nicht erkennen, ob er verärgert, richtig sauer oder vielleicht sogar amüsiert war.

»Ja, es war ein sehr lustiger Abend«, erwiderte sie. »Schade, dass du nicht dabei sein konntest.«

»Und dieser Fotograf, dieser Ehrlich ... Muss ich mir Gedanken machen?« Scharfer Tonfall. Er war also nicht amüsiert.

Gut, dachte sie, Angriff ist die beste Verteidigung. »Muss ich mir wegen Fräulein Stamps Gedanken machen?«

Sie hielt die Luft an, einige Sekunden lang herrschte eine sehr unangenehme Stille zwischen ihnen.

»Ach, Ulla«, schnaubte Will dann ärgerlich, »wir sollten uns wirklich solche Albernheiten ersparen.«

Sie atmete heftig aus. »Ja, das finde ich auch.«

Will räusperte sich umständlich. »Was steht denn heute so auf deinem Programm?« Offenbar wollte er keinen Streit aufkommen lassen.

»Och, ich werde nach dem Ausritt wohl zum Bäder-Tennis-Turnier für Gäste gehen«, antwortete sie.

»Nimmst du daran teil?«, fragte er überrascht.

»Nö, meine Rückhand ist noch immer nicht gut genug.« Sie hatte überhaupt nicht trainiert. »Aber es sind interessante Leute dort. Gestern hab ich mit einem Herrn gesprochen, der extra aus Rhodesien angereist ist. Er hat schon vor dem Ersten Weltkrieg auf Norderney Tennis gespielt.«

»Was, und der spielt immer noch mit?«

Ulla musste lachen. »Das würde dir gefallen, was? Nein, er ist ein alter Herr und schaut nur zu.«

»Das würde ich sicher nicht tun.« Es klang fast wie eine Drohung, »einfach nur zuschauen.«

Sie beendeten ihr Telefonat vordergründig in versöhn-lich-heiterem Ton. Doch es nagte an Ulla, dass Will sie so offensichtlich belogen hatte. Es war das erste Mal in ihrer Ehe. Und dann – was wusste er von ihrem Leben auf der Insel? Wer hatte ihm von der Polonaise berichtet? Vielleicht sollte sie Hans überhaupt nicht mehr privat und nicht mehr ohne Anstandspersonen treffen.

Was sie allerdings am meisten beunruhigte, war, dass sie sich selbst nicht mehr über den Weg traute. Neulich hätte nicht viel gefehlt, und sie wäre mit Hans im Bett gelandet.

15

Kim kam zu spät in der Lounge des Kurtheaters an, war aber trotzdem noch rechtzeitig, weil sich die Gesprächsrunde zum Abschluss der Hans-J.-Ehrlich-Retrospektive verzögert hatte. Etliche Leute wollten zum Abschied mit Julian etwas trinken gehen, er sagte jedoch allen freundlich ab. Auch Toska und Tina Baumann verließen die Lounge. Kim verabschiedete sich von beiden. Man versprach, in Kontakt zu bleiben. Tina mahnte noch mal, der Abgabetermin für das Drehbuch liege nicht mehr in weiter Ferne. Kim hatte ganz vergessen zu essen und schob sich einen Streifen Kaugummi in den Mund. Ihr fiel ein, dass sie nicht mehr daran gedacht hatte, bei Inge das Rezept für den ostfriesischen Butterkuchen abzufotografieren.

Als Julian Kim erblickte, leuchteten seine Augen auf. »Verrücktes Völkchen, diese Insulaner«, befand er lächelnd. »Ich hab dem Bademuseum ein Norderney-Foto meines Vaters gestiftet, und nun haben sie sich mit einem Gutschein für eine Nacht im Schlafstrandkorb bedankt.«

Kim schaute aus dem Fenster. Wolkenvariationen jagten in unterschiedlichen Höhen über die Insel. Sie rümpfte die Nase. »Könnte ungemütlich werden.«

»Schade.« Sein Blick verriet ihr, wie er sich vorstellte, dass es trotzdem gemütlich werden könnte.

Sie schüttelte den Kopf. »Ganz gewiss nicht.«

Er seufzte. »Wie war deine Lektüre?«

»Lies am besten selbst. Ich bin aber noch nicht durch.«

Julian wollte in sein Hotelzimmer, um eine wärmere Jacke zu holen. »Möchtest du kurz mitkommen? Der Blick ist spektakulär.« Wir leben nicht mehr in den Fünfzigerjahren, sagte Kim sich und begleitete ihn. Außerdem war sie neugierig auf die exklusive Unterkunft am Meer.

Julian bewohnte eine lichtdurchflutete Junior Suite in der Panoramaetage des Rodehuus. Bodentiefe Fenster ermöglichten einen weiten Ausblick auf die glitzernde Nordsee, wie man ihn sonst vielleicht aus dem Mastkorb eines Schiffes haben mochte.

»Wow! Das sieht ja sogar mit Regenwolken überm Meer noch toll aus.« Kim ging ans Fenster. »Wenn ich hier residieren würde, würde ich überhaupt nicht schlafen, sondern rund um die Uhr rausgucken.«

»Bitte, fang an!« Julian wies schmunzelnd auf das elegante graue Sofa, das einem Doppelbett mit ebenfalls grauer Tagesdecke gegenüberstand. »Ich mach uns derweil einen Tee. Ist vielleicht sowieso besser, weil ich hier die Seiten ungestört abfotografieren kann. Ist es dir recht?«

Kim nickte. »Allerdings verhungere ich bald.« Diskret spuckte sie ihr Kaugummi in ein Stück Papier und warf es in den Papierkorb.

»Geht mir auch so. Wir bestellen was beim Zimmerservice.«

Sie ließen sich eine Brotzeitplatte und frisch gepulte Krabben hochkommen. Dazu eine Flasche Weißwein.

Kim hielt an sich und erzählte Julian nichts von dem, was sie inzwischen wusste. Während er vorgebeugt im Polstersessel saß und das auf dem Tisch liegende Tagebuch Seite um Seite abfotografierte, fragte sie, ob sie mal kurz sein Bad benutzen dürfe. »Natürlich.«

Sie wollte Klarheit haben. Deshalb tat sie etwas, das sie nur aus Kriminalfilmen kannte. Sie suchte im luxuriösen Marmorbad nach Material, das man genetisch untersuchen konnte. Da sie kaum unauffällig Julians elektrische Zahnbürste mitgehen lassen konnte, schaute sie nach Haaren. Aber das Zimmermädchen hatte gute Arbeit geleistet. Es blitzte und blinkte vor Sauberkeit.

Kim betätigte die WC-Spülung. Vorsichtig, um kein verdächtiges Geräusch zu machen, öffnete sie den Reißverschluss einer Kulturtasche, die auf der Ablage stand. *Yes!* Darin lag eine Haarbürste, aus der sie schnell einige braune Haare zupfte. Und wie nun weiter? Sie riss mehrere Blatt Toilettenpapier ab, wickelte die Haare hinein und steckte das kleine Päckchen vorsichtig in ihre hintere Jeanstasche. Erfreut über den gelungenen Coup, atmete Kim noch einmal kräftig aus, bevor sie das Bad verließ und scheinbar unbefangen auf dem Sofa Platz nahm.

»Nun spuck's aus!«, forderte Julian sie auf. Er blickte hoch. »Haben sie oder haben sie nicht?«

»Ulla und Hans? Verrate ich nicht. Ich will dir doch die Spannung nicht rauben.« Kim lächelte wie eine Sphinx. »Aber du kannst die Broschüre haben. Für dein Museum. Mail mir einfach die Fotos davon zu.«

»Im Ernst?« Überrascht sah er sie an. Sie nickte. »Das ist sehr großzügig von dir. Danke!« Julian hatte gerade alle Doppelseiten des Tagebuchs abgelichtet, als der Zimmerservice klopfte.

Sie machten sich über das Essen her. Diesmal konnte Kim problemlos etwas herunterbringen, der Hunger war einfach zu groß. »Hast du Ullas *Sternstunden* denn schon gelesen?«, fragte er.

»Nee, nur einige Stellen flüchtig. Genug, um zu erkennen, dass sie diesen typischen locker-flockigen Feuilletonstil der Fünfzigerjahre draufhatte. Zu mehr reichte meine Zeit leider nicht.« Mit großem Appetit löffelte sie Krabben aus dem Glas und biss in eine knusprige Graubrotscheibe. Julian waren die Krabben wohl suspekt, er hielt sich an Wurst und Käse. Kim suchte nebenbei auf dem Smartphone nach dem Perry-Como-Song *Catch a Falling Star* und stellte den Ton laut. »Dazu haben sie getanzt, dein Vater und meine Großmutter.«

Sichtlich berührt hörte Julian zu. Er stand auf, ging ans Fenster, schaute in den wolkenverhangenen Himmel.

»Als ich klein war ...«, er machte plötzlich eine Handbewegung, als wollte er eine Fliege einfangen, »da hat mein Vater so gemacht, wenn wir eine Sternschnuppe sahen. Er hat dann immer getan, als würde er sie mir in die Hosentasche stecken. Und er sagte, ich solle das Sternenlicht aufheben für den Tag, an dem ich ein Mädchen treffe, das ich lieben könnte. Dann könnte ich ihr *a pocket full of starlight* bieten.«

Kim musste schlucken. Eine Tasche voller Sternenlicht. Komm mir jetzt nicht mit der Romantiknummer, dachte sie. »Na, heute sieht's ja eher mau aus mit Sternschnuppen.« Er setzte sich wieder in den Sessel. »Vorhin«, erzählte Kim eher sachlich weiter, »hab ich mir das Cumberland-Denkmal angesehen, beziehungsweise den Nachbau. Darüber gibt's nämlich auch eine Geschichte.«

»Ach, dieses monströse Ding am Ende der Friedrichstraße.« Milde lächelnd schenkte Julian ihr und sich Wein ein, schob ihr das Glas rüber neben den Teebecher. »Das besteht aus Gesteinsbrocken aus allen Gauen und Städten des früheren Deutschen Reiches, nicht? Irgendwie faszinierend. Aber auch außerordentlich hässlich. Ich hab neulich einige Minuten lang davorgestanden und versucht, die Inschriften zu entziffern.«

Kim schüttelte den Kopf. »Nee, das muss was anderes sein. Das Cumberland-Denkmal ist glatt, aus Sandstein, man übersieht es sogar leicht, und es steht an der Richthofenstraße.«

»Meinst du?« Julian blätterte in der Broschüre, bis er den Artikel über das Denkmal fand. Diese *Sternstunde* war datiert auf den 8. August 1866. Er lehnte sich im Sessel zurück und begann, laut vorzulesen. »*Die Norderneyer gewöhnten sich nicht nur daran, von König Georg V. und seiner Familie geliebt zu werden – sie liebten auch heftig zurück. Das hatte zum einen ganz praktische Gründe.*« Gleich beim ersten Satz spürte Kim, dass die Magie nach wie vor wirkte. Nach dem zweiten Satz zog sie ihre Schuhe aus und legte sich der Länge nach so aufs Sofa, dass ihr Blick den Wolkenschiffen folgen konnte. In einem wohligen Zauber gefangen, blinzelte sie auf das silbrige Flirren des Meeres und spürte, wie es sich unter ihre Haut und in ihren Blutbahnen fortsetzte. »*Wenn der König auf der Insel weilte*«, las Julian weiter, »*pflegte er vormittags mit seinen Adjutanten dort vorbeizureiten, wo sich nahe der Süderdüne die Honoratioren unter den Schiffern zum Elführtje*«, an dieser Stelle verhaspelte er sich etwas, und Kim sprach ihm das Wort mit der richtigen Betonung vor, bevor sie tiefenentspannt weiterlauschte, »*... zum Elführtje einfanden, also nach Ostfriesenart ihren Vormittagstee oder auch einen Schnaps tranken und ein Viertelstündchen miteinander redeten, bevor sie sich wieder ihren Alltagsgeschäften zuwandten. Bei seinem Zwischenhalt erkundigte sich der König, wie es denn so ginge – den Familien, die er alle persönlich kannte, und dem Eilande allgemein. Dann erwähnten die Norderneyer schon mal, dass diese*

Straße unbedingt ausgebessert, jenes öffentliche Gebäude ein neues Dach oder eine bestimmte arme Witwe dringend mildtätige Hilfe benötigte. Da ihre Beschwerden das majestätische Ohr direkt erreichten, wurde jeglicher Mangel schneller als irgendwo sonst im Königreich Hannover behoben.«

Bei jedem wohligen Schauer, der Kim durchlief, wünschte sie sich mehr, dass Julian noch nicht aufhören möge zu lesen. Sie erinnerte sich dunkel, dass die Geschichte ein P.S. hatte, mindestens bis dahin würde sie schwelgen dürfen.

»So nimmt es nicht wunder, dass die Empörung groß war, als im August 1866 Truppen des preußischen Königs Wilhelm auf Norderney einfielen und verkündeten: Ihr gehört jetzt zu Preußen. Noch dazu, man mag es kaum glauben, landeten die Marinesoldaten zu einer Stunde am Weststrand an, als das dortige Damenbad von vornehmen Frauen bevölkert war. Obwohl doch die rote Flagge weithin verkündete, dass sich kein Mannsbild in Sichtweite aufhalten durfte! Die Preußen scherten sich einen Dreck darum. Stattdessen holten sie die rote Flagge ein und hissten frech die ihres Königreiches. Was sie nicht beliebter machte. Deshalb kann selbstverständlich auch unsere Sternstunde nicht auf den Tag der Annexion fallen. Sie blinkt vielmehr am 8. August 1866 auf. Weshalb?, werden Sie fragen, liebe Leserinnen und Leser.

Nun, wenn man so lange geliebt wird, bleibt es nicht unerwidert, die Verbundenheit endet nicht auf einen Schlag. Viele Insulaner hielten ihrem hannoverschen König und den Welfen innerlich weiter die Treue und wollten es sogar äußerlich kundtun. Zudem hatten sie bereits den ganzen Sommer über Vorkehrungen getroffen, um zum fünften Jahrestag der Errettung des Kronprinzen, der wie sein Vater auch ein Herzog von Cumberland war, ein Denkmal aufzustellen, das deshalb Cumberland-Denkmal heißen sollte. Allerlei Huldigungen mit Jungfrauen, Gesang und Blumenkränzen waren für die feierliche Enthüllung am 10. August 1866 geplant.

Jetzt aber taten die schlauen Inseloberen, als wären sie verunsichert, wie unter den veränderten Umständen zu verfahren sei. Sie schickten eine Anfrage an den preußischen König, der bekanntlich dem Hause Hohenzollern vorstand, welches mit den Welfen konkurrierte. Die Obrigkeit befahl, alles abzublasen. Denkmal und Feierstunde seien notfalls zu verbieten. Als endlich ein Amtmann vom Festland diesen Befehl überbrachte, hatten die Norderneyer jedoch längst – zwei Tage vor dem Jahrestag – still und heimlich ihr Cumberland-Denkmal errichtet. An einer nicht sehr prominenten Stelle außerhalb des Ortes in den Dünen nahe einem Wäldchen, wo die Hofgesellschaft immer gern ein Picknick veranstaltet hatte. Und die Preußen? Schossen ja bekanntlich nicht so schnell. Sie ignorierten den Ungehorsam, ließen es einfach dabei bewenden. Und so blieb das Denkmal stehen.

P.S.: Einige Norderneyer trauerten ihrem im Exil lebenden König Georg V. lange hinterher. Selbst noch, als 1871 das Deutsche Reich gegründet und der preußische König zum Kaiser über alle anderen deutschen Könige erhoben worden war.

Andere Insulaner arrangierten sich schneller. Drei Jahre nachdem die Preußen Norderney (wie das gesamte Königreich Hannover) im Handstreich genommen hatten, waren die Urlauberzahlen sprunghaft angestiegen und – die preußische Kronprinzenfamilie weilte mit dem kleinen Wilhelm II. im Badeurlaub auf der Insel.

Es dauerte aber noch Jahrzehnte, bis durch die Hochzeit von König Georgs Enkelsohn Ernst August III. mit der einzigen Tochter von Kaiser Wilhelm II., der bezaubernden Viktoria Luise, im Jahre 1913 die Welfen und die Hohenzollern miteinander versöhnt wurden. Eines der größten gesellschaftlichen Ereignisse vor dem Ersten Weltkrieg wäre ohne das beherzte Eingreifen der Norderneyer Badediener nicht möglich gewesen. So strahlt, blinkt und zwinkert auch diese kleine Sternstunde noch weit in die Weltgeschichte hinaus.

Als Julian endete, hatte Kim doch die Augen geschlossen, um sich ganz den angenehmen Empfindungen hinzugeben. In ihr hatte sich ein Gefühl breitgemacht, als schwebte sie wie eine Möwe im Aufwind über dem Meer. Sie bemerkte zwar, dass Julian aufstand, aber sie war noch nicht wieder bereit, sich zu regen. Da spürte sie plötzlich seine Lippen auf ihrem Mund. Sehr zart, eine Berührung wie eine Frage. Sie schlug die Augen auf. Julian hatte sich zu ihr hinuntergebeugt, er hockte, ein Knie aufs Parkett gestützt, neben ihr.

»Das ist ein Überfall«, flüsterte sie schwach. »Ich bin wehrlos.«

»Und ich wäre ein Idiot, wenn ich diese Chance nicht nutzen würde.« Ein abenteuerlustiges Funkeln blitzte aus seinen Augen.

Kim dachte an einen Satz von Hetty, den sie im Tagebuch gelesen hatte. An jenem Tag, als alle de-Buhr-Frauen durch einen kleinen Kriminalfall in der Pension so aufgewühlt gewesen waren, dass Hetty kurz ihre gestrenge Maske ablegte, hatte sie Inge und Ulla einen bemerkenswerten Rat in Liebesdingen gegeben. Hetty hat recht gehabt, dachte Kim.

Sehr wahrscheinlich jedenfalls. Aber abgesehen davon war es ihr in diesem Augenblick auch völlig egal.

Sie nahm Julian die Brille ab, legte ihre Hände auf seine Schultern und zog ihn zu sich herunter. Wenig später lagen sie eng umschlungen auf dem Sofa. Und küssten sich, als ob es genauso sein müsste – wie vor langer Zeit verloren und endlich wiedergefunden, so wunderbar, so selbstverständlich und doch überlebenswichtig. Alles konzentrierte sich nur noch darauf.

16

1959

Bei den de Buhrs herrschte helle Aufregung. Ein Ehepaar aus Bottrop hatte für eine Woche im Doppelzimmer plus Frühstück mit einem ungedeckten Scheck gezahlt. Die Fähre hatte schon abgelegt.

»Und ich dummes Ding hab ihm auch noch Bargeld rausgegeben!« Hetty schlug sich mit der Hand vor den Kopf und beschimpfte den Mann als »verdammichte Smeerlapp«, den sie bei Ebbe im Watt anpflocken würde, wenn sie könnte.

»Wahrscheinlich stimmen dann ja auch die angegebenen Namen nicht«, befürchtete Netty.

»Schiet, das ist einfach zu ärgerlich!« Inge ärgerte sich ebenfalls, aber plötzlich hellte sich ihre Miene auf. »Wir haben doch Bilder von denen gemacht. Das typische Urlaubserinnerungsfoto vor der Pension – mit deren Kamera und eins mit meiner eigenen.«

»Sofort her damit«, verlangte Ulla. »Inge, ruf Felix an und sag ihm, er soll die Polizei auf dem Festland informieren. Foto folgt.« Die beiden nahmen sich ein Taxi, um den Film zu Hans zu bringen, der ihn sofort entwickelte und einen vergrößerten Abzug von dem Ehepaar machte. »Kein Fixierbad«, rief Ulla durch die Badezimmertür, »das dauert zu lange.« Diese Aufnahme wiederum brachten sie zu Felix ins Postamt. Er schickte sie als Funkbild an die Polizeidienststelle Norddeich, die bereits von ihm vorabinformiert war und den von Norderney eintreffenden Fahrgästen verboten hatte, die Fähre zu verlassen. Der Ordnungshüter kontrollierte nun quasi mit Fahndungsfoto die Passagiere und konnte tatsächlich das betrügerische Pärchen festnehmen.

Auf diese Erfolgsmeldung hin gab Hetty eine Runde Schinkenhäger aus. Und Felix hatte nicht nur bei Inge einen Stein mehr im Brett. Die Frauen saßen von der Aufregung noch schweißgebadet, aber froh im Hofgarten vor dem Küchenfenster und erholten sich von der ungewohnten Hektik. Inge stellte eine Schüssel mit Obstsalat und mehrere Portionen dicke Milch in Satten auf den Tisch, eine Inselspezialität. Es handelte sich um Dickmilch, die in den flachen Steingutschälchen, in denen sie gereift war, mit zerkrümeltem Schwarzbrot und Zucker serviert wurde. Ulla kostete zögernd, sie mochte keine saure Milch. Doch zu ihrer Überraschung schmeckte es richtig gut.

»Sehr erfrischend«, lobte sie.

»Ingelein, nimm man den Felix«, sagte auf einmal die jüngere der de-Buhr-Tanten. »Wie der das geritzt hat heute! Und mein Seliger ist ja auch bei der Post gewesen. Da habt ihr immer euer Auskommen.«

»Nun dräng sie doch nicht«, widersprach Hetty. »Ein Selbstständiger wäre auch nicht schlecht.«

»Aber mit zwei Männern gleichzeitig poussieren«, meinte Netty, »das gehört sich nicht. Wissen die beiden eigentlich voneinander?«

»Wir leben auf einer In-sel«, sagte Hetty mit Betonung.

Inge verdrehte die Augen. Ulla nickte an ihrer Stelle.

»Oh, ich weiß nicht«, meinte Netty bedenklich, »wenn das bloß keinen Ärger gibt …«

»Darauf kann man nicht immer Rücksicht nehmen,

333

Schwanette.« Gelegentlich kehrte Hetty hervor, dass sie die Ältere und Robustere von beiden war. »Lass sie doch ihr Leben genießen. Jetzt!«

»Henriette!« Entrüstung lag in Nettys Stimme.

»Ist doch so. Man denkt immer, da kommt noch was«, sagte ihre Schwester frei heraus, sie steckte eine graue Haarsträhne mit zwei Fingern zurück in den Dutt. »Und dann kommt nix mehr. Und schwups, bist du alt und ärgerst dich, dass du die Gelegenheiten nicht genutzt hast.«

»Hetty, wie kann's nur angehen?«, Netty verstand die Welt nicht mehr. »Du warst doch immer so tugendhaft all die Jahre.«

Inge saß da mit verschränkten Armen vor der Brust und blickte staunend von einer Tante zur anderen.

»Solche Ansichten hätte ich von dir am wenigsten erwartet, Tante Hetty«, sprach Ulla aus, was ihre Freundin wohl dachte.

»Tja, ich weiß eben, wovon ich rede.« Mit einem herben Lächeln schenkte Hetty noch eine Runde ein. »Mein Rat, wenn die Liebe dir über den Weg läuft: Erst machen und dann überlegen.«

»Nein, nein!«, empörte sich ihre Schwester. »Das sehe ich ganz anders. Die Tugend einer Frau ist ihr größter Schatz. Und Treue ist ein hohes Gut. Fremdgehen, nein, das hätte ich niemals akzeptiert.«

»Hab ich was von Fremdgehen gesagt?«, antwortete Hetty kiebig.

»Wir werden das Problem heut nicht lösen.« Inge gab sich gewohnt pragmatisch. »Vielleicht ist es wie mit allem im Leben – was für den einen richtig ist, passt für den anderen nicht. Und darüber zu streiten, bringt uns auch nicht weiter.«

Jede der Frauen hing eine Weile ihren Gedanken nach. Ulla war im Grunde voll und ganz Nettys Ansicht. Aber warum, fragte sie sich, verhielt sie sich dann nicht danach?

Die Nachbarsfrau grüßte freundlich rüber. Sie nahm gemeinsam mit ihrem Hausmädchen die Wäsche von der Leine und sang dabei Schlager.

Eine Reise in den Süden ist für andre schick und fein. Doch zwei kleine Italiener möchten gern zu Hause sein …«

Die Stimmung am Gartentisch der de Buhrs entspannte sich wieder. Inge machte noch ein paar Schnittchen. Der neueste Inseltratsch wurde durchgehechelt ebenso wie das, was in den Zeitschriften beim Frisör zu lesen war. »Die Callas lässt sich scheiden«, wusste Inge. »Angeblich aber nicht wegen Onassis. Sie sagt, ihr Verhältnis sei rein kameradschaftlich.« Mit einem durchdringenden Blick fixierte sie Ulla. »So was behaupten ja einige.« Ulla tat ganz unbeteiligt, dabei war das schon wieder so ein unangenehmes Thema.

»Ich glaub, die Frau leidet an Depressionen«, behauptete Netty. »Jedenfalls manchmal. Im Winter. Das gibt's öfter. Winterdepression. Vor allem bei Künstlern.«

Ein Gästekind, ein Mädchen von vielleicht drei Jahren, spielte am Zaun mit der Katze der Nachbarin. »Das arme Viech hat auch schon viel erdulden müssen«, kommentierte Inge belustigt.

»Och nö«, erwiderte Hetty, »die is' wie wir de-Buhr-Frauen. Die macht nur mit, solange es ihr gefällt.«

Netty erhob ihr Glas, sie stießen alle miteinander an. Und gönnten sich noch ein Schnäpschen. Inge und Ulla steckten sich eine Zigarette an.

»Dein armer Mann«, spottete Netty liebevoll, »da schickt er dich zur Kur auf die Insel, und zurück bekommt er eine Frau, die raucht und trinkt.«

335

»Alles in Maßen, mach dir keine Sorgen, Netty.«

Versonnen schaute Ulla dem kleinen Mädchen zu, das vorsichtig die Katze auf seinem Schoß streichelte. Ein niedlicher Anblick. Das Tier begann vernehmlich zu schnurren. Und das Kind erschrak darüber ganz fürchterlich.

»Mama, Mama!«, rief es mit entsetzter Stimme, »wo stellt man den Motor wieder ab?«

Die Frauen lachten laut. Netty stand auf und gab der Kleinen einen der Sahnebonbons, die sie immer in der Schürzentasche hatte. »Musst keine Angst haben«, erklärte sie dem Mädchen, »das nennt man Schnurren. So macht die Katze, wenn sie sich wohlfühlt. Sie mag dich.«

Das Mädchen schien trotzdem erleichtert zu sein, als Netty ihr die Katze abnahm. Gleich trollte sich das Tier auch zurück in den Nachbargarten. Dort trällerte die Besitzerin inzwischen zur Melodie des Schlagers *Marina*. Doch sie sang einen anderen Text, eine Spottversion. »*O Farah, o Farah, o Diba, was nützt dir der Schah und sein Geld? Schenkst du ihm kein Söhnchen, wirft er dich vom Thrönchen, so wie die Soraya – o no, no, no, no, no!*«

Diese Zeilen erwischten Ulla kalt. War das ihre eigene Situation? Die so lange verdrängte Angst, ach, schon wieder Angst, stand ihr auf einmal brutal klar vor Augen. Was würde aus ihr werden, wenn sie Will nicht den ersehnten Stammhalter schenken konnte? Will liebt mich, dachte sie trotzig, es wäre ihm egal. Aber wenn Agathe nicht lockerließ mit ihrem Gerede darüber, wie wichtig es war, dass die Familie im Mannesstamm weiterlebte? Unvermittelt brach Ulla in Tränen aus. Es war alles ein bisschen viel Anspannung gewesen.

»Hilfe!«, rief Inge entsetzt. »Was ist denn?«

»Ich sach ja immer – lass die Finger von Schinkenhäger, Hetty«, schimpfte Netty.

Ulla versuchte, sich zu fangen. »Nix Schlimmes. Vermutlich nur … nur ein kleiner Anfall von Sommerdepression.«

»Sommerdepression?« Netty verstand gar nichts mehr.

»Ja, klar.« Inge legte Ulla einen Arm um die Schulter. »Is' ja auch zum Heulen – dauernd dieses schöne warme Wetter, blauer Himmel und ewig der Strand und das Meer direkt vor der Tür! Und dann noch das Möwengekreische. Da kann man schon mal depressiv werden.«

Ulla musste unter Tränen lächeln. Selbst wenn gerade eben etwas Scharfes ihr Herz geritzt hatte, nach außen hin beruhigte sie sich wieder.

Hetty musterte sie. Dann stand sie auf, ging in ihr Schlafzimmer und kehrte mit einem zerlesenen Büchlein zurück. Auf dem mit Jugendstilornamenten verzierten Umschlag sah man zwei in Wilhelm-Busch-Manier gezeichnete Mädchen, die den Vogel zeigten.

»Da«, sie reichte es Ulla, »diese Lektüre bringt dich auf andere Gedanken. Das ist sehr lustig. So was wie *Max und Moritz* mit Mädchen.«

»O ja«, pflichtete Netty ihr begeistert bei. »Es spielt auf Norderney. Als wir noch klein waren, war das unser Lieblingsbuch. Die Schriftstellerin hat als Backfisch mit ihren Eltern die Ferien auf der Insel verbracht.«

Hetty nickte. »Aber erst als erwachsene Frau und nach einer Scheidung hat sie die Streiche veröffentlicht. War ein großer Erfolg!«

»Scheidung, das muss man sich mal vorstellen – ein Skandal!«, warf Netty ein. »Ja, ist der Ruf erst ruiniert …«

»Tatsächlich?« Interessiert nahm Ulla das Buch in die Hand. »*Lies und Lene*«, las sie laut, was auf dem Titel stand. »*Die Schwestern von Max und Moritz. Eine Buschiade für*

Groß und Klein in sieben Streichen von Hulda von Levetzow. Reich illustriert von F. Maddalena.«

Es war eine Originalausgabe von 1896. Ulla blätterte darin, las sich fest, studierte die Zeichnungen und lachte immer wieder auf.

Lies und Lene legten ihrer Tante auf Norderney Quallen in die Badewanne, sie stopften Stranddisteln ins Bett des Dienstmädchens, versteckten in einem Blumenkorb einen Hummer, auf dass er Base Minka in die Nase zwickte. Sie buddelten einen am Strand schlummernden Badegast bis zum Hals ein, der deshalb nur mit Not bei Flut vorm Ertrinken bewahrt werden konnte. Sie öffneten heimlich den Korkschwimmring einer kleinen dicken Dame. Und dann ließen sie das Schoßhündchen einer anderen Dame an Luftballons aufsteigen und vom Wind davontragen, woraufhin das Frauchen ohnmächtig umkippte. Schließlich – weshalb sollte den frechen Mädchen ein gnädigeres Schicksal beschieden sein als ihren »Brüdern« Max und Moritz – trieben sie in einem gestohlenen Ruderboot auf die Nordsee hinaus und wurden von einem Wal verschluckt.

»Diese Zeichnungen sind ja herrlich! Hier, guck mal, Inge!« Völlig klar, hier war ihre neunte *Sternstunde!*

Die Tanten nickten zufrieden. »Humor hat noch immer geholfen«, sagte Hetty. »Nimm das Leben man nicht so schwer, min Wicht.«

Unabhängig voneinander kamen in den nächsten Tagen Tammo und Felix auf Ulla zu. Beide wollte das Gleiche. Sie baten sie als die beste Freundin ihrer Angebeteten um einen Rat, wie oder womit sie sich gegen ihren Konkurrenten durchsetzen konnten. Ulla wollte nicht Partei ergreifen. Deshalb gab sie beiden mehr oder weniger die gleiche Antwort.

»Inge mag dich doch, weil du bist, wie du bist. Also beeindrucke sie mit dem, was du am besten kannst.«

Was sie als junges Mädchen besonders gern genascht habe, wollte Tammo wissen. Ulla erinnerte sich an eingewickelte runde Bonbons, von denen man schnell einen wunden Gaumen bekam. Diese klebrigen Kugeln hatte Inge zur Einschulung geschenkt bekommen, noch vor dem Krieg, und sehr gemocht. »Sie schwärmt für grüne Fruchtbonbons.«

»Und sonst? Noch irgendein Tipp?«

»Ich glaube, sie sucht einen starken Mann. Ja, er muss stark und zuverlässig sein und Humor haben.«

Felix fragte auch, ob Inge irgendetwas überhaupt nicht ausstehen könne. Ulla lachte, spontan fiel ihr jemand ein. »Dieser Helmut vom Textil- und Modegeschäft, der immer wie ein Wilder mit seinem Käfer über die Insel braust, der hat sie schon ein paarmal geärgert. Wenn dem mal jemand einen Streich spielen würde, das könnte ihr gefallen.«

»Ulla«, fragte Hans am Telefon, »ich steh hier unten in der Hotelhalle. Warum besuchst du mich nicht mehr? Heute ist schon Sonnabend, wir haben uns seit Tagen nicht gesehen.«

»Ich … weiß auch nicht.«

»Das kann nicht sein. Du musst doch einen Grund haben. Ulla, ich leide.« Seine Stimme klang flehentlich. »Meine Selbstgespräche nehmen schon überhand.«

Ulla musste lächeln. Sie atmete tief durch. »Es ist ein Spiel mit dem Feuer«, antwortete sie zögernd.

»Hab ich mich bislang nicht immer brav an deine Regeln gehalten?«, fragte er. »Komm runter.«

»Nein. Es ist … Mein Mann weiß von unserer Polonaise.«

Dass Will sie außerdem belogen hatte, behielt sie lieber für sich.

»Oh.« Hans holte hörbar Luft. »Aber, ich meine, was ist so schlimm an einem Tänzchen in der Öffentlichkeit?«

Ulla kämpfte mit sich, schließlich quälte die Sehnsucht auch sie. »Gegen sieben hat Inge ein paar Leute eingeladen, wir wollen heute ein kleines Picknick in unserer Strandburg machen. Du könntest ja dazustoßen.«

Es fanden sich rund ein Dutzend Leute ein, alle in sportlicher Freizeitkleidung. Auch Tammo und Felix kamen, dazu noch andere Saisonkräfte und Bekanntschaften von Inge. Einige gingen vor dem Picknick schwimmen, die Übrigen breiteten die mitgebrachten Leckereien und Windlichter in Gläsern auf einer Tischdecke in der Mitte aus. Tammo hatte ein großes Backblech mit Kirschstreuselkuchen mitgebracht, außerdem schenkte er Inge eine Tüte selbst gemachter, in Goldpapier eingewickelter Stachelbeerbonbons. Inge war gerührt.

Ein besonderes Schwirren und Flirren erfüllte die Atmosphäre. Fast wie etwas Elektrisches. Oder lag es schlicht an der Kombination von Wärme, Salzmolekülen und Luftfeuchtigkeit? Ulla rieb die Luft zwischen ihren Fingerspitzen und fand keine Antwort. Der Wetterdienst, dessen Vorhersagen die Kurverwaltung täglich aushängte, hatte eine Tropennacht angekündigt, die vierte dieses Sommers auf Norderney, also mehr als fünfundzwanzig Grad Celsius. Als Hans auftauchte, wurde er mit großem Hallo begrüßt. Die Gruppe verteilte sich auf beide Strandkörbe, etliche Klappliegestühle, der Rest hatte es sich am Innenwall der Strandburg bequem gemacht. Hans ließ sich im Sand neben Ulla nieder.

»Was für ein schöner Zufall«, sagte er mit einem strahlenden Lächeln.

»Ja«, antwortete sie vergnügt und rückte zur Seite, damit er auch aufs Handtuch passte. »Was für ein Zufall.«

Während die anderen immer noch Frikadellen, den Käseigel und Nudelsalat verzehrten, zeigte Ulla ihm eine *Lies-und-Lene*-Neuausgabe, die sie im Inselbuchladen gekauft hatte. Schmunzelnd beugte er sich über die Illustrationen, nur wenige Zentimeter von ihr entfernt. Sie nahm seinen Duft wahr. Ein unwiderstehlicher Magnetismus machte es furchtbar anstrengend, ihn nicht zu berühren. Ihm ging es wie ihr, das spürte sie. So intensiv hatte sie die körperliche Anziehungskraft in all den Wochen nicht gespürt. Ulla war kaum in der Verfassung, den Gesprächen ringsum zu folgen. Sie beugte sich vor, strich sich Sandkörner vom Schienbein, um ihre Hände unter Kontrolle und beschäftigt zu halten. Wie konnte es nur angehen, dass das Verlangen heute so viel heftiger in ihr pulsierte als sonst?

Sie gab vor, ins nächstgelegene Strandcafé gehen zu müssen. Mit einigem Abstand folgte ihr Hans. Im Flur zu den Toiletten holte er sie ein und küsste sie ungestüm. Ulla vergaß minutenlang alle Vorsicht. Da sie ein bauchfreies Oberteil zu ihrer Caprihose trug, konnte sie seine Hände direkt auf der nackten Haut fühlen. Es machte sie verrückt, wie er sie um die Taille fasste und ihr über den Rücken strich.

»So geht das nicht«, flüsterte sie schließlich atemlos. »Halt mehr Abstand, bitte.«

Er ließ sie los, kniff die Augen zusammen und trat einen Schritt zurück. »So?«

Ihr Oberkörper sank kurz mit einem leisen Stöhnen zusammen, sie ließ den Kopf hängen, blickte aber gleich wieder hoch. Nein, natürlich nicht.

»Einen noch!«

Sie stellte sich auf die Zehenspitzen ganz dicht vor ihn und hielt ihm ihren Mund entgegen. Ein sehnsüchtiger Kuss, der noch lange nicht enden wollte, musste unterbrochen werden, weil eine lärmende Familie den Flur betrat. Mit betretenen Mienen, aber lebhaftem Funkeln in den Augen lösten sie sich voneinander.

»Geh du zuerst«, schlug Hans vor. »Ich lass mir noch etwas Zeit.« Er strich ihr über das Haar, das sie seit ihrer Ankunft auf der Insel nicht mehr hatte schneiden lassen und das ihr Gesicht jetzt weicher rahmte. Sie biss sich auf die Unterlippe. »Übrigens ist dein Lippenstift verwischt«, bemerkte er noch.

»Und du hast welchen an der Wange.«

Ulla prüfte im Spiegel des WC-Vorraums ihr Äußeres. Sie ließ sich eine Weile kaltes Wasser über die Pulsadern laufen. Als sie dabei durchs Fenster schaute, auf den Parkplatz, der sich an der Rückseite des Gebäudes befand, erkannte sie den VW Käfer von Helmut. Auf ihrem Weg zurück zum Strand sah sie auch Helmut selbst auf der Seeterrasse des Cafés, schon etwas alkoholisiert, wie ihr schien, in ein lebhaftes Gespräch verwickelt.

In ihrer Strandburg herrschte Feierstimmung. Die meisten tranken Bier, unterhielten sich und lachten. Ulla probierte einen der Stachelbeerbonbons, die Inge ihr großzügig anbot.

»Dein Lieblingsfeind sitzt übrigens dahinten«, berichtete sie ihrer Freundin, die von Tammo und Felix bewacht wurde wie von ihren persönlichen Adjutanten, weil keiner dem anderen auch nur den kleinsten Vorsprung gönnen wollte. »Selbst ins Strandcafé muss der Kerl noch sein Auto mitnehmen.« Sie konnten darüber nur den Kopf schütteln.

342

Hans widmete sich nach seiner Rückkehr erneut den *Lies und Lene*-Streichen. »Ich sehe zwei Fotomotive«, erklärte er Ulla, »den Hummer im Blumenkorb und das Schoßhündchen an den Luftballons. Ich wüsste sogar schon, wo ich mir den Hund ausleihen könnte.«

Ulla lächelte, sie stellte sich die Szene bildlich vor. »Und was machst du, wenn er wie im Buch vom Nordseewind davongetragen wird?«

»Na, du stehst doch mit einem Luftgewehr daneben und schießt rechtzeitig auf die Ballons. Wenn wir die Aufnahmen in den Dünen machen, fällt der Fiffi weich.«

»Tierquäler«, spottete Ulla. »Ich denke, bei dieser Geschichte mache ich eine Ausnahme und nehm zur Bebilderung statt Fotos ein paar Originalillustrationen.«

»Aber den Hummer im Blumenkorb muss ich fotografieren, ich seh es schon vor mir, das Motiv ist doch grandios! Na, vielleicht nehm ich das dann für die Ausstellung.« Seine Finger bewegten sich heimlich im Krebsgang über ihren Rücken, was in ihr einen schönen Schauer nach dem anderen auslöste.

»Menschenschinder!« Sie sprang auf, ging ein bisschen umher, trappelte auf der Stelle und setzte sich schließlich mit größtmöglichem Abstand zu ihm an einer anderen Stelle in den Kreis zurück.

»Täddäh!« Felix, der lange Lulatsch, hatte den höchsten Punkt eines Sandhaufens erklommen, der sich neben ihrer Burg erhob. »Sehr geehrte Damen und Herren, Ladys and Gentlemen, Mesdames et Messieurs! Wir unterhalten Sie jetzt mit kleinen Kostproben aus dem Programm unseres Wanderzirkus Dolores. Wie Sie vielleicht schon den Plakaten auf der Insel entnommen haben, gastieren wir morgen und übermorgen auf der Insel, jeweils um 15 und um

20 Uhr mit unserem Zelt und den Tieren, die jetzt schlafen müssen, am Weststrand.« Alle applaudierten überrascht,
entzückt über die unerwartete Einlage.

»Stimmt das?«, fragte mit naivem Augenaufschlag eine
junge Frau, die in einem Schmuckladen arbeitete.

Ulla schüttelte amüsiert den Kopf. »Nein, das hat er sich
gerade ausgedacht.«

»Meine Bühne ist die Düne!«

Felix breitete die Arme aus wie Peter Frankenfeld
und feuerte jede Menge Gags ab. Ulla und den anderen
wurde klar, dass er sein Programm vorbereitet hatte. Er
brachte auch wieder eine Adenauer-Parodie, und er bat
zwei Kumpel hoch, mit denen zusammen er ein Spott-
lied vortrug. Doch er setzte auch auf Improvisation, vor
allem auf die der anderen. So kündigte er »den weltbesten Schiffssirenenimitator« an und zeigte auf Tammo. Der
nahm die Herausforderung an und machte lautmalerisch
beeindruckend vor, wie sich die Fähren zu den ostfriesischen Inseln Spiekeroog, Borkum und Norderney beim Tu-
ten in Tonlage und Pfeifdauer unterschieden. Großer Applaus. Und weiter ging es nach einer launigen Überleitung
mit Roswitha, die einen Spagat vorführen konnte. Dann
machte ein junges Paar eine Verfolgungsszene aus *Tom und
Jerry* nach, deren Kurzfilme oft im Kino vor den richtigen
Filmen liefen, indem es rasant um und durch die Strandburgen ringsum jagte.

Willy, der Rettungsschwimmer, hielt aus dem Stegreif
eine zehnminütige Rede zum Thema: Soll man Weihnach-
ten im Auto feiern? Viel Zeit für Blödsinn, der mit der wei-
sen Zusammenfassung endete: »Und deshalb kann es darauf
nur die gleiche Antwort geben wie auf die ebenso drän-
gende Frage: Soll man Bratkartoffeln zum Frühstück essen?

Nämlich, wer will und kann, der soll. Die anderen eher nicht.« Tosender Beifall.

Inge gab eine Tanzeinlage zum A-cappella-Gesang des Männertrios *Das machen nur die Beine von Dolores* zum Besten. Sie waren mittlerweile alle in einer herrlich albernen Stimmung. Gesang und Gelächter lockten immer mehr Neugierige an, die von der nahen Promenade aus zuschauten oder sich um die Strandburg herum sammelten. Schließlich waren sie nicht die Einzigen, die sich so spät noch am Nordstrand aufhielten, obwohl der Dünenexpress um diese Zeit nicht mehr fuhr. Ulla hatte kurz den Eindruck, unter den Leuten, die auf der Promenade stehen blieben und zuschauten, auch Helmut gesehen zu haben. Einige Fremde setzten sich direkt in ihren Kreis. Ulla hatte schon Bauchschmerzen vom Lachen. Es war einer dieser seltenen Abende, wo alles passte und man sich gegenseitig hochschaukelte. Jeder Gedanke ein Geistesblitz, jede Antwort ein Brüller. Zumindest kam es den Beteiligten so vor.

Hans unterhielt sich länger mit einem der Neuankömmlinge und stellte sie dann einander vor. »Das ist Friedhelm aus Dortmund, er besitzt drei Schnellreinigungen. Friedhelm, das ist unsere Wahrsagerin, Madame Mimm. Sie liest aus der Hand.« Der Kerl schien etwas einfältig zu sein. »Tippytoppy«, sagte er stolz. »So heißen meine Reinigungen, ich will noch weiter expandieren. Ich will eine richtige Kette.«

»Gratuliere«, erwiderte Ulla höflich, »Ihre Eltern müssen sähr stolz auf Sie sein.«

»Wie stehen meine Aktien, Madame?« Er wollte sich unbedingt seine Zukunft vorhersagen lassen.

Ulla betastete die Innenfläche seiner Hand. Es war zu dunkel, um Linien erkennen zu können. »Isch erspüüüre die Linien«, behauptete sie und offenbarte ihm mit gesenk-

345

ter Stimme und französischem Akzent Erfreuliches wie auch mehrdeutig Nebulöses. »Sollten Sie ein überraschendes Angebot erhalten, dann schlagen Sie es nicht sofort aus, Monsieur.« Sie sah zwei Frauen, die wichtig für ihn waren, und einen bösen Konkurrenten. »Den müssen Sie aber nischt fürchten, solange Sie sauber bleiben.«

Hans bekam einen kleinen Hustenanfall.

Der Mann lauschte beeindruckt, fragte verblüfft nach, wunderte sich. »Wie Sie das wissen konnten!«, wiederholte er mehrfach.

Als er sich erkundigte, woher Madame Mimm denn wohl käme, antwortete Hans an ihrer Stelle in vertraulichem Ton. »Sie ist die Tochter des Fürsten von Luxemburg. Aber sie wird es abstreiten. Ist letztes Jahr mit dem Zirkusdirektor durchgebrannt.« Ulla drehte ihnen den bebenden Rücken zu, sie konnte sich das Lachen nicht länger verkneifen.

Derweil wechselte Felix auf die Promenade, um besser gesehen zu werden. Er brachte einen Sketch mit Publikumsbeteiligung, den er »Vorhang auf, Vorhang zu« nannte. »Passt auf, das Stück beginnt so: Zwei ranke, schlanke Tannen wiegen sich im Wind!« Er zeigte auf zwei dickliche Personen. »Die Tannen spielt ihr bitte! Formt mit den Händen eine Tannenspitze auf eurem Kopf, wie beim *Bi-Ba-Butzemann*, das kennt ihr doch, und wiegt euch bitte anmutig hin und her.« Brav kamen die beiden nach oben auf die Promenade und taten, was Felix verlangte. Schritt für Schritt wies er Fremden und Freunden weitere Rollen auf der imaginären Theaterbühne zu. Sie mussten den sich öffnenden und wieder schließenden Vorhang, den aufgehenden Vollmond, ein scheues Rehlein, einen Wilderer und einen Jäger spielen oder auch nur an der richtigen Stelle einen Käuzchenschrei ausstoßen.

Der Witz lag in der Wiederholung, jedes Mal kam ein Freiwilliger mit einer Aufgabe mehr auf die »Bühne«, die Probe begann wieder mit »Vorhang auf«, zwei nebeneinanderstehende Leute tippelten auseinander, die Nächsten folgten der Regieanweisung »Zwei ranke schlanke Tannen wiegen sich im Wind« et cetera. Inge spielte das Rehlein, Hans den Wilderer, Ulla das Käuzchen, Tammo den linken Vorhang. Nie war der Regisseur auf Anhieb zufrieden, jeder Einsatz musste mehrfach geübt werden. Und jeder machte sich lächerlich, so gut er konnte. Man merkte, dass Felix aus dem Stegreif neue irrwitzige Nebenrollen erfand, zum Beispiel Fledermäuse und Glühwürmchen. Irgendwann gab es nur noch Beteiligte, keine Zuschauer mehr. Weit mehr als vierzig Darsteller bevölkerten schließlich die Promenadenbühne. Und nach der letzten Aufführung, die bis zum Entfliehen des Rehleins durchgespielt wurde – »Vorhang zu!« –, lagen sich alle lachend in den Armen.

»Wir ham kein Bier mehr«, stellte Tammo zu vorgerückter Stunde fest. Er raffte sich auf, ging mit zwei Freunden, die ihm beim Kistenschleppen helfen wollten, zum Strandcafé, um Nachschub zu besorgen. Es dauerte, sie kehrten nicht zurück.

»Guck doch mal nach, was da los ist!«, bat Inge Felix. Auch er kam und kam nicht wieder. Die Ansammlung begann sich aufzulösen. Nach einer Weile machte Hans sich auf, nach den ausbleibenden Männern zu schauen. Ulla, die statt Bier zu trinken, nur ein paar Schluck aus einer der kreisenden dickbäuchigen Chianti-Flaschen genommen hatte, spürte ihren ersten Durchhänger des Abends. Sie kuschelte sich in der Burg nebenan in einen Strandkorb und nickte ein.

Nach vielleicht einer halben Stunde wurde sie davon

wach, dass Inge an ihrer Schulter rüttelte. »Das musst du dir angucken!«

Bevor Ulla fragen konnte, was los war, lief die Freundin in Richtung Strandcafé, Ulla folgte ihr. Der Rest der Clique und einige andere Nachtschwärmer schwirrten vor dem Café herum. Die Frauen kicherten, einige Männer grölten.

Jetzt sah Ulla es auch – Tische und Stühle der Seeterrasse standen auf dem Flachdach. »Weiß der Teufel, wie die das da hochgekriegt haben«, hörte sie jemanden murmeln.

Tammo wankte auf Inge zu. »Ich bin stark, meine Süße«, sagte er stolz, »da kannst du's sehen.«

»Junge, wir haben dir schon ein bisschen geholfen«, ließ sich einer aus dem Dunkel vernehmen. Tammo machte nach hinten hin eine Handbewegung, die seinen Kumpel zum Schweigen bringen sollte. »Inge, du willst doch einen starken Kerl, oder? Ich bin dein Mann!«

Ulla sah es ihrer Freundin an – Inge schwankte zwischen Belustigung, Rührung und leichtem Entsetzen. Da auch sie nicht mehr nüchtern war, schien Ersteres zu überwiegen. Inge begann zu giggeln.

Doch nun erschien Felix. »Ich bin vielleicht nicht Herkules. Aber …«, mit großer Geste wies er in die Dünen hinter dem Strandcafé, das längst geschlossen war, »… ich hab Köpfchen und starke Freunde. Dat ist der Beweis!«

Alle starrten mit weit aufgerissenen Augen in die mondbeschienene Landschaft. Vielleicht fünfzig Meter entfernt stand mitten im weichen Dünensand wie ein glitzerndes UFO – Helmuts Käfer.

»Hey! Wie habt ihr den denn dahin gekriegt?«, fragte Inge völlig perplex.

»Sach isch doch – mit Köpfchen«, feixte Felix. Er freute sich, dass seine Überraschung gelungen war. »Der Blödmann

348

wird morjen schön dumm us de Wäsch gucken!« Diese Vorstellung gefiel Inge offensichtlich auch. Sie lächelte breit. »Dat kleine dreieckige Seitenfenster stand offen«, verriet Felix. »Da kann man ja leischt durchlangen, um die Tür von innen zu öffnen. Einmal kurzjeschlossen, und er läuft und läuft …«

»Ja, aber wie ist das Auto dahin gekommen, ohne Straße?«, wollte Ulla wissen. Die Männer konnten es schlecht getragen haben, dafür war es viel zu schwer.

Felix trat gegen einen Stapel Bretter, die neben einer Leiter an der Hausmauer lagen. »Schätze, die haben hier öfter mal mit Sandverwehungen zu tun, da braucht man die Bretter. Die haben wir vors Auto jelegt, sind immer 'n Stück vorjerollt und haben wieder die Bretter vorjelegt und so weiter – 'n Stück Arbeit, das sag ich euch. De' Helmut hat morjen jut zu tun.«

»Das geschieht ihm recht!« Inge rieb sich die Hände. »Was für'n Glück, dass er euch nicht erwischt hat.«

»Der war so voll«, wusste ein Kumpel von Tammo, »dem haben Freunde den Autoschlüssel abgenommen.«

»Inge, nimm mich!«, eröffnete nun Felix sein Plädoyer in eigener Sache. »Schieß Tammo zum Mond! Er mag ja een lieber Kerl sein, aber so'n Eischaumschläger, dat is' doch nix für 'ne Frau wie dich.«

»Briefmarkenlecker!«, schimpfte Tammo. Er rempelte Felix von der Seite an. »Aber es stimmt, Inge, du musst dich endlich mal entscheiden. Wir spielen da nämlich beide nicht mehr mit.«

»Och, Kinners … nee!«, rief Inge aus. Sie wirkte überwältigt, belustigt, verwirrt und ratlos. »Was soll ich bloß machen?« Ulla fühlte mit ihr. Sie war gespannt, wie sich ihre Freundin aus der Affäre ziehen würde.

Da lenkte ein allgemeines erregtes Gemurmel, das von der Promenade herüberwaberte, ihre Aufmerksamkeit ab. Sie drehte sich um. Roswitha kam zu ihnen auf den Parkplatz gelaufen. »Leute!«, kreischte sie, »die Nordsee steht unter Strom!«

»Ich glaub, du solltest besser nichts mehr trinken«, mahnte ihr Freund.

»Nein, guckt doch! Die Wellen sind elektrisch!«

Ulla erklomm wie alle anderen die nächste Düne. Und dieser Anblick verschlug ihr die Sprache. Ein märchenhaftes bewegtes Bild tat sich vor ihren Augen auf – im Dunkelblau der Nacht glühten die Schaumkronen der Wellen in einem unwirklichen Grünblau, das wie flüssiges Neonlicht aussah. Ringsum vernahm sie »Ah« und »Oh«. Unten am Strand spukten maritime Lauffeuer. Sie huschten durch die Wellen, sobald sie brachen und ausrollten. Mal blitzten sie nur kurz auf, mal leuchteten sie im kräftigen Aufschäumen der See intensiv sekundenlang. Ulla konnte es nicht begreifen. Hans stand auf einmal hinter ihr und legte seine Arme um sie. Wange an Wange schauten sie nach vorn.

»Unglaublich!«, flüsterte Ulla fasziniert.

Das seltene Naturphänomen fesselte sie und die Menschen um sie herum mehr als die Kraftakte mit Gestühl und Käfer. Jetzt gab es kein Halten mehr. Einige Freunde rannten zum Wasser. Einige tobten juchzend durch den Flutsaum, andere steckten nur vorsichtig ihre Fußspitze hinein, ein paar ganz Übermütige badeten und freuten sich über die Glitzer- und Schimmereffekte an ihren Körperkonturen. Ulla und Hans aber standen noch immer wie verzaubert auf der Düne. Seine Hände streichelten ihre nackte Taille.

»Vorhang auf!«, flüsterte Hans.

Ulla verstand gleich, was er meinte. Das da war eine andere Welt, eine grandiose Aufführung, in der gerade Naturgeister, Nixen und Wassermänner ihren Sommernachtstraum inszenierten.

»Du willst doch magische Momente fotografieren«, sagte sie leise. Hans könnte schnell quer durch die Dünen zu seinem Häuschen laufen und die Kamera holen.

Sie spürte, wie er den Kopf schüttelte. »Meeresleuchten hab ich schon mal versucht. Geht nicht. Genauso wenig wie man Elfen und Kobolde fotografieren kann. Der Film ist nicht lichtempfindlich genug, die Bewegung der Wellen zu schnell.« Seine Lippen berührten ihren Nacken, ein Rieseln durchlief sie und machte sie so schwach, dass sie fürchtete wegzusacken. »Einige magische Momente wollen nicht, dass man sie festhält. Die muss man ganz und gar im Augenblick leben.«

Ulla drehte sich um. Das Mondlicht schien ihm ins Gesicht, in seinen Augen erkannte sie ihre Sehnsucht und ihr Verlangen. Sie schlang die Arme um seinen Hals.

»Dann lass uns jetzt gehen«, sagte sie.

Sie gelangten von hinten in seinen Garten und hatten noch nicht ganz die Terrasse erreicht, als sie anfingen, sich zu küssen und gegenseitig die Kleidung vom Körper zu zerren. Die Terrassentür war nur angelehnt, so taumelten sie ins Haus, hinterließen eine kurze Spur aus Kleidung und Dessous. Jetzt, jetzt, jetzt! Jedes Wort war überflüssig, jede Berührung eine Sensation. Gierig fielen sie in seinem Bett übereinander her. Ulla, im Rausch, bemerkte nur nebulös, dass er aus der Nachttischschublade etwas holte, das man Pariser nannte. Sie küssten sich leidenschaftlich, ab und zu aus Versehen sogar etwas schmerzhaft. Sie fühlte

seine Haut, glatt, fest, warm, leicht feucht, und seine ziel-
strebigen Hände, die ihr überall dort, wohin sie vordran-
gen, höchst willkommen waren, und endlich, ohne langes
Vorspiel, drang er in sie ein, und alles in ihr sang Halleluja,
weil es genau das war, was sie wollte und so lange entbehrt
hatte. Fast kämpften sie, aber nicht gegeneinander, sondern
miteinander.

Hans hörte nicht auf, sie zu küssen, während er sich rhyth-
misch in ihr bewegte, und sie fühlte sich ganz und ganz durch-
drungen von Begehren, Lust und Lebensenergie. Endlich,
endlich, endlich. Feucht, erhitzt, aufs Äußerste gespannt –
und ausgerechnet jetzt zog Hans sich zurück, atmete ein paar
Mal mit zitternder Bauchdecke tief durch, schob sie dann auf
der Matratze in eine andere Position, als wollte er sich eine
Delikatesse zurechtlegen, und senkte seinen Kopf über das
dunkle Dreieck zwischen ihren Beinen. Er kostete sie, das
war skandalös, das konnte er doch nicht machen … Ach ja,
bitte doch … Nach einem kurzen schamhaften Sträuben ergab sie sich, bog sich ihm entgegen und genoss mit rasendem
Herzen die lustvollen Empfindungen, die seine Zunge aus-
lösten. Bilder, Farben, die Elemente und Gefühle vermisch-
ten sich. Sie war der Strand, der die Flut erwartete.

Ulla spürte, wie die Lust sich Wege bahnte, unaufhaltsam
strömte, anschwoll, noch eine Welle vorschickte und noch
eine Welle, die dem höchsten, ihrem innersten Punkt immer näher kam und dann eine, die ihn schließlich erreichte,
durch sie hindurchdonnerte und über sie hinweg, sie mit-
riss, und dann im Auslaufen folgte eine Woge und mit etwas
Abstand schwappte überraschend eine Welle hinterher und
schenkte ihrem Körper noch einmal Glücksgefühle bis in
die Zehenspitzen hinein.

Hans streichelte sie. Zart, doch noch voller Anspannung.

Er ließ ihr Zeit, widmete sich hingebungsvoll ihren Brüsten, fuhr mit den Fingerspitzen ihre Körperkonturen entlang, pustete ihr die feuchten gekringelten Härchen im Nacken trocken. Sie trieb dahin. Als sie aus der seligen Ermattung auftauchte, sich wieder zu rekeln begann und ihn mit einem wollüstigen Seufzer ermutigte, drang er erneut in sie ein. Jetzt verlor er seine Beherrschung, liebte sie mit aller Leidenschaft. Das lange angestaute Verlangen drängte nach Erfüllung.

Hinterher sahen sie sich in die Augen. Staunend, stolz, ehrlich. Was sie verband, war die pure Freude am Sex, am Leben.

Nun, da der letzte Damm gebrochen, die rote Linie überschritten war, gab es keinen Grund mehr, sich zurückzuhalten. Ulla und Hans holten nach, was sie in den Wochen zuvor versäumt zu haben glaubten. Zwei Menschen, die sich mindestens sympathisch waren, hatten eine gemeinsame Leidenschaft entdeckt. Es war wie Hungrigsein, dann endlich etwas Köstliches und davon auch noch satt zu essen zu bekommen, wie Dursthaben und endlich frisches Wasser trinken zu können, wie zappelig sein und sich endlich austoben zu dürfen. Sie erlebten Tage und Nächte, die sie weit entfernten von der gewöhnlichen Welt.

In der Stadt oder auch am Korbstrand in Gesellschaft traten sie nicht mehr gemeinsam auf. Man würde es ihnen ansehen, das war ihnen beiden klar. Schon eine verräterische Geste, ein Aufblitzen in den Augen konnte sie verraten. Außerdem hatten sie nur noch wenige Wochen, die sie miteinander verbringen durften. Die wollten sie auskosten, ohne sich verstellen zu müssen. Hans nahm kaum noch Aufträge an. Er hatte sogar den Fototermin mit Josefine

353

Baker absagen wollen, doch kurz zuvor kam der Zeitungs-
junge. Ulla lag gerade wie Hildegard Knef in *Die Sünderin*
auf dem Tagesbett, und als sie jemanden an der Gartenpforte hörte, warf sie sich rasch eine Decke über. Der Junge
richtete von Saathoff aus, der Weltstar habe sein Konzert
auf Norderney abgesagt, weil ein Engagement in Paris des
großen Erfolges wegen verlängert worden sei. Hans brauche
also nicht zu fotografieren.

»Ich finde, er hat etwas zu unverschämt gegrinst«, bemerkte Ulla, als der Bote wieder gegangen war.

»Vergiss es«, antwortete Hans.

Vor Freude improvisierte er auf dem Rasen einen Bana-
nentanz, der sie erst zum Lachen und dann auf andere Gedanken brachte.

Sie verfeinerte die bereits geübte Routine, mit der sie im
Hotel und vor Urlaubsbekanntschaften ihre häufige nächt-
liche Abwesenheit vertuschte. Zu ihrem Bedauern hatte
sie Luna in letzter Zeit vernachlässigt. Zwar wusste sie ihr
Pferd im Reitstall in guten Händen – der Besitzer sorgte
dafür, dass es ausreichend Auslauf bekam –, sie nahm sich
aber doch wieder vor, täglich auszureiten, und machte dabei meist einen Abstecher zum Häuschen in den Dünen.
Da Hans tatsächlich in seinen ersten beiden Jahren auf der
Insel, als er viel für die Engländer gearbeitet hatte, ein eigenes Pferd gehalten hatte, gab es noch einen Stall, der inzwischen als Werkstatt und Lager diente. Nun war erneut
frisches Stroh ausgestreut. Während Ulla schöne Stunden
mit Hans verbrachte, durfte Luna dort und im schattigen
Teil des Vorgartens verschnaufen.

Sie machten nichts und alles. Wenn sie miteinander schliefen, sagte Hans Sätze wie »Das Vergnügen steigt mit der

Erfahrung«. Er sagte »Lass dich gehen«, »Lass dir Zeit« oder »Wir haben Zeit.« Manchmal flüsterte er »Deine Haut ist weich wie Seide«, manchmal rief er »Erbarmung«! Und Ulla ließ sich gehen, nahm sich Zeit, erbarmte sich und flehte gelegentlich auch selbst um Erbarmen.

Wie Komplizen verbrachten sie sonnen- und sinnentrunkene Tage vor der blau glitzernden Nordsee, nahmen den Sommer in ihre Seele auf. Sie wanderten durch Dünen, über denen die Hitze flirrte. Sie schwammen, ergötzten sich an Seepferdchen, bewunderten Quallen, Algen und Seetang. Legten Muscheln ans Ohr, um zu erraten, aus welchem der Sieben Weltmeere das Rauschen darin wohl stammte, und ruhten an einsamen Strandabschnitten aus. Oft blieben sie bis spätabends draußen, sprachen von versunkenen Städten, Meerjungfrauen und Piraten. Einmal ließen sie sich zu einem Nachtimbiss mit Hummer und Nussknacker am Fuß einer Randdüne nieder. Die Mondstraße auf dem Meer schimmerte besonders breit, und sie lauschten, ob sich in dieser Zauberstimmung nicht auch der Nachtgesang der Meeresbewohner vernehmen ließ.

»Wir vertreiben sie mit dem Nussknacker«, befürchtete Ulla. »Sei doch mal ruhig. Überhaupt hättest du dich nicht so in Unkosten stürzen müssen. Ein Fischbrötchen hätte es auch getan.«

»Ach, ich glaub, das war eine gute Investition«, widersprach Hans. »Ich hab nämlich den Streich von *Lies und Lene* fotografiert, den mit dem Hummer im Blumenkorb.«

»Deinetwegen fange ich noch an, Meeresfrüchte zu mögen.« Genüsslich sog Ulla ein Hummerbeinchen aus. »Erzähl mir eine Geschichte, bitte.«

Und Hans berichtete von einem alten Norderneyer Seemann, der in Alaska gewesen war. »In einem Dorf innerhalb des Polarkreises, wo die Bewohner im Winter wochenlang in Dunkelheit leben müssen – das hat er selbst einmal miterlebt, hat mir der Seebär erzählt –, da drehen alle durch, sobald Ende Januar die Sonne das erste Mal wieder über den Horizont steigt.« Hans lächelte verschmitzt. »Es gilt dort für die Tage danach Narrenfreiheit. Die Sonne treibt die Leute dazu, seltsame Dinge zu tun. Sie feiern, schlagen über die Stränge, und nicht wenige werden liebestoll. Aber das wird alles stillschweigend geduldet.«

Ulla schaute hoch zur Milchstraße. Sie hatte in diesem Sommer ein anderes Verhältnis zu Licht, Natur und Himmelserscheinungen bekommen. »Tante Netty schwört, dass es hier Elmsfeuer zu sehen gibt. Polarlichter. Stimmt das?«

»Ja, hab ich schon öfter mal gesehen. Wie tanzende Geister am Himmel. Allerdings sehr schwach. Mit einem Lichtfilter wäre es sicher deutlicher zu erkennen.«

»Ich hab mal ein Gemälde gesehen von solchen grünen Lichtschleiern über den Bergen von Norwegen.«

»Kennst du das grüne Leuchten?«

»Ist das nicht dasselbe wie Polarlicht?«

»Nein, das grüne Leuchten – oder der grüne Blitz – ist etwas sehr Seltenes, wovon hauptsächlich Seeleute berichten«, sagte Hans. »Es kann in den letzten Sekunden beim Sonnenuntergang am Rande der Sonnenkugel aufblitzen. Nur an besonders klaren Sommertagen am Meer.«

»Hast du das auch schon mal gesehen?«

Er schüttelte den Kopf. »Bislang hab ich allerdings nicht groß danach Ausschau gehalten. Manche glauben, dass dann eine Seele aus dem Jenseits zurückkehrt. Andere sind überzeugt, dass ein Mensch, der den grünen Strahl gesehen hat, sich in seinen Gefühlen nicht mehr täuschen kann.«

»Wie romantisch.«

Träumerisch lehnte Ulla ihren Kopf an seine Schulter. Sie dachte nicht, sie saß einfach nur da und war glücklich.

Den folgenden Abend verbrachte sie mal wieder mit Inge. Die Freundin sollte ja keinen Verdacht schöpfen. Zum Glück passierte in deren Leben auch gerade viel, sie war in Gedanken oft woanders. Tammo verwöhnte sie weiter mit Blätterteigsahnehörnchen und Schneckentorte, Felix mit Witzen und Sketchen.

»Ich hab 'ne neue Geschäftsidee«, verkündete Inge, als sie an einem der exquisiten Hotelrestaurants vorbeischlenderten, das ein Aquarium in die Außenwand eingemauert hatte. Wie immer standen einige Kinder fasziniert vor den Fischen und Hummern, deren letztes Stündchen bald schlagen würde.

»Erzähl!«, forderte Ulla sie neugierig auf.

»Die feinen Damen tragen doch alle Miederwaren. Selbst wohlgenährte Matronen wirken dadurch tagsüber immer schön fest im Fleische, wenn ich das mal so sagen darf.« Inge lächelte gewitzt. »Aber am Strand schlägt für sie die Stunde der Wahrheit. Selbst wenn sie einen Badeanzug mit hohem Stretchanteil tragen.«

»Ja, und? Was willst du denen verkaufen?«

»Strandkleider, Tuniken, Überwürfe aus schnell trocknenden Stoffen mit fröhlichen Mustern«, antwortete Inge triumphierend. »Und leichte Badetücher zum Umwickeln und Verknoten. Das schmeichelt, das kaschiert. Ich wette, man kann damit auf Norderney gutes Geld verdienen.«

»Aber der Sommer ist fast schon vorbei«, gab Ulla zu bedenken.

»Weißt du«, gestand Inge ihr etwas verlegen, »ich hab mich wirklich verliebt in diese Insel. Ich möchte gern hierbleiben, am liebsten für immer. Vielleicht kann ich mich mit den Tanten auf etwas einigen, eine Geschäftsbeteiligung an Nettys Lädchen zum Beispiel.«

Für Ulla kam diese Eröffnung völlig überraschend. »Einerseits kann ich dich verstehen«, sagte sie nach einiger Überlegung, »andererseits wärst du dann nicht mehr in Hamburg, was ich ganz schrecklich fände. Natürlich ist das ein sehr egoistischer Gedanke«, gab sie mit einem entschuldigenden Lächeln zu. »Aber stell dir mal vor, der Sommer ist vorbei. Die Schaufenster werden zugenagelt, die Bürgersteige hochgeklappt. Im Winter muss es doch sehr einsam sein hier. Du bist ein Großstadtkind wie ich. Überleg dir das gut.«

»Hab ich schon.«

»Welche Rolle spielen Tammo und oder Felix dabei?«

»Eigentlich keine.« Inge zuckte mit den Schultern. »Wenn ich eines aus meiner verunglückten Verlobung gelernt habe, dann dieses: Verlass dich nur auf dich selbst, Märchenprinzen heißen so, weil es sie nur im Märchen gibt.« Ulla atmete tief ein. »Von ein paar wenigen Blankeneser Verlegern abgesehen natürlich«, ergänzte Inge mit einem sympathischen Grinsen.

»Hast du schon mit den Tanten gesprochen?«, fragte Ulla.

»Nur ganz allgemein. Dass die Insel für mich wie eine zweite Heimat geworden ist und so«, sagte sie. »Dass ich gern Teilhaberin werden möchte, hab ich so deutlich nicht ausgesprochen. Noch fehlt mir ja auch das Kapital.« Sie starrte auf ihre Schuhspitzen. »Mein Nebengeschäft mit den Badeanzügen läuft hervorragend, aber bis man richtig davon leben kann, dauert's. Da müssten noch ganz andere Mengen umgeschlagen werden.«

»Ich bin fest davon überzeugt, dass es dir gelingen wird.«

Ulla legte einen Arm um Inge. »Schreib doch mal alles auf, mach einen Geschäftsplan – wie viel Startkapital du benötigst, welche Investitionen, Nebenkosten und so weiter zu erwarten sind. Dann sprech ich mit Will. Der borgt dir sicher was. Oder er bürgt bei der Bank für dich.« Ulla sah ihrer Freundin entschlossen in die Augen. »Und ganz zur Not versetze ich ein paar Schmuckstücke.«

»Oh, das würdest du tun?« Inge drückte sie. »Ich glaub, eine Bürgschaft von Will Michels würde völlig ausreichen. Das wäre wirklich ganz, ganz fabelhaft!«

Bei ihrem nächsten Telefonat erklärte Ulla ihrem Mann die Sachlage, und wie sie erwartet hatte, erklärte er sich bereit, ihr den Gefallen zu tun und Inge zu unterstützen.

»Natürlich nur, wenn sich alles in einem vernünftigen Rahmen bewegt«, schränkte er lediglich ein.

Ulla rief gleich anschließend Inge an, um ihr die gute Nachricht zu übermitteln.

»Yippie!«, klang es durch den Hörer.

Sie sah förmlich vor sich, wie ihre Freundin im Flur der Pension vor Freude hüpfte.

»Ich liebe meinen Mann«, sagte Ulla, mehr zu sich selbst als zu Hans, als sie im Tagesbett lagen und zu den Sternen hochschauten. Er rauchte seine Zigarette danach, ihr zuliebe mit Filter, denn ab und zu nahm sie auch einen Zug. »Es hat nichts zu bedeuten. Es ist wie Sport.«

»Klar«, erwiderte Hans großzügig, in seinen Augen funkelte es schon wieder begehrlich. »Wie du es nennst, ist mir egal. Aber das mit deinem Mann musst du nicht unbedingt noch mal erwähnen.« Er drückte die Zigarette aus, nahm einen Schluck von dem Malzbier, das Ulla mitgebracht hatte, und reichte die Flasche an sie weiter.

»Wir spielen ja nur«, fuhr sie fort, als könnte es sie irgendwie beruhigen.

»Mein verspieltes Kätzchen!« Hans neckte und kitzelte sie.

Aber Ulla hatte es anders gemeint. Wir spielen nur, dass wir ein Liebespaar sind, dachte sie. Ich mache Dinge mit ihm, um sie überhaupt einmal erlebt zu haben. Dinge, die ich eigentlich mit Will teilen möchte. Wortlos gab sie Hans die Flasche nach einem kräftigen Schluck zurück.

Sie hatten beide Sehnsucht nach ein bisschen Romantik und Poesie und nach Sex und hatten jemanden gefunden, der bereit war, das für eine begrenzte Zeit mit ihnen auszuleben. Mehr nicht. Solange es niemand erfuhr, war es doch fast wie nicht wirklich. Eher wie ein Traum, von dem man ja auch keinem was erzählte. Etwas gestohlene Zeit. Eine kleine eingekapselte Ausnahme, ein Kleinod in einem Muschelkästchen, ein heimlicher Schatz, alles ohne Verbindung zum Rest ihres Alltags, ohne Einfluss auf ihre Biografie.

Sie hatte Hans noch immer nichts gesagt von ihrer Vermutung, dass Will sie mit seiner Assistentin betrog, und sie würde es auch nicht tun. Zum einen, weil es ihr peinlich gewesen wäre, als die Betrogene dazustehen, und weil Hans sich nicht fühlen sollte, als wäre er nur eine Affäre aus Rache, was definitiv nicht zutraf. Zum anderen hätte sie damit etwas sehr Intimes aus ihrer Ehe verraten, und das wollte sie nicht. Es hatte etwas mit Anstand zu tun. Eigentlich seltsam, musste sie sich selbst eingestehen, dass sie mit einem anderen Mann schlief und dennoch versuchte, ihren Ehemann zu schützen, ihm gegenüber fair bleiben wollte. Aber … ach, sie wollte ja nicht grübeln, sondern den Augenblick genießen.

»Ich versuche, es zu verdrängen«, gestand sie Hans. Mit gesenkten Augen kuschelte sie sich an seine Brust. »Nur manchmal fühle ich mich doch schuldig, moralisch betrachtet.«

»Es wird Zeit, dass wir die Moral durch Psychologie ersetzen«, antwortete er ungewohnt ernst. Er zog sie mit einem Arm enger an sich, den anderen legte er angewinkelt hinter seinen Kopf. »Moral. Was ist das schon in unseren Zeiten, nach allem, was der Krieg uns gelehrt hat?«

»Und wenn ich dich psychologisch betrachten würde«, erwiderte sie nachdenklich, »was käme dabei heraus? Was würde ich erkennen? Einen Gigolo, der jede feste Bindung scheut?«

Er beugte sich halb über sie. »Einen Mann, der verrückt ist nach der schönsten, begehrenswertesten und klügsten Frau der Welt!«

Ein langer intensiver Kuss beendete die Diskussion.

Schnatternde Wildenten, die auf dem Rasen zwischengelandet waren, weckten Ulla am frühen Morgen. Der Himmel war klar, am östlichen Horizont schon hellblau, nur wenige Schäfchenwolken schwebten in großer Höhe. Es sah ganz danach aus, als würde es einen schönen Sonnenaufgang geben. Sie schob das Moskitonetz zur Seite, stand auf und versuchte, die Enten zu verscheuchen, damit sie nicht auch Hans noch weckten. Doch er hob schon verschlafen den Kopf, blinzelte gen Himmel und war mit einem Schlag wach.

»Heute holen wir das Rückenbild in den Dünen nach.«

Wenig später, nachdem sie beide Katzenwäsche gemacht hatten, saß Ulla im weißen Badeanzug in der bekannten Haltung zwischen den beiden Dünen, die schon einmal als

Schauplatz gedient hatten. Ein Blick Richtung Meer zeigte, dass es auf Niedrigwasser zuging, denn die inzwischen hellgelben Wölkchen spiegelten sich in halb vollen Wasserläufen und im noch feuchten Sand. Leichter Morgendunst lag über der Nordsee, die an diesem Morgen ganz ruhig ein- und ausatmete. Ihre Wellen rollten mit einem hellen Plätschern aus.

Vögel piepten, Möwen schrien. Es war noch nicht richtig warm. Aber nach dem Übermaß an Hitze genoss Ulla die Morgenfrische. Sie fuhr sich mit beiden Händen durchs Haar.

Neckisch schaute sie Hans über die Schulter an. »Stimmt alles?«

Ein rosiges Morgenlicht ergoss sich über die Szenerie, doch Hans drückte nicht auf den Auslöser. Er lief zu ihr, umarmte und küsste sie. »Du bist wunderbar!«

Sie lächelte zurück. »Du bist auch ganz wunderbar, weißt du das eigentlich?«

Hans kniete im Sand vor ihr. Er schaute durch den Sucher und drehte an der Schärfeneinstellung. »Wie du strahlst! Du hast so ein Leuchten von innen heraus.« Er verstummte ergriffen. Ulla hatte selbst gestaunt, als sie sich auf seinen neuesten Aufnahmen gesehen hatte. Er kitzelte etwas aus ihr heraus, das sie zuvor nie besonders als das Ihre angesehen hatte – eine weiche, weibliche Ausstrahlung. Eine entspannte Selbstgewissheit, die ihr früher gefehlt hatte.

»Ich muss dich noch mal küssen, damit das Foto gut wird«, behauptete er.

»Ich denke, du willst nur den Rücken fotografieren …« Da sah man doch ihr Gesicht überhaupt nicht.

»Man erkennt auch am Rücken, wenn eine Frau gerade geküsst worden ist«, behauptete er frech.

Sie lachte herzlich, warf den Kopf in den Nacken und drehte sich um.

»Ulla, könntest du vielleicht mal die Träger zur Seite streifen?« Sie tat, was er wünschte. »Nee, das sieht blöd aus, besser für die Linie wäre es ganz nahtlos. Könntest du? Bitte!«

Wortlos zog sie den Badeanzug aus, warf ihn ins Dünengras, setzte sich wieder und schaute hinaus aufs Meer. Der Wind strich über ihre Haut, sie atmete tief durch. Ulla fühlte ihre Verbindung zur Welt mit allen Sinnen. Es hatte etwas Erotisches, als die ersten Strahlen der aufgehenden Sonne ihr den Rücken wärmten.

17

Julians Küsse und Liebkosungen begannen langsam Fahrt aufzunehmen. Kim mochte seine empfindsamen Lippen, seinen Duft und seine schönen Hände. Sie schwebte immer noch, doch sie war keine Möwe mehr, sondern Teil eines Liebespaares wie auf einem Chagall-Gemälde, nur dass sie nicht über russische Kirchen, sondern über der Kaiserwiese von Norderney dahintrieben.

Jetzt klingelte sein Handy. Zunächst versuchten sie beide, es zu ignorieren. Doch das Klingeln wiederholte sich penetrant. Es störte den Aufwind. Mit einem Seufzer setzte Julian sich auf. Er blickte kurz auf das Foto der Anruferin, eine hübsche Frau mit langen dunklen Haaren, und meldete sich.

»Hi, *Darling*.«

Kim rappelte sich hoch. Sie kam sich blöd vor. Er stand auf und ging im Zimmer hin und her, während er in gedämpftem Ton auf Englisch mit seinem »*Darling*« sprach.

Draußen war es zu dunkel für Juni um diese Uhrzeit, alles grau, graphitgrau, blaugrau. Was mache ich hier eigentlich?, fragte sich Kim. Bin ich komplett irre? Er ist verheiratet, er könnte der Halbbruder meiner Mutter sein, also mein Onkel, irgendwie. Sie stand auf und suchte ihre Sachen zusammen.

Julian beendete das Telefonat, nicht ohne der Frau versichert zu haben: »*I love you*.« Das wenigstens hätte er sich

364

doch wohl verkneifen können in dieser Situation, dachte Kim. Na ja, wahrscheinlich war es die Macht der Gewohnheit.

Er steckte das Handy weg, ging mit offenen Armen auf sie zu. Sie wich ihm aus und marschierte zielstrebig auf die Tür zu. »*No*, nein, Kim! Lass mich doch erklären … *I mean* …« Die Haare standen ihm zerwühlt vom Kopf ab, verwirrt schaute er ihr nach. »Kim, es war nur wegen der Ausstellung in Berlin.«

Ja und?, dachte sie aufgebracht. Was geht mich deine blöde Ausstellung in Berlin an, was musst du mit mir herumknutschen und dann der Tussi ins Telefon säuseln, dass du sie liebst? Sie zwang sich zu einem Lächeln.

»Es ist spät geworden.« Sie hoffte, erwachsen und abgeklärt zu klingen statt enttäuscht und gekränkt. »Wir reisen beide morgen ab. Ich muss noch packen. Und … ich glaube …«, sie tauschten einen ehrlichen traurigen Blick, »… es ist besser so.«

Julian wirkte betroffen. Dann lächelte er. »Ich hab ja deine Kontaktdaten. Ich schick dir die Aufnahmen von der Broschüre.«

»Ja, das wär super.« Sie runzelte die Stirn. »Eigentlich ist genau das ja auch Teil unseres Deals.«

Sein Lächeln bekam etwas Entschuldigendes. »Die Hans-J.-Ehrlich-Fotoausstellung wird demnächst in Berlin gezeigt und sehr wahrscheinlich, wenn alles klappt, ab September in Hamburg.«

»Tatsächlich? Das ist toll.« Es tat ihr jetzt schon leid, dass sie ihn verlassen musste. Verlegen hängte sie ihre Tasche über die andere Schulter.

»Ja, ich schick dir dann, wenn's klappt, äh … eine Einladung zur Vernissage.«

»Ja, mach das. Unbedingt.« Sie ging nun doch wieder einen Schritt zurück auf ihn zu und reichte ihm die Hand, was ihr allerdings im selben Augenblick ziemlich dämlich erschien. »Also, war schön, dich kennengelernt zu haben. Weiter viel Erfolg mit allem, mit dem Museum und so.«

»Wenn du mal in Berlin bist, bist du natürlich jederzeit herzlich willkommen in der Dependance unserer Galerie. Schick am besten vorher 'ne Mail, wegen der Öffnungszeiten.« Kim nickte. Irgendwie war ihr zum Heulen zumute. »Ach, und wegen des Dünenaktfotos …«, hob er an.

Das hätte er besser nicht gemacht. Denn augenblicklich schoss in ihr eine Ärgerfontäne hoch. Ging das wieder los! »Nein, ich glaube nicht, dass meine Mutter es noch verkaufen will, wenn ich ihr die Entstehungsgeschichte erzählt habe.«

»Die kenn ich noch nicht.«

»Du hast sie aber vorhin aus dem Tagebuch abfotografiert. Lies sie.«

Mist, dachte sie, irgendwie bin ich jetzt auf eine falsche Spur geraten. Das klang so pampig, so war das doch auch wieder nicht gemeint.

»Das werde ich«, antwortete Julian.

Kim nickte. O Gott, nur raus aus dieser verfahrenen Situation! »Also dann, tschüss. Komm gut wieder nach Hause.«

Er sah sie unglücklich an. »Ja, du auch. Bye, Kimmy.«

Kim schlief schlecht in dieser Nacht, sie wachte früh auf. Nachdem sie ihre Sachen gepackt hatte, standen ihr bis zur Abfahrt noch drei Stunden Zeit zur Verfügung. Sie bezahlte ihre Unterkunft, stellte ihr Gepäck im Büro der Vermieterin ab und radelte in den Ort. Ob sie noch mal ins Conversationshaus gehen sollte? Sicher war Julian jetzt dort, weil doch die Fotos abgehängt und für den Transport verpackt werden mussten. Ja, und dann?, fragte sie sich, was willst du ihm sagen? Na, ich könnte zum Beispiel fragen, ob er bei der Vernissage in Hamburg dabei oder schon wieder in Santa Fe sein wird. Und wenn? Was könnte eine weitere Begegnung im besten Fall bringen? Nichts, gab sie sich selbst zur Antwort. Wahrscheinlich würde es nur peinlich werden und mit einer Blamage enden. Lass es, lenk dich lieber ab.

Sie ließ das Conversationshaus links liegen, bummelte durch ein paar Boutiquen und leistete sich einen nostalgischen Sonnenhut, der sie an die Florentinerhüte von einst erinnerte. Und dann fiel ihr ein, dass sie ja das Tagebuch noch nicht ausgelesen hatte. Das wenigstens wollte sie nun mit Stil tun. Sie radelte zum nächstgelegenen Weststrand. Nachdenklich betrachtete sie die vom örtlichen Malermeister im Ruhestand an die Promenadenmauer gepinselten Bilder der einstigen, längst abgerissenen Bauten. Einige sehr prächtig, andere einfach süß mit Türmchen und Erkern und Veranden. Manche dieser Gebäude waren Sturmfluten zum Opfer gefallen, die meisten jedoch dem Zeitgeschmack und Investoren, die lukrative Apartmentblocks errichtet hatten. Der Vergleich tat weh. Wie viel charmanter musste es hier einmal ausgesehen haben!

Ein Strandkorb, dessen Seitenteil offensichtlich repariert werden sollte, stand am Rande des Strandes offen und herrenlos herum. Den belegte Kim kurzerhand. Sie schob ihn ins rechte Licht, zog ihre Schuhe aus, um noch einmal den weichen Sand unter den Sohlen und zwischen den Zehen zu spüren, und besorgte sich schnell vom nahen Kiosk einen Milchcafé. Dann machte sie es sich im Strandkorb bequem, setzte den neuen Hut auf und las weiter im Tagebuch ihrer Großmutter. Vor ihrem geistigen Auge erstand ein Norderney, wie es 1959 noch gewesen sein musste. Sie sah zwei- und dreistöckige Häuser dem 19. Jahrhundert mit hübschen Veranden und bunten Lädchen in der ersten Reihe.

Nach einer Weile klappte sie den roten Ledereinband wieder zu, um das Gelesene sacken zu lassen. Es ergänzte auf zuweilen überraschende Weise das, was Inge ihnen erzählt hatte.

Kim musste laut auflachen, als sie an Ullas Begegnung auf dem Damenpfad dachte. Als Drehbuchautorin sah sie diese Szene gleich bildlich vor sich, die Dialoge flogen ihr zu. Ja, so oder ganz ähnlich musste es sich abgespielt haben.

18

1959

»Madame Mimm, Madame Mimm!«, hörte Ulla hinter sich auf dem Damenpfad eine fremde Stimme.

Sie drehte den Kopf. Ein Mann, der gerade das Strandhotel Rixtine verließ, winkte ihr lebhaft zu. »Ach herrje«, sagte sie zu Inge, »ich glaub, das ist der Friedhelm aus Dortmund, dem ich neulich aus der Hand gelesen hab. Lass uns schnell weitergehen.«

Inge lächelte spottlustig. »Wie schade, ich hätte dich gern noch mal als Wahrsagerin erlebt.« Sie beschleunigten ihren Schritt und bogen in die Kirchstraße ab. »Du könntest mir vielleicht mal vorhersagen, was mit meinen Männern wird.« Inge seufzte komisch verzweifelt. »Tammo und Felix haben sich tatsächlich gegen mich verbündet. Sie wollen nicht mehr mit mir ausgehen. Ich soll eine Wahl treffen.«

»Du Ärmste! Schwere Entscheidung. Du hast mein volles Mitgefühl.«

»Am liebsten sind sie mir ja beide gleichzeitig«, gestand Inge. »Ich find sie dann so unterhaltsam.«

Ulla musste lachen. »Zu schade, dass eine Frau nicht zwei Männer lieben darf.«

»Das hab ich auch schon gedacht«, Ulla zog die Augenbrauen hoch, »vielleicht kriegen das spätere Generationen ja mal besser hin. Aber sei ehrlich, könntest du es ertragen, wenn dein Mann noch eine zweite Frau hätte?«

»Bei meinem Exverlobten ja nicht.« Inge überlegte einen Moment. »Aber«, antwortete sie trocken, »eigentlich kommt's ganz drauf an. Wenn die andere zum Beispiel den Abwasch übernähme …« Wieder lachten sie.

»Was hast du denn Tammo und Felix geantwortet?«

»Ihr könnt euch ja duellieren, hab ich gesagt. Das hab ich natürlich nicht ernst gemeint.«

»Und sie weigern sich jetzt beide, mit dir auszugehen, bis du dich klar für einen ausgesprochen hast? Das finde ich zumindest originell.«

»Phh!«, machte Inge empört. »Andere Mütter haben auch schöne Söhne. So weit kommt das noch, dass ich mich erpressen lasse!«

»Richtige Einstellung«, stimmte Ulla zu. Sie blieb mitten auf dem Bürgersteig stehen. »Das ändert aber nichts an deinen Geschäftsplänen, oder?«

»Nein, natürlich nicht«, antwortete Inge fast entrüstet. Sie hatte inzwischen alles durchgerechnet, aufgeschrieben und mit den Tanten besprochen. Die waren gerne bereit, Inge als Dauerbewohnerin in ihr Haus aufzunehmen. Tante Netty wollte sich ab der nächsten Saison im Lädchen die Arbeit und die Einnahmen je zur Hälfte mit Inge teilen. Über alles Weitere wollte man sich dann im Laufe der Zeit je nach Kräften und Gesundheitszustand der beiden Tanten einigen. Inges Geschäftsplan lag nun bei Will, der versprochen hatte, wegen eines Kredits mit seiner Hausbank zu reden.

»Nun setz dich mal hin«, forderte Ulla sie auf, »und zeig mir deine Hände.« Inge nahm auf dem Backsteinmäuerchen Platz, das die Evangelische Kirche umgab. In der Redaktion war Ulla damals auch fürs Redigieren der von einer Expertin erstellten Horoskope zuständig gewesen, und ein bisschen Handlesen nur so zum Partyspaß beherrschte sie auch.

»Also, ich sehe … Ach, nee, das ist ja interessant … Ich sehe einen Dritten. Da kommt noch ein ganz anderer Mann auf dich zu, Inge. Ihn umgibt eine glänzende Rüstung, kann nur ein Ritter sein. Also: Augen auf beim nächsten Strandspaziergang! Ach, und außerdem sehe ich noch etwas: Du wirst großen Erfolg mit deinem Geschäft haben.«

»Toll. Das war's?«

»Jupp, das war's.«

Begeistert sprang Inge auf. Sie küsste Ulla auf die Wange. »Sehr gut gemacht, Madame Mimm!« Lachend hakten sich die Freundinnen unter und spazierten weiter. Inge schaute sie von der Seite an. »Du bist verändert, Ulla. Du bist wieder die Alte, endlich! Ich seh wieder das fröhliche Funkeln in deinen Augen. Aber noch mehr. Wenn ich romantisch veranlagt wäre, würde ich sagen, du bist voll erblüht.«

Ulla errötete. Sie schämte sich, dass sie ihrer Freundin, die sie wirklich von Herzen liebhatte, nicht die ganze Wahrheit sagte. Doch es war einfach besser so.

»Madame Mimm!« Friedhelm holte sie keuchend ein. »Ach, jetzt hab ich Sie doch noch erwischt. Wie schön, dass wir uns wiedersehen!«

»Oh, Monsieur Fried'elm!« Ulla verlegte sich wieder auf den französischen Akzent. Sie beugte sich etwas vor. »Bitte nicht so laut. Die Leute! Isch bin 'ier inkognito.«

»Ach, jaja, die blaublütige Verwandtschaft aus Luxemburg.« Friedhelm zwinkerte ihr zu, er senkte die Stimme. »Ich weiß. Von mir erfährt keiner kein Wort!«

»Luxemburg?«, wiederholte Ulla. »Isch verstäh nischt …«

Er nickte mit verschwörerischer Miene. »Wir waren übrigens am Weststrand, um die Zirkusvorführung anzu-

371

schauen«, berichtete er dann. »Aber wir konnten das Zelt nirgendwo entdecken.«

»Oh, das tut mir sähr leid«, hauchte Ulla. »Aber die Lamas …«

»Was war mit den Lamas?«

»Sie haben gespuckt!«

Inge kam ihr zu Hilfe. »Ja, sie haben die Überfahrt nicht vertragen. Sind alle seekrank geworden. Mussten wieder zurück. Deshalb gastiert der Wanderzirkus jetzt auf dem Festland.«

»Isch bin wie gesagt 'ier inkognito«, wiederholte Ulla, »nur um misch zu er'olen.«

Friedhelm stutzte, doch dann gab er sich zufrieden mit der Auskunft. »Ich wollte auch nur von Ihnen wissen – weil das hat ja alles gestimmt, was Sie neulich gesagt haben, und ich denk die ganze Zeit drüber nach –, ob ich das Angebot von Hans annehmen soll.«

»Angebot?« In Ulla stieg ein Verdacht hoch. Dabei hatte Hans ihr doch versprochen, keine goldenen Uhren mehr zu verkaufen! »Welsches Angebot?«, fragte sie mit hoher Stimme.

»Ein vollständiges Silberbesteck für vierundzwanzig Personen mit Hakenkreuzen. Na ja, ist eigentlich verboten, klar, aber … Was meinen Sie?« Eifrig trat Friedhelm von einem Fuß auf den anderen. »Sie sagten doch neulich, ich sollte ein überraschendes Angebot nicht sofort ausschlagen.« Nur mühsam behielt Ulla ihre Beherrschung. Sie schloss theatralisch die Augen, während Friedhelm weitersprach. »Also, der Orden ist wirklich ein ausgesuchtes Stück, ich bin sehr zufrieden damit.«

Ulla riss die Augen wieder auf. »Welscher Orden?«, fragte sie irritiert.

»Na der, den der König von Sachsen persönlich einmal nach einem Aufenthalt auf der Insel einem Norderneyer Bademeister oder so verliehen hat. War direkt ein Schnäppchen. Nicht dass er nichts gekostet hätte, aber als Rarität ist er das auf jeden Fall wert. Also, was meinen Sie? Soll ich auch das Silberbesteck kaufen?«

»*Non!*«, stieß Ulla hervor. Entsetzt hob sie die Hände. »Auf gar keinen Fall!«

»Ehrlich?« Erschrocken sah Friedhelm sie an, und sie nickte entschieden.

»Das bringt Un'eil! 'akenkreuze, *mon Dieu!* Lassen Sie die Finger davon.«

Friedhelm kämpfte mit seiner Enttäuschung, aber letztlich überwog wohl doch die Erleichterung. »Ach, was für ein Glück, Madame Mimm, dass ich Sie noch getroffen hab. Ich danke Ihnen, vielen Dank!« Er beugte sich über ihre Hand, deutete einen Handkuss an und verschwand dann eilig wieder in Richtung Damenpfad.

Inge griff nach Ullas Unterarm, fröhlich, doch ein lautes Lachen unterdrückend, flanierten sie weiter. Als sie an der altehrwürdigen Kur-Apotheke vorbeikamen, fiel Ulla etwas ein. »Ach, warte«, sagte sie, »ich spring schnell mal rein, muss noch was besorgen.«

Inge blieb lieber draußen, was Ulla ganz recht war. Sie wollte sich nämlich Blasentee besorgen. Auf das plötzlich so lebhafte Liebesleben reagierte ihre Blase empfindlich. Ulla hatte mal gelesen, dass die Amerikaner eine Blasenentzündung auch als Honeymoon-Krankheit bezeichneten, und sie wollte Inges Gedanken ungern in diese Richtung lenken.

Die Apotheke war innen mit aufwendigen Holzschnitzereien ausgestattet. Während der Apotheker das Gewünschte

besorgte und einpackte, studierte Ulla die kunstvollen Ver-
zierungen und dazwischen ausgehängten Urkunden. Dabei blieb ihr Blick an einem Schriftstück hängen. Sie las es
aufmerksam.

»Wunderbar …«, sagte sie. Das passte perfekt!

»Wie bitte?«, fragte der Apotheker.

»Ach, nur so«, antwortete Ulla lächelnd.

Sie musste sich unbedingt sofort ein Buch mit Fontanes
Briefen an seine Frau besorgen, in der Buchhandlung, in
der Bibliothek oder im Stadtarchiv. Denn daraus stammte
der gerahmte Auszug, der ihre zehnte *Sternstunde* werden
würde. Ulla bezahlte und strahlte, als sie die Apotheke verließ. Sie begleitete die Freundin noch bis zu Nettys Lädchen, denn Inges Verkaufsschicht begann kurz darauf.

In der nicht weit entfernten Inselbuchhandlung wurde
sie fündig. Das Exemplar war schon etwas angestaubt,
Fontane schien nicht gerade der Renner in der Abteilung
Urlaubslektüre zu sein. Ulla blätterte, sie hatte sich das
Datum gemerkt, und tatsächlich, hier fand sie Fontanes
Eintragung wieder. Mit dem Buch marschierte sie schnur-
stracks zur Redaktion des *Inselboten*.

Piet Saathoff sah verwundert hoch, als sie an seine wie
immer offene Chefzimmertür klopfte. »Tach! Nanu, Frau
Michels!«

»Guten Tag, Herr Saathoff. Haben Sie schon mit dem
Andruck für die Broschüre begonnen?«, fragte Ulla ohne
Umschweife.

Er schüttelte den Kopf. »Nee, aber wir wollen morgen
Vormittag damit anfangen. Ist was?«

»Ach, lieber Herr Saathoff«, Ulla mobilisierte sämtliche
Charmereserven, »ich weiß, es bedeutet ein wenig Arbeit
mehr für den Setzer, aber ich bin vorhin auf eine hinrei-

374

ßende kleine Geschichte gestoßen, die würde ich gern austauschen gegen diejenige, die bislang als zehnte geplant war.«

»Muss das sein?« Mit kraus gezogener Nase schaute er
über seine Lesebrille. Sie hatte kürzlich erst ihren Artikel
zu *Sternstunde* Nummer 9 samt Foto ausgetauscht gegen
ein Feuilleton über *Lies und Lene* mit gezeichneten Illustrationen aus dem Buch.

»Ach bitte, es muss. Es ist das i-Tüpfelchen«, behauptete
Ulla überzeugt. Sie legte ihm die Stelle vor, die sie meinte.
»Nur diesen Abschnitt. Das ist aus einem Brief, den Theo-
dor Fontane am 19. Juli 1883 von Norderney aus an seine
Frau Emilie geschrieben hat.« Wenig begeistert nahm der
Chefredakteur das Buch und las laut vor.

*»Erst in die Apotheke. Hier traf ich Herrn Apotheker
Ommen in Person, einen stattlichen Friesen von Bildung,
Manieren und Distinktion. Eine Inselgröße. Ich bat um
ein Fläschchen Esprit de Menthe und bestellte mir für
heut ein großes Oxycroceum-Pflaster. Bei der Gelegenheit
nannte ich ihm meinen Namen und begann diesen wie ge-
wöhnlich zu buchstabieren. Er lehnte dies aber mit einer
verbindlichen Handbewegung ab und sagte nur, halb fragend, halb sich verneigend »Theodor Fontane« mit Betonung des Vornamens. Als ich nun meinerseits nickte und
sozusagen meinen Prinzen-Stern zeigte, murmelte er allerlei dunkle Huldigungsworte, sodass ich die Apotheke mit
dem Gefühl verließ, den größten Triumph meines Lebens
erlebt zu haben. Und dies ist nicht etwa scherzhaft, sondern ganz ernsthaft gemeint. Du weißt, wie misstrauisch
und ablehnend ich in diesem Punkte bin. Dies war aber
wirklich was und wiegt mir drei Orden auf, denn Anerkennung, Freude, ja selbst Respekt (der Artikel also, in*

dem man ganz besonders und bis zur Ungebühr zu kurz kommt) sprachen sich in dem Benehmen des Mannes aus. Dies lange Schreiben darüber mag etwas Komisches haben, ich befinde mich aber in der Lage eines jungen Mädchens, das sich gestern Abend verlobt hat und seiner Freundin über diesen Lebensakt berichtet.«

Als Saathoff endete, konnte Ulla an seiner Miene nicht erkennen, wie ihm das Briefzitat gefiel. »Diese kleine Geschichte wirft ein positives Licht auf die Insulaner«, sagte sie schnell. Sicher ging es ihm doch auch auf die Nerven, dass viele Gäste glaubten, sie hätten das Kultiviertsein gepachtet.

»Na gut«, befand Saathoff schmunzelnd. »So groß ist der Aufwand nicht. Das Foto bleibt aber diesmal, oder? Die Klischees sind nämlich schon fertig geätzt.« Er rief nach dem Zeitungsjungen. Ulla nickte. Das Foto war ein allgemeines Wellen-Wolken-Stimmungsbild, das passte zu allem.

Sie wartete ab, bis der Text gesetzt war, ließ sich die noch ziemlich heiße in Blei gegossene Überschrift in die Hand geben und überbrachte sie persönlich dem Metteur, der den Umbruch der letzten Doppelseite unter ihrer Aufsicht entsprechend änderte. Er machte ihr gleich einen Abzug. Ulla las die Fahne an Ort und Stelle, korrigierte einen Flüchtigkeitsfehler, beließ alles in der Rechtschreibung aus Fontanes Zeit und gab die Seite dann zum Druck frei.

Nach all den kleinen Aufregungen beschloss sie, einen Ausritt zu unternehmen, bevor sie Hans besuchte. Sie zog sich im Hotel um, was ein Glück war, denn so erreichte sie Wills Anruf.

»Endlich! Wo steckst du nur immer?«, knurrte er ungehalten.

»Danke für das Vorabexemplar der neuen Frauenzeit-schrift«, erwiderte Ulla, ohne auf seinen Vorwurf einzuge-hen. Sie hatte das Blatt, das den Arbeitstitel *Mia* offiziell beibehalten hatte, mit großem Interesse studiert. Und da-bei doch manchen Stachel gespürt – Neid oder Eifersucht oder Sich-ausgeschlossen-Fühlen, vermutlich von allem et-was. Susanne Stamps stand sogar als Redaktionsassisten-tin gleich hinter dem Chefredakteur Moser im Impressum. Konnte die Frau sich etwa zweiteilen? Einerseits immer noch Redaktionsassistentin, andererseits persönliche Assis-tentin des Verlegers? Ulla lag eine giftige Bemerkung auf der Zunge. Sie holte tief Luft. »Ich find die *Mia* wirklich gelungen«, überwand sie sich zu sagen. Das stimmte zwar, machte es allerdings nicht besser. »Wünsche euch viel Er-folg damit.«

»Uns, Ulla, uns«, betonte Will.

»Natürlich. Hast du mit der Bank gesprochen wegen des Startkapitals für Inge?«

»Ja, aber es ist vermutlich günstiger, wenn sie den bei einer ostfriesischen Bank aufnimmt. Ich regle das in den nächsten Tagen.«

»Wunderbar! Danke dir. Sie wird dich bestimmt nicht enttäuschen. Inge ist die geborene Verkäuferin.«

»Das weiß ich doch.«

»Will, hast du meine Geschichten für die Broschüre ge-lesen?« Sie lechzte nach seiner Anerkennung.

»Ach, du weißt doch, ich hab wahnsinnig viel um die Ohren. Die *Mia* geht diese Woche raus, der Vertrieb ro-tiert, da ist so viel zu bedenken.« Ulla mochte seine Aus-reden nicht mehr hören. Sie köpften ihre Freude. Er fand ihre Texte schlecht und wollte es nicht sagen. Das bedeu-tete es. »Außerdem wirkt es doch sicher als Gesamtkunstwerk gedruckt mit den Fotos am besten. Ich glaube, ich hebe mir die Lektüre als besonderen Genuss für später auf.« Ulla schnaubte ärgerlich, aber antwortete nicht. »Ich hör dich gar nicht mehr. Die Leitung ist schlecht«, rief er. Und fragte dann auf einmal in gedämpftem Ton: »Ulla, du gehst mir doch nicht verloren?«

Sie atmete ein paarmal leise, kämpfte plötzlich mit den Tränen. »Nein«, flüsterte sie. »Nein, großer Bär. Natürlich nicht.«

»Wahrscheinlich wieder ein Sommergewitter, irgendwo auf der Strecke, das den Empfang stört.«

»Ja, wahrscheinlich.«

»Übrigens – ich hol dich ab, ich bleib ein paar Tage auf Norderney. Den Wagen mit der Anhängerkupplung lass ich in Norddeich stehen. Wir sind von Professor Meyer zum Gesellschaftsabend des Bädertages eingeladen.«

»Oh!« Ulla wusste vor Überraschung nichts zu sagen. Dann kam ihr ein erschreckender Gedanke. »Wird deine Mutter den Professor begleiten?«

»Nein«, rief Will immer noch lauter als erforderlich, »Christa steht kurz vor der Niederkunft, da will Mutter in ihrer Nähe sein.« Ulla atmete auf. »Falls du noch ein besonderes Kleid brauchst, besprich das mit Antje, sie soll mir alles für dich einpacken.«

»Ja, mach ich«, versprach Ulla. »Ich freu mich.«

Freute sie sich? Sie fühlte sich ziemlich durcheinander.

»Gut, dann leg ich jetzt auf. Die Mädchen sind übrigens zurück im Internat, sonst geht alles seinen Gang. Bald sehen wir uns ja wieder. Bis dann!«

»Bis dann, Will.«

Sie legte auf. Nun rollten ihr ein paar Tränen die Wange runter. Weiß der Kuckuck, warum, dachte sie. Ist doch alles gut. Sogar fantastisch. Ein Jahrhundertsommer, und ich mittendrin. Besser geht's doch gar nicht.

Während des Ritts zum Leuchtturm, auf ihrer bevorzugten Strecke durch Sanddünen, Zauberwäldchen und begrünte, sanft gewellte Landschaft, wurde ihr Kopf wieder klarer. Ihre Tage auf der Insel waren gezählt. Und ebenso ihre Tage und Nächte mit Hans. Sie empfand Wehmut. Statt in den Reitstall ritt sie direkt zu seinem Häuschen.

Hans kam heraus, er hatte sie wohl gehört. »He, Ulla!« Er sah umwerfend aus.

Sie glitt vom Pferd. »Hallo, Hans!«

Mit erhobenen Armen fing er sie auf, und sie küssten sich, bis das Pferd sie anstupste. Hans lachte. Er führte Luna zum Heu, nahm ihr den Sattel ab, schloss die Gartenpforte. Ulla füllte derweil frisches Wasser für sie in eine kleine Zinkwanne.

»Komm mit rein, ich probiere gerade die Hängung aus. Sag mir, wie du's findest.« Ulla folgte ihm neugierig. Er hatte durch Wohn- und Schlafzimmer Wäscheleinen hin und her gespannt und mit Holzklammern seine Fotoauswahl für die Ausstellung befestigt. »Findest du es besser, wenn ich die Ebbe-Flut-Abfolge am Anfang oder am Schluss zeige?«

»Mensch, ist das toll!« Der Gesamteindruck war auf jeden Fall schon mal phänomenal. Ulla schritt die Reihen ab, betrachtete die einzelnen Schwarz-Weiß-Aufnahmen, dann achtete sie auf die Abfolgen und Zusammenhänge und machte die eine oder andere Anmerkung. »Der Hummer in diesem geflochtenen Korb mit den Dahlien gefällt mir sehr!« Sie lachte. »Dank an Hulda von Levetzow!«

Die erotischen Aufnahmen, für die sie ihm Modell gestanden hatte, hingen zu ihrer Erleichterung nicht an der

379

Leine. Es gab da einige Motive, die doch ziemlich gewagt waren, wenn auch sehr reizvoll. Zum Beispiel das, wo sie mit nichts als einem Moskitonetz vorm Leib im Gegenwind auf einer Sandbank stand, ein bisschen wie eine Galionsfigur, und der wehende Schleier, der ihre Formen betonte, exakt die Linie einer mit Schaumkronen auslaufenden Welle fortführte. Oder die Großaufnahme ihres Bauchs in dem Moment, als ein eiskalter Wassertropfen über ihre Haut rollte und man jedes gesträubte Härchen der sinnlichen Körpergeografie erkennen konnte.

Ulla stieß jedoch auf das Foto mit dem Rückenakt zwischen den Dünen. Es war wunderschön, sanft, verführerisch wie eine leichte Brise. »Du hattest recht«, sagte sie nach einer Weile. »Sowohl was das Licht angeht als auch das andere.«

»Was meinst du mit ›das andere‹?«

Sie lächelte fein. »Man sieht dem Rücken einfach an, dass die Frau vorher geküsst worden ist.« Er kam näher, legte von hinten seine Arme um sie, zog sie an sich und liebkoste mit den Lippen ihr Ohrläppchen. »Es ist eines deiner schönsten Fotos, unabhängig davon, wer die Frau ist«, stellte Ulla fest. »Ich kann verstehen, dass du es gerne zeigen möchtest. Aber ich bitte dich, es nicht zu tun. Jedenfalls nicht jetzt und hier.«

»Ulla, du bist doch wirklich nicht zu erkennen.«

»Bitte, Hans, du hast noch so viele andere großartige Aufnahmen.« Sie löste sich aus der Umarmung. Einige Bilder hängten sie noch einmal um, bevor sie wieder aufbrach. Es wurde Zeit, das Pferd in den Stall zurückzubringen. Während sie Luna den Hals klopfte, fiel ihr das Gespräch mit Friedhelm wieder ein. »Hans, du hast diesem Tippy-toppy-Menschen aus Dortmund einen Orden des Königs

380

von Sachsen verkauft und Nazi-Silber angeboten«, sagte sie verstimmt. »Warum? Du hattest mir doch versprochen, damit aufzuhören.«

Er lüpfte eine Augenbraue. »Nein, das ist nicht ganz zutreffend. Ich habe versprochen, nicht mehr goldene Uhren von König Georg V. zu verkaufen. Daran hab ich mich gehalten.«

»Phh!« Ulla schüttelte den Kopf. »Wie kommst du überhaupt an so ein Tafelsilber? Ist der Handel mit NS-Symbolen nicht streng verboten? Und sagtest du nicht, irgendein Mensch sucht jeden Sommer danach? Dass er dann immer wochenlang die Dünen umgräbt, um eine Kiste mit dem Zeugs zu finden?«

Hans nickte vergnügt. »Ich sagte aber auch, dass es dort nichts mehr zu entdecken gäbe.«

»Ja, und?«

»Na, weil ich selbst diese Kiste schon vor Jahren entdeckt hab.«

Ulla sah ihn verblüfft an. »Und du lässt ihn trotzdem weiterbuddeln?«

»Wenn's ihm doch so viel Spaß macht.« Hans lächelte entwaffnend. »Ach, Ulla, nimm das alles nicht so schwer!«

»Ich versteh dich nicht! Wenn's um deine Arbeit geht, bist du extrem pedantisch, aber wenn's ums Leben geht, dann, dann …« Ihr fielen nicht die richtigen Worte ein. Sie schüttelte den Kopf. Die Sonne stand schon niedrig. Etwas ärgerlich machte sie sich daran, Luna zu satteln.

»Und rate mal, wovon ich den Hummer bezahlt hab – von dem, was der Orden gebracht hat.« Lachend nahm Hans ihr den schweren Ledersattel ab, packte ihn allerdings zurück auf den Zaun und machte galant eine höfische Verbeugung. »Wir bedanken uns ebenfalls bei Friedrich Au-

381

gust III., dem letzten König von Sachsen.« Er schwang sich
einfach so aufs Pferd, nahm die Zügel in seine Linke, den
rechten Arm streckte er nach Ulla aus.

»Na«, fragte er charmant, »wie wär's mit einem kleinen
Ausritt? Hast du Lust?« Mit diesen Sätzen begann die be-
liebte amerikanische Fernsehserie *Fury*, die seit einem Jahr
auch im deutschen Fernsehen lief. Ulla musste lachen. Diesem Mann konnte sie einfach nicht böse sein. Sie antwortete
wie Fury mit einem kleinen Wiehern und ließ sich bereit-
willig hochziehen. Während Hans die Zügel hielt, saß sie vor
ihm, geschützt zwischen seinen Armen. Er schnalzte mit der
Zunge, und los ging's im Schritttempo in Richtung Strand.
Trotz der ungewohnten Position und obwohl sie sonst nie
ohne Sattel ritt, fühlte Ulla sich von der ersten Sekunde an
sicher. Schließlich war Hans auf einem ostpreußischen Ge-
stüt aufgewachsen und zu Pferd aus Russland geflohen.

So zuckelten sie gemächlich durch die frühabendliche
Dünenstimmung bis zum Strand. Kurz vor dem Flutsaum
begann Luna von allein, schneller zu laufen. Auf dem festen Sand hörte man jeden Hufschlag, beim Galoppieren
wurde daraus ein donnerndes Geräusch, das Ulla in Hoch-
stimmung versetzte. Ihr Pferd liebte inzwischen das Wasser,
lief direkt in die Nordsee hinein und hatte ganz offensichtlich ebenso viel Spaß an der feuchten Abkühlung wie die
Menschen. Hans ließ Luna gewähren. Die Wellen spritzten
hoch, es war herrlich erfrischend! Ulla spürte die Feuchtig-
keit bis an die Oberschenkel. Einige Tröpfchen sprühten
ihr ins Gesicht. Als Luna plötzlich stehen blieb, krallte sich
Ulla in der Mähne fest. Nun lenkte Hans das Tier parallel
zum Strand und spornte es an.

»Na lauf, Pferdchen, zeig uns, was du kannst!«

Sie galoppierten knietief durch die Brandung und – es

fühlte sich an wie fliegen. Oder wie tanzen in perfekter Harmonie, voll prickelnder Aufregung. Vielleicht dauerte es Minuten, vielleicht nur Sekunden. Aber es war so intensiv, dass sich Ulla alle Sinneseindrücke für immer einprägten – der Geruch des aufschäumenden Wassers, die Champagnerluft in den Lungen, die rosig angehauchten Wolken am Abendhimmel, das warme Pferd zwischen ihren Schenkeln und im Rücken Hans, dessen Oberkörper sich synchron mit ihrem bewegte. Sie feierten ihr Dasein, zelebrierten es, verbunden zu sein mit der Kreatur und der Natur. Sie fühlten sich lebendig.

Und dann verloren sie beide die Balance, aber das machte nichts. Hans konnte Luna noch etwas zügeln. Ulla ließ sich langsam zur Seite abrutschen, Hans hielt sie um die Taille gefasst und rutschte mit. So stürzten sie in die Wellen, gingen unter, tauchten luftschnappend wieder auf, lachten und schwammen. Auch Luna paddelte mit allen vieren. Hans griff nach ihren Zügeln.

»Komm her, du Seepferd!«

Klatschnass und völlig beseelt ritt Ulla im Schritttempo zum Häuschen zurück. Hans führte das Pferd.

Mittlerweile hatte sie neben Zahnbürste und Cremes auch ein paar Kleidungsstücke bei ihm deponiert. Sie zog sich um – und packte nun alle Sachen wieder ein.

Es wurde höchste Zeit, Luna in den Reitstall zu bringen. Als sie nach draußen kam, hatte Hans sich schon um das Pferd gekümmert, es abgerieben und gesattelt. Er verabschiedete sie mit einem gefühlvollen Kuss.

»Montagnachmittag hänge ich die Bilder im Künstlerhaus auf. Guckst du vorbei?«

Sie zögerte. »Ich weiß nicht. Ist vielleicht besser, wenn ich erst zur Vernissage komme.«

»Schade«, sagte er. »Aber auch gut.«

»Unser Ritt war doch ein wunderbarer Ausklang, findest du nicht?« Sie hörte sich selbst zu und war überrascht.

»Ausklang?« Verwunderung klang aus seiner Stimme.

Schöner kann's nicht werden, dachte Ulla, wir sollten es dabei belassen. Aber so deutlich mochte sie es nicht aussprechen. »Ich hab's heute erst erfahren«, sie räusperte sich, »mein Mann holt mich von der Insel ab. In vier Tagen.«

»Oh.«

»Ja, wir sind zum großen Gesellschaftsabend eingeladen.«

»Aber an dem Abend wird auch meine Ausstellung eröffnet.«

»Ich weiß. Dann werde ich wohl mit ihm gemeinsam vor dem Ball vorbeischauen.« Sie saß auf.

»Wie? Das war's?«

»Ich denke, es ist besser so.«

Hans hüstelte. Über seinen hellgrauen Augen lag auf einmal ein schmerzvoller Schimmer wie von Perlmutt. »Das kommt so plötzlich. Und … das kann ich mir überhaupt nicht vorstellen«, sagte er leise. »Du mit einem anderen Mann …«

»Aber das hast du doch von Anfang an gewusst.«

»Jaja. Trotzdem.«

»Bitte, kein dramatischer Abschied.«

Er blinzelte sie gegen die Sonne an. »So was kann ich überhaupt nicht. Das haben wir doch noch nie gemacht.«

»Dann bin ich ja beruhigt.« Ulla strich ihm zärtlich übers feuchte Haar. »Und später keine Post, keine Anrufe.«

»Wie Sie wünschen, Madame.«

Mit dem vorgezogenen Abschied hatte sie selbst nicht gerechnet, es hatte sich plötzlich so ergeben. Sie nickte zufrieden. Aber sie spürte, dass ihre Augen feucht wurden. Und als sie in den Sonnenuntergang ritt, hatte sie das Gefühl, ein Stück von ihrem Herzen zurückgelassen zu haben.

Ulla bereitete alles für die Abreise vor. Am Tag vor Wills Ankunft las sie beim Frühstück aufmerksam den Wetterbericht, der sie eigentlich überhaupt nicht interessierte – sie tat es nur, um nicht auf sentimentale Gedanken zu kommen: *Stürmischer Wind. Sturmböen möglich. Das Hochwasser kann heute deutlich höher als sonst ausfallen.* Sie ging zum Friseur und ließ sich das Haar wieder kurz wie gewohnt schneiden. Sie entsorgte den weißen Badeanzug, nur für den Fall, dass irgendwann einmal eines der Fotos auftauchen sollte. Will kannte den Anzug bislang nicht.

Als Dankeschön für die dienstbaren Geister vom Masseur bis zum Zimmermädchen, die ihr den Aufenthalt so angenehm gestaltet hatten, besorgte sie kleine Geschenke. Nachdem auch für zu Hause ausreichend Mitbringsel gefunden waren, lud sie die de-Buhr-Frauen telefonisch zu einem Abschiedsessen ein. Sie wollten in einem Lokal speisen, das den schönen Namen Blühende Schifffahrt trug, und anschließend in die Altfriesischen Fischerstuben wechseln, die sich im selben Haus befanden. Dort trat jeden Abend ein sogenannter Klavierhumorist auf – der Mann spielte Piano und unterhielt sein Publikum mit Witzen. Besonders Netty wollte ihn gern mal erleben.

Doch als Ulla am späten Nachmittag, vom starken Gegenwind auf dem Rad ordentlich durchgepustet, die Pension erreichte, waren alle drei Frauen ausgeflogen. Nur ein älteres Urlauberehepaar, das dort wohnte, saß auf der Veranda und spielte Mau-Mau.

»Wo sind denn die Wirtinnen?«, fragte Ulla erstaunt.

385

»Es hat Alarm gegeben. Haben Sie's nicht gehört?«, erwiderte der Mann.

»Ach, dieses laute Signal vorhin? Ich dachte, das wär nur wieder eine Probe. Was ist denn los?«

»Zwei junge Männer sind in Seenot«, berichtete die Frau mit geröteten Wangen, deren Färbung ebenso gut von der Sonne wie von der Aufregung herrühren konnte. »Die kennen die de Buhrs wohl, sind Freunde der jungen Nichte, Inge. Man hat sie auf einer Sandbank gesehen, ein großer Langer und ein etwas Pummeliger. Wir sollen Ihnen ausrichten, dass die Damen nicht zum Essen mitkommen. Sie konnten Sie in Ihrem Hotel nicht erreichen.«

»Ach, du Schreck!« Ulla dachte an Inge, die sich jetzt sicher große Sorgen machte. »Wissen Sie, wo die Sandbank ist?«

Beide schüttelten den Kopf. »Sie haben ein Taxi genommen und ›Nordstrand‹ gesagt. Mehr wissen wir auch nicht.«

Ulla nahm ebenfalls ein Taxi. Am Strand standen bestimmt zweihundert Schaulustige, meist in Windjacken. Sie erspähte Inge mit ihren Tanten in der ersten Reihe und lief zu ihnen.

»Mensch, sind das wirklich Felix und Tammo?«

Inge nickte mit verweinten Augen, der stürmische Wind zerrte an ihrem Haar. »Diese Idioten! Roswitha haben sie gesagt, sie wollten ›die Sache‹ austragen wie Männer – mit einer Mutprobe.« Sie putzte sich die Nase. »Als sie nicht zurückkamen, hat sie nachgesehen. Da standen sie schon auf der Sandbank, die Flut hat sie überrascht, ringsum Wasser, tiefe Priele. Roswitha hat Alarm geschlagen.«

Hetty suchte Schutz in einem Strandkorb. Netty band sich eine Regenhaube um. Wie die zwei waren auch Ulla und Inge, die sich schon für das Abendessen herausgeputzt hatten, nicht passend gekleidet. Arm in Arm standen die

Freundinnen beisammen, um sich zu wärmen und Mut zuzusprechen.

Die Seenotretter waren längst im Einsatz, riefen sich Befehle zu. Das große Seenotrettungsboot der Station Norderney bewegte sich auf die Stelle zu, an der Tammo und Felix ausharrten. Die Sandbank war schon überflutet, als solche nur noch am Wellenschlag zu erkennen. Das Wasser schwappte den Männern bis über die Hüfte, lange würden sie sich nicht mehr halten können.

»Tammo hat wohl vorhin noch versucht, zum Strand rüberzuschwimmen«, sagte Inge mit gepresster Stimme. »Er musste aber zurück, weil die Strömung zu stark ist. Die hätt ihn sonst mitgerissen.« Unschwer zu erkennen, dass Inges Nerven zum Zerreißen gespannt waren. »Mensch, man kann doch nicht einfach zugucken, wie die da jetzt absaufen!«, brach es aus ihr heraus.

»Die Seenotretter sind ja schon in Aktion«, versuchte Ulla, sie zu beruhigen. Doch mit Sorge beobachtete sie, dass das Wasser offenbar zu flach war für das Motorrettungsboot namens *Norderney*, aber bei weiter zunehmendem Hochwasser bald tief genug sein würde, um darin unterzugehen. Die Frage war ja zudem, wie lange die beiden Männer dort noch den Wellen trotzen, sich auf den Beinen oder schwimmend über Wasser halten konnten. »Kann Felix überhaupt schwimmen?«, fragte sie.

Inge schüttelte den Kopf. Ihr flossen die Tränen nur so über die Wangen, ihr Augen-Make-up verlief dramatisch. Ulla drückte fest ihre Hand. »Die schaffen das. Den Insulanern fällt was ein. Bestimmt. Die kennen sich aus mit solchen Situationen.«

Ein kleines Beiboot glitt von der *Norderney* ins Wasser, darin saßen zwei Seenotretter. Sie ruderten rüber zu den

Bedrohten, warfen ihnen an Leinen befestigte Rettungsringe zu. Dann streckte einer der Seenotretter ihnen seine Hand entgegen.

»O Gott«, Inge schlug die Hand vor den Mund, »hoffentlich ziehen die ihn nicht aus dem Boot, der ersäuft noch mit ihnen!« Auch Ulla hielt den Atem an, ihr Magen fühlte sich an wie ein Eisklumpen.

Es war ein kräftezehrendes Ringen gegen die Naturgewalt. Endlich gelang es. Der Seenotretter zog mit aller Kraft. Erst rutschte Felix über die Kante an Bord wie ein zappelnder großer Fisch, dann Tammo. Ein hörbares Aufatmen ging durch die Zuschauermenge, einige Leute applaudierten spontan. Inge lieh sich von einem Zuschauer dessen Fernglas. Sie schaute, reichte es dann an Ulla weiter.

Als die Geretteten an Bord der *Norderney* gehievt worden waren, wurden ihnen, während sie mit steifen Beinen in kleinen Kreisen herumstaksten, Wolldecken umgelegt. Jemand gab ihnen etwas zu trinken. Dann verschwanden sie in der Kabine. Die *Norderney* fuhr weg.

»Wohin fahren die denn jetzt?«, fragte Inge den Mann, dem sie sein Fernglas zurückgab.

Er schien ein Einheimischer zu sein. Jedenfalls kannte er sich aus. Auch die beiden de-Buhr-Schwestern unterhielten sich mit ihm.

»Die haben sicher einen Arzt zum Hafen bestellt und nehmen jetzt Kurs auf ihren Liegeplatz dort.«

»Los, Mädels«, sagte Ulla, »mein Taxi wartet noch.« Sie ließ sich mit Inge und den Tanten direkt zum Liegeplatz der Deutschen Gesellschaft zur Rettung Schiffbrüchiger bringen, einmal quer über die Insel.

Im Hafen angekommen, rannten die Freundinnen zur *Norderney*. »Darf ich rauf?«, bat Inge keuchend.

Der Mann an der Reling zögerte. »Nee, besser nich'.«

»He, Manni«, rief Netty ihm zu, »sie sind befreundet.«

»Na denn«, knurrte er gnädig. Tammo und Felix saßen schon wieder oben an Deck. Inge ging an Bord, sie umarmte einen nach dem anderen. »Ihr verdammichten Döspaddels!«, schimpfte sie. »Was sollte der Blödsinn?«

Sie weinte vor Erleichterung. Nun traf der Arzt ein. Er wollte die beiden untersuchen und schob Inge zur Seite. Sie kehrte zurück zum Kai.

»Ich glaub, ihnen ist nichts Schlimmes passiert«, verkündete sie.

»Gott sei Dank! Um wen hast du denn gerade am meisten gezittert?«, fragte Ulla. »Das war immerhin eine einmalige Gelegenheit zu erkennen, welchen von beiden du lieber magst.«

Inge schaute sie mit einem langen Blick an. Sie zog die Schultern hoch, hob beide Hände, öffnete sie und ließ sie wieder fallen. Offensichtlich wusste sie es noch immer nicht.

Der Seenotretter, der besonders viel riskiert und gerade noch das Beiboot an Bord wieder gesichert hatte, verließ die *Norderney.* Ulla erkannte ihn trotz der verunstaltenden, vor Nässe glänzenden Schutzkleidung. Sie stupste Inge an.

»Guck mal, wer da kommt.«

Die Freundin schaute hoch. Es war Helmut. Ausgerechnet. Groß, aufrecht, in seinen Augen lag noch die Erregung vom Kampf mit den Elementen. Inge setzte sich in Bewegung, marschierte geradewegs auf ihn zu.

»Danke«, sagte sie heiser. Sie lächelte entschuldigend und reichte ihm unsicher die Hand. Staunend beobachtete Ulla die Szene.

Wie sich die zwei ansahen, das war doch eindeutig … In

diesen Blicken loderte Feuer! Inge stellte sich auf die Zehenspitzen, um ihm einen Kuss auf die Wange zu geben. Helmut aber packte sie, zog sie an sich und küsste sie wild und entschlossen. Inge wehrte sich nicht, im Gegenteil. Ihre Arme schlangen sich um seinen Hals. Sie hatte ihren Ritter gefunden.

Den Tanten entfuhr ein lautes »Oh!«

Ulla fiel ihre eigene spaßhafte Prophezeiung für die Freundin ein. Sie lächelte ungläubig, vielleicht schlummerten in ihr ungeahnte Talente. Hetty und Netty waren noch blass um die Nase, sie zwinkerte ihnen zu. Gleichzeitig lösten sich auch bei ihr ein paar Tränen. Ulla freute sich riesig mit ihrer Freundin.

19

»Junge Frau«, wiederholte der Strandkorbwärter, »wenn Sie denn mal aufs-teh'n würden. Der Korb muss zur Reparatur.«

»Oh, sorry!« Kim schreckte zusammen, sie tauchte nur langsam aus ihrem Kopfkino in die Realität auf. Das Tagebuch ihrer Großmutter lag noch auf ihrem Schoß. Sie hatte völlig die Zeit vergessen. Ein Blick auf die Uhr zeigte, dass sie sich sputen musste, wenn sie den Bus zur Fähre erwischen wollte. Schließlich musste sie auch noch ihr Gepäck aus der Pension holen und damit zu Fuß zur Haltestelle. »Danke, tschüss!«

Sie klappte das Tagebuch zu und sprang auf, um zum Fahrrad zu eilen, das an der Promenadenmauer lehnte.

Mit Hängen und Würgen schaffte sie es. Doch kaum war sie mit dem Rollkoffer aus dem Bus gestiegen, kam neuer Stress auf, weil sie ihren Gästebeitrag noch nicht entrichtet hatte und vor den digitalen Automaten Leute Schlange standen. Ein älterer Herr kam mit dem Bezahlsystem nicht klar, er hielt alle auf. Vor dem noch nicht ganz fertiggestellten supermodernen Fährterminal, einem Flugterminal nicht unähnlich, tauchte plötzlich eine vertraute Gestalt auf – Inge Fisser. Für den Bruchteil einer Sekunde hoffte Kim, dass Julian sie begleitete. Ihre Augen suchten jedoch vergeblich nach ihm.

Die alte Dame strahlte übers ganze Gesicht. »Ich dachte

schon, ich hab dich verpasst!« Fröhlich kam sie mit einer großen Tupperdose in der Hand näher. »Hier, noch ein paar Stücke Butterkuchen nach Tante Nettys Rezept«, sie lächelte, »Schwanettes Spezialität. Den mochtest du doch so gern. Ich hab heute Vormittag noch mal gebacken. Frisch schmeckt er am besten. Nimm ihn mit an Bord.«

»Oh, wie toll!« Kim freute sich. »Aber die Dose?«

»Bringst du mir bei deinem nächsten Besuch wieder mit«, sagte Inge großzügig. »Unterm Deckel steckt übrigens das Rezept.«

»Danke! Äh … Sag mal, Inge, hast du eigentlich diesen Helmut geheiratet?«, platzte es da aus ihr heraus. »Helmut, das Ekelpaket?«

Inge lachte laut auf, ihre Äuglein funkelten. »Ja, wir haben's zweiundfünfzig Jahre miteinander ausgehalten. Drei Kinder, sieben Enkel, fünf Urenkel.«

»Respekt! Warum hast du uns das nicht schon viel früher erzählt?«

»Ihr habt mich ja nicht gefragt. Außerdem dachte ich, das müsste eigentlich klar sein. Ich meine … Fisser, so heißt jeder Zweite auf Norderney.«

»Aber alle mit Vogel-Eff«, warf Kim ein. »Nur du schreibst dich mit F.« Sie überlegte kurz. »Warum eigentlich? Eine Laune der Natur?«

»Nee, wohl eher des Gemeindebeamten«, konterte Inge. »Nur Fisser, egal wie geschrieben, da konnte ich ja wohl schlecht den Felix ausm Rheinland genommen haben, oder?« Endlich kam Kim beim Automaten an die Reihe, sie versuchte den angezeigten Gästebeitrag mit der Scheckkarte zu entrichten, was ihre ganze Aufmerksamkeit erforderte. Währenddessen redete Inge munter weiter. »Oder Tammo … Wenn ich den genommen hätte, dann würde

ich doch heute gar nicht mehr leben. Viel zu viel Zucker!«
Sie lächelte breit.

Endlich druckte der Automat Kim die Bestätigung, ohne
die sie die Insel nicht hätte verlassen dürfen. »Was ist aus
den beiden geworden?«, fragte sie.

»Felix hat einen Künstlernamen angenommen. Er ist in
dieser verrückten Sommernacht, als sie Helmuts Käfer in
die Dünen befördert haben …«

»Hat er je davon erfahren, wer dahintersteckte?«, fragte
Kim schnell dazwischen.

»Oh, nee! Erst bei unserer Goldenen Hochzeit hab ich's
ihm verraten.« Inge lächelte verschmitzt. »Vorher war ich
immer bang, es würde ihn zu sehr aufregen.«

»Und?«

»Nach einem halben Jahrhundert konnten wir beide sehr
darüber lachen.«

In Kims Kopf fügten sich viele Puzzleteilchen zusammen. »Dann hast du mit Helmut zusammen das Modegeschäft geführt?«

Inge nickte stolz. »Das führende Haus am Platze. Netty
hat mir nach einigen Jahren ihren Laden verkauft, aber
bis kurz vor ihrem Tod in der Saison immer noch ein paar
Stunden bedient. Allerdings haben wir im kleinen Geschäft
den Schwerpunkt auf elegante Bademode gelegt und nur
noch ein beschränktes Wollsortiment angeboten.«

»Das ist ja super!« Ein gelungenes Leben, dachte Kim.
Sie wusste natürlich nicht, wie sich die Kinder entwickelt
hatten oder ob Helmut ein angenehmer Ehemann gewesen
war. Im Weitergehen betrachtete sie noch einmal aufmerksam Inges faltiges Gesicht, und wieder fiel ihr auf, wie jung
immer noch ihre Augen wirkten. Nein, diese Frau hatte ihr
Leben gelebt, und zwar so, dass sie damit zufrieden sein

konnte. »Es ist schön, dass ich dich kennengelernt hab, Inge.« Kim umarmte sie zum Abschied, sie musste durch ein Drehkreuz zur Fahrkartenkontrolle. »Aber erzähl noch schnell: Was wurde denn nun aus deinen Verehrern?« Kim blieb auf der anderen Seite stehen.

»Felix ist einem Redakteur vom Westdeutschen Rundfunk aufgefallen, als er diesen Vorhang-auf-Vorhang-zu-Sketch auf der Promenade dirigiert hat. Der hat ihn später am Postschalter ausfindig gemacht und zu Probeaufnahmen ins Radio nach Köln geholt. Und dann hat Felix als Conférencier Karriere gemacht! Er stand auf vielen großen Bühnen, war ja auch öfter als Showmaster im Fernsehen.«

»Ach, echt?« Kim beugte sich vor, weil Inge sie mit dem Zeigefinger näher winkte. Die alte Dame flüsterte ihr einen berühmten Namen ins Ohr. »Nee, ehrlich? DER hat mit euch den Sommer verbracht? Der war mal bei der Post?« Kim staunte nicht schlecht. Die Fähre durfte nun betreten werden, Passagiere um sie herum begannen zu drängeln. »Hast du's denn nie bedauert? Von wegen große weite Welt und so?«

Inge schüttelte entschieden den Kopf. »Nicht eine Sekunde!«

Kim entfernte sich hinter der Kontrolle immer weiter von ihr. »Und Tammo?«, rief sie noch.

»Lebt schon lange nicht mehr. Ist zurück aufs Festland, hatte später ein eigenes Café in Aurich.« Inge winkte ihr lebhaft zum Abschied zu. »Aber eine Frau hat er noch gefunden und mit ihr eine Familie gegründet. Up jeden Pott passt een Deckel. Tschüss, min Wicht! Grüß deine Mama von mir! Ich hab für sie unten 'ne Tüte mit Schokomuscheln reingelegt, die mochte sie als Kind so gern.«

»Danke, mach ich.« Kims Rollkoffer blieb an einer

Schwelle stecken, sie zog daran, bis sie ihn befreit hatte. »Bleib gesund und munter, Inge. Tschü-hüss!«

Kim setzte sich unter Deck an ein Panoramafenster. Sie bestellte Tee und kostete dazu den Butterkuchen mit geschlossenen Augen. Hmm … war der lecker! Wie früher bei ihrer Großmutter. Für Sekunden fühlte sie sich wieder, als wäre sie fünf. Der Butterkuchen ohne Füllung bestand nur aus Hefeteig mit Butter und Mandelstücken. Schön saftig mit einem knusprigen, leicht karamellig schmeckenden Belag. Sie verputzte gleich noch eines der sieben Stücke, die mit Pergamentpapier voneinander getrennt waren.

Dann las sie das Backrezept. Es war wirklich ganz einfach, abgesehen davon, dass man frische Mandeln selbst schälen und zerkleinern sollte. Sie steckte es gut weg. Sorgfältig säuberte sie sich die Finger, um endlich weiter im Tagebuch ihrer Großmutter zu lesen und sich den Ausgang des Jahrhundertsommers vorzustellen.

20

1959

Als Ulla durchgefroren von der Rettungsaktion am Strand ins Hotel zurückkehrte, brummte es in der Lobby vor Betriebsamkeit. Vorbei war's mit der milden, ruhigen Nachsaisonstimmung, die sich seit Anfang September auf Norderney breitgemacht hatte. Schon seit Tagen herrschte wieder ein Treiben, als hätten die Sommerferien in Nordrhein-Westfalen und Niedersachsen gleichzeitig begonnen. Wobei nun ein anderes, spezielles Publikum das Bild prägte. Täglich trafen Ärzte, Medizinalräte und Professoren mit ihren Frauen ein.

Viele der mehrere Hundert Teilnehmer verbanden den Bäderkongress mit einigen Urlaubstagen. Doch es planten längst nicht alle, während der gesamten Tagungswoche zu bleiben, obwohl es ein Veranstaltungsprogramm gab, für das sich die meisten Begleiterinnen, wie man jetzt schon erahnen konnte, entsprechend in Schale werfen würden. Mal sollte es im Flugzeugpendelverkehr auf die Insel Langeoog oder auf Bäderfahrt nach Helgoland gehen, mal lockte im Damenprogramm ein Ausflug über die Insel bis zum Golfplatz inklusive Kaffeetafel auf Einladung des Staatsbades. Daneben würden Besichtigungen der Kureinrichtungen, ein Bordfest auf dem Motorschiff *Glückauf* und natürlich ein exklusives Konzert des Göttinger Symphonieorchesters stattfinden. Ulla kannte das Programm, sie selbst wollte jedoch nur am Gesellschaftsabend und dem vorangehenden Cocktailempfang teilnehmen.

Professor Meyer aus Hamburg war schon eingetroffen. Ulla hatte mit ihm bereits einen Kaffee getrunken, und sie waren ein Stück auf der Promenade entlangflaniert. Sie hatte ihm ihre Fortschritte in der Kunst des Ohrenwackelns demonstriert. Und er hatte gemeint, auch ohne Untersuchung und Bluttests sagen zu können, dass die Kur wohl erfolgreich gewesen sei.

Ulla schlängelte sich durch die Menschenmenge in der Lobby. Sie wollte nur schnell ihren Zimmerschlüssel holen.

»Guten Abend, Frau Michels«, begrüßte sie der Portier, »Herr Ehrlich wartet auf Sie.«

»Hier?« Das war doch gegen ihre unausgesprochene Vereinbarung! Sie drehte sich um. Hans saß in einem der Polstersessel und las – in ihrer Broschüre. »Oh, sie ist fertig!«, entfuhr es ihr. »Hallo, Hans!«

»He, Ulla!« Er blickte hoch.

Sie setzte sich in den Sessel neben ihn, nahm ihm das Exemplar aus der Hand, presste es kurz an ihr Herz, beschnupperte es, sog den Duft von Papier und Druckerfarbe ein und blätterte dann entzückt alle Seiten durch. Erst im Schnelldurchgang, hinterher noch einmal ganz langsam und feierlich.

Abwechselnd kommentierten sie den Druck, die Wirkung der Fotos. Ulla entdeckte doch noch einen kleinen Setzfehler, aber alles in allem war ihr Gemeinschaftswerk mehr als gelungen. »Ist es nicht wunderbar?« Sie platzte fast vor Stolz. Hans nickte. Und dann fiel ihr wieder ein, was gerade geschehen war. »Oje, du hast wirklich was ver-

397

passt – eine riesige Rettungsaktion wegen Tammo und Felix. Aber ich glaub, sie sind mit dem Schrecken davongekommen.«

»Ich weiß es längst«, erwiderte Hans. »Bin vorhin vom Festland zurückgekommen und gleich in die Redaktion gegangen, da hämmerte schon ein Kollege in die Tasten. Das wird morgen der Aufmacher.«

»Ach so. Warum warst du denn auf dem Festland?«

»Weil ich den Hummer im Blumenkorb auch in Farbe fotografiert hab«, erklärte Hans. »Mein erster ernsthafter Versuch mit Farbfilm. Eigentlich war ich immer für Schwarz-Weiß. Das ist klarer, weil die Kontraste stärker hervortreten. Das Licht spricht mehr.«

»Und?« Gespannt sah sie ihn an. »Bist du zufrieden mit dem Experiment?«

»Ja.« Er zog eine an den Sessel gelehnte große Künstlermappe hoch und öffnete sie. »Ein Speziallabor in Oldenburg hat den Abzug nach meinen Wünschen angefertigt. Ich glaub, damit beginnt für meine freien Arbeiten eine neue Ära.« Er präsentierte ihr die plakatgroße Aufnahme, deren Motiv etwas Rätselhaftes hatte. Zusätzlich faszinierte das leuchtende Hummerrot zwischen Dahlien in allerschönsten Herbstfarben mit Blumengrün und dem Braun des Flechtkorbs.

»Ein fabelhaftes Stillleben, dabei so modern. Du bist ein neuer Meister.« Ulla wäre Hans gern um den Hals gefallen, um ihm richtig zu gratulieren. »Ach, da fällt mir übrigens noch was Sensationelles ein … Inge und Helmut sind verliebt, aber wie!«

Verwundert schaute Hans hoch. »Da versteh einer die Frauen.« Eine ungewohnte Anspannung ging von ihm aus. »Ulla?« Seine Stimme klang auf einmal anders.

»Ja?« Du sollst mich doch in der Öffentlichkeit nicht so ansehen, dachte sie.

»Eigentlich bin ich aus einem ganz anderen Grund gekommen.«

Ängstlich und erwartungsvoll zugleich hielt sie den Atem an. »Seit unserem letzten Treffen rattert es in meinem Hirn wie in einer Funkbude voller Fernschreiber.«

Sie atmete ganz langsam aus, als könnte sie so einem Schmerz ausweichen. »Nein Hans, bitte lass es. Es war schon ziemlich aufregend vorhin, ich bin auch völlig durchgefroren.« Er zog seine Wildlederjacke aus und reichte sie ihr. Vorsichtig blickte sie um sich. Ob sie schon Aufsehen erregten oder beobachtet wurden? Vielleicht war Professor Meyer in der Nähe. So viele Menschen wuselten um sie herum, Pagen und mit der letzten Fähre eingetroffene Gäste, alle redeten durcheinander. Grüppchen, die sich verabredet hatten, sammelten sich in der Lobby. »Morgen kommt mein Mann.«

»Ich weiß nicht, warum, aber ich kann einfach nicht genug von dir bekommen. Ich will nicht mehr ohne dich sein.«

»Psst!«, flüsterte sie. Ihr Herz raste. »Wenn uns jemand hört!« Etwas lauter fragte sie: »Könntest du mir die Broschüre überlassen?«

»Klar. Ich hab dir drei Exemplare aus der Redaktion mitgebracht. Piet Saathoff wollte gerade den Zeitungsboten damit zu dir schicken.« Er kramte in seiner Aktentasche und reichte ihr die Broschüren. »Bitte Ulla, ich muss mit dir reden.«

Wieder schüttelte sie den Kopf. »Wir waren uns einig – kein Drama«, flüsterte sie.

»Natürlich. Wir können von mir aus ins Kino gehen, ganz undramatisch«, schlug er vor. »In den Kurtheater Lichtspielen läuft gerade ein Film mit Freddy Quinn. *Die Gitarre und das Meer*.«

»Werd nicht albern.«

»Jetzt weiß ich erst, was der arme Kerl durchgemacht hat, der seine Gitarre nach Juanita benannt hat, weil er das Mädchen, das er liebte, nicht haben konnte.«

Ulla lächelte halb amüsiert, halb wehmütig. »Juanita Anita, Juanita Anita …«, sang sie ganz leise.

Für ein paar Takte fiel er mit ein. »Willst du etwa, dass ich meine Kamera Ulla nenne?«

Jetzt musste sie lachen. »Oh, bitte nicht.«

»Na gut«, fuhr er trotzig fort, »dann sag ich's dir eben hier und jetzt.« Ihr Herz zog sich zusammen. Er senkte die Stimme, sprach aber mit großer Intensität. »Ulla. Bleib bei mir.«

Sie hatte das Gefühl, gleich würde ihr Herz für einige Schläge aussetzen. In ihrem Innern wirbelte alles durcheinander. Wie konnte er es wagen? Sie bekam plötzlich schwer Luft. Dass er es wagte, machte sie glücklich, leicht beschwingt. Er wollte weiter mit ihr zusammen sein, das wünschte sie sich doch auch! Und es senkte tonnenweise Gewichte in ihre Brust. Schließlich … Es ging nicht.

Hans wollte ihre Hände zwischen seine nehmen, im letzten Moment unterließ er es. »Ich kann dir kein Geld, keine Villa bieten«, sagte er mit gesenkter Stimme. »Aber meine ganze Liebe. Meine Aufmerksamkeit. Hast du etwas vermisst in diesem Sommer? War es nicht perfekt? Stell dir vor, wir könnten für immer zusammenbleiben.« Ihre Augen wurden feucht, im Hals spürte sie einen dicken Kloß. Sie wusste nicht, was sie antworten sollte. Und wenn sie etwas erwidern würde, dann würde sie garantiert in Tränen ausbrechen. Wie konnte er ausgerechnet hier so mit ihr reden? »Entscheide dich nicht sofort. Denk darüber nach«, bat Hans. Seine Hände zitterten. »Bleib bei mir.«

Ulla konnte nicht schlafen. Widersprüchliche Gedanken und Gefühle machten sie völlig konfus. Sie stellte sich alles vor. ALLES. Mal vernünftig, realistisch, mal übertrieben und theatralisch. Sie malte sich aus, dass sie auf Norderney blieb, im Winter eingeschneit mit Hans in den Dünen lebte. Dass sie sich am offenen Feuer liebten. Dass ihr die Einsamkeit auf die Nerven gehen würde. Dass sie zusammen einen prächtigen Bildband über die Insel machen würden und dann nach und nach je einen über alle anderen Ostfriesischen Inseln. Dass Will Fräulein Stamps heiratete, die auf Anhieb schwanger würde. Dass er ihren Bruder nicht länger finanziell beim Studium unterstützen, die Bürgschaft für Inge platzen lassen und sämtliche Verleger Deutschlands dazu bringen würde, weder Hans noch sie zu beschäftigen. Dass sie Will wahnsinnig vermissen würde, aber ihre Schwiegermutter und Blankenese überhaupt nicht. Dass sie es sich nie würde verzeihen können, wenn sie ihrem Mann, dem großzügigsten, liebevollsten Menschen auf Erden, durch ihre Untreue Schmerzen zufügen würde. Und wie schön es wäre, wieder mit ihm vereint zu sein und endlich ein Kind von ihm zu bekommen.

Erst am frühen Morgen fand Ulla ein bisschen Schlaf. Nach dem Frühstück unternahm sie einen ausgedehnten Ritt bis weit hinter den Leuchtturm in den Inselosten, wo man nur selten einen Menschen traf. Der Wind hatte sich gelegt, doch es war frisch, der Himmel bedeckt. Umso intensiver leuchteten vor dem Grau die ersten reifen Hagebutten in den Wildrosensträuchern. Vogelbeeren und Holunder trugen schwer an ihren Früchten. Die Luft roch würzig und fühlte sich gehaltvoller als sonst an, als verbänden sich darin winzigste Schwebeteilchen von Heide und Sanddorn mit Meersalz. Sie atmete tief durch. Sie musste ehrlich sein, wenigstens zu sich selbst. Das war die einzige Chance, mit dem Gefühlschaos fertigzuwerden.

Ja, sie hatte ein schlechtes Gewissen. Aber andererseits wäre es ihr auch falsch vorgekommen, ein solches Angebot, ein solches Geschenk, wie es das Leben ihr in diesem Sommer auf Norderney gemacht hatte, nicht anzunehmen. Insofern bereute sie im tiefsten Innern nichts.

Versuchte sie gerade, sich ihren Seitensprung moralisch schönzureden? Würde Will ihr gegenüber seine Affäre mit der Stamps auf diese Weise rechtfertigen, sie würde ihn wohl bitterlich auslachen. Sie würde das Argument, dass man dem Leben ein solches Geschenk nicht ausschlagen konnte, als unverfrorene Ausrede bezeichnen. Aber aus der umgekehrten Perspektive betrachtet, erschien es ihr ganz schlüssig.

Sie durchquerte ein Dünental und überließ es Luna, den Pfad zu finden. Ach, sie konnte sich nicht reinwaschen. Sie war eine Sünderin. Ein sündiger Mensch. Vielleicht hatte sie gerade deshalb den Kern des Menschseins erreicht? Eigentlich hatte sie doch nur etwas Schönes genießen wollen. Und riskierte dadurch das Gegenteil für einen anderen Menschen, dem sie sehr wehtun würde, falls er es erfuhr oder spürte.

Das musste sie auf jeden Fall verhindern.

Ulla dachte viele Gedanken zu Ende, die sich seit Wochen in ihr hatten entwickeln wollen, die sie aber stets zur Seite geschoben hatte. Jetzt kommt das bittere Ende, fürchtete sie. Die ganze Zeit über hab ich gewusst, dass es kommt.

Und was ist mit Hans? Ihm verdankte sie unendlich

viel. Er hatte ihr die Augen geöffnet. Über sich selbst, ihre Ängste ebenso wie über ihre Kraft als Frau. Er hatte ihre Schönheit, ihr Schreibtalent und ihre Sexualität gesehen, anerkannt, zur Blüte gebracht. Das war eine ganze Menge. Aber … war das Liebe?

Während sie manche Naturerscheinung in romantischer Stimmung gemeinsam genossen hatten, war der Sex fast kameradschaftlich gewesen. Irgendwie modern, unkompliziert, eher wie ein Hobby. Eine sinnliche körperliche Erfahrung. Der Sex mit ihm hatte sie freier gemacht. Nach dem Motto: Du willst Lust, ich will Lust. Wir erlauben und verschaffen sie uns gegenseitig. Aber war das Liebe?

Ehrlich sein sich selbst gegenüber. Gar nicht so einfach.

Wie Ulla es auch drehte und wendete – da blieb ein unauflösbarer Widerspruch. Was konnte ihn heilen? Nur die Liebe. Also lief alles auf eine Frage hinaus, die sie sich und Will stellen musste. Sie lautete: Möchtest du mich noch lieben?

Denn über die Zukunft konnte sie nicht allein bestimmen. Sie musste erst wissen, was die Geschichte mit der Stamps bei ihrem Mann bewirkt hatte. Wie ernst war die Sache? Was, wenn Will sie, Ulla, gar nicht mehr wollte? Oder wenn sie ihn nicht mehr ertrug? Nein, schrecklich, unvorstellbar. Doch, vorstellbar. Vorstellbar war alles.

Sie musste abwarten. Erspüren, was da noch schwang zwischen Will und ihr. Vorher konnte sie Hans keine Antwort geben. Mit dieser Erkenntnis ritt sie zurück.

Zum Sonnenuntergang setzte sie sich ans Fenster ihres Hotelzimmers. Mit Sonnenbrille. Vielleicht würde ja ausgerechnet heute das grüne Leuchten auftreten und ihr helfen, die richtige Entscheidung zu treffen.

Leider tat die Sonne ihr nicht den Gefallen.

Sie erkannte ihn gleich. Er stand oben an Deck. Will trug einen Hut und einen hellen Sommermantel, und sogar auf die Entfernung spürte man gleich, dieser Mann hatte Autorität. Sie winkte ihm zu. Während er im Pulk von Bord ging, winkte er lachend zurück.

Dies war der Augenblick, den Ulla herbeigesehnt und gefürchtet hatte. Ob er ihr etwas anmerken würde? Sie lief ihm entgegen. Er strahlte, seine weißen Zähne blitzten, ihre Blicke trafen sich. Freude, die reinste helle Freude glitzerte in seinen Augen, kribbelte in ihrem Bauch. Und endlich, nach mehr als drei Monaten, lagen sie sich wieder in den Armen. Er küsste sie auf beide Wangen und gab ihr einen dicken Schmatz auf den Mund. Mehr wäre in der Öffentlichkeit wirklich nicht angemessen gewesen, aber er drückte sie so stürmisch an sich, dass sie aufschrie. Ulla schloss die Augen, fühlte sich wunderbar, sog seinen vertrauten Duft ein.

»Schön, dass du da bist!«, sagte sie.

Will legte einen Arm über ihre Schulter, sie gingen nebeneinanderher auf einen Pferdekutscher zu, er schaute sie immer wieder von der Seite an. »Du siehst fantastisch aus.«

Ihr Mann wollte einen zweispännigen, gut gefederten Landauer mit offenem Verdeck. Darin ließen sie sich über die Insel zum Kurhotel Kaiserhof kutschieren. Will war blendender Laune. Er lachte viel. Aber sie fremdelten auch beide, obgleich sie versuchten, es nicht zu zeigen.

»Schade«, sagte Ulla, »letzte Woche hatten wir noch mehrere Tage deutlich über zwanzig Grad.«

»Macht nichts, mein Hitzebedarf ist gedeckt.«

»Hast du Hunger?«

»Nein danke. Auf der Fähre gab's hervorragende Hausmannskost. Die müssen einen richtig guten Smutje an Bord haben.«

Als sie im Hotelzimmer allein miteinander waren, zog Will sie an sich. »Du bist ein solches Rasseweib!«, sagte er stolz und mit Bewunderung im Blick. »Meine Frau. Ich muss ein Idiot sein, dass ich dich so lange allein gelassen hab.« Ulla nickte. Das war fast wortgleich mit dem, was Hans über Will gesagt hatte. Sie fühlte Nervosität aufsteigen, unterdrückte ein Kichern. Will umfasste sanft mit beiden Händen ihr Gesicht, er sah ihr in die Augen. Dieser Blick ging ganz tief. Und dann legte er seine Lippen auf ihren Mund und küsste sie richtig. Für Ulla fühlte es sich an wie nach Hause kommen. Er küsste ihren Hals, ihre Schultern, strich über ihre sommerglatte gebräunte Haut. »Komm«, sagte er heiser, »zeig mir deine weißen Stellen.«

Sie fielen aufs Bett, rollten hin und her, balgten miteinander und zerrten sich die Kleider vom Leib. Nackt in der Umarmung war jede Berührung wieder vertraut – und jede Reaktion auf eine Berührung, auch wenn sie leidenschaftlicher ausfiel als sonst, weil sie sich so lange nicht gesehen hatten. Ja, eine gewisse Routine lag darin, aber Ulla empfand sie als durchaus schön. Keine Agathe in der Nähe, der Verlag weit weg – da war Spielraum für mehr.

In der Sekunde, als ihr das klar wurde, drang Will in sie ein. Und er begann, sein gewohntes Liebesmuster zu verändern. Stürmisch umarmte sie ihn, brach aus ihrer üblichen Routine aus. Und plötzlich war es wie neu, wie zum ersten Mal. Sie sahen sich in die Augen und kämpften miteinander, gegeneinander, vielleicht umeinander.

Will liebte sie in einem heftigen, wilden Rhythmus. Sie verstand, was er damit sagte. Er wollte sie wieder in Besitz nehmen, ganz archaisch, als seine Frau. Sie reagierte anders, als er es von ihr kannte. Überließ sich ganz und gar ihren Gefühlen, setzte ihre Kraft ein. Sie forderte ihn, sie verlangte etwas von ihm, sie nahm nicht nur hin, war nicht nur die Empfangende, obwohl sie es auch liebte, mal nur das zu sein, doch sie wollte sich ebenfalls ihren Mann zurückerobern. Mit Leib und Seele. Sie war die einzige Frau in seinem Leben, die zählte, das sollte er spüren. Sie ließ ihn zappeln, spielte mit ihm, seine Augen wurden ganz rund vor Staunen und Begierde. Ihr Liebesakt endete mit einer fast gleichzeitigen Explosion.

Wortlos lagen sie nebeneinander, die Beine miteinander verschlungen, die Fingerspitzen berührten sich. Irgendwann stand Ulla auf und ließ frische Nordseeluft, Meeresrauschen und Möwenrufe ins Zimmer. Sie kuschelte sich unter der Decke mit dem Rücken an ihren Mann. Will legte einen Arm um sie. Auch als er eingeschlafen war, hielt er sie noch fest. Ihr Körper war zu ermattet, aber innerlich lächelte sie, als sie ebenfalls einschlief.

Sie erwachte von Badezimmergeräuschen. Will duschte. Was war da vorhin passiert? Hatte es wirklich das zu bedeuten, was sie intuitiv erfasst zu haben glaubte? Oder hatte sie sich vielleicht nur im Rausch etwas zusammenfantasiert?

Neben seinem eigenen Gepäck hatte Will einen Schrankkoffer nur für sie mitgebracht. Antje, das Hausmädchen in Blankenese, hatte ihn nach Ullas telefonischen Anweisungen für den Gesellschaftsabend gepackt. Nun war sie fertig zurechtgemacht.

»Wir gehen vor dem Cocktailempfang noch zu einer Vernissage mit Fotos von Hans J. Ehrlich ins Künstlerhaus«, erklärte sie in unbeteiligt klingendem Ton. »Er hat auch die

Fotos für die Broschüre gemacht. Und ich hab versprochen, dass wir vorbeischauen.« Sie befestigte vor dem Spiegel die kleinen Diamantohrringe, die Will ihr samt dem Collier mitgebracht hatte. Der Schmuck war nicht protzig, aber kostbar und wunderschön. Er passte perfekt zu dem schmal geschnittenen langen Kleid aus weißem Seidensatin, das sie sich einmal für den Hamburger Presseball hatte schneidern lassen. Mit schwarzen Nerzabsätzen am trägerlosen Dekolleté und am Saum wirkte es rasend elegant. Agathe hatte den Seitenschlitz mit einer derart gelüpften Augenbraue betrachtet, dass die Robe seitdem für Ulla als untragbar galt. Doch jetzt war sie schön braun gebrannt und ihre Schwiegermutter weit weg. Sie streifte lange weiße Abendhandschuhe über. Hohe strassbesetzte Stöckelschuhe und ein kleines schwarzes Nerzcape machten das Ensemble komplett.

»Es wäre besser, du ziehst das Kleid noch mal aus«, sagte Will leise, als er sie so sah.

»Wieso, findest du den Schlitz auch zu gewagt?« Kokett streckte sie das Bein seitlich heraus.

»Nein, ich möchte nur deine Robe nicht zerknittern.« Seine Hände glitten über den glatten Stoff um ihre schmale Taille, formten die Hüften nach. Ulla trug ein Mieder, das ihre Figur noch aufregender erscheinen ließ. »Diese Umstimmungstherapie gefällt mir.«

»Mir auch.« Sie wandte ihm den Rücken zu, sah ihn über die Schulter an. Er öffnete den langen Reißverschluss. Das Kleid sank auf den Boden. Ulla hob es auf, legte es über einen Stuhl. Stolz erhobenen Hauptes stand sie im Mieder mit hauchdünnen Nylons vor ihm.

»Traumhaft schön!« Verliebt sah er sie an.

Dieses Mal ließen sie sich mehr Zeit.

»Die Broschüre«, rief Will hinterher aus dem Bad, dessen Tür angelehnt war, »die ist wirklich fabelhaft geworden. Deine Texte sind erstklassig.«

Ulla flitzte halb angezogen an die Tür. »Du hast sie gelesen?«, fragte sie erfreut.

Endlich ein Lob! Als wäre es das Selbstverständlichste von der Welt.

»Ja, Piet Saathoff hat mir ein Exemplar zugeschickt. Ich hab's auf der Fähre studiert. Die können sich freuen, dass ihr Norderney so sympathisch dargestellt habt. Und die Fotos sind wirklich beachtlich.«

»Du findest meine Texte also gut?«, fragte sie nach. Sie wollte es zu gern noch einmal hören.

»Ja, natürlich.« Er kam aus dem Bad. »Ich hab auch nichts anderes erwartet. Und schöne Zitate hast du rausgesucht.« Will lachte auf. »Bei Fontane musste ich wirklich schmunzeln. Die Schreiberlinge sind doch zu allen Zeiten gleich.«

Sie nahmen ein Taxi zum Künstlerhaus, obwohl es nicht weit entfernt lag. Aber der Fußweg dorthin eignete sich nicht für Pfennigabsätze, und außerdem waren sie spät dran. Während der Fahrt grübelte Ulla. War es vielleicht in erster Linie das, was sie mit Hans verband? Dass er ihre Sehnsucht nach Anerkennung verstanden und erfüllt hatte, so wie sie die seine? Ohne ihre Ermutigung wäre seine Ausstellung nicht zustande gekommen.

Die Reden waren schon gehalten worden, als sie eintrafen, das Herumstehen und -gehen mit einem Gläschen Sekt in der Hand hatten begonnen. Die Hautevolee der Insel und viele Ehrengäste waren anwesend. Gesichter und Kommentare verrieten ebenso wie einige bereits auf die Fotos geklebte rote Verkaufspunkte, dass die Ausstellung ein Erfolg war. Merkwürdig, trotz all der wichtigen Leute um sie herum empfand Ulla keinerlei Verunsicherung mehr. Sie stolperte nicht, sie bewegte sich selbstverständlich und natürlich.

Hans bemerkte die späten Gäste und erstarrte. Ulla sah in seinen Augen, wie er über ihren Galaauftritt staunte. Er kannte sie vor allem in Shorts und legerer Sommerkleidung. Aber was sicher die noch viel größere Herausforderung für ihn war – sie schritt am Arm eines anderen Mannes, ihres Ehemannes.

Hans löste sich aus der Schockstarre und begrüßte sie freundlich. »Ulla, willkommen!«

Sie machte die Männer miteinander bekannt. Die beiden musterten einander unverhohlen. Die Spannung stieg, äußerlich blieben beide liebenswürdig. Ulla stand zwischen ihnen. Sie bemühte sich, gelassen zu wirken. Dabei schlug ihr das Herz bis zum Hals. Hans erwartete eine Entscheidung von ihr. Und es war sein großer Abend, seine erste Ausstellung. Sie freute sich mit ihm, war stolz auf ihn, aber wusste nicht, wie viel sie davon zeigen durfte. Und dann schnürte ihr auch noch dieses verdammte Mieder den Brustkorb zusammen. Ihre Gedanken waren vernebelt, sie sehnte eine Lösung herbei, die so einfach war, wie an einem Riechfläschchen zu schnuppern.

Nach ein wenig Geplauder über die Fotos, die Broschüre im Speziellen und den Sommer im Allgemeinen wurde Hans von einem Kaufinteressenten angesprochen. Er entschuldigte sich bei Ulla und Will, die sich nun Bild für Bild anschauten. Das einzige Farbfoto, der Hummer im Blumenkorb, gefiel Ulla besonders gut. Es war bereits verkauft. Sie gingen weiter. Will bewunderte den Tidenzyklus.

409

»Jaja, die Naturgewalten«, sinnierte er, »dagegen ist der Mensch machtlos.«

Er ging weiter. Doch plötzlich blieb er stehen, wie vom Donner gerührt. Ulla sah es erst jetzt – Hans hatte ihren Rückenakt zwischen den Dünen ausgestellt. Obwohl sie ihn doch eindeutig gebeten hatte, es nicht zu tun. Offenbar hatte er nicht widerstehen können. Und jetzt stand ihr Mann vor diesem Foto.

Ulla starb tausend Tode. Will würde sie doch erkennen. Ihren Rücken, den Ansatz ihrer Brüste, die Haltung. Oder? Vielleicht aber auch nicht. Ihr Haar war auf dem Foto länger, als Will es von ihr kannte. Und überhaupt, vielleicht hatten Tausende von Frauen einen ähnlichen Rücken, der Akt bildete zudem nicht das Zentrum des Fotos. Das Meer, die Lichtspiegelungen, die Stimmung – das war das Wichtigste.

Für Ulla selbst bedeutete diese Fotografie sehr viel. Für sie war das Bild gar nicht so sehr der Beleg für eine intime Beziehung. Vielmehr erinnerte es sie an einen einzigartigen Augenblick, in dem sie sich im Einklang mit der Natur gefühlt hatte.

Unverwandt blickte Will darauf. Sie erwartete jede Sekunde eine Explosion. Nun stellte sich Hans neben ihren Mann. Sie schauten gemeinsam.

»Es war im ersten Morgenlicht«, erläuterte der Fotograf. »Eines meiner Lieblingsbilder. So viel Anmut und Grazie.«

»Ich kaufe es«, sagte Will.

»Sehr gern.«

»Ich möchte, dass es sonst niemand bekommt. Also keine weiteren Abzüge.«

»Das ist ungewöhnlich.«

»Aber nicht unmöglich, oder?« Will wandte sich zur Seite und sah Hans an. »Außerdem will ich das Negativ.«

»Tut mir leid«, antwortete Hans. »Dass Sie den einzigen Abzug erhalten, ließe sich bei einem angemessenen Preis noch einrichten. Aber kein Fotograf würde das Negativ seines Lieblingsbildes verkaufen. Niemals.«

Will lächelte. »Lieber Herr Ehrlich, Sie sind mehr als ein guter Fotograf. Sie sind ein hervorragender Fotograf. Kommen Sie doch morgen Nachmittag zum Tee in den Kaiserhof, dann bereden wir alles in Ruhe.«

Hans schwieg einige Sekunden. Er überlegte. Sein Blick suchte und fand den von Ulla. Sie sah Entschlossenheit und ahnte, was er dachte. Er würde die Gelegenheit beim Schopf packen und mit Will über seine Gefühle für sie reden. Mit den Augen versuchte sie ihm die Botschaft »Nein, tu's nicht!« zu übermitteln. O Gott, dachte sie, gleich fall ich in Ohnmacht. Sie fächelte sich Luft zu.

»Gern, Herr Michels«, hörte sie Hans sagen. »Ich bin um vier im Hotel.«

Den Cocktailempfang und den Gesellschaftsabend im großen Saal des Kurhauses erlebte Ulla wie in Trance. Kellner mit Frack und weißer Fliege flitzten hin und her, der Kurdirektor war nicht der einzige Herr im weißen Dinnerjackett. Ulla plauderte, lächelte, erhielt viele Komplimente, tanzte oft. Mit ihrem Mann, mit Professor Meyer, dem Kurdirektor und Piet Saathoff.

Beim langsamen Walzer, den der Ostfriese als Schieber interpretierte, bedankte sie sich noch mal für sein Vertrauen. »Es hat mir so viel Freude bereitet, die Broschüre zusammenzustellen.«

»Danke Ihnen. Sie haben Ihre Sache ganz hervorragend gemacht«, gab Saathoff das Lob zurück. »Auch Ihre Auswahl der Zitate.«

»Ja, es hätte durchaus andere Stellen gegeben.« Mit einem

feinen Lächeln verdrehte sie die Augen. »Fontane hat ja ein paar Dinge über jüdische Gäste auf der Insel geschrieben, für die er sich heute schämen würde. Und die Mutter von Kaiser Wilhelm II. schrieb an ihre Mutter, Queen Viktoria, Norderney sei der ödeste, verlassenste Winkel der Erde, den sie sich nur denken könne.«

Piet Saathoff zwinkerte ihr zu. »Ein guter Journalist weiß eben, was er schreibt, was er nur andeutet und worüber er besser schweigt.«

Ulla hüstelte. War das eine Anspielung? Verlegen schenkte sie ihm einen unschuldigen Augenaufschlag. Er schmunzelte.

Am folgenden Vormittag, als Ulla noch halb schlief, telefonierte Will bereits. Sie verspürte ein unterschwelliges Unwohlsein, vom Alkohol und von irgendetwas, das ihr Bewusstsein noch nicht erreicht hatte. Sie wollte es gar nicht wissen, rollte sich auf die leere Bettseite und packte sich Wills Kopfkissen aufs Ohr. Er kehrte ins Bett zurück, schlaftrunken schmiegte sie sich an ihn. Sie fühlte sich geborgen.

Beim Aufwachen wusste sie es wieder. Dass Hans heute Nachmittag zum Tee kommen würde. Dass er eine Entscheidung verlangte. Sie fühlte sich furchtbar nervös. Nach dem Frühstück unternahmen sie und Will einen ausgedehnten Spaziergang. Sie schauten auch bei der Pension de Buhr rein, nur um Guten Tag zu sagen. Netty war nicht da, sie hatte Verkaufsdienst. Aber Hetty und Inge rissen sich fast ein Bein aus, um ihnen, vor allem natürlich Will, den Besuch so angenehm wie möglich zu machen. Er klärte noch irgendetwas wegen seiner Bürgschaft, die dann damit gesichert war. Inge flüsterte Ulla zu, dass Helmut richtig gut küssen konnte. Hetty nötigte Will, das halbe Backblech mit Butterkuchen zu verputzen, was ihm aber keine allzu großen Schwierigkeiten zu bereiten schien. Ulla saß wie auf glühenden Kohlen. Am liebsten hätte sie vor dem Tee im Kaiserhof noch mit Hans gesprochen, doch das war unmöglich.

Sie blieben nicht lange. Will schlug vor, aufs Mittagessen zu verzichten und sich noch mal kurz aufs Ohr zu legen. »Ich hab übrigens eine Überraschung für dich«, murmelte er in ihr Haar, als sie mit dem Rücken zu ihm in seinen Armen im Bett lag. »Die verrate ich dir aber erst in Hamburg.«

Ulla schlief nicht. Sie lauschte auf Wills regelmäßige Atemzüge und das Dröhnen in ihren Ohren, das von ihrem viel zu schnellen Herzschlag kam.

»Wir brauchen gleich ein Telefon«, sagte Will, als sie zum Kaffeetrinken einen Tisch am Fenster suchten.

»Wenn ich bitten dürfte, die Herrschaften, dann wäre dort ein geeigneter Platz.« Der Oberkellner wies mit einer Verneigung auf einen freien Tisch am Ende des Raumes.

Kaum hatten sie Platz genommen, erschien Hans. Auf die Minute pünktlich. Ulla sah ihn und fühlte sich wie zwischen Baum und Borke. Sie begrüßten sich auf Norderneyer Art mit einem lässigen »He!«. In seinen Augen flackerte es kampflustig. Wieder versuchte Ulla, ihm wortlos zu funken, dass er nichts über sie beide sagen sollte. Schließlich schlug sie die Augen nieder und dachte: Schicksal, nimm deinen Lauf!

»Hallo, lieber Herr Ehrlich, bitte nehmen Sie doch Platz!« Will gab sich jovial. »Wie war's denn noch gestern Abend? Sind Sie zufrieden mit dem Verlauf Ihrer ersten Ausstellung?«

»Danke der Nachfrage«, erwiderte Hans höflich. »Ich

habe einundzwanzig Fotos verkauft. Das ist ganz hübsch für den Anfang, oder? Und wie hat Ihnen der Gesellschaftsabend gefallen?«

Der Kellner rückte ein Telefon in Wills Nähe, und sie gaben ihre Bestellungen auf. Nach kurzem Geplänkel, als Ulla ahnte, dass Hans nun gleich die Wahrheit über sie sagen wollte, übernahm Will die Regie.

»Herr Ehrlich, wissen Sie, ich verstehe ein bisschen was von Fotografie. Und ich muss sagen, Sie sind ein großes Talent! Ach, was sage ich, ein Meister.« Überrascht blickte Ulla auf. Hans stellte seine Kaffeetasse ab, ohne einen Schluck getrunken zu haben. »Ja, es ist eine Schande, dass ein Mann wie Sie hier versauert. Sie stehen doch noch voll im Saft!« Ulla errötete. »Sie müssen raus in die Welt, als Fotoreporter – nach London, Paris! Mit den Besten arbeiten, auf der Höhe der Zeit, sich neuen Herausforderungen stellen.«

»Ich … äh … Das ist ja alles ganz schmeichelhaft«, sagte Hans, »aber ich verstehe nicht ganz, worauf Sie …«

Will nahm den schweren schwarzen Bakelit-Hörer des Hoteltelefons. »Hallo, Fräulein? Hier Michels. Verbinden Sie mich bitte mit der Münchner Nummer von heute Vormittag. Ich hatte Ihnen gesagt, dass wir noch mal … Was? Ja, vielen Dank. Ich warte.« Wenig später begrüßte er den gewünschten Gesprächsteilnehmer. »Grüß dich, Josef! Ich bin's noch mal. Neben mir sitzt der Fotograf, über den wir heute Morgen sprachen. Ein ganz großes Talent, den kannst du als Fotoreporter überallhin schicken. Genau das, was eure Illustrierte braucht. Einen Moment, ich geb ihn dir.« Will reichte dem verblüfften Hans den Hörer über den Tisch.

»Hallo, hier Hans Ehrlich.« Er wandte den Kopf etwas zur Seite, um besser hören zu können.

Will presste die Lippen zusammen und lächelte. Mit einem vergnügten Funkeln in den Augen verfolgte er die Reaktionen von Hans. Dann legte er seine Hand auf Ullas. »Mein Freund Josef sucht gerade händeringend gute Leute für seine Blätter. Fräulein Stamps ... äh ... hat er mir schon abgeworben, allerdings für seine Handarbeitszeitschrift.«

»Wie?« Ulla zog ihre Hand zurück.

Will nahm die Kaffeetasse und führte sie zum Mund, während er in beiläufigem Ton antwortete. »Na ja, sie kann in München als Jungredakteurin anfangen.«

Ulla verspürte eine große Erleichterung. Ach, seine persönliche Assistentin arbeitete nicht mehr für ihn. Die Stamps verschwand aus Hamburg! »Wie schön für sie«, antwortete sie.

Hans gab derweil Antworten, stellte Fragen. »Einverstanden«, sagte er schließlich, »ich komme zu einem Gespräch nach München. Auf Wiederhören.«

Ulla war vor lauter Aufregung ganz blümerant zumute. »Ich glaub, ich muss an die frische Luft.« Sie stand auf. »Will, ich möchte auch noch mal zu den de Buhrs, um mich von Tante Netty zu verabschieden. Sie müsste jetzt aus dem Laden zurück sein.« Sie wechselte einen kurzen Blick mit Hans. Er nickte kaum merklich.

Will lehnte sich zurück. »Ja, mach nur. Ich wollte ohnehin noch eine Zigarre mit Piet Saathoff rauchen.«

»Falls wir uns nicht mehr über den Weg laufen«, Ulla reichte Hans die Hand, »sag ich schon mal Tschüss. Mach's gut. Hat Spaß gemacht mit dir als Kollegen und überhaupt.« Sie räusperte sich verlegen, nahm ihre Jacke von der Stuhllehne und lief eilig nach draußen.

Luft! Frische Luft! Erst ging sie einige Schritte auf der

Kaiserwiese auf und ab, dann summte sie und wackelte mit den Ohren, bis sie sich besser fühlte. Sie war sicher, dass Hans ihr bald folgen würde auf dem Weg zur de-Buhr-Pension. Ulla hatte nicht wirklich vor, noch einmal vorbeizuschauen. Jetzt war sie nicht in der richtigen Verfassung dafür. Sie würde Netty später einen Brief schreiben, um sich für alles zu bedanken. Lieber ging sie nun auf der Promenade bis zu der Stelle, wo man zu den de Buhrs abbiegen musste. Hier setzte sie sich auf eine Bank und schaute aufs Meer.

Nach einer Weile kam Hans auf seinem Fahrrad angebraust. Er stellte es ab und setzt sich neben sie. »Du hast vielleicht einen Mann!«

»Ja.«

Er sah geradeaus auf den Horizont, wo sich die Sonne hinter den Wolken versteckte. »Du hast nicht mit ihm gesprochen.«

»Nein. Ich bin so durcheinander.«

»Mensch, Ulla, wenn das klappt mit München, dann könnte ich für dich sorgen. Ich könnte sogar eine Familie ernähren.«

»Ach, Hans, es würde nicht funktionieren.«

»Warum?«

»Viele Gründe.«

»Welche?«

»Also, abgesehen davon, dass ich meinen Mann liebe, und abgesehen davon, dass er ganz schnell dafür sorgen würde, dass du deinen Job wieder los bist, falls ich dir folgen sollte …«

Hans fiel ihr ins Wort. »Dann kommst du eben ein paar Monate später nach. Wenn ich als Fotoreporter erst mal einen Fuß in der Tür hab, kann ich überall arbeiten. Dann

bin ich auf die Illustrierte von diesem Josef nicht ange-
wiesen.«

»Nein.« Ulla schüttelte den Kopf. »Du wärest doch nie
da, du würdest ständig in der Weltgeschichte herumreisen.«

»Ulla!« Hans nahm ihre Hand und hielt sie an seine
Wange. »Es hat mich richtig erwischt. Du bist die Frau, der
ich treu bleiben will. Immer bin ich vor der Liebe davon-
gelaufen, weil ich schneller sein wollte.«

»Was meinst du mit schneller sein?«

»Na ja«, er schob sich die Haarsträhne aus der Stirn, »alle,
die ich geliebt hab, meine Mutter, mein Kamerad Otto,
meine erste Freundin, haben mich frühzeitig verlassen oder
bitter enttäuscht. Ich bin vorsichtig geworden. Hab deshalb
jahrelang immer nur Liebeleien zugelassen. Das ist mir erst
durch dich klar geworden.«

»Du meinst deine Gigolo-Karriere?« Sie lächelte traurig.

»Ja«, antwortete er. »Neulich war wieder eine Freundin
im Urlaub auf der Insel, mit der ich schon seit Jahren immer mal, na ja, ganz unverbindlich … Also, es ging nicht
mehr.«

»Hm.«

»Wahrscheinlich hab ich geglaubt, dass es nicht wehtun
kann, wenn ich's nur locker halte oder rechtzeitig genug be-
ende.« Er drückte ihre Hand gegen seine Brust. »Ulla, bei dir
ist das anders. Für dich kann ich mich ändern!«

»Kein Mensch kann sich wirklich ändern.«

»Doch, natürlich. Du kannst dich auch ändern. Ich weiß,
dass du Sicherheit suchst. Wegen deiner Kindheit und dem,
was du im Krieg und danach erlebt hast.« Mit großen Augen
hörte Ulla zu. »Deshalb glaubst du, dass du deinen Mann
liebst. Sein Geld verspricht dir Sicherheit. Ich versteh das
sogar. Aber er ist wie ein Vater.«

417

Ulla fand spannend, was Hans sagte. Er war klug. Doch sie schüttelte wieder den Kopf. »Nein, du täuschst dich. Ich liebe Will, weil seine Liebe mir Sicherheit gibt. Weil ich seine Sicherheit liebe. Die hätte er immer, auch ohne Geld.« Will war ein Mann, der Verantwortung trug, keiner, der sich irgendwie durchlavierte.

»Denk doch an das, was wir zusammen erlebt haben, Ulla«, beschwor er sie. »Als meine Frau dürftest du selbstverständlich arbeiten, wenn du wolltest. Wir könnten gemeinsam die tollsten Reportagen machen! Du die Texte, ich die Fotos.«

Sie seufzte sehnsüchtig. Das klang wirklich verlockend. Aber noch mehr wünschte sie sich eine Familie. »Ich möchte einen Mann, der abends zu Frau und Kindern nach Hause kommt.«

»Das ist spießig.«

»Ist mir egal.« Zärtlich strich sie ihm die widerspenstige Strähne aus der Stirn, die immer wieder zurückfiel. »Sei vernünftig, denk doch mal nach, Hans. Es war ein Jahrhundertsommer. Einer, der sich niemals wiederholen wird. Selbst wenn es in einigen Jahren einen neuen gäbe, wären wir nicht mehr dieselben.« Ihre Augen füllten sich mit Tränen. »Es war wie ein verlängerter Sommernachtstraum. Oder ein bisschen wie in diesem Dorf in Alaska, wo nach der langen Dunkelheit alle durchdrehen, wenn die Sonne wieder am Horizont auftaucht.« Sie konnte nicht weitersprechen.

Hans atmete schwer. Die Sonne schien jetzt unter den Wolken hindurch und verwandelte die Nordsee in einen gleißenden Spiegel. Schweigend warteten sie ab, ob nicht vielleicht ein kleines Wunder noch eine Wendung bringen würde. Vergeblich.

»Schade«, sagte Hans.

Ulla küsste ihn sanft auf den Mund. »Es war der schönste Sommer meines Lebens.«

Als sie aufstand, blieb er traurig sitzen. Trotzdem gab er sich noch nicht geschlagen. »Du kannst dich immer noch umentscheiden.« Er schaute zu ihr hoch. »Ich werde bis zur letzten Sekunde, die du auf der Insel bist, hoffen, dass du deine Meinung änderst.«

Sie schüttelte den Kopf. »Danke für alles. Mach's gut, Hans, ich wünsche dir von Herzen Glück.«

Langsam ging Ulla am Wasser entlang. Sie fühlte sich traurig und leer. Erst nach einem ausgiebigen Spaziergang kehrte sie zurück zum Kaiserhof.

»Guten Abend, Frau Michels! Ihr Mann lässt ausrichten, sie sind in der Hotelbar«, begrüßte sie der Portier.

»Danke.« Ihr war nicht danach, Will und Piet Saathoff beim Zigarrenrauchen Gesellschaft zu leisten. Sie schrieb auf einen Hotelbriefbogen ein paar Zeilen. *Hab Kopfschmerzen und gehe früh schlafen. Viel Spaß und einen lieben Gruß an Piet Saathoff, Ulla.* Den reichte sie dem Portier. »Würden Sie bitte dafür sorgen, dass mein Mann die Nachricht erhält?«

»Aber selbstverständlich, gnädige Frau.«

Ulla schleppte sich nach oben. Sie fiel todmüde ins Bett und schlief wie ein Stein.

Am folgenden Vormittag ging es wieder zurück nach Hamburg. Will wollte gern mit der Pferdekutsche zum Hafen fahren, Ulla wäre es lieber gewesen, die Insel zügig zu verlassen. So trabten sie noch einmal an vielen Stellen vorüber, die sie an ihre Erlebnisse in diesem Sommer erinnerten. Das Wetter war durchwachsen, das wenigstens machte den Aufbruch leichter. Unter ihrem offenen Sommermantel trug sie das weiße Sommerkostüm, dazu ein hellgrünes Oberteil. Als sie auf ihren Rock schaute, fiel ihr auf, dass die Hotelwäscherei die Verfärbungen vom Torfmull doch nicht ganz herausbekommen hatte. Im Fahrtwind bekam sie kalte Ohren. Sie zog ein Seidentuch aus ihrer Handtasche, legte es unterm Kinn über Kreuz und verknotete es im Nacken.

»Guck mal, die haben hier eine Windmühle«, sagte Will. Ulla setzte ihre Sonnenbrille auf.

Inge erwartete sie bereits im Fährhafen. Sportlich mit Hose und rotem Pullover stand sie am Anleger, in der Hand hielt sie schon ein großes weißes Taschentuch zum Winken. Sie strahlte übers ganze Gesicht.

»Du weißt, wie traurig ich bin, dass du abreist«, sagte sie entschuldigend, als sie Ulla umarmte. »Aber ich kann nicht aufhören zu lächeln. Gestern Abend waren Helmut und ich zusammen. Ulla, er ist der Richtige!«

»So schnell weißt du das?«

»Ja, wenn's stimmt, dann stimmt's.«

»Wie wundervoll!« Ulla küsste sie auf die Wange und drückte sie noch einmal. »Ich werd dich vermissen. Viel Glück, Inge! Mit dem Laden und mit der Liebe.«

Will kontrollierte das Gepäck, das vom Hotel separat zum Hafen gebracht worden war. Dazu gehörte auch, geschützt in einer festen Pappmappe, das Dünenaktfoto. Hans hatte es am frühen Morgen im Hotel am Empfang für Will abgegeben. Gesehen hatten sie sich nicht noch einmal.

Ulla schaute nach Luna, die wieder in der Transportbox reiste, und sprach mit dem Mann vom Reitstall. Offenbar lief alles ordnungsgemäß.

Schließlich warteten sie und Will mit den anderen Reisenden darauf, die *Frisia* betreten zu dürfen. Ulla konzentrierte sich darauf, nicht sentimental zu werden. Auf einmal hörte sie ein Pferd wiehern. Und sie hörte Luna, die mit einem Wiehern antwortete.

Erstaunt sah sie sich um. Ein Stück entfernt stand ein Reiter leicht erhöht vor einem begrünten Deich. Es war Hans, er saß ohne Sattel auf Falko. Ulla nahm ihre Sonnenbrille ab, und ihre Blicke trafen sich. *Los, noch ist Zeit. Noch könntest du dich für ein völlig anderes Leben entscheiden. Ein Leben auf Norderney mit langen Nächten am Strand, ein Leben voller Liebe und Lachen. Oder ein Leben als Reporterteam, das durch die Welt reist. Es sind nur wenige Schritte, lauf los, spring auf!*

Sekundenlang flackerten vor Ullas geistigem Auge Bilder auf, Szenen aus Träumen und Fantasien, wie es wäre, dies alles doch zu erleben. Ihr Herz klopfte heftig. Sie war unfähig, sich zu rühren. Passagiere drängelten an ihnen vorbei auf die Fähre. Will blieb neben ihr stehen. Ulla schluckte schwer, sie zitterte kaum merklich.

»Wollen die Herrschaften nun mit oder nicht?«, fragte der Uniformierte, der am Übergang zum Schiff die Fahrkarten kontrollierte.

Will schob Ulla sanft am Ellbogen weiter. Ein letztes Mal schaute sie zu Hans hinüber, hob leicht die Hand zum Gruß. Er antwortete mit einer winzigen Geste.

Wie betäubt wandte sie sich Will zu. Spätestens jetzt muss er es verstanden haben, schoss es ihr durch den Kopf, er muss zornig und verletzt sein. Besorgt sah sie ihn an. Seine blaugrünen Augen wirkten in diesem Moment viel grüner als sonst. Doch der Ausdruck darin war fern von Ärger und Angriffslust. Sie sah nur Liebe, tiefe warme Liebe und Güte. Es traf sie ins Herz – das war ihr grünes Leuchten! Und sie empfand genau das Gleiche für ihn. Tiefe warme Liebe.

Etwas in ihr löste sich. Sie holte tief Luft. Mit einem entschiedenen Schritt betrat Ulla die Gangway. An Bord allerdings spürte sie, dass all die Anspannung sie bald zum Weinen bringen würde. Sie kämpfte gegen die aufsteigenden Tränen an, setzte ihre Sonnenbrille wieder auf.

Unter Deck nahmen sie an einem Fenster Platz und bestellten Tee. Beide schauten hinaus, bis das Schiff abgelegt hatte.

»Am besten lassen wir das Foto mit einem weißen Passepartout versehen und nehmen einen schlichten schwarzen Rahmen«, sagte Will nach einer Weile, als wäre nichts gewesen.

»Ja, das klingt gut.«

»Der Fotograf hat übrigens das Negativ beigelegt. Als Geschenk.«

»Oh.« Ulla rührte in ihrem Tee. »Dann ist er ja seinem Grundsatz nicht treu geblieben. Er wollte es doch partout nicht verkaufen.«

Will schmunzelte. »Aber dafür hat er mir was anderes verkauft. Da kommst du nie drauf. Eine Rarität, wirklich originell.« Stolz zog er eine lange goldene Kette aus seiner Hosentasche. »Diese Uhr stammt aus dem Besitz einer Norderneyer Familie und war ein persönliches Geschenk von König Georg V. von Hannover. Toll, nicht?«

Ulla konnte nicht anders, sie brach in lautes Gelächter aus. Die emotionalen Wechselbäder waren einfach zu viel gewesen. Sie lachte und lachte, lachte Tränen und wusste am Ende selbst nicht, ob sie eigentlich noch lachte oder schon weinte.

Will setzte sich zu ihr auf die Bank und reichte ihr sein

Taschentuch. Sie tupfte sich die Wangen trocken. »Entschuldige«, bat sie.

Er lächelte liebevoll, während er einen Arm um sie legte. »Alles gut.«

Ulla putzte sich die Nase. »Die Uhr ist sehr schön.«

Sie sahen sich in die Augen. Die Liebe war noch da, sie strömte stark wie ein Priel bei auflaufendem Wasser.

»Ich werde dich nicht noch mal so lange allein lassen«, sagte er.

»Ja bitte.«

Ulla lächelte unter Tränen.

21

Erschöpft lehnte Kim sich zurück. Es berührte sie und nahm sie mit, von den inneren Kämpfen ihrer Großmutter zu lesen. Sie schaute aufs grau-silbrig glitzernde Meer. Nie sah es gleich aus, unglaublich, wie groß der Variantenreichtum von Wasser und Licht war. Längst hatte die Fähre den größten Teil der Überfahrt zurückgelegt. Ist doch seltsam, dachte Kim, dass die Geschichte ausgerechnet auf der *Frisia* endete und dass ich davon ausgerechnet hier lese. Vielleicht hatten sie damals, vor knapp sechs Jahrzehnten, sogar an diesem Tisch gesessen. Nein, natürlich nicht, bestimmt war dieses Schiff, obwohl es auch *Frisia* hieß, ein neueres Modell. Aber trotzdem, was für ein irrer Zufall. Oder war es gar ein Zeichen?

Wie hätte ich mich entschieden?, fragte Kim sich und musste zumindest eine Weile nachdenken. Die Zeiten waren andere gewesen. Was wusste sie von den Möglichkeiten? Die Prägungen durch den Krieg fehlten ihr auch, zum Glück.

Sie machte sich ein paar Notizen, weil sie die Schlussszene unter Deck gerade bildlich vor sich sah. Sie hörte ihre Großmutter lachen. Sie hatte immer ein kräftiges, herzliches Lachen gehabt, aber damals hatte es in den Ohren der anderen Passagiere vermutlich leicht hysterisch geklungen. Ihr Ehemann und ihr Liebhaber hatten sich gegenseitig ausgetrickst, das war schon komisch.

Für den Schlussgag mit der goldenen Uhr war Ulla Hans wahrscheinlich sogar richtig dankbar gewesen. Denn nun wusste sie ganz sicher, dass sie die richtige Entscheidung getroffen hatte.

Was für eine Geschichte! Und dass sie das grüne Leuchten doch noch und an ganz unerwarteter Stelle entdeckt hatte … Kim lächelte vor sich hin. Geistesabwesend blätterte sie in einem Prospekt, den wahrscheinlich jemand hatte liegen lassen. Er beschrieb eine Fahrradtour durch Ostfriesland auf der Deutschen Fehnroute, die man streckenweise auch mit dem Paddelboot auf Kanälen zurücklegen konnte. Und ein Flyer warb für den *Park der Gärten* in Bad Zwischenahn. Sie starrte auf Fotos von sommerlichen Idyllen, merkte, wie sich ihr Geist schon allein beim Anblick entspannte.

Und plötzlich machte es Klick. Das ist es doch, dachte sie, das ist die ideale Sommerstory! Ich verarbeite die Erlebnisse von Ulla und Inge zu dem Drehbuch, auf das Tina Baumann wartet.

Einen Titel hatte sie schon: *Der Jahrhundertsommer*.

Über Lautsprecher kündigte der Kapitän an, dass sie in Kürze Norddeich Mole erreichen würden. Kim packte das Tagebuch ein. Einige Fragen waren noch offen. Was hatte ihr Großvater wohl mit der Überraschung gemeint, die er auf Norderney angekündigt hatte?

Erst als sie in den Zug umgestiegen war und es sich im halb leeren Abteil bequem gemacht hatte, stieß sie im Tagebuch ihrer Großmutter auf die Stelle, die ihr darauf eine Antwort gab. Das Paar saß noch auf der Rückfahrt von Norderney an Bord der *Frisia*.

22

1959

Ulla hatte sich wieder beruhigt.

»Eigentlich wollte ich ja bis Hamburg mit meiner Überraschung warten«, sagte Will. »Aber ich verrate es dir jetzt schon.«

»Du warst noch nie besonders gut darin, deine Geschenke geheim zu halten.«

Lächelnd tupfte sie sich die letzten Tränen unter den Wimpern weg. Was mochte es diesmal sein? Ein Haustier? Oder ein neues Schmuckstück?

»Ich hab uns ein Haus an der Alster gekauft.«

Mit offenem Mund starrte sie ihn an. »Was?«

»Eine Jugendstilvilla, I-a-Lage, gute Bausubstanz.« Er gab sich betont nüchtern. »Den ganzen Sommer über war ich damit beschäftigt, die Renovierung voranzutreiben. Neue Fenster, neue Heizung, neues Bad.«

»Deshalb konnte ich dich so oft nicht erreichen?«

»Ja, es sollte doch eine Überraschung werden.«

»Und du hast es wirklich so lange für dich behalten?«

»Ich weiß doch, du möchtest zurück in die Stadt, dahin, wo es mehr Leben und Abwechslung gibt.«

Fassungslos starrte Ulla ihn an. »Mit oder ohne?«

»Mit oder ohne was?«

»Deine Mutter.«

Er lachte. »Meine Mutter würde nie unseren Stammsitz verlassen. Christa wird mit ihrer Familie bei ihr einziehen. Sie jammert sowieso schon seit langer Zeit, dass es in ihrem Haus mit dem fünften Kind zu eng werden wird.«

Ulla konnte so viel Glück auf einmal kaum fassen. Sie schlang beide Arme um Wills Hals und küsste ihn, trotz all der Honoratioren und Medizinalräte samt Gattinnen, die mitreisten und ihnen zusehen konnten.

»Komm«, flüsterte sie, »lass uns an Deck gehen, ich muss einmal laut in den Wind jubeln, sonst platze ich.«

23

Kim telefonierte mit ihrer Auftraggeberin Tina Baumann, schlug ihr die neue Geschichte vor und schrieb bereits los, bevor sie das endgültige Okay erhalten hatte. Sie war sich sicher, dass es gut werden würde.

Kim schrieb wie im Rausch. Ab und zu schrieben sie und Julian, der nach seinem Besuch in Berlin wieder in Santa Fe war, sich Mails. Hauptsächlich tauschten sie sich über Dinge aus, die für seine Galerie und das Hans-J.-Ehrlich-Museum wichtig waren.

Hat es Sinn, deiner Mutter ein Angebot für das Dünenfoto zu machen?, fragte er an.

Nein, sorry, schrieb sie zurück. *Es gehört jetzt zu den Familienschätzen und hat, seit sie die Geschichte kennt, bei ihr im Wohnzimmer einen Ehrenplatz.*

Hab ich schon befürchtet. Wollte es aber wenigstens versucht haben.

Ihre Küsse wurden mit keinem Wort erwähnt. Auch nicht die Sehnsucht und das Kribbeln, das seine Stimme bei ihr auszulösen vermochte. Aber Kim dachte jeden Tag daran, erst recht nachts. Wenigstens das hatte die Begegnung ihr gebracht: Sie trauerte Jens-Ole endgültig nicht mehr hinterher. Ihr Leben mit ihm war seit ihrer Norderney-Reise wie in eine graue Vorzeit gefallen.

Das Drehbuch für den *Jahrhundertsommer* wurde in seiner ersten Version in Rekordzeit fertig, was aufgrund der langen Verzögerung im Vorfeld bedeutete: gerade noch pünktlich.

Einmal mailte Julian ihr aus seinem Archiv weitere Fotos von Aufnahmen mit Ulla im weißen Badeanzug und Detailaufnahmen, die aus dem Sommer 1959 stammten. Einmal schickte er ein Foto von der Ausstellung in Berlin, darauf war er mit seiner Tochter zu sehen. Wenn Kim nicht alles täuschte, war das jene hübsche dunkelhaarige Frau, zu der er beim Telefonat *I love you* gesagt hatte. Jetzt kam sie ihr deutlich jünger vor als auf dem Displayfoto, das sie allerdings auch nur flüchtig gesehen hatte.

Aber trotzdem. Er war verheiratet. Und er befand sich wieder in Santa Fe bei seiner Ehefrau. Also, sagte sie sich, mach dir keine Illusionen. Vergiss es.

Sie diskutierte mit ihrer Mutter darüber, ob vielleicht Hans ihr Vater gewesen sein könnte. Ihre Mutter fand diese Vorstellung lächerlich. Sie wollte davon nichts wissen.

Kim hatte immer noch die Haare von Julian, die sie in Toilettenpapier eingewickelt aufbewahrte. Sie konnte sich nicht richtig dazu durchringen, sie analysieren zu lassen. Sie brachte es aber auch nicht fertig, sie wegzuwerfen.

Als das Drehbuch schon zur Begutachtung in der Redaktion lag und sie sich beruflich einem neuen Thema zuwandte, musste sie weiter immerzu an Norderney und an Julian denken.

Ende August erreichte sie eine Einladung zur Vernissage der Hans-J.-Ehrlich-Retrospektive Anfang September in den Hamburger Fotohallen. Mit einem persönlichen Zusatz von Julian: *Ich werde dort sein und würde mich sehr freuen, wenn du kommen könntest. Da wir am Abend der Ausstellungseröffnung wahrscheinlich wenig Zeit füreinander haben, möchte ich dich gern am Tag davor zum Essen einladen. Passt es dir? Hast du einen Vorschlag?*

Kim freute sich. Auch wenn er in festen Händen war – ein schönes Essen in Ehren konnte niemand verwehren.

Klar, sehr gern, mailte sie zurück. *Hier sind zwei Restaurantvorschläge, beide liegen in Citynähe, eines ist gediegen hanseatisch, das andere ganz hip. Such aus, was dir besser gefällt.* Sie schickte die Links der Webseiten mit.

Seit der Termin für ihr Wiedersehen feststand, fühlte Kim sich aufgeregt wie ein Teenager vor dem ersten Date. Sie überlegte lange, was sie anziehen sollte. Und sie malte sich Dinge aus, die verboten waren.

Schließlich wollte sie es doch wissen. Einfach nur, um es zu wissen. Mehr nicht. Sie wollte Gewissheit über ihren Verwandtschaftsgrad. Also recherchierte sie im Internet nach einer Firma, die ihr seriös erschien, und schickte ihr eigene sowie Julians Haarprobe. Die Analyse kostete rund zweihundert Euro, das konnte sie riskieren.

Nach einer Woche klingelte ein UPS-Bote und übergab ihr einen großen Umschlag. Kim riss ihn auf. *Unsere Laborauswertung hat keine Übereinstimmung und somit keine Verwandtschaft ergeben*, las sie, *zu 99,9 Prozent.*

»Yeahyeahyeah!«

Vor Freude tanzte sie durch ihre Wohnung. Julian war zwar immer noch verheiratet, aber irgendwie fühlte sie sich doch erleichtert.

Sie rief ihre Mutter an, um ihr das Ergebnis mitzuteilen. »Kind, daran hab ich nie gezweifelt«, antwortete sie gelassen. »Ich hab das Wesen meines Vaters geerbt. Wir standen uns immer nah, weil wir uns vom Typ her ähnlich waren.«

»Na, ein Beweis ist so ein Gefühl aber nicht«, hielt Kim dagegen. »Nun haben wir's schwarz auf weiß.«

»Das ist für dich sicher auch schön.« Sie konnte hören, dass ihre Mutter lächelte. »Der Julian gefällt dir doch, oder?«

»Na ja.«

»Kimmy, ich hab mal im Tresor nachgesehen und die Akten durchgeblättert, die aus dem Nachlass von Oma und Opa stammen.«

»Und?«

»Ich hab das Negativ gefunden. Du sagtest doch, dass Julian das Foto gern für sein Museum möchte. Also, ich hätte nichts dagegen, wenn es noch einen zweiten Abzug gäbe. Natürlich wäre es kein Originalabzug von seinem Vater, und das Foto wäre nicht signiert, aber immerhin.« Kim hörte, wie ihre Mutter sich eine Zigarette ansteckte und einen tiefen ersten Zug nahm. »Er darf es allerdings weder verkaufen noch reproduzieren.«

»Oh, das ist super! Das wird ihn riesig freuen.«

Julian hatte sich für das hippe Restaurant in Alsternähe entschieden, in dem ein bekannter Koch ein neues Konzept verwirklichte – Eventgastronomie mit japanischem Einschlag. Kim bekam Herzklopfen, als sie Julian wiedersah. Sie trafen fast gleichzeitig vor dem Lokal ein, umarmten sich und küssten sich auf die Wangen.

»Wie lange bist du schon wieder in Deutschland?«

»Gut eine Woche.« Er wirkte etwas nervös, seine blauen Augen aber strahlten. »Ich war in Berlin. Die Galerie dort läuft fantastisch. Meine Tochter schafft es nicht mehr, sich neben ihrem Studium darum zu kümmern. Ich will jemanden suchen, der das hauptberuflich macht.«

»Ah, ja, das klingt gut«, erwiderte sie, als sie Platz nahmen. »Und wie wär's mit Hamburg als Standort? Wir haben hier die Deichtorhallen, die F.-C.-Gundlach-Sammlung,

das Museum für Kunst und Gewerbe mit seinen Fotoausstellungen und jede Menge Fotogalerien. Sammler wissen
das zu schätzen.«

Er sah sie nachdenklich an. »Daran hab ich auch schon
gedacht. Ich will mich deshalb in den nächsten Tagen etwas umsehen.«

Sie bestellten. Der Ober, ein junger Mann in Blue Jeans
und schwarzem Hemd, gab sich betont normal, um zu si-
gnalisieren, dass es in diesem Restaurant zwar teuer wie
einst bei Sterneköchen sein mochte, aber doch ganz anders,
vor allem entspannt zuging. Man entschied sich in blindem
Vertrauen für das Menü, das das Personal nach einem Vor-
gespräch über Vorlieben, Antipathien und Allergien und in
Kenntnis der frischen Zutaten des Tages für die Gäste zu-
sammenstellte.

»Es ist sauteuer hier«, flüsterte Kim entschuldigend.
»Meinetwegen wäre ein Menü nicht nötig.«

»Macht nichts«, flüsterte Julian zurück. »Man muss auch
mal was Neues wagen.«

Es wurde ein großer Spaß in fünf Gängen mit kleinen, übersichtlichen Portionen. Jeder Gang lehrte sie, das
Schmecken neu zu entdecken. Weil sie nie genau wussten,
was sie da gerade verspeisten. Und weil wirklich jede Krea-
tion köstlich schmeckte.

»Ich hab dein Drehbuch gelesen«, sagte Julian. »Es hat
mich umgehauen. Endlich kann ich den Groll auf meinen
Vater ganz begraben. Ich verstehe ihn jetzt noch mal ein
Stück besser.«

»Das freut mich. Dann hat es sich schon allein deshalb
gelohnt«, antwortete Kim. »Manchmal kommen Erkennt-
nisse wie im Zwiebellook, oder? Da fällt eine Hülle und
noch eine Hülle.«

»Richtig«, ergänzte er, »und jedes Mal sieht die Wahrheit etwas anders aus.«

Sie lächelten sich an. Wie schön, er verstand, was sie meinte.

»Ich glaube«, sagte sie, »letztlich hat Ulla doch vor allem Anerkennung gesucht, als Frau und als Journalistin.«

»Na ja, unter anderem. Aber in einem Punkt hat sie sich getäuscht.«

»Wieso?«

»Sie hat geglaubt, sie könnte die Begegnung oder Affäre mit meinem Vater isoliert betrachten«, meinte Julian, »sie wie ein Schmuckstück in eine kleine Schatzkiste stecken, und dann hätte das alles weiter keine Auswirkung auf ihr Leben.«

Kim überlegte kurz. »Du hast recht, da hat sie sich wirklich getäuscht. Dieser Sommer hat sowohl ihrem eigenen Leben als auch dem von Hans eine entscheidende Wendung beschert. Er hätte ohne ihre Ermutigung und den Wechsel nach München nie diese Karriere gemacht, und sie verdankte ihm ein neues Selbstbewusstsein.«

»Jede Begegnung, die uns berührt, verändert uns.«

Auf die Art, wie Julian das sagte und ihr dabei in die Augen sah, reagierte ihr Herz mit heftigen Klopfzeichen. In ihren Ohren begann es zu puckern. Hoffentlich verliere ich vor Aufregung nicht völlig den Faden und rede nur noch dummes Zeug, dachte sie.

»Sie hat später die Redaktion der *MiaWohnen* geleitet«, sagte sie schnell, »wusstest du das?«

Er schüttelte den Kopf. »Hab nie davon gehört.«

»Das war eine bekannte Architektur- und Wohnzeitschrift.« Kim lächelte. »Nachdem sie ihre Villa an der Alster komplett neu eingerichtet hatte, schlug sie meinem Groß-

vater vor, als Sonderheft der *Mia* eines nur über das Wohnen herauszugeben. Daraus hat sich später alles Weitere
entwickelt.«

»Dann hat ihre Familie sie nicht so sehr in Anspruch genommen?«

Sie bewegten sich auf gefährliches Terrain zu. »Anfang
der Siebziger, als die Frauenbewegung mehr Power entwickelte, blieb auch meine Großmutter nicht unbewegt.«
Kim kannte die Verlagsgeschichte aus dem Effeff. »Sie
setzte sich durch. Ihre Zeitschrift brachte viele Anzeigen,
die Auflage stieg jahrelang. Und der Erfolg gefiel meinem
Großvater.«

»Wie viele Kinder haben sie denn bekommen?«

»Zwei. Meine Mutter und ihre drei Jahre jüngere Schwester. Die Sache mit dem ›Aussterben im Mannesstamm‹ ließ
sich leider nicht verhindern.«

Aus Julians Augen leuchtete lebhaftes Interesse. Kim riss
sich zusammen, am liebsten wäre sie tief eingetaucht in dieses funkelnde Blau.

»Ich hab dir etwas mitgebracht!«, sagte sie schnell und
überreichte ihm die Rolle mit dem zweiten Abzug des Dü-
nenfotos. »Ist nicht das Original, aber immerhin.«

Julian entrollte es vorsichtig. »*Wow, that's great! Wonderful!*« Die Gäste von den Nachbartischen blickten erstaunt
zu ihnen rüber. Kim strahlte – der Coup war gelungen.
»*Fantastic*, das ist ja der Knaller! Dieses Foto erhält einen
Ehrenplatz. Vielen, vielen Dank, auch an deine Mutter!«
Seine Wangen waren gerötet vor Aufregung. Behutsam verstaute er das Foto wieder. Dann holte er ein zusammenge-
faltetes Blatt Papier aus seiner Jackentasche. »Ich hab auch
was für dich.«

»Oh!« Kim entfaltete es und las: … *keine Übereinstim-*

mung und somit keine Verwandtschaft ergeben, zu 99,9 Prozent. Überrascht schaute sie ein paarmal vom Dokument zu Julian und wieder zurück. Sie unterdrückte ein vergnügtes Glucksen. »Dann muss es ja wohl stimmen.«

»Wieso?«

»Ich hab Haarproben von uns untersuchen lassen. Mit demselben Ergebnis.« Lächelnd beobachtete sie seine verblüffte Miene. »Aber was hast du testen lassen?«, wollte sie wissen. »Auch Haare?«

»*No.* Die Frage hat mich schon auf Norderney beschäftigt«, gestand er. »Da hab ich im Internet geforscht und gelesen, dass die Ergebnisse bei gefärbtem Haar manchmal nicht zuverlässig sind. Und ich wusste ja nicht, ob deine Haarfarbe echt ist.«

»Na, erlaube mal!«

»Sie ist eben so schön, dass ich nicht sicher sein konnte.«

»Und was hast du stattdessen eingeschickt?«

»Ein Kaugummi. Erinnerst du dich an den Abend in meinem Hotelzimmer? Du hast dein Kaugummi eingewickelt und in den Papierkorb geworfen. Als du im Bad warst, hab ich's schnell rausgeholt.«

Kim lächelte kopfschüttelnd. »Verrückt.«

»Da ist noch etwas«, sagte Julian. Er griff nach ihrer Hand, und es fühlte sich zum Dahinschmelzen schön an. »Ich hab mit meiner Frau gesprochen.« Kim wagte kaum zu atmen. »Sie hat schon seit über drei Jahren einen Lover und wollte längst die Scheidung.«

»Warum hast du das nicht schon früher gesagt?«

»Auf Norderney, meinst du? Weil mir das billig vorgekommen wäre«, antwortete er. »So geht doch die klassische Nummer: Oh, meine Frau versteht mich nicht, wir lieben uns auch gar nicht mehr.«

»Aber wenn's so ist?«

»Ich musste erst mit mir selbst ins Reine kommen«, erklärte er. »Dafür hab ich die vergangenen Wochen gebraucht. Wie gesagt – jede Begegnung, die uns berührt, verändert uns. Und unsere Begegnung … Auf so was war ich nicht vorbereitet. Also, da ist was in Gang gekommen.« Er nahm einen großen Schluck Wein. »Mir ist vieles klar geworden. Vorher hatte ich mich nie zu einer Scheidung durchringen können. Ich hab immer gehofft, es wird wieder. Du erinnerst dich? Nach den Erfahrungen mit meinem flatterhaften Vater wollte ich es besser machen …« Kim nickte. »Aber ich konnte einfach nicht aufhören, an dich zu denken. Also, jedenfalls … Jetzt hab ich ihr gesagt, dass ich einverstanden bin.«

Kim nickte erneut. »Gut.« Mehr brachte sie nicht zustande. Der gefühlte Trommelwirbel in ihrem Innern ermöglichte noch nicht mal einen einfachen Zweiwortsatz.

Er sah sie an. Sie sah ihn an.

Er räusperte sich. »Für September ist es noch recht warm, finde ich.«

»Ja?«

»Ich dachte, es wäre keine schlechte Idee, jetzt … den Gutschein einzulösen.« Er sprach stockend. »Für den … für den Schlafstrandkorb. Bevor der Herbst kommt.« Kim fühlte sich schon wie ein Wackeldackel, doch sie konnte nicht verhindern, dass ihr Kopf sich weiter zustimmend bewegte, während ihr die Worte offenbar abhandengekommen waren. »Vielleicht kannst du es einrichten und mitkommen«, endete er.

Ein Hitzeflash schoss ihr aus dem Bauch in die Wangen, auch ihre Ohren wurden heiß. Er wartete auf ihre Antwort. Sie schluckte. Und nickte. Verdammt, sie sollte langsam mal etwas sagen. »Äh … ja, ich müsste Inge ja auch noch ihre Tupperdose zurückbringen.«

»Ein zwingender Grund«, erwiderte er ernsthaft.

Doch in seinen Augenwinkeln lag bereits ein kleines Lächeln, das sich nun ausbreitete und zu einem ganz großen erleichterten Lächeln wurde, das anzuschauen sie unglaublich glücklich machte.

Die Dame
von der Elbchaussee

Ich bin aus Hamburg Blankenese,
und wir sind keine Stadt, wir sind ein Staat!
Mein Gatte handelt mit Kaffee und Käse
und ist noch nebenbei Senator im Senat.
Wir wohnen, wo die Senatoren hausen,
wo Linie 18 fährt, da sind die Leute fein;
denn was ein kleines bisschen besser ist, wohnt
*   draußen*
und stolpert stets und ständig übern spitzen Stein.
Wir sind so vornehm unmodern in manchen Stücken:
Man ist ja schließlich an der Elbchaussee gebor'n!
Ich hatt als Kind schon einen Ladestock im Rücken
und saß auf echten alten Möbeln rum wie angefror'n.
Ich hab 'nen eignen Psychotherapeuten,
der findet jede Krankheit interessant;
er kann allein mein Seelenleben deuten,
er kann auch sonst noch allerhand.

Ja, und einmal im Jahr fahr ich nach Norderney,
da steig ich dann von meinem Postament.
Da mach ich mich von allen Vorurteilen frei —
ich habe nämlich auch mein Temperament.
Wenn ich dann lache über leicht frivole Witze
und Rock'n'Roll wie Elvis Presley sing,

dann denk ich, wenn ich auf dem Barstuhl sitze:
Mein Gott, was bin ich für'n verdorb'nes Ding!

Ich bin aus Hamburg Blankenese,
und manchmal les ich nachts Boccaccio.
Wenn ich dann richtig so was Wildes lese,
dann denk ich: Schade, unsre Männer sind nicht so;
die halten immer Maß in diesen Dingen.
Bei uns kommt solche Sinnlichkeit nicht auf,
und drohen wir auch manchmal zu zerspringen –
wir bremsen ab und essen Sauerkraut.
Ich hab zwar 'n Hausfreund, aber nur platonisch,
der ist Beamter bei der Bundesbahn;
und auch mit ihm verkehre ich nur telefonisch,
denn seine Küsse schmeckten mir wie Lebertran.

Ja, und einmal im Jahr fahr ich nach Norderney,
da lass ich meinen Ehering zu Haus.
Da mach ich mich von allen Vorurteilen frei
und gehe bis zum Morgengrauen aus.
Und dann lackier ich mir die Fingernägel blutig
und stürz mich stürmisch in das Badeleben rein …
Tja, wir aus Hamburg sind zwar stolz, doch mutig:
Man will ja auch mal wie normale Menschen sein!
A-hoi.

Ostfriesischer Butterkuchen

Tante Nettys Rezept

Zutaten …
… für den Hefeteig:
500 g Mehl
1 Würfel frische Hefe (40 g)
¼ l Milch
50 g Zucker
125 g Butter
1–2 Eier (je nach Größe)
1 Packung Vanillezucker
1 Prise Salz

… für den Belag:
125 g Butter
½–2 TL Zimt (je nach Geschmack)
125 g Zucker
100 g selbst geschälte Mandeln, gehackt

Zubereitung:
Hefe mit etwas lauwarmer Milch und einem Teelöffel Zucker verrühren. Mehl in eine Schüssel geben. In die Mitte eine Vertiefung drücken, die Hefe hineingeben, ebenso die restliche lauwarme Milch, das Ei bzw. die Eier, Zucker, Vanillezucker, Butter und Salz und alles miteinander vermen-

gen. Kräftig durchkneten, bis der Teig sich vom Schüssel-rand löst, schlagen, dann mit einem sauberen Handtuch abgedeckt an einem warmen Ort (etwa im auf 50 Grad vorgewärmten Backofen) ca. 20 Minuten gehen lassen. He-rausnehmen, auf bemehlter Unterlage erneut kneten und auf die Arbeitsfläche schlagen, bis er nicht mehr klebt – so wird der Teig schön locker.

Ein weiteres Mal gehen lassen. Der Teig sollte nach 45–60 Minuten so aufgegangen sein, dass er doppelt so groß ist. Ein drittes Mal schlagen.

Für den Belag die Mandeln mit heißem Wasser übergießen, fünf Minuten ziehen lassen. Nun lässt sich die Haut leicht entfernen. Die geschälten Mandeln kleinhacken.

Zucker und Zimt für den Belag miteinander vermischen.

Teig auf dem eingefetteten oder mit Backpapier ausge-legten Backblech ausrollen. Gleichmäßig verteilt kleine Lö-cher in den Teig stechen. Butterflöckchen in die Krater set-zen. Die Zuckermischung und die Mandelsplitter auf die Oberfläche streuen.

20–30 Minuten bei Umluft im auf 140–160°C vorgeheiz-ten Ofen backen, Ober- und Unterhitze bei 170 bis 190°C.

Schmeckt am besten lauwarm und sollte noch am Backtag gegessen werden.

NACHWORT UND DANK

Meinen ersten Inselurlaub erlebte ich im Jahrhundertsommer 1959 als Dreieinhalbjährige auf Norderney. Ich erinnere mich an einen gigantischen Sandkasten am Meer und an den Schlager *Du kleine Fliege, wenn ich dich kriege*, den ich sang, während meine Mutter mit mir durch eine schier endlose Dünenlandschaft wanderte. Ich erinnere mich, dass jeden Tag die Sonne schien. Und dass alle Frauen wunderschöne bunte Kleider trugen. Auch daran, dass wir nach der Rückkehr in meinem Heimatdorf Schlange stehen mussten, was sehr unterhaltsam war, um mit einem Metalleimer Wasser aus einem Brunnen zu holen. Das Spielzeug der Saison stand zu Hause auf dem Rasen: eine kleine Zinkwanne voller Wasser.

Für die Älteren mag es wohl ein Ausnahmezustand gewesen sein, der ihnen auch Sorge bereitete – für mich war es der Prototyp eines Sommers. Alle späteren wurden an ihm gemessen und stets für weniger sonnig, bunt, warm und fröhlich befunden. Deshalb war's vermutlich nur eine Frage der Zeit, bis er in einem meiner Bücher auftauchen würde.

Um im Zeitfenster von Mai bis September 1959 eine veritable Romanhandlung stattfinden zu lassen, bedurfte es allerdings mehr als ein paar verblassender Kindheitserinnerungen. Auch wenn ich später noch häufiger Zeit auf Norderney verbringen durfte – mit Eltern und Geschwistern, als jugendliche Ferienjobberin in einem Strandhotel oder als erwachsene Urlauberin –, hatte ich doch nur sinnliche, mehr oder weniger zufällige Eindrücke gespeichert. Mir fehlte das Hintergrundwissen.

Also habe ich recherchiert. Zu Atmosphäre, Zeitgeist und Lokalkolorit jenes Jahres auf Norderney – und weil es so spannend war, auch noch zu einigen davorliegenden Jahren. Glücklicherweise haben viele Menschen, darunter etliche Prominente, über ihre Erlebnisse auf dieser elegantesten der Ostfrieseninseln geschrieben. Andere erforschten historische Ereignisse, einige stellten auch Materialsammlungen oder Chroniken zusammen. Das alles hat mir enorm geholfen. Ohne diese Vorarbeiten wäre *Der Dünensommer* nicht möglich gewesen.

Ganz besonders danke ich …

… Matthias Pausch, Leiter des Stadtarchivs Norderney und des Bademuseums, für seine Unterstützung (im Archiv konnte ich auch alle Ausgaben der *Norderneyer Badezeitung* vom Sommer 1959 einsehen).

… Manfred Bätje, langjähriger Leiter des Stadtarchivs Norderney, Verfasser zahlreicher Norderney-Schriften.

… Hans-Helmut Barty, der eine umfangreiche Norderney-Chronik online pflegt (www.norderney-chronik.de).

… Michael Fleischer (†), vor allem für sein mit unglaublicher Akribie und historischem Weitblick verfasstes Buch *Berühmte Gäste Norderneys. Im königlichen Seebad 1800 – 1914*, Druck: Druckhaus Harms, 29393 Groß Oesingen, (2. Aufl. Norderney 2015).

… der Facebook-Gruppe *Norderney im Wandel der Zeit*, vor allem Elisabeth Schelkes, Jochen Pahl und Johnny Rass.

Außerdem sehr hilfreich waren die Norderney-Bücher von Jann Saathoff (†), die aus einer Serie für den *Norderney*

443

Kurier hervorgegangen sind, und Gespräche mit Norderneyern, die mir aus ihrer persönlichen Erinnerung Fragen beantwortet haben, besonders Karin Lachmann und Ruth Sebes. Vielen Dank!

Eine erste Inspiration für die Figur der Blankeneser Verlegerfrau Ulla verdanke ich dem Lied *Die Dame von der Elbchaussee*, und zwar in der von Lale Andersen gesungenen Textversion. Während des Schreibens entwickelte sie allerdings ein Eigenleben. Wie alle handelnden Personen in *Der Dünensommer* ist sie erfunden. Ähnlichkeiten mit real existierenden Menschen wären rein zufällig und nicht beabsichtigt. Selbstverständlich gab es damals einen Zeitungsverleger und Chefredakteur auf der Insel, ebenso einen Kurdirektor – doch die im Roman in diesen Rollen auftretenden Männer sind fiktiv.

Anders verhält es sich mit den erwähnten Prominenten von König Georg V. über Bismarck bis zu Josefine Baker. Die Geschichten um berühmte Gäste auf Norderney sind verbürgt.

Es hat viel Spaß gemacht, das Filmfest Emden-Norderney 2018 zu besuchen und als Hintergrund für die Gegenwartshandlung zu nutzen. Da aber der Fotograf und Kameramann Hans J. Ehrlich aus meiner Geschichte nicht wirklich gelebt hat, kann es auch keine Ausstellung seiner Fotos und keine Retrospektive seiner Filme gegeben haben. Diese Programmpunkte des Festivals sind von mir hinzugefügt worden, sie existieren also nur in der Fantasie.

Ein Traum, den man sich schneller erfüllen kann, als nach Norderney zu reisen, ist der Ostfriesische Butterkuchen.

Herzlichen Dank an Annita Bruns dafür, dass sie mir ihr Rezept verraten hat!

Schon seit Jahren begleitet ein bewährtes Team die Entstehung meiner Romane, und zwar so professionell und anspruchsvoll, zugleich mit so viel Empathie und Begeisterungsfähigkeit, dass die Arbeit Spaß macht! Dafür danke ich ganz herzlich …

… der Literaturagentin Petra Hermanns,

… der Blanvalet-Lektorin Johanna Bedenk

… und der Textredakteurin Margit von Cossart.

Was nützte das beste Manuskript, wenn es nicht gedruckt, beworben und unter die Leute gebracht würde? Deshalb auch allen anderen Mitarbeitern und Mitarbeiterinnen des Verlags Blanvalet, die zum Gelingen beitragen, vielen Dank!

Und dann wären da noch meine Erstleser, deren Rückmeldungen mir während der einsamen Schreibphase immer sehr helfen. Auch diesmal geht wieder ein großes Dankeschön an Daniel, Johanna, Martina und Tjalda!

Liebe Leserinnen und Leser, ich hoffe, dass die Lektüre Sie gut unterhält, amüsiert und berührt. Dass Sie den Seewind im Haar und die Sonnenstrahlen auf der Haut spüren, dass Sie auch in diesem Moment das Meeresrauschen im Ohr haben, sich in die Stimmung der Endfünfzigerjahre versetzt fühlen und ein wenig von Ihrem eigenen Inselsommer träumen … Über Ihr Feedback – durch eine Buchbesprechung im Internet oder einen Kommentar, gern mit einem originellen Lektürefoto, auf meiner facebook-Seite www.facebook.com/Sylvialott.romane – würde ich mich sehr freuen.

Herzlich
Ihre Sylvia Lott

Quellennachweis

S. 5: Heinrich Heine: *Himmlisch war's, wenn ich bezwang*
Aus: Heinrich Heine Werkausgabe im Taschenbuch. Zweiter Band. Gedichte und Prosa. Gustav Lübbe Verlag, Bergisch Gladbach 1976

S. 102: Sommer 1854, Königin Marie von Hannover über den Besuch der mit ihr befreundeten, damals als »Schwedische Nachtigall« weltberühmten Sängerin Jenny Lind
Zitiert nach dem *Norderneyer Badekurier*, Nr. 2, Jg. 1, der am 8. Juli 1950 unter der Überschrift »Vor 100 Jahren: Die schwedische Nachtigall auf Norderney« einen Auszug aus der Porträtskizze »Jenny Lind« aus dem Buch *Berühmte Gäste Norderneys* von Rudolf Boden veröffentlichte.

S. 132: 9. September 1844, Otto von Bismarck in einem Brief an seine Schwester Malwine über einen Tag auf Norderney mit Kronprinzessin Marie, der späteren Königin von Hannover
Zitiert nach Michael Fleischer: *Berühmte Gäste Norderneys. Im königlichen Seebad 1800 – 1914.* 2. Aufl. Druck: Druckhaus Harms, 29393 Groß Oesingen 2015

S. 215 und 438 f.: *Die Dame von der Elbchaussee.* Text: Just Scheu und Friedrich Willms (von Lale Andersen gesungene Textversion). Label: Ariola 1958.

Text zitiert mit freundlicher Genehmigung der Edition Pacific, Diessen am Ammersee.

S. 215 und 218 f.: Freddy Quinn: *Die Gitarre und das Meer*. Text: Lotar Olias und Aldo von Pinelli. Label: Polydor. 1959

S. 315 und 326: Perry Como: *Catch a Falling Star*. Text: Paul Vance und Lee Pockriss. Label: RCA Victor Company. 1957

S. 375 f.: 19. Juli 1883, Theodor Fontane im Brief an seine Frau Emilie.

Zitiert nach Michael Fleischer: *Fontane auf Norderney*. Druck: Soltau'sche Buchdruckerei Norderney, 2. Aufl. 1995

We Love
blanvalet

www.blanvalet.de

facebook.com/blanvalet

twitter.com/BlanvaletVerlag